PIĘKNE ISTOTY

KRONIKI
OBDARZONYCH 1

PIĘKNE ISTOTY

Kami Garcia & Margaret Stohl

z języka angielskiego przełożyła

Irena Chodorowska

Łyński Kamień
Wydawnictwo

Warszawa 2010

Tytuł oryginału
Beautiful Creatures

Copyright © for the Polish translation by Irena Chodorowska
Copyright © for the Polish edition by Wydawnictwo Łyński Kamień, Warszawa 2010

ISBN 978-83-927607-2-6

Nickowi i Stelli,
Emmie, May i Kate
oraz
wszystkim Obdarzonym, gdziekolwiek są.
Jest nas znacznie więcej, niż sądzicie.

Ciemność nie przezwycięży ciemności.
Uczyni to tylko światło.
Nienawiść nie przezwycięży nienawiści.
Może to zrobić jedynie miłość.

Martin Luther King junior

Przedtem

W samym środku zwyczajności

W naszym miasteczku mieszkały tylko dwa typy ludzi: przykuci i za-
kuci. Kiedyś ojciec tak czule sklasyfikował sąsiadów, dzieląc ich na tych,
którzy musieli tu zostać, oraz na tych, którzy byli zbyt głupi, żeby odejść.
Pozostali już dawno się stąd wynieśli.

Nigdy się nie mówiło, do której z tych grup należał on sam. A ja nie
miałem odwagi go o to spytać. Ojciec był pisarzem. Mieszkaliśmy w Gatlin, w Karolinie Południowej. Wate'owie żyli tu od zawsze – w domu zwa-
nym Wate's Landing – a przynajmniej od czasów wojny secesyjnej, kiedy
to mój praprapradziad Ellis Wate walczył i zginął po drugiej stronie
rzeki Santee.

Wojna secesyjna. Tylko tutejsi nie używali tej nazwy. Co gorsza, każdy
poniżej sześćdziesiątego roku życia nazywał ją Wojną między Stanami.
A każdy powyżej Napaścią Północy na Południe, jakby Północ zaatakowała Południe z powodu jakiejś głupiej beli bawełny. To znaczy każdy,
z wyjątkiem mojej rodziny. Dla nas od zawsze była to wojna secesyjna.

Istniał jeszcze jeden powód, dla którego za wszelką cenę chciałem się stąd wyrwać. Gatlin nie było miasteczkiem, jakie widuje się w filmach. Chyba że mówimy o takich sprzed pięćdziesięciu lat. Znajdowaliśmy się zbyt daleko od Charleston, żeby mieć Starbucksa czy McDonalda. Był za to miejscowy bar Dar-ee Keen. Nazywał się tak, bo Gentry'owie byli zbyt skąpi, żeby wymienić wszystkie litery w szyldzie, gdy kupili Diary Kinga. W bibliotece nadal korzystano z tradycyjnego katalogu, w szkołach wisiały tablice, po których pisało się kredą. A jezioro Moultrie z ciepłą, brązową wodą udawało miejski basen. Nowości w kinie puszczali w tym samym czasie, kiedy wychodziły na DVD. A i wtedy trzeba było złapać okazję do Summerville, w okolice uniwersytetu, bo tam było najbliższe kino. Sklepy znajdowały się na Main Street, a eleganckie rezydencje na River Street. Wszyscy pozostali mieszkali na południe od drogi numer 9 z rozwalającą się nawierzchnią, która nie bardzo nadawała się do chodzenia. Za to kawałkami betonu można było rzucać w oposy, najbardziej złośliwe z żyjących zwierząt.

Takiego miejsca nie da się zobaczyć w żadnym filmie.

Gatlin nie było jakimś skomplikowanym miasteczkiem. To było... po prostu Gatlin. Sąsiedzi wysiadywali tu na werandach, przyglądając się wszystkiemu i pocąc się w potwornym upale. Kompletnie bez sensu. Nic się tu nie zmieniało.

Następnego dnia miałem iść do szkoły. Zaczynałem drugi rok nauki w liceum Stonewall Jackson. Wiedziałem, gdzie będę siedział i z kim rozmawiał. Wiedziałem, że znów usłyszę te same nudne dowcipy, spotkam te same dziewczyny, a kumple zaparkują swoje samochody na tych samych co zwykle miejscach.

Hrabstwo Gatlin nie wyróżniało się niczym szczególnym. Znajdowaliśmy się w samym środku... niczego.

Tak mi się przynajmniej wydawało, gdy zamknąłem podniszczony egzemplarz *Rzeźni numer pięć*. Wyłączyłem iPoda i zgasiłem światło. To była ostatnia noc lata.

Jakże się myliłem.
Była klątwa.
Była dziewczyna.
A na końcu był grób.
Nie miałem pojęcia, że to wszystko już na mnie czeka.

Drugi września

Sen

Spadam. Lecę bezwładnie, koziołkuję w powietrzu...

– Ethanie!

Woła mnie, a jej głos sprawia, że serce zaczyna mi walić.

– Pomóż mi!

Ona też spada. Wyciągam rękę i próbuję ją złapać. Chwytam jedynie powietrze. Nie czuję gruntu pod nogami, ale wydaje mi się, że brodzę w błocie. Dotykamy się czubkami palców i nagle w ciemnościach widzę zielone iskierki.

Potem mi się wymyka i wiem, że ją straciłem.

Cytryny i rozmaryn. Czuję jej zapach, nawet teraz.

Ale nie mogę jej pochwycić.

I nie mogę bez niej żyć.

Zerwałem się, próbując złapać oddech.

– Ethanie Wate! Wstawaj! Nie pozwolę, żebyś się spóźnił pierwszego dnia! – Usłyszałem z dołu głos Ammy.

Spojrzałem na plamę światła na podłodze. Jak z oddali słyszałem bębnienie deszczu o stare okiennice w stylu kolonialnym. Chyba pada. To już rano? I jestem w swoim pokoju...

Było duszno i wilgotno od deszczu. Dlaczego zostawiłem otwarte okno?

Głowa mi pękała. Opadłem z powrotem na łóżko i sen zaczął się zacierać w mojej pamięci. Byłem bezpieczny. We własnym pokoju, w naszym starym domu, na tym samym skrzypiącym mahoniowym łóżku, na którym przede mną spało sześć pokoleń Wate'ów. Nikt nigdy nie spadał z niego przez czarne dziury pełne błota.

Gapiłem się na otynkowany sufit, błękitny jak niebo – ten kolor miał odstraszać pewien gatunek pszczół przed zagnieżdżeniem się w drewnie.

Coś było ze mną nie tak.

Ten sen śnił mi się od miesięcy. Nie pamiętałem go w całości, ale jeden fragment zawsze był taki sam. Spadamy – ja i dziewczyna. Chcę ją przytrzymać, ale nie mogę. A jeśli ją puszczę, przytrafi jej się coś strasznego. I w tym właśnie problem. Nie mogę pozwolić jej odejść. Nie mogę jej stracić. Czuję się tak, jakbym był w niej zakochany, a nawet jej nie znam. Czy można kogoś pokochać, zanim się go zobaczy?

Istne szaleństwo. To tylko dziewczyna ze snu. Nawet nie wiedziałem, jak wygląda. Śniła mi się niemal co noc, ale nigdy nie widziałem jej twarzy. Nie mogłem jej zapamiętać. Mimo to za każdym razem ogarniał mnie strach. Bałem się, że ją utraciłem. Wymykała mi się, a żołądek podchodził mi do gardła. Zupełnie jak na kolejce górskiej, która gwałtownie opada w dół.

Motyle w brzuchu. Metafora do bani. Prędzej wściekłe pszczoły.

Dobra, przeszło mi. Muszę wreszcie wstać i wziąć prysznic.

Słuchawki ciągle wisiały na mojej szyi.

Spojrzałem na iPoda i zobaczyłem piosenkę, której nie znałem.

Szesnaście księżyców.

A to co? Kliknąłem w nią. Melodia zapadała w pamięć. Nie mogłem sobie przypomnieć głosu, ale miałem wrażenie, że już go wcześniej gdzieś słyszałem.

> *Szesnaście księżyców, szesnaście lat*
> *Szesnaście razy trwoga ma trwa*
> *Szesnaście razy rozpacz się śni*
> *Spadam, spadam przez wszystkie te dni...*

To było ponure, niesamowite, niemal hipnotyczne.

– Ethanie Lawsonie Wate! – Głos Ammy przebił się przez muzykę.

Wyłączyłem iPoda i usiadłem na łóżku, odrzucając kołdrę. Miałem wrażenie, że na prześcieradle jest pełno piasku. Wiedziałem, co to było.

Błoto. Miałem je nawet pod paznokciami, tak jak ostatnio, gdy śnił mi się ten sen.

Zwinąłem prześcieradło i wrzuciłem je do kosza na brudną bieliznę pod wczorajszą przepoconą bluzę treningową. Wszedłem pod prysznic i próbowałem zapomnieć o wszystkim, szorując ręce, aż resztki snu spłynęły razem z wodą. Nie myślałem o błocie. Udawałem, że nic się nie stało. To był mój sposób na stres. Robiłem tak przez ostatnie miesiące.

Tyle że to się nie udawało, jeśli chodziło o nią. Nie mogłem nic na to poradzić. Ciągle o niej myślałem. Powracałem do snu i nie umiałem wyjaśnić dlaczego. To była moja tajemnica. Miałem szesnaście lat i zakochałem się w dziewczynie, która nie istniała. I chyba naprawdę zaczynałem wariować.

Mogłem się szorować nie wiem jak mocno, a serce i tak biło jak szalone. I ten zapach. Ciągle ten sam. Przebijał się przez mydło i szampon. Ledwie wyczuwalny, ale jednak.

Cytryny i rozmaryn.

Zszedłem na dół, do pełnej bezpieczeństwa monotonii. Amma postawiła przede mną stary, niebiesko-biały talerz z taniej chińskiej porcelany. Ten sam co zawsze – dragonware, jak go nazywała moja mama. Dostałem jajka na bekonie i grzanki posmarowane masłem. Amma zajmowała się domem, ale dla mnie była bardziej babcią niż gosposią. I trzeba przyznać, że inteligencją i uporem przewyższała moją prawdziwą babcię. Praktycznie mnie wychowała. Zdaje się, że postawiła sobie za cel, żebym urósł o kolejne trzydzieści centymetrów, chociaż już teraz miałem metr osiemdziesiąt pięć centymetrów wzrostu. Tego ranka byłem taki głodny, jakbym nie jadł przez tydzień. Pochłonąłem jajko i dwa kawałki bekonu, dopiero wtedy poczułem się lepiej. Uśmiechnąłem się do Ammy z pełnymi ustami.

– Nie żałuj mi. To pierwszy dzień szkoły.

Amma z hukiem postawiła przede mną olbrzymią szklankę soku pomarańczowego i jeszcze większą pełnotłustego mleka. Tylko takie się tutaj piło.

– Skończyła się czekolada?

Piłem czekoladę tak jak inni colę czy kawę. Już od rana potrzebowałem mojej działki cukru.

– A-K-L-I-M-A-T-Y-Z-O-W-A-Ć.

Amma uwielbiała krzyżówki. Im większe, tym lepsze. I lubiła sięgać do swojej krzyżówkowej wiedzy przy byle okazji. Sposób, w jaki literowała słowo, przypominał pisanie na maszynie.

– To znaczy tyle co: „przyzwyczajać się do czegoś". I tylko nie myśl, że wyjdziesz, jeśli tego nie wypijesz. Do końca.

– Tak jest, pszepani.

– Ale się wystroiłeś!

Nie wystroiłem się. Włożyłem dżinsy i wypłowiały T-shirt. W szafie miałem ich wiele, a wszystkie z napisami; dzisiaj wybrałem ten z napisem Harley-Davidson. I te same czarne trampki Chuck Taylor, które nosiłem już trzeci sezon.

– Myślałam, że się ostrzyżesz. – Niby mnie skarciła, ale w jej głosie zabrzmiała czułość.

– Nic takiego nie mówiłem.

– Nie wiesz, że oczy są oknami duszy?

– A może nie chcę, żeby ktoś zaglądał do mojej duszy.

Ukarała mnie kolejną porcją bekonu. Amma miała sto pięćdziesiąt centymetrów wzrostu i była starsza niż nasz dragonware, chociaż co roku w swoje urodziny twierdziła, że właśnie skończyła pięćdziesiąt trzy lata. Ale trudno było nazwać ją poczciwą starszą panią. W naszym domu była bezwzględnym autorytetem.

– Nie wyjdziesz z mokrymi włosami. Nawałnica i dmucha, jakby złe kopało w wiatr i nie chciało przestać.

Przewróciłem oczami. Amma miała własny sposób opisywania rzeczy. Religia i przesądy mieszały się w nim w jedno, jak to jest możliwe tylko na Południu. „Nadchodzi ciemność", mawiała mama, gdy Amma wpadała w ten swój nastrój. Wtedy lepiej było nie wchodzić jej w drogę. I nie ruszać amuletów leżących na parapecie ani szmacianych lalek, które robiła i trzymała w szufladach.

Nałożyłem sobie kolejną porcję jajek i skończyłem śniadanie godne sportowca – jajka, bekon, marmolada, grzanki. Z przyzwyczajenia spojrzałem w stronę korytarza. Drzwi od gabinetu taty ciągle były zamknięte. Tata pisał w nocy, a w dzień spał na starej kanapie w gabinecie. Tak było od śmierci mamy, od kwietnia zeszłego roku. Ciotka Karolina, która wiosną przyjechała nas odwiedzić, stwierdziła, że równie dobrze mógłby być wampirem. Pewnie zobaczę go dopiero jutro rano. Bo sam za nic nie otworzę tych drzwi.

Ktoś zatrąbił na ulicy. Link. Chwyciłem znoszony plecak i wybiegłem na deszcz. Niebo było tak ciemne, że równie dobrze mogła być siódma wieczór, a nie siódma rano. Pogoda już od kilku dni była paskudna.

Samochód Linka stał na ulicy. Silnik głośno charczał, muzyka ryczała. Od lat jeździłem z Linkiem codziennie do szkoły. Zostaliśmy najlepszymi przyjaciółmi, gdy w autobusie podzielił się ze mną ciastkiem z kremem. Później się dowiedziałem, że ten kawałek spadł mu na podłogę.

Obaj zrobiliśmy prawo jazdy w te wakacje, ale to Link miał samochód. O ile można było to w ogóle nazwać samochodem. Link nazywał go czule Rzęchem.

Silnik Rzęcha zagłuszał odgłosy burzy.

Amma stała na werandzie ze skrzyżowanymi ramionami, w pozie pełnej dezaprobaty.

– Wesleyu Jeffersonie Lincolnie, przycisz te dzikie wrzaski. Bo zadzwonię do twojej mamy i powiem, co robiłeś całe lato w naszej piwnicy, gdy miałeś dziewięć lat.

Link się skrzywił. Niewiele osób zwracało się do niego, używając prawdziwego imienia, do tych nielicznych należała jego matka i Amma.

– Tak, pszepani.

Kiedy trzasnęły siatkowe drzwi, Link się roześmiał. Ruszył z piskiem opon po mokrym asfalcie, jakbyśmy przed kimś uciekali. Tak właśnie jeździł. Chociaż nigdy nikomu nie uciekliśmy.

– Co robiłeś w mojej piwnicy, gdy miałeś dziewięć lat?

– Lepiej zapytaj, czego tam nie robiłem!

Link na szczęście ściszył muzykę, bo hałas był okropny. Właśnie miał mnie zapytać, czy podoba mi się piosenka, co zresztą robił codziennie. Tragedią jego zespołu, Who Shot Lincoln, było to, że żaden z jego członków nie potrafił grać ani śpiewać. Ale Link i tak gadał tylko o perkusji, wyprowadzce do Nowego Jorku i o licznych kontraktach. To jednak prawdopodobnie nigdy nie nastąpi. Mówiąc „prawdopodobnie", mam na myśli to, że prędzej odda rzut za trzy punkty z parkingu przed salą gimnastyczną, i to z zasłoniętymi oczami i po pijaku.

Link nie myślał o studiach, ale miał nade mną tę przewagę, że wiedział, czego chce. Nawet jeżeli jego plany miały nie wypalić. Ja natomiast trzymałem w pudle po butach broszury różnych uczelni. Nie mogłem ich pokazać ojcu. Zresztą było mi wszystko jedno, który uniwersytet mnie przyjmie, byle leżał jakieś półtora tysiąca kilometrów od Gatlin.

Nie chciałem skończyć jak mój tata, mieszkając w tym samym domu, w tym samym małym mieście, w którym dorastałem, wśród tych samych ludzi, którzy nigdy nie marzyli, żeby stąd wyjechać.

Po obu stronach ulicy stało mnóstwo starych wiktoriańskich domów, niemal identycznych. Nic się nie zmieniło od czasu, gdy je zbudowano ponad sto lat temu. Ulica, przy której mieszkałem, nazywała się Cotton Bend, czyli Bawełniany Zaułek, ponieważ z tyłu za domami ciągnęły się plantacje bawełny. Teraz sięgały drogi numer 9 i była to jedyna rzecz, która uległa zmianie.

Wziąłem starego pączka z pudełka leżącego na podłodze samochodu.

– To ty wgrałeś tę dziwną piosenkę na mojego iPoda?

– Jaką piosenkę? Posłuchaj tego!

Link podkręcił swój najnowszy utwór.

– Musisz nad tym popracować, podobnie jak nad wszystkimi innymi kawałkami.

Powtarzałem mu to codziennie.

– Taa... wiesz, nad twoją buźką też trzeba będzie popracować. Bo ci ją rozkwaszę.

A on codziennie odpowiadał tak samo.

Przeleciałem przez playlistę.

– *Szesnaście księżyców*, znasz taką?

– Nie mam pojęcia, o czym mówisz.

Nie było jej na iPodzie. Zniknęła, ale słuchałem jej tego ranka. Nie? Przecież jej sobie nie wyobraziłem, nadal miałem ją w głowie.

– Poczekaj, puszczę ci coś nowego.

Link zerknął, żeby wybrać właściwą ścieżkę.

– Patrz na drogę!

Nie zwrócił na mnie uwagi. Kątem oka dostrzegłem przejeżdżający przed nami samochód...

Przez sekundę odgłosy ulicy, deszcz i Link... Cały świat rozpłynął się w ciszy. Miałem wrażenie, że wszystko dzieje się jak w zwolnionym tempie. Nie mogłem oderwać wzroku od tego auta. Nie potrafiłem opisać tego uczucia...

I wtedy minęło nas i skręciło w drugą stronę.

Nie rozpoznałem tego samochodu, nigdy wcześniej go nie widziałem. A znałem każdy pojazd w naszym miasteczku. O tej porze roku w Gatlin nie było turystów, bo nikt normalny tu nie przyjeżdżał w okresie deszczy i huraganów.

Długa czarna limuzyna przypominająca karawan. A raczej... To był karawan.

Może to jakiś omen? Może ten rok miał być gorszy, niż sądziłem?

– Jest, posłuchaj. *Black Bandanna*. Ta piosenka zrobi ze mnie gwiazdę!

Gdy Link w końcu spojrzał na drogę, samochodu już nie było.

Drugi września

Nowa

Osiem przecznic. Tyle trzeba było przejechać, żeby dostać się z Cotton Bend do naszego liceum. W tym czasie mogłem zmienić całe swoje życie. Osiem przecznic wystarczyło, żebym zapomniał o czarnym karawanie. Może dlatego nie powiedziałem o nim Linkowi.

Minęliśmy Stop & Shop – nazwę „Stań i Kup" już dawno w miejscowym żargonie przerobiliśmy na „Stań i Zwiń", czyli Stop & Steel. Był to jedyny sklep spożywczy w mieście i najbliższy z międzynarodowej sieci 7-Eleven. Dlatego za każdym razem, gdy tu zaglądaliśmy, trzeba było uważać, żeby nie wpaść na czyjąś mamę robiącą zakupy albo, co gorsza, na Ammę.

Zauważyłem znajome kombi Grand Prix zaparkowane przed sklepem.

– O, nie! Fatty się tu przyczaił.

Siedział na miejscu kierowcy i czytał „Stars and Stripes".

– Może nas nie zauważył. – Link przyglądał mu się uważnie w lusterku wstecznym.

– Albo jesteśmy uziemieni.

Fatty był stróżem porządku, specjalistą od łapania wagarowiczów ze szkoły Stonewall Jackson i dumnym członkiem policji w Gatlin. Jego dziewczyna, Amanda, pracowała w Stop & Steal, i dlatego codziennie Fatty podjeżdżał pod sklep i czekał, aż dostarczą pączki. Było to duże utrudnienie dla takich niepoprawnych spóźnialskich jak ja i Link.

Każdy, kto chodził do liceum, znał rozkład zajęć Fatty'ego tak dobrze jak własny plan lekcji. Dzisiaj policjant machnął ręką, żebyśmy jechali dalej, nie odrywając się nawet od wiadomości sportowych. Pozwalał nam przejechać.

– Wiadomości sportowe i słodka bułeczka. To znaczy...

– ...że mamy pięć minut!

Na szkolny parking wtoczyliśmy się na luzie. Mieliśmy nadzieję, że uda się nam niepostrzeżenie prześlizgnąć obok portierni. Ale na dworze ciągle lało, więc zanim dobiegliśmy do budynku, całkiem przemokliśmy. Buty skrzypiały nam tak głośno, że równie dobrze moglibyśmy wejść, tupiąc.

– Ethan Wate! Wesley Lincoln!

Staliśmy, ociekając deszczem, i czekaliśmy na karę. Spóźnienie oznaczało jedno! Zostaniemy po lekcjach.

– Pierwszy dzień szkoły, a wy już spóźnieni! Matka na pewno z panem porozmawia, panie Lincoln. A pan, panie Wate, niech nie będzie taki zadowolony. Amma przetrzepie panu skórę.

Panna Hester miała rację. Amma dowie się o spóźnieniu za jakieś pięć minut, jeśli już o nim nie wie. Tak to było w Gatlin. Mama mawiała, że Carlton Eaton, naczelnik poczty, czyta każdy list, który wygląda choć trochę ciekawie. A potem nie raczy nawet go zakleić. I nie chodziło tylko o to, że były tam jakieś istotne wiadomości. Każdy dom miał swoje tajemnice, ale wszyscy w sąsiedztwie je znali. Nawet jeżeli nie było żadnych tajemnic.

– Panno Hester, padał deszcz i jechałem powoli...

Link jak zwykle liczył na swój urok osobisty. Panna Hester poprawiła okulary i spojrzała na niego bez zachwytu. Cienki łańcuszek, na którym zawiesiła okulary, kołysał się przy każdym jej ruchu.

– Nie mam teraz czasu na pogawędki. Dzisiejsze popołudnie spędzicie w szkole – powiedziała stanowczo, wręczając każdemu z nas błękitny druczek.

Rzeczywiście była zajęta. Zanim zniknęliśmy za rogiem, poczułem lakier do paznokci. Witamy z powrotem w Jackson!

W Gatlin pierwszy dzień szkoły wygląda zawsze tak samo. Nauczyciele, którzy znają cię z kościoła, już w przedszkolu decydują, czy jesteś głupi czy inteligentny. Ja należałem do inteligentnych, bo moi rodzice byli profesorami. Link był głupi, ponieważ pogniótł strony w Biblii, szukając odpowiedzi na pytania z quizu ze znajomości Pisma Świętego. A raz zwymiotował podczas przedstawienia bożonarodzeniowego. Ja byłem tym mądrym, więc z wypracowań dostawałem zawsze dobre oceny. Linkowi przyczepiono etykietkę głupka, i miał kiepskie stopnie. Myślę, że nauczyciele nawet nie czytali naszych prac. Czasami w samym środku wypracowania pisałem coś zupełnie przypadkowego, żeby sprawdzić, czy zareagują. Nikt nigdy nie powiedział ani słowa.

Niestety ta reguła nie obowiązywała w przypadku testów wielokrotnego wyboru. Przekonałem się o tym już na pierwszej lekcji angielskiego. Siedemdziesięcioletnia pani profesor – która nazywała się English! – spodziewała się, że podczas wakacji przeczytamy *Zabić drozda*. Pierwszy raz oblałem. Super. Czytałem to dwa lata wcześniej i niezbyt dobrze pamiętałem szczegóły. W dodatku to była jedna z ulubionych lektur mamy.

Oto jeden mało znany fakt z mojego życia: dużo czytam. To właśnie książki sprawiały, że opuszczałem Gatlin, chociażby tylko na trochę. W pokoju na ścianie miałem mapę i za każdym razem, gdy czytałem o miejscu, które chciałem zobaczyć, zaznaczałem je. Nowy Jork pojawił się w *Buszującym w zbożu*. *Wszystko za życie* zawiodło mnie na Alaskę. A gdy czytałem *W drodze*, dodałem do swojej listy Chicago, Denver, Los Angeles i Meksyk. Kerouac mógł mnie zaprowadzić praktycznie wszędzie. Co kilka miesięcy rysowałem linię, łącząc na mapie zaznaczone punkty. W czasie wakacji, ostatnich przed rozpoczęciem studiów, chciałem wyruszyć tą trasą. Pod warunkiem że kiedykolwiek uda mi się stąd wyjechać. Nie chwaliłem się nikomu mapą ani czytaniem. Książki i koszykówka nie idą w parze.

Z chemią nie było lepiej. Pan Hollenback postanowił, że w laboratorium będę pracował w parze z Nieznoszącą Ethana Emily, znaną również jako Emily Asher. Pogardzała mną od ubiegłorocznego balu, kiedy do smokingu włożyłem trampki i pozwoliłem, żeby tata zawiózł nas zardzewiałym volvo, w którym nie domykało się okno. Zrujnowało to perfekcyjną fryzurę Emily. Gdy dotarliśmy na miejsce, wyglądała jak Maria Antonina, która właśnie wstała z łóżka. Emily nie rozmawiała ze mną przez resztę wieczoru i namówiła Savannah Snow, żeby mnie pchnęła na wazę z ponczem. I to był z grubsza koniec między nami.

Dla chłopaków byliśmy źródłem nieustającej radości, bo ciągle oczekiwali, że się zejdziemy. Problem w tym, że nie przepadałem za dziewczynami pokroju Emily. Była ładna i tyle. A ja chciałem nie tylko patrzeć, ale jeszcze rozmawiać. I to niekoniecznie o prywatkach i koronacji na zimowym balu. Szukałem dziewczyny inteligentnej lub zabawnej, albo przynajmniej takiej, z którą dobrze pracowałoby mi się na zajęciach w laboratorium.

Niewykluczone, że nigdy nie spotkam takiej dziewczyny. Ale i tak marzenie jest lepsze niż nocny koszmar. Nawet jeśli ten koszmar nosi spódniczkę cheerleaderki.

Jakoś udało mi się przeżyć chemię, ale ta lekcja popsuła mi humor na cały dzień. W tym roku znowu miałem historię Stanów Zjednoczonych, jedyną zresztą, jakiej uczyli w naszym liceum. Kolejny rok spędzę, ucząc się o Napaści Północy na Południe z panem Lee. Nie, nie jest spokrewniony z generałem Robertem Edwardem Lee, naczelnym wodzem sił wojskowych Konfederacji, chociaż duchowo zarówno on, jak i słynny konfederat na pewno stanowią jedność.

Pan Lee był jednym z niewielu nauczycieli, którzy mnie nie znosili. W zeszłym roku, zachęcony przez Linka, napisałem referat zatytułowany *Napaść Południa na Północ* i pan Lee postawił mi D. A więc czasami profesorowie czytywali nasze wypracowania.

Znalazłem miejsce z tyłu, koło Linka, przepisującego notatki z jakichś zajęć, które wcześniej przespał. Gdy usiadłem obok, przerwał pisanie.

– Słyszałeś?

– Co?

– W Jackson jest nowa uczennica.

– Jest mnóstwo nowych dziewczyn. Cała pierwsza klasa, kretynie.

– Nie mówię o pierwszoklasistkach. Mamy nową w klasie!

W innym liceum nowa uczennica w drugiej klasie nie byłaby niczym niezwykłym. Ale to było Jackson. Od podstawówki, kiedy Kelly Wix wprowadziła się do miasta z dziadkami – po tym, jak aresztowano jej ojca za to, że uprawiał hazard w piwnicy w Lake City – nie widziano tu nowej uczennicy.

– Kto to?

– Nie mam pojęcia. Na drugiej lekcji miałem wychowanie obywatelskie z bandą przygłupów. A oni o niczym nie wiedzieli. Poza tym że gra na skrzypcach czy czymś takim. Ciekawe. Może to jakaś fajna laska.

Link, podobnie jak większość facetów, myślał tylko o jednym. A ponieważ mógł o tym wyłącznie myśleć, rekompensował sobie ten fakt gadaniem.

– Należy do bandy przygłupów?

– Nie, gra. Może kocha muzykę klasyczną? To tak, jak ja!

– Muzykę klasyczną?

Jedynym miejscem, w którym Link mógł usłyszeć muzykę klasyczną, był gabinet dentystyczny.

– No wiesz, klasyka. Pink Floyd, Black Sabbath, Stonesi.

Zacząłem się śmiać.

– Panie Lincoln, panie Wate. Przykro mi, że przerywam panom rozmowę, ale chciałbym zacząć zajęcia, jeżeli wam to nie przeszkadza. – Ton pana Lee był tak samo sarkastyczny jak w zeszłym roku, a przetłuszczające się włosy i plamy potu na koszuli tak samo obrzydliwe. Nauczyciel rozdał plan zajęć, którego używał chyba od dziesięciu lat. Pewnie trzeba będzie uczestniczyć w rekonstrukcji wojny secesyjnej. I to nawet na pewno. Pożyczę mundur od jednego z wujków, którzy dla zabawy organizowali takie imprezy w weekendy. No, jedno z głowy.

Po dzwonku sterczeliśmy razem z Linkiem w hallu przy naszych szafkach w nadziei, że spotkamy nową. Słuchałem gadania Linka i miałem wrażenie, że ta dziewczyna jest jego bratnią duszą, przyjaciółką z zespołu i pewnie jeszcze kumpelką od innych rzeczy, o których wolałem nie słyszeć. Ale jedyną osobą, którą udało nam się dostrzec, była grubawa Charlotte Chase, ubrana w dżinsową spódnicę, o dwa rozmiary za małą. Czyli musieliśmy pogodzić się z tym, że do lunchu niczego się nie dowiemy, ponieważ następną lekcją miał być JM – język migowy, na którym nie można było normalnie rozmawiać. Nikt nie był dość dobry w miganiu, żeby przeliterować „nowa uczennica", zwłaszcza odkąd JM był jedyną lekcją, na której spotykała się cała drużyna koszykarska.

Byłem w drużynie od ósmej klasy podstawówki. Od czasu, kiedy w ciągu jednych wakacji urosłem piętnaście centymetrów, a podczas następnych przerosłem wszystkich w klasie. Poza tym trzeba robić coś normalnego, jeśli oboje rodzice są profesorami. Okazało się, że naprawdę dobrze gram w kosza. Jakoś zawsze wiedziałem, gdzie przeciwnik poda piłkę, i to mi dawało prawo do stałego miejsca w kafejce. W Jackson taka rzecz wiele znaczyła.

Dzisiaj moje miejsce było warte nawet więcej, bo Shawn Bishop, nasz rozgrywający, obok którego siedziałem, widział nową. Link zadał tylko jedno pytanie, które miało znaczenie dla chłopaków.

– Gadaj, ostra laska?

– No... niezła.

– Taka jak Savannah Snow?

Jak na zawołanie Savannah, do której porównywaliśmy wszystkie inne dziewczyny w szkole, weszła do kafejki ramię w ramię z Nieznoszącą Ethana Emily. Gapiliśmy się na nią wszyscy, bo Savannah – sto siedemdziesiąt centymetrów wzrostu – miała najpiękniejsze nogi na świecie. Emily i Savannah wyglądały niemal identycznie, nawet jeśli nie nosiły mundurków cheerleaderek. Jasne włosy, opalenizna z solarium, japonki i dżinsowe spódniczki, tak krótkie, że mogły uchodzić za paski. Savannah miała nogi do samej szyi, ale to na Emily gapili się chłopcy, gdy latem przechadzała się w bikini nad jeziorem. Nigdy nie nosiły ze sobą książek, tylko metalowe torebeczki. Tak maleńkie, że mieścił się w nich jedynie telefon komórkowy. Właściwie torebka Emily i tak cały czas była pusta, bo dziewczyna bez przerwy wysyłała SMS-y.

Różnice między nimi sprowadzały się do pozycji w drużynie cheerleaderek. Savannah była kapitanem. A w słynnej piramidzie Wild Cats stała na samym dole i wraz z innymi dziewczynami podtrzymywała dwa rzędy cheerleaderek opierających się na ramionach koleżanek. Miejsce Emily było na szczycie piramidy. Wyrzucano ją jakieś półtora metra w górę, gdzie wykonywała salto lub inną ewolucję, która mogła się źle skończyć. Ale Emily zaryzykowałaby wszystko, byle tylko pozostać na szczycie. Savannah nie musiała. Gdy podrzucano Emily w górę, piramida miała się dobrze i bez niej. Jeśli Savannah przesunęła się o dwa centymetry, konstrukcja się rozsypywała.

Nieznosząca Ethana Emily zauważyła, że przyglądamy im się z uwagą.

Spojrzała na mnie z chmurną miną. Chłopaki się zaśmiały, a Emory Watkins klepnął mnie w plecy.

– Uuu... Emily się gapi! Cały czas coś do ciebie ma.

Nie chciałem dzisiaj myśleć o Emily. Wolałbym kogoś, kto jest jej całkowitym przeciwieństwem. Odkąd Link poruszył temat na historii, cały czas to we mnie tkwiło. Nowa. Nadarzyła się okazja poznać kogoś innego, z jakiegoś nowego, nieznanego miejsca. Kogoś, kto miał inne życie niż my wszyscy. A w każdym razie ciekawsze niż ja.

Może nawet kogoś, o kim marzę. Wiedziałem, że to tylko mrzonki, ale chciałem w nie wierzyć.

– Słyszeliście o nowej? – Savannah rozsiadła się na kolanach Earla Petty'ego. Earl był naszym kapitanem i od czasu do czasu chłopakiem Savannah. Zdaje się, że dzisiaj akurat byli razem. Przesunął ręką po jej opalonych nogach tak wysoko, że trzeba było odwrócić wzrok.

– Shawn właśnie nam powiedział. To jakaś obłędna laska. Przyjmiecie ją do zespołu? – Link wziął parę kulek ziemniaczanych z mojej tacy.

– W życiu! Widziałeś jej ciuchy? To najpierw się jej przyjrzyj.

– I jest blada. Straszliwie.

Według Savannah nigdy nie jest się zbyt szczupłym ani opalonym.

– A wiecie, kim ona jest? – Emily siadła obok Emory'ego, pochylając się do nas nad stołem

– Co masz na myśli?

Emily urwała dla lepszego efektu.

– Jest siostrzenicą starego Ravenwooda.

Nie musiała się aż tak starać. Zrobiło się tak, jakby z sali uleciało nagle całe powietrze. Kilku chłopaków zaczęło się śmiać. Myśleli, że żartuje, ale ja wiedziałem, że to prawda.

Zatem nowa nie była z Gatlin. Była tak obca, że nawet nie mogłem jej sobie wyobrazić. Okazja, żeby spotkać dziewczynę moich marzeń, znikęła, zanim jeszcze pomyślałem o pierwszej randce. Byłem skazany na kolejne trzy lata z Emily Asher.

Macon Melchizedek Ravenwood w ogóle nie wychodził z domu. Przesiadywał w nim całymi dniami. Przy Ravenwoodzie nawet Boo Radley z *Zabić drozda* był duszą towarzystwa. Facet mieszkał w zapuszczonej rezydencji na najstarszej plantacji w Gatlin, cieszącej się bardzo złą sławą. I zdaje się, że ostatni raz widziano go w mieście na długo przed tym, jak się urodziłem.

– Poważnie? – spytał Link.

– Absolutnie. Carlton Eaton powiedział to wczoraj mamie, gdy przyniósł pocztę.

Savannah skinęła głową.

– Moja mama słyszała to samo. Ta dziewczyna wprowadziła się do starego Ravenwooda kilka dni temu. Przyjechała z Wirginii czy z Marylandu... Nie pamiętam.

Nie przestawali o niej mówić, o jej ubraniach, włosach, wujku i o tym, jaki to z niej dziwoląg. Tego właśnie najbardziej nienawidziłem w Gatlin. Komentowano tu wszystko, co powiedziałeś lub zrobiłeś, albo w co się ubrałeś. Gapiłem się na kulki ziemniaczane na tacy, pływające w pomarańczowej cieczy, która wcale nie przypominała sera.

Dwa lata, osiem miesięcy... Odliczałem ten czas z niecierpliwością. Musiałem się stąd wyrwać.

Po lekcjach z sali gimnastycznej korzystały cheerleaderki; miały tam próby. Deszcz wreszcie przestał padać, więc trening koszykówki przenieśliśmy na boisko pełne kałuż po porannym deszczu. Otaczał je betonowy murek, wyszczerbiony i nierówny, którego środkiem biegła szczelina szeroka niczym Wielki Kanion. Trzeba było uważać, żeby w nią nie wpaść. Ale najlepsze było to, że z boiska widziało się prawie cały parking i podczas rozgrzewki można było obserwować najważniejsze wydarzenia towarzyskie w Jackson.

Tego dnia miałem szczęście. W siedmiu rzutach wolnych siedem razy wrzuciłem piłkę do kosza, ale Earl szedł ze mną łeb w łeb.

Stuk. Osiem. Wyglądało to tak, jakbym tylko patrzył na kosz, a piłka sama wpadała do środka. Czasami zdarzały się takie dni jak ten.

Stuk. Dziewięć. Earl był poirytowany. Mogłem to poznać po sposobie, w jaki uderzał piłką, coraz mocniej i mocniej za każdym razem, gdy trafiłem. On był tym drugim, wokół którego wszystko się kręciło. Mieliśmy niepisaną umowę – ja pozwolę mu rządzić, a on nie będzie mi truł, że nie chodzę z nim codziennie po treningu do Stop & Steal, gdzie w nieskończoność mówiło się o tych samych dziewczynach i zamawiało te same przekąski.

Stuk. Dziesięć. Nie mogłem nie trafić. Może to geny, albo coś innego. Nie rozgryzłem tego, ale od śmierci mamy przestałem się nad tym zastanawiać. To był cud, że nie zrezygnowałem z treningów.

Stuk. Jedenaście. Earl chrząknął za mną, coraz mocniej odbijając piłkę. Usiłowałem się nie uśmiechać. Po kolejnym rzucie spojrzałem na parking. Zobaczyłem pasmo ciemnych włosów za kierownicą czarnej limuzyny.

Karawan.

Zamarłem.

Po chwili auto zawróciło i przez otwarte okno dostrzegłem dziewczynę patrzącą w moją stronę. A przynajmniej wydawało mi się, że ją zobaczyłem. Piłka uderzyła w obręcz, odbiła się w stronę ogrodzenia. Usłyszałem za sobą znajomy odgłos.

Stuk. Dwanaście. Earl Petty mógł się rozluźnić.

Gdy samochód odjechał, popatrzyłem na boisko. Wszyscy stali, jakby ujrzeli ducha.

– To była...?

Billy Watts, nasz atakujący, skinął potwierdzająco głową, opierając się ręką o ogrodzenie.

– Siostrzenica starego Ravenwooda.

Shawn rzucił w niego piłką.

– Jeździ jego karawanem?

Emory potrząsnął głową.

– Obłędna laska. Co za marnotrawstwo.

Wrócili do gry, ale zanim Earl wykonał kolejny rzut, znowu zaczęło padać. Pół minuty później złapała nas ulewa, jakiej wcześniej jeszcze nie było. Stałem nieruchomo, a deszcz spływał po mnie. Mokre włosy wchodziły mi do oczu, zasłaniając resztę szkoły i drużynę.

Zły omen to nie karawan. To dziewczyna.

Przez kilka minut dałem się ponieść marzeniom. Może ten rok będzie inny niż wszystkie do tej pory, może coś się zmieni? Będę miał z kim pogadać?

Ale miałem dobry dzień na boisku, a to nie zdarza się zbyt często.

Drugi września

Dziura w niebie

Smażony kurczak, ziemniaki purée z sosem, fasolka szparagowa i herbatniki – wszystko gniewne, zimne i zastygłe stało na kuchence. Zazwyczaj Amma czekała z obiadem, aż wrócę z treningu, ale nie dziś. Miałem kłopoty. Wściekła, siedziała przy stole, chrupała cynamonowe cukierki Red Hots i zgrzytała ołówkiem po krzyżówce w „New York Timesie". Tata w tajemnicy zaprenumerował dla niej niedzielne wydanie, ponieważ krzyżówki w „Stars and Stripes" miały za dużo błędów ortograficznych, a te w „Reader's Digest" były zbyt małe. Nie wiem, jak udało mu się to ukryć przed Carltonem Eatonem. Gdyby Carlton wiedział, obwieściłby całemu miastu, że „Stars and Stripes" nie jest dla nas dość dobre. Ale nie było takiej rzeczy, której tata nie zrobiłby dla Ammy.

Przesunęła talerz w moją stronę, patrząc na mnie, ale mnie nie widząc. Władowałem zimne purée i kurczaka do ust. Amma nie znosiła zostawiania jedzenia na talerzu. Starałem się trzymać z daleka od jej naostrzonego ołówka numer 2, którego używała tylko do swoich krzyżówek. Był tak ostry, że mógł ukłuć do krwi. I dzisiaj było to bardzo prawdopodobne.

Słuchałem monotonnego bębnienia deszczu w dach, jedynego dźwięku, jaki rozbrzmiewał w pokoju. Amma stuknęła ołówkiem w stół.

– Cztery litery... Otrzymywana za przewinienie... – Spojrzała na mnie. Nabrałem ziemniaków. Wiedziałem, o co chodzi. Osiem poziomo.

– K-A-R-A. To od „karać". Skoro nie możesz zdążyć do szkoły, nie będziesz wychodził z domu.

Zastanawiałem się, kto do niej zadzwonił i naskarżył, że się spóźniłem. Albo raczej, kto nie zadzwonił. Wcisnęła ołówek do starej automatycznej temperówki, stojącej na blacie, chociaż i tak był ostry. Ciągle nie patrzyła na mnie, co było gorsze, niż gdyby spojrzała mi prosto w oczy.

Podszedłem do niej, gdy temperowała ołówek, i ją objąłem.

– Ammo, daj spokój, nie wściekaj się. Lało jak z cebra. Mieliśmy gnać w takim deszczu?

Uniosła brwi, ale jej spojrzenie złagodniało.

– Wygląda na to, że będzie padać, dopóki się nie ostrzyżesz. I znajdź sposób, żeby przychodzić przed dzwonkiem.

– Tak, pszepani.

Uścisnąłem ją i wróciłem do zimnych ziemniaków.

– Nie uwierzysz! Mamy w klasie nową.

Nie wiem, dlaczego to powiedziałem. Pewnie dlatego że ciągle o tym myślałem.

– Myślisz, że nie słyszałam o Lenie Duchannes?

Omal nie zakrztusiłem się herbatnikiem. Lena Duchannes. U nas, na Południu, wymawiało się to tak jak rym do „deszcz"*. Amma powiedziała to w taki sposób, jakby słowo miało dodatkową sylabę – „Du-kay--yane".

– Ma na imię Lena?

– Tak i nie. A w ogóle to nie twój interes. Nie powinieneś zajmować

---

* Nazwisko Duchannes wymawia się jak „duszejn", a rain – czyli „deszcz" – jak „rejn" (przyp. tłum.).

się rzeczami, o których nie masz pojęcia, Ethanie Wate. – Pchnęła w moją stronę szklankę z gorącą czekoladą.

Amma zawsze mówiła zagadkami i nigdy ich nie wyjaśniała. Ostatni raz odwiedziłem ją w domu, w Wader's Creek, gdy byłem mały, ale znałem większość ludzi w tamtej okolicy. Zresztą wszyscy w promieniu stu pięćdziesięciu kilometrów od Gatlin szanowali Ammę za to, że stawiała tarota. I świetnie się na tym znała, podobnie jak wcześniej jej matka i jej babka. Kobiety w jej rodzinie od sześciu pokoleń wróżyły z kart. Gatlin było pełne bogobojnych baptystów, metodystów i zielonoświątkowców. Ale nawet oni nie potrafili się oprzeć tarotowi i chęci zmiany własnego przeznaczenia. Byli przekonani, że ktoś, kto umie czytać z kart, pomoże im to zrobić. I dlatego właśnie Amma była osobą, z którą należało się liczyć.

Czasami odkrywałem jej amulety wsunięte do moich szuflad lub na drzwiach gabinetu ojca. Raz tylko spytałem, co to. Ale tata dokuczał jej za każdym razem, gdy jakiś znalazł. Zauważyłem jednak, że nigdy żadnego nie wyrzucił. „Strzeżonego Pan Bóg strzeże", mawiał.

Myślę, że zabezpieczał się po prostu przed Ammą, która mogła sprawić, że gorzko by pożałował, gdyby usunął choć jeden amulet.

– Co o niej słyszałaś?

– Uważaj. Któregoś dnia wydłubiesz dziurę w niebie i cały świat się przez nią zawali. A wtedy wszyscy będziemy w tarapatach.

Ojciec przyczłapał do kuchni w piżamie. Nalał sobie kawy i sięgnął po opakowanie płatków. W uszach miał ciągle żółte zatyczki. Płatki oznaczały, że zaczyna dzień. Zatyczki, że tak naprawdę jeszcze go nie zaczął.

Pochyliłem się do Ammy.

– Co słyszałaś? – szepnąłem.

Wyrwała mi talerz i zaniosła do zlewu. Opłukała jakieś kości, które przypominały łopatkę wieprzową, co było dość dziwne, ponieważ na obiad mieliśmy kurczaka, i położyła na talerzu.

– Nie twoja sprawa. Dlaczego tak cię to interesuje?

– Nie interesuje. – Wzruszyłem ramionami. – Po prostu jestem ciekaw.

– Wiesz, co mówią o ciekawskich?

Wbiła widelec w mój kawałek placka, a potem rzuciła mi swoje słynne spojrzenie i wyszła.

Zrobiła to z takim impetem, że nawet ojciec zauważył kołyszące się drzwi. Wyciągnął zatyczkę z jednego ucha.

– Jak tam w szkole?

– W porządku.

– Co zrobiłeś Ammie?

– Spóźniłem się na pierwszą lekcję.

Spojrzeliśmy na siebie porozumiewawczo.

– Numer 2?

Kiwnąłem głową.

– Naostrzony?

– Zaczęła naostrzonym, a potem jeszcze raz go zatemperowała – westchnąłem. Tata prawie się uśmiechnął, co było rzadkością. Poczułem przypływ ulgi, może nawet satysfakcję.

– Wiesz, ile razy siedziałem przy tym stole, gdy byłem mały, a ona wyciągała na mnie ołówek? – Tak naprawdę nie było to pytanie. Porysowany stół ze śladami farby, kleju i markerów, pozostawionymi przez wszystkich Wate'ów, którzy tu mieszkali, ze mną włącznie, był jedną z najstarszych rzeczy w domu.

Uśmiechnąłem się. Tata wziął swoje płatki i pomachał do mnie łyżką. Amma wychowała ojca. Przypominała mi o tym, ledwie zdążyłem pomyśleć, żeby jej odpysknąć, kiedy byłem mały.

– M-I-R-I-A-D-A. – Tata przeliterował słowo, gdy włożył miseczkę do zlewu. M-U-L-T-U-M. To więcej niż sądzisz, Ethanie Wate.

Gdy wszedł do jasnej kuchni, jego uśmiech powoli zaczął znikać, by po chwili zupełnie zgasnąć. Wyglądał jeszcze gorzej niż zwykle. Cienie na jego twarzy były ciemniejsze, a pod skórą wyraźnie rysowały się kości policzkowe. Twarz miał szarozieloną od ciągłego przebywania w domu.

Od miesięcy przypominał żywego trupa. Trudno było uwierzyć, że to ten sam człowiek, który przesiadywał ze mną godzinami na brzegu jeziora, jadł kanapki z kurczakiem i uczył zarzucać wędkę. „W tył i w przód. Na dziesiątą i na drugą jak wskazówki zegara", mówił.

Ostatnie pięć miesięcy było dla niego trudne. Naprawdę kochał matkę. Ja zresztą też.

Wziął kawę i ruszył do gabinetu.

No dobra, może Macon Ravenwood nie był jedyną osobą, która nigdy nie opuszczała domu. Tyle że w naszym miasteczku brakowało miejsca dla dwóch Boo Radleyów. To był temat do rozmowy, a ja nie chciałem, żeby ojciec sobie poszedł.

– Jak idzie książka? – spytałem nagle.

W podtekście było: „Nie odchodź, porozmawiaj ze mną".

Spojrzał zdziwiony, po czym wzruszył ramionami.

– Jakoś leci. Ciągle jeszcze dużo zostało.

Nie mógł pisać. Tyle chciał powiedzieć.

– Siostrzenica Macona Ravenwooda wprowadziła się do niego – powiedziałem to w chwili, gdy z powrotem wsadzał zatyczki do uszu. Nasza synchronizacja jak zwykle szwankowała. Właściwie to ostatnio szwankowała moja synchronizacja z większością osób.

Tata wyjął zatyczkę, westchnął i wyjął drugą.

– Co? – Wracał do gabinetu. Czas rozmowy dobiegł końca.

– Macon Ravenwood, znasz go?

– Nie bardziej niż inni. To odludek. Nie opuszcza swojej rezydencji od wielu lat.

Popchnął drzwi i zniknął w środku. Nie poszedłem za nim. Zostałem w przejściu.

Nigdy nie przekroczyłem progu gabinetu. Raz, tylko jeden raz, gdy miałem siedem lat, tata przyłapał mnie na czytaniu powieści, której korekty jeszcze nie skończył. Gabinet był ciemny i przerażający. Nad wytartą wiktoriańską kanapą wisiał obraz zawsze zasłonięty prześcieradłem.

33

Wiedziałem, że nie należy pytać, co się pod nim kryje. Za kanapą, blisko okna, stało rzeźbione mahoniowe biurko ojca, kolejny zabytek, który przechodził z pokolenia na pokolenie. I książki. Stare, oprawione w skórę i tak ciężkie, że musiały leżeć na dużym stojaku, gdy się je otwierało. Wszystkie te rzeczy przywiązywały nas do Gatlin, tak jak robiły to z innymi Wate'ami przez ponad sto lat.

Wtedy, gdy mnie przyłapał, na biurku leżał rękopis. Leżał w otwartym kartonowym pudle, a ja po prostu musiałem sprawdzić, co w nim jest. Tata pisał powieść gotycką, nie była to więc lektura odpowiednia dla siedmiolatka. Ale każdy dom w Gatlin był pełen tajemnic, podobnie jak całe Południe. I mój dom nie stanowił wyjątku, nawet wtedy.

Tata znalazł mnie zwiniętego na kanapie w gabinecie. Kartki powieści były porozrzucane, jakby pudło eksplodowało. Wtedy jeszcze nie miałem pojęcia o czymś, czego po tym zdarzeniu nauczyłem się bardzo szybko – że należy zacierać ślady, kiedy się robi coś niedozwolonego. Pamiętam, jak mnie skrzyczał. I pamiętam mamę, która znalazła mnie przy starej magnolii w ogrodzie na tyłach domu. „Ethanie, niektóre rzeczy są własnością prywatną i należy to respektować".

Ja tylko chciałem wiedzieć. To było zawsze moim problemem. Nadal jest. Chciałem wiedzieć, dlaczego tata nigdy nie wychodził z gabinetu. I dlaczego teraz, po śmierci mojej mamy, nie mogliśmy zostawić tego starego, bezwartościowego domu, w którym mieszkało przed nami milion Wate'ów.

Ale nie dziś. Dziś chciałem tylko zapamiętać kanapki z kurczakiem, dziesiątą i drugą godzinę i tę chwilę, kiedy tata jadł płatki w kuchni i żartował ze mną. Zasnąłem, myśląc o tym.

Zanim następnego dnia odezwał się dzwonek na lekcje, Lena Duchannes była jedynym tematem rozmów w szkole. Między kolejnymi burzami i przerwami w dopływie prądu Loretta Snow, Eugenie Asher, matki Savannah i Emily, zdołały jakoś podać kolację. Zaprosiły też niemal każdego w mieście, żeby poinformować, że zwariowana siostrzenica Macona Ravenwooda jeździ po Gatlin jego karawanem, w którym na pewno ten szalony osobnik przewozi zwłoki, gdy nikt tego nie widzi. I wtedy się zaczęło.

W Gatlin można być pewnym dwóch rzeczy. Po pierwsze, że możesz być inny niż wszyscy, nawet pomylony, ale od czasu do czasu musisz się pokazać sąsiadom, żeby nie myśleli, że jesteś seryjnym mordercą. A po drugie, że jeżeli jest do rozpuszczenia jakaś plotka, zawsze znajdzie się ktoś, kto to zrobi. Nowa dziewczyna w mieście, która wprowadziła się do nawiedzonej rezydencji, zamieszkanej przez dziwaka, który nigdy nie wychodzi z domu, to prawdopodobnie największa sensacja w Gatlin od czasu wypadku mojej mamy. Nawet nie wiem, dlaczego tak strasznie się dziwiłem, że każdy o tym mówi – no może każdy z wyjątkiem chłopaków. Oni zawsze mieli ważniejsze sprawy na głowie.

– Patrz na to, Em. – Link zatrzasnął szafkę w szatni.

– Uuu... Casting do drużyny cheerleaderek! Wygląda na to, że mamy tu cztery ósemki, trzy siódemki i zatrzęsienie czwórek. – Emory nawet się nie fatygował, żeby policzyć wszystkie pierwszoklasistki, które oceniał poniżej czwórki.

– Ale sensacja. – Zamknąłem drzwiczki swojej szafki. – Widujemy je co sobotę w Dar-ee Keen.

Emory się uśmiechnął i poklepał mnie po plecach.

– Teraz te dziewczyny weszły do gry, Wate. – Przyjrzał się uczennicom w hallu. – Jestem gotów.

Emory lubił gadać. W zeszłym roku, gdy byliśmy jeszcze pierwszoklasistami, ciągle słyszeliśmy o obłędnych trzecioklasistkach, które zamierzał poderwać, skoro już udało mu się wejść do koszykarskiej reprezentacji szkoły. Emory, podobnie jak Link, lubił sobie wyobrażać różne rzeczy, ale nie był tak rozbrajająco nieszkodliwy jak Link. Miał w sobie coś perfidnego, coś złośliwego, tak jak wszyscy Watkinsowie.

Shawn potrząsnął głową.

– Lubię brzoskwinki prosto z krzaka.

– Brzoskwinie rosną na drzewach. – Byłem już porządnie wkurzony. Pewnie dlatego że spotkałem chłopaków przed stoiskiem z czasopismami w Stop & Steal, zanim przyszedłem do szkoły, i wtedy gadali o tym samym. A Earl kartkował jedynie te czasopisma, które go interesowały – z dziewczynami w bikini, leżącymi na maskach samochodów.

– O co ci chodzi? – Shawn popatrzył na mnie ze zdziwieniem.

Nie wiem, po co się wdałem w tę idiotyczną rozmowę. Tak samo idiotyczną jak środowe spotkania przed szkołą. Gdy się nad tym zastanowiłem, doszedłem do wniosku, że przypomina to raczej apel, na którym się sprawdza obecność. Jeśli należysz do paczki, obowiązuje cię parę zasad. W stołówce siadasz razem z innymi podczas lunchu, chodzisz na prywatki do Savannah Snow, zapraszasz cheerleaderkę na bal semestralny, a ostatniego dnia szkoły jedziesz nad jezioro Moultrie. Mogłeś dostać wszystko, jeżeli byłeś obecny na apelu. Tylko że mnie było coraz trudniej pojawiać się na tych środowych spotkaniach, chociaż nawet nie wiedziałem dlaczego.

Ciągle nad tym rozmyślałem, gdy się pojawiła.

Nawet gdybym jej nie zobaczył od razu, wiedziałbym, że przyszła. Korytarz – w którym na ogół jest tłok i wszyscy biegną do szafek, żeby zdążyć przed drugim dzwonkiem – opustoszał w kilka chwil. Każdy usuwał się z drogi, gdy w hallu pojawiła się ona, niczym gwiazda.

Albo trędowata.

Była piękna. Miała na sobie długą szarą suknię, a na wierzch zarzuciła białą sportową bluzę z napisem „Monachium". Do tego włożyła stare, zniszczone trampki. Na długim srebrnym łańcuszku na szyi miała mnóstwo jakichś dyndających rzeczy – plastikowy pierścionek z automatu, agrafka i cały stos chłamu, którego z daleka nie mogłem rozróżnić. Nie wyglądała na dziewczynę z Gatlin. Nie mogłem oderwać od niej oczu.

36

Siostrzenica Macona Ravenwooda. Co było ze mną nie tak?

Czarne, kręcone włosy założyła za uszy, paznokcie pomalowała czarnym lakierem. Ręce miała poplamione atramentem, jak gdyby po nich pisała. Szła korytarzem, jakbyśmy byli niewidzialni. Miała najbardziej zielone oczy, jakie kiedykolwiek widziałem; tak zielone, że można by uznać, że to jakiś nowy kolor.

– Ale obłędna laska – stwierdził Billy.

Wiedziałem, co im chodzi po głowach. Przez chwilę mieli ochotę rzucić swoje dziewczyny i do niej startować. Była zdobyczą.

Earl jeszcze raz omiótł ją taksującym spojrzeniem, zanim zatrzasnął swoją szafkę.

– Taa... Jeżeli zapomnisz, że jest dziwolągiem.

Było coś w tonie jego głosu. Albo może chodziło o to, dlaczego to powiedział? Dziewczyna była dziwolągiem, ponieważ nie pochodziła z Gatlin, nie dobijała się o przyjęcie do drużyny cheerleaderek i nie patrzyła na niego zalotnie już od pierwszej chwili. Właściwie w ogóle na niego nie spojrzała. Każdego innego dnia zignorowałbym uwagę Earla, ale dzisiaj nie wytrzymałem.

– Dlaczego? Bo nie ma mundurka, blond włosów i mini?

Nietrudno odgadnąć, o czym pomyślał Earl. W chwili, kiedy powinienem był go poprzeć, nie dotrzymałem swojej części niepisanej umowy.

– To siostrzenica Ravenwooda!

Przekaz był jasny. Superlaska, ale nawet o tym nie myśl. Żadna z niej zdobycz. Mimo to nie przestawali się gapić. Każdy, kto tylko był na korytarzu, utkwił w niej wzrok, niczym myśliwy namierzający zwierzynę.

A ona szła spokojnie. Naszyjnik kołysał się przy każdym jej kroku.

Kilka minut później stanąłem w drzwiach klasy, w której mieliśmy angielski. Była tam Lena Duchannes. Nowa. Nazywano by ją tak przez następne pięćdziesiąt lat, gdyby nie miała jeszcze innego przydomka: „siostrzenica starego Ravenwooda". Wręczyła pani English różowy druk przeniesienia. Nauczycielka rzuciła na niego okiem.

– Coś pokręcili z moim planem lekcji i nie miałam angielskiego – powiedziała Lena. – A na historię Stanów Zjednoczonych uczęszczałam aż przez dwa semestry w starej szkole – wydawało się, że jest sfrustrowana. Próbowałem powstrzymać uśmiech. Ona nigdy, tak naprawdę, nie miała historii Stanów Zjednoczonych. A już na pewno nie taką, jaką prowadził pan Lee.

– W porządku. Usiądź tam, gdzie jest wolne. – Pani English wręczyła jej egzemplarz *Zabić drozda*. Książka wyglądała na nową, jakby nikt nie zaglądał do niej wcześniej, co było prawdopodobne, bo można przecież obejrzeć film.

Nowa spojrzała i przyłapała mnie na tym, że ją obserwuję. Odwróciłem głowę, ale było już za późno. Próbowałem się powstrzymać od uśmiechu. Czułem się nieco zakłopotany i tym trudniej było mi zachować powagę. Nowa sprawiała wrażenie, jakby tego nie zauważyła.

– Dziękuję, mam własny egzemplarz. – Wyjęła książkę w twardej oprawie. Na okładce wytłoczono drzewo, a tom był stary i zniszczony. Wyglądał, jakby ktoś czytał go wiele razy. – To jedna z moich ulubionych książek – powiedziała, jakby nie było w tym nic dziwnego. I wtedy na serio zacząłem się gapić.

Nagle poczułem, jakby walec drogowy przejechał mi po plecach. Emily przepchnęła się przez drzwi, jakby mnie nie zauważyła. To był jej sposób na przywitanie. Oczekiwała przy tym, że pójdę za nią na tył klasy, gdzie siedziała nasza paczka.

Nowa usiadła na wolnym miejscu w pierwszym rzędzie, na ziemi niczyjej, tuż przed biurkiem pani English. Błąd. Każdy wiedział, że nie należy tam siadać. Pani English miała szklane oko i kiepski słuch, ponieważ jej rodzina prowadziła strzelnicę, jedyną w hrabstwie. Jeżeli się usiądzie gdziekolwiek indziej, pani English nie widzi i nie wzywa do odpowiedzi. Lena będzie musiała odpowiadać za całą klasę.

Emily wyglądała na rozbawioną. Przeszła koło nowej, kopiąc jej torbę. Książki rozsypały się w przejściu między ławkami.

– Ojej! – Emily się pochyliła i podniosła zniszczony zeszyt, którego okładka trzymała się już tylko na jednym kółku. Wzięła go do ręki, jakby to była zdechła mysz. – Lena Duchannes. To twoje nazwisko? Myślałam, że nazywasz się Ravenwood.

Lena powoli podniosła głowę.

– Możesz mi to oddać?

Emily przerzuciła kartki, jakby jej nie usłyszała.

– To twój pamiętnik? Jesteś pisarką? Fantastycznie!

Lena wyciągnęła rękę.

– Proszę.

Emily głośno zamknęła notatnik, trzymała go poza zasięgiem Leny.

– Mogę go pożyczyć? Chciałabym przeczytać coś, co napisałaś.

– Chcę go z powrotem, natychmiast. Proszę.

Lena wstała. Zapowiadało się ciekawie. Siostrzenica Ravenwooda pakowała się w paskudną sytuację. Nikt nie miał takiej pamięci jak Emily.

– Najpierw musisz się nauczyć czytać. – Wyrwałem Emily pamiętnik i wręczyłem go Lenie.

A potem usiadłem w ławce obok niej, dokładnie na ziemi niczyjej. Po stronie oka, które widziało. Emily spojrzała na mnie z niedowierzaniem. Nie wiem, dlaczego to zrobiłem. Byłem tak samo zaszokowany jak ona. Nigdy w życiu nie siedziałem w pierwszej ławce. Dzwonek zadzwonił, zanim Emily zdążyła coś powiedzieć, ale to i tak nie miało znaczenia. Spodziewałem się, że wcześniej czy później za to zapłacę. Lena otworzyła notatnik i zignorowała nas oboje.

– Możemy zaczynać? – Pani English spojrzała znad biurka.

Emily przemknęła na swoje miejsce, które było wystarczająco daleko, żeby przez cały rok nie obawiać się wzywania do odpowiedzi i siedzieć jak najdalej od siostrzenicy tego starego Ravenwooda. A teraz i ode mnie.

Była to prawdziwa ulga, nawet jeśli musiałbym, nie przeczytawszy ani jednego rozdziału, analizować stosunki między Jemem a Scoutem przez pięćdziesiąt minut.

Gdy zadzwonił dzwonek, obróciłem się do Leny. Nie wiedziałem, co chcę jej powiedzieć. Może się spodziewałem, że mi podziękuje. Ale nie powiedziała nic, gdy pakowała książki do torby.

„156". To, co napisała na dłoni, nie było słowem. To był numer.

Lena Duchannes nie odezwała się do mnie. Ani tamtego dnia, ani podczas całego tygodnia. Mimo to nie przestawałem o niej myśleć i widziałem ją praktycznie wszędzie, chociaż ze wszystkich sił starałem się nie gapić. Właściwie to nie chodziło o nią. W każdym razie nie o jej wygląd – była ładna, to prawda, pomimo że nosiła dziwaczne ubrania i zniszczone trampki. Nie chodziło też o to, co mówiła w klasie – zwykle coś takiego, o czym nikt inny by nie pomyślał, a w każdym razie nie odważyłby się tego powiedzieć. Ani o to, że wydawała się inna niż wszystkie dziewczyny w Jackson. To było oczywiste.

Lena sprawiła, że uświadomiłem sobie, jak bardzo przypominałem ludzi z miasteczka, chociaż udawałem, że tak nie jest.

Lało cały dzień. Miałem zajęcia z ceramiki, powszechnie znane jako „gwarantowane A", ponieważ oceniano tylko wysiłek, nie efekty. Zapisałem się na ceramikę zeszłej wiosny. Musiałem zaliczyć jakieś zajęcia ze sztuki, a za wszelką cenę chciałem uniknąć gry w zespole, który hałaśliwie ćwiczył akurat piętro niżej. Ceramikę prowadziła niewiarygodnie koścista i wiecznie rozentuzjazmowana pani Abernathy. Savannah siedziała koło mnie. Byłem jedynym facetem na zajęciach, a ponieważ byłem facetem, nie miałem pojęcia, co powinienem robić.

– Dzisiaj będzie o eksperymentowaniu. Nie będziecie z tego oceniani.

Poczujcie glinę. Uwolnijcie umysł. I ignorujcie muzykę na dole.

Pani Abernathy skrzywiła się, gdy zespół na dole zarzynał utwór, przypominający „Dixie".

– Wbijcie ręce głęboko w glinę. Znajdźcie drogę do swojej duszy.

Rzuciłem glinę na koło garncarskie i patrzyłem, jak się obraca. Westchnąłem. To było prawie tak samo beznadziejne jak zespół. I gdy w klasie nagle ucichło, a buczenie koła garncarskiego stłumiło rozmowy z tylnych rzędów, muzyka na dole się zmieniła. Usłyszałem skrzypce. A może to była altówka? Piękny i smutny utwór, i równocześnie niepokojący. W surowych tonach muzyki więcej było talentu niż kiedykolwiek za czasów dyrygowania przez pannę Spider. Rozejrzałem się dookoła. Nikt nie zauważył zmiany. Dźwięk słyszałem tuż pod skórą.

Poznałem melodię i nagle usłyszałem tę piosenkę w mojej głowie tak wyraźnie, jakbym słuchał iPoda. Tym razem jednak słowa były inne.

> *Szesnaście księżyców, szesnaście lat*
> *Huk pioruna w uszach trwa*
> *Szesnaście mil nim zbliży się*
> *Szesnastu szuka i przed tym drży...*

Patrzyłem na obracającą się przede mną glinę. Bryła przybrała niewyraźny kształt. Im bardziej starałem się na niej skoncentrować, tym szybciej otoczenie rozpływało się wokół niej, aż miało się wrażenie, że klasa, stół, moje krzesło razem ze stołem, wszystko wiruje wokół gliny. Jakbyśmy byli ze sobą związani w tym nieustającym wirowaniu, w rytm melodii dobiegającej z sali na dole. Wszystko wokół mnie zniknęło. Powoli wyciągnąłem rękę i przeciągnąłem po glinie.

Nagle błysnęło i wirujący pokój rozpłynął się w inny obraz...

Spadałem.

Spadaliśmy.

To był mój sen. Zobaczyłem jej dłoń. Zobaczyłem, jak ją chwytam i moje palce wbijają się w jej skórę, zaciskając się na nadgarstku w desperackiej próbie przytrzymania. Ale ona mi się wymykała. Czułem to. Jej palce wyślizgiwały się z mojej dłoni.

– Nie puszczaj!

Chciałem jej pomóc za wszelką cenę. Pragnąłem tego bardziej niż czegokolwiek dotąd. I w tym momencie mi się wyślizgnęła...

– Ethanie, co robisz? – Pani Abernathy była zaniepokojona.

Otworzyłem oczy i próbowałem się otrząsnąć. Miałem te sny, odkąd zmarła mama, ale pierwszy raz zdarzyło mi się to w ciągu dnia. Przyglądałem się swoim szarym, brudnym palcom, oblepionym wysychającą gliną. W glinie na kole garncarskim zobaczyłem idealny odcisk dłoni, rozpłaszczony, jakbym nad tym pracował. Przyjrzałem się uważnie. To nie moja dłoń, była zbyt mała. To była dłoń dziewczyny.

Jej dłoń.

Zerknąłem na paznokcie. Zobaczyłem glinę, którą zeskrobałem z jej nadgarstka.

– Ethanie, mogłeś przynajmniej spróbować coś zrobić. – Podskoczyłem, kiedy pani Abernathy położyła rękę na moim ramieniu. Za oknem usłyszałem grzmot.

– Ale... pani Abernathy, wydaje mi się, że dusza Ethana się z nim komunikuje. – Savannah zachichotała, usiłując się dokładniej przyjrzeć. – Myślę, że ci podpowiada, żebyś zrobił manikiur, Ethanie.

Dziewczęta dookoła mnie zaczęły się śmiać. Rozgniotłem odcisk dłoni pięścią, zamieniając glinę z powrotem w bezkształtną masę. Wstałem, wytarłem ręce o dżinsy... I wtedy usłyszałem dzwonek. Złapałem plecak i, ślizgając się, skręciłem za róg. Zbiegłem ze schodów, które dzieliły mnie od sali, gdzie odbywały się próby zespołu i omal się nie potknąłem o rozwiązane sznurowadła. Musiałem sprawdzić, czy sobie tego nie wymyśliłem.

Pchnąłem podwójne drzwi. Scena była pusta. Minęliśmy się. Gdy ja pędziłem w dół, oni wszyscy poszli do góry. Nabrałem powietrza w płuca, ale widziałem, co poczuję, zanim zapach do mnie doleciał.

Cytryny i rozmaryn.

Na scenie panna Spider zbierała nuty porozrzucane wokół składanych krzeseł, których używali członkowie opłakanej szkolnej orkiestry. Zwróciłem się do niej:

– Przepraszam, kto grał tę... tę piosenkę?

Uśmiechnęła się do mnie.

– Mamy cudowny nowy nabytek do naszej sekcji smyczkowej. Altówka. Właśnie się wprowadziła do miasta.

Nie, to niemożliwe. Nie ona.

Odwróciłem się i wybiegłem z klasy, zanim panna Spider zdążyła powiedzieć, jak się nazywa jej nowa uczennica.

Gdy po ósmej lekcji rozległ się dzwonek, Link czekał na mnie w szatni przed szafkami. Przejechał ręką po nastroszonych włosach i obciągnął wypłowiałą czarną koszulkę z Black Sabbath.

– Link, potrzebuję samochodu.

– A co z treningiem?

– Nie dam rady, mam coś do załatwienia.

– Pyszczuniu, co ty gadasz?

– Daj kluczyki. Muszę wyjść.

Miałem sny, słyszałem piosenkę, a teraz jeszcze straciłem przytomność w środku zajęć. Nie wiedziałem, co się ze mną dzieje, ale wiedziałem, że to nic dobrego.

Gdyby mama żyła, pewnie bym jej o tym opowiedział. Mogłem jej o wszystkim powiedzieć. Ale odeszła. Tato nie opuszczał swojego gabinetu, a Amma zaraz zaczęłaby odczyniać te swoje uroki.

Byłem zupełnie sam.

Link trzymał kluczyki.

– Trener cię zabije.

– Wiem.

– Amma też się dowie.

– Wiem.

– I skopie ci tyłek tak, że popamiętasz. – Link z wahaniem wyciągnął rękę z kluczykami do Rzęcha. Chwyciłem je szybko. – Nie bądź głupi.

Obróciłem się i pognałem przed siebie.

Za późno.

Jedenasty września

Spotkanie

Zanim dobiegłem do samochodu, byłem cały mokry. Burze, jedna po drugiej, przewalały się nad okolicą już od tygodnia. Prognozy pogody podawano we wszystkich stacjach radiowych, które udało się złapać. Nie było ich znowu tak wiele, zważywszy, że radio zamontowane w Rzęchu odbierało tylko trzy stacje, wszystkie nadające poranne programy. Nade mną kłębiły się czarne chmury, a ponieważ był to sezon huraganów, nie należało tego lekceważyć. Ale dla mnie to wszystko nie miało znaczenia. Chciałem się wyrwać, dowiedzieć, co się dzieje, nawet jeśli nie wiedziałem, dokąd jadę.

Musiałem włączyć światła, ledwie wyjechałem z parkingu. Dalej niż metr przed maską nie widziałem niczego. To nie był dobry dzień na jazdę samochodem. Błyskawice rozdzierały przede mną ciemne niebo.

– Jeden, dwa, trzy... – liczyłem tak, jak Amma nauczyła mnie wiele lat temu. Uderzył piorun, co oznaczało, że burza się zbliżała. Była jakieś pięć kilometrów ode mnie.

Zatrzymałem się na światłach koło szkoły, na jednym z trzech skrzyżowań ze światłami w całym mieście. Nie wiedziałem, co robić. Deszcz bębnił w samochód. Z radia wydobywały się głównie trzaski, ale coś słyszałem. Zrobiłem głośniej i popłynęła piosenka, zagłuszając beznadziejnych spikerów.

Szesnaście księżyców...

Piosenka, która zniknęła z mojej playlisty, i której nikt nie słyszał. Piosenka, którą Lena Duchannes grała na altówce. Piosenka, która doprowadzała mnie do szaleństwa.

Światło zmieniło się na zielone i Rzęch szarpnął do przodu. Jechałem, chociaż nie miałem pojęcia dokąd.

Błyskawice przecinały niebo.

– Jeden, dwa... – liczyłem. Burza się zbliżała. Włączyłem wycieraczki. Nie pomogło, nadal nic nie widziałem. Błysnęło. – Jeden... – Grzmot huknął nad dachem samochodu i wiał taki wiatr, że deszcz padał niemal poziomo. Przednia szyba brzęczała, jakby za chwilę miała wypaść. Co mogło się zdarzyć, biorąc pod uwagę stan Rzęcha.

To nie ja ścigałem burzę. To burza ścigała mnie. I doścignęła. Z trudem utrzymywałem samochód na śliskiej jezdni. Rzęcha zarzucało, coraz niebezpieczniej zjeżdżał na boki.

Zrobiło się tak ciemno, że kompletnie nic nie było widać. Wcisnąłem hamulec i wpadłem w poślizg. Reflektory zamigotały. Para ogromnych zielonych oczu spojrzała na mnie ze środka drogi. Sarna! Myliłem się.

Ktoś stał na jezdni!

Z całej siły chwyciłem rękami kierownicę i przekręciłem gwałtownie w bok, uderzając przy okazji ramieniem w drzwi. Postać wyciągnęła rękę. Zamknąłem oczy, czekając na uderzenie. Ale nie nastąpiło.

Samochód szarpnął i stanął w miejscu jakiś metr od niej. Światła reflektorów, słabo widoczne w deszczu, oświetlały tanią foliową pelerynę, taką za trzy dolary z drogerii. To była ona, Lena Duchannes. Zdjęła kaptur, a deszcz spływał po jej twarzy. Zielone oczy, czarne włosy...

Zabrakło mi tchu. Już wcześniej wiedziałem, że ma zielone oczy. Ale teraz wyglądały inaczej. Nikt nie miał podobnych oczu. Były ogromne i nienaturalnie zielone, metaliczne. Przypominały błyskawice. Gdy tak stała w deszczu, miała w sobie coś niesamowitego.

Z trudem wygramoliłem się na zewnątrz, w deszcz, zostawiając samochód z zapalonym silnikiem i otwartymi drzwiami. Żadne z nas się nie odezwało. Staliśmy na środku drogi numer 9. Ulewa była taka, jakie zdarzały się tylko podczas huraganu albo gdy wiał północno-wschodni wiatr. Czułem, jak adrenalina krąży mi w żyłach, a mięśnie miałem tak napięte, jakbym ciągle spodziewał się zderzenia.

Wiatr i deszcz smagały włosy dziewczyny. Zrobiłem krok w jej stronę i znów uderzył mnie tan zapach. Mokre cytryny i rozmaryn. I nagle sen powrócił, niczym fale rozbijające się nad moją głową. Tylko tym razem, gdy wymykała mi się z rąk, zobaczyłem jej twarz.

Zielone oczy i czarne włosy. Wreszcie ją pamiętam. To była Lena. A teraz stała tuż przede mną...

Musiałem się upewnić. Chwyciłem ją za nadgarstek. Były tam – maleńkie zadrapania w kształcie półksiężyców, dokładnie w miejscu, w którym we śnie chwytałem ją za rękę. Gdy jej dotknąłem, przez moje ciało przebiegł prąd. Piorun uderzył w drzewo niecałe trzy metry od miejsca, gdzie staliśmy. Rozłupał pień równo na pół, drzewo zaczęło się tlić.

– Oszalałeś? A może jesteś beznadziejnym kierowcą? – Odsunęła się ode mnie, a w jej oczach błyszczał... gniew? Coś.

– To ty.

– I co? Zamierzałeś mnie przejechać?

– Ty... istniejesz. – Słowa dziwnie zabrzmiały w moich ustach, jakbym miał w nich watę.

– Jeszcze, choć niewiele brakowało, żebym dzięki tobie zamieniła się w zwłoki.

– Nie jestem szalony. To ty. Stoisz przede mną.

– Już niedługo. – Obróciła się do mnie plecami i ruszyła przed siebie.

Nie tak to sobie wyobrażałem.

Dogoniłem ją.

– Zaraz, to ty pojawiłaś się znikąd i wbiegłaś na środek szosy.

Gwałtownie machnęła ręką, jakby usiłowała przegnać jakąś myśl. I wtedy zobaczyłem długi, czarny samochód pod drzewami. Karawan z podniesioną maską.

– O czym ty mówisz? Szukałam kogoś, kto by mi pomógł, mądralo. Samochód mi zgasł. Mogłeś mnie po prostu ominąć, a próbowałeś przejechać.

– To ty byłaś w moich snach. I piosenka... Ta niesamowita piosenka na moim iPodzie.

Obróciła się gwałtownie.

– Jakich snach? Piosenka? Jesteś pijany, czy to jakiś żart?

– Wiem, że to ty! Masz ślady na nadgarstku.

Zdezorientowana spojrzała na swoją rękę.

– O to chodzi? – wskazała zadrapania. – Mam psa. Wyluzuj.

Ale wiedziałem, że się nie mylę. Wiedziałem, że to dziewczyna z mojego snu. Byłem tego pewien. Czy to możliwe, że Lena nie miała o niczym pojęcia?

Naciągnęła kaptur i ruszyła przed siebie w strugach deszczu. W długą drogę do Ravenwood. Zrównałem się z nią.

– Mam dla ciebie radę. Następnym razem nie wychodź na środek drogi podczas burzy. Zadzwoń pod sto jedenaście.

Nie zatrzymała się.

– Miałam zadzwonić na policję? Nie powinnam prowadzić. Mam tylko uczniowskie pozwolenie na jazdę samochodem, a do tego rozładowała mi się komórka.

Ewidentnie nie była z tych stron. Jedyny powód, dla którego policja mogłaby ją zatrzymać w tym mieście, to jazda po niewłaściwej stronie drogi. Burza się wzmagała. Musiałem krzyczeć, żeby Lena mnie usłyszała przez szum deszczu.

– Podwiozę cię do domu. Nie powinnaś iść sama.

– Nie, dzięki. Zaczekam na kolejnego faceta, który będzie chciał mnie przejechać.

– To może potrwać parę godzin.

Twardo szła przed siebie.

– Nie ma problemu. Pójdę pieszo.

Nie mogłem jej zostawić. Mama wpoiła mi pewne zasady.

– Nie pozwolę, żebyś sama szła do domu w taką pogodę.

Jakby na zawołanie nad naszymi głowami przetoczył się grzmot. Zwiało jej kaptur.

– Będę jechał powoli i ostrożnie, jak moja babcia. Będę jechał jak twoja babcia!

– Nie mówiłbyś tak, gdybyś znał moją babcię.

Wicher się wzmógł. Teraz i ona starała się przekrzyczeć szum deszczu.

– Idziemy.

– Co?

– Do samochodu. Wsiadaj. Pojedziesz ze mną.

Patrzyła na mnie badawczo i wcale nie byłem pewien, co zrobi.

– Chyba samochodem rzeczywiście będzie bezpieczniej niż na piechotę. Nawet z tobą za kierownicą.

Do Rzęcha napadało deszczu. Link by się wściekł, gdyby to widział. Gdy wsiedliśmy do środka, odgłosy burzy brzmiały inaczej. Głośniej, ale i spokojniej. Deszcz bębnił o dach samochodu, ale zagłuszało go walenie mojego serca i szczękanie zębami. Ruszyłem. Czułem obecność Leny, siedziała zaledwie kilka centymetrów ode mnie. Tak blisko. Zerknąłem na nią ukradkiem.

Była utrapieniem, ale pięknym utrapieniem. Miała ogromne zielone oczy. Nie rozumiałem, dlaczego dzisiaj wyglądały inaczej. I miała najdłuższe rzęsy na świecie, a jej skóra wydawała się jeszcze jaśniejsza na tle czarnych włosów. Na policzku, pod lewym okiem, dostrzegłem maleńkie jasnobrązowe znamię w kształcie półksiężyca. Nie przypominała nikogo z Jackson. Nie przypominała nikogo, kogo znałem.

Ściągnęła przez głowę mokrą pelerynę. Jej czarny T-shirt i dżinsy przylegały do ciała, jakby wyszła z basenu. Z szarej kamizelki spływała woda prosto na siedzenie z syntetycznej skóry.

– Gapisz s-się. – Niemal szczękała zębami.

Odwróciłem wzrok. Patrzyłem przed siebie, wszędzie, byle nie zerkać na nią.

– Powinnaś to zdjąć. Będzie ci w tym jeszcze zimniej.

Widziałem, jak mocowała się z delikatnymi srebrnymi guzikami kamizelki. Nie mogła sobie poradzić, tak mocno drżały jej dłonie. Wyciągnąłem rękę. Lena zamarła. Jakbym odważył się jej dotknąć.

– Włączę ogrzewanie.

– Dzi-dzięki. – Zajęła się guzikami.

Widziałem jej dłonie. Były powalane atramentem rozmazanym przez deszcz. Mogłem odczytać kilka liczb. Chyba jedynka albo siódemka, piątka i dwójka... Sto pięćdziesiąt dwa? Co to za liczba?

Spojrzałem na tylne siedzenie, gdzie zwykle Link trzymał stary wojskowy koc. Zamiast niego zobaczyłem złachany śpiwór. Leżał tam prawdopodobnie od ostatniego razu, gdy Link miał kłopoty w domu i musiał spać w samochodzie. Śpiwór śmierdział ogniem i pleśnią. Podałem go jej.

– Mmmm... teraz lepiej.

Zamknęła oczy. Patrząc na nią, czułem, jak się rozluźnia pod wpływem ciepła. Już tak nie szczękała zębami. Jechaliśmy w zupełnym milczeniu. Jedynym dobiegającym nas odgłosem była burza i szum kałuż rozpryskiwanych przez koła. Palcem rysowała w powietrzu mijane po drodze kształty. Próbowałem skupić się na drodze. I cały czas usiłowałem przypomnieć sobie resztę snu, jakieś szczegóły, cokolwiek, co wskazywałoby na to, że ona to ona, a ja to ja.

Ale im bardziej się starałem, tym bardziej wszystko się rozmywało, w deszczu, na szosie, w uciekającym krajobrazie i hektarach pól tytonio-

wych zagraconych przestarzałym sprzętem rolniczym i gnijącymi stodo-
łami. Znajdowaliśmy się na peryferiach miasta. Przed nami było rozwid-
lenie. Gdybyśmy skręcili w lewo, w stronę mojego domu, dojechali-
byśmy do River, gdzie w Santee stały wszystkie odrestaurowane domy
sprzed wojny secesyjnej. Dojechaliśmy do skrzyżowania i automatycznie
wybrałem tę drogę. Zwykły nawyk. Droga po prawej prowadziła do plantacji Ravenwooda i nikt tam nigdy nie jeździł.

– Nie! Czekaj, to w tę stronę – zawołała.

– Jasne, przepraszam.

Poczułem się słabo. Jechaliśmy pod górę w stronę rezydencji nazywa-
nej Ravenwood Manor. Byłem tak zaprzątnięty myślami o Lenie i o tym,
że widziałem ją we śnie, że zapomniałem, kim była naprawdę. Dziewczyna, która śniła mi się od miesięcy, dziewczyna, o której nie mogłem
przestać myśleć, była siostrzenicą Macona Ravenwooda! I właśnie pod-
woziłem ją do Nawiedzonego Dworu, jak go nazywaliśmy.

Jak ja go nazywałem.

Spojrzała na swoje ręce. Nie tylko ja używałem tego określenia.
Zastanawiałem się, co słyszała z rozmów prowadzonych na korytarzach
w szkole. Gdyby wiedziała, co o niej mówili... Z wyrazu jej twarzy wy-
czytałem, że wiedziała. I z jakiegoś powodu nie mogłem tego znieść. Zastanawiałem się, co powiedzieć, żeby przerwać milczenie.

– Dlaczego wprowadziłaś się do wuja? Na ogół ludzie próbują się stąd
wydostać. Nikt tu nie przyjeżdża na stałe.

– Mieszkałam już w tylu miejscach. – Usłyszałem ulgę w jej głosie. –
W Nowym Orleanie, Savannah, Florida Keys, kilka miesięcy w Wirginii.
Nawet na Barbadosie przez jakiś czas.

Zauważyłem, że nie odpowiedziała na pytanie, ale nie mogłem przestać myśleć o tym, ile bym dał, żeby być w którymkolwiek z tych miejsc.
Spędzić tam choćby jedno lato.

– A twoi rodzice?

– Nie żyją.

Poczułem ucisk w piersi.

– Przepraszam.

– Nie ma za co. Zmarli, gdy miałam dwa lata. Nawet ich nie pamiętam. Mieszkałam u różnych krewnych, głównie z babcią. Musiała wyjechać na kilka miesięcy, dlatego wprowadziłam się do wujka.

– Moja mama też nie żyje. Wypadek samochodowy.

Nie wiem, dlaczego jej to powiedziałem. Zazwyczaj starałem się unikać tego tematu.

– Przykro mi.

Nie powiedziałem „w porządku". Miałem wrażenie, że to dziewczyna, która wiedziała, że dla mnie to wcale nie było „w porządku".

Zatrzymaliśmy się przed podniszczoną czarną bramą z kutego żelaza. Przede mną, na wzniesieniu, ledwie widoczne z powodu gęstej mgły, stało Ravenwood Manor, a właściwie rozwalające się szczątki najstarszej i najsłynniejszej rezydencji plantatorów w Gatlin. Nigdy nie byłem tak blisko tego miejsca. Wyłączyłem silnik. Burza ucichła i słychać było tylko monotonny szum mżawki.

– Wygląda na to, że pioruny przestały walić.

– Ale to jeszcze nie koniec.

– Nie, dziś już nie będzie grzmieć. – Popatrzyła na mnie z ciekawością i powtórzyła: – To koniec.

Jej oczy wyglądały inaczej. Nie były już tak intensywnie zielone i wydawały się nieco mniejsze – nie małe, ale prawie normalnej wielkości.

Sięgnąłem do drzwi, żeby wysiąść razem z Leną i odprowadzić ją do domu.

– Proszę, nie. – Wyglądała na zmieszaną. – Mój wujek nie jest zbyt towarzyski.

Delikatnie powiedziane.

Drzwi z mojej strony były do połowy otwarte. Z jej strony też. Oboje byliśmy coraz bardziej przemoczeni, ale siedzieliśmy bez słowa.

Wiedziałem, co chcę powiedzieć, ale wiedziałem też, że nie mogę tego zrobić. Nie wiedziałem, dlaczego tak siedzę, moknąc przed Ravenwood Manor. Nic nie miało sensu, ale jednej rzeczy byłem pewien. Gdy zjadę ze wzgórza i zawrócę na drogę numer 9, wszystko się zmieni. Wszystko znowu będzie miało sens.

– Dzięki – odezwała się pierwsza.

– Za to, że cię nie przejechałem?

– Za to też, i za odwiezienie. – Uśmiechnęła się.

Spojrzałem na jej twarz. Prawie jakbyśmy byli przyjaciółmi, co wydawało się przecież zupełnie niemożliwe. I nagle ogarnęła mnie klaustrofobia. Chciałem wyskoczyć z samochodu.

– Nie ma za co. Jest super. Nie przejmuj się.

Podniosłem kaptur bluzy treningowej, w taki sposób, jak to robił Emory, gdy dziewczyna, którą rzucił, usiłowała pomówić z nim na korytarzu.

Spojrzała na mnie, potrząsając głową, i rzuciła we mnie śpiworem. Trochę za mocno. Uśmiech zniknął z jej twarzy.

– To cześć – odwróciła się, przeszła przez bramę i pobiegła stromym błotnistym podjazdem do domu.

Zatrzasnąłem drzwiczki.

Śpiwór leżał na przednim siedzeniu. Przerzuciłem go do tyłu. Nadal śmierdział ogniskiem i pleśnią, ale teraz przesiąkł dodatkowo cytrynami i rozmarynem. Zamknąłem oczy. Gdy je otworzyłem, była już w połowie podjazdu.

Opuściłem szybę.

– Ona ma szklane oko.

Lena się odwróciła.

– Co?

– Pani English – krzyknąłem, a deszcz padał do środka. – Musisz usiąść po drugiej stronie, w przeciwnym razie będziesz ciągle wzywana do odpowiedzi.

Uśmiechnęła się, a deszcz spływał jej po twarzy.

– Może chcę odpowiadać.

Odwróciła się i wbiegła po schodach na werandę.

Zawróciłem i ruszyłem do rozwidlenia, żeby skręcić tam, gdzie zawsze skręcałem, i pojechać drogą, którą jeździłem całe życie. Aż do dzisiaj.

W zagłębieniu siedzenia zobaczyłem coś błyszczącego. Srebrny guzik. Włożyłem go do kieszeni i zastanawiałem się, co mi się przyśni.

Dwunasty września

Rozbita szyba

Nic.

To była długa noc, podczas której nic mi się nie śniło. Po raz pierwszy od dawna.

Gdy się obudziłem, okno było zamknięte. W pościeli nie było błota, a na moim iPodzie nie znalazłem żadnych tajemniczych piosenek. Sprawdziłem dwa razy. Nawet prysznic pachniał mydłem.

Leżałem na łóżku, spoglądając na niebieski sufit, i myślałem o zielonych oczach i czarnych włosach. Siostrzenica starego Ravenwooda. Lena Duchannes, do rymu z „rain".

Jak bardzo można się mylić?

Gdy Link podjechał, czekałem na chodniku. Wsiadłem i moje trampki ugrzęzły w mokrym dywaniku, przez co samochód Linka śmierdział jeszcze bardziej. Link potrząsnął głową.

– Przepraszam, stary. Próbowałem go trochę osuszyć po szkole – mruknąłem.

– Nieważne. Zrób coś dla mnie. Odpuść sobie, w przeciwnym razie wszyscy będą mówić o tobie, a nie o siostrzenicy starego Ravenwooda.

Przez chwilę się zastanawiałem, czy nie zachować tego dla siebie, ale musiałem komuś powiedzieć.

– Widziałem ją.

– Kogo?

– Lenę Duchannes.

Link gapił się na mnie, nie rozumiejąc.

– Siostrzenicę starego Ravenwooda.

Zanim dojechaliśmy do szkoły, opowiedziałem Linkowi o wczorajszej przygodzie. No może bez kilku szczegółów. Nawet najlepszemu przyjacielowi nie mówi się absolutnie wszystkiego. Zresztą i tak w część rzeczy pewnie by nie uwierzył. Bo i kto by uwierzył? Ja sam ciągle nie mogłem się zdecydować, czy to była prawda, czy nie. Ale nawet jeśli nie usłyszał ode mnie wszystkiego, jednego byłem pewien. Trzeba zminimalizować straty.

– Nic się nie wydarzyło. Po prostu odwiozłeś ją do domu.

– Nic się nie wydarzyło? Czy ty w ogóle słuchałeś? Śni mi się od miesięcy i nagle się zjawia...

Przerwał mi w pół zdania.

– Nie skumplowałeś się z nią ani nic takiego? Nie byłeś w nawiedzonym dworze, prawda? I nie widziałeś... No wiesz, jego?

Nawet Link nie był w stanie wymówić jego nazwiska. Co innego zadawać się z piękną dziewczyną, nawet podczas burzy i na odludziu, a co innego stanąć oko w oko ze starym Ravenwoodem.

Potrząsnąłem przecząco głową.

– Nie, ale...

– Wiem, wiem. Wpadłeś w tarapaty, ale mówię ci, zachowaj to dla siebie, pyszczuniu. Wszystko na zasadzie „nie ma potrzeby, żeby ktokolwiek o tym wiedział".

Spodziewałem się, że będzie trudno pójść za jego radą. Ale nie miałem bladego pojęcia, że to się okaże niemożliwe.

Pchnąłem drzwi klasy od angielskiego, ciągle myśląc o wczorajszych wydarzeniach, o Lenie i o „nic się nie stało". Lena Duchannes.

Może to ten idiotyczny naszyjnik i cała tandeta, którą miała na sobie, jakby każda rzecz, której dotknęła, mogła mieć lub miała dla niej znaczenie. Może sposób, w jaki nosiła zniszczone trampki – bez względu na to, czy miała na sobie dżinsy czy sukienkę – jakby w każdej chwili mogła się rzucić do ucieczki. Gdy na nią spojrzałem, znalazłem się dalej od Gatlin niż kiedykolwiek. Może o to właśnie chodziło.

Zamyśliłem się i chyba zatrzymałem, bo nagle ktoś na mnie wpadł. Tylko tym razem to nie był walec, ale raczej tsunami. Po prostu się zderzyliśmy. A gdy wpadliśmy na siebie, zrobiło się spięcie w oświetleniu i z sufitu, na nasze głowy, posypał się deszcz iskier.

Ja się uchyliłem, ona nie.

– Próbujesz mnie zabić już po raz drugi w ciągu dwóch dni, Ethanie?

W sali zaległa cisza.

– Co? – wybełkotałem.

– Pytam, czy znowu próbujesz mnie zabić?

– Nie zauważyłem cię.

– To samo mówiłeś wczoraj wieczorem.

„Wczoraj wieczorem". Dwa niewinne słowa mogą na zawsze zmienić człowiekowi życie w Jackson. Chociaż w sali paliło się mnóstwo żarówek, można by sądzić, że wszystkie światła były skierowane bezpośrednio na nas, dla wygody widzów. Czułem, że się czerwienię.

– Przepraszam. To znaczy, ja... – Usiłowałem coś z siebie wykrztusić, jak idiota.

Lena wyglądała na rozbawioną, ale się nie zatrzymała. Cisnęła torbę z książkami na tę samą ławkę, w której siedziała przez cały tydzień, na wprost pani English. Po stronie „zdrowego oka".

Dostałem nauczkę. Nikt nie będzie mówił Lenie Duchannes, gdzie ma siedzieć. Bez względu na to, co myśleliśmy o Ravenwoodach, należał im się szacunek. Wślizgnąłem się na miejsce obok niej, prościutko na ziemię niczyją. Tak jak siadywałem przez cały tydzień. Tylko że tym razem Lena ze mną rozmawiała i to wszystko zmieniało. Nie na gorsze. O nie, to było po prostu zatrważające.

Chciała się uśmiechnąć, ale się powstrzymała. Zastanawiałem się, co powiedzieć – coś ciekawego, a przynajmniej nie głupiego. Zanim jednak zdążyłem coś wymyślić, Emily usiadła w rzędzie obok, a tuż przy niej klapnęły Eden Westerly i Charlotte Chase. Sześć rzędów bliżej niż zawsze. Nie po stronie „zdrowego oka" pani English, ale w ich mniemaniu i tak się poświęciły, żeby mi pomóc.

Nauczycielka spojrzała podejrzliwie znad biurka.

– Cześć! – Eden zerknęła na mnie i się uśmiechnęła, jakbym uczestniczył w ich gierkach. – Jak leci?

Nie zdziwiło mnie, że Eden dała się wodzić Emily za nos. Eden była jeszcze jedną ładniutką dziewczyną, która nie mogła się równać z Savannah. Należała do drugiego sortu, zarówno w drużynie cheerleaderek, jak i w szkolnym rankingu. Nie była jedną z dziewcząt, które budowały piramidę, czasami nawet w ogóle nie wychodziła na matę. Ale nigdy nie rezygnowała z prób awansowania w hierarchii. Starała się być wyjątkowa, ale jej się nie udawało. Bo wszyscy w Jackson byli tacy sami.

– Nie chcemy, żebyś siedział tu całkiem sam – dodała.

Charlotte nerwowo zachichotała. Jeśli Eden należała do drugiego sortu, to Charlotte reprezentowała trzeci. Wyróżniała się tym, czym szanująca się cheerleaderka w Jackson nie miała prawa się wyróżniać – była pulchna. Do tej pory nie zgubiła swojego dziecięcego tłuszczyku. I chociaż nieustannie była na diecie, jakoś nie mogła zrzucić tych pięciu kilogramów nadwagi. To nie była jej wina. Bardzo się starała. Zjadała placek, ale zostawiała spód. Albo podwójną porcję ciasteczek, ale bez sosu.

– Czy istnieje na świecie coś bardziej nudnego niż ta książka? – Emily nawet nie spojrzała w moją stronę. To była wojna o terytorium. Ona mogła mnie rzucić, ale nie chciała, żeby siostrzenica starego Ravenwooda kręciła się gdzieś w pobliżu. – Jakbym chciała czytać o mieście pełnym ludzi, którzy są kompletnie walnięci. Mamy tutaj takich dosyć.

Abby Porter, który zwykle siadał po stronie „zdrowego oka", usiadł obok Leny i leciutko się do niej uśmiechnął. Odwzajemniła uśmiech i już miała powiedzieć coś miłego, gdy Emily rzuciła chłopakowi spojrzenie, które mówiło, że osławiona południowa gościnność nie dotyczy nowej. Przeciwstawianie się Emily Asher byłoby towarzyskim samobójstwem. Abby wyciągnął broszurę samorządu uczniowskiego i zagłębił się w niej, unikając wzroku Leny. Komunikat został odebrany.

Emily odwróciła się do Leny i z miną eksperta omiotła ją spojrzeniem od czubka głowy z włosami bez balejażu, przez nieopaloną twarz, aż do pomalowanych na czarno paznokci. Eden i Charlotte obróciły się na swoich krzesłach twarzą do Emily, jakby Lena w ogóle nie istniała. Nie zamierzały z nią rozmawiać.

Dziewczyna otworzyła zniszczony notatnik i zaczęła pisać. Emily wyjęła komórkę i wystukała SMS-a. Spojrzałem na notes, w którym między kartkami przemycałem komiks *Silver Surfer*. W pierwszej ławce było to znacznie trudniejsze do wykonania.

– Panie i panowie, ponieważ pozostałe żarówki dalej się świecą, wygląda na to, że nie macie szczęścia i możemy kontynuować. Zakładam, że wszyscy przeczytali książkę. – Pani English pisała zamaszyście na tablicy. – Porozmawiajmy o konflikcie społecznym, do którego dochodzi w małym miasteczku.

Ktoś powinien był poinformować panią English, że połowa klasy tkwiła po uszy w konflikcie społecznym, który wybuchł w naszym małym miasteczku. Emily szykowała atak na wielką skalę.

– Kto wie, dlaczego Atticus jest gotów bronić Toma Robinsona przed małostkowością i rasizmem?

– Założę się, że Lena Ravenwood wie – rzuciła Eden, uśmiechając się niewinnie do pani English. Lena spojrzała na swoje notatki, ale nie powiedziała ani słowa.

– Zamknij się – szepnąłem trochę za głośno. – Wiesz, że ona się tak nie nazywa.

– A co to szkodzi? Mieszka przecież u tego starego dziwaka – stwierdziła Charlotte.

– Uważaj na to, co mówisz. Słyszałam, że są parą. – Emily wytoczyła armaty.

– Wystarczy! – Pani English skierowała na nas swoje zdrowe oko i wszyscy umilkliśmy.

Lena zmieniła pozycję. Jej krzesło zaszurało głośno o podłogę. Wysunąłem się na swoim do przodu, starając się utworzyć mur między Leną a przyjaciółkami Emily. Zupełnie, jakbym fizycznie mógł odpierać ich zaczepki.

Nie możesz.

Co? Aż się wyprostowałem, tak mnie to zaskoczyło. Rozejrzałem się, ale nikt do mnie nic nie mówił. W ogóle nikt się nie odzywał. Spojrzałem na Lenę. Ciągle była pochylona nad notatnikiem. Wspaniale. Nie dość że śniły mi się dziewczyny, zanim je poznałem, a piosenki pojawiały się i znikały z mojego iPoda, to teraz jeszcze słyszałem głosy.

Cała ta historia z Leną urosła do wielkiego problemu. Mojego problemu. Poczułem się w jakiś sposób odpowiedzialny. Wiedziałem, że Emily i cała reszta nie traktowałyby jej aż z taką niechęcią, gdybym ja nie brał w tym udziału.

Mylisz się.

Znowu ten głos, tak cichy, że ledwie go usłyszałem. Wydawało mi się, że pochodził z tyłu mojej głowy.

Eden, Charlotte i Emily dogryzały nowej bez chwili przerwy. Lena

60

nawet nie drgnęła, jakby mogła im się opierać, ignorując je i zapisując coś w notatniku.

– Harper Lee twierdzi, że nie można nikogo tak naprawdę poznać, jeśli się nie będzie na jego miejscu. I co z tego wynika? Nic?

Harper Lee nigdy nie mieszkał w Gatlin.

Rozejrzałem się dokoła, tłumiąc śmiech. Emily patrzyła na mnie, jakbym był stuknięty.

Lena podniosła rękę.

– Myślę, że trzeba dać ludziom szansę. Zanim się kogoś automatycznie zaliczy do tych, których się nienawidzi. Nie sądzisz, Emily? – zwróciła się do rywalki z uśmiechem.

– Ty mała kretynko – syknęła Emily pod nosem.

Nie masz o niczym pojęcia.

Spojrzałem uważniej na Lenę. Przestała notować. Teraz bazgrała czarnym piórem na grzbiecie dłoni. Nie musiałem patrzeć, żeby wiedzieć, co pisze. Kolejny numer, „151". Zastanawiałem się, dlaczego nie zapisała go w notesie. Zagłębiłem się w komiksie *Silver Surfer.*

– Porozmawiajmy o Boo Radleyu. Jak sądzicie, dlaczego daje prezenty dzieciom Fincha?

– On jest taki, jak stary Ravenwood. Pewnie próbuje je zwabić do domu, a potem zabić – szepnęła Emily wystarczająco głośno, żeby usłyszała ją Lena, ale na tyle cicho, żeby nie dotarło to do uszu pani English. – Wtedy wsadziłby ich ciała do karawanu, wywiózł i pogrzebał gdzieś na odludziu.

Zamknij się.

Znów usłyszałem głos w mojej głowie i coś jeszcze. Odgłos... jakby coś pękło. Ledwie słyszalny.

– I ma takie zwariowane nazwisko, jak Boo Radley. Coś jeszcze?

– Koszmarne biblijne imię, którego już nikt nie używa.

Zesztywniałem. Wiedziałem, że plotkują o starym Ravenwoodzie, ale mówiły też o Lenie.

– Emily, odpuść sobie, choć na chwilę – wypaliłem.

Emily zwęziła oczy w szparki.

– Ten stary to dziwoląg. Każdy o tym wie.

Powiedziałam, zamknij się!

Odgłos pękania stawał się coraz głośniejszy i coraz bardziej przypominał trzaski. Rozejrzałem się. Co to za hałas? Jakiś dziwny. Wyglądało na to, że nikt poza mną tego nie słyszy, podobnie jak wcześniej głosu.

Lena patrzyła prosto przed siebie, ale szczęki miała zaciśnięte, a oczy w nienaturalny sposób utkwiła w jednym punkcie przed sobą. Jakby nic innego nie widziała, tylko to coś, co się tam znajdowało. Klasa sprawiała wrażenie, jakby malała, zamykała się.

Usłyszałem, jak Lena wstaje, szurając krzesłem po podłodze. Podeszła do regału z książkami pod oknem, udając, że próbuje zatemperować ołówek. Chciała uniknąć nieuniknionego – sędziów i osądu w Jackson. Temperówka zaczęła zgrzytać.

– Przypomniałam sobie! Melchizedek, to jest to imię.

Przestań!

Ciągle słyszałem zgrzyt temperówki.

– Moja babcia mówi, że to złe imię.

Przestań! Przestań!

– Pasuje do niego.

Dość!!!

Teraz to już był wrzask, tak głośny, że zatkałem uszy. Zgrzyt ustał. Szyba sama z siebie wyleciała w powietrze, rozbijając się w drobny mak. Z okna na wprost naszego rzędu w klasie, tuż obok miejsca, gdzie stała Lena, temperując ołówek. Obok Charlotty, Eden, Emily i mnie. Krzyknęły i schowały się pod ławkami. Wtedy uświadomiłem sobie, czym były te trzaski, które wcześniej słyszałem. Napór. Drobniutkie pęknięcia w szybie rozchodziły się promieniście, aż cała tafla szkła wpadła do środka, jakby ktoś przywiązał do niej nitkę i pociągnął.

Zapanował chaos. Dziewczęta krzyczały. Wszyscy próbowali uciekać.

Nawet ja podskoczyłem na krześle.

– Bez paniki. Czy nikomu nic się nie stało? – spytała pani English, próbując zapanować nad sytuacją.

Obróciłem się w stronę, gdzie stała Lena. Chciałem się upewnić, czy nic jej nie jest. Tkwiła przy rozbitym oknie pośród szkła, zdezorientowana. Jej twarz była jeszcze bledsza niż zazwyczaj, oczy większe i bardziej zielone. Podobnie jak ubiegłej nocy podczas deszczu. Wyglądały jednak inaczej. Kryło się w nich przerażenie. Nie była już taka dzielna. Wyciągnęła ręce. Jedna była rozcięta i krwawiła. Krople krwi spadały na linoleum.

Nie chciałam...

To ona rozbiła szybę? A może szyba sama pękła i ją skaleczyła?

– Leno...

Zerwała się i wybiegła z sali, nim zdążyłem spytać, czy nic jej nie jest.

– Widzieliście? Wybiła szybę! Uderzyła czymś, kiedy tam podeszła!

– Walnęła prosto w szybę. Widziałam to na własne oczy!

– To dlaczego jej nie poraniło?

– A co, jesteś z policji? Próbowała nas zabić!

– Dzwonię do taty. Ona jest stuknięta, jak ten jej wujek!

Przypominały rozwścieczone koty uliczne, wrzeszcząc i przekrzykując się wzajemnie. Pani English starała się przywrócić porządek, ale było to niewykonalne.

– Proszę się natychmiast uspokoić. Nie ma powodu do paniki. Wypadki się zdarzają. Nie stało się nic niezwykłego, powodem było prawdopodobnie zepsute okno i silny wiatr.

Ale nikt nie wierzył w zepsute okno i wiatr. To raczej siostrzenica starego Ravenwooda i piorun. Zielonooki piorun, który pojawił się w miasteczku. Huragan Lena.

Jednej rzeczy byłem pewny. Pogoda się zmieniła, to prawda. Takiej burzy jak ta jeszcze w Gatlin nie było.

A Lena pewnie nawet nie wiedziała, że pada.

Dwunasty września

Greenbrier

*N*ie.

Słyszałem jej głos w swojej głowie. Przynajmniej tak mi się zdawało.

Nie warto, Ethanie.

Warto. Odepchnąłem krzesło i pobiegłem za nią korytarzem. I doskonale wiedziałem, co zrobiłem. Opowiedziałem się po jednej ze stron. Teraz dopiero miałem prawdziwe kłopoty, ale nic a nic się tym nie przejmowałem.

Nie chodziło tylko o Lenę. Nie była pierwsza. Przyglądałem się temu całe moje życie. To samo zrobili Allison Birch, gdy jej egzema tak się pogorszyła, że nikt nie chciał z nią siedzieć podczas lunchu. I biednemu Scooterowi Richmanowi, ponieważ był najgorszym puzonistą w historii orkiestry symfonicznej w Jackson.

Sam nigdy nie napisałem na niczyjej szafce „dupek", ale stałem i przyglądałem się, jak inni to robią. Tak czy siak, nie dawało mi to spokoju. Ale nigdy nic nie skłoniło mnie, by wybiec z klasy.

Trzeba było wreszcie położyć temu kres. Cała szkoła nie może się pastwić nad jedną osobą. Całe miasteczko nie może się pastwić nad jedną rodziną. A przecież robili to od zawsze. Może dlatego Macon Ravenwood nigdy nie opuszczał domu?

Wiedziałem, co robię.

Nie. Myślisz, że wiesz, ale nie wiesz.

Znowu tam była, w mojej głowie. Jakby tkwiła tam od zawsze.

Wiedziałem, co mnie czeka następnego dnia, ale to nie miało znaczenia. Zależało mi tylko na tym, żeby ją odnaleźć. I było mi obojętne, czy robię to dla niej, czy dla siebie. Nieważne. Po prostu nie miałem wyboru.

Bez tchu zatrzymałem się przy laboratorium. Link spojrzał i rzucił mi kluczyki, nie pytając o nic. Chwyciłem je i pobiegłem dalej. Chyba wiedziałem, gdzie jej szukać. Jeśli się nie myliłem, to poszła tam, gdzie poszedłby każdy. Tam, gdzie ja bym pobiegł na jej miejscu.

Do domu. Nawet jeżeli tym domem było Ravenwood, a ona musiała wrócić do Boo Radleya z Gatlin.

Zbliżałem się do Ravenwood. Rezydencja wznosiła się na wzgórzu niczym wyzwanie. Nie mówię, że się bałem, bo to nie jest właściwe określenie na to, co czułem. Bałem się, gdy policja przyszła do nas tej nocy, kiedy mama zginęła. Gdy tata zniknął w swoim gabinecie i uświadomiłem sobie, że już nigdy tak naprawdę z niego nie wyjdzie. Bałem się, gdy Amma wpadała w trans i gdy zdałem sobie sprawę, że lalki, które robiła, to nie zabawki.

Nie bałem się Ravenwood, nawet jeżeli było tak niesamowite, na jakie wyglądało. To coś, to „niewyjaśnione", było charakterystyczne dla całego Południa. W każdym miasteczku można było znaleźć nawiedzony dom. A jeśli spytać o to ludzi, co najmniej jedna trzecia przysięgnie, że raz lub dwa razy w życiu widziała ducha. Poza tym mieszkałem z Ammą, która wierzyła, że malowanie okiennic na bladoniebieski kolor odstrasza duchy, i której amulety były zrobione z woreczków z końskiego włosia i odchodów. Przywykłem do „niewyjaśnionego". Ale stary Ravenwood to było coś zupełnie innego.

Podszedłem do bramy i zawahałem się, kładąc dłoń na zniekształconych prętach. Brama zaskrzypiała i się otworzyła. Nic się nie wydarzyło. Piorun nie uderzył, nic się nie zapaliło, burza się nie rozszalała. Nie miałem pojęcia, czego się spodziewać, ale wystarczająco dużo wiedziałem o Lenie, żeby zdawać sobie sprawę, że będzie to coś niecodziennego. Dlatego należało działać ostrożnie.

Gdyby ktoś powiedział mi miesiąc temu, że kiedykolwiek przejdę przez furtkę na wzgórzu i postawię stopę na ziemi Ravenwooda, stwierdziłbym, że oszalał. W mieście takim jak Gatlin, gdzie wszystkiego można się spodziewać, to akurat uważałem za absolutnie niemożliwe. Ostatnim razem podszedłem tylko do bramy. Teraz im bliżej byłem domu, tym wyraźniej widziałem, że niemal wszystko się rozpada. Ogromna rezydencja przypominała zwykłą plantację na Południu, jaką ludzie z Północy wyobrażali sobie po obejrzeniu *Przeminęło z wiatrem*.

Ravenwood nadal sprawiało imponujące wrażenie – przynajmniej jeśli chodzi o rozmiary. Karłowate palmy i cytrusy rosnące po obu stronach domu nadawały mu wygląd miejsca, w którym ludzie siadają na werandzie, popijając koktajl z whisky i mięty, i grają w karty przez cały dzień. Tylko że wszystko tu znajdowało się w rozsypce. Jakby to nie było Ravenwood.

Budynek wzniesiono w stylu klasycznym, co było dość niezwykłe, jak na Gatlin. W naszym mieście domy plantatorów budowano w stylu federalnym. I właśnie przez to Ravenwood jeszcze bardziej nie pasowało do reszty. Ogromne doryckie kolumny, tak zaniedbane, że odłaziła z nich farba, podtrzymywały dach, zbyt stromo opadający z jednej strony. Odnosiło się wrażenie, jakby dom był pochylony niczym stara kobieta z artretyzmem. Kryta weranda kruszyła się i odpadała od budynku, grożąc zawaleniem, gdyby ktoś tam wszedł. Gęsty bluszcz porastał zewnętrzne ściany tak, że w niektórych miejscach całkowicie zasłonił okna. Wyglądało to, jakby ziemia próbowała pochłonąć dom. Zrównać go z gruntem, na którym go wzniesiono.

Było tam zachodzące na siebie nadproże, które można znaleźć tylko w bardzo starych domach. Na nadprożu dostrzegłem wyrzeźbione symbole. Wyglądały jak koła i półksiężyce, może były to fazy księżyca. Zrobiłem ostrożnie krok w stronę rozklekotanego schodka, próbując dojrzeć coś więcej. Wiedziałem sporo o nadprożach. Mama była historykiem specjalizującym się w wojnie secesyjnej i pokazała mi je podczas naszych licznych wędrówek po wszystkich historycznych miejscach w okolicy, leżących jakiś dzień drogi od Gatlin. Mówiła, że nadproża często występowały w starych domach i zamkach w Anglii i Szkocji. Wielu tutejszych mieszkańców przybyło właśnie stamtąd.

Nigdy jednak nie widziałem nadproży ozdobionych symbolami. Jeśli już, to powinny tam widnieć raczej słowa. Symbole przypominały hieroglify, otaczające coś, co wyglądało jak słowo w języku, którego nie umiałem rozpoznać. Prawdopodobnie miało ono znaczenie dla poprzednich pokoleń Ravenwoodów, które tu mieszkały, zanim miejsce całkiem nie zniszczało.

Wziąłem głęboki oddech i wbiegłem po schodach na werandę, przeskakując po dwa stopnie naraz. Miałem nadzieję, że w ten sposób zwiększam o pięćdziesiąt procent szansę dotarcia cało do celu. Chwyciłem mosiężne kółko zwisające z paszczy lwa, które służyło jako kołatka. Zastukałem. Potem jeszcze raz i jeszcze raz. Nie było jej w domu. Znów się pomyliłem.

Nagle usłyszałem znajomą melodię. *Szesnaście księżyców.* Gdzieś tu była Lena.

Chwyciłem zaśniedziałą klamkę. Zazgrzytała i usłyszałem, jak ktoś po drugiej stronie otwiera zasuwę. Przygotowałem się na spotkanie z Maconem Ravenwoodem, którego nikt nie widział w mieście przynajmniej za mojego życia. Ale drzwi się nie otworzyły.

Spojrzałem na nadproże i coś mi podszepnęło, żeby spróbować jeszcze raz. Co złego w końcu mogło mnie spotkać? Najwyżej drzwi pozostaną zamknięte. Instynktownie sięgnąłem do rzeźby nad głową i jej dotknąłem. Półksiężyc. Gdy go nacisnąłem, poczułem, jak drzewo ustępuje pod moim palcem. Było to coś w rodzaju mechanizmu, który uruchamiał stary zamek.

Drzwi otworzyły się bezgłośnie na oścież. Przekroczyłem próg. Teraz już nie było odwrotu.

Światło wlewało się do pokoju, co było zdumiewające, zważywszy, że od zewnątrz okna wydawały się całkowicie osłonięte winoroślą i zastawione starymi gratami. Mimo to wnętrze było jasne i promienne. Bez staroświeckich mebli i olejnych obrazów przedstawiających przodków Ravenwooda czy przedwojennych rodowych pamiątek. Bardziej przypominało to stronę z katalogu sklepu meblowego. Tapicerowane kanapy i krzesła, stoliki ze szklanymi blatami, na których leżały ekskluzywne, bogato ilustrowane albumy. To wszystko było takie drobnomieszczańskie, takie nowe. Niemal spodziewałem się ujrzeć samochód dostawczy zaparkowany na zewnątrz.

– Lena?

Spiralne schody sprawiały wrażenie, jakby prowadziły na strych. Im wyżej się patrzyło, tym bardziej wydawały się kręte. Wyglądały, jakby sięgały ponad drugie półpiętro. Nie było widać ich końca.

– Panie Ravenwood? – usłyszałem echo własnego głosu odbijającego się od sufitu. Nikogo tu nie było. A przynajmniej nikogo, kto chciałby ze mną rozmawiać. Usłyszałem za sobą jakiś hałas i podskoczyłem, potykając się o obite zamszem krzesło.

Był to kruczoczarny pies lub wilk. Budzące grozę zwierzę z ciężką skórzaną obrożą i zwisającym z niej srebrnym księżycem, pobrzękującym przy każdym kroku. Patrzył na mnie, jakby planował kolejny ruch. W jego oczach było coś dziwnego. Wydawały się zbyt okrągłe, zbyt ludzkie.

Zwierzę zawarczało na mnie i obnażyło kły. Warkot przeszedł w głośne i przenikliwe wycie. Zrobiłem to, co zrobiłby każdy na moim miejscu. Uciekłem.

Zanim wzrok oswoił się ze światłem, potknąłem się kilka razy, zbiegając ze schodów. Pędziłem żwirową ścieżką, żeby znaleźć się jak najdalej od Ravenwood, od tego przerażającego zwierzęcia, które zapewne było domowym ulubieńcem, od dziwnych symboli i od tych niesamowitych drzwi. Chciałem uciec w bezpieczny, prawdziwy popołudniowy spokój. Kręta ścieżka wiła się przez zaniedbane pola i zagajniki nieprzycinanych drzew. Zarastały ją cierniste krzaki. Nie obchodziło mnie, dokąd prowadzi, byle jak najdalej od tego miejsca.

Zatrzymałem się i pochyliłem, opierając ręce na kolanach. Serce mi biło jak oszalałe. Nogi miałem jak z waty. Spojrzałem przed siebie i zobaczyłem niszczejący skalny mur. Z trudem mogłem rozróżnić wierzchołki drzew ponad nim.

Poczułem znajomy zapach. Cytryna i rozmaryn. Lena tu była.

Mówiłam, żebyś nie przychodził.

Wiem.

Rozmawialiśmy i równocześnie nie rozmawialiśmy. Tak samo jak w szkole, słyszałem ją w swojej głowie, jakby stała obok i szeptała mi do ucha.

Miałem uczucie, jakbym płynął w jej stronę. Był tam ogrodzony murem zakątek, może jakiś tajemniczy ogród, jak ten z książki, którą mama czytała, dorastając w Savannah. To miejsce musiało pamiętać dawne czasy. Kamienny mur zmurszał w wielu miejscach, a w innych całkowicie popękał. Gdy przecisnąłem się przez zasłonę z winorośli, która skrywała stare, przegniłe, zwieńczone łukiem przejście, usłyszałem cichy płacz. Usiłowałem dojrzeć coś między drzewami i krzewami, ale niczego nie było widać.

– Lena? – Nikt nie odpowiadał. Mój głos brzmiał dziwnie obco, jakby nie należał do mnie. Odbijał się echem od kamiennych murów, które otaczały zakątek. Chwyciłem gałązkę najbliższego krzewu. Rozmaryn, jasne. A dokładnie nad moją głową wisiała dziwnie doskonała, gładka, żółta cytryna.

– To ja, Ethan.

Stłumiony szloch zdawał się zbliżać.

– Idź stąd, mówiłam ci!

Zabrzmiało to tak, jakby miała katar. Pewnie płakała od wyjścia ze szkoły.

– Wiem, słyszałem cię.

I nie umiałem tego wytłumaczyć. Obszedłem ostrożnie dziki rozmaryn, potykając się o nadmiernie rozrośnięte korzenie.

– Naprawdę? – zapytała zaciekawiona, przez chwilę zapominając o wszystkim innym.

– Naprawdę.

To było jak w moich snach. Słyszałem jej głos, tyle że tym razem naprawdę tu była. Szlochała w zarośniętym ogrodzie na całkowitym odludziu, a ja – zamiast spadać jak we śnie i czuć, że wymyka mi się z rąk – stałem tuż obok.

Rozsunąłem plątaninę gałęzi. I wreszcie ją dostrzegłem. Leżała skulona w wysokiej trawie, spoglądała w błękitne niebo. Jedno ramię podłożyła sobie pod głowę, a drugim obejmowała trawę, jakby miała ulecieć w powietrze, gdyby ją puściła. Dół szarej sukienki moczył się w kałuży, a twarz Leny była zalana łzami.

– Dlaczego?

– Co dlaczego?

– Dlaczego sobie nie poszedłeś?

– Chciałem się upewnić, że nic ci nie jest.

Usiadłem koło niej. Ziemia była zdumiewająco twarda. Przejechałem ręką pod sobą i stwierdziłem, że siedzę na gładkim kamieniu, ukrytym pod trawą.

Gdy tylko się położyłem, ona usiadła. Gdy się podniosłem, z powrotem opadła na trawę. Sytuacja zrobiła się niezręczna. Jak za każdym razem, gdy byliśmy tak blisko siebie.

W końcu oboje się położyliśmy i gapiliśmy się w niebo, które zaczęło szarzeć i przybierać barwę, jaką zwykle miało podczas sezonu huraganów.

– Wszyscy mnie nienawidzą.

– Nie wszyscy. Ja nie. I Link, mój najlepszy przyjaciel, też nie.

Milczenie.

– Nawet mnie nie znasz. Poczekaj jeszcze trochę. Też mnie pewnie znienawidzisz.

– Omal cię nie przejechałem, pamiętasz? Muszę być miły, żebyś nie zgłosiła tego na policję.

To był kiepski żart, ale wreszcie blady uśmiech, a właściwie cień uśmiechu, pojawił się na jej twarzy.

– Mam to na swojej liście najważniejszych spraw do załatwienia, koniecznie donieść na ciebie temu grubasowi, który cały dzień przesiaduje przed supermarketem.

Wciąż wpatrywała się w niebo. Obserwowałem ją.

– Daj im szansę. Nie wszyscy są źli. To znaczy w tej chwili są, ale ci zazdroszczą. Wiesz o tym, prawda?

– Jasne.

– Zazdroszczą. – Popatrzyłem na nią przez wysoką trawę. – Zazdroszczą tak jak ja.

Potrząsnęła głową.

– Oszalałeś. Nie ma o co być zazdrosnym.

– Tyle podróżowałaś.

Popatrzyła na mnie, nie rozumiejąc.

– No i co z tego? A ty pewnie chodziłeś do tej samej szkoły i mieszkałeś w tym samym domu całe życie.

– Właśnie. W tym problem.

– To żaden problem, uwierz mi. Wiem coś o problemach.

71

– Byłaś w tylu miejscach, widziałaś tyle rzeczy. Wszystko bym zrobił, żeby też tyle zobaczyć.

– Jasne, zawsze sama. Ty masz przyjaciela, ja mam psa.

– Ale ty się nikogo nie boisz. Postępujesz tak, jak chcesz, i mówisz, co chcesz. A każdy tutaj boi się być sobą.

Lena zaczęła skubać czarny lakier na palcu wskazującym.

– Czasami chciałabym móc postępować tak, jak inni... Ale nie zmienię tego, kim jestem. Próbowałam. Tyle że nigdy nie noszę odpowiednich ubrań ani nie mówię tego, co należy. Zawsze coś jest nie tak. Chciałabym być sobą i mieć przyjaciół, którzy zauważaliby, czy jestem w szkole, czy mnie nie ma.

– Uwierz mi, zauważają. Przynajmniej dziś.

Prawie się roześmiała. Prawie.

– Nie o to mi chodzi.

Odwróciłem głowę.

Ja zauważam.

Co?

To, czy jesteś w szkole, czy cię nie ma.

– Więc chyba zwariowałeś. – Zabrzmiało to tak, jakby się niemal uśmiechnęła.

Gdy na nią patrzyłem, przestało mieć dla mnie znaczenie, czy będę miał gdzie usiąść w porze lunchu, czy nie. Nie umiałem tego wytłumaczyć, ale ona... to coś między nami było ważniejsze niż lunch. Nie mógłbym siedzieć obok i patrzeć, jak jej dokuczają. Nie jej.

– Wiesz, zawsze jest tak samo – mówiła, patrząc w górę. Chmura płynęła po niebie, zmieniając się w ciemną, błękitną szarość.

– Posępnie?

– W szkole, dla mnie. – Machnęła ręką i wydawało się, że chmura płynie dokładnie tam, gdzie ją skierowała. Lena otarła oczy rękawem.

– To nie o to chodzi, czy oni mnie lubią, czy nie. Tylko nie chcę, żeby mnie od razu nienawidzili.

Teraz chmura przybrała okrągły kształt.

– Te idiotki? Za kilka miesięcy Emily dostanie nowy samochód, a Savannah swoją koronę, Eden ufarbuje włosy na inny kolor, a Charlotte będzie miała... nie wiem, dzieciaka albo tatuaż, albo jeszcze coś innego. I to wszystko stanie się wkrótce historią. – Kłamałem, a ona o tym wiedziała.

Lena znów machnęła ręką. Teraz chmura przypominała lekko wygięte koło, a po chwili wyglądała jak księżyc.

– Wiem, że to idiotki. Te farbowane włosy i te głupie, małe metalowe torebki.

– Właśnie. Są głupie. Kto by się nimi przejmował?

– Ja się przejmuję. Bo też jestem idiotką. – Machnęła ręką. Księżyc się rozpłynął.

– To najgłupsza rzecz, jaką w życiu słyszałem. – Spojrzałem na nią kątem oka. Próbowała powściągnąć uśmiech. Leżeliśmy tak oboje przez minutę. – Wiesz, co jest głupie? Trzymam książki pod łóżkiem – powiedziałem to tak, jakbym wszystkim o tym opowiadał.

– Jakie?

– Powieści. Tołstoja, Salingera, Vonneguta. Czytam je, bo chcę.

Przeturlała się, opierając głowę na ręku.

– Tak? A co na to kumple?

– Powiedzmy, że zachowuję to dla siebie i w ich towarzystwie ograniczam się do rzutów z wyskoku.

– Aha. Zauważyłam, że w szkole ograniczasz się do komiksów. – Starała się, żeby zabrzmiało to obojętnie. – *Silver Surfer*. Widziałam, jak czytałeś. Tuż przed tym, gdy to się stało.

Zauważyłaś?

Trudno było nie zauważyć.

Nie wiedziałem, czy rozmawialiśmy, czy tylko to sobie wyobrażałem. Ale chyba aż tak nie zwariowałem. Jeszcze nie.

Zmieniła temat, a raczej wróciła do poprzedniego.

– Ja też czytam. Głównie poezję.

Mogłem sobie wyobrazić, jak leży wyciągnięta na łóżku i czyta wiersze, chociaż z trudem wyobrażałem sobie łóżko w Ravenwood.

– Tak? Czytałem coś tego gościa... Bukowskiego. – To była prawda, jeżeli przeczytanie dwóch wierszy w ogóle się liczy.

– Czytałam wszystkie jego książki.

Wiedziałem, że nie chciała rozmawiać o tym, co się stało, ale nie mogłem tego dłużej znieść. Musiałem wiedzieć.

– Powiesz mi?

– Co mam ci powiedzieć?

– Co się stało w szkole?

Nastąpiła długa chwila ciszy. Lena usiadła i wplotła palce w trawę. A potem obróciła się i położyła na brzuchu. Spojrzała mi prosto w oczy. Jej twarz znalazła się zaledwie kilka centymetrów od mojej. Znieruchomiałem, próbując się skupić na tym, co mówiła.

– Prawdę mówiąc, to nie wiem. Takie rzeczy czasami mi się przytrafiają. Nie umiem tego kontrolować.

– Tak jak swoich snów. – Obserwowałem jej twarz, szukając choćby śladu zrozumienia.

– Tak jak swoich snów. – Powtórzyła za mną. Nagle drgnęła i spojrzała na mnie jak rażona piorunem. Miałem rację.

– Pamiętasz sny.

Ukryła twarz w dłoniach.

Usiadłem.

– Wiedziałem, że to ty, a ty wiedziałaś, że to ja. Cały czas wiedziałaś, o czym mówię. – Ująłem jej dłonie i odsunąłem od twarzy. Prąd przeszedł wzdłuż całego mojego ramienia.

Ty jesteś tą dziewczyną.

– Dlaczego nic nie powiedziałaś zeszłej nocy?

Nie chciałam, żebyś wiedział.

Nie patrzyła na mnie.

74

– Dlaczego? – W ciszy ogrodu pytanie to zabrzmiało nienaturalnie głośno.

A kiedy już na mnie spojrzała, jej twarz była blada i wyglądała inaczej. Wydawała się przerażona. Jej oczy były jak morze przed sztormem na wybrzeżu Karoliny.

– Nie miałam pojęcia, że to będziesz ty, Ethanie. Myślałam, że to tylko sny. Nie wiedziałam, że jesteś prawdziwy.

– Ale kiedy się już zorientowałaś, że to jestem ja. Dlaczego nic mi nie powiedziałaś?

– Moje życie jest zbyt skomplikowane. Nie chciałam, żebyś... Nie chcę, żeby ktokolwiek był w to zamieszany.

Nie miałem pojęcia, o czym mówi. Cały czas dotykałem jej dłoni i byłem tego świadomy. Czułem pod nami twardy kamień. Chwyciłem jego krawędź, podtrzymując się. Moja dłoń zacisnęła się na czymś małym i okrągłym, co przywarło do brzegu kamienia. Pająk, a może odłamek skalny. Nagle to coś się oderwało. Trzymałem to w ręku.

I wtedy doznałem szoku. Poczułem, jak dłoń Leny zaciska się wokół mojej.

Co się dzieje, Ethanie?

Nie wiem.

Wszystko wokół mnie się zmieniło i miałem wrażenie, że znalazłem się gdzie indziej. Byłem w ogrodzie i nie w ogrodzie, a zapach cytryn zmienił się w zapach dymu...

Była północ. Niebo płonęło. Płomienie sięgały chmur, pchając naprzód masywne kłęby dymu, pożerając wszystko, co znalazło się na ich drodze. Nawet księżyc. Ziemia zamieniła się w trzęsawisko. Spalona na popiół, zalana przez deszcze, które spadły wcześniej, zanim zajęła się ogniem. Gdyby tylko dzisiaj spadł deszcz! Genevieve trzymała wilgotną szmatę przy ustach, żeby nie wdychać dymu, który palił jej gardło tak bardzo, że każdy haust powietrza sprawiał ból. Błoto przywarło do suto marszczonej spódnicy, tak że co chwilę dziewczyna się potykała. Musiała jednak iść, najszybciej, jak tylko mogła. Był to koniec świata, jej świata.

Słyszała krzyki pomieszane ze strzałami i niesłabnący syk ognia. Słyszała żołnierzy wykrzykujących rozkazy.

– Spalcie te domy. Niech rebelianci poczują ciężar porażki. Spalić wszystko!

I żołnierze Unii podpalali wielkie domy przy rozświetlonych płomieniami plantacjach, używając prześcieradeł i zasłon nasączonych naftą. Genevieve widziała, jak rezydencje sąsiadów, przyjaciół i rodziny pożerają płomienie. Wielu z nich spłonęło żywcem w domach, w których się urodzili.

Dlatego uciekała, w dym, w ogień – prosto w paszczę bestii. Musiała się dostać do Greenbrier przed żołnierzami. A nie miała dużo czasu. Metodycznie puszczali z dymem wszystkie plantacje wzdłuż Santee. Spalili już Blackwell. Następne będzie Dove's Crossing, później Greenbrier i Ravenwood. Generał Sherman i jego armia popieliła wszystko na swojej drodze, a zaczęli setki kilometrów przed Gatlin. Spalili Kolumbię, równając ją z ziemią, i ciągle szli na wschód, podkładając ogień pod wszystko, co spotkali na swojej drodze. Gdy doszli już do przedmieść Gatlin, flaga konfederatów ciągle tam powiewała. Trzeba było jeszcze jednego powiewu.

Zapach unoszący się w powietrzu powiedział jej, że przybyła za późno. Cytryny. Cierpki zapach cytryn pomieszany z popiołem. Palili drzewa cytrynowe.

Matka Genevieve kochała cytryny. Jej ojciec zwiedzał kiedyś plantację w Georgii, gdy była jeszcze małą dziewczynką, i kupił jej dwa drzewka cytrynowe. Wszyscy mówili, że się nie przyjmą, że ostre zimowe noce Karoliny Południowej je zabiją. Ale matka Genevieve nie słuchała. Zasadziła drzewka na skraju pól bawełny i sama ich doglądała. W mroźne zimowe noce otulała je wełnianymi kocami *i podgarniała ziemię dokoła pni, żeby je zabezpieczyć przed wilgocią. I drzewka rosły. Rosły tak dobrze, że po kilku latach ojciec Genevieve sprowadził dwadzieścia osiem kolejnych. Niektóre z pań w mieście prosiły mężów, żeby kupili im drzewka cytrynowe i kilka z nich posadziło nawet jedno czy dwa. Żadna jednak nie potrafiła utrzymać ich przy życiu. Wyglądało na to, że drzewka rosną tylko w Greenbrier pod troskliwą opieką matki Genevieve. Nic nie było w stanie im zaszkodzić. Aż do dzisiaj.*

– Co się stało? – Poczułem, że Lena zabrała dłoń, i otworzyłem oczy. Cała drżała. Spojrzałem na rękę i zobaczyłem przedmiot, który niechcący wyjąłem spod kamienia.

– Myślę, że to ma jakiś związek z tym. – Moja dłoń była zaciśnięta wokół starej, czarnej, zniszczonej kamei o owalnym kształcie, z kobiecą twarzą wyrytą w kości słoniowej i masie perłowej. Twarz była oddana w każdym detalu. Z boku dostrzegłem niewielką wypukłość. – Patrz, to chyba medalion.

Wcisnąłem sprężynę i przód kamei się otworzył, ukazując napis.

– Tu jest wygrawerowane: „Greenbrier". I data.

Lena się podniosła.

– Greenbrier?

– To musi być tu. To nie jest Ravenwood, tylko Greenbrier. Sąsiednia plantacja.

– I ten obraz, pożary, też widziałeś to wszystko?

Skinąłem głową. Nawet mówienie o tym było zbyt straszne.

– To musi być Greenbrier, w każdym razie to, co z niego zostało.

– Pokaż medalion – poprosiła.

Podałem go jej ostrożnie. Wyglądał, jakby wiele przeszedł – może nawet ten ogień, który widzieliśmy. Obróciła medalion w rękach.

– „Jedenasty lutego tysiąc osiemset sześćdziesiątego piątego roku" – przeczytała.

Zbladła i upuściła kameę.

– Co się stało?

Patrzyła na leżący na trawie medalion.

– Jedenastego lutego są moje urodziny.

– Co za zbieg okoliczności. Prezent przed czasem.

– W moim życiu nic nie jest zbiegiem okoliczności.

Podniosłem medalion i obejrzałem jego drugą stronę. Z tyłu były wygrawerowane inicjały: E.C.W. i G.K.D.

– Medalion musiał należeć do któregoś z nich. – Zastanowiłem się. – To niesamowite. Moje inicjały to E.L.W.

– Moje urodziny, twoje inicjały. Nie sądzisz, że to coś więcej niż przypadek?

Może miała rację. Jednak mimo wszystko...

– Powinniśmy spróbować jeszcze raz, może uda nam się znaleźć wytłumaczenie.

Zupełnie jakby coś nas swędziało. Musieliśmy się podrapać.

– Nie wiem. To może być niebezpieczne. Naprawdę miałam wrażenie, że tam byliśmy. Oczy ciągle mnie pieką od dymu.

Miała rację. Byliśmy cały czas w ogrodzie, ale wrażenie było takie, jakbyśmy się znaleźli w samym środku pożaru. Ciągle czułem dym w płucach. Ale to bez znaczenia, musiałem się dowiedzieć, co to wszystko znaczy.

Podałem jej medalion.

– Daj spokój, myślałem, że jesteś odważniejsza. To było wyzwanie.

Przewróciła oczami, ale sięgnęła po kameę. Jej palce musnęły moją dłoń i poczułem, jak rozchodzi się po niej ciepło. Elektryczna gęsia skórka. Nie potrafię tego inaczej opisać.

Zamknąłem oczy i czekałem... Nic. Otworzyłem oczy.

– Może nam się to wszystko wydawało? A może po prostu wysiadły baterie?

Lena spojrzała na mnie jak na totalnego kretyna, już po raz drugi.

– Może po prostu nie wiesz, co robić i kiedy.

Wstała i otrzepała ubranie.

– Muszę lecieć. – Przystanęła jeszcze na chwilę i spojrzała na mnie. – Wiesz, nie jesteś taki, za jakiego cię uważałam.

Odwróciła się i ruszyła przed siebie, próbując się przecisnąć przez cytrynowy gąszcz do zewnętrznego krańca ogrodu.

– Zaczekaj! – zawołałem, ale się nie zatrzymała. Próbowałem ją dogonić, potykając się o korzenie.

Gdy już była przy ostatnim drzewku, stanęła.

– Nie.

– Co nie?

– Po prostu odejdź, póki jeszcze nie jest za późno. – Nie patrzyła na mnie.

– Nie rozumiem, o czym mówisz.

– Nieważne.

– Myślisz, że jesteś jedyną skomplikowaną osobą na świecie?

– Nie, ale to i tak moja specjalność. – Obróciła się, żeby odejść. Zawahałem się i położyłem dłoń na jej ramieniu. Było ciepłe, nagrzane promieniami zachodzącego słońca. Miała drobne kości, w tym momencie wydała mi się kimś bardzo kruchym, tak jak w snach. To niesamowite. Bo jeszcze chwilę wcześniej, kiedy stała naprzeciw mnie, myślałem tylko o tym, jaka jest niezłomna. Może chodziło o jej spojrzenie? Staliśmy tak jakiś czas, aż w końcu obróciła się do mnie.

– Posłuchaj, tu się dzieje coś dziwnego. Sny, piosenka, zapach, a teraz ten medalion. – Spróbowałem ponownie. – Wszystko razem wskazuje na to, że powinniśmy być przyjaciółmi.

– Powiedziałeś „zapach"? – wyglądała na zaskoczoną. – W tym samym zdaniu, co „przyjaciółmi"?

– Teoretycznie tak, ale to były dwa różne zdania.

Spojrzała znacząco na moją dłoń, więc ją zabrałem. Ale nie mogłem tak po prostu pozwolić jej odejść. Popatrzyłem jej w oczy, tak naprawdę to chyba po raz pierwszy w życiu. Zielona otchłań była tak głęboka, że nigdy bym jej nie zgłębił. Zastanawiałem się, jak się ma do tego teoria Ammy „o oczach będących oknami duszy".

Już za późno, Leno. Już jesteśmy przyjaciółmi.

To niemożliwe.

Razem w tym tkwimy.

Proszę, uwierz mi, to nie tak.

Odwróciła ode mnie wzrok, opierając głowę o cytrynowe drzewko. Wyglądała mizernie.

– Może i jesteś inny niż wszyscy, ale są rzeczy, których o mnie nie wiesz. Nie rozumiem, dlaczego porozumiewamy się w taki sposób. Nie mam pojęcia, tak samo jak ty, dlaczego śnią nam się te same sny.

– Ale ja chcę się tego dowiedzieć.

– Szesnaste urodziny mam za pięć miesięcy. – Wyciągnęła rękę, na której widniała liczba „151". A więc o to chodziło! Lena odliczała dni, jakie zostały do urodzin.

– Nie wiesz, co to znaczy, Ethanie. Nic nie wiesz. Potem może już mnie tutaj nie być.

– Ale teraz tu jesteś.

Spojrzała gdzieś za mnie, na Ravenwood. Wreszcie się odezwała, nie patrząc na mnie.

– Lubisz Bukowskiego, tego poetę?

– Jasne – odparłem zmieszany.

– Nie próbuj.

– Nie rozumiem.

– To właśnie jest napisane na jego grobie.

Przeszła przez kamienny mur i zniknęła. Pięć miesięcy. Nie miałem pojęcia, o czym mówiła, ale rozpoznałem uczucie, które mnie ogarnęło. Strach.

Zanim przeszedłem przez furtkę w kamiennym murze, Lena zniknęła na dobre, jakby w ogóle jej tu nie było, pozostawiając jedynie unoszący się w powietrzu zapach cytryn i rozmarynu. Najzabawniejsze w tym wszystkim było to, że im bardziej starała się uciec, tym bardziej byłem zdecydowany ją dogonić.

„Nie próbuj".

Byłem przekonany, że na moim grobie byłoby wyryte coś innego.

Dwunasty września

Siostry

Na szczęście dla mnie stół kuchenny był jeszcze nakryty, gdy wróciłem do domu. Amma zabiłaby mnie, gdybym się spóźnił na obiad. Nie doceniałem tylko działania poczty pantoflowej, która została uruchomiona zaraz po moim wyjściu z lekcji angielskiego. Zanim zdążyłem wrócić do domu, ni mniej, ni więcej tylko pół miasta zadzwoniło do Ammy.

– Ethanie Wate? Czy to ty? Jeśli tak, to masz problem!

Usłyszałem znajome odgłosy postukiwania garnkami. Sprawy miały się gorzej niż sądziłem. Poszedłem prosto do kuchni. Amma stała przy blacie kuchennym w drelichowym fartuchu, który miał czternaście kieszeni na gwoździe i mógł pomieścić cztery narzędzia remontowe typu wiertarka. Trzymała w ręku chiński rzeźnicki nóż, a przed nią piętrzyły się marchewki, kapusta i inne warzywa, których nie potrafiłem rozpoznać. Przygotowanie sajgonek wymagało więcej krojenia niż jakikolwiek inny przepis znajdujący się w plastikowym niebieskim pudełku Ammy. Gdy robiła sajgonki, mogło to oznaczać tylko jedno, i bynajmniej nie to, że lubiła chińszczyznę.

Usiłowałem znaleźć jakieś sensowne wytłumaczenie, ale nic nie przychodziło mi do głowy.

– Po południu dzwonił trener i pani English, i dyrektor Harper, i mama Linka, i połowa pań z CAR. A wiesz, jak nie znoszę rozmawiać z tymi kobietami. Złe jak grzech, każda jedna.

W Gatlin było wiele kół charytatywnych i organizacji pomocy, ale CAR było matką wszystkich. Żeby zostać członkinią Cór Amerykańskiej Rewolucji, trzeba było udowodnić – zgodnie z nazwą organizacji – pokrewieństwo z prawdziwym patriotą z czasów Amerykańskiej Rewolucji, czyli wojny o niepodległość. A członkostwo uprawniało do pouczania sąsiadów z River Street, na jaki kolor mogą malować swoje domy, i generalnie do szarogęszenia się, gnębienia i osądzania wszystkich innych w mieście. Chyba że się trafiło na Ammę. Jej nie można było do niczego zmusić.

– Wybiegłeś w środku lekcji za tą Duchannes.

Kolejna marchewka potoczyła się po desce do krojenia.

– Wiem, Ammo. Ale...

Kapusta została rozłupana na pół.

– Wiesz, co im powiedziałam? „Nie, mój chłopiec nie opuściłby szkoły bez pozwolenia. I na pewno nie opuściłby treningu. To jakaś pomyłka. To pewnie jakiś inny chłopak, który nie szanuje nauczycieli i któremu nie zależy na opinii. To nie jest podobne do Ethana, którego wychowałam i który mieszka w tym domu". – Zielona cebula pofrunęła po blacie.

Popełniłem największą z możliwych zbrodni. Postawiłem ją w kłopotliwej sytuacji i to w oczach pani Lincoln oraz kobiet z CAR, jej najgorszych wrogów.

– Co masz do powiedzenia? Dlaczego wybiegłeś ze szkoły, jakby się paliło? I nie chcę słyszeć, że chodziło o jakąś dziewczynę!

Zaczerpnąłem powietrza. Co mogłem powiedzieć? Że od miesięcy śni mi się jakaś tajemnicza dziewczyna, która właśnie przybyła do miasta i przypadkiem jest siostrzenicą Macona Ravenwooda? I że oprócz tych koszmarów, miałem wizję jakiejś kobiety, której absolutnie nie znałem, a która żyła w czasie wojny secesyjnej?

Jasne, to z pewnością by mi pomogło. A potem wybuchłoby Słońce i Układ Słoneczny przestałby istnieć.

– To nie tak, jak myślisz. Klasa dała się Lenie porządnie we znaki, robiąc uwagi o jej wujku. Mówili o nim, że wozi zwłoki w swoim karawanie. Dlatego się zdenerwowała i wybiegła z klasy.

– Ciągle czekam na wyjaśnienie, co to ma wspólnego z tobą.

– Przecież ciągle mi powtarzasz, że mamy „iść śladami Pana Naszego". Nie sądzisz, że chciałby, żebym stanął w obronie kogoś, kto jest szykanowany? No i tak zrobiłem.

Sądząc po spojrzeniu Ammy, chyba przesadziłem.

– Nie waż się powoływać na Słowo Pana, gdy łamiesz zasady, bo przysięgam, że pójdę po rózgę i nauczę cię rozumu. I nie obchodzi mnie, ile masz lat. Słyszysz?

Amma nigdy mnie nie uderzyła, chociaż ganiała mnie już z rózgą kilka razy, tak dla postrachu. Ale to nie była pora, żeby o tym mówić. Sytuacja robiła się coraz gorsza. Musiałem odwrócić jej uwagę. Palił mnie medalion, spoczywający w tylnej kieszeni dżinsów. Amma uwielbiała tajemnice. Nauczyła mnie czytać, gdy miałem cztery lata, na kryminałach i krzyżówkach, którym się przyglądałem, siedząc obok. Byłem jedynym dzieckiem w przedszkolu, które potrafiło przeczytać na tablicy słowo „inspekcja", bo wyglądało to tak jak „inspektor". Jeśli chodzi o tajemnice, medalion na pewno by ją zajął. Opuszczę tylko tę część o dotykaniu i wizjach z czasów wojny secesyjnej.

– Masz rację, Ammo. Przepraszam. Nie powinienem był opuszczać szkoły. Chciałem się tylko upewnić, że z Leną wszystko w porządku. Szyba rozbiła się tuż obok niej i ją skaleczyła. Poszedłem do niej, żeby sprawdzić, czy nic jej nie jest.

– Byłeś w tym domu?

– Tak, ale tylko na zewnątrz. Jej wujek chyba rzeczywiście unika towarzystwa.

– Nie musisz mi opowiadać o Maconie Ravenwoodzie, jakbyś wiedział coś, czego ja bym nie wiedziała. – Mówiąc to, rzuciła mi wściekłe spojrzenie. – G-Ł-U-P-O-T-A.

– Co?

– To określenie na „nie mieć za grosz rozumu", Ethanie Wate.

Sięgnąłem do kieszeni, wyjąłem z niej medalion i podszedłem do Ammy, która stała koło kuchenki.

– Byliśmy z tyłu za domem i znaleźliśmy to – powiedziałem, otwierając dłoń tak, żeby mogła zobaczyć, co na niej leży. – W środku jest napis.

Wyraz twarzy Ammy mnie zmroził. Wyglądała tak, jakby coś podcięło jej skrzydła.

– Ammo, wszystko w porządku? – Chciałem ją chwycić pod łokieć, na wypadek gdyby miała zemdleć. Ale odskoczyła, zanim jej dotknąłem, jakby ją coś oparzyło.

– Skąd to masz? – wyszeptała.

– Znaleźliśmy to w Ravenwood.

– To się nie zdarzyło na plantacji w Ravenwood.

– O czym ty mówisz? Wiesz, do kogo to należało?

– Zaczekaj tu. Nie ruszaj się! – rozkazała i wybiegła z kuchni.

Zignorowałem polecenie i poszedłem za nią. Jej pokój bardziej przypominał aptekę niż sypialnię. Niskie białe łóżko wciśnięte było między rzędy półek, na których leżały równo poukładane gazety. Amma nigdy nie wyrzucała rozwiązanych krzyżówek. W słojach stały najróżniejsze rzeczy, z których robiła talizmany – sól, kolorowe kamienie i zioła. I bardziej oryginalne, na przykład słoiczek z korzeniami lub porzuconymi ptasimi gniazdami. Na górnej półce zobaczyłem buteleczki z błotem. Amma zachowywała się przedziwnie, nawet jak na nią. Stałem z tyłu, a ona przetrząsała szuflady.

– Co ty...

– Mówiłam, żebyś zaczekał w kuchni! Nie przynoś tego tutaj! – wrzasnęła, gdy chciałem wejść do środka.

– Dlaczego tak się denerwujesz? – Włożyła kilka rzeczy do kieszeni fartucha i wybiegła z pokoju. Dogoniłem ją w kuchni. – Ammo, co się dzieje?

– Weź. – Wręczyła mi wyświechtaną chusteczkę, ostrożnie, żeby tylko nie dotknąć mojej ręki. – I zawiń to. Natychmiast.

Już nie tylko wyglądała, jakby była w transie. Całkowicie się w nim zatraciła.

– Ammo!

– Rób, co mówię, Ethanie! – Amma nigdy mnie tak nie nazywała, zawsze dodawała nazwisko.

Gdy medalion był już bezpiecznie zawinięty w chusteczkę, uspokoiła się trochę. Przeszukała kieszenie fartucha, wyjmując mały skórzany woreczek i fiolkę z proszkiem. Rozpoznałem jeden z amuletów, gdy tylko go zobaczyłem. Ręka trochę jej drżała, gdy wsypała nieco ciemnego proszku do środka.

– Zawinąłeś to porządnie?

– Spoko – odparłem, spodziewając się, że zaraz mnie poprawi, bo nie cierpiała, gdy używałem takich słów.

– Na pewno?

– Tak.

– A teraz włóż go tutaj. – Skórzany woreczek był ciepły i gładki. – No już, szybko.

Włożyłem medalion do środka.

– Zawiąż starannie dokoła – poleciła, wręczając mi kawałek czegoś, co wyglądało jak zwykły sznurek, chociaż wiedziałem, że nic z tego, czego Amma używała do robienia swoich amuletów, nie było zwyczajne. – Teraz zabierz to z powrotem tam, gdzie znalazłeś, i zakop. Natychmiast.

– Ammo, co się dzieje? – Zbliżyła się i chwyciła mnie za podbródek, odgarniając włosy z czoła. Po raz pierwszy, odkąd wyjąłem medalion z kieszeni, popatrzyła mi w oczy. Staliśmy tak chwilę, a mnie ta minuta wydała się wiecznością. Na jej twarzy malowała się niepewność.

– Nie jesteś gotów – szepnęła, puszczając mnie.

– Na co?

– Rób, co mówię. Zabierz ten woreczek tam, skąd go przyniosłeś. I zakop. I wracaj natychmiast do domu. Nie życzę sobie, żebyś zadawał się z tą dziewczyną. Słyszysz, co mówię?

Powiedziała to, co zamierzała, może nawet troszkę za dużo. Ale i tak nie miałem wątpliwości, że niczego więcej się nie dowiem, ponieważ jedyną rzeczą, w której Amma była lepsza niż we wróżeniu z kart czy w rozwiązywaniu krzyżówek, było milczenie.

– Ethanie Wate, wstałeś?

Która godzina? Dziewiąta trzydzieści, sobota. Już dawno powinienem zejść na śniadanie, ale byłem wykończony. Zeszłej nocy wałęsałem się dwie godziny, żeby Amma uwierzyła, że pojechałem do Greenbrier zakopać medalion.

Wstałem z łóżka trochę niepewnie i potknąłem się o pudełko nieświeżych markiz. W pokoju zawsze miałem bałagan. Było tu tyle rupieci, że tata uważał – chociaż od dłuższego czasu wcale tu nie zaglądał – że stanowi to zagrożenie pożarowe i któregoś dnia spalę cały dom. Ściany i sufit były oblepione mapami i plakatami miejsc, które kiedyś chciałbym zwiedzić – Aten, Barcelony, Moskwy, a nawet Alaski. Pokój był wypełniony pudłami po butach na wysokość metra albo półtora. Mimo że pudła sprawiały wrażenie ustawionych przypadkowo, wiedziałem dokładnie, co jest w każdym w nich, poczynając od pudełka po białych adidasach z kolekcją zapalniczek, sięgającą czasów ósmej klasy, gdy pasjonowały mnie przeróżne eksperymenty pirotechniczne, do pudełka po zielonych butach firmy New Balance, w którym były gilzy i kawałki flagi znalezione w Forcie Sumter, gdzie byłem razem z mamą.

Szukałem żółtego pudełka Nike z medalionem, który tak przeraził Ammę, że straciła kontakt z rzeczywistością. Wyjąłem z niego gładki skórzany woreczek. Schowałem go tam zeszłego wieczoru i wydawało mi się to dobrym pomysłem. Ale teraz wsadziłem medalion do kieszeni. Tak na wszelki wypadek.

– Zejdź już, bo się spóźnisz – krzyknęła Amma z dołu.

– Chwilę.

Co sobota spędzałem pół dnia z trzema najstarszymi kobietami w Gatlin, moimi ciotecznymi babkami: Mercy, Prudence i Grace. Wszyscy w miasteczku nazywali je Siostrami, jakby stanowiły jedność, co w pewnym sensie było prawdą. Każda z nich miała prawie sto lat i nawet one same nie pamiętały, która jest najstarsza. Wszystkie trzy wielokrotnie wychodziły za mąż, ale przeżyły swoich mężów i w końcu zamieszkały w domu ciotki Grace. A w dodatku ich prawdziwym problemem wydawał się nie wiek, tylko to, że były kompletnie zwariowane.

Gdy miałem dwanaście lat, mama podrzucała mnie do nich w każdą sobotę, żebym im pomagał. I od tego czasu zawsze tam chodzę. Najgorsze ze wszystkiego jest to, że muszę zawozić je w soboty do kościoła. Siostry są baptystkami i chodzą do kościoła w soboty i niedziele, a także w większość pozostałych dni.

Ale dziś miało być inaczej. Wyskoczyłem z łóżka i poszedłem wziąć prysznic, zanim Amma zawoła mnie po raz trzeci. Nie mogłem się doczekać chwili, kiedy pojadę do Sióstr. Znały każdego, kto kiedykolwiek mieszkał w Gatlin. Nic dziwnego, skoro wszystkie trzy poprzez kolejne małżeństwa były spokrewnione z połową miasta. Po wizji, którą miałem, stało się jasne, że G. w G.K.D. oznaczało Genevieve. Co do pozostałych liter, to tylko te trzy najstarsze kobiety w mieście mogły wiedzieć, co oznaczają.

Otworzyłem szufladę komody, żeby wyjąć skarpetki, i zauważyłem małą lalkę, która wyglądała jak szmaciana małpka, trzymającą maleńki woreczek z solą i błękitnym kamieniem – jeden z talizmanów Ammy. Robiła je, żeby odpędzić złe moce, pecha, a nawet zimno. Jeden zawiesiła na drzwiach gabinetu taty, gdy zaczął pracować w niedziele, zamiast chodzić do kościoła. Tata nawet jak był w kościele, to nie przywiązywał do tego wagi. Amma jednak twierdziła, że dobry Bóg i tak doceniał sam fakt przyjścia. Kilka miesięcy później tata kupił przez Internet babę-jagę i zawiesił ją nad kuchenką. Amma była taka zła, że przez tydzień podawała mu zimną kaszę i przypaloną kawę.

Na ogół nie zastanawiałem się nad małymi prezencikami od Ammy, gdy je znajdowałem. Ale z medalionem to było coś innego. Amma wyraźnie chciała coś przede mną ukryć.

Przyjechałem do domu Sióstr. Tylko jednym słowem można opisać to, co tam zastałem. Chaos. Ciotka Mercy z papilotami na głowie wpuściła mnie do środka.

– Całe szczęście, że przyszedłeś, Ethanie. Mamy sytuację a-waryjną – powiedziała, wymawiając „awaryjną", jakby „a" było oddzielnym słowem. Na początku nie mogłem ich w ogóle zrozumieć, mówiły z ciężkim akcentem i bardzo niegramatycznie. Ale tak właśnie było w Gatlin; wiek mieszkańców można było określić po sposobie mówienia.

– Słucham, ciociu?

– Harlon James miał wypadek i nie jestem pewna, czy przeżyje – wymówiła ostatnie dwa słowa szeptem, jakby Bóg mógł to usłyszeć, a ona się bała, żeby nie natchnąć Go jakimś kiepskim pomysłem. Harlon James był psem, yorkshire terrierem, i należał do ciotki Prudence, która nadała mu to imię na cześć swojego ostatniego zmarłego męża.

– Co się stało?

– Powiem ci, co się stało – powiedziała ciotka Prudence, która nagle pojawiła się nie wiadomo skąd, trzymając w ręku apteczkę pierwszej pomocy. – Grace próbowała zabić biednego Harlona Jamesa. I teraz psina ledwie żyje.

– Wcale nie próbowałam go zabić – wrzasnęła ciotka Grace z kuchni.

– Nie opowiadaj bajek, Prudence Jane. To był wypadek!

– Ethanie, zadzwoń do Deana Wilksa i powiedz, że mamy sytuację a-waryjną – poleciła ciotka Prudence, wyjmując z apteczki buteleczkę z solami trzeźwiącymi i dwa ogromne bandaże. – Opuszcza nas!

Harlon James leżał na kuchennej podłodze i wyglądał, tak jakby był w szoku, ale w żadnym wypadku nie był bliski śmierci. Miał tylną łapę podkuloną i powłóczył nią, gdy próbował się podnieść.

– Grace, biorę sobie Pana na świadka, jeżeli Harlon James umrze...

– On nie umrze, ciociu. Myślę, że ma złamaną łapę. Co się stało?

– Grace próbowała go zatłuc szczotką.

– To nieprawda. Już ci mówiłam, nie miałam okularów, a on wyglądał jak szczur portowy, przebiegający przez kuchnię.

– Skąd wiesz, jak wygląda szczur portowy? Nigdy w swoim życiu takiego nie widziałaś.

Wsadziłem więc Siostry, które popadły w zbiorową histerię, i Harlona Jamesa, który pewnie wolałby się przenieść do spokojnego psiego raju, zamiast uczestniczyć w tej awanturze, do cadillaca z 1964 roku. I zawiozłem wszystkich do Deana Wilksa. Dean Wilks prowadził sklep z karmą i był jedyną osobą w mieście, która zastępowała weterynarza. Na szczęście, Harlon James miał tylko złamaną łapę, więc właściciel sklepu sprostał zadaniu.

Zanim wróciliśmy do domu, zastanawiałem się, czy aby nie zwariowałem, sądząc, że uda mi się dowiedzieć czegoś od Sióstr. Samochód Thelmy stał na podjeździe. Tata płacił jej, żeby miała oko na Siostry, po tym jak ciotka Grace omal nie spaliła domu dziesięć lat temu, wkładając placek cytrynowy z bezami do piecyka i zostawiając go tam na całe popołudnie. Siostry w tym czasie poszły do kościoła.

– Gdzie byłyście, dziewczęta? – zawołała z kuchni.

Wpadały na siebie, próbując się wepchnąć wszystkie trzy do kuchni, żeby opowiedzieć Thelmie o nieszczęśliwym wypadku. Potknąłem się o krzesło kuchenne, fatalnie dobrane do wnętrza. Stanąłem obok cioci Grace. Była przygnębiona, ponieważ po raz kolejny została przedstawiona jako główna winowajczyni. Wyciągnąłem medalion z kieszeni, trzymając łańcuszek przez chusteczkę, i zakręciłem nim kilka razy.

– Co tam masz, przystojniaku? – zapytała Thelma, podkradając trochę tabaki z puszki na parapecie i wkładając ją za dolną wargę. Wyglądało to komicznie, ponieważ Thelma była drobniutka i przypominała Dolly Parton, popularną amerykańską piosenkarkę country.

– Medalion, który znalazłem koło plantacji Ravenwood.

– Ravenwood? A co, u licha, tam robiłeś?

– Znajoma tam chwilowo mieszka.

– To znaczy Lena Duchannes? – zapytała ciotka Mercy. Oczywiście, że wiedziała. Całe miasto wiedziało. Takie było Gatlin.

– Tak, ciociu. Jesteśmy w tej samej klasie. – Wreszcie udało mi się zwrócić na siebie uwagę ciotek. – Znaleźliśmy to w ogrodzie za główną rezydencją. Nie wiemy, do kogo należało, ale wyglądało na bardzo stare.

– To nie jest teren Macona Ravenwooda, należy do Greenbrier – powiedziała stanowczo ciotka Prue.

– Pokaż, niech no spojrzę. – Ciotka Mercy wyjęła okulary z kieszeni podomki.

Wręczyłem jej medalion, ciągle owinięty w chusteczkę.

– Tu jest napis.

– Nie mogę tego odczytać. Grace, możesz to odcyfrować? – zapytała, podając medalion ciotce Grace.

– Nic nie widzę – powiedziała ciotka Grace, mocno mrużąc oczy.

– Tu są inicjały – pokazałem wyżłobienia w metalu – E.C.W. i G.K.D. A z drugiej strony, na spodzie, jest data. Jedenasty lutego tysiąc osiemset sześćdziesiątego piątego roku.

– Data wydaje się znajoma – zauważyła ciotka Prudence. – Mercy, pamiętasz, co się wtedy wydarzyło?

– Chyba wyszłaś wtedy za mąż, Grace?

– To rok tysiąc osiemset sześćdziesiąty piąty, a nie tysiąc dziewięćset sześćdziesiąty piąty – skorygowała ciotka Grace. Niestety, ich słuch nie był dużo lepszy od wzroku. – Jedenasty lutego tysiąc osiemset sześćdziesiątego piątego roku...

– To było wtedy, gdy wojska Północy prawie zrównały Gatlin z ziemią – powiedziała ciotka Grace. – Nasz prapradziadek stracił wtedy wszystko w pożarze. Naprawdę nie pamiętacie tej historii? Generał Sherman ze swoją armią przemaszerował przez całe Południe, paląc co tylko się dało, włącznie z Gatlin. Nazwali to Wielkim Pożarem. Każda plantacja w Gatlin poniosła jakieś straty z wyjątkiem Ravenwood. Mój dziadek zwykł mawiać, że Abraham Ravenwood musiał tej nocy zawrzeć pakt z diabłem.

– Co masz na myśli?

– To było jedyne miejsce, które pozostało nietknięte. Żołnierze Unii palili kolejno każdą plantację wzdłuż rzeki, aż dotarli do Ravenwood. Przeszli przez nią, jakby jej wcale nie było.

– Z opowieści dziadka wynikało, że tej nocy wydarzyło się więcej dziwnych rzeczy. – Przypomniała sobie ciocia Prue, karmiąc Harlona Jamesa bekonem.

– Abraham miał brata, który mieszkał razem z nim. Tej nocy brat zniknął i od tej pory nikt go nie widział.

– Nie ma w tym nic dziwnego. Może został zabity przez żołnierzy albo uwięziony w jednym z płonących domów – zauważyłem.

Ciotka Grace uniosła brew.

– A może to było coś innego... Nigdy nie znaleziono ciała.

Uświadomiłem sobie, że ludzie od pokoleń mówili o Ravenwoodach. To nie zaczęło się od starego Macona. Zastanawiałem się, co jeszcze wiedzą Siostry.

– A Macon Ravenwood?

– Chłopak był bez szans, to nieślubne dziecko. – W Gatlin oznaczało to tyle samo, co bycie komunistą albo ateistą. – Jego ojciec, Silas, poznał matkę Macona, gdy żona od niego odeszła. Była ładną dziewczyną, zdaje się z Nowego Orleanu. W każdym razie niedługo potem urodzili się Macon i jego brat. Ale Silas nigdy nie ożenił się z ich matką. I po jakimś czasie ona też odeszła.

– Grace Ann, nie masz pojęcia, jak opowiadać historie – przerwała jej ciotka Prue. – Silas Ravenwood był ekscentrykiem, w dodatku tak złośliwym, jak dzień długi. I dziwne rzeczy działy się w tym domu. Światła paliły się całą noc, a co jakiś czas widywano kręcącego się tam mężczyznę w wysokim czarnym kapeluszu.

– I wilk. Opowiedz mu o wilku.

Nie musiały mi opowiadać o tym psie, czy czymkolwiek było to zwierzę. Widziałem go na własne oczy. No... to raczej nie mógł być ten sam zwierzak, bo żaden wilk ani pies nie żył tak długo...

– Silas trzymał w domu wilka i traktował go jak zwierzę domowe! – Ciotka Mercy potrząsnęła głową.

– A jego synowie tylko podróżowali od Silasa do matki i z powrotem. A kiedy mieszkali w Ravenwood Manor, ojciec strasznie ich traktował. Wciąż tylko ich bił i nie spuszczał z nich oka. Nawet do szkoły nie pozwalał im chodzić.

– Może dlatego Macon Ravenwood nigdy nie wychodzi z domu? – zaryzykowałem.

Ciotka Mercy machnęła ręką, jakby to była najgłupsza rzecz, jaką usłyszała.

– To nieprawda. Widziałam go parę razy w pobliżu budynku CAR, kiedy już minęła pora kolacji.

Tak, na pewno go widziała! To była jedna z cech Sióstr, które nie do końca zdawały sobie sprawę z tego, co realne, a co należy już do przeszłości. Nie słyszałem, żeby ktokolwiek widział Macona Ravenwooda, dlatego miałem poważne wątpliwości, czy rzeczywiście bywał w pobliżu budynku CAR, gapił się na ściany pokryte łuszczącą się farbą i gawędził z panią Lincoln.

Ciotka Grace uważnie obejrzała moje znalezisko, zbliżywszy medalion do światła.

– Jedno mogę wam powiedzieć. Ta chusteczka należała do Sulli Treadeau. Sulla Wieszczka, tak ją nazywano, bo umiała wróżyć z kart.

– Z tarota? – spytałem.

– A są jakieś inne?

– Są jeszcze karty do gry, karty świąteczne i karty z nazwiskami gości na stole, używane na przyjęciach... – wyrecytowała ciotka Mercy bez sensu.

– Skąd wiecie, że to była jej chusteczka?

– Jej inicjały są wyhaftowane tu, na brzegu, widzisz? – spytała, wskazując na maleńkiego ptaszka wyhaftowanego pod inicjałami. – To był jej znak.

– Znak?

– Większość tych, którzy czytali z kart, miała w tamtych czasach swój znak. Znaczyli talie, żeby mieć pewność, że nikt nie podmienił im kart. Wróżka czytająca z kart jest dobra tylko wtedy, gdy ma swoją własną talię. To wiem na pewno – oznajmiła Thelma, spluwając do niewielkiej urny w rogu pokoju z precyzją strzelca wyborowego.

Treadeau. To było nazwisko Ammy.

– A ta wróżka... była spokrewniona z Ammą?

– Oczywiście. Była jej prapraprababką.

– A te inicjały na medalionie, E.C.W. i G.K.D., do kogo należą? – To była ryzykowna próba. Nie pamiętam, kiedy ostatnim razem Siostry myślały aż tak jasno.

– Chcesz dokuczyć starej kobiecie, Ethanie Wate?

– Nie, ciociu.

– E.C.W. to Ethan Carter Wate. Był twoim prapraradziadkiem

stryjecznym, a może prapraprapradziadkiem?

– Nigdy nie byłaś dobra w arytmetyce – przerwała ciotka Prudence.

– W każdym razie był bratem twojego prapraprapradziadka Ellisa.

– Brat Ellisa Wate'a nazywał się Lawson, a nie Ethan. Po nim odziedziczyłem drugie imię.

– Ellis Wate miał dwóch braci, Ethana i Lawsona. Nosisz imiona po nich obu. Ethan Lawson Wate.

Usiłowałem sobie wyobrazić nasze drzewo rodowe. Widziałem je wiele razy. Jeśli istnieje coś, czego południowiec w ogóle może być pewien, to jest to jego własne drzewo rodowe. Na kopii wiszącej w ramce nad drzwiami naszej jadalni nie było żadnego Ethana Cartera Wate'a. Ewidentnie przeceniłem jasność umysłu ciotki Grace.

Musiały zauważyć zwątpienie na mojej twarzy, ponieważ chwilę później ciocia Prue wstała z krzesła i wyszła.

– Mam całe drzewo w mojej księdze genealogicznej. Przechowuję rodowód na potrzeby Sióstr Konfederacji – rzuciła.

Siostry Konfederacji, pomniejsze, ale równie przerażające kuzynki CAR, stanowiły swojego rodzaju relikt z czasów wojny secesyjnej. Na początku były po prostu kołem szyjących dam. Obecnie członkinie stowarzyszenia spędzały większość czasu na badaniu korzeni rodzin sięgających okresu wojny secesyjnej. Ich studia były przydatne w programach dokumentalnych i miniserialach, takich jak *W imię honoru*.

– Proszę bardzo. – Ciotka Prue przyczłapała z powrotem do kuchni, niosąc olbrzymi, oprawiony w skórę album z pożółkłymi kartkami i wystającymi starymi fotografiami. Przerzuciła kartki, rozsypując po podłodze ścinki papieru i stare wycinki z gazet.

– Spójrz na to... Burton Free, mój trzeci mąż. Był najprzystojniejszy ze wszystkich. – Pokazała nam starą, zniszczoną fotografię.

– Prudence Jane, uważaj. Ten młody człowiek po prostu sprawdza naszą pamięć. – Ciotka Grace była wyraźnie wzburzona.

– O, tutaj, zaraz po drzewie Stathamów.

Przyglądałem się nazwiskom, które dobrze znałem z drzewa genealogicznego wiszącego w jadalni w naszym domu.

Znalazłem jedno, którego nie było na drzewie rodowym w Wate's Landing. Ethan Carter Wate. Dlaczego Siostry miały inną wersję mojego drzewa rodowego? Wydawało się oczywiste, które z tych drzew było prawdziwe. Miałem dowód w postaci medalionu zawiniętego w chusteczkę, która sto pięćdziesiąt lat temu należała do wróżki, prapraprababki Ammy.

– Dlaczego nie ma go na moim drzewie rodowym?

– Większość drzew na Południu jest pełna kłamstw, ale dziwi mnie to w przypadku kopii drzewa rodowego Wate'ów – oznajmiła ciotka Grace, zamykając książkę i wzbijając w powietrze tuman kurzu.

– Tylko dzięki temu, że tak starannie prowadzę archiwa, go znaleźliście. – Ciotka Prue uśmiechnęła się z dumą, pokazując całe sztuczne uzębienie.

Musiałem skierować rozmowę na właściwy tor.

– A dlaczego miałoby go nie być na drzewie rodowym, ciociu?

– Bo był dezerterem.

– Co to znaczy „dezerterem"? – Nie nadążałem za ciotką.

– Na miłość boską, czego cię uczą w tej elitarnej szkole? – Ciotka z zapałem wyciągała precelki z mieszanki ciasteczek.

– Dezerterzy. Konfederaci, którzy uciekli od generała Lee podczas wojny. – Musiałem wyglądać na zdezorientowanego, ponieważ poczuła się w obowiązku udzielić dokładniejszych wyjaśnień. – W armii konfederatów w czasie wojny były dwa rodzaje żołnierzy. Ci, którzy popierali sprawę, i ci, którzy zostali zwerbowani. – Ciotka Prue podniosła się i zaczęła chodzić w tę i z powrotem, niczym prawdziwy nauczyciel historii podczas wykładu.

– W roku tysiąc osiemset sześćdziesiątym piątym armia generała Lee była już pobita, głodująca i porządnie przetrzebiona. Niektórzy twierdzili, że konfederaci tracili wiarę i zaczęli uciekać. Dezerterowali. Ethan Carter

DRZEWO RODZINY WATE'ÓW

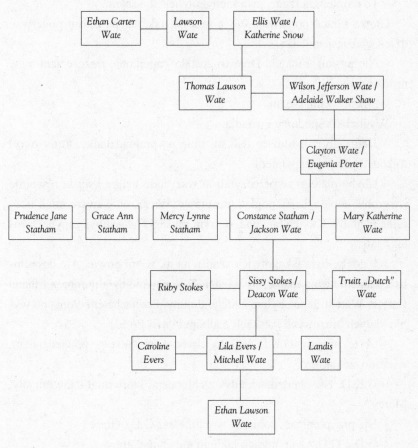

Ethan Carter Wate — Lawson Wate — Ellis Wate / Katherine Snow

Thomas Lawson Wate — Wilson Jefferson Wate / Adelaide Walker Shaw

Clayton Wate / Eugenia Porter

Prudence Jane Statham — Grace Ann Statham — Mercy Lynne Statham — Constance Statham / Jackson Wate — Mary Katherine Wate

Ruby Stokes — Sissy Stokes / Deacon Wate — Truitt „Dutch" Wate

Caroline Evers — Lila Evers / Mitchell Wate — Landis Wate

Ethan Lawson Wate

Wate był jednym z nich. Zdezerterował.

Wszystkie trzy opuściły głowy, jakby nie mogły znieść hańby.

– Chcecie mi powiedzieć, że rodzina usunęła go z drzewa rodowego, ponieważ nie chciał umrzeć z głodu, walcząc w przegranej wojnie po niewłaściwej stronie?

– Sądzę, że można i tak spojrzeć na tę sprawę.

– To najgłupsza rzecz, jaką kiedykolwiek słyszałem.

Ciotka Grace poderwała się z krzesła, tak jak może się poderwać dziewięćdziesięciolatka.

– Nie pyskuj, Ethanie. Drzewo zostało zmienione, jeszcze zanim się urodziłyśmy.

– Przepraszam, ciociu.

Wygładziła spódnicę i usiadła.

– Dlaczego moi rodzice dali mi imię po prapradziadku, który okrył rodzinę hańbą? – zapytałem.

– Chyba dlatego że przeczytali te wszystkie mądre książki o wojnie i wyrobili sobie własny pogląd na sprawę. Wiesz, oni zawsze mieli liberalne poglądy. Kto ich tam wie, o czym myśleli? Musiałbyś zapytać swojego tatę.

Jak gdyby była jakakolwiek szansa na to, że mi powie. Ale dość dobrze znałem swoją mamę, by wiedzieć, że pewnie była dumna z Ethana Cartera Wate'a. Ja też byłem z niego dumny. Przejechałem dłonią po wypłowiałych brązowych kartkach z albumu cioci Prue.

– A te inicjały G.K.D.? G to chyba Genevieve – powiedziałem, wiedząc, że tak jest.

– G.K.D. Nie chodziłaś kiedyś z chłopcem, który miał takie inicjały, Mercy?

– Nie przypominam sobie. A ty pamiętasz G.D., Grace?

– G.D... G.D.? Nie, nikogo takiego nie pamiętam.

– Ojej, pora do kościoła – wykrzyknęła ciotka Mercy.

Ciotka Grace skinęła ręką w stronę drzwi od garażu.

– Ethanie, bądź dobrym chłopcem i wyprowadź samochód, dobrze? Musimy się jeszcze umalować.

Przejechałem cztery przecznice do Ewangelickiego Kościoła Misyjnego Baptystów na popołudniowe nabożeństwo. Pchanie wózka inwalidzkiego ciotki Mercy po żwirowym podjeździe zabierało więcej czasu niż sama jazda samochodem, ponieważ co kilka kroków wózek zapadał się w żwir. Musiałem go wtedy rozhuśtać na boki, omal go nie przewracając i nie zrzucając ciotki na ziemię. Zanim kaznodzieja przyjął trzecie świadectwo od starszej pani, która przysięgła, że Jezus uratował jej krzaki różane przed szkodnikami czy rękę, którą zwykła szyć, od artretyzmu, już miałem dosyć. Bawiłem się medalionem, który spoczywał głęboko w kieszeni dżinsów. Dlaczego pokazał nam tę wizję? Dlaczego nagle wszystko się skończyło?

– *Ethanie, przestań. Nie wiesz, co robisz.*

Lena znów była w mojej głowie.

– *Odłóż go!*

Pomieszczenie wokół mnie zaczęło znikać. Poczułem, jak palce Leny chwytają moje, jak gdyby była przy mnie...

Genevieve stała jak skamieniała, patrząc na płonące Greenbrier. Płomienie lizały ściany rezydencji, pożerając kratownicę i werandę. Żołnierze wynosili z domu antyki i obrazy, plądrując jak zwykli rabusie. Gdzie się wszyscy podziali? Chowali się po lasach, tak jak ona? Usłyszała szelest liści i poczuła, że ktoś za nią stanął, ale zanim zdołała się odwrócić, ubłocona ręka zamknęła jej usta. Chwyciła nadgarstek intruza, usiłując oderwać jego dłonie od swojej twarzy.

– *Genevieve, to ja.* – *Ręka rozluźniła uchwyt.*

– *Na miłość boską, co tu robisz? Nic ci nie jest?* – *Genevieve zarzuciła ramiona na szyję żołnierzowi ubranemu w coś, co kiedyś było dumnym szarym mundurem konfederatów.*

– Nic mi nie jest, najdroższa – powiedział. Ale dobrze wiedziała, że Ethan kłamie.

– Myślałam, że może... – W ciągu ostatnich dwóch lat, odkąd Ethan zaciągnął się do wojska, Genevieve otrzymywała od niego listy. Ale po bitwie pod Wilderness wielu mężczyzn, którzy walczyli u boku generała Lee, nie wróciło z Wirginii. I kiedy nie dostała od Ethana żadnej wiadomości, postanowiła, że nigdy nie wyjdzie za mąż. Była pewna, że go utraciła. A teraz stał przed nią – cały i zdrowy. Nie mogła uwierzyć, że nareszcie go widzi.

– A gdzie pozostali z twojego pułku?

– Ostatni raz widziałem ich, gdy opuszczali Summit.

– Co to znaczy „ostatni raz"? Nikt nie pozostał przy życiu?

– Nie wiem. Gdy odchodziłem, wszyscy żyli.

– Nie rozumiem.

– Zdezerterowałem, Genevieve. Nie mogłem już dłużej walczyć o coś, w co nie wierzyłem. I nie po tym, co widziałem. Większość chłopców z pułku nie wiedziała nawet, o co w tej wojnie chodzi. Nie mieli pojęcia, że po prostu przelewają krew za bawełnę. – Ethan ujął jej chłodne dłonie w swoje poharatane ręce. – Zrozumiem, jeśli nie zechcesz za mnie wyjść. Nie mam już pieniędzy i utraciłem honor.

– Nie dbam o twoje pieniądze, Ethanie Carterze Wate. Jesteś najbardziej honorowym człowiekiem, jakiego znam. I nie obchodzi mnie, że tatuś uważa, iż między nami są zbyt duże różnice. Nie ma racji. Wróciłeś i się pobierzemy.

Genevieve przytuliła się do niego, bojąc się, że Ethan rozpłynie się w powietrzu, jeśli go puści. Zapach przywrócił ją do rzeczywistości. Wokół rozchodził się smród płonących cytryn i palących się istnień.

– Musimy iść do rzeki. Mama by tam właśnie poszła. W stronę domu ciotki Marguerite.

Ethan nie zdążył jej odpowiedzieć. Ktoś się zbliżał. Słychać było trzask gałęzi, jakby nadchodzący zmagał się z zaroślami.

– Szybko! Schowaj się za mnie! – rozkazał Ethan, przesuwając za siebie Genevieve jedną ręką, a drugą chwytając karabin. Zarośla się rozchyliły i stanęła przed nimi Ivy, kucharka z Greenbrier. Ciągle miała na sobie czarną od dymu nocną koszulę. Wrzasnęła na widok munduru, zbyt przerażona, żeby dostrzec jego szary kolor.

– Ivy, nic ci nie jest? – Genevieve podbiegła, żeby złapać starą kobietę, zanim się przewróci.

– Panienko Genevieve! Co, na Boga, panienka tu robi?

– Próbowałam się przedostać do Greenbrier, żeby was wszystkich ostrzec.

– Za późno, dziecino. Zresztą na nic by się to nie zdało. Niebiescy wyłamali drzwi i wdarli się do naszego domu jak do własnego. Wynieśli wszystko, co się dało, a potem podłożyli ogień. – Trudno było zrozumieć, co mówiła. Wpadła w histerię, zanosząc się strasznym kaszlem od dymu i łez. – W całym życiu nie widziałam takich diabłów. Żeby spalić dom z kobietami w środku. Wszyscy odpowiedzą za to przed Wszechmogącym. – Głos Ivy zadrżał.

Chwilę trwało, zanim dotarły do nich jej słowa.

– Co masz na myśli?

– Tak mi przykro, dziecino.

Nogi ugięły się pod Genevieve. Uklękła w błocie. Deszcz pomieszany ze łzami spływał jej po twarzy. Jej matka, siostra, Greenbrier – nikt ani nic nie ocalało.

Genevieve spojrzała w niebo.

– Bóg mi za to odpowie.

Wizja urwała się równie nagle, jak się zaczęła. Znów patrzyłem na kaznodzieję. Lena zniknęła. Czułem, jak mi się wymyka.

Leno?

Nie odpowiedziała. Siedziałem w kościele zlany zimnym potem, między ciotką Mercy a ciotką Grace, które szukały drobnych na tacę.

Żołnierze Unii spalili dom z kobietami w środku. Zniszczyli cytrynowy ogród i rezydencję, w której – mogłem być tego pewien – Genevieve zgubiła swój medalion. Medalion z wyrytym dniem i miesiącem urodzin Leny. Nic dziwnego, że nie chciała mieć tych wizji. Zacząłem ją rozumieć.

To nie były przypadki.

Czternasty września

Prawdziwy Boo Radley

W niedzielny wieczór chciałem po raz kolejny poczytać *Buszującego w zbożu*, aż poczuję się zmęczony i pójdę spać. Tylko że ostatnio nigdy nie byłem wystarczająco zmęczony, żeby usnąć. Ani nie mogłem się skupić na książce. Czytanie już nie było tym samym, co kiedyś. Nie mogłem się wcielić w postać Holdena Caulfielda, bo nie umiałem pogrążyć się bez reszty w powieści. Nie w taki sposób, żeby stać się kimś innym.

Moja głowa nie należała już tylko do mnie. Znajdowało się w niej mnóstwo medalionów, pożarów i głosów. Ludzi, których nie znałem, i wizji, których nie rozumiałem.

I jeszcze coś. Odłożyłem książkę i wsunąłem ręce pod głowę.

Lena? Jesteś tu, prawda?

Gapiłem się na niebieski sufit.

To nie ma sensu. Wiem, że tu jesteś... Gdzieś.

Czekałem, żeby ją usłyszeć. Jej głos, spływający powoli, jak dobre, jasne wspomnienie, gdzieś w najdalszym zakątku mojego umysłu.

Nie. Niezupełnie.

Jesteś. Byłaś tu całą noc.

Ethanie, śpię. To znaczy, spałam.

Uśmiechnąłem się do siebie.

Nieprawda. Słuchałaś.

Nie słuchałam.

Po prostu się przyznaj.

Faceci. Wydaje się wam, że wszystko się kręci wokół was. Może po prostu lubię tę książkę.

Możesz do mnie przychodzić, kiedy chcesz?

Zapadła długa cisza.

Nie zawsze, ale dziś w nocy to się po prostu stało. Nadal nie rozumiem, jak to działa.

Może moglibyśmy kogoś spytać.

Na przykład kogo?

Nie wiem jeszcze. Myślę, że sami musimy do tego dojść. Tak jak do wszystkiego.

Kolejna chwila ciszy. Może spłoszyło ją to, że pomyślałem „my". A może coś zupełnie innego. Nie chciała, żebym się czegokolwiek o niej dowiedział?

Nawet nie próbuj.

Nagle poczułem, że oczy same mi się zamykają. Z trudem usiłowałem je otworzyć.

I tak spróbuję.

Zgasiłem światło.

Dobranoc, Leno.

Dobranoc, Ethanie.

Miałem nadzieję, że nie była jednak w stanie odczytać wszystkich moich myśli.

Koszykówka. Tak, to jest jakiś pomysł. Muszę zdecydowanie więcej myśleć o koszykówce. I ledwie zacząłem myśleć o planie rozgrywek, poczułem, że gdzieś odpływam. Zapadam w sen. Tonę, tracę nad wszystkim kontrolę...

Tonę.

Wpadam w wodną otchłań.

Zmagam się z zieloną wodą, a fale huczą nad moją głową. Stopami uderzam o muliste dno rzeki, może Santee, może jakiejś innej, ale nic nie czuję. Dostrzegam jakieś światełko muskające fale rzeki, ale nie mogę wypłynąć na powierzchnię.

Tonę.

To moje urodziny, Ethanie. To się dzieje naprawdę.

Wyciągam rękę. Chwyta mnie, a ja obracam się, żeby ją złapać. Ale już odpływa i nie jestem w stanie jej utrzymać. Próbuję krzyczeć, gdy widzę, jak jej drobna biała dłoń dryfuje ku ciemności w głębinie, w ustach mam pełno wody i nie mogę wydać z siebie dźwięku. Duszę się. Zaczynam tracić przytomność.

Ostrzegałam cię. Pozwól mi odejść!

Usiadłem na łóżku. Moja koszulka była cała mokra od potu, podobnie jak poduszka i włosy. W pokoju było parno i wilgotno. Zdaje się, że znowu zostawiłem otwarte okno.

– Ethanie Wate! Słyszysz? Lepiej zejdź tu natychmiast, bo nie dostaniesz śniadania przez cały tydzień.

Opadłem na krzesło w kuchni w chwili, gdy trzy smażone jajka znalazły się na moim talerzu razem z bułeczkami.

– Dzień dobry, Ammo.

Odwróciła się do mnie plecami, nie zaszczycając nawet jednym spojrzeniem.

– Nie widzę w nim nic dobrego. Nie próbuj pluć za moimi plecami i wmawiać mi, że to deszcz. – Ciągle była na mnie zła. Nie wiedziałem tylko, czy za to, że wyszedłem z lekcji, czy za to, że przyniosłem do domu medalion. Pewnie za obie rzeczy. Wcale jej się nie dziwiłem, na ogół nie miałem problemów w szkole. To wszystko było dla mnie czymś zupełnie nowym.

– Ammo, przepraszam za to, że uciekłem w piątek ze szkoły. To się więcej nie powtórzy. Wszystko wróci do normy.

Jej twarz złagodniała. Amma podeszła do mnie i usiadła naprzeciwko.

– Nie sądzę. Wszyscy dokonujemy wyborów, a te wybory mają swoje konsekwencje. Poczujesz zapach piekła, gdy wrócisz do szkoły, i zapłacisz za to, co zrobiłeś. Może wtedy zaczniesz mnie słuchać. Nie zbliżaj się do Leny Duchannes i do tego domu.

To nie było w stylu Ammy trzymać stronę kogokolwiek z miasteczka, zważywszy, że na ogół była to zła strona. Po tym, jak mieszała swoją kawę, poznawałem, że się o mnie martwiła. Mieszała i mieszała, pomimo że mleka już dawno nie było widać. Amma zawsze się mną przejmowała i za to ją kochałem, ale odkąd pokazałem jej medalion, coś się zmieniło. Obszedłem stół dookoła i ją objąłem. Pachniała, jak zwykle, ołówkiem i cukierkami.

Potrząsnęła głową.

– Nie chcę więcej słyszeć o zielonych oczach i czarnych włosach – mruknęła. – Nadchodzą ciemne chmury, więc bądź ostrożny.

Amma znów popadała w ten swój zły nastrój. Sam czułem zbliżającą się burzę.

Link zatrzymał Rzęcha, z którego, jak zwykle, wydobywał się ryk muzyki. Ściszył odtwarzacz, gdy wsiadłem do samochodu, co zawsze było złym znakiem.

– Mamy problem.

– Wiem.

– Rano zebrała się w szkole zgraja gotowa do linczu.

– Co słyszałeś?

– To się ciągnie już od piątkowego wieczoru. Słyszałem, jak mama mówiła o tym koleżance, i usiłowałem się do ciebie dodzwonić. Gdzieś ty się podziewał?

– Udawałem, że poszedłem zakopać pechowy medalion do Greenbrier, żeby Amma wpuściła mnie z powrotem do domu.

Link się zaśmiał. Miał w zwyczaju wspominać o urokach, amuletach i złym oku, gdy rozmawialiśmy o Ammie.

– Przynajmniej nie każe ci nosić tego śmierdzącego worka pełnego cebuli wokół szyi. To dopiero był koszmar.

– To był czosnek na pogrzeb mamy.

– Koszmar.

Problem polegał na tym, że przyjaźniłem się z Linkiem, odkąd dał mi to ciastko w autobusie. I od tego czasu nie obchodziło go, co robiłem czy mówiłem. Po prostu już dziesięć lat temu wiadomo było, kto jest moim przyjacielem. Takie było Gatlin. Wszystko już się wydarzyło. Dla nas dziesięć lat temu. Dla naszych rodziców – dwadzieścia czy trzydzieści lat temu. A dla samego miasteczka, wygląda na to, że nic się nie zdarzyło od przeszło stu lat. Nic, co zmieniłoby to miejsce.

Ale teraz odnosiłem wrażenie, że wszystko miało się zmienić.

Mama powiedziałaby, że już najwyższa pora, żeby to się stało. Jeżeli było coś, co mama lubiła, to właśnie zmiany. W przeciwieństwie do mamy Linka. Pani Lincoln była nawiedzoną choleryczką i zawsze wiedziała o wszystkim, co się zdarzyło w Gatlin – bardzo niebezpieczna kombinacja. Byliśmy w ósmej klasie, kiedy pani Lincoln wyrwała gniazdko ze ściany, gdy odkryła, że Link ogląda filmy o Harrym Potterze. Prowadziła kampanię, żeby usunąć te książki z biblioteki publicznej, ponieważ uznała, że uczą czarów. Gdyby Link nie oglądał ukradkiem MTV u Earla, jego zespół Who Shot Lincoln nie zostałby pewnie najważniejszym, czyli jedynym, zespołem rockowym w Jackson.

Nigdy nie rozumiałem pani Lincoln. Gdy mama jeszcze żyła, przewróciła kiedyś oczami i powiedziała: „Być może Link jest twoim najlepszym przyjacielem, ale nie spodziewaj się, że przystąpię do CAR, zacznę nosić spódnice na krynolinie i będę się bawić w rekonstrukcje historyczne". Oboje wtedy wybuchnęliśmy śmiechem, wyobrażając sobie mamę jako członkinię CAR. Zastanawialiśmy się, jak by to było, gdyby szła całymi kilometrami przez błotniste pola, na których kiedyś toczyły się walki, z włosami obciętymi ogrodowymi nożycami i szukała pozostałości po bitwach albo organizowała sklepiki z ciastem i mówiła każdemu, jak ma urządzić dom.

Za to panią Lincoln łatwo można sobie wyobrazić w CAR. Jest sekretarzem prowadzącym kroniki i zasiada w zarządzie z matkami Savannah Snow i Emily Asher. Moja mama natomiast spędza większość czasu w bibliotece, oglądając mikrofilmy.

To znaczy spędzała.

Link ciągle gadał i gadał. Miałem już tego dość.

– Moja mama, mama Emily, mama Savannah... Nic, tylko telefonowały do siebie przez ostatnich kilka wieczorów. Słyszałem, jak mama mówiła o rozbitej szybie na angielskim i że siostrzenica starego Ravenwooda miała zakrwawione ręce. – Skręcił gwałtownie za róg, nawet nie przyhamował. – I o tym, jak twoja dziewczyna uciekła ze szpitala psychiatrycznego w Wirginii. I o tym, że jest sierotą i że ma zaburzenia typu schizofrenicznego czy coś takiego.

– Ona nie jest moją dziewczyną. Po prostu się przyjaźnimy – odpowiedziałem automatycznie.

– Zamknij się. Taki z ciebie pantofel, że chyba muszę ci kupić pastę do butów.

Link nazwałby „moją" każdą dziewczynę, z którą rozmawiałem, o której mówiłem czy na którą tylko spojrzałem, przechodząc korytarzem.

– Nie jest moją dziewczyną. Nic się między nami nie wydarzyło. Po prostu spotkaliśmy się na szosie.

– Nie próbuj mi tu wciskać kitu. Przecież podoba ci się ta laska, Wate. Przyznaj.

Link nie należał do nadmiernie subtelnych osób i nie sądzę, żeby przyszło mu do głowy spędzać czas z dziewczyną z jakiegokolwiek innego powodu niż ten oczywisty. Chyba że grała na gitarze.

– Nie mówię, że Lena mi się nie podoba. Ale jesteśmy po prostu przyjaciółmi.

Co było prawdą, bez względu na to, czy tego chciałem, czy nie. Ale to już zupełnie inna sprawa. Uśmiechnąłem się. Błąd.

Link udał, że wymiotuje na kolana, i skręcił gwałtownie kierownicą, omal nie zderzając się z ciężarówką. Wygłupiał się. Właściwie nie obchodziło go, kogo lubię, pod warunkiem że mógł mi podokuczać.

– No więc? Tak czy nie? Zrobiła to?

– Co?

– No wiesz. Spadła z drzewa, łamiąc po drodze gałęzie?

– Okno się rozbiło, to wszystko. Wielka mi tajemnica.

– Pani Asher twierdzi, że Lena je wybiła.

– Zabawne, wiesz? Jakoś nie zauważyłem ostatnio pani Asher na lekcji angielskiego.

– Mojej mamy też tam nie było, ale przyjdzie dziś do szkoły.

– Świetnie, zajmij dla niej miejsce przy stole podczas lunchu.

– Może ona to robiła we wszystkich swoich szkołach i dlatego była w wariatkowie. – Link mówił całkiem poważnie, co oznaczało, że sporo się nasłuchał od czasu incydentu z szybą.

Przypomniałem sobie, co Lena mówiła o swoim życiu. Że było skomplikowane. Może to była jedna z tych komplikacji lub jedna z miliona innych rzeczy, o których nie chciała opowiadać? A co, jeżeli wszystkie Emily Asher świata miały rację? Co, jeśli mimo wszystko stanąłem po niewłaściwej stronie?

– Uważaj, człowieku. Może naprawdę powinna wrócić do domu dla szurniętych.

– Jeżeli naprawdę tak uważasz, to jesteś idiotą.

Na szkolny parking dojechaliśmy w milczeniu. Byłem zdenerwowany, chociaż wiedziałem, że Link tylko się o mnie niepokoi. Ale nic nie mogłem na to poradzić. Wszystko jakoś inaczej dziś wyglądało. Wysiadłem i trzasnąłem drzwiami.

– Martwię się o ciebie, pyszczuniu – zawołał za mną Link. – Ostatnio dziwnie się zachowujesz.

– A co, jesteśmy teraz parą? Może powinieneś się trochę pomartwić, że nie masz dziewczyny, z którą możesz pogadać? Pomylonej czy nie.

Link wysiadł z samochodu i spojrzał na budynek administracyjny.

– Wszystko jedno. Lepiej powiedz swojej „przyjaciółce", cokolwiek to znaczy, żeby dzisiaj uważała. Tylko spójrz.

Pani Lincoln i pani Asher rozmawiały z dyrektorem Harperem, stojąc na frontowych schodach. Emily tuliła się do matki, próbując wzbudzić litość. Pani Lincoln udzielała instrukcji dyrektorowi Harperowi, który potakiwał głową, jakby usiłował zapamiętać każde słowo. Dyrektor być może rządził szkołą Jackson, ale wiedział też, kto rządzi miastem. Spoglądał na obie kobiety.

Gdy mama Linka skończyła, Emily przedstawiła swoją, mocno ubarwioną, wersję incydentu z szybą. Pani Lincoln objęła Emily współczującym gestem. Dyrektor Harper tylko potrząsnął głową.

Czarne chmury były coraz bliżej.

Lena siedziała w karawanie, pisząc coś w zniszczonym notatniku. Samochód stał na jałowym biegu. Zapukałem w okno i aż podskoczyła. Spojrzała w stronę budynku administracyjnego. Ona też widziała matki Linka i Emily.

Zrobiłem gest, prosząc o otwarcie drzwi, ale potrząsnęła głową. Obszedłem samochód i zbliżyłem się od strony pasażera. Drzwi były zamknięte na zamek, ale postanowiłem, że nie odejdę. Usiadłem na masce i rzuciłem plecak na ziemię. Nigdzie się nie wybierałem.

Co robisz?

Czekam.

To będziesz długo czekał.

Mam czas.

Popatrzyła na mnie przez przednią szybę. Usłyszałem, jak otwierają się drzwiczki.

– Czy ktoś ci kiedyś powiedział, że jesteś wariatem?

Podeszła do mnie z rękami złożonymi zupełnie tak samo, jak to robiła Ammy, gdy zamierzała dać mi burę.

– Ale nie aż takim jak ty, z tego, co słyszałem.

Włosy miała związane z tyłu czarną jedwabną wstążką w jaskraworóżowe kwiaty wiśni. Wyobraziłem sobie, jak stoi przed lustrem, czując się, jakby szła na własny pogrzeb, i zawiązuje sobie włosy dla lepszego samopoczucia. Miała na sobie długie czarne coś, co wyglądało jak skrzyżowanie T-shirtu z sukienką, dżinsy i czarne trampki. Zmarszczyła brwi i spojrzała w stronę budynku administracyjnego. Dwie oburzone matki prawdopodobnie siedziały teraz w gabinecie dyrektora.

– Słyszysz je?

Potrząsnęła głową.

– Nie umiem czytać w myślach.

– Czytasz w moich.

– Niezupełnie.

– A zeszłej nocy?

– Mówiłam ci, nie wiem, dlaczego tak się dzieje. Jesteśmy... połączeni ze sobą. – Z trudem to z siebie wyrzuciła i nie patrzyła mi w oczy. – Nigdy z nikim wcześniej tak nie było.

Chciałem jej powiedzieć, że wiem, jak się czuje. Chciałem zapewnić, że kiedy byliśmy razem w ten sposób, w naszych umysłach, mimo że nasze ciała były od siebie oddalone o miliony kilometrów, była mi bliższa niż ktokolwiek inny.

Ale nie mogłem. Nie mogłem nawet o tym myśleć. Starałem się skupić na planie rozgrywek, menu w stołówce, korytarzu w kolorze zielonego groszku, którym zaraz będę szedł. Na wszystkim innym. Przechyliłem głowę na bok.

– Jasne, dziewczyny zawsze mi mówią, że jestem idiotą. – Im bardziej byłem zdenerwowany, tym gorsze były moje żarty.

– Nie próbuj mnie pocieszać. To na nic. – Uśmiechnęła się słabo.

Trochę jednak pomogło.

– Jeśli interesuje cię, o czym rozmawiają, to mogę ci powiedzieć. – Spojrzałem na frontowe schody.

Popatrzyła na mnie z powątpiewaniem.

– W jaki sposób?

– To Gatlin. Tu nie ma tajemnic.

– Jak źle to wygląda? – Odwróciła głowę. – Czy oni uważają mnie za wariatkę?

– Zdecydowanie.

– Zagrożenie dla szkoły?

– Prawdopodobnie. Nie jesteśmy życzliwi dla obcych. Tak samo jak dla Macona Ravenwooda. Bez urazy. – Uśmiechnąłem się do niej, żeby podtrzymać ją na duchu.

Zadzwonił pierwszy dzwonek. Lena, zaniepokojona, chwyciła mnie za rękaw.

– Miałam sen ubiegłej nocy. Czy ty...

Skinąłem głową. Nie musiała kończyć. Wiedziałem, że była tam razem ze mną.

– Nawet włosy miałem mokre.

– Ja też. – Wyciągnęła dłoń, pokazując ślad pozostawiony przez moje palce, gdy próbowałem ją uchronić przed odpłynięciem w ciemność.

Miałem jeszcze nadzieję, że nie widziała tej części. Ale wyraz jej twarzy temu przeczył.

– Tak mi przykro, Leno.

– To nie twoja wina.

– Chciałbym wiedzieć, dlaczego te sny są takie prawdziwe.

– Próbowałam cię ostrzec. Powinieneś trzymać się ode mnie z daleka.

– Dobrze, uważam się za ostrzeżonego.

Wiedziałem, że nie mogę tego zrobić. Nie będę trzymać się od niej z daleka. Nawet gdybym miał wejść do szkoły i zmierzyć się z tą całą zgrają, mało mnie to obchodziło. Dobrze było mieć kogoś, z kim mogłem porozmawiać bez wyjaśniania każdego szczegółu. A z Leną mogłem. Poczułem to wtedy w Greenbrier. Mógłbym tam siedzieć wśród zarośli i gadać z nią bez końca albo jeszcze dłużej. Tak długo, jak ona by tam była i chciała ze mną rozmawiać.

– O co chodzi z twoimi urodzinami? Dlaczego powiedziałaś, że po urodzinach może cię już tu nie być?

Nie podjęła tematu.

– A co z medalionem? Widziałeś to, co ja? Jak wszystko płonęło? Tę drugą wizję?

– Tak. Siedziałem w kościele i omal nie spadłem z ławki. Ale dowiedziałem się kilku rzeczy od Sióstr. Inicjały E.C.W. należą do Ethana Cartera Wate'a. To był mój stryjeczny prapraprapradziadek. Moje trzy zwariowane ciotki mówią, że rodzice dali mi po nim imię.

– Więc dlaczego nie rozpoznałeś inicjałów na medalionie?

– I to jest właśnie najdziwniejsze w tym wszystkim. Nigdy nie słyszałem o prapraprapradziadku Ethanie. Na drzewie rodowym w naszym domu też go nie ma.

– A co z G.K.D.? To Genevieve, prawda?

– Tego nie wiedziały, ale pewnie tak. To ją widzieliśmy w wizjach, a D. to pewnie od Duchannes. Miałem spytać Ammę, ale jak tylko pokazałem jej medalion, omal nie straciła zmysłów. Jakby był potrójnie przeklęty, zanurzony w wiadrze pełnym wudu i obłożony klątwą na dokładkę. I nie wolno mi wchodzić do gabinetu taty. Trzyma tam wszystkie stare książki mamy o Gatlin i o wojnie – mówiłem chaotycznie. – Mogłabyś porozmawiać ze swoim wujkiem.

– Wujek nie będzie wiedział. Gdzie jest teraz medalion?

– W mojej kieszeni zawinięty w woreczek z jakimś proszkiem Ammy. Wszystko nim posypała, jak tylko zobaczyła medalion. Myśli, że zawiozłem go do Greenbrier i tam go zakopałem.

– Musi mnie nienawidzić.

– Nie bardziej niż każdej innej dziewczyny, którą... To znaczy koleżanki, która jest dziewczyną... – zacząłem się plątać. – Lepiej już chodźmy do klasy, zanim wpadniemy w większe tarapaty.

– Właściwie to wolę wrócić do domu. Zdaję sobie sprawę, że nie uniknę spotkania z nimi, ale chciałabym choć na jeden dzień móc zapomnieć o wszystkim.

– A nie będziesz miała przez to więcej kłopotów?

Roześmiała się.

– Z wujkiem? Niesławnym Maconem Ravenwoodem, który uważa, że szkoła to strata czasu i że poczciwych obywateli Gatlin należy unikać za wszelką cenę? Będzie wręcz zachwycony.

– To po co w ogóle chodzisz do szkoły? – Wiedziałem, że Linka nikt nie oglądałby w szkole, gdyby mama nie wypychała go do niej codziennie rano.

Zaczęła się bawić jednym z wisiorków w naszyjniku, siedmioramienną gwiazdą.

– Miałam nadzieję, że tu będzie inaczej. Że będę miała przyjaciół i dołączę do zespołu redakcyjnego.

– Naszej gazetki? *Jackson Stonewaller?*

– Chciałam należeć do takiego zespołu w mojej poprzedniej szkole, ale powiedziano mi, że wszystkie stanowiska są już obsadzone. A tak naprawdę nigdy nie mieli wystarczającej liczby autorów, żeby wydać gazetkę na czas. – Odwróciła głowę zakłopotana. – Muszę już iść.

Otworzyłem drzwi, żeby wsiadła.

– Myślę, że powinnaś porozmawiać z wujkiem o medalionie. Może wiedzieć więcej, niż ci się zdaje.

– Nie wie, uwierz mi.

Zatrzasnąłem drzwiczki. Chociaż bardzo chciałem, żeby została, jakaś cząstka mnie odetchnęła z ulgą, że nie będzie jej dziś w szkole. I tak czeka mnie dość problemów, z którymi będę się musiał uporać.

– Chcesz, żebym przekazał to od ciebie? – Wskazałem notatnik leżący na miejscu obok kierowcy.

– Nie, to nie jest praca domowa. – Otworzyła schowek na rękawiczki i wcisnęła notatnik do środka. – To nic takiego.

Nic, o czym chciałaby mi powiedzieć.

– Lepiej już idź, zanim Fatty wyruszy na łowy – rzuciła.

Uruchomiła silnik, zanim zdążyłem odpowiedzieć, i ruszając, pomachała mi ręką.

Usłyszałem szczeknięcie. Obróciłem się i zobaczyłem olbrzymiego psa z Ravenwood, stojącego kilka kroków ode mnie, i osobę, na którą szczekał.

Pani Lincoln uśmiechała się do mnie. Pies zawarczał ze zjeżoną na grzbiecie sierścią. Kobieta popatrzyła na niego z taką odrazą, z jaką zapewne patrzyłaby na samego Macona Ravenwooda. Gdyby doszło do walki, nie wiem, które z nich byłoby górą.

– Dzikie psy zwykle roznoszą wściekliznę. Ktoś powinien zawiadomić władze.

Jasne, ktoś.

– Tak, pszepani.

– Kto to był w tym dziwnym czarnym samochodzie? Zdaje mi się, że rozmawiałeś z tą osobą. – Znała odpowiedź. To nie było pytanie, tylko oskarżenie.

– Pszepani?

– Mówiąc o dziwnych rzeczach... Dyrektor Harper właśnie mi powiedział, że zaproponuje przeniesienie tej Ravenwood. Może wybrać sobie dowolną szkołę w którymś z trzech hrabstw, byle nie Jackson.

Nic nie powiedziałem. Nawet na nią nie spojrzałem.

– To nasz obowiązek, Ethanie. Dyrektora Harpera, mój, każdego rodzica w Gatlin. Musimy chronić nasze dzieci przed zejściem na złą drogę. I przed niewłaściwymi ludźmi.

Oznaczało to każdego, kto był inny niż ona.

Wyciągnęła rękę i dotknęła mojego ramienia, tak jak chwilę wcześniej dotknęła Emily.

– Jestem pewna, że wiesz, co mam na myśli. W końcu jesteś jednym z nas. Twój tatuś się tu urodził, a mama leży pochowana na miejscowym cmentarzu. Należysz więc do tego miejsca. A nie każdy może się tym pochwalić.

Spojrzałem na nią. Zanim zdążyłem coś odpowiedzieć, siedziała już w swojej furgonetce.

Tym razem pani Lincoln zamierzała spalić coś więcej niż tylko kilka książek.

Gdy wszedłem do klasy, dzień stał się nienormalnie normalny. Dziwnie normalny. Nie widziałem już żadnego z rodziców, chociaż podejrzewałem, że snuli się w pobliżu biura dyrektora. Na lunch zjadłem trzy miseczki budyniu czekoladowego. Z chłopakami jak zwykle; wiadomo, o czym rozmawialiśmy. Nawet widok Emily wysyłającej SMS-y przez całą lekcję angielskiego i chemii wydawał się krzepiący. Tyle że wiedziałem o czym, a raczej o kim pisze. Jak już powiedziałem, dzień był nienormalnie normalny.

Gdy tylko Link wysadził mnie po treningu koszykówki przed domem, postanowiłem zrobić coś absolutnie szalonego.

Amma stała na frontowej werandzie, a to było oznaką kłopotów.

– Widziałeś ją? – rzuciła, gdy ledwie mnie zobaczyła.

Powinienem był się tego spodziewać.

– Nie było jej dziś w szkole. – Z pewnego punktu widzenia była to prawda.

– Może to i lepiej. Za tą dziewczyną chodzą kłopoty. Kłopoty i pies Macona Ravenwooda. Nie chcę, żebyś odwiedzał ją w tamtym domu.

– Wezmę prysznic. Kiedy będzie obiad? Dziś wieczorem mamy z Linkiem projekt do wykonania – zawołałem ze schodów, starając się mówić normalnym tonem.

– Projekt? Jaki projekt?

– Z historii.

– Dokąd się wybierasz i kiedy masz zamiar wrócić?

Trzasnąłem drzwiami do łazienki, udając, że nie usłyszałem ostatniego pytania. Miałem plan, ale potrzebowałem dobrej bajeczki, naprawdę dobrej.

Dziesięć minut później, siedząc przy kuchennym stole, miałem gotową historyjkę. Na upartego można się było do niej przyczepić, ale w tak krótkim czasie nic lepszego nie przyszło mi do głowy. Teraz już tylko musiałem wdrożyć swój plan. Nie potrafiłem kłamać, a Amma nie była głupia.

– Link przyjedzie po mnie po obiedzie i będziemy w bibliotece do zamknięcia. To chyba gdzieś do dziewiątej lub dziesiątej. – Polałem potrawkę z wieprzowiny lepkim musztardowym sosem barbecue Carolina Gold. Ten sos to była jedyna rzecz w całym Gatlin niezwiązana z wojną secesyjną.

– W bibliotece?

Gdy kłamałem przy Ammie, zawsze byłem zdenerwowany. Dlatego starałem się nie robić tego zbyt często. A dzisiaj odczuwałem to szczególnie mocno. Ze strachu rozbolał mnie brzuch. Ostatnia rzecz, o jakiej marzyłem to trzy porcje potrawki z wieprzowiny, ale nie miałem wyboru.

Amma wiedziała dokładnie, ile potrafię zmieść z talerza. Dwie porcje wzbudziłyby podejrzenia. A gdybym zjadł jedną, posłałaby mnie do pokoju z termometrem pod pachą i piwem imbirowym. Przytaknąłem i zabrałem się do opróżniania drugiego talerza.

– Nie byłeś w bibliotece od...

– Wiem, od śmierci mamy.

Biblioteka była jeden dom dalej. Spędzaliśmy tam z mamą niedzielne popołudnia, odkąd byłem małym chłopcem. Chodziłem między półkami, wyciągając każdą książkę z obrazkiem statku pirackiego, rycerza, żołnierza czy astronauty. Mama zwykła mawiać: „To mój kościół, Ethanie. Tak obchodzimy Dzień Pański w naszej rodzinie".

Główna bibliotekarka w Gatlin, Marian Ashcroft, była przyjaciółką mamy od wielu lat, drugą pod względem osiągnięć naukowych historyczką w mieście po mamie, i do ubiegłego roku jej partnerką w pracach badawczych. Ukończyły uczelnię w Duke, a po habilitacji na wydziale studiów afroamerykańskich Marian przyjechała do Gatlin, żeby skończyć wspólnie zaczętą pierwszą książkę. Gdy mama zginęła, były w połowie piątej książki.

Nie zaglądałem do biblioteki od tego czasu i ciągle nie byłem gotów, żeby to zrobić. Ale wiedziałem, że Amma nie zatrzyma mnie, jeśli powiem, że tam idę. Nawet nie zadzwoni, żeby sprawdzić, czy tam jestem. Marian Ashcroft była jak rodzina. A Amma, która kochała mamę tak samo jak Marian, niczego bardziej nie szanowała niż rodziny.

– Zachowuj się właściwie i nie hałasuj. Wiesz, co mama mówiła. Każda książka jest Pismem Świętym, a tam, gdzie przechowują Pismo Święte, jest Dom Pana Naszego.

Tak, jak mówiłem, mama nigdy nie należałaby do CAR.

Link zatrąbił. Podwoził mnie, jadąc na próbę swojego zespołu. Wybiegłem z kuchni, czując się tak winny, że musiałem zwalczyć w sobie chęć rzucenia się Ammie w ramiona i wyznania jej wszystkiego. Tak jak wtedy, gdy miałem sześć lat i wyjadłem wszystkie galaretki ze spiżarni.

Może Amma rzeczywiście miała rację? Może trafiłem na dziurę w niebie i cały wszechświat zawali mi się na głowę.

Stanąłem pod drzwiami Ravenwood i dotknąłem lśniącej błękitnej teczki. To był pretekst, żeby przyjść do Leny bez zaproszenia. Wpadłem przekazać jej pracę domową z angielskiego, na którym jej dzisiaj nie było. Tak, w każdym razie, miałem zamiar jej powiedzieć. Wydawało mi się to całkiem przekonujące, gdy stałem na werandzie u siebie w domu. Ale teraz, w Ravenwood, ogarnęły mnie wątpliwości.

Nie należałem do ludzi, którzy pchają się do kogoś na siłę, ale było oczywiste, że Lena nie zaprosi mnie z własnej woli. A miałem wrażenie, że jej wujek mógłby nam pomóc, i że będzie coś wiedział.

A może było to coś innego. Chciałem ją zobaczyć. To był długi, nudny dzień w szkole bez huraganu zwanego Leną i zacząłem się zastanawiać, jak udało mi się przetrwać osiem lekcji bez tych wszystkich problemów, które stały się jej udziałem. Bez wszystkich kłopotów, w które tak chętnie z jej powodu się pakowałem.

Widziałem światło padające z pokrytych winoroślą okien. Słyszałem stare piosenki z Savannah. Jakiegoś kompozytora z Georgii, którego moja mama uwielbiała.

...w chłodzie, chłodzie, chłodzie nocy...

Usłyszałem szczekanie po drugiej stronie drzwi, zanim jeszcze zapukałem. Drzwi otworzyły się na oścież. Stała za nimi Lena z bosymi stopami. Ubrana w elegancką czarną suknię haftowaną w malutkie ptaszki, jakby wybierała się na kolację do drogiej restauracji, wyglądała jakoś inaczej. Ja miałem na sobie dziurawą koszulkę Atari i dżinsy. Wyglądałem, jakbym wybierał się do Dar-ee Keen. Wyszła na werandę, zamykając za sobą drzwi.

– Co tu robisz?

Wyciągnąłem bez przekonania teczkę.

– Przyniosłem ci zadanie domowe.

– Nie wygłupiaj się, mówiłam ci, że wujek nie przepada za obcymi. – Usiłowała sprowadzić mnie na dół po schodach. – Musisz stąd iść. Już.

– Sądziłem, że moglibyśmy z nim porozmawiać.

Z tyłu, za nami, usłyszałem dziwne chrząknięcie. Podniosłem głowę i zobaczyłem psa, a za nim samego Macona Ravenwooda. Starałem się opanować zdziwienie, ale chyba nie bardzo mi się to udało, bo omal nie wyskoczyłem ze skóry.

– Nie słyszę takich słów zbyt często, ale jako dżentelmen z Południa nie lubię sprawiać zawodu – mówił spokojnie, z doskonałą dykcją, przeciągając samogłoski w sposób tak typowy dla tutejszych mieszkańców. – Miło mi pana poznać, panie Wate.

Nie mogłem uwierzyć, że stoję przed tajemniczym Maconem Ravenwoodem. Spodziewałem się raczej ujrzeć Boo Radleya: faceta, który mówi monosylabami, łazi po domu w kombinezonie i bardziej przypomina neandertalczyka ze śliną zbierającą się w kącikach ust.

To nie był Boo Radley, tylko raczej Atticus Finch.

Macon Ravenwood był nienagannie ubrany ale, tak, jakby to był... No nie wiem, może 1942 rok? Śnieżnobiała wykrochmalona koszula była zapinana na staroświeckie srebrne spinki, a nie na guziki. Nieskazitelny czarny smoking został perfekcyjnie wyprasowany. Oczy miał tak ciemne, że wydawały się prawie czarne. Lekko zamglone, przypominały szybę w karawanie, którym jeździła Lena. Nie było w nich wyrazu, żadnego odbicia. Tkwiły w bladej twarzy – białej jak śnieg, jak marmur... Bladej jak u kogoś, kto nigdy nie opuszcza domu. Włosy koloru soli z pieprzem były bardziej siwe na skroniach, a na czubku czarne, jak u Leny.

Wyglądem przypominał amerykańskiego gwiazdora sprzed epoki technicoloru albo członka rodziny królewskiej z małego, nieznanego kraju, o którym nikt nigdy nie słyszał. Ale przecież Macon Ravenwood pochodził z tych stron... Wszystko to było bardzo zagmatwane. Stary Raven-wood przypominał mi boogeymana, postać z bajek, których słuchałem w dzieciństwie. I jeszcze mniej pasował do Gatlin niż ja.

Głośno zamknął książkę, którą trzymał w dłoniach. Zrobił to, nie od-rywając ode mnie wzroku. Patrzył na mnie, ale wyglądało to tak, jakby patrzył przeze mnie, szukając czegoś. Może miał rentgen w oczach. Jeśli weźmie się pod uwagę cały ubiegły tydzień, wszystko było możliwe.

Serce biło mi tak głośno, że musiał to słyszeć. Macon Ravenwood wy-trącił mnie z równowagi i dobrze o tym wiedział. Żaden z nas się nie uś-miechnął. Pies stał obok pana, spięty i sztywny, jakby tylko czekał na ko-mendę, żeby zaatakować.

– Ale, ale! Gdzie się podziały moje maniery? Panie Wate, zapraszam pana do środka. Właśnie mieliśmy siadać do stołu. Musi pan z nami zjeść. Obiad w Ravenwood to zawsze wydarzenie, które celebrujemy.

Spojrzałem na Lenę, mając nadzieję, że da mi jakiś znak.

Powiedz mu, że nie chcesz.

Uwierz mi, nie chcę.

– Wolałbym się nie narzucać, proszę pana. Chciałem tylko podrzucić Lenie zadanie domowe. – Już po raz drugi wyciągnąłem przed siebie lśniącą błękitną teczkę.

– Ależ nie ma o czym mówić, musi pan zostać. Po obiedzie zapalimy cygara w oranżerii, czy może woli pan cygaretki? Chyba że czuje się pan niezręcznie, co oczywiście jestem w stanie zrozumieć. – Nie wiedziałem, żartuje czy mówi poważnie.

Lena objęła go w pasie i zobaczyłem, że jego twarz momentalnie się zmieniła. Jakby słońce przebiło się przez chmury w deszczowy dzień.

– Wujku M., nie dokuczaj Ethanowi. To mój jedyny przyjaciel i jeśli go spłoszysz, będę musiała wyjechać i zamieszkać z ciotką Del. A wtedy nie będziesz miał nikogo, nad kim będziesz mógł się znęcać.

– Ciągle jeszcze mam Boo. – Pies usłyszawszy swoje imię, spojrzał pytająco na Macona.

– Zabiorę go ze sobą. W końcu to za mną chodzi po mieście, nie za tobą – zagroziła żartobliwie.

Musiałem spytać.

– Boo? To jego imię? Tak jak Boo Radley?

Uśmiechnął się prawie niedostrzegalnie.

– To lepsze imię dla niego niż dla mnie – roześmiał się, czym wprawił mnie w zdumienie, ponieważ nie byłem w stanie wyobrazić go sobie śmiejącego się. Otworzył gwałtownie drzwi. – Doprawdy, panie Wate, nalegam. Lubię towarzystwo, a już od wieków nie miałem okazji podejmować kogokolwiek z naszego czarującego miasteczka.

Lena uśmiechnęła się z zakłopotaniem.

– Nie bądź snobem, wujku M. To nie ich wina, że nie chcesz z nikim rozmawiać.

– I nie moja wina, że cenię sobie dobre wychowanie, inteligencję i znośną higienę osobistą, niekoniecznie w tej kolejności.

– Nie zwracaj na to uwagi. Jest w swoim żywiole. – Lena spojrzała przepraszająco.

– Niech zgadnę. Czy to ma coś wspólnego z dyrektorem Harperem? – zapytałem.

Lena skinęła głową.

– Dzwonili ze szkoły. Na razie badają sprawę, a ja mam pozostać pod nadzorem kuratora. – Przewróciła oczami. – Jeszcze jedno wykroczenie i mnie zawieszą.

Macon roześmiał się lekceważąco, jak gdybyśmy mówili o czymś zupełnie błahym.

– Nadzór? Ależ to zabawne. Implikowałoby to władzę.

Pchnął nas lekko w kierunku hallu.

– Dyrektor szkoły średniej, z nadwagą, który z trudem ukończył dwuletnią szkołę pomaturalną, oraz banda rozwścieczonych gospodyń domowych z rodowodem, który nie może się równać z rodowodem naszego Boo Radleya – tu spojrzał na psa – nie kwalifikują się jako źródło władzy.

Przekroczyłem próg i stanąłem jak wryty. Westybul był wysoki i okazały. W niczym nie przypominał mieszczańskiego wnętrza, które miałem okazję zobaczyć ledwie parę dni temu. Ogromnych rozmiarów portret olejny oszałamiająco pięknej kobiety, o płonących złotych oczach, wisiał nad schodami. Z tym że nie były to te same nowoczesne schody, którym się przyglądałem za pierwszym razem, lecz klasyczne, biegnące do góry stopnie, wyglądające tak, jakby wisiały w powietrzu. Miało się wrażenie, że za chwilę zejdzie po nich Scarlett O'Hara w szerokiej krynolinie. Z sufitów zwisały kryształowe żyrandole. Hall był wypełniony ciężkimi meblami z epoki wiktoriańskiej. Wokół rozstawiono kunsztownie haftowane krzesła, marmurowe blaty i pełne wdzięku paprocie. Wszędzie paliły się świeczki. Wysokie żaluzjowe drzwi były szeroko otwarte. Lekka bryza poruszyła gardeniami, których zapach rozszedł się po pokoju. Kwiaty ułożono w wysokich srebrnych wazonach, ustawionych na stołach.

Przez chwilę myślałem, że znowu mam wizję, tylko że medalion zawinięty w chusteczkę spoczywał bezpiecznie w mojej kieszeni. Wiedziałem, bo wcześniej to sprawdziłem. A niesamowity pies Macona Ravenwooda nie spuszczał ze mnie oczu, stojąc na schodach.

Wszystko to nie miało sensu. Ravenwood zmieniło się nie do poznania w ciągu kilku dni. Tak, jakby czas się cofnął... To niemożliwe. Ale nawet jeżeli to wszystko było nieprawdziwe, chciałbym, żeby mama to zobaczyła. Byłaby zachwycona. Tyle że to się działo naprawdę i wiedziałem, że tak właśnie wyglądały dawne wielkie rezydencje. To tak jak z Leną, jak z ogrodem otoczonym murem, jak z Greenbrier...

Dlaczego poprzednio było tu inaczej?

O czym ty mówisz?

Dobrze wiesz.

Macon szedł przed nami. Skręciliśmy za róg i znaleźliśmy się w pomieszczeniu, które w zeszłym tygodniu było przytulnym dziennym pokojem. Teraz okazało się salą balową z długim stołem z nogami w kształcie łap, nakrytym dla trzech osób, jakby mnie oczekiwano.

Z fortepianu, przy którym nikt nie siedział, płynęła melodia. Pewnie było to jakieś urządzenie. Sceneria miała w sobie coś niesamowitego. Można było się spodziewać, że za chwilę rozlegnie się gwar głosów, brzęk kielichów i śmiech. W Ravenwood wydawano przyjęcie roku, a ja byłem tu jedynym gościem.

Macon ciągle mówił. Każde słowo odbijało się echem od gigantycznych ścian, pokrytych freskami, i sklepionych rzeźbionych sufitów.

– Chyba jestem snobem. Nie cierpię miast. I nie cierpię tamtejszych ludzi. Mają ciasne małe umysły i wielkie tyłki, co oznacza, że braki we wnętrzu nadrabiają zewnętrzną częścią. Są tym, co jedzą. Niezdrowym pożywieniem. Kalorycznym, a w efekcie niedającym zadowolenia. – Uśmiechnął się, ale nie był to przyjazny uśmiech.

– To dlaczego się pan nie wyprowadzi? – Poczułem rozdrażnienie, które pozwoliło mi wrócić do rzeczywistości, bez względu na to, w jakiej rzeczywistości się właściwie znalazłem. To, że drwiłem z Gatlin, to jedno, ale krytyka wychodząca od Macona Ravenwooda to coś zupełnie innego. Pochodziła jakby od kogoś zupełnie obcego.

– Proszę nie mówić głupstw. Moim domem jest Ravenwood, nie Gatlin. – Wypluł z siebie nazwę miasteczka, jakby była trująca. – Gdy już oswobodzę się z więzów tego życia, będę musiał znaleźć kogoś, kto przejmie opiekę nad tym miejscem po mojej śmierci, ponieważ nie mam dzieci. Głównym celem mojego życia jest zachowanie Ravenwood. Lubię myśleć o sobie jako o kustoszu żyjącego muzeum.

– Nie bądź taki melodramatyczny, wujku M.

– Nie bądź taka dyplomatyczna, Leno. Nigdy nie zrozumiem, dlaczego chcesz obcować z tym ciemnym narodem.

Wujek trafił w sedno.

Chcesz powiedzieć, że wolałbyś, żebym nie chodziła do szkoły?

Nie, chciałem tylko...

Macon popatrzył na mnie.

– Nie mówię o obecnych, oczywiście.

Im więcej mówił, tym większa ciekawość mnie ogarniała. Kto by pomyślał, że stary Ravenwood był w mojej klasyfikacji trzecią co do mądrości osobą w mieście, po mamie i Marian Ashcroft? No, może czwartą. W zależności od tego, czy ojciec kiedykolwiek znowu pokaże się wśród ludzi.

Usiłowałem przeczytać tytuł książki, którą trzymał Macon.

– To Szekspir?

– Betty Crocker. Fascynująca kobieta. Próbowałem sobie przypomnieć, co miejscowi uważają za wieczorny posiłek. Miałem ochotę na jakieś lokalne danie i postanowiłem, że będzie to potrawka wieprzowa.

Kolejna porcja potrawki wieprzowej. Już na samą myśl o tym zrobiło mi się niedobrze.

Macon z rozmachem odsunął krzesło dla Leny, żeby usiadła.

– Skoro mowa o gościnności, Leno, to twoi kuzyni przyjeżdżają na Dni Zbiorów. Pamiętaj, żeby powiedzieć Domowi i Kuchni, że będzie dodatkowo pięć osób.

Lena wyglądała na poirytowaną.

– Powiem kucharce i służbie zajmującej się domem, jeśli o to ci chodzi, wujku M. – odparła z naciskiem.

– Co to takiego Dni Zbiorów? – zdziwiłem się.

– Moja rodzina jest taka dziwaczna. Zbiory to uroczyste świętowanie plonów, dożynki, coś w rodzaju Święta Dziękczynienia – wyjaśniła.

Nigdy nie słyszałem, żeby ktokolwiek odwiedzał Ravenwood, rodzina czy ktokolwiek inny. Nigdy też nie widziałem żadnego samochodu skręcającego na rozstajach w stronę posiadłości.

Macon wyglądał na rozbawionego uwagą Leny.

– Jak sobie życzysz. A skoro mówimy o Kuchni, umieram z głodu. Pójdę zobaczyć, co dla nas przygotowała.

Z głębi domu dochodziło stukanie garnkami i rondlami, które słychać było nawet, gdy mówił.

– Nie przeginaj, wujku M., proszę.

Patrzyłem, jak Macon Ravenwood idzie przez salon i znika w głębi domu. Słyszałem odgłos, jaki wydawały jego wieczorowe buty, gdy stąpał po wyfroterowanej podłodze. Ta rezydencja była po prostu zadziwiająca. Biały Dom wyglądał przy niej jak wiejska chałupa.

– Leno, co się dzieje?

– O co ci chodzi?

– Skąd twój wuj wiedział, że przyjdę i zostanę na kolacji?

– Musiał dołożyć nakrycie, gdy zobaczył nas na werandzie.

– A ten dom? Byłem tu już, gdy znaleźliśmy medalion. I wyglądał zupełnie inaczej niż teraz.

Powiedz, przecież możesz mi zaufać.

Bawiła się rąbkiem sukni.

– Wuj zajmuje się antykami. Dom ciągle się zmienia. Czy to ma jakieś znaczenie?

Było jasne, że cokolwiek dziwnego się tu działo, Lena i tak teraz nic mi nie powie.

– A czy mogę go obejrzeć? – zapytałem.

Zmarszczyła czoło, ale nie odpowiedziała. Wstałem od stołu i poszedłem do przyległego salonu. Był to niewielki gabinet z kanapami, kominkiem i kilkoma małymi stolikami do pisania. Boo Radley leżał przed kminkiem. Zaczął warczeć, gdy tylko wszedłem do pokoju.

– Dobry piesek!

Zawarczał głośniej. Wycofałem się z pokoju. Przestał warczeć i położył łeb przy palenisku.

Na najbliższym stoliku leżała paczka zawinięta w brązowy papier i przewiązana sznurkiem. Wziąłem ją do ręki. Boo Radley znów zaczął warczeć. Paczka miała stempel biblioteki w Gatlin. Znałem go. Mama dostawała setki podobnie wyglądających paczek. Tylko Marian Ashcroft zadałaby sobie tyle trudu, żeby zawinąć książkę w taki sposób.

– Interesuje się pan bibliotekami, panie Wate? Zna pan Marian Ashcroft? – Macon niespodzianie pojawił się koło mnie, wyjmując paczkę

126

z moich rąk i patrząc na nią z upodobaniem.

– Tak, proszę pana. Marian Ashcroft była najbliższą przyjaciółką mojej mamy. Razem pracowały.

Oczy Macona zamigotały, chwilowy przebłysk i... nic.

– Oczywiście. Ależ ze mnie idiota. Ethan Wate... Znałem twoją matkę.

Zamarłem. Jakim cudem Macon Ravenwood mógł znać moją matkę?

Jego twarz przybrała dziwny wyraz, jakby przypominał sobie coś, co uleciało mu z pamięci.

– Oczywiście mam na myśli jej prace. Czytałem je wszystkie. Jeśli przyjrzysz się przypisom w jej książce *Plantacje i sadzenie. Podzielony ogród*, zobaczysz, że kilka z pozycji w źródłach pochodzi z moich osobistych zbiorów. Twoja matka była wybitnie uzdolniona. Co za strata.

Z trudem się uśmiechnąłem.

– Dziękuję.

– To dla mnie zaszczyt oprowadzić cię po bibliotece. Będzie mi miło pokazać moje zbiory jedynemu synowi Lili Evers.

Spojrzałem na niego, zszokowany sposobem, w jaki wymówił imię mamy.

– Wate. Lila Evers Wate.

Uśmiechnął się szeroko.

– Tak, oczywiście. Ale wszystko po kolei. Sądząc po ciszy panującej w Kuchni, myślę, że obiad został podany. – Poklepał mnie po ramieniu i przeszliśmy do wielkiej sali balowej.

Lena czekała na nas przy stole. Zapaliła świeczkę, którą zgasił wieczorny podmuch wiatru. Stół był nakryty w sposób niesłychanie wyszukany, chociaż nie wiem, jakim cudem to wszystko się tam znalazło. Nie widziałem ani jednej osoby w domu poza nami trojgiem. Nowy dom, wilk-pies i to wszystko. A byłem przekonany, że spotkanie z Maconem Ravenwoodem będzie najbardziej niesamowitą częścią wieczoru.

Jedzenia było dość, żeby nakarmić CAR, wszystkie kościoły w mieście i drużynę koszykarską razem wzięte. Tylko że to nie było jedzenie, jakie się podaje w Gatlin. Było tam coś, co wyglądało jak pieczone w całości prosię z jabłkiem wetkniętym w pysk. Pieczone żeberka w papilotach, podane obok pokrojonej gęsi obłożonej kasztanami. Na stole stały też miseczki z różnymi sosami i kremami, bułeczki i chleb, jarmuż i buraki, i pasty do smarowania, których nazw nawet nie znałem. I oczywiście kanapki z potrawką wieprzową, które wyglądały dziwnie nie na miejscu wśród tych wszystkich dań. Spojrzałem na Lenę, czując, że robi mi się niedobrze na myśl, ile muszę zjeść, żeby okazać się dobrze wychowanym.

– Wujku M., tego jest za dużo.

Boo, zwinięty koło krzesła Leny, walił ogonem w podłogę w radosnym oczekiwaniu.

– Bzdury. Przecież chcemy uczcić twoją przyjaźń. Kuchnia poczuje się urażona.

Lena popatrzyła na mnie z niepokojem, jakby się bała, że pobiegnę za chwilę do łazienki. Wzruszyłem ramionami i zacząłem nakładać jedzenie na talerz. Może Amma daruje mi jutrzejsze śniadanie.

W tym czasie Macon nalewał sobie trzecią szklankę szkockiej. Wyglądało na to, że to dobry moment, żeby poruszyć sprawę medalionu. Macon nakładał sobie jedzenie, ale nie widziałem, żeby jadł. Znikało z jego talerza w maleńkich kawałkach. Boo Radley był największym farciarzem wśród psów.

Złożyłem serwetkę.

– Czy mogę pana o coś spytać? Zna pan dobrze historię, a ja, no cóż, nie mogę spytać mojej mamy.

Co robisz?

Zadaję tylko pytanie.

On o niczym nie wie.

Leno, musimy spróbować.

– Oczywiście. – Macon upił łyk ze szklanki.

Sięgnąłem do kieszeni i wyjąłem medalion z woreczka, który wcześniej dała mi Amma. Trzymałem go w dłoni, wciąż był zawinięty w chusteczkę.

I wtedy wszystkie świeczki zgasły. Światła przygasły, a następnie strzeliły. Nawet fortepian zamilkł.

Co robisz, Ethanie?

Nic nie zrobiłem!

W ciemności usłyszałem głos Macona.

– Co trzymasz w dłoni, synu?

– To medalion, proszę pana.

– Czy mógłbyś włożyć go z powrotem do kieszeni? – Głos miał spokojny, ale wiedziałem, że to tylko pozory. Widziałem, jak wiele wysiłku kosztowało go zapanowanie nad sobą. Po gładkich manierach nie zostało ani śladu. W jego głosie słychać było ostry ton, który za wszelką cenę starał się ukryć.

Wepchnąłem medalion do woreczka i włożyłem do kieszeni. Na drugim końcu stołu Macon dotknął palcami kandelabru. Wszystkie świeczki po kolei rozbłysły. Cała uczta zniknęła.

W blasku świec Macon wyglądał groźnie. Po raz pierwszy, odkąd go zobaczyłem, milczał, jakby rozważał sprawę wielkiej wagi. Coś, co mogło zadecydować o naszym przeznaczeniu. Pora się pożegnać. Lena miała rację, wizyta tutaj nie była dobrym pomysłem. Może rzeczywiście istniał jakiś powód, dla którego Macon Ravenwood nigdy nie opuszczał domu?

– Bardzo mi przykro, proszę pana. Nie wiedziałem, że tak się stanie. Nasza gospsia, Amma, gdy pokazałem jej ten medalion, zachowała się tak, jakby to była jakaś przeklęta rzecz. Ale gdy znaleźliśmy go z Leną, nic się nie wydarzyło.

Nic więcej mu nie mów. Nie mów o wizjach!

Dobrze, nie powiem. Chciałem tylko sprawdzić, czy miałem rację, co do Genevieve.

Nie musiała się martwić. Nie miałem zamiaru zwierzać się Maconowi Ravenwoodowi. Chciałem tylko stąd wyjść. Podniosłem się.

– Muszę już wracać do domu, proszę pana. Robi się późno.

– Czy możesz opisać ten medalion? – Był to raczej rozkaz niż prośba.

Nie odezwałem się ani słowem.

To Lena w końcu przemówiła:

– Jest bardzo stary i zniszczony. Ma z przodu kameę. Znaleźliśmy go w Greenbrier.

– Powinnaś była mi powiedzieć, że poszłaś do Greenbrier. Ono nie jest częścią Ravenwood. Nie mogę ci tam zapewnić ochrony. – Macon, wzburzony, obracał srebrny pierścień na palcu.

– Byłam całkowicie bezpieczna. Czułam to.

Bezpieczna? To już chyba nadopiekuńczość, pomyślałem.

– Nie, nie byłaś. Greenbrier leży poza granicami. Nikt nie jest w stanie tego kontrolować. Nie wiesz o wielu sprawach. A on – Macon machnął ręką w moim kierunku – on nic nie wie. Nie może cię ochronić. Nie powinnaś była go w to wciągać.

Odezwałem się. Musiałem. Mówił o mnie, jakby mnie tam nie było.

– To również mnie dotyczy, proszę pana. Z tyłu na medalionie są wygrawerowane inicjały. E.C.W., czyli Ethan Carter Wate, mój stryjeczny praprapradziadek. A także G.K.D. Oboje jesteśmy pewni, że D. oznacza Duchannes.

Przestań, Ethanie.

Ale nie mogłem.

– Nie ma powodu, żeby cokolwiek przed nami ukrywać, ponieważ wszystko, co się dzieje, dotyczy nas obojga. I czy to się panu podoba, czy nie, to wszystko dzieje się teraz.

Wazon z gardeniami przeleciał przez pokój i roztrzaskał się o ścianę. To był ten Macon Ravenwood, o którym słyszeliśmy niestworzone historie, kiedy byliśmy dziećmi.

– Nie masz pojęcia, o czym mówisz, młody człowieku! – Patrzył mi prosto w oczy w taki sposób, że włosy na karku stanęły mi dęba. Ledwo nad sobą panował. Posunąłem się za daleko. Boo Radley wstał z legowiska i stanął za Maconem, jakby się czaił, żeby mnie zaatakować. Ślepia zwierzaka były niespokojne, okrągłe i znajome.

Nic więcej nie mów.

Oczy Macona się zwęziły. Znikły maniery i postawa gwiazdora filmowego, pojawiło się w nim coś mrocznego. Chciałem uciec, ale stałem jak sparaliżowany.

Myliłem się co do posiadłości i Macona Ravenwooda. I bałem się ich obu.

Gdy wreszcie znowu przemówił, wyglądało to tak, jakby mówił sam do siebie.

– Pięć miesięcy. Wiesz, ile trudu będę musiał sobie zadać, żeby chronić ją przez pięć miesięcy?! Ile mnie to będzie kosztowało? Jak bardzo mnie to wykończy, a może nawet zniszczy?

Lena bez słowa stanęła obok i położyła dłoń na jego ramieniu. I wtedy burza zniknęła z jego oczu tak szybko, jak się pojawiła. Odzyskał panowanie nad sobą.

– Amma wygląda na rozsądną kobietę. Radziłbym jej posłuchać. Odniósłbym medalion tam, gdzie go znaleźliście. I proszę, nie przynoś go więcej do mojego domu. – Macon wstał i rzucił serwetkę na stół. – Myślę, że zwiedzanie biblioteki musi zaczekać, nie sądzisz? Leno, czy możesz odprowadzić przyjaciela? To był niezwykły wieczór. Bardzo pouczający. Proszę nas znów odwiedzić, panie Wate.

W pokoju zrobiło się ciemno i po chwili Macona już nie było.

Biegłem tak szybko, jak to tylko możliwe, żeby opuścić to miejsce. Chciałem znaleźć się jak najdalej od niesamowitego wuja Leny i jego widmowego domu. Co, u diabła, się stało? Lena ponaglała mnie w kierunku drzwi, jakby się obawiała tego, co się może za chwilę wydarzyć, jeśli mnie stąd nie wyprowadzi. Ale gdy mijaliśmy główny hall, zauważyłem coś, czego tam wcześniej nie było.

Medalion. Kobieta o niezwykłych złotych oczach na olejnym portrecie miała na sobie medalion. Złapałem Lenę za ramię. Również to zobaczyła i zamarła.

131

Nie było go tu przedtem.

Nie rozumiem.

Ten portret wisi tu od czasów, gdy byłam mała. Przechodziłam koło niego tysiące razy. Nigdy nie miała na sobie medalionu.

Piętnasty września

Rozstaje

P rawie nie rozmawialiśmy, wracając do miasteczka. Nie wiedziałem, co powiedzieć, a Lena wydawała się zadowolona z milczenia. Pozwoliła mi prowadzić, dzięki czemu mogłem zapomnieć o wszystkim i uspokoić tętno. Minęliśmy moją ulicę, ale mało mnie to obeszło. Nie chciałem jeszcze wracać do domu. Nie wiedziałem, co się dzieje z Leną, jej domem i wujem. Ale byłem pewny, że ona mi tego nie powie.

– Minąłeś swoją ulicę. – To były pierwsze słowa, jakie wypowiedziała od wyjścia z Ravenwood.

– Wiem.

– Myślisz, jak wszyscy, że mój wujek jest szalony – zauważyła gorzko. – Muszę wracać do domu.

Nic nie odpowiedziałem, gdy okrążaliśmy General's Green, skwerek z przywiędłą trawą otaczający jedyną chyba rzecz w Gatlin, o której była wzmianka w przewodnikach turystycznych – posąg generała Jubala A. Early'ego z czasów wojny secesyjnej. Generał, jak zwykle, stał na swoim miejscu, które nagle wydało mi się niewłaściwe. Wszystko się zmieniło. Wszystko stanęło na głowie. Ja się zmieniłem, widząc to, co widziałem, czując to, co czułem, i robiąc to, co robiłem, a co jeszcze tydzień temu wydawałoby się niemożliwe. Odniosłem wrażenie, że i generał na pomniku też się zmienił.

Zawróciłem na Dove Street i zatrzymałem samochód przy krawężniku, tuż pod znakiem z napisem „Witamy w Gatlin, miejscu znanym z jedynych w swoim rodzaju, historycznych plantacji i najlepszego na świecie placka z maślanką". Nie byłem pewny co do placka, ale reszta była prawdą.

– Co robisz?

Wyłączyłem silnik.

– Musimy porozmawiać.

– Nie parkuję z chłopakami. – To był żart, ale słyszałem w jej głosie strach.

– Powiedz to wreszcie.

– Co?

– Żartujesz sobie? – Z trudem powstrzymywałem się od krzyku.

– Nie wiem, co mam ci powiedzieć. – Lena bawiła się naszyjnikiem.

– Po prostu wyjaśnij, co się u ciebie działo.

Spojrzała przez okno, za którym nic nie było widać.

– Wujek był zły. Czasami traci panowanie nad sobą.

– Traci panowanie? Chodzi ci o rzucanie rzeczami przez pokój bez ich dotykania i zapalanie świeczki bez zapałek?

– Ethanie, przepraszam – powiedziała Lena spokojnie.

Ale już się wkurzyłem. Im bardziej unikała odpowiedzi na pytania, tym bardziej byłem wściekły.

– Nie przepraszaj. Po prostu powiedz, o co w tym wszystkim chodzi.

– To znaczy z czym konkretnie?

– Z twoim wujkiem i jego dziwacznym domem, który w jakiś sposób udało mu się urządzić całkowicie na nowo zaledwie w ciągu kilku dni.

Z jedzeniem, które pojawia się na stole i samo znika. Z tymi wszystkimi gadkami na temat granic i chronienia ciebie. Wybieraj temat.

Potrząsnęła głową.

– Nie mogę o tym rozmawiać. Zresztą i tak byś nie zrozumiał.

– Skąd wiesz, skoro nawet nie dasz mi szansy?

– Moja rodzina jest inna niż wszystkie. Uwierz mi, tego się nie da tak zwyczajnie zrozumieć.

– To znaczy?

– Ethanie, pogódź się z tym. Twierdzisz, że nie jesteś taki jak inni, ale jednak jesteś. Chcesz, żebym się różniła od reszty, ale tylko trochę. Nie za bardzo.

– Wiesz co, jesteś tak samo zwariowana jak twój wuj.

– Przyszedłeś do mnie bez zaproszenia. A teraz jesteś zły, ponieważ nie spodobało ci się to, co zobaczyłeś.

Nie odpowiedziałem. Za oknem było już zupełnie ciemno. Nie mogłem się skupić.

– I jesteś zły, bo się boisz. Wszyscy się boicie i wszyscy w głębi jesteście tacy sami. – Lena mówiła to cichym, znękanym głosem, jak gdyby się poddała.

– Nie. – Spojrzałem na nią. – To ty się boisz.

Roześmiała się gorzko.

– Jasne. Nawet nie jesteś w stanie wyobrazić sobie rzeczy, których się boję.

– Boisz się mi zaufać.

Nie odezwała się.

– Boisz się poznać kogoś dość blisko, żeby zauważyć, czy jest obecny w szkole czy nie.

Pociągnęła palcem po zaparowanej szybie, rysując nierówną, zygzakowatą linię.

– Boisz się zostać i zobaczyć, co się stanie.

Zygzak zamienił się w błyskawicę.

– Nie jesteś stąd, masz rację. I nie jesteś tylko trochę inna.

Ciągle patrzyła w okno, w ciemność, przez którą nic nie można było dojrzeć. A ja patrzyłem na nią. Widziałem wszystko.

– Jesteś niewiarygodnie, absolutnie, niezwykle, nadzwyczaj, nieprawdopodobnie inna. – Dotknąłem jej ręki opuszkami palców i natychmiast przeszył mnie prąd. – Wiem to, ponieważ w głębi duszy czuję, że ja też jestem inny. Więc proszę, opowiedz mi o wszystkim. Proszę.

– Nie chcę.

Łza potoczyła się po jej policzku. Złapałem ją palcem. Była gorąca.

– Dlaczego?

– Ponieważ być może jest to moja ostatnia szansa, żeby zostać normalną dziewczyną, nawet jeśli ma to się stać w Gatlin. Ponieważ jesteś tu moim jedynym przyjacielem, a jeśli ci powiem, nie uwierzysz mi. Albo, co gorsza, uwierzysz... – Otworzyła oczy i spojrzała wprost na mnie. – Tak czy inaczej, już nigdy nie zechcesz ze mną rozmawiać.

Ktoś zastukał w okno i oboje podskoczyliśmy. Przez zaparowaną szybę dostrzegłem błysk latarki. Opuściłem dłoń i otworzyłem okno, klnąc pod nosem.

– Zabłądziliście w drodze do domu?

Fatty. Uśmiechał się, jakby natknął się na dwa ciastka na poboczu.

– Nie, proszę pana. Właśnie się tam wybieramy.

– To nie pański samochód, panie Wate.

– Nie, proszę pana.

Świecił przez dłuższą chwilę latarką, zatrzymując światło na Lenie.

– Więc ruszajcie już i wracajcie do domu. Nie każ Ammie zbyt długo czekać.

– Dobrze, proszę pana. – Zapaliłem silnik. Gdy spojrzałem w tylne lusterko, zobaczyłem chichoczącą Amandę, dziewczynę Fatty'ego, na przednim siedzeniu policyjnego samochodu.

Zatrzasnąłem drzwiczki samochodu przed moim domem. Widziałem Lenę siedzącą na miejscu kierowcy. Karawan miał włączony silnik.

– Do jutra.

– Do jutra.

Ale wiedziałem, że jutro się nie zobaczymy. Że jeśli odjedzie sprzed mojego domu, coś się skończy. To była ścieżka, która jak rozstaje prowadziła do Ravenwood lub do Gatlin. I trzeba było zdecydować, którędy jechać. Jeśli nie wybierze mnie, to pojedzie drugą drogą. I mnie ominie. Tak jak tego ranka, gdy zobaczyłem ją po raz pierwszy.

Jeśli mnie nie wybierze...

Nie można jechać dwoma drogami. A jeśli już się wybrało jedną, nie było odwrotu. Usłyszałem jak zgrzytnął silnik, ale nie przystanąłem, podchodząc do drzwi. Karawan odjechał.

Nie zatrzymała się koło mnie.

Leżałem na łóżku, twarzą do okna. Światło księżyca wpadało do pokoju, co było denerwujące, ponieważ uniemożliwiało mi zaśnięcie, a jedyne, czego teraz pragnąłem, to zakończyć ten dzień.

Ethanie.

Głos był tak cichy, że ledwie go usłyszałem.

Popatrzyłem w okno. Było zamknięte. Sprawdziłem to starannie przed pójściem spać.

Ethanie, daj spokój.

Zamknąłem oczy. Zasuwka na oknie szczęknęła.

Wpuść mnie.

Drewniane okiennice otworzyły się z hałasem. Wiatr? Ale nie czułem nawet najmniejszego podmuchu. Wstałem i wyjrzałem na zewnątrz.

Lena stała na frontowym trawniku w piżamie. Sąsiedzi mieliby używanie, a Amma dostałaby zawału.

– Zejdź albo ja wejdę na górę.

Zawału, a potem wylewu.

Usiedliśmy na schodku przed domem. Miałem na sobie dżinsy, po-nieważ nie sypiam w piżamie, a gdyby Amma wyszła i zobaczyła mnie w krótkich spodenkach z dziewczyną, zostałbym pogrzebany pod traw-nikiem z tyłu domu jeszcze przed świtem.

Lena oparła się o stopień, spoglądając na łuszczącą się farbę.

– Prawie zawróciłam na końcu twojej uliczki, ale stchórzyłam. – Wi-działem w świetle księżyca zielono-fioletową piżamę w chińskie wzory. – A potem, zanim dotarłam do domu, ogarnął mnie strach, że mogę tego nie zrobić.

Skubała lakier na paznokciu bosej nogi. Wiedziałem, że to coś na-prawdę ważnego.

– Nie wiem, jak zacząć. Nigdy wcześniej tego nikomu nie mówiłam, więc nie mam pojęcia, jak mi pójdzie.

Poczochrałem swoje i tak już potargane włosy.

– Cokolwiek to jest, możesz mi powiedzieć. Wiem, co to znaczy mieć zwariowaną rodzinę.

– Myślisz, że wiesz, co to znaczy? Nie masz o tym pojęcia. – Zaczerp-nęła powietrza. To, co chciała powiedzieć, przychodziło jej z trudem. Widziałem, jak się zmaga ze sobą, szukając właściwych słów. – Człon-kowie mojej rodziny... i ja... posiadamy moc. Możemy robić rzeczy, któ-rych normalni ludzie nie potrafią. Tacy się rodzimy i nic na to nie można poradzić. Jesteśmy, jacy jesteśmy.

Trwało to chwilę, zanim zrozumiałem, o czym mówi. Czy też, o czym sądzę, że mówi.

Magia. Gdzie była Amma, gdy jej potrzebowałem?

Bałem się zapytać, ale musiałem wiedzieć.

– Kim właściwie jesteście? – zabrzmiało to tak głupio, że niemal spa-liłem się ze wstydu.

– Obdarzonymi – powiedziała spokojnie.

– Obdarzonymi?

Skinęła głową.

– To znaczy, że macie magiczne moce?

Znów potaknęła.

Gapiłem się na nią. Może to wariatka?

– Tak jak czarownice?

– Nie bądź śmieszny.

Wypuściłem powietrze z ulgą. Ale ze mnie idiota. Co ja sobie w ogóle myślałem?

– Idiotyczne słowo. Równie dobrze możesz powiedzieć „sportowiec" albo „głupek". To taki durny stereotyp – mówiła dalej.

Poczułem skurcz żołądka. Jakaś część mnie chciała uciec do domu, zaryglować drzwi i schować się pod kołdrę. Ale ta druga chciała pozostać. Bo czy w głębi duszy nie zdawałem sobie z tego sprawy już wcześniej? Mogłem nie wiedzieć, kim była Lena, ale wiedziałem, że jest inna. I że to coś więcej niż tandetny naszyjnik czy stare trampki. Czego właściwie oczekiwałem od kogoś, kto potrafił sprowadzić ulewę? Kto mógł do mnie mówić, nie będąc ze mną w pokoju? Kto umiał kontrolować chmury płynące na niebie? Kto, stojąc w ogrodzie, mógł sprawić, że w moim pokoju otwierały się okiennice?

– Możesz mi podpowiedzieć jakieś lepsze słowo?

– Nie ma takiego słowa, które opisałoby wszystkich członków mojej rodziny. A ty umiesz jednym słowem opisać całą swoją rodzinę?

– Jasne. Pomyleńcy. – Chciałem przełamać napięcie i potraktować ją jak zwykłą dziewczynę. A w ten sposób przekonać i siebie, że wszystko jest w porządku.

– My jesteśmy Obdarzeni. To najszersza i najbardziej pojemna definicja. Wszyscy mamy moc. Dar. Jedne rodziny są mądre, inne bogate, piękne czy wysportowane. A my jesteśmy Obdarzeni.

Wiedziałem, jakie powinno być następne pytanie, ale nie chciałem go zadać. Pamiętałem, że może rozbić okno, tylko o tym myśląc. Wolałem nie sprawdzać, co jeszcze może zniszczyć.

W każdym razie chciałem wierzyć, że mówimy o jeszcze jednej zwariowanej rodzinie na Południu, takiej jak Siostry. Ravenwoodowie są tu od dawna, podobnie jak inne rodziny z Gatlin. Dlaczegóż więc mieliby być mniej zwariowani? A przynajmniej to usiłowałem sobie wmówić.

Lena przyjęła ciszę za zły znak.

– Wiedziałam, że nie powinnam była ci o tym mówić. Prosiłam cię, żebyś zostawił mnie w spokoju. Teraz pewnie myślisz, że jestem jakimś dziwadłem.

– Raczej, że masz talent.

– Myślisz, że mój dom jest dziwaczny. Już to mówiłeś.

– Dlatego całkowicie zmieniłaś wystrój? – Próbowałem jakoś podtrzymać rozmowę i wywołać uśmiech na jej twarzy. Wiedziałem, ile ją kosztowało powiedzenie mi prawdy. Nie mogłem jej teraz opuścić. Obróciłem się i wyciągnąłem rękę w stronę gabinetu nad krzewami azalii, schowanego za grubymi okiennicami z drewna. – Popatrz. Widzisz to okno? To gabinet taty. Pracuje całą noc, a śpi w dzień. Odkąd moja mama zmarła, przestał wychodzić z domu. Nigdy mi nawet nie pokazał, nad czym pracuje.

– To takie romantyczne – zauważyła cicho.

– Nie, to idiotyczne. Ale nikt o tym nie mówi, ponieważ nie ma tu już nikogo, z kim można porozmawiać. Z wyjątkiem Ammy, która chowa magiczne amulety w moim pokoju i wrzeszczy, bo przyniosłem do domu starą biżuterię.

Widziałem, że się uśmiecha.

– Może to ty jesteś dziwadłem?

– I ja, i ty. Oboje jesteśmy. W twoim domu znikają pokoje, w moim ludzie. Twój wujek, który nigdy nie wychodzi z domu jest świrem, a mój tata, który nigdy nie wyściubia nosa z gabinetu, jest zwariowany. Nie wiem, co nas różni.

Lena uśmiechnęła się z ulgą.

– Staram się przyjąć to jako komplement.

– To jest komplement. – Spojrzałem na nią, promieniała w świetle księżyca. Było w niej coś takiego, że chciałem się pochylić i ją pocałować. Przesiadłem się o jeden stopień w górę.

– Wszystko w porządku?

– Tak, jestem tylko zmęczony. – Ale to nie była prawda.

Spędziliśmy na schodach kilka godzin. Położyłem się w pewnym momencie, wciąż o jeden stopień wyżej niż Lena. Spoglądaliśmy w ciemne niebo, które nad ranem pojaśniało. A potem ptaki zaczęły śpiewać.

W końcu karawan odjechał, a słońce zaczęło wschodzić. Patrzyłem, jak Boo Radley powoli człapie za karawanem. W tempie, w jakim szedł, słońce zajdzie, zanim dotrze do domu. Czasami zastanawiałem się, po co to robi.

Głupi pies.

Położyłem rękę na mosiężnej gałce drzwi, ale nie mogłem się zmusić, żeby je otworzyć. Świat wywrócił się do góry nogami, nic nie wróci do normy. W moim umyśle wszystko było pomieszane, jak jajka na wielkiej patelni Ammy.

B-O-J-A-Ź-L-I-W-Y, tak określiłaby mnie Amma. Dziewięć poziomo, inne określenie tchórza. Bałem się. Powiedziałem Lenie, że to nic wielkiego, że ona i jej rodzina to... Kto? Wiedźmy? Obdarzeni? W każdym razie nie tacy zwykli ludzie, który się uczą, jak zarzucać wędkę – najpierw na dziesiątą, a potem na drugą, tak jak tłumaczył mi tata.

Jasne, nic wielkiego. Byłem kłamcą. Mogę się założyć, że nawet ten głupi kundel potrafił to wyczuć.

Dwudziesty czwarty września

Ostatnie trzy rzędy

Znacie to wyrażenie? Że „coś spadło na kogoś, jak grom z jasnego nieba"? Tak właśnie było. Gdy zawróciła i stanęła na progu mojego domu w zielono-fioletowej piżamie, właśnie to poczułem.

Wiedziałem, że nadchodzi. Nie wiedziałem tylko, że to takie uczucie.

Od tej chwili chciałem być tylko z Leną albo sam, żeby móc to sobie wszystko przemyśleć. Nie potrzebowałem innego towarzystwa. Ale nie umiałem nazwać, kim dla siebie byliśmy. Nie była moją dziewczyną; nawet się nie spotykaliśmy. Do zeszłego tygodnia nawet nie przyznałaby, że jesteśmy przyjaciółmi. Nie miałem pojęcia, co do mnie czuje. I nie mogłem posłać Savannah, żeby wybadała Lenę, tak jak się to robiło u nas w szkole. Nie chciałem ryzykować, żeby nie utracić tego, co się zawiązało między nami. Cokolwiek to było. Tylko dlaczego nie mogłem, nawet przez chwilę, przestać o niej myśleć? Dlaczego czułem się szczęśliwszy, gdy ją widziałem? Sądziłem, że znam odpowiedź, ale czy miałem pewność? Nie miałem bladego pojęcia i nie mogłem tego sprawdzić.

Faceci nie rozmawiają o takich sprawach. Zasłaniamy się stekiem kłamstw.

– Co piszesz?

Zamknęła notatnik, z którym się nie rozstawała. W środy nasza drużyna koszykarska nie miała treningu, siedziałem więc z Leną w ogrodzie w Greenbrier, o którym zacząłem myśleć jako o naszym wspólnym miejscu, chociaż nigdy bym się do tego nie przyznał, nawet przed nią. Tu znaleźliśmy medalion. I tu mogliśmy posiedzieć bez tych wszystkich ciekawskich, którzy gapili się na nas i szeptali. Mieliśmy się uczyć, ale Lena zaczęła coś notować, a ja dziewiąty raz czytałem ustęp o wewnętrznej strukturze atomów. Nasze ramiona się dotykały, ale patrzyliśmy gdzie indziej. Ja rozciągnąłem się w zachodzącym słońcu, ona siedziała w cieniu dębu porosłego mchem.

– Nic takiego. Tak sobie bazgrzę.

– W porządku, nie musisz mówić.

Starałem się, żeby w moim głosie nie było słychać rozczarowania.

– To jest... To jest głupie.

– Wszystko jedno, powiedz mi.

Przez chwilę nic nie mówiła, malując coś piórem na gumowym brzeżku buta.

– Czasami piszę wiersze. Zaczęłam, kiedy jeszcze byłam mała. To dziwne, wiem...

– Nie uważam, że to dziwne. Moja mama była pisarką. Tata jest pisarzem. – Czułem jej uśmiech, mimo że na nią nie patrzyłem. – Dobra, to zły przykład, bo tata jest dziwny, ale nie zrobił się taki przez książki.

Zastanawiałem się, czy wręczy mi notatnik i poprosi, żebym przeczytał wiersz. Nie zrobiła tego.

– Może kiedyś będę mógł zajrzeć do twojego notesu?

– Nie sądzę.

Usłyszałem, że otwiera notatnik i pisze. Gapiłem się na książkę od chemii, powtarzając coś, co ćwiczyłem w głowie już setki razy. Byliśmy teraz sami. Słońce zachodziło, Lena pisała wiersz. Jeżeli miałem to zrobić, teraz był najlepszy moment.

– Może byśmy się gdzieś wybrali? – Starałem się, żeby zabrzmiało to swobodnie.

– A nie jesteśmy razem?

Żułem koniec plastikowej łyżeczki, którą znalazłem w plecaku; pewnie z opakowania po budyniu.

– Jasne, ale może byśmy gdzieś razem poszli?

– Teraz? – Odgryzła kęs batonika i przesunęła nogi w moją stronę tak, że siedziała obok.

Potrząsnąłem głową.

– Nie teraz. W piątek albo kiedy indziej. Możemy się wybrać do kina.

Włożyłem łyżeczkę do książki od chemii i zamknąłem podręcznik.

– To obrzydliwe. – Zrobiła minę i odwróciła kartkę.

– O co ci chodzi? – Czułem, że robię się czerwony.

Mówiłem tylko o kinie.

Wariat.

Pokazała palcem na brudną łyżeczkę, której użyłem jako zakładki do książki.

– O to.

Uśmiechnąłem się z ulgą.

– Tak, to taki nawyk, którego nauczyłem się od mamy.

– Nie miała gdzie trzymać sztućców?

– Nie, książek. Czytała dwadzieścia równocześnie i wszystkie były porozkładane po całym domu, na kuchennym stole, koło łóżka, w łazience, w samochodzie, w jej torbach. A na brzeżku każdego schodka był mały stosik. I używała wszystkiego, co tylko znalazło się pod ręką, jako zakładek. Mojej skarpetki, ogryzka od jabłka, okularów do czytania, innej książki, widelca...

– Starej brudnej łyżeczki?

– Też.

– Amma chyba dostawała szału.

– Dokładnie. Nie, poczekaj, była... – Zastanowiłem się przez chwilę. – W-Z-B-U-R-Z-O-N-A.

– Dziewięć pionowo? – Roześmiała się.

– Coś w tym rodzaju.

– To należało do mojej mamy. – Wyłuskała jeden z wisiorków z długiego srebrnego łańcucha, którego chyba nigdy nie zdejmowała. Zobaczyłem maleńkiego złotego ptaszka. – To kruk.

– Kruk, czyli *raven*, tak jak w Ravenwood?

– Nie. Kruki są najpotężniejszymi ptakami w świecie Obdarzonych. Legenda mówi, że mogą pobierać energię i uwalniać ją w innej formie. Można się ich lękać ze względu na moc, którą posiadają.

Puściła wisiorek z krukiem, który opadł między krążek z wyrytym dziwnym napisem a czarny szklany koralik.

– Masz mnóstwo wisiorków.

Założyła za ucho pasmo włosów i spojrzała na naszyjnik.

– To nie są wisiorki. To rzeczy, które wiele dla mnie znaczą. – Pokazała mi uchwyt od puszki. – To jest z pierwszej puszki oranżady, jaką piłam w swoim życiu, siedząc na werandzie w domu w Savannah. Moja babcia mi ją kupiła, gdy wróciłam ze szkoły z płaczem, bo nikt nie włożył niczego do mojego pudełka na walentynki.

– To słodkie.

– Jeżeli tragiczne oznacza dla ciebie słodkie.

– Chodzi o to, że to zachowałaś.

– Wszystko zachowuję.

– A ten? – zapytałem, pokazując czarny koralik.

– Ciocia Twyla mi go dała. Jest z kamienia z bardzo odległego miejsca na Barbados. Powiedziała, że przyniesie mi szczęście.

– To świetny naszyjnik.

Po sposobie, w jaki brała do ręki i trzymała każdą rzecz, widziałem, że są dla niej naprawdę cenne.

– Wiem, że wygląda jak kupa złomu. Ale nigdzie nie zagrzałam miejsca. Nigdy nie mieszkałam w tym samym domu dłużej niż kilka lat. Czasami mam wrażenie, że na ten łańcuszek nawlekam maleńkie kawałeczki siebie. I że to wszystko, co mam.

Westchnąłem i wyrwałem źdźbło trawy.

– Chciałbym wyjechać do któregoś z tych miejsc.

– Ale twoje korzenie są tutaj. Najlepszy przyjaciel, którego masz odkąd byłeś mały, rodzinny dom z własną sypialnią. Pewnie masz też miejsce na futrynie, na którym zaznaczało się twój wzrost, jak rosłeś.

Rzeczywiście miałem.

Masz, prawda?

Trąciłem ją ramieniem.

– Mogę cię zmierzyć, jeśli chcesz, i też zaznaczę twój wzrost. Będziesz uwieczniona na wieki w Wate's Landing.

Uśmiechnęła się do swojego notatnika i oparła o moje ramię. Kątem oka widziałem, jak popołudniowe słońce oświetla z jednej strony jej twarz, pojedynczą kartkę z notatnika, pukiel włosów, czubek trampka...

Co do filmu. Piątek mi odpowiada.

Wsunęła batonik między kartki notatnika i go zamknęła. Czubki naszych zniszczonych czarnych trampek się zetknęły.

Im dłużej myślałem o piątku, tym bardziej się denerwowałem. Nie umówiliśmy się na randkę, w każdym razie nie tak naprawdę. Zdawałem sobie z tego sprawę. Ale to była tylko część problemu. Bo... chciałem, żeby to była randka. Co może zrobić facet, gdy zda sobie sprawę, że coś czuje do dziewczyny, a ona w najlepszym przypadku uważa go tylko za przyjaciela? Dziewczyny, w której domu nie jest mile widzianym? Której każdy w miasteczku nienawidzi? I która dzieli z nim sny, ale pewnie nie uczucia?

Nie miałem pojęcia, dlaczego nic nie zrobiłem. Ale nie mogłem przestać myśleć o Lenie. Pewnie podjechałbym pod jej dom we czwartek wieczorem, gdyby tylko nie leżał poza miastem i gdybym miał własny samochód. I gdyby jej wuj nie był Maconem Ravenwoodem. Wszystkie te „gdyby" powstrzymywały mnie od zrobienia z siebie idioty.

Każdy dzień był jakby dniem wyjętym z czyjegoś życia. Przez tyle lat nie przydarzyło mi się nic interesującego. A teraz wszystko zaczęło się dziać. I mówiąc „wszystko", miałem na myśli Lenę. Czas wlókł się i pędził jednocześnie. Czułem się tak, jakbym wyssał całe powietrze z jakiegoś gigantycznego balonu, jakby mój mózg nie był dostatecznie dotleniony. Chmury były ciekawsze, stołówka mniej obrzydliwa, muzyka brzmiała lepiej, te same stare dowcipy wydawały się bardziej zabawne, a Jackson ze skupiska szarozielonkawych przemysłowych budynków zamienił się nagle w mapę czasu i miejsc, gdzie mogłem się na nią natknąć. Uświadomiłem sobie, że się uśmiecham bez powodu, mając słuchawki na uszach i odtwarzając nasze rozmowy w głowie, tak żeby móc wsłuchiwać się w nie bez końca. Widziałem takie zachowania u kumpli, ale nigdy sam ich nie doświadczyłem.

W piątek miałem wspaniały nastrój przez cały dzień, co oznacza, że byłem najgorszy w klasie, a najlepszy na treningu. Gdzieś musiałem wyładować energię. Nawet trener to zauważył i zatrzymał mnie dłużej, żeby porozmawiać.

– Trzymaj tak dalej, Wate, to może w przyszłym roku cię zauważą.

Link podwiózł mnie po treningu do Summerville. Chłopaki też planowały pójść do kina, mogłem to przewidzieć, bo kino miało tylko jedną salę kinową. Ale teraz było już za późno, a poza tym mało mnie to obchodziło.

Gdy podjechaliśmy Rzęchem Linka, Lena czekała przed jasno oświetlonym budynkiem kina. Miała na sobie fioletowy T-shirt, na który włożyła obcisłą czarną sukienkę, uwydatniającą jej figurę. O figurze trudno było zapomnieć, ale za to o tandetnych czarnych długich butach lepiej było nie pamiętać.

W środku, przy wejściu do pasażu handlowego, oprócz tłumu studentów z dwuletniej szkoły pomaturalnej w Summerville, zebrała się cała drużyna cheerleaderek z chłopakami z drużyny koszykarskiej. Mój dobry humor zaczął gdzieś znikać.

– Cześć!

– Spóźniłeś się. Mam bilety.

W ciemności nie było widać jej oczu. Wszedłem za nią do środka. Nieźle się zaczynało.

– Wate! Chodź tutaj! – Głos Emory'ego słychać było w całym pasażu, przebijał się przez gwar i muzykę z lat osiemdziesiątych, którą grali w hallu.

– Wate, masz randkę? – Teraz zaczął Billy. Earl nic nie mówił, ale tylko dlatego, że Earl w ogóle rzadko się odzywał.

Lena ich zignorowała. Pomasowała skroń, idąc przede mną, jakby nie chciała na mnie spojrzeć.

– Normalka – odkrzyknąłem ponad tłumem. Będę się miał z pyszna w poniedziałek. Dogoniłem Lenę. – Przepraszam za to.

Obróciła się i spojrzała na mnie.

– Nic z tego nie wyjdzie, jeśli należysz do ludzi, którzy nie oglądają reklam przed filmem.

Czekałam na ciebie.

Uśmiechnąłem się.

– Zwiastuny, czołówka i tańczący między rzędami sprzedawca prażonej kukurydzy.

Ominęła mnie spojrzeniem i popatrzyła na moich przyjaciół, a raczej na ludzi, którzy do tej pory za nich uchodzili.

Nie przejmuj się nimi.

– Masło? – Lena była zła. Spóźniłem się i musiała sama stawić czoło ludziom z budy. Teraz moja kolej.

– Masło – odparłem, wiedząc, że to niewłaściwa odpowiedź.

Lena się skrzywiła.

– Zamienię masło na sól – stwierdziła i znów się rozejrzała, omijając mnie wzrokiem. Usłyszałem wyraźnie głośny śmiech Emily, który zbliżał się w naszą stronę. Mało mnie to obeszło.

Leno, powiedz tylko, a wyjdziemy stąd, jeśli zechcesz.

– Bez masła, z solą i do tego groszki karmelowe. Będzie ci smakować – powiedziała i oparła się wygodnie.

Już mi smakuje.

Drużyna cheerleaderek z chłopakami przeszła tuż koło nas. Emily za wszelką cenę starała się nie patrzeć w moją stronę, natomiast Savannah obeszła Lenę, jakby była zarażona jakimś śmiercionośnym wirusem. Mogłem sobie tylko wyobrazić, co będą opowiadać matkom po powrocie do domu.

Wziąłem Lenę za rękę. Przeszedł mnie dreszcz, ale tym razem nie tak silny jak tamtej nocy podczas deszczu. To było raczej jak pomieszanie doznań. Coś takiego, jakby zalała mnie fala na plaży i jakbym wszedł pod elektryczną kołdrę w deszczową noc. Wszystko jednocześnie. Pozwoliłem się temu ponieść.

Savannah zauważyła nas i trąciła łokciem Emily.

Nie musisz tego robić.

Ścisnąłem jej dłoń.

Czego?

– Hej, nie widzieliście chłopaków? – Link stuknął mnie w ramię, niosąc monstrualnych rozmiarów popcorn polany masłem i ogromny kubek z niebieskim sokiem i kruszonym lodem.

149

W kinie leciał jakiś kryminał. Pewnie podobałby się Ammie, znając jej zamiłowania do tajemnic i zwłok. Link poszedł do przodu za chłopakami, poszukując w przejściach między rzędami dziewczyn ze szkoły pomaturalnej. Nie dlatego że nie chciał siedzieć z Leną, ale słusznie uważał, że wolimy być sami. Woleliśmy, przynajmniej ja.

– Gdzie chcesz siedzieć? Bardziej z przodu czy w środku? – Czekałem, żeby zdecydowała.

– Z tyłu.

Poszedłem za nią do ostatniego rzędu.

Głównym powodem, dla którego uczniowie z Jackson chodzili do kina – zważywszy, że wszystkie wyświetlane tam filmy rozprowadzano już na DVD – był seks. Z tego samego powodu siadało się w ostatnich trzech rzędach. Kino, wieża ciśnień, a latem jezioro. Poza tym były jeszcze łaźnie i piwnice, w sumie niewielki wybór. Tyle że wiedziałem, iż między nami nie chodzi o nic takiego, a nawet gdyby tak było, nigdy nie przyprowadziłbym jej tutaj. Lena nie należała do dziewczyn, z którymi siadało się w trzech ostatnich rzędach. Była kimś ważniejszym.

Ale to ona zdecydowała, chociaż od razu się domyśliłem dlaczego. Chciała usiąść jak najdalej od Emily Asher.

Może powinienem był ją ostrzec. Jeszcze zanim zaczęła się czołówka, siedzące na sąsiednich fotelach pary zajęły się sobą. Gapiliśmy się w popcorn, bo to była jedyna rzecz, na którą można było bezpiecznie patrzeć.

Dlaczego mi nie powiedziałeś?

Nie wiedziałem.

Kłamca.

Będę się zachowywał jak dżentelmen, obiecuję.

Próbowałem nie myśleć o tym, co się działo dookoła. Skupiłem się na pogodzie i koszykówce. Sięgnąłem do pudła z popcornem. Lena sięgnęła w tym samym momencie i nasze dłonie się zetknęły, przyprawiając mnie o dreszcz gorąca, zimna, wszystkiego naraz. Zacząłem wymieniać w pamięci zagrania w koszykówce: pick'n'roll, picket fences, down the lane...

Tylko tyle mieliśmy w planie rozgrywki. Tak, to na pewno będzie znacznie trudniejsze, niż wcześniej sądziłem.

Film był naprawdę okropny. Dziesięć minut po rozpoczęciu znałem zakończenie.

– On to zrobi – szepnąłem.

– Co?

– Ten gość, on jest mordercą. Nie wiem, kogo zabije, ale to zrobi.

To był drugi powód, dla którego Link nie chciał koło mnie siadać. Zawsze znałem zakończenie już na początku i nie potrafiłem zachować tego dla siebie. To był mój sposób rozwiązywania wszelkiego rodzaju łamigłówek. Dlatego byłem taki dobry w grach wideo, minigolfa i warcabach, kiedy jeszcze grywałem z tatą. Potrafiłem przewidzieć wszystko od pierwszego ruchu.

– Skąd wiesz?

– Po prostu wiem.

Jak to się skończy?

Wiedziałem, o co jej chodzi. Nie o film. Po raz pierwszy nie znałem odpowiedzi.

Szczęśliwie, bardzo, bardzo szczęśliwie.

Kłamca. Daj coś słodkiego.

Włożyła rękę do kieszeni mojej bluzy, szukając cukierków. Ale to była nie ta strona bluzy i znalazła ostatnią rzecz, której się spodziewała – w małym woreczku leżał medalion. Lena się poderwała. Wyciągnęła dłoń z medalionem, który trzymała tak, jakby to była zdechła mysz.

– Dlaczego ciągle go nosisz przy sobie?

– Szsz!

Ludzie się złościli, co było o tyle zabawne, że sami nie oglądali filmu.

– Nie mogę go zostawić w domu. Amma myśli, że go zakopałem.

– Chyba powinieneś.

– To i tak bez znaczenia, ten medalion ma własny rozum.

– Zamkniecie się? – Para przed nami wynurzyła się, żeby nabrać powietrza. Lena podskoczyła i upuściła kameę. Oboje po nią sięgnęliśmy. Zobaczyłem, jak medalion wysuwa się z chusteczki. Wszystko działo się jak w zwolnionym tempie. W ciemnościach z trudem dostrzegłem biały kwadrat. Duży ekran skręcił się w mały promień światła i oboje poczuliśmy dym...

Spalić dom z kobietami w środku!

To nie może być prawda. Mama, Evangeline... Myśli przelatywały przez głowę Genevieve jak szalone. Może jeszcze nie jest za późno. Zaczęła biec, nie zważając na gałęzie krzewów, które usiłowały ją zatrzymać, ani na głosy Ethana i Ivy, nawołujące, żeby została. Krzewy się rozchyliły i ujrzała dwóch żołnierzy w niebieskich mundurach stojących przed czymś, co kiedyś było domem zbudowanym przez dziadka Genevieve. Żołnierze wsypywali srebro do przydziałowego plecaka. Genevieve przypominała pędzącą kulę czarnej tkaniny, gnaną siłą podmuchu ognia.

– Co u...

– Łap ją, Emmett! – zawołał żołnierz do kolegi.

Genevieve przeskakiwała po dwa stopnie naraz, dusząc się od dymu, wydobywającego się z dziury, która kiedyś była drzwiami. Zachowywała się jak oszalała. Mama, Evangeline... Płuca miała pełne dymu. Czuła, że upada. Czy to przez ten dym była bliska omdlenia? Nie, to coś innego. Czyjaś ręka chwyciła ją za nadgarstek i zaczęła ciągnąć w dół.

– Dokąd?

– Puść mnie! – krzyknęła. Głos miała zachrypnięty od dymu. Uderzała plecami o schody, stopień po stopniu, kiedy ją wlókł. Smuga granatu i złota. Jej głowa uderzyła w kolejny stopień. Gorąco, a po chwili coś mokrego kapnęło na kołnierz jej sukni. Poczuła zawrót głowy i dezorientację pomieszaną z desperacją.

152

Padł wystrzał. Odgłos był tak głośny, że wróciła jej przytomność. Błysk rozświetlił ciemności. Ręka ściskająca nadgarstek rozluźniła uchwyt. Genevieve próbowała dostrzec coś w ciemnościach.

Rozległy się kolejne dwa strzały.

Boże, proszę. Proszę, oszczędź mamę i Evangeline! Ale chyba prosiła o zbyt wiele. Ktoś upadł obok niej i rozpoznała szary wełniany mundur Ethana zbryzgany krwią.

Zastrzelili go żołnierze, przeciw którym nie chciał już walczyć.

Poczuła zapach krwi pomieszanej z prochem i palącymi się drzewkami cytrynowymi.

Na ekranie pojawiły się końcowe napisy i zapalono światła. Oczy Leny były ciągle zamknięte, leżała na swoim siedzeniu. Włosy miała potargane. Oboje nie mogliśmy złapać tchu.

– Leno? Dobrze się czujesz?

Otworzyła oczy i odchyliła poręcz między nami. Bez słowa oparła mi głowę na ramieniu. Dygotała tak mocno, że nie była w stanie powiedzieć ani słowa.

Wiem, też tam byłem.

Ciągle siedzieliśmy bez ruchu, gdy Link i cała reszta przeszli obok. Link puścił oko i wyciągnął pięść, jak gdyby chciał stuknąć w moją. Zawsze tak robił, gdy udał mi się rzut na boisku.

Ale teraz zrozumiał całą sytuację opacznie. Zresztą tak jak wszyscy. Siedzieliśmy w ostatnim rzędzie, ale z zupełnie innego powodu niż pary dookoła. Ciągle czułem zapach krwi, a w uszach huk strzałów.

Widzieliśmy, jak umiera człowiek.

Dziewiąty października

Dni Zbiorów

Od wyprawy do kina nie minęło zbyt wiele czasu. Szybko się rozeszło, że siostrzenica starego Ravenwooda włóczy się z Ethanem Wate'em. Gdybym nie był tym Ethanem Wate'em, którego mama zmarła w zeszłym roku, plotki rozeszłyby się jeszcze szybciej i byłyby bardziej okrutne. Nawet chłopaki z drużyny miały coś do powiedzenia. Trwało to nieco dłużej niż zwykle, ponieważ nie dałem im szansy.

Pomimo że na ogół zjadałem trzy porcje na lunch, to od czasu, gdy wybraliśmy się z Leną do kina, połowę lunchów udało mi się opuścić. A przynajmniej nie chodziłem do stołówki razem z drużyną. Zresztą były dni, kiedy wystarczało mi pół kanapki i miejsce, w którym mogłem się ukryć.

Chociaż tak naprawdę to nie miałem gdzie się schować. Liceum było mniejszą wersją Gatlin – nie było dokąd pójść. A to, że coraz częściej znikałem, zostało zauważone przez chłopaków. Mówiłem, że trzeba było zaliczyć zbiórkę na apelu. A kiedy pojawiała się dziewczyna, zwłaszcza taka, która nie została zaakceptowana przez Savannah ani Emily, wszystko się mocno komplikowało.

Jeśli dodatkowo ta dziewczyna należała do Ravenwoodów – a Lena zawsze pozostanie dla nich siostrzenicą starego Ravenwooda – trzeba się było przygotować na najgorsze.

Musiałem załatwić tę kwestię. Nadeszła pora, żeby zmierzyć się ze sprawą stołówki. Nieważne, że tak naprawdę nie byliśmy parą. W Jackson wystarczyło, że chłopak i dziewczyna siedzieli razem w stołówce, by wszyscy podejrzewali ich o najgorsze. Gdy po raz pierwszy weszliśmy do stołówki razem, Lena omal nie uciekła. Musiałem przytrzymać ją za pasek od torby.

Nie wygłupiaj się. To tylko lunch.

– Chyba zapomniałam czegoś z szafki.

Próbowała zawrócić, ale nie puszczałem paska.

Przyjaciele jadają lunch razem.

Ale nie my, to znaczy, nie tutaj.

Wziąłem dwie pomarańczowe plastikowe tace.

Pchnąłem jedną w jej stronę i położyłem na niej mały trójkącik pizzy.

Dziś zjemy razem. Kurczaka?

Czy sądzisz, że nie próbowałam tego już wcześniej?

Ale nie ze mną. Myślałem, że chcesz, żeby było inaczej niż w twojej poprzedniej szkole.

Lena rozejrzała się po sali z miną pełną wątpliwości. Zaczerpnęła powietrza i umieściła talerz z marchewką i selerem na mojej tacy.

Jeśli to zjesz, usiądę, gdzie będziesz chciał.

Popatrzyłem na marchewkę i na stołówkę. Chłopaki już siedziały przy naszym stole.

Gdzie zechcę?

Gdyby to był film, siedlibyśmy z chłopakami, a oni nauczyliby się czegoś wartościowego. Na przykład, że nie należy osądzać ludzi po wyglądzie albo tego, że bycie innym to nic złego. A Lena nauczyłaby się, że nie każdy sportowiec jest głupi i płytki. Na filmach jakoś zawsze się wszystko udaje. Ale to nie film. To było Gatlin, w którym nic nie mogło się dobrze skończyć. Gdy ruszyłem do stolika, Link uchwycił mój wzrok i zaczął kręcić głową, jakby chciał powiedzieć: „Człowieku, nawet nie próbuj". Lena szła kilka kroków za mną, gotowa rzucić się do ucieczki. I nagle zrozumiałem, jak to się rozegra. I wiedziałem, że nikt się dzisiaj niczego nie nauczy. Prawie zawróciłem, gdy dostrzegłem patrzącego na mnie Earla. Jego wzrok mówił wszystko: „Jeśli tylko ją tu przyprowadzisz, jesteś skończony".

Lena chyba też to dostrzegła, bo gdy się obróciłem, już jej nie było.

Tego dnia po treningu podszedł do mnie Earl. Chłopaki poprosiły, żeby ze mną pogadał. Było to o tyle zabawne, że Earl w ogóle niewiele mówił. Usiadł na ławce przed moją szafką. Wiedziałem, że to było zaplanowane, bo zostaliśmy sami, a Earl Petty prawie nigdy nie chodził sam.

– Nie rób tego, Wate. – Nie tracił czasu i od razu przeszedł do sedna.

– Niczego nie robię.

Nawet na niego nie spojrzałem zza szafki.

– Opanuj się. Nie jesteś sobą.

– Serio? A może jestem?

Włożyłem T-shirt z transformerami.

– Chłopakom się to nie podoba. Jeśli pójdziesz dalej tą drogą, to nie będzie już odwrotu.

Gdyby Lena nie uciekła ze stołówki, Earl wiedziałby, że mało mnie obchodzi, co im się podoba. Zatrzasnąłem drzwi szafki, ale wyszedł, zanim miałem szansę mu powiedzieć, co myślę o nim i jego ślepym zaułku.

Coś mi mówiło, że to było ostatnie ostrzeżenie. Nie miałem pretensji do Earla. Po raz pierwszy w życiu się z nim zgadzałem. Chłopcy szli swoją drogą, a ja wybrałem inną. Nie ma o czym dyskutować.

Ale Link nie zamierzał mnie opuszczać. Poszedłem na trening. Chłopaki nawet mi podawały piłkę. Grałem lepiej niż kiedykolwiek przedtem, bez względu na to, co mówili, albo raczej, czego nie mówili, przynajmniej w szatni. Gdy byłem z nimi, starałem się nie okazywać, że mój cały świat się zawalił, że nawet niebo wyglądało teraz inaczej. I że tak mało mnie obchodziło, czy wejdziemy do finału stanowego. Nie mogłem ani na chwilę przestać myśleć o Lenie, bez względu na to, gdzie byłem i co robiłem.

Nie żebym o tym opowiadał na treningu czy potem, gdy zatrzymaliśmy się z Linkiem w Stop & Steal, by zatankować po drodze do domu. Reszta chłopaków też tam była. Starałem się zachowywać tak, jakbym był wciąż częścią paczki, przez wzgląd na Linka. Usta miałem pełne ciastek z cukrem pudrem, którymi omal się nie udławiłem, gdy przeszedłem przez rozsuwane drzwi.

Zobaczyłem ją. Drugą co do urody dziewczynę, jaką zdarzyło mi się widzieć w życiu.

Musiała być trochę starsza ode mnie, bo chociaż wyglądała znajomo, nie spotkałem jej w Jackson za moich czasów. Tego byłem pewien. Taką dziewczynę każdy facet by zapamiętał. Siedziała w czarno-białym mini cooperze, a muzyka, jakiej nigdy do tej pory nie słyszałem, ryczała nastawiona na pełny regulator. Dziewczyna zaparkowała na chybił trafił, zajmując dwa miejsca. Chyba nie widziała narysowanych linii, a może po prostu mało ją to obchodziło. Ssała lizaka, jakby to był papieros, wydęte czerwone usta zrobiły się jeszcze czerwieńsze.

Obrzuciła nas spojrzeniem i podkręciła muzykę. W ułamku sekundy wyskoczyła z samochodu i stanęła przed nami, ciągle trzymając lizaka w buzi.

– *Drowning Witch* Franka Zappy. Nie wasze czasy, chłopcy.

Podeszła do nas. Powoli, jakby chciała dać nam czas, żebyśmy ją mogli dokładnie obejrzeć. Wykorzystaliśmy każdą sekundę.

Miała długie blond włosy, z różowym pasmem po jednej stronie za wzburzoną grzywką. Na nos wsunęła olbrzymie okulary słoneczne. Włożyła krótką czarną plisowaną spódniczkę, jak jakaś cheerleaderka gotka. Odcinana biała tunika była tak przezroczysta, że widać było połowę czarnego stanika i w ogóle prawie wszystko. A było co oglądać. Czarne długie buty, jak dla motocyklistów, kolczyk w pępku i tatuaż wokół pępka. Czarny, w klimacie etno. Nie widziałem go dokładnie, bo próbowałem się nie gapić.

– Ethan? Ethan Wate?

Stanąłem jak wryty. Połowa drużyny na mnie wpadła.

– Ja cię kręcę! – Shawn był zdumiony, gdy dziewczyna o mnie zapytała. Zwykle to on wyrywał najlepsze laski.

– Obłędna. – Link gapił się z szeroko otwartymi ustami. – OTS!

Oparzenia Trzeciego Stopnia – to największy komplement, jaki Link mógł powiedzieć dziewczynie. I była to ocena wyższa niż ta, którą wystawił Savannah Snow.

– Już czuję kłopoty.

– Obłędne laski i kłopoty są po prostu nierozłączne. W tym zawsze cały problem.

Podeszła prosto do mnie.

– Który z was to Ethan Wate, farciarze? – Link popchnął mnie do przodu.

– Ethan! – Zarzuciła mi ręce na szyję. Dłonie miała zadziwiająco zimne, jakby trzymała w nich worek z lodem. Wzdrygnąłem się i odsunąłem.

– Znamy się?

– Ani trochę. Mam na imię Ridley i jestem kuzynką Leny. Co za szkoda, że nie spotkałeś mnie przed nią...

Na wzmiankę o Lenie chłopaki rzuciły w moją stronę dziwne spojrzenia. Niechętnie ruszyły do swoich samochodów. Efektem rozmowy z Earlem było niepisane porozumienie na temat Leny. Polegało na tym, że ani ja, ani oni nie poruszaliśmy tematu. I jakoś tak postanowiliśmy to ciągnąć w nieskończoność. Nie pytaj, nie mów. Ale chyba tego stanu rzeczy nie da się utrzymać, jeśli dziwni krewni Leny będą się pojawiać w mieście.

– Kuzynką?

Czy Lena wspominała jakąś Ridley?

– Dni Zbiorów? Ciotka Del? Rymuje się z biel? Lub tak jak cel?

Faktycznie, Macon wspomniał o tym podczas obiadu.

Uśmiechnąłem się z ulgą, chociaż mój żołądek ciągle był skurczony w jeden wielki supeł, więc chyba nie wróciłem jeszcze całkiem do normy.

– Jasne. Przepraszam, zapomniałem.

– Skarbie, patrzysz właśnie na tę kuzynkę. – Podkreśliła „tę", żebym nie miał wątpliwości, że jest najlepsza. – Pozostali to tylko dzieci, które mama miała po mnie.

Ridley wskoczyła do kabrioletu. I jeśli mówię „wskoczyła", to rzeczywiście to zrobiła, przerzucając wysoko nogi nad drzwiami mini coopera. Wylądowała na miejscu kierowcy. Nie żartowałem, kiedy porównałem ją do cheerleaderki. Dziewczyna miała dużo siły w nogach.

Widziałem, że Link, stojąc koło samochodu, ciągle się gapi.

Ridley poklepała miejsce obok siebie.

– Wskakuj, chłopaku, mamy mało czasu.

– Ale my nie...

– Słodki jesteś. Wskakuj, chyba nie chcesz, żebyśmy się spóźnili?

– Gdzie?

– Na obiad rodzinny. Wielkie święto. Zbiory. Jak sądzisz, dlaczego wysłali mnie po ciebie taki kawał do Gat-dung?

– Nie mam pojęcia. Lena mnie nie zapraszała.

– Ciotka Del musi obejrzeć pierwszego chłopaka, którego Lena przyprowadziła do domu. Dlatego zostałeś wezwany. A ponieważ Lena jest zajęta szykowaniem obiadu, a Macon ciągle, no wiesz, śpi, padło na mnie. Czyli wyciągnęłam w losowaniu krótką zapałkę, jak to się mówi.

– Lena nie przyprowadziła mnie do domu. Poszedłem sam któregoś wieczoru, żeby podrzucić jej pracę domową.

Ridley otworzyła drzwiczki od środka.

– Wskakuj, mały.

– Lena by zadzwoniła, gdyby chciała, żebym przyszedł.

Mimo wszystko wiedziałem, że wsiądę. Ale nadal trochę się wahałem.

– Zawsze taki jesteś? Czy tylko się ze mną droczysz? Bo jeśli udajesz trudnego do zdobycia, to mi powiedz. Pojedziemy sobie na bagna i załatwimy sprawę.

Wsiadłem do samochodu.

– Dobrze, jedźmy.

Pochyliła się i zimną dłonią odgarnęła mi włosy z oczu.

– Masz ładne oczy, chłopaku. Nie zasłaniaj ich włosami.

Zanim dotarliśmy do Ravenwood, stało się ze mną coś dziwnego. Nastawiła muzykę, której nigdy nie słyszałem, a ja mówiłem, mówiłem i mówiłem, dopóki nie opowiedziałem jej wszystkiego, z czego się nie zwierzyłem jeszcze nigdy nikomu z wyjątkiem Leny. Nie potrafię wyjaśnić, jak to się stało. Zupełnie, jakbym stracił kontrolę nad własnymi ustami.

Powiedziałem jej o mamie, jak umarła, chociaż z nikim o tym nie rozmawiałem. O Ammie, o tym, jak czyta z kart, i o tym, jak zastępowała mi mamę, teraz, gdy już jej nie miałem. O talizmanach, lalkach i nieprzyjemnym usposobieniu Ammy. Powiedziałem jej o Linku i jego mamie. I o tym, jak ostatnio się zmieniła i cały swój czas poświęca na udowodnienie wszystkim, że Lena jest tak samo zwariowana jak Macon Ravenwood, i że stanowi zagrożenie dla każdego ucznia w Jackson.

Rozgadałem się także o tacie. O tym, jak się zaszył w swoim gabinecie z książkami, i o tajemniczym malowidle, którego nie wolno mi było obejrzeć. I że tak naprawdę chciałem go przed czymś chronić. Ale nie wiedziałem przed czym i czy to coś już się nie stało.

Powiedziałem jej o Lenie, o naszym spotkaniu w deszczu. O tym, jak się znaliśmy, zanim jeszcze się spotkaliśmy. I o incydencie z szybą.

To było tak, jakby to wszystko ze mnie wyssała, tak jak ssała ten lepki czerwony lizak przez całą drogę. Trzeba było ogromnego wysiłku, żeby nie powiedzieć jej o medalionie i snach. Zwierzenia wylewały się ze mnie szeroką strugą, może dlatego że była kuzynką Leny. A może jednak chodziło o coś innego?

Ledwie zacząłem się nad tym zastanawiać, gdy zatrzymała się przed Ravenwood i wyłączyła odtwarzacz. Słońce już zaszło, lizak się skończył, a ja wreszcie zamknąłem buzię. Kiedy to się wszystko stało?

Ridley pochyliła się w moją stronę. Widziałem swoją twarz odbijającą się w jej ciemnych okularach. Wdychałem jej zapach. Pachniała słodko, czymś wilgotnym, co nie przypominało Leny, ale było dziwnie znajome.

– Nie musisz się o nic martwić, Krótka Zapałko.

– Naprawdę? A to dlaczego?

– Jesteś prawdziwą okazją.

Uśmiechnęła się do mnie i jej oczy zalśniły. Dostrzegłem za szkłami złoty błysk, tak jakby złota rybka przemknęła pod powierzchnią wody w ciemnym stawie. Jej oczy miały hipnotyczną moc, nawet przez okulary słoneczne. Może dlatego je nosiła. I nagle szkła pociemniały, a ona potargała mi włosy.

– Szkoda, gdy poznasz resztę rodziny, pewnie już się więcej nie pokażesz. Jesteśmy trochę psychiczni.

Wysiadła z samochodu, a ja poszedłem za nią.

– Reszta rodziny jest bardziej psychiczna niż ty?

– Zdecydowanie.

Świetnie, pomyślałem.

Gdy doszliśmy do pierwszego schodka prowadzącego do domu, znów położyła zimną dłoń na moim ramieniu.

– I chłopaczku, jeśli Lena cię rzuci, co się pewnie stanie za pięć miesięcy, daj mi znać. Będziesz wiedział, jak mnie znaleźć.

Wzięła mnie nagle pod rękę i zapytała oficjalnie:

– Pozwolisz?

Skinąłem potakująco.

– Jasne. Panie przodem.

Gdy wchodziliśmy, schody trzeszczały pod naszym ciężarem. Zastanawiałem się, czy się pod nami nie zawalą.

Zapukałem, ale nikt nie otworzył. Sięgnąłem do rzeźby z półksiężycem. Drzwi powoli się uchyliły...

Wydawało się, że Ridley sprawiała wrażenie, jakby nie czuła się zbyt pewnie. W chwili, gdy przekroczyliśmy próg domu, odniosłem wrażenie, że wszystko wokół się wyciszyło. Jakby zmienił się klimat, prawie niedostrzegalnie.

– Witaj, mamo.

Okrąglutka kobieta krzątała się, układając dynie i złote liście wzdłuż kominka. Zaskoczona, upuściła małą białą dynię, która rozbiła się na kawałki. Chwyciła się gzymsu, żeby dojść do siebie. Wyglądała dziwnie, jakby nosiła suknię sprzed stu lat.

– Julio! To jest... Ridley. Co tu robisz? Coś mi się chyba pomyliło. Myślałam, sądziłam...

Wiedziałem, że coś było nie tak. Nie wyglądało to na normalne przywitanie matki z córką.

– Julio? To ty? – Młodsza wersja Ridley, na oko dziesięciolatka, weszła do pokoju przez frontowy hall z Boo Radleyem u boku, który niósł na grzbiecie połyskującą niebieską narzutę. Udomowiony wilk przebrany w ciuszki dla pudelka. Wszystko wokół dziewczynki było świetliste. Miała jasne włosy i promienne błękitne oczy, które sprawiały wrażenie, jakby były usiane drobinkami nieba w słoneczne popołudnie. Dziewczynka uśmiechnęła się i po chwili zmarszczyła czoło.

– Powiedzieli mi, że wyjechałaś.

Boo zaczął warczeć.

Ridley rozłożyła ramiona, czekając na dziewczynkę, żeby ją przytulić. Ale mała się nie ruszyła, więc Ridley opuściła ręce. W jednej z nich pojawił się czerwony lizak, a w drugiej szara mysz, ubrana w mieniącą się niebieską kamizelkę, pasującą do narzuty Boo. Wszystko razem sprawiało wrażenie sztuczki cyrkowej.

Dziewczynka zrobiła niepewnie krok do przodu, jakby jej siostra miała moc przyciągnięcia jej przez pokój nawet bez dotykania, siłą podobną do grawitacji. Sam doznałem takiego uczucia.

Gdy Ridley się odezwała, jej głos był niski i zachrypnięty.

– Daj spokój, Ryan. Mama żartowała, żeby sprawdzić, czy będziesz płakać. Nigdzie nie wyjechałam. Nigdzie daleko. Czy twoja ukochana starsza siostra by cię zostawiła?

Ryan się uśmiechnęła i podbiegła do Ridley, podskakując, jakby zamierzała skoczyć w jej ramiona. Boo zaszczekał. Ryan na chwilę znieruchomiała w powietrzu, co przypominało mi kreskówki, w których postać zeskakuje z urwiska i nieruchomieje na kilka sekund, zanim spadnie. I wtedy spadła, uderzając gwałtownie o podłogę, jakby uderzyła w niewidzialny mur. Światła w domu nagle rozbłysły. Wydawało się, że rezydencja stała się sceną, a światła były sygnałem, że akt dobiegł końca. Rysy Ridley rzucały ostre cienie.

Światło zmieniało wszystko. Ridley zasłoniła oczy dłonią i zawołała w głąb domu:

– Proszę, wujku Maconie, czy to konieczne?

Boo skoczył naprzód, między Ryan a Ridley. Zbliżał się pomału ze zjeżoną sierścią, warcząc, co sprawiało, że jeszcze bardziej przypominał wilka. Ewidentnie urok Ridley nie działał na Boo.

Ridley chwyciła mnie mocno pod ramię z czymś w rodzaju głuchego śmiechu. Nie był to przyjazny dźwięk. Próbowałem się jakoś trzymać, ale czułem się tak, jakbym w gardle miał kluski.

Trzymała jedną rękę na moim ramieniu, a drugą uniosła nad głowę i skierowała do sufitu.

– No cóż, jeśli macie zamiar być nieuprzejmi...

Wszystkie światła w domu nagle zgasły. Jakby w instalacji doszło do spięcia.

W ciemności rozległ się spokojny głos Macona.

– Ridley, skarbie, co za niespodzianka. Nie spodziewaliśmy się ciebie.

Nie spodziewali się? O czym on mówił?

– Za nic w świecie nie opuściłabym Dni Zbiorów i popatrz tylko, przyprowadziłam gościa. Albo raczej można powiedzieć, że to ja jestem jego gościem.

Macon zszedł ze schodów, nie odrywając wzroku od Ridley. Obserwowałem dwa lwy okrążające się nawzajem. A ja byłem w środku, dokładnie między nimi. Ridley posłużyła się mną, dałem się wciągnąć jak jakiś frajer, jak czerwony lizak, który właśnie ssała.

– Nie sądzę, żeby to był dobry pomysł. Jestem pewien, że czekają na ciebie gdzie indziej.

Błyskawicznie wyjęła lizaka z ust.

– Wiesz, że za nic w świecie nie opuściłabym Dni Zbiorów. Poza tym chyba nie chcesz, żebym odwiozła Ethana taki kawał do domu. O czym byśmy rozmawiali?

Chciałem zasugerować, że może powinniśmy wyjść, ale nie mogłem wydobyć słowa. Wszyscy stali w głównym hallu, gapiąc się na siebie nawzajem. Ridley oparła się o jeden z filarów.

Macon przerwał milczenie.

– Bądź tak dobra i zaprowadź Ethana do jadalni. Na pewno pamiętasz, gdzie to jest.

– Ależ Maconie! – Kobieta, która zapewne była ciotką Del, wyglądała na przerażoną i zmieszaną, jakby nie wiedziała, co się dzieje.

– Wszystko w porządku, Delphine.

Widziałem po twarzy Macona, że ma jakiś plan. Szybko zbiegł po schodach i minął nas na dole. Nie wiedziałem jeszcze, w co wdepnąłem, ale obecność wuja Leny działała uspokajająco.

Pokój jadalny był ostatnim miejscem, do którego chciałbym się udać. Wolałbym uciec, ale nie mogłem. Ridley nie puszczała mojego ramienia, a dopóki mnie dotykała, miałem wrażenie, że kieruje mną pilot automatyczny. Poprowadziła mnie do oficjalnej jadalni, gdzie obraziłem Macona po raz pierwszy. Spojrzałem na Ridley, która przywarła do mojego ramienia. Tym razem zniewaga była znacznie poważniejsza.

Pokój rozświetlały setki czarnych maleńkich świeczek wotywnych, a sznury czarnych szklanych korali zwisały z żyrandola. Drzwi wiodące do kuchni ozdabiał ogromny wieniec z czarnych piór. Stół był zastawiony srebrem i białymi talerzami, w całości wykonanymi z masy perłowej.

Drzwi do kuchni otworzyły się z rozmachem i wyszła Lena, tyłem, niosąc gigantycznych rozmiarów srebrną tacę, na której piętrzyły się egzotyczne owoce. Z całą pewnością nie pochodziły z Karoliny Południowej. Miała na sobie czarny płaszczyk sięgający podłogi, mocno dopasowany w talii. Wyglądał dziwnie ponadczasowo. Niczego podobnego nie widziałem wcześniej w tych stronach, ani nawet w tym wieku. Ale gdy spojrzałem w dół, zobaczyłem czarne trampki. Wyglądała jeszcze piękniej niż wtedy, gdy byłem tu na obiedzie... Kiedy? Kilka tygodni temu?

Byłem nieco zamroczony, tak jakbym zapadał w sen. Starałem się zaczerpnąć powietrza, ale poczułem jedynie Ridley – zapach piżma zmieszany z czymś bardzo słodkim, czymś w rodzaju syropu gotującego się na kuchence. Ostry i duszący.

– Jesteśmy prawie gotowi, jeszcze tylko kilka... – Lena zamarła. Drzwi ciągle się huśtały. Wyglądała tak, jakby zobaczyła upiora albo coś znacznie gorszego. Nie byłem pewien, czy to na widok Ridley, czy nas dwojga, stojących ramię w ramię.

– Witaj, kuzynko. Dużo czasu minęło, odkąd widziałyśmy się ostatni raz. – Ridley zbliżyła się do Leny, ciągnąc mnie za sobą. – Nie dasz mi buzi?

Taca, którą Lena trzymała w dłoniach, spadła z hukiem na podłogę.

– Co tu robisz? – spytała ledwie słyszalnym szeptem.

– Ależ jak to? Przybyłam, żeby zobaczyć się z moją ulubioną kuzynką i przyprowadziłam ze sobą swoją randkę.

– Nie jestem twoją randką – zaprotestowałem niepewnie, z trudem wydobywając słowa z krtani, ale stałem ciągle przylepiony do jej ramienia. Wyjęła papierosa z paczki wsadzonej do buta i zapaliła wolną ręką.

– Ridley, proszę nie palić w domu – powiedział Macon i papieros momentalnie zgasł.

Roześmiała się i wetknęła go w salaterkę z czymś, co wyglądało jak purée ziemniaczane, ale z pewnością nim nie było.

– Wujku Maconie, zawsze jesteś taki zasadniczy w kwestii reguł panujących w domu.

– Reguły zostały ustalone dawno temu, Ridley. Ani ty, ani ja nie możemy ich teraz zmienić. – Utkwili w sobie spojrzenia. Macon wykonał gest i krzesło nagle znalazło się obok niego. – Może usiądziemy? Leno, zawiadom Kuchnię, że będą dwie dodatkowe osoby na obiedzie.

Lena stała, kipiąc gniewem.

– Ona nie może tu zostać.

– Niczego się nie obawiaj, nic złego nie może cię tu spotkać – zapewnił Macon.

Ale Lena nie wyglądała na wystraszoną. Była wściekła.

Ridley się uśmiechnęła.

– Jesteś pewien?

– Obiad gotowy, a wiesz, że Kuchnia nie lubi podawać zimnych dań.

Macon wszedł do jadalni. Wszyscy poszli za nim, chociaż zaprosił nas tak cicho, że ledwie go słyszeliśmy.

Boo stąpał ciężko obok Ryan. Za nim szła ciotka Del, którą prowadził siwy mężczyzna w wieku mojego taty. Był ubrany jak postać z książek mamy. Miał na sobie buty do kolan, koszulę z falbanami i dziwną pelerynę rodem z opery. Wyglądali jak eksponaty z Instytutu Smithsona.

Do pokoju weszła dziewczyna. Była bardzo podobna do Ridley, tyle że miała na sobie więcej ubrania i nie wyglądała tak niebezpiecznie. Miała długie, proste, jasne, schludnie uczesane włosy, które w niczym nie przypominały wzburzonej grzywy Ridley. Była typem dziewczyny, który można spotkać w kampusie ekskluzywnego uniwersytetu na północy Stanów, takiego jak Yale czy Harvard, ze stertą książek pod pachą. Utkwiła spojrzenie w Ridley, jakby mogła dojrzeć jej oczy przez ciemne okulary słoneczne, które tamta ciągle miała na sobie.

– Ethanie, chciałabym cię przedstawić mojej starszej siostrze Annabel. Przepraszam, chciałam powiedzieć Reece.

Kto nie pamięta imienia własnej siostry?

Reece się uśmiechnęła.

– Co tu robisz, Ridley? Myślałam, że na dziś wieczór masz inne plany – powoli wymawiała słowa, jakby je starannie dobierała.

– Plany się zmieniają.

– Rodziny też.

Reece wyciągnęła rękę i machnęła nią przed nosem Ridley teatralnym gestem, niczym iluzjonista czarujący nad cylindrem. Wzdrygnąłem się. Nie wiedziałem, co myśleć, ale przez moment zdawało mi się, że Ridley może zniknąć. Albo jeszcze lepiej, że ja zniknę.

Ale Ridley nie zniknęła, tylko odwróciła głowę, jakby nie mogła patrzeć w oczy Reece, bo ją to bolało.

Reece zajrzała Ridley w twarz tak, jakby spoglądała w lustro.

– Interesujące. Powiedz mi, Rid, dlaczego, gdy patrzę na ciebie, widzę jej oczy? Obie coś ukrywacie. Prawda?

– Znowu bredzisz, siostrzyczko.

Reece zamknęła oczy, całkowicie skoncentrowana. Ridley wiła się jak piskorz. Reece znów poruszyła gwałtownie ręką i przez chwilę twarz Ridley rozpłynęła się w niewyraźny obraz innej kobiety. Ta druga twarz wydawała mi się w jakiś sposób znajoma, ale nie mogłem sobie przypomnieć, gdzie ją widziałem.

Macon oparł ciężko rękę na ramieniu Ridley. Pierwszy raz zobaczyłem, że ktoś oprócz mnie jej dotyka. Ridley się skrzywiła i poczułem nagły ból spływający z jej ręki wzdłuż mojego ramienia. Macon Ravenwood wyraźnie był kimś, z kim należy się liczyć.

– A teraz, czy wam się to podoba, czy nie, Dni Zbiorów się rozpoczęły. Nie pozwolę, żeby cokolwiek zepsuło święto Dni Grozy pod moim dachem. Ridley, jak nam to sama chętnie wyjaśniła, została zaproszona i na tym kończymy dyskusję. Proszę zająć miejsca.

Lena usiadła i utkwiła w nas spojrzenie.

Ciotka Del wyglądała na jeszcze bardziej zmartwioną niż wtedy, gdy się tu zjawiliśmy. Mężczyzna w operowej pelerynie poklepał uspokajająco jej rękę. Do jadalni wszedł wysoki chłopak w moim wieku, wyglądający na znudzonego; w czarnych dżinsach, spranym czarnym T-shircie i porysowanych motocyklowych butach.

Ridley dokonała prezentacji.

– Spotkałeś moją matkę. A to mój ojciec, Barclay Kent, i mój brat, Larkin.

– Miło cię poznać, Ethanie. – Barclay podszedł, żeby uścisnąć mi rękę, ale gdy ujrzał rękę Ridley na moim ramieniu, cofnął się. Larkin oplótł moje ramię swoim, a gdy spojrzałem, jego ręka zamieniła się w węża, który wysunął z pyska rozdwojony język.

– Larkin! – syknął na niego ojciec.

Wąż momentalnie zamienił się z powrotem w ramię.

– Jezu, człowiek tylko próbuje trochę rozruszać towarzystwo. Jesteście wszyscy gromadą nudziarzy.

Oczy Larkina zamigotały na żółto. Wydłużone i wąskie, wyglądały jak oczy węża.

– Larkin, powiedziałem „dość".

Barclay spojrzał na niego tak, jak ojciec patrzy na syna, który mu ciągle sprawia zawód. Oczy Larkina zmieniły kolor na zielony.

Macon zajął miejsce u szczytu stołu.

– Usiądźmy. Kuchnia przygotowała doskonały świąteczny posiłek. Od wielu dni Lena i ja słyszeliśmy tylko brzęk naczyń.

Wszyscy usiedli przy ogromnym prostokątnym stole, który miał nogi w kształcie łap. Stół był z ciemnego, prawie czarnego drzewa, a jego nogi były ozdobione motywem z winorośli. Na środku migotały gigantyczne czarne świece.

– Siadaj koło mnie, Krótka Zapałko.

Ridley poprowadziła mnie do pustego krzesła, na wprost srebrnego ptaka trzymającego kartę z imieniem Leny. I tak nie miałem wyboru.

Próbowałem nawiązać kontakt wzrokowy z Leną, ale jej oczy były utkwione w Ridley. W jej spojrzeniu była groźba. Miałem tylko nadzieję, że gniew Leny był skierowany na Ridley.

Stół uginał się pod ciężarem jedzenia. Było go jeszcze więcej niż ostatnim razem. Ilekroć zerknąłem na stół, stało na nim coraz więcej dań. Pieczeń jagnięca, filet przewiązany rozmarynem i więcej dań egzotycznych, niż widziałem w swoim życiu. Duży ptak faszerowany gruszkami, podany na pawich piórach ułożonych w taki sposób, żeby udawały rozłożony pawi ogon. Miałem nadzieję, że to nie był prawdziwy paw, ale biorąc pod uwagę ogon z piór, chyba jednak był. Spojrzałem na iskrzące się słodycze w kształcie koników morskich.

Nie jadł nikt z wyjątkiem Ridley. Wyglądała na zadowoloną.

– Uwielbiam cukrowe koniki. – Wsadziła dwa maleńkie złote cukierki do ust.

Ciotka Del odkaszlnęła kilka razy i z karafki stojącej na stole nalała do kieliszka czarnego płynu o konsystencji wina.

Ridley spojrzała na Lenę przez stół.

– Jakieś plany urodzinowe, kuzynko?

Zanurzyła palce w ciemnobrązowym sosie stojącym koło pawia i oblizała je w niedwuznaczny sposób.

– Nie będziemy dzisiaj rozmawiać o urodzinach Leny – powiedział ostrzegawczo Macon.

Mojej sąsiadce podobało się napięcie panujące przy stole. Włożyła do buzi kolejnego konika morskiego.

– A dlaczego nie?

Oczy Leny dziko błyszczały.

– Nie musisz się martwić o moje urodziny. Nie zostaniesz zaproszona.

– To ty powinnaś się o nie martwić. W końcu to ważne urodziny – roześmiała się Ridley.

Włosy Leny zaczęły falować, jakby w pokoju zerwał się wiatr. Ale nie było nawet przeciągu.

– Ridley, powiedziałem „dość".

Macon zaczynał tracić cierpliwość. Rozpoznałem ten ton, taki sam, jak wtedy, gdy wyjąłem medalion z kieszeni podczas pierwszej wizyty.

– Dlaczego trzymasz jej stronę, wujku M.? Dorastając, spędziłam z tobą tyle samo czasu, co Lena. Dlaczego ją faworyzujesz? – Ridley czuła się wyraźnie zraniona.

– Doskonale wiesz, że to nie ma nic wspólnego z faworyzowaniem. Zostałaś naznaczona. To nie leży w mojej gestii.

Naznaczona? Przez kogo? O czym on mówił? Duszące opary wokół mnie zaczynały gęstnieć. Nie byłem pewien, czy wszystko dobrze słyszę.

– Ale przecież ty i ja jesteśmy tacy sami – powiedziała błagalnie, jak zepsute dziecko.

Stół zaczął prawie niedostrzegalnie drżeć. Czarny płyn w kieliszkach do wina łagodnie się zakołysał. I nagle usłyszałem rytmiczne stukanie o dach. Deszcz.

Lena trzymała się kurczowo brzegu stołu, kostki palców miała białe.

– Nie jesteś taka sama! – syknęła.

Poczułem jak ciało Ridley, oparte o moje ramię i skręcone jak ciało węża, zesztywniało.

– Myślisz, że jesteś lepsza ode mnie, tak? Nawet nie znasz swojego prawdziwego imienia – rzuciła Lenie w twarz. – Nawet nie wiesz, że twój los jest przesądzony. Poczekaj tylko, aż zostaniesz naznaczona, wtedy sama zobaczysz, jak to jest. – Roześmiała się złowieszczym śmiechem, pełnym bólu. – Nawet nie wiesz, czy jesteśmy takie same, czy nie. Za kilka miesięcy możesz skończyć tak samo jak ja.

Lena spojrzała na mnie przerażona. Stół drżał coraz mocniej, talerze uderzały o drewniany blat. Za oknem strzelił piorun i ulewa spływała po szybach jak łzy.

– Zamknij się!

– Powiedz mu, Leno. Nie sądzisz, że Krótka Zapałka zasługuje na to, żeby wiedzieć? Powiedz mu, że nie masz pojęcia, czy staniesz się Istotą Światła czy Ciemności, i że nie masz na to żadnego wpływu.

Lena skoczyła na równe nogi, przewracając krzesło.

– Powiedziałam „zamknij się"!

Żal i zdenerwowanie Ridley nagle gdzieś uleciały. Wyraźnie świetnie się bawiła.

– Opowiedz mu, jak razem dorastałyśmy, mieszkając w jednym pokoju, jak siostry. Że byłam dokładnie taka sama jak ty, jeszcze rok temu, a teraz...

Macon stanął u szczytu stołu, trzymając się blatu obiema rękami. Jego blada twarz wydawała się jeszcze bledsza niż zawsze.

– Ridley, wystarczy! Wyrzucę cię z tego domu, jeśli powiesz jeszcze chociaż jedno słowo.

– Nie możesz mnie wyrzucić, wuju. Nie masz dość mocy, żeby to uczynić.

– Nie przeceniaj swoich umiejętności. Żadna Istota Ciemności na Ziemi nie jest na tyle potężna, żeby sama wejść do Ravenwood. Ja sam wyznaczyłem granicę. Wszyscy ją wyznaczyliśmy.

Istota Ciemności? To nie wyglądało dobrze.

– Ach, wujku Maconie. Zapominasz o naszej słynnej południowej gościnności. Nie wtargnęłam tu. Zostałam zaproszona i wprowadzona na ramieniu najprzystojniejszego dżentelmena w Gat-dung.

Ridley spojrzała na mnie i się uśmiechnęła. Zdjęła ciemne okulary.

Zobaczyłem złe, złote, płonące oczy. Z czarnymi, jak u kota, kreskami pośrodku źrenicy. Jej oczy lśniły, w ich blasku wszystko się zmieniało.

Popatrzyła na mnie ze złowieszczym uśmiechem, a jej twarz osłonił mrok i cienie. Rysy, chwilę wcześniej kobiece i kuszące, zaczęły się zmieniać, by po chwili przybrać ostry i twardy wyraz. Skóra na kościach policzkowych napięła się, uwydatniając każdą żyłę tak mocno, że można było ujrzeć pulsującą krew. Wyglądała jak monstrum.

Przyprowadziłem potwora do domu Leny.

W tym momencie cały dom zaczął gwałtownie drgać. Kryształowy żyrandol kołysał się, świece migotały. Okiennice w kolonialnym stylu stukały, otwierając się i zamykając, gdy deszcz bębnił o dach. Odgłos stukających okiennic był tak głośny, że zagłuszał wszystko inne. Podobnie jak deszcz tamtej nocy, gdy omal nie przejechałem stojącej na drodze Leny.

Ridley zacieśniła lodowato zimny uchwyt na moim ramieniu. Próbowałem strząsnąć jej rękę, ale każdy ruch przychodził mi z trudnością. Zimno obejmowało całe moje ramię, które już po krótkiej chwili całkowicie zdrętwiało.

Lena spojrzała na mnie przerażona.

– Ethanie!

Ciocia Del tupnęła w podłogę. Deski zdawały się kołysać pod jej stopami.

Zimno ogarniało całe moje ciało. Gardło miałem zmarznięte, nogi sparaliżowane. Nie byłem w stanie wykonać ruchu. Nie mogłem oderwać się od ramienia Ridley ani wymówić słowa, żeby powiedzieć, co się ze mną dzieje. Obawiałem się, że za kilka minut nie będę mógł oddychać.

Z drugiego końca stołu dobiegł kobiecy głos. Rozpoznałem ciotkę Del.

– Ridley, mówiłam ci, dziecko, żebyś trzymała się z daleka. Nic nie możemy dla ciebie zrobić. Tak mi przykro.

– Rok to dużo czasu, Ridley, przez rok wiele może się zmienić. – Głos

Macona zabrzmiał szorstko. – Zostałaś naznaczona. Masz własne, wyznaczone ci miejsce w porządku rzeczy. Już tu nie należysz. Musisz odejść.

Chwilę później stanął przed nią. A może tak mi się tylko zdawało? Głosy i twarze zaczęły wirować mi przed oczami. Z trudem łapałem oddech. Byłem tak zmarznięty, że nie mogłem nawet szczękać zębami.

– Odejdź! – krzyknął.

– Nie!

– Ridley! Zachowuj się, jak należy! Musisz opuścić ten dom. Ravenwood nie jest miejscem Czarnej Magii. Chroni je granica. Nie przetrwasz tutaj, a w każdym razie niedługo. – Głos ciotki Del był stanowczy.

– Nie odejdę, matko, nie zmusisz mnie do tego – odparła Ridley ze złością.

Głos Macona przerwał ten napad.

– Wiesz, że to nieprawda.

– Jestem teraz znacznie silniejsza, wujku Maconie. Nie możesz mnie kontrolować.

– To prawda, twoja moc rośnie, ale nie jesteś jeszcze gotowa, żeby wytrącić mnie z równowagi. I pamiętaj, że zrobię wszystko, co konieczne, żeby chronić Lenę. Nawet jeżeli będę zmuszony cię zranić albo uczynić coś jeszcze gorszego.

Ridley wyraźnie się wzburzyła.

– Zrobiłbyś to? Ravenwood jest miejscem Ciemności. Zawsze nim było od czasów Abrahama, który był jednym z nas. Ravenwood powinno należeć do nas. Dlaczego wyznaczyłeś granicę dla Istot Światła?

– Ravenwood jest teraz domem Leny.

– Należysz tam, gdzie i ja, wuju M. Razem z nią! – Ridley się podniosła, wlokąc mnie za sobą. Cała trójka stała, Lena, Macon i Ridley, trzy wierzchołki przerażającego trójkąta. – Nie boję się was!

– Możliwe, ale nie masz takiej władzy. Nie przeciwstawisz się nam wszystkim i Istocie Naturalnej.

Ridley zarechotała.

173

– Lena, Istota Naturalna? To najzabawniejsza rzecz, jaką usłyszałam dzisiejszego wieczoru. Widziałam, co może uczynić Istota Naturalna. Lena nigdy nią nie będzie.

– Kataklista i Istota Naturalna to nie to samo.

– A nie są tym samym? Kataklista to Istota Naturalna, która przeszła do Istot Ciemności. To dwie strony tego samego medalu.

O czym ona mówiła? Nic z tego nie rozumiałem.

I wtedy moje ciało zaczęło odmawiać posłuszeństwa. Wiedziałem, że odpływam, chyba umieram. Miałem wrażenie, że coś wysysa ze mnie życie razem z krwią. Słyszałem grzmot. Pojedynczy. A potem zobaczyłem błysk i dobiegł mnie huk drzewa walącego się za oknem. Rozpętała się burza. Tu, w tym miejscu.

– Mylisz się, wujku M. Lena nie jest warta ochrony. I z całą pewnością nie jest Istotą Naturalną. Nie poznasz jej przeznaczenia aż do dnia jej urodzin. Myślisz, że skoro jest słodka i niewinna, zostanie naznaczona przez Istotę Światła? To nic nie znaczy. A czyż ja nie byłam taka sama rok temu? A z tego, co opowiedział mi Krótka Zapałka, jest ona bliżej Istot Ciemności niż Istot Światła. Burze z piorunami? Terroryzowanie uczniów?

Wiatr się wzmagał, a wściekłość Leny rosła. Widziałem w jej oczach furię. Szyby dzwoniły tak samo jak podczas lekcji angielskiego. Wiedziałem, co się za chwilę stanie.

– Zamknij się! Nie wiesz, o czym mówisz!

Deszcz lał się do jadalni. Podmuch wiatru strącił kieliszki i talerze ze stołu, tłukąc je. Czarny płyn rozlał się po podłodze, zostawiając na niej długie smugi. Mimo tego kataklizmu nikt nawet nie drgnął.

Ridley zwróciła się do Macona.

– Zawsze okazywałeś jej więcej uznania, niż jej się należało. Ona jest niczym.

Chciałem uwolnić się od uchwytu Ridley, złapać ją i wywlec z domu, ale nie mogłem się ruszyć.

Roztrzaskała się kolejna szyba. I następna, i jeszcze jedna. Szkło tłukło się wszędzie. Porcelana, kieliszki do wina, szkło na kolejnych obrazach. Meble z hukiem uderzały o ściany. Wiatr, niczym tornado, wdarł się do pokoju. Jego wycie było tak głośne, że zagłuszyło wszystko inne. Obrus zdmuchnęło ze stołu, a wraz z nim świeczki, sztućce i talerze, które uderzyły o ścianę. Pokój wirował wokół mnie, tak mi się przynajmniej zdawało. Wszystkich wyssało do hallu, w stronę frontowych drzwi. Boo Radley wydał z siebie straszny skowyt, który przypominał ludzki krzyk. Uchwyt Ridley na moim ramieniu zelżał. Z trudem mrugałem oczami, próbując nie zemdleć.

A w środku tej burzy stała Lena. Była bardzo spokojna, włosy rozwiewał jej wiatr. Co się działo?

Nogi się pode mną ugięły. Tracąc przytomność, poczułem podmuch wiatru i gwałtowny przypływ mocy. Moje ramię zostało wyrwane z ręki Ridley. A wtedy wiatr wymiótł ją z pokoju do frontowych drzwi. Runąłem na podłogę i usłyszałem jeszcze głos Leny, a przynajmniej wydawało mi się, że go słyszałem.

– Trzymaj się z daleka od mojego chłopaka, wiedźmo.

Mojego chłopaka.

Byłem nim?

Próbowałem się uśmiechnąć, ale zamiast tego odpłynąłem.

Dziewiąty października

Pęknięcie w tynku

Gdy się ocknąłem, nie miałem pojęcia, gdzie jestem. Próbowałem skupić spojrzenie na rzeczach, które były w zasięgu mojego wzroku. Słowa. Wyglądało to tak, jakby je ktoś starannie wykaligrafował markerem na suficie nad łóżkiem.

Chwile zlewają się nieprzerwanie w strumień, którego czasem nie można ogarnąć.

Wszędzie widniały części zdań i wierszy, przypadkowo dobrane słowa. Na drzwiach jednej z szaf było nagryzmolone los decyduje. Na innych dopóki skazani nie podejmą wyzwania. Natomiast na drzwiach z góry na dół widziałem słowa zdesperowany, nieugięty, potępiony, obdarzony władzą. Lustro mówiło otwórz oczy; na szybie okiennej widniało i zobacz.

Nawet jasny klosz lampy był zapisany – rozjaśnijciemności-rozjaśnijciemności – w nieustannie powtarzającym się wzorze.

Poezja Leny. Wreszcie mogłem ją choć trochę poznać. Nawet jeśli pominąć napisy, ten pokój nie wyglądał jak reszta domu. Był mały i przytulny, osadzony pod okapem dachu. Nad moją głową powoli obracał się wentylator sufitowy. Wszędzie widziałem ustawione w stosy notatniki, a na nocnym stoliku – kupki książek. Poezja. Plath, Eliot, Frost, Bukowski, Cummings – te nazwiska znałem.

To był pokój Leny, a ja leżałem w jej łóżku – małym, białym i żelaznym – z nogami przerzuconymi przez jego krawędź. Lena siedziała zwinięta na krześle w nogach łóżka, z głową opartą na ramieniu.

Podniosłem się zamroczony.

– Hej. Co się stało?

Byłem pewien, że zemdlałem, ale wszystkie szczegóły się rozmyły. Ostatnią rzeczą, jaką pamiętałem, było przejmujące zimno, ogarniające całe ciało, zaciskające się gardło i głos Leny. Przypomniałem sobie, jak mówiła, że jestem jej chłopakiem. Tyle że właśnie mdlałem i w ogóle to nic między nami nie zaszło, więc chyba to nie mogła być prawda. Pewnie tylko pobożne życzenie.

– Ethanie!

Zeskoczyła szybko z krzesła i położyła się obok, starając się mnie nie dotykać.

– Dobrze się czujesz? Ridley nie chciała cię puścić i nie wiedziałam, co robić. Wyglądałeś, jakby cię to bolało, i wtedy zareagowałam.

– Chcesz powiedzieć, że tornado w jadalni to twoje dzieło?

Odwróciła głowę ze smutkiem.

– To się właśnie dzieje. Czuję różne rzeczy, wściekam się albo zaczynam się bać i wtedy... To się dzieje.

Wyciągnąłem rękę i położyłem na jej dłoni, czując, jak ciepło ogarnia całe moje ramię.

– Takie rzeczy jak rozbijanie okien?

Spojrzała na mnie. Zacisnąłem palce na jej dłoni tak, że osłoniłem ją całą. Pęknięcie w tynku w rogu za nią zdawało się powiększać, aż krętą linią przeszło przez cały sufit, okrążyło żyrandol i zawinęło z powrotem w dół. Przypominało kształtem serce. Ogromne serce pokazało się w pęknięciu tynku na suficie w jej sypialni.

– Leno.

– Tak?

– Czy twój sufit runie nam na głowę?

Popatrzyła na pęknięcie. Zagryzła wargi i się zaczerwieniła aż po czubek nosa. Odwróciła wzrok.

– Chyba nie. To tylko pęknięty tynk.

– Ty to zrobiłaś?

– Nie.

Cała twarz Leny płonęła. Dziewczyna odwróciła głowę.

Chciałem zapytać, o czym myślała, ale teraz wolałem jej nie wprawiać w zakłopotanie. Miałem tylko nadzieję, że ma to coś wspólnego ze mną, z jej dłonią spoczywającą w mojej i ze słowami, które zdawało mi się, że słyszałem tuż przed tym, jak straciłem przytomność.

Popatrzyłem niepewnie na pęknięcie. Sporo od niego zależało.

– Możesz to odwrócić? Takie rzeczy, które właśnie... się wydarzyły?

Lena odetchnęła z ulgą, gdy zmieniłem temat.

– Czasami. To zależy. Czasami jestem tak przytłoczona, że nie mogę tego kontrolować i nie mogę nic zrobić, kiedy to się dzieje, potem też nie. Nie sądzę, żebym mogła z powrotem wstawić szybę w szkole. Nie sądzę, żebym mogła powstrzymać burzę w dniu, w którym się spotkaliśmy.

– Nie wydaje mi się, żebyś spowodowała tamtą burzę. Nie możesz się obwiniać za każdą nawałnicę, która przetoczy się nad Gatlin. Sezon huraganów jeszcze się nie skończył.

Przeturlała się na brzuch i zajrzała mi w oczy. Żadne z nas się nie poruszyło. Całe moje ciało było rozedrgane od ciepła jej dotyku.

– Nie widziałeś, co się dziś działo?

– Czasem huragan to tylko huragan, Leno.

– Tak długo, jak tu jestem, ja dyryguję sezonem huraganów w Gatlin.

Usiłowała zabrać rękę, ale mocniej ją przytrzymałem.

– Zabawne, dla mnie jesteś raczej dziewczyną niż huraganem.

– Chyba nie. Jestem żywiołem. Większość Obdarzonych potrafi kierować swoimi umiejętnościami, zanim osiągnie mój wiek, ale w moim wypadku wygląda na to, że to moce często kontrolują mnie.

Wskazała na swoje odbicie w lustrze. Widniały na nim słowa pisane markerem. „Kim jest ta dziewczyna?".

– Ciągle próbuję to wszystko rozgryźć, ale czasem mam wrażenie, że nigdy mi się to nie uda.

– Czy wszyscy Obdarzeni mają takie same umiejętności?

– Nie. Wszyscy możemy robić proste rzeczy, takie jak przesuwanie przedmiotów, ale każdy Obdarzony posiada również jakieś umiejętności nawiązujące do jego talentów.

Chciałbym, żeby był jakiś kurs, na który mógłbym się zapisać, a który pozwoliłby mi zrozumieć coś z tej rozmowy, kurs pod nazwą „Obdarzeni, co warto o nich wiedzieć". No, cokolwiek. Czułem się zagubiony w tym wszystkim. Jedyną znaną mi osobą, która ma jakieś specjalne uzdolnienia, jest Amma. Czytanie przyszłości i odpędzanie złych duchów też się liczy, prawda? A z tego, co wiem, Amma pewnie potrafiłaby przesuwać przedmioty siłą umysłu. Mnie z pewnością potrafi zmusić do ruszenia tyłka samym spojrzeniem.

– A ciocia Del? Co ona potrafi?

– Jest palimpsestem. Czyta czas.

– Czyta czas?

– Tak, gdy ty albo ja wejdziemy do pokoju, widzimy teraźniejszość. Ciotka Del dostrzega różne punkty w przeszłości i w teraźniejszości równocześnie. Może wejść do pokoju i zobaczyć go takim, jaki jest dzisiaj, albo takim, jaki był dziesięć, dwadzieścia czy pięćdziesiąt lat temu. To tak, jak wtedy, gdy dotknęliśmy medalionu. Dlatego stale jest taka zdezorientowana. Nigdy nie wie, kiedy i gdzie się znalazła.

Myślałem o tym, jak się czułem po jednej z wizji, i jak by to było czuć się tak przez cały czas.

– Nie żartuj. A Ridley?

– Ridley jest syreną. Jej dar to moc przekonywania. Może każdemu wmówić, co tylko chce, i sprawić, że ludzie powierzą jej każdą tajemnicę. Gdyby użyła na tobie swojej mocy i kazała ci skoczyć z urwiska, to byś to zrobił.

Pamiętałem, co się działo w samochodzie. Powiedziałem jej prawie wszystko. Prawie.

– Nie skoczyłbym.

– Musiałbyś. Śmiertelnik nie może się przeciwstawić syrenie.

– Nie skoczyłbym. – Patrzyłem na Lenę. Jej włosy, poruszone jakimś podmuchem, kołysały się wokół twarzy. Ale okno w pokoju było zamknięte. Szukałem w jej spojrzeniu znaku, że czuje to samo, co ja. – Nie możesz wpaść w otchłań, skacząc z urwiska, gdy już i tak wpadłeś po uszy.

Słyszałem te słowa i chciałem je cofnąć już w chwili, gdy je wymówiłem. W mojej głowie brzmiały znacznie lepiej. Popatrzyła na mnie, jakby sprawdzała, czy mówię poważnie. Byłem najpoważniejszy na świecie, ale nie mogłem jej tego powiedzieć. Zmieniłem temat.

– A na czym polega moc Reece?

– Jest sybillą, czyta twarze. Patrząc w twoje oczy, widzi to, co ty widziałeś, kogo widziałeś i co robiłeś. Potrafi otworzyć twoją twarz i dosłownie czytać ją jak książkę.

Lena nadal wpatrywała się we mnie uważnie.

– Kim ona była? Ta kobieta, w którą Ridley zmieniła się na moment, gdy Reece jej się przyglądała. Widziałaś ją?

Lena skinęła głową.

– Macon mi nie powiedział, ale to musiała być któraś z Istot Ciemności, ktoś potężny.

Pytałem ją o wszystko. Musiałem wiedzieć. To było tak, jakbym jadł obiad z gromadą kosmitów.

– A co potrafi Larkin? Zaklinać węże?

– Larkin jest iluzjonistą. Sztukmistrzem. Chociaż to wuj Barclay jest jedynym prawdziwym sztukmistrzem w rodzinie.

– A co za różnica?

– Larkin potrafi rzucać uroki albo sprawić, żeby wszystko wyglądało tak, jak on chce – ludzie, rzeczy i miejsca. Stwarza iluzję, ale to nie jest prawdziwe i działa tylko przez jakiś czas. Wujek Barclay może zmienić jeden przedmiot w drugi na tak długo, jak tylko zechce.

– Więc twój kuzyn zmienia rzeczy, żeby wydawały się inne, a wuj sprawia, że naprawdę się takie stają?

– Można tak powiedzieć. Babcia mówi, że ich moce są bardzo zbliżone do siebie. Czasami to się zdarza w rodzinie. Są do siebie podobni, więc ciągle się kłócą.

Wiedziałem, co myśli, że ona sama nigdy nie będzie mogła tego sprawdzić. Jej twarz się zachmurzyła, dlatego w głupi sposób próbowałem poprawić jej nastrój.

– A Ryan? Co ona potrafi? Projektuje odzież dla psów?

– Jeszcze zbyt wcześnie, żeby to stwierdzić. Ma dopiero dziesięć lat.

– A Macon?

– On jest... To po prostu wujek Macon. Nie ma takiej rzeczy, której nie potrafi albo nie zrobi dla mnie. Gdy dorastałam, spędziłam z nim mnóstwo czasu. – Odwróciła głowę, starając się uniknąć pytania. Coś ukrywała. I nie ulegało wątpliwości, że mi o tym nie powie. – Wuj jest dla mnie jak ojciec, a przynajmniej tak sobie wyobrażam ojca.

To wystarczyło. Wiedziałem, co znaczy stracić kogoś bliskiego. Zastanawiałem się, czy gorzej, niż stracić, jest nigdy ich nie mieć.

– A ty? Jaki jest twój dar?

Jakby miała tylko jeden. I jakbym nie widział, co robiła od pierwszego dnia szkoły. Od tego wieczoru, gdy siedziała w zielono-fioletowej piżamie na mojej werandzie, zbierałem się na odwagę, żeby o to zapytać.

Zastanowiła się przez chwilę, być może nad tym, czy w ogóle mi odpowiedzieć. Trudno było zgadnąć. W końcu popatrzyła na mnie swymi przepastnymi zielonymi oczami.

– Jestem Istotą Naturalną. Przynajmniej wujek Macon i ciocia Del tak uważają.

Istota Naturalna. Odetchnąłem z ulgą. Nie brzmiało to tak groźnie jak syrena. Chociaż nie sądzę też, żebym mógł to wszystko zrozumieć.

– A co to właściwie znaczy?

– Tak naprawdę to nie wiem. To nie jest tylko jakaś jedna umiejętność. Podobno Istoty Naturalne potrafią znacznie więcej niż pozostali Obdarzeni.

Powiedziała to szybko, jakby miała nadzieję, że tego nie usłyszę. Ale usłyszałem.

– Znacznie więcej niż inni?

Nie byłem pewien, co o tym sądzić. Mniej – to byłoby do przyjęcia, byłoby dobrze.

– Sam dzisiaj widziałeś. Nawet nie wiem, co potrafię.

Zdenerwowana, zaczęła się bawić kołdrą. Pociągnąłem ją za rękę, tak żeby leżała koło mnie. Podparła się na łokciu.

– Nie obchodzi mnie to. Podobasz mi się taka, jaka jesteś.

– Prawie nic o mnie nie wiesz, Ethanie.

Usypiające ciepło ogarniało całe moje ciało i prawdę mówiąc, kompletnie do mnie nie docierało, co ona mówi. Cudownie było leżeć tak blisko niej, jedynie z białą kołdrą między nami, i trzymać jej rękę w dłoni.

– To nieprawda. Wiem, że piszesz wiersze i wiem o kruku w twoim naszyjniku. Przepadasz za oranżadą i za babcią. I lubisz groszki karmelowe z prażoną kukurydzą.

Przez chwilę myślałem, że się uśmiechnie.

– Nadal nie masz pojęcia...

– To na początek.

Zajrzała swoimi zielonymi oczami w moje niebieskie.

– Nawet nie wiesz, jak mam na imię.

– Lena Duchannes.

– No dobra, więc zacznijmy od tego, że nie.

Usiadłem, puszczając jej rękę.

– O czym ty mówisz?

– To nie jest moje imię. Ridley nie kłamała.

Zaczęła mi się przypominać część wcześniejszej rozmowy. Pamiętam, jak Ridley mówiła o tym, że Lena nie zna swojego prawdziwego imienia, ale nie sądziłem, że należy to rozumieć dosłownie.

– No to jak masz na imię?

– Nie wiem.

– Czy to znowu coś związanego z Obdarzonymi?

– Niezupełnie. Większość Obdarzonych zna swoje prawdziwe imiona, ale moja rodzina jest inna. W mojej rodzinie dopiero w dniu szesnastych urodzin dowiadujemy się, jakie imię nadano nam po narodzinach. Do tego czasu używamy innych imion. Ridley była Julią. Reece – Annabel. Ja jestem Lena.

– Kim więc jest Lena Duchannes?

– Pochodzę z rodziny Duchannes'ów, tyle wiem. Ale Lena to imię, którym babcia zaczęła mnie nazywać, bo uważała, że jestem chuda jak fasolka szparagowa. Lena Fasolka.

Przez chwilę nic nie mówiłem. Usiłowałem to wszystko jakoś przetrawić.

– No dobrze, więc nie wiesz, jak masz na imię. Ale za kilka miesięcy się dowiesz?

– To nie takie proste. Nic o sobie nie wiem. Cały czas doprowadza mnie to do szału. Nie znam swojego imienia, nie wiem, co się stało z moimi rodzicami.

– Zginęli w wypadku, prawda?

– Tak mi powiedziano, ale nikt o tym nie chce rozmawiać. Nie mogę znaleźć żadnej informacji o wypadku i nigdy nie widziałam ich grobu. Nawet nie wiem, czy to prawda.

– Kto mógłby cię tak okrutnie okłamać?

– Poznałeś moją rodzinę?

– Owszem.

– I tego potwora na dole, tę wiedźmę, która omal cię nie zabiła? Może w to nie uwierzysz, ale kiedyś była moją najlepszą przyjaciółką. Ridley i ja razem dorastałyśmy, mieszkając z babcią. Dużo jeździłyśmy, miałyśmy nawet wspólne walizki.

– To dlatego mówicie bez akcentu. Nikt by nie uwierzył, że jesteście z Południa.

– A ty? Dlaczego mówisz bez akcentu?

– Rodzice profesorowie i dzban pełen ćwierćdolarówek, które dostawałem za każdym razem, gdy poprawnie akcentowałem wyrazy. – Przewróciłem oczami. – Więc Ridley nie mieszkała z ciocią Del?

– Nie, ciocia Del odwiedzała nas podczas wakacji. W mojej rodzinie nie mieszka się z rodzicami. To zbyt niebezpieczne.

Przestałem zadawać pytania, choć miałem ich jeszcze z pięćdziesiąt. Tymczasem Lena trajkotała jak najęta, żeby wszystko z siebie wreszcie wyrzucić.

– Ridley i ja byłyśmy jak siostry. Spałyśmy w tym samym pokoju, wszędzie razem chodziłyśmy, przerabiałyśmy program nauczania w domu. A gdy wyjechałyśmy do Wirginii, przekonałyśmy babcię, żeby pozwoliła nam chodzić do normalnej szkoły. Chciałyśmy mieć przyjaciół, jak inni. Ze śmiertelnikami miałyśmy okazję rozmawiać tylko wtedy, gdy wychodziłyśmy do muzeum, opery czy na lunch do Olde Pink House.

– I co się stało, gdy poszłyście do szkoły?

– Kompletna klapa. Nasze ubranie było nie takie, nie oglądałyśmy telewizji, za to miałyśmy zawsze odrobione lekcje. Byłyśmy przegrane już na starcie.

– Ale powinnaś przebywać z normalnymi ludźmi.

Nie spojrzała na mnie.

– Nigdy nie miałam śmiertelnika za przyjaciela, dopóki nie spotkałam ciebie.

– Naprawdę?

– Ridley była moją jedyną przyjaciółką. Jej też było trudno, ale się tym nie przejmowała. Za wszelką cenę próbowała mnie chronić przed innymi.

Trudno mi było wyobrazić sobie Ridley ochraniającą kogokolwiek.

Ludzie się zmieniają, Ethanie.

Nie do tego stopnia. Nawet Obdarzeni.

Zwłaszcza Obdarzeni. Właśnie to usiłuję ci powiedzieć.

Wyjęła dłoń z mojej ręki.

– I nagle Ridley zaczęła się dziwnie zachowywać. Wszyscy ci chłopcy, którzy ignorowali ją do tej pory, zaczęli za nią chodzić, czekali pod szkołą, walczyli, który odprowadzi ją do domu.

– Hm, niektóre dziewczyny tak działają na facetów.

– Ridley to nie jakaś tam dziewczyna. Powiedziałam ci, że jest syreną. Potrafi sprawić, że ludzie robią takie rzeczy, których normalnie nie chcieliby robić. A ci chłopcy skakali z urwiska, jeden za drugim.

Bawiła się naszyjnikiem, okręcając go wokół palców, i mówiła dalej:

– W noc przed szesnastymi urodzinami Ridley poszłam za nią na stację kolejową. Była przerażona. Powiedziała, że wie, iż stanie się jedną z Istot Ciemności, i musi odejść, zanim skrzywdzi najbliższych. Zanim skrzywdzi mnie, jedyną osobę, którą naprawdę kiedykolwiek kochała. Tamtej nocy zniknęła i nie widziałam jej aż do dzisiejszego dnia. Myślę, że po tym, co zobaczyłeś dziś wieczorem, nie masz wątpliwości, że przeszła na stronę Istot Ciemności.

– Poczekaj chwilę, o czym ty mówisz? Co to znaczy „przejść na stronę Istot Ciemności?".

Lena wzięła głęboki oddech i się zawahała, jakby nie była pewna, czy chce mi powiedzieć.

– Musisz mi powiedzieć.

– W mojej rodzinie, gdy kończysz szesnaście lat, zostajesz naznaczony. Twój los jest przypieczętowany. Zapada decyzja, czy będziesz Istotą Światła, jak ciocia Del albo Reece, czy Istotą Ciemności, jak Ridley.

Dobrym lub Złowrogim albo Białym lub Czarnym. Szary nie istnieje. Nie mamy wyboru i nie możemy tego odwrócić.

– Co to znaczy, że nie masz wyboru?

– Nie możemy decydować jak śmiertelnicy lub inni Obdarzeni, czy chcemy być Istotami Światła czy Ciemności, dobrzy czy źli. W mojej rodzinie nie ma wolnej woli. Zostaje to postanowione za nas w dniu naszych szesnastych urodzin.

Usiłowałem zrozumieć, co mówiła Lena, ale to wszystko razem było zupełnie zwariowane. Żyłem z Ammą wystarczająco długo, żeby wiedzieć, że jest biała i czarna magia, ale trudno mi było uwierzyć, że Lena nie miała wpływu na to, kim chce być.

Kim ona była?

– To jest powód, dla którego nie możemy mieszkać ze swoimi rodzicami – ciągnęła.

– A co to ma z tym wspólnego?

– Kiedyś tak nie było. Ale kiedy siostra mojej babci stała się Istotą Ciemności, ich matka nie chciała oddać Althei. Kiedyś, jeżeli Obdarzony przeszedł na stronę Istot Ciemności, musiał opuścić dom i rodzinę z oczywistych powodów. Matka Althei myślała, że pomoże córce z tym walczyć. Nie udało się jej. I wtedy w mieście, w którym mieszkały, zaczęły się dziać straszliwe rzeczy.

– Jakie?

– Althea była evo. One mają niewiarygodną moc. Mogą rządzić ludźmi tak jak Ridley. I mogą ewoluować, przybierając postać innych ludzi; każdego, kogo chcą. I gdy Althea ewoluowała, w mieście zaczęły się zdarzać wypadki. Byli ranni, a w końcu utonęła dziewczyna. Wtedy matka postanowiła ją oddać.

Myślałem, że w Gatlin mamy problemy. Nie mogłem sobie wyobrazić potężniejszej wersji Ridley, przebywającej tu cały czas.

– Więc teraz nikt nie może mieszkać ze swoimi rodzicami?

– Wszyscy wspólnie postanowili, że dla rodziców zbyt trudne byłoby odwrócenie się plecami do swoich dzieci z chwilą, gdy przechodzą one do Istot Ciemności. Dlatego dzieci żyją z członkami innej rodziny do momentu naznaczenia.

– To dlaczego Ryan mieszka ze swoimi rodzicami?

– Ryan to... Ryan. Specjalny przypadek. – Wzruszyła ramionami. – Tak za każdym razem odpowiada mi wuj Macon, gdy go o to pytam.

Wszystko to brzmiało surrealistycznie. Wydawało się niewiarygodne, że każdy w rodzinie posiadał nadprzyrodzoną moc. Wyglądali tak samo jak ja, jak każdy inny człowiek w Gatlin – no może nie każdy – a byli przy tym zupełnie inni. Nawet Ridley, gdy stała przed Stop & Steal... Żaden z chłopaków nie podejrzewał, że jest kimś innym niż obłędną laską, wyglądającą na zagubioną, gdy mnie szukała. Jak to działało? Jak zostać Obdarzonym, zamiast być normalnym chłopakiem czy zwyczajną dziewczyną?

– Czy twoi rodzice mieli jakiś dar? – spytałem ostrożnie. Zdawałem sobie sprawę, jak to jest mówić o nieżyjącym rodzicu, ale musiałem to wiedzieć.

– Tak. Każdy w naszej rodzinie posiada dar.

– Jaki? Taki jak twój?

– Nie wiem. Babcia nigdy nie poruszała tego tematu. Mówiłam ci, zupełnie jakby w ogóle nie istnieli. To daje do myślenia.

– Dlaczego?

– Może byli Istotami Ciemności i ja też się nią stanę.

– Nie, nie staniesz się.

– Skąd możesz to wiedzieć? – zaprotestowała.

– Jak to się dzieje, że mam te same sny, co ty? Skąd wiem, zanim wejdę do pokoju, że tam jesteś?

Ethanie?

To prawda.

Dotknąłem jej policzka i powiedziałem cicho:

– Nie mam pojęcia, skąd to wiem, ale wiem.

187

– Myślę, że w to wierzysz, ale nie masz pewności. Nikt nie może przewidzieć, co się ze mną stanie.

– To największa bzdura, jaką dziś słyszałem.

Nasza rozmowa toczyła się – jak wszystko inne tego wieczoru – nie tak, jak powinna. Nie chciałem tego powiedzieć na głos, ale powiedziałem. I w sumie nawet się z tego cieszyłem.

– Co?

– Te głupoty z przeznaczeniem. Nikt nie może za nas decydować, co się stanie, tylko my sami – przekonywałem.

– Nie, jeśli nazywasz się Duchannes, Ethanie. Inni Obdarzeni mogą wybierać, ale nie my. W dniu naszych szesnastych urodzin zostajemy naznaczeni, stajemy się Istotami Światła lub Ciemności. W naszej rodzinie nie istnieje coś takiego jak wolna wola.

Uniosłem jej brodę.

– Więc jesteś Istotą Naturalną. I co w tym złego?

Popatrzyłem jej w oczy i wiedziałem, że ją pocałuję i że nie ma czym się przejmować tak długo, jak będziemy razem. I przez tę jedną chwilę wierzyłem, że zawsze będziemy.

Przestałem myśleć o planie rozgrywek koszykarskich w Jackson i pozwoliłem jej zajrzeć w głąb mojego umysłu, żeby wiedziała, co czuję. Co zamierzałem zrobić i ile czasu zbierałem się na odwagę, żeby to uczynić.

Och.

Jej oczy zrobiły się ogromne i jeszcze bardziej zielone, jeżeli w ogóle było to możliwe.

Ethanie, sama nie wiem...

Pochyliłem się i pocałowałem ją w usta. Smakowały solą, podobnie jak jej łzy. Tym razem już nie ciepło, ale prąd przeszył mnie całego. Czułem mrowienie w dłoniach. To było takie samo wrażenie jak wtedy, gdy wsadziłem pióro do gniazdka elektrycznego. Link rzucił mi takie wyzwanie, gdy miałem osiem lat.

Zamknęła oczy i przyciągnęła mnie do siebie. Przez chwilę wszystko

188

było cudowne. Pocałowała mnie, jej wargi uśmiechnęły się pod moimi i już wiedziałem, że czekała na mnie tak samo długo jak ja na nią. Ale równie szybko, jak odpowiedziała na mój pocałunek, zamknęła się przede mną. A mówiąc dokładniej, odepchnęła mnie od siebie.

Ethanie, nie możemy tego robić.

Dlaczego? Myślałem, że czujemy to samo.

A może nie? Może ona tego nie czuje?

Patrzyłem na nią, na jej ręce leżące na mojej piersi. Chyba czuła, jak mi bije serce.

To nie to, że...

Odwróciła głowę i wiedziałem, że za chwilę ucieknie. Jak zawsze. Jak tego dnia, w którym znaleźliśmy medalion w Greenbrier, i tej nocy, gdy zostawiła mnie samego na werandzie mojego domu. Położyłem dłoń na jej nadgarstku i momentalnie poczułem ciepło.

– Więc o co chodzi?

Spojrzała na mnie. Próbowałem jeszcze usłyszeć, co myśli, ale mi się nie udało.

– Ty uważasz, że mam wpływ na to, co się ze mną stanie. Ale tak nie jest. To, co Ridley zrobiła dziś wieczór, to jeszcze nic. Mogła cię zabić i pewnie by to zrobiła, gdybym jej nie powstrzymała.

Wzięła głęboki oddech, jej oczy lśniły.

– W to właśnie mogę się zmienić. W potwora. Bez względu na to, czy w to wierzysz, czy nie. – Położyłem rękę na jej szyi, zupełnie nie przejmując się tymi słowami, ale Lena mówiła dalej. – Nie chcę, żebyś mnie taką widział.

– Nic mnie to nie obchodzi.

Pocałowałem ją w policzek.

Wstała z łóżka.

– Nic nie rozumiesz.

Wyciągnęła dłoń i dostrzegłem kolejną liczbę nabazgraną granatowym atramentem – „122". Zostały sto dwadzieścia dwa dni i to wszystko.

– Rozumiem, że się boisz, ale razem coś wymyślimy. Pomyśl o tym jak o przeznaczeniu.

– Nie, jesteś śmiertelnikiem. Nie możesz tego zrozumieć. Nie chcę, żeby coś ci się przydarzyło, a tak się stanie, jeżeli będziesz zbyt blisko mnie.

– Za późno.

Słyszałem każde jej słowo, ale wiedziałem jedno.

Wpadłem po uszy.

Dziewiąty października

Wielcy

Wszystko miało sens, gdy słyszało się to z ust tak pięknej dziewczyny. Teraz, gdy byłem sam, w domu i we własnym łóżku, czułem się zagubiony. Nawet Link nie uwierzyłby, gdybym mu opowiedział, co się stało. Usiłowałem wyobrazić sobie, jak by wyglądała taka rozmowa: „Wiesz? Dziewczyna, która tak mi się podoba, a której prawdziwego imienia nie znam, jest czarownicą... Przepraszam, Obdarzoną. I cała jej rodzina to też Obdarzeni. I tak w ogóle to ona się dowie za pięć miesięcy, czy będzie dobra czy zła. Poza tym moja dziewczyna może wywoływać huragany w domu i rozbijać szyby. A ja widzę przeszłość, gdy dotykam tego zwariowanego medalionu, który Amma i Macon Ravenwood – on tak naprawdę nie siedzi zamknięty w domu! – kazali mi zakopać. A medalion zmaterializował się na szyi kobiety na obrazie w Ravenwood, które nawiasem mówiąc, nie jest miejscem nawiedzonym. Jest całkowicie odrestaurowane i zmienia się za każdym razem, gdy tam idę, żeby zobaczyć się z dziewczyną. A ona mnie parzy, razi prądem i zadręcza dotykiem.

I ją pocałowałem. A ona oddała mi pocałunek"...

Wszystko brzmiało zbyt niewiarygodnie, nawet jak dla mnie. Przewróciłem się na drugi bok.

Ból.

Wiatr rozdzierał moje ciało.

Przywarłem do drzewa, gdy wiatr uderzał mną i targał, a krzyk sprawiał ból w uszach. Wszystko wokół mnie szaleńczo wirowało. Wiatr wzmagał się z sekundy na sekundę. Grad bębnił, jakby niebo się otworzyło. Musiałem się stąd wydostać.

Ale nie miałem dokąd pójść.

– Pozwól mi odejść, Ethanie. Ratuj siebie!

Nie widziałem jej, wiatr był zbyt silny. Ale ją czułem. Mocno trzymałem jej nadgarstek, wiedziałem, że go złamię, ale nie obchodziło mnie to. Nie pozwolę jej odejść. Wiatr zmienił kierunek, unosząc mnie w powietrze. Trzymałem się drzewa, mocniej zacisnąłem dłoń na jej ręku. Czułem, że nawałnica usiłuje nas rozdzielić, odrywając mnie od drzewa, od niej. Czułem, jak jej nadgarstek wyślizguje się z moich palców.

Nie mogłem jej dłużej utrzymać.

Obudziłem się, kasząc. Ciągle czułem smagnięcia wiatru na skórze, która zrobiła się od tego czerwona. Jakby nie wystarczyło to, co się stało w Ravenwood, teraz powróciły sny. Za dużo tego było jak na jedną noc, nawet dla mnie. Drzwi sypialni były szeroko otwarte, co mnie o tyle dziwiło, że ostatnio, idąc spać, zamykałem je na klucz. Ostatnia rzecz, jakiej potrzebowałem, to Amma rozkładająca dookoła te swoje zwariowane amulety wudu. Byłem pewien, że i tym razem zamknąłem się w pokoju.

Gapiłem się na sufit. Nie groziło mi, że szybko zasnę. Westchnąłem i wyciągnąłem rękę do starej lampy sztormowej, przerobionej na elektryczną. Wyjąłem zakładkę z książki, gdy dobiegł mnie jakiś szmer. Kroki? Ciche, ledwie słyszalne. Może tata zrobił sobie przerwę w pisaniu i będziemy mieli szansę pogadać?

Kiedy jednak zszedłem ze schodów, wiedziałem, że to nie on. Drzwi do gabinetu były zamknięte, a pod nimi widać było smugę światła. To musiała być Amma. Zajrzałem ostrożnie do kuchni i zobaczyłem ją, jak biegnie przez hall do swojego pokoju. Jeśli można było to nazwać biegiem. Usłyszałem, jak skrzypnęły tylne drzwi. Ktoś wchodził albo wychodził. Po wszystkich wydarzeniach dzisiejszej nocy wydawało mi się to dość ważne.

Wyjrzałem przez okno od frontu. Przy krawężniku stała na jałowym biegu stara, zdezelowana furgonetka, studebaker z lat pięćdziesiątych. Amma wychylała się przez okno i rozmawiała z kierowcą. Wręczyła mu torbę, a potem wsiadła do środka. Dokąd się wybierała w środku nocy?

Musiałem za nią pojechać. Jakkolwiek jazda za kobietą, która mogłaby być moją babką i która wybrała się gdzieś w środku nocy z jakimś dziwnym człowiekiem prowadzącym kupę złomu, była co najmniej dziwnym pomysłem. Nie miałem wyboru. Musiałem wziąć volvo, samochód mamy, który prowadziła w chwili wypadku; to była pierwsza myśl, jaka przychodziła mi do głowy za każdym razem, gdy patrzyłem na to auto.

Siadłem za kierownicą. Pachniało starym papierem i płynem do szyb; jak zwykle.

Jazda z wyłączonymi przednimi reflektorami była trudniejsza, niż mi się zdawało, ale widziałem, że furgonetka jedzie do Wader's Creek. Domyśliłem się, że Amma jedzie do domu. Furgonetka skręciła z drogi numer 9, kierując się na niezamieszkałe tereny. Gdy wreszcie zwolniła i zatrzymała się, wyłączyłem silnik i zjechałem na pobocze.

Amma otworzyła drzwi i wewnątrz samochodu zapaliło się światło. Przyjrzałem się, mrużąc oczy. Rozpoznałem kierowcę. To był Carlton Eaton, naczelnik poczty. Dlaczego Amma miałaby prosić Carltona o podwiezienie w środku nocy? Nie widziałem, żeby kiedykolwiek ze sobą rozmawiali.

Amma powiedziała coś do Carltona i wysiadła. Furgonetka wycofała się na drogę. Poszedłem za Ammą. Należała do osób, które mają swoje przyzwyczajenia. Jeżeli coś ją zdenerwowało do tego stopnia, że wymykała się na trzęsawiska w środku nocy, mogłem się domyślić, że chodziło pewnie o coś więcej niż o któregoś z jej stałych klientów.

Zniknęła w zaroślach rosnących wzdłuż żwirowej ścieżki. Ten, kto ją usypał, musiał zadać sobie wiele trudu. Amma szła w ciemnościach, żwir chrzęścił jej pod stopami. Ruszyłem za nią po trawie, żeby uniknąć hałasu, który z całą pewnością by mnie zdradził. Chciałem zobaczyć, dlaczego Amma ukradkiem wymyka się z domu w środku nocy. Ale przede wszystkim bałem się, że może mnie zauważyć.

Nietrudno było zgadnąć, skąd wzięła się nazwa Wader's Creek, czyli Zatoczka Kaloszy. Żeby tu się dostać, praktycznie trzeba było przebrnąć przez staw pełen wody. W każdym razie jeśli szło się drogą, którą wybrała Amma. Gdyby nie to, że była pełnia, skręciłbym kark w ciemnościach, przedzierając się za nią przez labirynt dębów pokrytych mchem i porośnięte krzakami moczary. Byliśmy bardzo blisko wody. Czułem w powietrzu zapach mokradeł, gorący i lepki jak druga skóra.

Wzdłuż brzegu bagien leżały płaskie drewniane tratwy zbudowane z cyprysowych kłód powiązanych sznurem. Promy dla biedaków. Ułożone jedna za drugą jak taksówki, czekające na postoju, żeby ludzie mogli przedostać się na drugi brzeg. Widziałem Ammę w świetle księżyca balansującą z wprawą na pokładzie jednej z tratw, odpychającą się długim kijem, którego używała jako wiosła.

Nie byłem u Ammy od wielu lat, ale pamiętałbym to miejsce. Pewnie przyjechaliśmy z drugiej strony, chociaż w tych ciemnościach trudno było się zorientować. Ledwie mogłem dostrzec gnijące kłody w tratwach; każda wyglądała chwiejnie. Wybrałem jedną.

Manewrowanie tratwą było znacznie trudniejsze, niż mi się wydawało, gdy patrzyłem na Ammę. Co jakiś czas słychać było plusk. To aligator wślizgiwał się do wody. Cieszyłem się, że nie zdecydowałem się pójść za Ammą pieszo.

Gdy po raz ostatni odepchnąłem się długim kijem od dna grzęzawiska, krawędź tratwy uderzyła o brzeg. Stanąłem na piasku, skąd mogłem dostrzec niewielki, skromny dom Ammy z jednym tylko palącym się światełkiem w oknie. Ramy pomalowano na odcień błękitu, jaki mieliśmy w Wate's Landing. Dom w całości zbudowano z drewna cyprysowego. Sprawiał wrażenie, że jest częścią mokradeł.

Było coś jeszcze, coś w powietrzu. Coś mocnego i obezwładniającego, jak cytryny i rozmaryn. I coś nieprawdopodobnego z dwóch powodów. Jaśmin gwiazdkowy nie kwitnie jesienią, tylko wiosną, a poza tym nie rośnie na bagnach.

A przecież wyraźnie czułem ten zapach – nie dawało się go pomylić z czymkolwiek innym – niemożliwy w tym miejscu, jak zresztą wszystko, co zdarzyło się tej nocy.

Obserwowałem dom Ammy. Nic. Może po prostu postanowiła wrócić do domu. Może tata wiedział, że wyjeżdża, a ja włóczyłem się niepotrzebnie w środku nocy, ryzykując, że stanę się pokarmem dla aligatorów.

Właśnie miałem zawrócić, żałując, że nie rozsypywałem okruchów chleba, znacząc drogę, gdy otworzyły się drzwi. Amma stała w świetle i wkładała coś do wyjściowej białej torebki z lakierowanej skóry. Miała na sobie swoją najlepszą suknię koloru lawendy, którą nosiła do kościoła, białe rękawiczki i elegancki, pasujący do całości kapelusz z kwiatami.

Wychodziła z domu, kierując się w stronę bagien. Wybierała się na mokradła w takim stroju? Podróż do domu Ammy nie napawała mnie zachwytem, ale to, że teraz musiałem brnąć przez bagna w dżinsach, było jeszcze gorsze. Błoto okazało się tak gęste, że miałem wrażenie, iż przy każdym kroku wyciągam nogę z cementu. Zastanawiałem się, jak Amma, w jej wieku, zamierza pokonać tę drogę w sukni.

Wyglądało jednak na to, że Amma doskonale wiedziała, co robi. W końcu zatrzymała się na polance porośniętej wysoką trawą. Gałęzie cyprysów i wierzb tworzyły baldachim nad głową. Dreszcz przeszedł mi po plecach, chociaż temperatura sięgała dwudziestu jeden stopni Celsjusza. Mimo że sporo widziałem dzisiejszej nocy, miejsce przyprawiało mnie o gęsią skórkę. Nad wodą unosiła się mgła, rozpływająca na boki, jak para spod pokrywy garnka. Przysunąłem się bliżej. Amma wyciągała coś z torebki, lśniącej w świetle księżyca.

Kości. To wyglądało jak kości kurczaka.

Poszeptała coś nad nimi i włożyła je do małego woreczka, podobnego do tego, w którym umieścia medalion, żeby stłumić jego moc. Znów sięgnęła do torebki i wyjęła mały ręcznik, taki jakiego używa się w toalecie. Wytarła nim błoto z sukienki. W oddali widać było blade, jasne światła, wyglądające jak migocące w ciemnościach robaczki świętojańskie. Słychać też było muzykę, wolną i zmysłową. I śmiech. Gdzieś niedaleko ludzie pili i tańczyli na bagnach.

Amma spojrzała w górę. Coś zwróciło jej uwagę, chociaż ja niczego nie usłyszałem.

– Równie dobrze możesz się pokazać. Wiem, że tam jesteś.

Znieruchomiałem przerażony. Widziała mnie.

Ale nie mówiła do mnie.

Z parnej mgły wyszedł Macon Ravenwood, paląc cygaro. Wyglądał na zrelaksowanego, jakby właśnie wysiadł z samochodu z szoferem, a nie przechadzał się po bagnach, brodząc w brudnej, ciemnej wodzie. Był nienagannie ubrany, jak zawsze, w jednej z tych swoich wykrochmalonych białych koszul.

Nie było na nim plamki. Amma i ja byliśmy po kolana pokryci błotem, a Macon Ravenwood stał w nieskazitelnie czystym ubraniu, na którym nie było ani jednego pyłku.

– Najwyższa pora. Wiesz, że nie mam całej nocy, Melchizedeku. Muszę wracać. I nie podoba mi się, że zostałam wezwana na to pustkowie, z dala od miasta. To bardzo niegrzeczne, że nie powiem, niewygodne. – Zmarszczyła nos. – Kłopotliwe, można powiedzieć.

K-Ł-O-P-O-T-L-I-W-E, dziesięć pionowo. Przeliterowałem to sobie w głowie.

– Sam miałem wieczór pełen wrażeń, Amarie, ale to sprawa niecierpiąca zwłoki.

Macon zrobił kilka kroków w stronę Ammy.

Odsunęła się i wyciągnęła kościsty palec w jego stronę.

– Zostań tam. Nie lubię przebywać z ludźmi twojego pokroju w nocy, ani trochę nie lubię. Zostań na swoim miejscu, a ja na swoim.

Cofnął się niedbale, wydmuchując kółka dymu.

– Musimy działać, i to natychmiast. – Wypuścił powietrze razem z dymem. – „Gdy księżyc jest w pełni, znajduje się najdalej od słońca", tak twierdzą nasi przyjaciele z kleru.

– Nie przemawiaj do mnie tym napuszonym stylem, Melchizedeku. Cóż takiego ważnego odkryłeś, żeby wyciągać mnie z łóżka w środku nocy?

– Między innymi medalion Genevieve.

Amma omal nie krzyknęła, zasłaniając nos szalem. Nie była w stanie znieść nawet samego słowa „medalion".

– Co z nim? Mówiłam ci, zneutralizowałam go i kazałam zakopać z powrotem w Greenbrier. Nie może uczynić nic złego, skoro jest znów w ziemi.

– Mylisz się, zarówno jeśli chodzi o pierwsze, jak i o drugie. Chłopak ciągle go ma. Pokazał mi go, naruszając spokój mojego domu. A poza tym nie jestem pewien, czy cokolwiek jest w stanie zneutralizować taki potężny przedmiot. I złowrogi.

– W twoim domu... Kiedy on był w twoim domu? Powiedziałam, żeby trzymał się z daleka od Ravenwood.

Teraz już była naprawdę zła. Wspaniale. Na pewno znajdzie sposób, żeby mnie ukarać.

– Może powinnaś skrócić mu smycz? Chłopak ewidentnie nie jest zbyt posłuszny. Ostrzegałem, że ta przyjaźń może się okazać niebezpieczna. Że może się rozwinąć w coś więcej. Nie ma wspólnej przyszłości dla tych dwojga.

Amma zaczęła coś mamrotać pod nosem, jak zwykle gdy jej nie słuchałem.

– Zawsze robił to, co mu kazałam, dopóki nie zetknął się z twoją siostrzenicą. I nie wiń mnie za to. Nie znaleźlibyśmy się w takich tarapatach, gdybyś jej tu nie sprowadził, to po pierwsze. Zajmę się tym. Powiem mu, że nie wolno mu się z nią spotykać.

– Nie pleć głupstw. To nastolatki. Im bardziej będziemy się starać, tym więcej sposobów wymyślą, żeby być razem. Wystarczy, że zostanie naznaczona i skończą się problemy. Pod warunkiem że uda nam się dotrwać do tego czasu. Pilnuj go, Amarie. To tylko kilka miesięcy. I tak robi się niebezpiecznie bez dodatkowych kłopotów, których on nam przysparza.

– Nie mów mi o kłopotach, Melchizedeku Ravenwoodzie. Moja rodzina sprząta bałagan po twojej od ponad stu lat. Dochowałam twoich tajemnic tak jak ty moich.

– Nie jestem jasnowidzem. Nie mogłem przewidzieć, że znajdą medalion. Jak to wyjaśnisz? Dlaczego twoje zaprzyjaźnione duchy to przegapiły? – Wskazał ręką wokół, a potem lekceważąco strzepnął cygaro.

Odwróciła się, jej oczy patrzyły dziko.

– Nie waż się obrażać Wielkich. Nie tu, nie w tym miejscu. Mają swoje racje. Musiał być powód, dla którego tego nie ujawnili. – I nagle odwróciła się od Macona. – Nie słuchaj go. Przyniosłam ci krewetki z ryżem i placek cytrynowo-bezowy – powiedziała gdzieś w powietrze. – Twój ulubiony – zapewniła i wyjęła jedzenie z małego plastikowego pojemnika, kładąc je na talerzu. Postawiła talerz na ziemi, w pobliżu niewielkiej płyty nagrobnej. Obok znajdowało się jeszcze kilka innych płyt.

– To siedziba mojej rodziny, słyszysz? Mojej ciotecznej babki Sissy. Mojego stryjecznego dziadka Abnera. Mojej praprapraprabababki Sulli. Nie waż się obrażać Wielkich w ich domu. Chcesz znać odpowiedź, okaż trochę szacunku.

– Przepraszam.

Amma nie drgnęła.

– Naprawdę.

Pociągnęła nosem.

– I uważaj na popiół. Tu, w tym domu, nie ma popielniczek. Obrzydliwy zwyczaj.

Strzepnął cygaro na mech.

– Zatem do dzieła. Nie mamy wiele czasu. Musimy wiedzieć, co się dzieje z Saraf...

– Szsz! – syknęła. – Nie wymawiaj jej imienia, nie dzisiaj. Nie powinno nas tu być. Półksiężyc dla białej magii i pełnia dla czarnej. Dzisiaj nie jest właściwa noc.

– Nie mamy wyboru. Dziś wieczorem wydarzyło się coś bardzo nieprzyjemnego. Moja siostrzenica, która przeistoczyła się w dniu naznaczenia, przybyła na Dni Zbiorów.

– Dziecko Del? Ta, która wychyliła ciemny napój grozy?

– Ridley. Oczywiście nieproszona. Przekroczyła progi mojego domu z chłopakiem. Muszę wiedzieć, czy był to przypadek.

– Niedobrze. Bardzo niedobrze.

Amma jak szalona kiwała się w przód i w tył na obcasach.

– No więc?

– Przypadki nie istnieją, sam to wiesz najlepiej.

– Przynajmniej w tym się zgadzamy.

Nie mogłem się uspokoić. Macon Ravenwood nigdy nie wychodził z domu, a teraz stał w samym środku mokradeł i sprzeczał się z Ammą –

nawet nie miałem pojęcia, że ją zna! – na mój temat. Rozmawiali o Lenie i o medalionie!

Amma znowu przetrząsnęła torebkę.

– Przyniosłeś whisky? Wuj Abner przepada za Wild Turkey.

Macon wyciągnął butelkę.

– Połóż ją tam – powiedziała, wskazując na ziemię. – I odsuń się.

– Widzę, że ciągle boisz się mnie dotknąć po tych wszystkich latach.

– Niczego się nie boję. Trzymaj się z dala. Nie pytam cię o twoje sprawy i nie chcę o niczym wiedzieć.

Postawił butelkę na ziemi kilka kroków od Ammy. Podniosła ją, nalała alkoholu do miarki i wypiła. W całym życiu nie widziałem Ammy pijącej coś mocniejszego niż słodką herbatę. Potem wylała trochę alkoholu na trawę pokrywającą grób.

– Wujku Abnerze, potrzebujemy twojego wstawiennictwa. Wzywam twoją duszę, żeby przyszła w to miejsce.

Macon zakaszlał.

– Nadużywasz mojej cierpliwości, Melchizedeku.

Amma zamknęła oczy i wyciągnęła ramiona do nieba. Głowę odrzuciła do tyłu, jakby mówiła do księżyca. Pochyliła się i potrząsnęła małym woreczkiem, który wyjęła z torebki. Zawartość wysypała na grób. Kości kurczaka. Miałem nadzieję, że to nie te z koszyka ze smażonym kurczakiem, który miałem w ręku dziś po południu. Chociaż przeczucie podpowiadało mi, że to jednak te same kości.

– Co mówią? – spytał Macon.

Przebiegła palcami po kościach, rozkładając je na trawie.

– Nie dostałam odpowiedzi.

Przestał nad sobą panować.

– Nie mamy na to czasu! Co nam z wieszczki, skoro nic nie widzisz? Zostało nam mniej niż pięć miesięcy do jej szesnastych urodzin. Jeśli się przeistoczy, przeklnie nas wszystkich, śmiertelników i Obdarzonych. Mamy zobowiązanie, które oboje przyjęliśmy dawno temu. Ty wobec twoich śmiertelników, a ja – wobec Obdarzonych.

– Nie musisz mi przypominać o moich zobowiązaniach. I mów ciszej, słyszysz? Tego mi tylko potrzeba, żeby ktoś zobaczył nas tu razem. Jak by to wyglądało? Uczciwa kobieta z Gatlin i ty? Nie wtrącaj się do moich spraw.

– Jeśli się nie dowiemy, gdzie Saraf... gdzie ona jest i co planuje, będziemy mieć większe problemy niż twoje podupadające interesy, Amarie.

– Ona jest Istotą Ciemności. Nigdy nie wiadomo, skąd wieje wiatr, jeśli o nią chodzi. To tak, jakby próbować przewidzieć, gdzie uderzy cyklon.

– Mimo wszystko. Muszę wiedzieć, czy będzie próbowała kontaktować się z Leną.

– Nie „czy", ale „kiedy".

Amma znów zamknęła oczy, dotykając wisiorka, którego nigdy nie zdejmowała. Był to krążek z wygrawerowanym rysunkiem, który przypominał serce z czymś, co wyglądało jak krzyż wychodzący z góry. Obraz musiał być starty od pocierania przez Ammę, która robiła to już pewnie miliony razy, tak samo jak teraz. Szeptała coś monotonnie w języku, którego nie znałem, ale który gdzieś już kiedyś słyszałem.

Macon przechadzał się niecierpliwie. Poruszyłem się w zaroślach, starając się nie wydać żadnego odgłosu.

– Nie mogę dzisiaj nic odczytać. Wszystko jest mętne, niejasne. Myślę, że wuj Abner jest nie w humorze. Pewnie dlatego że coś powiedziałeś.

Twarz Macona się zmieniła, blada cera lśniła w ciemnościach. Gdy zrobił krok do przodu, jego ostre rysy wyglądały przerażająco w świetle księżyca.

– Dość tych gierek. Istota Ciemności weszła dzisiaj do mojego domu, co samo w sobie jest niemożliwością. Zjawiła się z twoim chłopcem, z Ethanem. A to może oznaczać tylko jedno. On ma moc, a ty ukrywałaś to przede mną.

– Nonsens. Jeśli ten chłopak ma moc, to ja mam ogon.

– Mylisz się, Amarie. Zapytaj Wielkich. Nie ma innego wyjaśnienia. To musiał być Ethan. Ravenwood jest chronione. Istota Ciemności nigdy nie byłaby w stanie tu wejść bez jakiejś potężnej pomocy.

– Chyba zwariowałeś. Ethan nie ma żadnej mocy. Wychowałam to dziecko, więc chyba bym o tym wiedziała, nie sądzisz?

– Tym razem się mylisz. Jesteś zbyt blisko niego, to zaciemnia spojrzenie. A mamy zbyt wiele do stracenia, żeby pozwolić sobie na błędy. Oboje jesteśmy obdarzeni pewnymi umiejętnościami. Ostrzegam cię, ten chłopak może znacznie więcej, niż się po nim spodziewamy.

– Zapytam Wielkich. Jeżeli jest coś, co powinnam wiedzieć, na pewno tego przede mną nie ukryją. Nie zapominaj, Melchizedeku, że musimy stawiać czoło zarówno zmarłym, jak i żywym, a to niełatwe zadanie.

Amma pogrzebała w torebce i wyciągnęła brudny sznurek z maleńkimi paciorkami.

– Cmentarne kości. Weź je. Wielcy chcą, żebyś je miał. Chronią dusze przed duchami i zmarłych przed zmarłymi. Dla nas, śmiertelników, są bezużyteczne. Daj to swojej siostrzenicy, Maconie. Nie skrzywdzą jej, a pomogą trzymać z dala Istoty Ciemności.

Macon ostrożnie wziął sznurek w palce i włożył do swojej chusteczki, jakby to był wyjątkowo ohydny robak.

– Jestem zobowiązany.

Amma odkaszlnęła.

– Proszę, powiedz im, że jestem bardzo zobowiązany – poprawił się.

Spojrzał na księżyc, jakby sprawdzał godzinę. I nagle odwrócił się i zniknął. Rozpłynął się we mgle, jakby zdmuchnięty powiewem wiatru.

Dziesiąty października

Czerwony sweter

Tuż przed wschodem słońca udało mi się w końcu pójść spać. Byłem
tak zmęczony, że nie czułem kości, jak by powiedziała Amma. A teraz
czekałem na Linka na rogu ulicy. Chociaż dzień był słoneczny, stałem
w swoim własnym cieniu. I byłem głodny. Dzisiejszego ranka nie miałem
odwagi spojrzeć na Ammę. Jedno jej spojrzenie i wyznałbym wszystko,
co widziałem ubiegłej nocy. Nie mogłem ryzykować.

Nie wiedziałem, co myśleć. Amma, której ufałem bardziej niż komukolwiek na świecie, tak jak rodzicom, a może nawet bardziej, miała swoje
tajemnice. I to jakie! Znała Macona i oboje chcieli rozdzielić nas z Leną.
To wszystko miało coś wspólnego i z medalionem, i z urodzinami Leny.
I z niebezpieczeństwem.

Nie potrafiłem sam rozwiązać tej łamigłówki. Musiałem porozmawiać
z Leną. O niczym innym nie byłem w stanie teraz myśleć. Więc nie zdzi-
wił mnie widok karawanu wyjeżdżającego zza rogu zamiast samochodu
Linka.

– Chyba już wiesz.

Wślizgnąłem się na siedzenie, rzucając plecak na podłogę przed sobą.

– Co wiem?

Uśmiechnęła się nieśmiało, przesuwając torbę w moją stronę.

– Podobno lubisz pączki. Słyszałam, jak burczało ci w brzuchu przez całą drogę z Ravenwood.

Spojrzeliśmy na siebie z zakłopotaniem. Lena skubnęła kawałek nitki z miękkiego czerwonego haftowanego swetra, który wyglądał jak coś, co Siostry przechowałyby na strychu. Znając Lenę, mogłem sądzić, że to nie było kupione w markecie w Summerville.

Czerwony? Od kiedy ona nosiła czerwony?

Była w dobrym nastroju; właśnie uporała się z przygnębieniem. Nie słyszała moich myśli. Nie wiedziała o Ammie ani o Maconie. Po prostu chciała się ze mną zobaczyć. Myślę, że dotarło do niej coś z tego, co powiedziałem zeszłego wieczoru. Może chciała dać nam szansę? Uśmiechnąłem się i otworzyłem białą papierową torbę.

– Mam nadzieję, że jesteś głodny. Pewien gruby gliniarz miał na nie chrapkę, ale ja byłam pierwsza.

Ruszyła z miejsca.

– Więc miałaś ochotę podwieźć mnie do szkoły?

To było coś nowego.

– Nie.

Opuściła szybę, poranny wietrzyk rozwiewał jej włosy. Dzisiaj to był po prostu zwykły wiatr.

– Masz lepszy pomysł?

Cała jej twarz rozbłysła blaskiem.

– Czy może być coś lepszego niż dzień w Stonewall Jackson?

Wyglądała na szczęśliwą. Gdy skręciła kierownicą, nie dojrzałem numeru na jej ręce. Żadnego atramentu, żadnej liczby, żadnych urodzin. Nie martwiła się niczym, przynajmniej dziś.

Sto dwadzieścia. Znałem tę liczbę tak, jakby była napisana na mojej dłoni niewidzialnym atramentem. Sto dwadzieścia dni do tego jednego, którego Macon i Amma tak bardzo się boją.

Gdy skręciliśmy na drogę numer 9, wyjrzałem przez okno, pragnąc, żeby jeszcze przez chwilę była taka jak teraz. Zamknąłem oczy, przypominając sobie w myśli plan rozgrywki: pick'n'roll, picket fences, down the lane. Napór na całej linii.

Zanim dotarliśmy do Summerville, wiedziałem, dokąd jedziemy. Poza ostatnimi trzema rzędami w kinie było tylko jedno miejsce, gdzie jeździła młodzież w Summerville.

Karawan przetoczył się przez zakurzoną drogę za wieżą ciśnień na skraj pola. Zaparkowaliśmy? Koło wieży ciśnień? W biały dzień? Link nigdy by w to nie uwierzył.

Silnik zgasł. Szyby były opuszczone, wokół panowała cisza i lekki wiatr wpadał przez otwarte okna.

Czy tu przyjeżdżają wszyscy?

No... nie. Nie tacy jak my i nie w środku dnia.

Choć raz bądźmy jak inni. Zawsze musimy być sobą?

Lubię, gdy jesteśmy sobą.

Odpięła pas. Zrobiłem to samo i posadziłem ją sobie na kolanach. Czułem, że jest ciepła i szczęśliwa, gdy wygodnie się na nich rozparła.

Więc to jest parkowanie?

Zachichotała, odgarniając mi włosy z oczu.

– Co to? – Chwyciłem ją za rękę. Na nadgarstku miała bransoletkę, tę samą, którą Amma dała Maconowi zeszłej nocy na moczarach. Poczułem uścisk w żołądku i wiedziałem, że dobry nastrój Leny za chwilę pryśnie. Musiałem jej powiedzieć.

– Dostałam to od wuja.

– Zdejmij to.

Obróciłem sznurek, szukając supełka.

– Co? – Uśmiech zniknął z jej twarzy. – O co chodzi?

– Zdejmij to.

– Dlaczego? – Zabrała rękę.

– Ostatniej nocy coś się wydarzyło.

– Co takiego?

– Śledziłem Ammę do jej domu, do Wader's Creek. Wymknęła się od nas w środku nocy, żeby się spotkać z kimś na bagnach.

– Z kim?

– Z twoim wujkiem.

– Co tam robili?

Jej twarz stała się kredowobiała i wiedziałem, że na dzisiaj już koniec z parkowaniem.

– Mówili o tobie, o nas. I o medalionie.

– Co o medalionie? – zapytała poważnie.

– To jakiś rodzaj złowrogiego amuletu, cokolwiek to znaczy. Twój wuj powiedział Ammie, że go nie zakopałem. Wpadli w panikę.

– Skąd wiedzieli, że to amulet?

Zacząłem się denerwować. Nie dostrzegała istoty sprawy.

– Nie o to chodzi. Jakim cudem się znają? Wiedziałaś, że twój wuj zna Ammę?

– Nie, ale nie przedstawiono mnie wszystkim, których on zna.

– Leno, oni mówili o nas. O tym, że muszą trzymać medalion z dala od nas, i o tym, że chcą nas rozdzielić. Chyba uważają, że stanowię jakieś zagrożenie. Jakbym w czymś przeszkadzał. Twój wuj sądzi...

– Co?

– Sądzi, że mam jakąś moc.

Roześmiała się głośno, co zdenerwowało mnie jeszcze bardziej.

– Nie rozumiem dlaczego.

– Ponieważ przyprowadziłem Ridley do Ravenwood. Mówił, że muszę posiadać moc, żeby to zrobić.

Lena zmarszczyła brwi.

– Ma rację.

Nie takiej odpowiedzi oczekiwałem.

– Żartujesz sobie, prawda? Nie sądzisz, że gdybym miał moc, tobym o tym wiedział?

– Nie mam pojęcia.

Może i ona nie była tego pewna, ale ja tak. Mój tata był pisarzem, a mama spędzała czas, czytając pamiętniki nieżyjących generałów z czasów wojny secesyjnej. Od Obdarzonych dzieliło mnie tak wiele. No chyba że permanentną zdolność do wytrącania Ammy z równowagi można uznać za moc. Pewnie była jakaś luka, która pozwoliła Ridley przedostać się do środka. Powstała w którymś miejscu tej... granicy.

Lena myślała zapewne o tym samym.

– Nie denerwuj się. Na pewno jest jakieś wytłumaczenie, skąd Macon i Amma się znają. Dowiedzieliśmy się tego i już.

– Nie wyglądasz na przejętą.

– Czym?

– Tym, że nas oszukiwali. Oboje. Spotkali się potajemnie, próbując nas rozdzielić. Próbując nas zmusić, żebyśmy pozbyli się medalionu.

– Nigdy ich nie pytaliśmy, czy się znają.

Dlaczego tak się zachowywała? Dlaczego nie była zdenerwowana, ani zła?

– Po co mielibyśmy ich pytać? Nie sądzisz, że to dość dziwne, iż twój wujek spotyka się w środku nocy na moczarach z Ammą, która rozmawia z duchami i czyta z kości kurczaka?

– Może trochę, ale jestem pewna, że oni tylko próbują nas chronić.

– Przed czym? Przed prawdą? Poza tym rozmawiali o czymś jeszcze. Próbowali znaleźć jakąś Sarę. I o tym, że nas wszystkich przeklniesz, gdy staniesz się naznaczona.

– O czym ty mówisz?

– Nie wiem. Może spytaj wujka? Sprawdź, czy może powie ci prawdę, choć raz.

Zapędziłem się za daleko.

– Mój wuj ryzykuje życie, żeby mnie chronić. Zawsze stał za mną murem. Zabrał mnie do swojego domu, wiedząc, że za kilka miesięcy mogę się zmienić w potwora.

– A przed czym cię właściwie chroni? Wiesz to chociaż?

– Przede mną! – warknęła.

No i stało się. Pchnęła drzwi, zeszła z moich kolan i wyskoczyła na zewnątrz. Osłaniał nas cień ogromnej białej wieży ciśnień, ale dzień nie był już tak słoneczny. Tam, gdzie jeszcze przed chwilą widać było czyste niebo, pojawiły się szare chmury.

Zbliżała się burza. Lena nie chciała dłużej rozmawiać o wczorajszych wydarzeniach, ale ja nie zamierzałem dać za wygraną.

– To nie ma sensu. Dlaczego twój wuj spotyka się z Ammą w środku nocy, żeby jej powiedzieć, że ciągle mamy medalion? Dlaczego nie chcą, żebyśmy go mieli? A co najważniejsze, dlaczego chcą nas rozdzielić?

Staliśmy tak we dwójkę, krzycząc na środku pola. Bryza zamieniała się w silny wiatr. Targane nim włosy Leny trzepotały wokół jej twarzy.

– Nie wiem – odburknęła. – Rodzice zawsze starają się rozdzielić swoje dzieci. Jeśli chcesz wiedzieć dlaczego, to sam spytaj Ammę. Ona mnie przecież nienawidzi. Nie mogę nawet przyjechać po ciebie, bo się boisz, że zobaczy nas razem.

Poczułem gulę w gardle. Byłem zły na Ammę bardziej niż kiedykolwiek w całym życiu, ale nadal ją kochałem. To ona zostawiała „listy od wróżki" pod poduszką, gdy wypadł mi mleczny ząb, opatrywała każde skaleczenie, spędziła dużo czasu, ucząc mnie rzutów piłką, gdy chciałem się dostać do małej ligi. A od śmierci mamy, gdy tata zamknął się w swoim świecie, Amma była jedyną osobą, która o mnie dbała, której na mnie zależało i która zauważała moją nieobecność w szkole czy przegrany mecz. Chciałem wierzyć, że potrafiła to wszystko wytłumaczyć.

– Po prostu jej nie rozumiesz. Jej się zdaje...

– Że co? Że cię chroni? To tak jak wuj mnie. Przyszło ci do głowy, że oboje usiłują nas chronić przed jednym... przede mną?

– Dlaczego ciągle wracasz do tego samego?

– Jak mogę do tego nie wracać? Przecież o to właśnie chodzi. Boją się, że zranię ciebie albo kogoś innego.

– Mylisz się. Tu chodzi o ten medalion. Jest coś, co chcą przed nami ukryć. – Zacząłem szukać po kieszeniach, próbując namacać znany mi kształt zawinięty w chusteczkę. Po zeszłej nocy nic nie zmusiłoby mnie, żebym spuścił go z oczu. Byłem pewien, że Amma będzie go dzisiaj szukać, a gdyby go znalazła, nigdy już byśmy go nie ujrzeli. Położyłem medalion na masce samochodu. – Musimy sprawdzić, co się stanie.

– Teraz?

– A dlaczego nie?

– Nawet nie wiesz, czy to zadziała.

Rozwinąłem chusteczkę.

– Można to sprawdzić tylko w jeden sposób.

Chwyciłem jej rękę, chociaż usiłowała ją wyszarpnąć. Dotknąłem gładkiego metalu...

Poranne światło dnia zalśniło, stało się jaśniejsze... I to było wszystko, co zdołałem zobaczyć. Poczułem znajomy podmuch, który przeniósł mnie sto pięćdziesiąt lat wstecz. A potem szarpnięcie. Otworzyłem oczy. Zamiast błotnistego pola i płomieni w oddali, widziałem jedynie cień wieży ciśnień i karawan. Medalion nic nam nie pokazał.

– Czułaś to? Zaczęło się i nagle wszystko się urwało.

Kiwnęła głową, odpychając mnie.

– Chyba mi niedobrze od jazdy samochodem.

– Ty to blokujesz?

– O czym ty mówisz? Nic nie robię.

– Przysięgasz? Nie używasz jakiejś swojej mocy czy czegoś tam?

– Nie! Koncentruję się na odpieraniu mocy twojej głupoty. Ale chyba moje zdolności tu nie wystarczą.

To nie miało sensu, najpierw nas wciągnęło, a potem wizja się urwała. Co było nie tak? Lena sięgnęła, żeby ukryć medalion. Mój wzrok przykuła brudna bransoletka, którą Amma dała Maconowi.

– Zdejmij to.

Zagiąłem palec pod sznurkiem, podnosząc bransoletkę do oczu.

– Ethanie, to dla ochrony. Sam mówiłeś, że Amma cały czas robi takie rzeczy.

– Nie wydaje mi się.

– O czym ty mówisz?

– Mówię, że medalion nie działa za sprawą bransoletki.

– Wizje pojawiają się raz na jakiś czas, wiesz o tym.

– Ale już się zaczęło i nagle się urwało.

Potrząsnęła głową, a jej gęste włosy rozsypały się na ramionach.

– Naprawdę tak uważasz?

– Udowodnij, że jest inaczej. Zdejmij ją.

Popatrzyła na mnie, jak na wariata, widziałem jednak, że się zastanawia.

– Jeśli się mylę, włożysz ją z powrotem.

Zawahała się, ale po chwili podała mi rękę, żebym mógł zdjąć bransoletkę. Poluzowałem pętelkę i wsadziłem talizman do kieszeni. Sięgnąłem po medalion, a ona położyła swoją dłoń na mojej. Zamknąłem rękę na kamei i weszliśmy w nicość...

Deszcz zaczął padać prawie natychmiast. Ostry deszcz, ulewa. Jakby niebo się otworzyło. Ivy zawsze mówiła, że deszcz to łzy Boga. Dziś Genevieve w to wierzyła. To tylko kilka kroków, ale Genevieve nie mogła iść szybko. Nogi miała jak z waty. Ręce jej drżały. Uklękła przy Ethanie i ujęła jego głowę w swoje dłonie. Oddychał chrapliwie, ale żył.

– Nie! Nie jego. Już i tak zabrałeś zbyt wiele. Zbyt wiele. Nie jego... – Głos Ivy rwał się ze zdenerwowania, zaczęła się modlić.

– Ivy, idź po pomoc. Potrzebuję wody, whisky i czegoś do usunięcia kuli.

Genevieve wcisnęła w otwór po kuli w piersi Ethana zwinięty rą-
bek spódnicy.

– Kocham cię. Ożeniłbym się z tobą bez względu na to, co twoja
rodzina o tym myśli – wyszeptał.

– Nie mów tego, Ethanie Carterze Wate. Nie mów tak, jakbyś miał
zamiar umrzeć. Wszystko będzie dobrze – powtórzyła, próbując prze-
konać i siebie, i jego.

Genevieve zamknęła oczy i się skoncentrowała. Kwitnące kwiaty.
Płacz nowo narodzonych dzieci. Wschodzące słońce. Narodziny, a nie
śmierć. Zaczęła tworzyć w umyśle obrazy, pragnąc, żeby tak się stało.
Obrazy układały się w niekończącą się spiralę. Narodziny, nie śmierć.
Ethan zaczął się dławić. Otworzyła oczy i ich spojrzenia się spotkały.
Czas jakby się zatrzymał. I wtedy oczy Ethana się zamknęły, a jego
głowa opadła na bok.

Genevieve znów przymknęła powieki. Nie mógł umrzeć! Wezwała
całą swoją moc. Robiła to wcześniej miliony razy, przesuwając przed-
mioty w kuchni matki, płatając figle Ivy, uzdrawiając pisklęta, które
wypadły z gniazd.

Dlaczego miało się nie udać tym razem, gdy było to takie ważne?

– Ethanie, obudź się. Proszę.

Otworzyłem oczy. Staliśmy pośrodku pola, dokładnie w tym samym
miejscu, w którym wcześniej się kłóciliśmy. Popatrzyłem na Lenę. Jej
szeroko otwarte ogromne oczy lśniły.

– Boże.

Pochyliłem się i dotknąłem czerwonej plamy. Podobne widziałem na
roślinach i ziemi wokół.

– To krew.

– Jego?

– Chyba tak.

– Miałeś rację. Bransoletka blokowała wizje. Ale dlaczego wuj Macon

211

powiedział, że to dla ochrony?

– Może to prawda. Ale to nie jest jedyne jej przeznaczenie.

– Nie musisz mnie pocieszać.

– Coś próbują przed nami ukryć. Wiąże się to z medalionem i, mogę się założyć, z Genevieve. Musimy dowiedzieć się tyle, ile się da o jednym i o drugim. I trzeba to zrobić przed twoimi urodzinami.

– Dlaczego?

– Zeszłej nocy Amma rozmawiała z twoim wujkiem. To, co oboje chcą przed nami ukryć, ma związek z twoimi urodzinami.

Lena zaczerpnęła powietrza, jakby próbowała dojść do siebie.

– Wiedzą, że stanę się Istotą Ciemności. To dlatego.

– A co to ma wspólnego z medalionem?

– Nie wiem, ale to już bez znaczenia. Nic nie ma znaczenia. Za cztery miesiące nie będę już sobą. Widziałeś Ridley. Zamienię się w coś takiego albo jeszcze gorszego. Jeżeli wuj ma rację i naprawdę jestem Istotą Naturalną, to Ridley przy mnie będzie wyglądać jak wolontariuszka z Czerwonego Krzyża.

Przytuliłem ją, jakbym mógł ją ochronić przed czymś, co było nieuchronne – oboje to wiedzieliśmy.

– Nie wolno ci tak myśleć. Musi być sposób, żeby to powstrzymać, jeżeli to rzeczywiście jest prawda.

– Nie rozumiesz. Nie ma takiego sposobu. To się po prostu staje.

Podniosła głos. Wiatr zaczął się wzmagać.

– No dobrze, może masz rację. Może to się po prostu staje. Ale musimy znaleźć sposób, żeby temu zapobiec.

Jej oczy się zachmurzyły, podobnie jak niebo.

– Czy nie możemy się po prostu cieszyć tym, co nam zostało? – zapytała zrezygnowana.

Po raz pierwszy dotarły do mnie jej słowa.

Czas, jaki nam pozostał.

Nie mogłem jej utracić. Za nic w świecie. Już sama myśl, że nie będę mógł jej dotknąć, przyprawiała mnie o szaleństwo. To było gorsze, niż gdybym miał opuścić wszystkich przyjaciół. Straszniejsze, niż gdybym miał się stać najbardziej niepopularnym chłopakiem w szkole. I niż gdyby Amma ciągle miała być na mnie zła. Utrata Leny była najgorszą rzeczą, jaką mogłem sobie wyobrazić. Zupełnie, jakbym spadał, tylko że tym razem prosto na ziemię.

Myślałem o moim przodku padającym na ziemię i śladach krwi na polu. Zerwała się wichura. Powinniśmy wracać.

– Nie mów tak – odpowiedziałem na pytanie Leny. – Znajdziemy sposób.

Ale sam nie byłem pewny, czy w to wierzę.

Trzynasty października

Bibliotekarka Marian

Minęły trzy dni, a ja nie mogłem przestać myśleć o tajemnicach, które nas otaczały. Ethan Carter Wate został postrzelony i prawdopodobnie zmarł. Widziałem to na własne oczy. No cóż, technicznie rzecz ujmując, nikt z tamtych czasów od dawna już nie żył. Miałem jednak problemy, żeby przejść do porządku dziennego nad śmiercią tego konkretnego konfederata. A raczej konfederata dezertera, czyli mojego stryjecznego prapraprapradziadka.

Zastanawiałem się nad tym podczas lekcji algebry, gdy Savannah mordowała się z równaniem przed całą klasą, a pan Bates był zbyt zajęty czytaniem „Guns and Ammo", żeby to zauważyć. Myślałem o tym, siedząc na spotkaniu w szkolnym klubie towarzyskim Future Farmers of America, w którym ostatecznie wylądowałem z resztą paczki, gdy nie udało mi się znaleźć Leny. Link siedział kilka rzędów za mną z chłopakami, ale ich nie zauważyłem, dopóki Shawn i Emory nie zaczęli naśladować odgłosów zwierząt. Po chwili przestałem ich słyszeć. Moje myśli wciąż wracały do Ethana Cartera Wate'a.

Nie w tym rzecz, że był konfederatem. Każdy w Gatlin stanął po niewłaściwej stronie podczas wojny między stanami. Przywykliśmy już do tego. To tak, jakby urodzić się w Niemczech po drugiej wojnie światowej, w Japonii po ataku na Pearl Harbor czy w Ameryce po Hiroszimie. Historia potrafi być czasami wredna. Pochodzenia nie można zmienić, ale nie trzeba też w tym tkwić. Nikt nie musi kurczowo się trzymać przeszłości jak panie z CAR, Towarzystwo Historyczne w Gatlin czy Siostry. I nie należy się upierać, jak Lena, że rzeczy zawsze muszą być takie same. Ethan Carter Wate nie zaakceptował rzeczywistości i ja też nie chciałem tego robić.

Wiedziałem jedno. Skoro dowiedzieliśmy się, kim był dawny Ethan, musieliśmy też dowiedzieć się czegoś o Genevieve. Może nie bez powodu znaleźliśmy ten medalion. Może istniała przyczyna, dla której spotykaliśmy się we śnie, nawet jeśli to bardziej przypominało koszmary.

Kiedyś, kiedy jeszcze wszystko było normalne, gdy żyła mama, zapytałbym ją, co robić. Ale mamy już nie było, a tata odgrodził się od wszystkiego i nie mógł mi pomóc. Amma natomiast z całą pewnością nie pomogłaby nam w niczym, co miało związek z medalionem. Lena ciągle się dąsała z powodu Macona. Deszcz nadal padał. Powinienem zacząć odrabiać lekcje, co oznaczało, że będę potrzebował dwóch litrów czekolady i tyle ciastek, ile mogę unieść w drugim ręku.

Wyszedłem z kuchni i idąc przez hall, zatrzymałem się przed gabinetem. Tata brał prysznic na górze. To był jeden z niewielu powodów, dla których opuszczał gabinet. Drzwi pewnie były zamknięte na klucz. Od wydarzenia z rękopisem zawsze je zamykał.

Przyglądałem się klamce, zerkając jednocześnie w obie strony korytarza. Balansując ciastkami i kartonem z mlekiem, sięgnąłem do klamki. Zanim jej dotknąłem, usłyszałem kliknięcie zamka. Drzwi same się uchyliły, jakby ktoś w środku otworzył je przede mną. Ciastka posypały się na podłogę.

Miesiąc temu nie uwierzyłbym, ale teraz wiedziałem, że wszystko jest możliwe. W końcu to było Gatlin. Nie miasteczko, które wydawało mi się znajome aż do bólu, ale jakieś inne Gatlin, którego nie poznawałem. Dziewczyna, która tu mieszkała i na której mi zależało, pochodziła z rodziny Obdarzonych, nasza gospodyni była wieszczką czytającą z kości kurczaka na bagnach i wzywającą duchy zmarłych przodków, a tata zachowywał się jak wampir.

Jeśli chodzi o Gatlin, nic nie było zbyt niewiarygodne. To zabawne, że można mieszkać w jakimś miejscu przez całe życie i nie znać go tak do końca.

Pchnąłem drzwi powoli, niepewnie. Zobaczyłem część gabinetu oraz półki wypełnione książkami mamy i znaleziskami z czasów wojny secesyjnej, które zbierała wszędzie, gdzie się dało. Wciągnąłem głęboko powietrze, zachwycając się zapachem. Nic dziwnego, że tata nigdy nie wychodził z tego pokoju.

Prawie ją widziałem, zwiniętą w starym fotelu koło okna, na którym zawsze czytała. Po drugiej stronie drzwi zwykła pisać na maszynie. Gdybym otworzył je nieco szerzej, zobaczyłbym ją siedzącą w tym miejscu. Tylko że teraz już nie było słychać maszyny i wiedziałem, że jej tam nie ma. I nigdy nie będzie.

Potrzebne mi książki stały na tych półkach. Jedyną osobą, która znała historię Gatlin lepiej od Sióstr, była mama. Zrobiłem krok, otwierając drzwi nieco szerzej...

– Święci Pańscy, Ethanie Wate, jeżeli tylko tu wejdziesz, ojciec tak złoi ci skórę, że popamiętasz.

Omal nie upuściłem mleka. To Amma.

– Nie robię nic złego. Drzwi się same otworzyły.

– Wstydź się. Żaden duch z Gatlin nie odważyłby się postawić nogi w gabinecie twoich rodziców, z wyjątkiem samej mamy.

Patrzyła na mnie przekornie. Coś w jej oczach sugerowało, że próbuje mi coś powiedzieć, może prawdę. Może to mama otworzyła drzwi.

Bo jedno było pewne. Ktoś lub coś chciało, żebym wszedł do gabinetu, tak samo, jak ktoś inny usiłował mnie od tego powstrzymać.

Amma zatrzasnęła drzwi i wyjęła klucz z kieszeni, żeby je zamknąć. Usłyszałem kliknięcie zamka i wiedziałem, że moja szansa zniknęła równie szybko, jak się pojawiła. Amma skrzyżowała ręce.

– Nie masz żadnych lekcji do odrobienia? – Popatrzyłem na nią poirytowany. – Znów się wybierasz do biblioteki? Skończyliście ten referat z Linkiem?

I wtedy doznałem olśnienia.

– Tak, idę do biblioteki. Właśnie taki miałem zamiar.

Pocałowałem ją w policzek i pobiegłem.

– Pozdrów ode mnie Marian i nie spóźnij się na obiad.

Stara dobra Amma. Zawsze miała na wszystko odpowiedź, świadomie czy nie. I bez względu na to, czy chciała jej udzielić.

Lena czekała na mnie na parkingu miejskiej biblioteki. Spękany beton był ciągle mokry i lśniący od deszczu. Chociaż biblioteka miała być otwarta jeszcze przez ponad dwie godziny, karawan Leny był jedynym samochodem na parkingu, wyjąwszy starą, dobrze mi znaną turkusową ciężarówkę. No cóż, w Gatlin nie interesowano się specjalnie książkami. Każdy, kto szukał informacji o mieście (nie o jakimś tam mieście, lecz właśnie o Gatlin), mógł zapytać dziadka. A jeśli dziadek czy pradziadek nie mogli sobie niczego przypomnieć, oznaczało to, że nie było to nic wartego zapamiętania.

Lena zaparkowała z boku budynku. Pisała coś w notesie. Miała na sobie postrzępione dżinsy, ogromne kalosze i miękki czarny T-shirt. Maleńkie warkoczyki wisiały wokół jej twarzy, prawie niewidoczne wśród loków. Wyglądała jak zwykła dziewczyna. Nie mogłem się zdecydować, czy tego właśnie oczekiwałem. Jedno wiedziałem na pewno – chciałem ją znów pocałować, ale musiałem zaczekać. Jeżeli znajdziemy odpowiedzi na nasze pytania u Marian, będę miał mnóstwo okazji, żeby całować się z Leną.

Znów przebiegłem w myślach plan rozgrywek: pick'n'roll...

– Naprawdę myślisz, że znajdziemy coś, co nam pomoże? – Spojrzała na mnie pytająco znad notesu.

Podałem jej dłoń, pomagając wysiąść.

– Nie coś. Kogoś.

Biblioteka sama w sobie była piękna. Spędziłem tu mnóstwo czasu jako dziecko. Odziedziczyłem po mamie przekonanie, że miejsce, gdzie zgromadzono tyle książek, to swoisty rodzaj świątyni. Biblioteka w Gatlin była jednym z niewielu budynków, które przetrwały przemarsz wojsk Shermana i wielki pożar. Ona i siedziba Towarzystwa Historycznego były najstarszymi budowlami w mieście oprócz rezydencji w Ravenwood. Biblioteka mieściła się w starym, dwupiętrowym, szacownym budynku w stylu wiktoriańskim, podniszczonym przez deszcze, z łuszczącą się białą farbą, który od dziesiątków lat porastała winorośl. Wewnątrz pachniało starym drzewem i kreozotem, plastikowymi okładkami na książki i starym papierem. Zapach starego papieru był, jak mawiała mama, zapachem czasu.

– Nie rozumiem. Dlaczego biblioteka?

– To nie jest zwykła biblioteka. Tu pracuje Marian Ashcroft.

– Bibliotekarka? Znajoma wujka Macona?

– Marian była najlepszą przyjaciółką mamy i jej partnerką w badaniach naukowych. Jest jedyną osobą, która wie o Gatlin tak dużo jak moja mama, i teraz jest najmądrzejszą osobą w miasteczku.

Lena popatrzyła na mnie sceptycznie.

– Mądrzejszą niż wujek Macon?

– No dobrze, najmądrzejszą wśród śmiertelników.

Nigdy nie mogłem zrozumieć, co ktoś taki jak Marian robi w Gatlin.

– To, że mieszkasz tam, gdzie diabeł mówi dobranoc – mawiała Marian, jedząc z moją mamą kanapki z tuńczykiem – nie znaczy, że możesz nie wiedzieć, gdzie mieszkasz.

Nie miałem pojęcia, o co jej chodziło. Nie rozumiałem większości z tego, co mówiła. Pewnie dlatego była w świetnych stosunkach z mamą. Nie rozumiałem też większości tego, co mówiła mama. To naprawdę był najwybitniejszy umysł w mieście i najwspanialszy charakter.

Gdy weszliśmy do biblioteki, Marian krążyła między regałami bez butów, w samych tylko pończochach, zawodząc jak jakiś obłąkaniec z jednej z greckich tragedii, które wciąż recytowała. Ponieważ biblioteka przypominała wymarłe miasto, z wyjątkiem momentów, kiedy przychodziła tu któraś z pań z CAR, aby sprawdzić jakąś sporną kwestię genealogiczną, Marian miała całą przestrzeń tylko dla siebie.

– *Czyś zasłyszała, czy uszło twej wiedzy?* – śpiewała.

Szedłem tam, skąd dochodził jej głos.

– *Czyś zasłyszała...*

Skręciłem za róg, do działu literatury pięknej. Marian stała tam ze stosem książek w rękach, patrząc prosto na mnie.

– *Czy uszło twej wiedzy...*

Lena zatrzymała się tuż za mną.

– *Że znów wrogowie...*

Marian spoglądała przez kwadratowe, czerwone okulary do czytania to na mnie, to na Lenę.

– *Godzą w naszych miłych?*

Marian była tam, ale jej nie było. Dobrze znałem to spojrzenie i wiedziałem, że chociaż mogła sypać cytatami jak z rękawa, nie wybierała ich przypadkowo. Jacy wrogowie godzili we mnie czy moich przyjaciół? Jeżeli tym przyjacielem była Lena, nie byłem pewien, czy chcę to wiedzieć.

Czytałem dużo, ale nie tragedie greckie.

– *Edyp?*

Uściskałem Marian nad stosem książek. Ona przytuliła mnie tak mocno, że nie mogłem złapać tchu, a nieporęczna biografia generała Shermana wbiła mi się w żebra.

– *Antygona* – odpowiedziała Lena.

Popisuje się, pomyślałem.

– Doskonale. – Marian uśmiechnęła się zza mojego ramienia. Zrobiłem minę do Leny, a ona wzruszyła ramionami.

– Domowa edukacja – mruknęła.

– To zawsze robi wrażenie, gdy spotyka się młodą osobę, która zna *Antygonę*.

– Z tego, co pamiętam, to chciała tylko pochować zmarłego.

Marian uśmiechnęła się do nas. Wcisnęła połowę książek mnie, a połowę Lenie. Gdy się uśmiechała, wyglądała jak z okładki czasopisma. Miała białe zęby i cudowną brązową karnację. Wyglądem bardziej przypominała modelkę niż bibliotekarkę. Egzotyczna uroda odzwierciedlała historię rodów wywodzących się z Południa, Karaibów, Tysiąca Wysp, Anglii, Szkocji czy nawet Afryki, a wszystkie były do tego stopnia przemieszane, że trzeba by było całego lasu drzew genealogicznych, żeby zrobić wykres.

Chociaż byliśmy na południe od Gdzieś i na północ od Nikąd, jak by powiedziała Amma, Marian Ashcroft był ubrana tak, że mogłaby uczyć na Uniwersytecie Duke'a. Ubranie, biżuteria, kolorowe wzorzyste szale, wszystko to, co stanowiło jej wizytówkę, sprawiało wrażenie, jak by nie było stąd. Całości dopełniały świetnie ostrzyżone krótkie włosy.

Marian nie należała do Gatlin, tak jak Lena, a przecież mieszkała tu tak długo jak mama. A teraz już dłużej.

– Bardzo za tobą tęskniłam, Ethanie. A ty pewnie jesteś siostrzenicą Macona, Leną. Niesławna nowa dziewczyna w mieście. Dziewczyna od okna. Słyszałam o tobie. Od tych pań, które tu się czasem zjawiają. One dużo mówią.

Przeszliśmy z Marian do przodu i załadowaliśmy książki na wózek.

– Proszę nie wierzyć wszystkiemu, co pani słyszy, doktor Ashcroft.

– Marian, proszę.

Omal nie upuściłem książki. Z wyjątkiem mojej rodziny Marian kazała się tytułować „doktor Ashcroft" niemal każdemu w miasteczku. Nie miałem pojęcia, dlaczego Lenie zaoferowano natychmiastowy wstęp do ścisłego grona przyjaciół.

– Marian. – Lena się uśmiechnęła. To był pierwszy przejaw naszej słynnej gościnności z Południa, który nie pochodził ode mnie czy od Linka, tylko od osoby z zewnątrz.

– Jedyne, co chciałam wiedzieć, to czy unicestwiłaś następne pokolenie CAR, gdy rozbiłaś tę szybę kijem od miotły? – Marian zaczęła opuszczać rolety, machając na nas ręką, żebyśmy jej pomogli.

– Oczywiście, że nie. Gdybym tak zrobiła, skąd wzięłabym całą tę darmową reklamę?

Marian odrzuciła głowę do tyłu i roześmiała się serdecznie, obejmując Lenę ramieniem.

– Wspaniałe poczucie humoru, Leno. Tego nam potrzeba, żeby przetrwać w tym mieście.

Lena westchnęła.

– Słyszę mnóstwo żartów, głównie na własny temat.

– A przecież „pomniki dowcipu przetrwają pomniki władzy".

– Szekspir? – Czułem się trochę osamotniony w ich towarzystwie.

– Blisko, Ethanie, sir Francis Bacon. I jeżeli sądzisz, że to on pisał sztuki Szekspira, to niewykluczone, że masz rację.

– Poddaję się.

Marian zwichrzyła mi czuprynę.

– Odkąd cię ostatnio widziałam, urosłeś chyba jakieś pół metra. Czym cię teraz Amma karmi? Zapiekanka na śniadanie, lunch i kolację? Mam wrażenie, że nie widziałam cię już sto lat.

Popatrzyłem na nią.

– Wiem, przepraszam. Po prostu jakoś nie miałem ochoty... na czytanie.

Wiedziała, że kłamię, ale wiedziała też, o co mi chodzi. Marian podeszła do drzwi i przekręciła napis „Otwarte" na „Zamknięte". Zasunęła zasuwę, która głośno szczęknęła w zamku. Przypomniało mi to o nauce.

– Myślałem, że biblioteka jest otwarta do dziewiątej?

Jeśli nie, to straciłbym cenne alibi dla spotkania z Leną.

– Nie dzisiaj. Naczelna bibliotekarka ogłasza niniejszym dzisiejszy dzień dniem świątecznym dla biblioteki w Gatlin. – Puściła oko. – Dla bibliotekarki.

– Dzięki, ciociu Marian.

– Wiem, że nie byłoby cię tu, gdyby nie ważny powód, i podejrzewam, że tym powodem jest siostrzenica Macona Ravenwooda. Zapraszam was na zaplecze. Zrobimy sobie herbatę i spróbuję wam pomóc.

Marian uwielbiała dobre kalambury.

– To raczej pytanie niż problem.

Dotknąłem kieszeni, w której ciągle spoczywał medalion zawinięty w chustkę Sulli Wieszczki.

– „Pytaj o wszystko. Dowiedz się czegoś. Na nic nie odpowiadaj".

– Homer?

– Eurypides. Jeśli dalej będzie ci tak szło, udam się na spotkanie rady pedagogicznej.

– Sama powiedziałaś, żeby na nic nie odpowiadać.

Otworzyła zamek w drzwiach z napisem ARCHIWUM PRYWATNE.

– Ja tak powiedziałam?

Podobnie jak Amma, Marian zawsze miała na wszystko odpowiedź. Jak dobra bibliotekarka. Jak mama.

Nigdy nie byłem na zapleczu, w prywatnym archiwum Marian. I jeśli się nad tym zastanowić, to nie znam nikogo, kto by tu wszedł z wyjątkiem mamy. To była ich wspólna przestrzeń, miejsce, gdzie pisały, prowadziły prace badawcze i nie wiadomo co jeszcze. Nawet tacie nie wolno było tu wchodzić. Pamiętam, jak Marian zatrzymała go w drzwiach, gdy mama ślęczała wewnątrz nad jakimś historycznym dokumentem.

– Prywatne to prywatne.

– To biblioteka, Marian. Biblioteki zostały stworzone po to, żeby nam wszystkim demokratycznie udostępniać wiedzę.

– Tutaj biblioteki istnieją po to, żeby anonimowi alkoholicy mieli gdzie się spotykać, gdy baptyści ich wyrzucą.

– Marian, nie bądź śmieszna. To tylko archiwum.

– Nie traktuj mnie jak bibliotekarki. Myśl o mnie jak o zwariowanej uczonej. A to jest moje tajemne laboratorium.

– Jesteś szalona. Siedzicie tam we dwie i oglądacie jakieś rozsypujące się stare papierzyska.

– „Jeżeli powierzysz swoje sekrety wiatrowi, nie wiń wiatru za to, że powierzył je drzewom".

– Khalil Gibran – wypalił.

– „Trzech dochowa sekretu, gdy dwóch z nich już nie żyje".

– Benjamin Franklin.

W końcu nawet mój ojciec dał za wygraną. Wróciliśmy więc do domu i zjedliśmy lody czekoladowe z bakaliami. Od tego czasu zawsze uważałem moją mamę i Marian za niepokonane siły przyrody. Dwie zwariowane uczone, jak powiedziała Marian, przykute do siebie w laboratorium. Produkowały masowo jedną książkę po drugiej. Raz były nawet na krótkiej liście nominowanych do nagrody *Voice of the South*, odpowiednika Nagrody Pulitzera. Tata był bardzo dumny z mamy, z nich obu, chociaż tamtego dnia skończyło się tylko na przejażdżce. „Żywy umysł", tak mówił o mamie, zwłaszcza gdy pracowała właśnie nad jakimś projektem. Była wtedy zupełnie nieobecna, a mimo to właśnie w takie dni kochał ją najbardziej.

A teraz siedziałem w prywatnym archiwum bez taty ani mamy. I bez lodów czekoladowych w miseczce przede mną. Rzeczy szybko się tutaj zmieniały, jak na miasteczko, które wciąż pozostawało takie samo.

Pokój, wyłożony ciemną boazerią, był najbardziej odizolowaną, duszną klitką bez okien w jednym z najstarszych budynków w Gatlin. Pośrodku stały równolegle cztery długie dębowe stoły. Każdy centymetr ściany był zapchany książkami. *Artyleria i sprzęt bojowy w wojnie secesyjnej* i *Bawełna królem. Białe złoto Południa.* Płaskie metalowe szuflady zawierały manuskrypty, a wypchane segregatory szczelnie wypełniały małe pomieszczenie na tyłach archiwum.

Marian zajęła się imbryczkiem i kuchenką elektryczną. Lena podeszła do ściany, na której wisiały mapy hrabstwa Gatlin, rozpadające się za szybą, stare jak same Siostry.

– Spójrz, Ravenwood. – Lena wskazała na mapę. – A tu jest Greenbrier. Na tej mapie widać granicę między posiadłościami.

Poszedłem w najdalszy kąt pomieszczenia, gdzie stał stół pokryty cienką warstwą kurzu i gdzieniegdzie pajęczynami. Leżał na nim otwarty stary statut założycielski Towarzystwa Historycznego z zakreślonymi nazwiskami i ołówkiem zatkniętym w grzbiet. Mapa, naniesiona na kalkę techniczną i przypięta do współczesnej mapy Gatlin, wyglądała tak, jakby ktoś próbował wydobyć starą miejscowość z nowej. A na wierzchu leżało zdjęcie obrazu, który jak sam widziałem, wisiał nad wejściem do domu Macona Ravenwooda.

Kobieta z medalionem.

Genevieve. To musi być Genevieve. Musimy jej powiedzieć, Leno. Musimy zapytać.

Nie możemy. Nie możemy nikomu zaufać. Nawet nie wiemy, skąd się biorą nasze wizje.

Leno, zaufaj mi.

– Co to jest, ciociu Marian?

Popatrzyła na mnie, a jej twarz na chwilę się zachmurzyła.

– To nasz projekt. Twojej mamy i mój.

Dlaczego mama miała zdjęcie obrazu z Ravenwood?

Nie wiem.

Lena podeszła do stołu i wzięła do ręki fotografię.

– Marian, co robiłyście z tym obrazem?

Marian wręczyła nam po filiżance herbaty. Ze spodeczkiem. Jeszcze jedna rzecz typowa dla Gatlin. Filiżanka i spodeczek były tu nierozłączne, bez względu na wszystko.

– Powinnaś znać ten obraz, Leno. Należy do wujka Macona. Właściwie to on przysłał mi to zdjęcie.

– A kim jest ta kobieta?

– Genevieve Duchannes. Sądziłam, że ją znasz.

– Właściwie to nie.

– Czy wujek nie opowiadał ci o waszych przodkach?

– Nie rozmawiamy o nieżyjących krewnych. Nikt nie chce ze mną rozmawiać o moich rodzicach.

Marian podeszła do szafy z płaskimi szufladami, szukając czegoś.

– Genevieve Duchannes była twoją prapraprapraprababką. To bardzo interesująca postać. Lila i ja zbadałyśmy całe drzewo rodowe Duchannes'ów w ramach projektu, a twój wuj, Macon, pomagał nam przy tym aż do – spojrzała na podłogę – zeszłego roku.

Mama poznała osobiście Macona Ravenwooda? Myślałem, że znał tylko jej publikacje.

– Powinnaś wiedzieć co nieco o swoich przodkach.

Marian przewróciła kilka pergaminowych kartek. Przed nami było drzewo rodowe Leny, a obok Macona.

Wskazałem Lenie nazwiska jej przodków.

– To dziwne. Wszystkie kobiety w twojej rodzinie mają to samo nazwisko, Duchannes. Nawet te, które wyszły za mąż.

– To tradycja w mojej rodzinie. Kobiety zachowują nazwisko rodowe po ślubie. – Marian przewróciła stronę i spojrzała na Lenę.

– To częsty przypadek w rodach, w których kobiety uważane są za szczególne postacie.

Drzewo rodziny Duchannes'ów

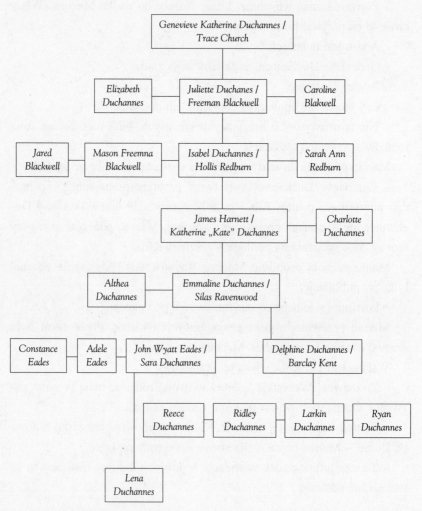

Genevieve Katherine Duchannes /
Trace Church

Elizabeth
Duchannes

Juliette Duchanes /
Freeman Blackwell

Caroline
Blakwell

Jared
Blackwell

Mason Freemna
Blackwell

Isabel Duchannes /
Hollis Redburn

Sarah Ann
Redburn

James Harnett /
Katherine „Kate" Duchannes

Charlotte
Duchannes

Althea
Duchannes

Emmaline Duchannes /
Silas Ravenwood

Constance
Eades

Adele
Eades

John Wyatt Eades /
Sara Duchannes

Delphine Duchannes /
Barclay Kent

Reece
Duchannes

Ridley
Duchannes

Larkin
Duchannes

Ryan
Duchannes

Lena
Duchannes

Drzewo rodziny Ravenwoodów

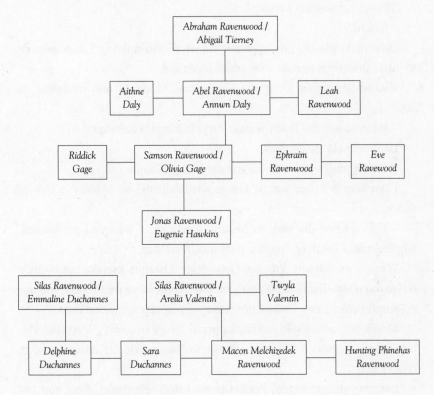

Abraham Ravenwood /
Abigail Tierney

Aithne
Daly

Abel Ravenwood /
Annwn Daly

Leah
Ravenwood

Riddick
Gage

Samson Ravenwood /
Olivia Gage

Ephraim
Ravenwood

Eve
Ravewood

Jonas Ravenwood /
Eugenie Hawkins

Silas Ravenwood /
Emmaline Duchannes

Silas Ravenwood /
Arelia Valentin

Twyla
Valentin

Delphine
Duchannes

Sara
Duchannes

Macon Melchizedek
Ravenwood

Hunting Phinehas
Ravenwood

Chciałem zmienić temat. Wolałem nie zagłębiać się przy Marian w rodowody kobiet, które się czymś wyróżniały. Zwłaszcza tych, które należały do rodziny Leny, a to dlatego że Lena z całą pewnością była jedną z nich.

– Dlaczego badałyście z mamą drzewo Duchannes'ów? Co to był za projekt?

Marian zamieszała herbatę.

– Cukru?

Odwróciła głowę, gdy sypałem cukier do filiżanki. – Tak naprawdę to interesował nas przede wszystkim medalion.

Wskazała kolejną fotografię Genevieve. Miała na niej medalion na szyi.

– Interesował nas jeden wątek. Zwykła historia miłosna.

Uśmiechnęła się smutno.

– Twoja matka była wielką romantyczką, Ethanie.

Utkwiłem w Lenie wzrok. Oboje wiedzieliśmy, co Marian za chwilę powie.

– Co ciekawe dla was, ta historia wiąże się z waszymi przodkami. Konfederacki żołnierz i piękna pani na Greenbrier.

Wizje z medalionu. Płonące Greenbrier. Ostatnia książka mamy była o tym, co widzieliśmy, a co zaszło między Genevieve a Ethanem, prapraprapraprababką Leny i moim stryjecznym prapraprapradziadkiem.

Mama pracowała nad tą książką przed swoją śmiercią. Wszystko kłębiło mi się w głowie. Właśnie takie było Gatlin. Nic nie zdarzało się tu tylko raz.

Lena wyglądała blado. Pochyliła się i dotknęła mojej dłoni spoczywającej na zakurzonym stole. Nagle poczułem znajomy prąd.

– Proszę. Tu jest list, który zainicjował cały projekt.

Marian położyła na dębowym stole dwa arkusze pergaminu. W duchu byłem zadowolony, że nie zmieniła niczego na stole, przy którym pracowała mama. Traktowałem go jako pomnik, był bardziej w jej stylu niż goździki, które wszyscy kładli na trumnie. Nawet członkinie CAR przyszły na pogrzeb i przyniosły naręcze goździków jak wariatki, chociaż mama tego nie znosiła. Całe miasto, baptyści, metodyści, a nawet zielonoświątkowcy przybywali z okazji śmierci, narodzin czy ślubu.

– Możesz go przeczytać, tylko nie dotykaj. To jeden najstarszych dokumentów w Gatlin.

Lena pochyliła się nad listem, przytrzymując włosy, żeby nie dotknęły pergaminu.

– Byli beznadziejnie zakochani, ale tak bardzo się różnili. – Przejrzała list. – „Różne gatunki", tak ich nazywano. Jej rodzina próbowała ich rozdzielić. On się zaciągnął do wojska, mimo że nie wierzył w wojnę. Miał nadzieję, że dzięki temu zdobędzie uznanie jej rodziny.

Marian zamknęła oczy, recytując:

– „Mogę równie dobrze być małpą, jak i człowiekiem, ze wszystkich dobrych rzeczy, które mogą mnie spotkać w Greenbrier. Chociaż jestem tylko zwykłym śmiertelnikiem, moje serce pęka z bólu na myśl, że spędzę resztę życia bez ciebie, Genevieve".

To było jak poezja, jak coś, co w moim wyobrażeniu mogłaby napisać Lena.

Marian otworzyła oczy.

– Tak jakby był Atlasem, niosącym ciężar całego świata na swoich ramionach.

– To wszystko jest takie smutne – westchnęła Lena, patrząc na mnie. – Byli zakochani, wybuchła wojna. Nie chciałabym wam tego mówić, ale to się prawdopodobnie źle skończyło, przynajmniej na to wygląda.

Marian skończyła swoją herbatę.

– A co z medalionem? – Wskazałem na zdjęcie.

– Przypuszczalnie Ethan dał go Genevieve jako dowód potajemnych zaręczyn. Nigdy się nie dowiemy, co się z nim stało. Nikt go nie widział od tej nocy, gdy Ethan zmarł. Ojciec Genevieve zmusił ją, by poślubiła innego. Ale według legendy zatrzymała medalion i została z nim pochowana. Mówiono, że to amulet o olbrzymiej mocy.

Zadrżałem. Amulet o potężnej mocy, pogrzebany razem z Genevieve, spoczywał bezpiecznie w mojej kieszeni. I do tego złowrogi, jak twierdzą Macon i Amma. Czułem, jak pulsuje, jakby żarzył się na gorących węglach.

Ethanie, nie.

Musimy. Ona może nam pomóc. Moja mama by nam pomogła.

Wsunąłem rękę do kieszeni, dotykając zniszczonej kamei, i chwyciłem dłoń Marian. Miałem nadzieję, że to jest ta chwila, w której medalion zadziała. Filiżanka Marian rozbiła się o podłogę. Pokój zaczął wirować.

– Ethanie! – krzyknęła.

Lena wzięła Marian za rękę. Światło w pokoju zgasło.

– Nie martw się. Będziemy z tobą cały czas – zabrzmiał z oddali głos Leny, a ja usłyszałem odgłos wystrzałów armatnich.

Po chwili bibliotekę wypełnił deszcz...

Strugi deszczu lały się prosto z nieba. Wiatr wzmagał się, gasząc płomienie, ale było już za późno.

Genevieve patrzyła na to, co pozostało ze wspaniałej rezydencji. Dziś straciła wszystko. Mamę. Evangeline. Nie mogła stracić jeszcze Ethana.

Ivy biegła do niej przez błoto. Rzeczy, o które prosiła Genevieve, miała w podwiniętej spódnicy, którą przytrzymywała jedną ręką.

– Spóźniłam się, Panie w Niebiesiech, spóźniłam się! – krzyczała Ivy. Rozglądała się zdenerwowana dookoła. – Idziemy, panienko, nic już nie możemy zrobić.

Ale Ivy się myliła. Była jeszcze jedna rzecz.

– Nie jest jeszcze za późno. Nie jest... – powtarzała Genevieve.

– Mówisz jak szalona, dziecino.

Popatrzyła z rozpaczą na Ivy.

– Muszę mieć tę księgę.

Ivy cofnęła się, potrząsając głową.

– Nie. Nie możesz eksperymentować z tą księgą. Nie wiesz nawet, co robisz.

Genevieve chwyciła starą kobietę za ramiona.

– Ivy, to jedyny sposób. Musisz mi ją dać.

– Nie wiesz, o co prosisz. Nic nie wiesz o tej księdze.

– Daj mi ją albo sama ją znajdę.

Czarny dym kłębił się za nimi, ogień powoli się dopalał, pożerając szczątki domu.

Ivy ugięła się i unosząc podartą spódnicę, poprowadziła Genevieve poza cytrynowy gaj jej matki. Genevieve nigdy nie postawiła stopy w tym miejscu. Nie było tu nic, tylko pola bawełny, a przynajmniej tak jej zawsze mówiono. Nigdy też nie miała powodu, żeby tu przychodzić, chyba że bawiła się z Evangeline w chowanego.

Ale Ivy przyszła tu w konkretnym celu. Wiedziała, dokąd zmierza. Genevieve ciągle słyszała z oddali odgłosy strzałów i rozdzierające krzyki sąsiadów patrzących na swoje spalone domy.

Ivy zatrzymała się przy dzikiej winorośli. Obok rósł rozmaryn, a jaśmin piął się po kamiennym murze. Bujna roślinność kryła małe sklepienie. Ivy pochyliła się i przeszła pod nim. Genevieve ruszyła za nią. Znalazła się w przestrzeni zamkniętej kamiennymi murami, idealnie kolistej.

– Co to?

– Twoja mama nie chciała, żebyś wiedziała o tym miejscu. Szybko zorientowałabyś się, co to jest.

Genevieve dostrzegła kamienne płyty wystające z wysokiej trawy. Oczywiście, cmentarz rodzinny. Przypomniała sobie to miejsce. Była bardzo mała, gdy zmarła jej praprababcia. Pogrzeb odbywał się w nocy, a matka stała pośród wysokiej trawy w świetle księżyca, szepcząc obce słowa w języku, którego Genevieve ani jej siostra nie rozumiały.

– Co tu robimy?

– Powiedziałaś, że chcesz księgę. Tak czy nie?

– Jest tutaj?

Ivy zatrzymała się i popatrzyła na Genevieve zdezorientowana.

– A gdzie miałaby być?

Nieco dalej stała następna budowla całkowicie przesłonięta dzikim winem. Krypta. Ivy zatrzymała się przy drzwiach.

– Na pewno chcesz?

– Nie mamy czasu!

Genevieve wyciągnęła rękę do klamki, ale jej nie było.

– Jak się to otwiera?

Stara kobieta stanęła na palcach, sięgając ręką nad drzwiami. Genevieve dostrzegła niewielki gładki kamień, oświetlony przez płonący dom, z wygrawerowaną połówką księżyca. Ivy położyła rękę nad księżycem i go wcisnęła. Kamienne drzwi zaczęły się otwierać. Słychać było, jak kamień trze o kamień. Ivy sięgnęła po coś do środka, zanim weszła. Świeczka.

Światło świecy rozjaśniło niewielkie pomieszczenie o powierzchni kilku metrów. Na każdej ścianie znajdowały się stare drewniane półki, a na nich mnóstwo maleńkich fiolek i buteleczek, wypełnionych roślinami, proszkiem i mętnymi płynami. Pośrodku pomieszczenia stał podniszczony kamienny stół, na którym leżało stare drewniane pudełko. Jedyną ozdobą był wygrawerowany na wieku mały półksiężyc. Taki sam, jak na kamieniu nad drzwiami.

– Nie dotknę go – powiedziała Ivy tak cicho, jakby się obawiała, że pudełko mogło ją usłyszeć.

– Ivy, to tylko książka.

– Nie ma takiej rzeczy jak tylko książka, a zwłaszcza w twojej rodzinie.

Genevieve delikatnie podniosła wieko. Księga została oprawiona w spękaną skórę, raczej szarą już teraz niż czarną. Nie było tytułu, tylko taki sam półksiężyc, wytłoczony na wierzchu. Genevieve ostrożnie wyjęła książkę z pudełka. Wiedziała, że stara Ivy była przesądna. Podśmiewała się z niej, ale zdawała sobie sprawę, że to mądra kobieta. Czytała z kart i liści herbaty, a matka Genevieve radziła się Ivy i jej liści herbacianych niemal we wszystkich sprawach – jaki jest najlepszy dzień do sadzenia roślin, żeby nie uschły, jakich ziół należy użyć podczas przeziębienia...

Księga była ciepła. Jakby żyła, oddychała.

– Dlaczego się jakoś nie nazywa? – spytała Genevieve.

– To, że książka nie ma wypisanego tytułu, nie znaczy, że nie ma go w ogóle. To jest Księga księżyców.

Nie było czasu do stracenia. Genevieve spojrzała na jasne płomienie w ciemnościach, na to, co pozostało z Greenbrier, i na Ethana.

Przekartkowała strony. Były tam setki zaklęć. Jak miała znaleźć to właściwe? I wtedy je ujrzała. Było zapisane po łacinie, w języku, który dobrze znała. Jej matka sprowadziła znanego nauczyciela z Północy, który nauczył ją i Evangeline łaciny. To był najważniejszy język w jej rodzinie.

Zaklęcie wiążące. Wiążące śmierć z życiem.

Genevieve położyła księgę na ziemi koło Ethana, trzymając palec pod pierwszą linijką zaklęcia.

Ivy chwyciła ją mocno za nadgarstek.

– To nie jest właściwa noc. Pół księżyca jest dla białej magii, cały dla czarnej. Noc bez księżyca służy czemuś zupełnie innemu.

Genevieve szarpnęła rękę, wyrywając się starej kobiecie.

– Nie mam wyboru. Nie mogę czekać do następnej nocy.

– Panienko Genevieve, musi panienka zrozumieć. Te słowa to coś więcej niż zaklęcie. To też transakcja. Nie można korzystać z Księgi księżyców i nie dać czegoś w zamian.

– Nie obchodzi mnie cena. Tu chodzi o życie Ethana. Straciłam wszystkich.

– Ten chłopiec nie ma przed sobą życia. Zostało mu zabrane. To,

co próbuje panienka zrobić, jest wbrew naturze. I jest niewłaściwe.
Genevieve wiedziała, że Ivy ma rację. Matka wpajała jej i Evange-
line, by przestrzegały praw natury. Teraz przekraczała granicę, której
nikt w całej jej rodzinie... nikt z Obdarzonych nie ośmieliłby się prze-
kroczyć.
 Ale nikogo z nich już nie było. Była sama.
 I musiała spróbować.

– Nie!
Lena przerwała krąg.
– Genevieve stała się Istotą Ciemności, nie rozumiecie tego? Użyła
czarnej magii.
Złapałem ją za ręce. Próbowała mi się wyrwać. Na ogół czułem od
niej coś w rodzaju słonecznego ciepła, ale teraz to było raczej tornado.
– Leno, ona nie jest tobą, a on nie jest mną. To wszystko zdarzyło się
ponad sto lat temu.
Lena wpadła w histerię.
– Ona jest mną, dlatego medalion chce, żebym to ujrzała. To ostrze-
żenie, żeby trzymać się od ciebie z daleka. Żebym cię nie zraniła, gdy
stanę się Istotą Ciemności.
Marian otworzyła oczy, które zdawały się jeszcze większe niż normalnie. Krótkie włosy, na ogół schludnie ułożone, teraz były potargane
przez wiatr. Wyglądała na wyczerpaną, ale była w doskonałym nastroju.
Znałem to spojrzenie. Takie samo widywałem u mamy.
– Nie jesteś naznaczona, Leno. Nie jesteś ani dobra, ani zła. Tak właśnie jest w rodzinie Duchannes'ów, gdy się ma piętnaście lat i czeka na
szesnaste urodziny. Znałam swego czasu naprawdę wielu Obdarzonych
i wielu z nich nosiło twoje nazwisko, zarówno Istoty Światła, jak i Istoty Ciemności. – Lena oniemiała. Spojrzała na Marian. – Nie zostaniesz

Istotą Ciemności. Jesteś tak samo melodramatyczna jak Macon. A teraz się uspokój.

Skąd wiedziała o urodzinach Leny? I o Obdarzonych?

– Macie medalion Genevieve. Dlaczego mi o nim nie powiedzieliście?

– Nie wiemy, co robić. Każdy mówi co innego.

– Pokażcie go.

Sięgnąłem do kieszeni. Lena położyła dłoń na moim ręku i wtedy zawahałem się. Marian była najbliższą przyjaciółką mamy. Była jak rodzina. Wiedziałem, że nie powinienem kwestionować jej motywów, ale w końcu to ja poszedłem za Ammą, gdy wybrała się na moczary, żeby się spotkać z Maconem Ravenwoodem. I gdybym tego nie zrobił, nigdy nie dowiedziałbym się o tym wszystkim.

– Skąd wiemy, że możemy ci zaufać? – spytałem, chociaż zadając to pytanie, czułem się okropnie.

– „Najlepszy sposób, żeby sprawdzić, czy możemy komuś zaufać, to po prostu zaufać".

– Elton John?

– Blisko. Ernest Hemingway. W pewnym sensie gwiazda rocka swoich czasów.

Uśmiechnąłem się, ale Lena wciąż nie potrafiła do końca wyzbyć się wątpliwości.

– Dlaczego mamy ci zaufać? Wszyscy ukrywają przed nami prawdę.

Marian spoważniała.

– Dlatego że nie jestem Ammą ani wujkiem Maconem. Nie jestem twoją babcią ani ciocią Delphine. Jestem śmiertelniczką i jestem neutralna. Między czarną a białą magią, Światłem a Ciemnością musi coś być – coś, co będzie się opierać przyciąganiu. I tym czymś jestem ja.

Lena odsunęła się od niej. To było dla nas obojga niepojęte. Skąd Marian wiedziała tak dużo?

– Kim jesteś? – W rodzinie Leny takie pytanie miało znaczenie.

– Naczelną bibliotekarką hrabstwa Gatlin. Zostałam nią, gdy się tu wprowadziłam, i zawsze nią będę. Nie jestem Obdarzona. Ja tylko przechowuję kroniki. I książki. – Marian przygładziła włosy. – Jestem strażnikiem, jednym w długiej linii śmiertelników, którym powierzono historię i tajemnice świata, którego cząstką tak naprawdę nie są i nigdy się nie staną. W każdym pokoleniu jest ktoś taki, a teraz tym kimś jestem ja.

– Ciociu Marian? – Byłem kompletnie zdezorientowany. – O czym ty mówisz?

– Powiedzmy sobie, że są biblioteki i biblioteki. Służę wszystkim dobrym obywatelom w Gatlin bez względu na to, czy są to Obdarzeni, czy śmiertelnicy. To świetnie funkcjonuje, ponieważ ta druga część mojej działalności to raczej zajęcie nocne.

– Chcesz powiedzieć...?

– Biblioteka Obdarzonych w hrabstwie Gatlin, do usług. Jestem, rzecz jasna, bibliotekarką Obdarzonych, naczelną bibliotekarką.

Gapiłem się na Marian, jakbym ją widział po raz pierwszy. Odwzajemniła spojrzenie, spoglądając na mnie tymi samymi brązowymi oczami, z tym samym porozumiewawczym uśmiechem. Wyglądała tak samo, ale w jakiś sposób była inna. Zawsze się zastanawiałem, dlaczego Marian mieszka w Gatlin już tyle lat. Sądziłem, że to z powodu mamy. Teraz zdałem sobie sprawę, że istniała inna przyczyna.

Nie umiałem określić, co czułem. Lena natomiast dała się przekonać.

– Możesz nam pomóc. Musimy się dowiedzieć, co się stało z Ethanem i Genevieve. I jaki to ma związek z Ethanem i ze mną. I trzeba to zrobić przed moimi urodzinami. – Popatrzyła na nią wyczekująco. – W bibliotece Obdarzonych muszą być jakieś kroniki. Może natrafisz na Księgę księżyców. Sądzisz, że znajdziemy tam odpowiedzi?

Marian odwróciła głowę.

– Może tak, a może nie. Obawiam się, że nie mogę wam pomóc. Jest mi bardzo przykro.

– O czym ty mówisz?

To nie miało sensu. Nigdy nie widziałem, żeby Marian komukolwiek

236

odmówiła pomocy, a zwłaszcza mnie.

– Nie mogę się angażować, nawet gdybym chciała. Zakazano mi tego. Nie piszę książek ani regulaminów, po prostu je przechowuję.

– Czy ta praca jest ważniejsza od nas? – Stanąłem przed nią tak, żeby patrzyła mi w oczy, gdy będzie odpowiadać. – Ważniejsza ode mnie?

– To nie takie proste, Ethanie. Istnieje równowaga między światem śmiertelników a światem Obdarzonych, między Światłem a Ciemnością. Strażnik jest częścią tej równowagi, częścią porządku rzeczy. Jeżeli przeciwstawię się prawom, które mnie obowiązują, równowaga zostanie zachwiana. – Popatrzyła na mnie i głos jej zadrżał. – Nie mogę ingerować. Nawet jeśli to mnie zabije. Nawet jeśli zrani tych, których kocham.

Nic z tego nie rozumiałem, ale wiedziałem, że Marian mnie kocha, tak jak kochała moją mamę. Jeżeli nie może nam pomóc, to nie bez powodu.

– Świetnie. Zaprowadź nas po prostu do biblioteki Obdarzonych i sam sobie z tym poradzę.

– Nie należysz do Obdarzonych, Ethanie. Nie możesz więc podjąć takiej decyzji.

Lena stanęła obok i wzięła mnie za rękę.

– To moja decyzja. A ja chcę tam pójść.

Marian skinęła głową.

– Dobrze, zaprowadzę cię tam przy najbliższej okazji, gdy będzie otwarta. Biblioteka Obdarzonych jest otwierana w nieco innych godzinach niż biblioteka w Gatlin.

No jasne, to oczywiste.

Trzydziesty pierwszy października

Halloween

Święta państwowe, takie jak Święto Dziękczynienia, Boże Narodzenie, Nowy Rok czy Wielkanoc, były jedynymi dniami, kiedy bibliotekę w Gatlin zamykano. W efekcie tylko wtedy mogli z niej korzystać Obdarzeni. To było coś, na co Marian nie miała wpływu.

– Można zwrócić się z tym do hrabstwa. Ja nie ustalam reguł.

Zastanawiałem się, o jakie hrabstwo chodziło – o to, w którym mieszkałem całe życie, czy o to, które równie długo było przede mną ukryte.

Lena natomiast wyglądała na pełną nadziei. Po raz pierwszy uwierzyła, że jest sposób, żeby uniknąć tego, co uważała za nieuniknione. Marian nie mogła nam udzielić odpowiedzi, ale stała się podporą, gdy zawiodły nas dwie osoby, którym najbardziej ufaliśmy. Niby nigdzie nie odeszły, ale mimo to były gdzieś daleko od nas. Nie mówiłem tego Lenie, ale bez Ammy czułem się zagubiony. I wiedziałem, że bez Macona Lena nie mogła nawet znaleźć drogi, z której mogłaby zboczyć.

Marian podarowała nam listy Ethana i Genevieve, tak stare i delikatne, że prawie przezroczyste, a także wszystko to, co jej i mamie udało się zebrać o tych dwojgu. Cały stos papierów w zakurzonym brązowym pudełku z zadrukowanego kartonu, który wyglądał z boku jak drewniane panele. Lena uwielbiała przesiadywać nad tymi materiałami – *dni bez ciebie sączą się powoli i w końcu czas staje się kolejną przeszkodą, którą musimy pokonać* – mimo że składały się one na historię miłosną z prawdziwie złym i nieszczęśliwym zakończeniem. Ale to było wszystko, co mieliśmy.

Teraz musieliśmy już tylko dojść, co tak naprawdę chcemy znaleźć. Igłę w stogu siana czy – jak w tym przypadku – kartonowe pudełko? Zrobiliśmy jedyną rzecz, którą mogliśmy zrobić. Zaczęliśmy szukać.

W ciągu ostatnich dwóch tygodni spędziłem z Leną więcej czasu, badając dokumenty dotyczące medalionu, niż wydawało się to możliwe. Im bardziej zagłębialiśmy się w listy, tym silniejsze mieliśmy przekonanie, że czytamy o sobie samych. Wieczorami siedzieliśmy, próbując rozwiązać tajemnicę Ethana i Genevieve, śmiertelnika i Obdarzonej, rozpaczliwie szukających sposobu, żeby móc być razem wbrew wszelkim przeciwnościom losu. W szkole, niestety, nie było lekko. Musieliśmy wytrzymać jakoś te osiem godzin w Jackson. Codziennie realizowano kolejny plan mający odizolować nas od siebie lub rozdzielić. Zwłaszcza że zbliżało się Halloween.

W Jackson Halloween obchodzono naprawdę hucznie. Dla faceta już samo to, że musiał się przebrać, było stresujące. Do tego dochodził niepokój, czy będzie się na liście gości zaproszonych na ekskluzywne przyjęcie wyprawiane przez Savannah Snow. Ale święto Halloween nabierało nowego wymiaru, niepozbawionego stresu, jeśli dziewczyna, za którą szalałeś, należała do Obdarzonych.

Nie wiedziałem, czego się spodziewać, kiedy Lena, jadąc do szkoły, podjechała po mnie. Zatrzymała się kilka przecznic od domu, za rogiem, z dala od oczu Ammy.

– Nie przebrałaś się – zauważyłem ze zdziwieniem.

– Nie wiem, o czym mówisz.

– Myślałem, że włożysz kostium albo coś.

Wiedziałem, że zachowałem się jak idiota w sekundę po tym, jak to powiedziałem.

– Myślisz, że Obdarzeni przebierają się na Halloween i latają na miotłach? – Roześmiała się.

– Nie o to chodzi.

– Przykro mi, że cię rozczarowałam. Ubieramy się na kolację tak jak w każde inne święto.

– Więc dla was to też święto?

– To najświętsza noc w roku i najgroźniejsza, najbardziej niebezpieczna, bo to także najważniejszy ze wszystkich czterech Dni Grozy. Halloween to coś jak odpowiednik waszego sylwestra, koniec starego roku i początek nowego.

– Co masz na myśli, mówiąc „najbardziej niebezpieczna"?

– Moja babcia powtarzała, że to noc, podczas której zasłona między tym światem a światem duchów jest najcieńsza. To noc mocy i noc pamięci.

– Świat duchów? To coś jak życie pozagrobowe?

– Coś w tym rodzaju. To królestwo duchów.

– Więc tak naprawdę Halloween to święto dusz i duchów?

Przewróciła oczami.

– Pamiętamy Obdarzonych, którzy byli prześladowani za to, że są inni. Mężczyzn i kobiety, którzy zostali spaleni za to, że korzystali ze swoich darów.

– Mówisz o procesach czarownic z Salem?

– To wy tak to nazywacie. Procesy czarownic odbywały się na całym wschodnim wybrzeżu, nie tylko w Salem. A właściwie na całym świecie.

To w waszych podręcznikach wspomina się jedynie o wydarzeniach z Salem. – „Waszych" wymówiła tak, jakby to było przekleństwo. A dziś, po tym wszystkim, co się zdarzyło, pewnie było.

Minęliśmy Stop & Steal. Boo siedział na rogu przy znaku „stop". Czekał. Zobaczył karawan i biegł powoli za samochodem.

– Powinniśmy podwieźć psa – zaproponowałem. – Musi być zmęczony, chodząc za tobą dzień i noc.

Lena spojrzała we wsteczne lusterko.

– On by nigdy nie wsiadł.

Wiedziałem, że ma rację. A gdy się obejrzałem i spojrzałem na Boo, mógłbym przysiąc, że skinął potakująco łbem.

Dostrzegłem na parkingu Linka. Miał na sobie blond perukę i błękitny sweterek z naszytym emblematem drużyny Wild Cats. Zadbał nawet o pompony. Wyglądał dziwacznie i trochę przypominał swoją mamę. Drużyna koszykarska postanowiła ubrać się w tym roku jak cheerleaderki z Jackson. Zaprzątnięty ostatnimi wydarzeniami, kompletnie o tym wszystkim zapomniałem. A przynajmniej tak sobie wmawiałem. Nasłucham się teraz – Earl tylko czekał na powód, żeby mi dokopać. Odkąd zacząłem chodzić z Leną, moje dłonie na boisku były jak zaczarowane. Grałem teraz jako środkowy, zamiast Earla, który nie był tym zachwycony.

Lena przysięgała, że nie ma w tym żadnej magii, a przynajmniej, że Obdarzeni nie maczali w tym palców. Raz tylko przyszła na mecz i ani razu wtedy nie spudłowałem. Minusem jej obecności było to, że przez cały mecz siedziała mi w głowie i zadawała tysiące pytań o faule i zagrywki pomagające drużynie zdobyć punkty. I o regułę trzech sekund. Wygląda na to, że nigdy nie była na meczu koszykówki. To było gorsze niż jazda z Siostrami na doroczny jarmark hrabstwa. Potem już nie przychodziła. Wiedziałem jednak, że słucha, gdy gram. Czułem ją podczas meczu.

Z drugiej strony, być może to z jej powodu drużyna dopingująca miała cięższy rok niż zazwyczaj. Emily trudno było się utrzymać na szczycie piramidy Wild Cats. Przezornie o to nie pytałem Leny.

Ledwie udawało mi się wypatrzyć moich kolegów z drużyny, musiałem podejść dostatecznie blisko, żeby dostrzec ich owłosione nogi i zarost.

Link nas dogonił. Z bliska wyglądał gorzej. Próbował nałożyć sobie makijaż, ale tylko rozmazał różową szminkę i wszystko inne. Podwinął spódnicę, upychając ją w rajstopy.

– Ty dupku – powiedział, wskazując na mnie zza rzędu samochodów. – Gdzie twój kostium?

– Stary, przepraszam, zapomniałem.

– Akurat! Po prostu nie chciałeś wkładać na siebie całego tego chłamu. Znam cię!

– Przysięgam, że zapomniałem.

Lena uśmiechnęła się do Linka.

– Wyglądasz bombowo.

– Nie wiem, jak wy, dziewczyny, możecie nosić na twarzy tę tapetę. Swędzi jak cholera.

Lena zrobiła minę. Ona prawie nigdy nie miała makijażu. Nie musiała.

– Wiesz, nie podpisujemy umowy z Maybelline, gdy kończymy trzynaście lat.

Link poklepał się po peruce i wepchnął jeszcze jedną skarpetkę pod sweter.

– Powiedz to Savannah.

Weszliśmy po frontowych schodach. Boo siedział na trawniku obok masztu flagowego. Omal nie spytałem, jakim cudem pies znalazł się tu przed nami, ale wiedziałem, że nie warto.

Korytarze były pełne. Wyglądało na to, że połowa szkoły opuściła pierwszą lekcję. Reszta drużyny koszykarskiej stała przed szafką Linka, część chłopaków była przebrana za kobiety. Zdaje się, że to był hit tegorocznego Halloween. Ale nie dla mnie.

– Gdzie twoje pompony, Wate? – Emory potrząsnął przede mną swoimi. – Co z tobą? Te twoje chude nóżki źle wyglądają w spódnicy?

Shawn wciągnął sweter.

– Założę się, że żadna z dziewczyn z drużyny nie pożyczyłaby mu spódnicy.

Kilku chłopaków się roześmiało.

Emory objął mnie ramieniem, pochylając się w moją stronę.

– Naprawdę, Wate? A może po prostu Halloween masz codziennie, zabawiając się z dziewczyną, która mieszka w nawiedzonym domu?

Złapałem go za tył swetra. Jedna skarpetka wypadła z jego stanika na podłogę.

– Załatwimy to teraz, Em?

Wzruszył ramionami.

– Jak chcesz, decyzja należy do ciebie. Wcześniej czy później i tak do tego dojdzie.

Link nas rozdzielił.

– Drogie panie, proszę o spokój. Przyszliśmy tu się bawić. Nie chcesz chyba zepsuć tej swojej ślicznej buźki, Em?

Earl potrząsnął głową, popychając Emory'ego przed sobą. Jak zwykle nie powiedział ani słowa, ale znałem to spojrzenie.

Zdawało się mówić: „Skoro już raz wybrałeś tę drogę, Wate, nie ma powrotu".

Wyglądało na to, że drużyna koszykówki będzie tematem numer jeden w szkole, dopóki nie zobaczyliśmy drużyny cheerleaderek. Okazuje się, że moi kumple z drużyny nie byli jedynymi, którzy wpadli na pomysł grupowego kostiumu. Szliśmy z Leną na angielski, gdy je zobaczyliśmy.

– Jasny gwint! – Link walnął mnie w plecy.

– Co?

Maszerowały gęsiego korytarzem. Emily, Savannah, Eden i Charlotte. Za nimi szła cała drużyna cheerleaderek. Wszystkie były ubrane tak samo – miały śmieszne, krótkie czarne sukienki, długie buty z czubkami i wysokie wygięte kapelusze czarownic. Ale to jeszcze nie było wszystko. Ich długie czarne peruki były skręcone w niesforne loki. A pod prawym okiem dziewczyny starannie namalowały sobie przesadne półksiężyce, które miały udawać znamię Leny. Każda niosła miotłę i zapamiętale zamiatała wokół siebie, gdy szły w procesji korytarzem.

Czarownice? W Halloween? Jakie oryginalne.

Ścisnąłem jej rękę. Wyraz twarzy się nie zmienił, ale czułem, jak jej dłoń drży.

Tak mi przykro, Leno.

Gdyby tylko wiedziały.

Spodziewałem się, że budynek zacznie się trząść albo będą wylatywać szyby. Nic takiego się jednak nie wydarzyło. Lena stała, kipiąc gniewem.

Przyszłe pokolenie CAR zbliżało się w naszą stronę. Postanowiłem spotkać się z nimi w pół drogi.

– Gdzie twój kostium, Emily? Zapomniałaś, że to Halloween? – rzuciłem z przekąsem.

Emily wyglądała na zmieszaną. Po chwili jednak uśmiechnęła się do mnie swoim przesłodzonym, sztucznym uśmieszkiem kogoś bardzo zadowolonego z siebie.

– O co ci chodzi, Ethanie? To teraz nie twój świat?

– Chcemy, żeby twoja dziewczyna poczuła się jak u siebie w domu – powiedziała Savannah, żując gumę.

Lena rzuciła mi spojrzenie.

Ethanie, przestań. Tylko pogarszasz sprawę.

Nie obchodzi mnie to.

Poradzę sobie z nimi.

To, co spotyka ciebie, spotyka także i mnie.

Link szedł koło mnie, szarpiąc pończochy.

– Hej, dziewczyny, myślałem, że przebrałyście się za jędze. No tak, ale w waszym przypadku to normalka. Dzień jak co dzień.

Lena uśmiechnęła się mimo woli.

– Lepiej zamknij dziób, Wesleyu Lincolnie. Jak powiem twojej mamie, że włóczysz się z tym dziwolągiem, nie wypuści cię z domu aż do Bożego Narodzenia – powiedziała złośliwie Emily. – Wiesz, co to takiego? – Uśmiechnęła się zgryźliwie, pokazując znamię Leny. – To się nazywa znak wiedźmy.

– Sprawdziłaś to w Internecie zeszłego wieczoru? Jesteś jeszcze większą idiotką, niż sądziłem. – Roześmiałem się.

– Sam jesteś idiotą. Chodzisz z nią.

Zrobiłem się czerwony. To była ostatnia rzecz, jakiej mi było trzeba. Nie chciałem, żeby ta rozmowa odbywała się w obecności całej szkoły. Poza tym nie miałem pojęcia, czy Lena i ja chodzimy ze sobą. Raz się pocałowaliśmy. I zawsze byliśmy razem. W taki lub inny sposób. Ale nie była moją dziewczyną, tak przynajmniej sądziłem. Chociaż zdawało mi się, że coś takiego powiedziała w Dni Zbiorów. I co mogłem zrobić? Spytać ją? Pewnie gdybym spytał, odpowiedź byłaby przecząca. Jakaś jej część ciągle się przede mną zamykała, część, do której nie miałem dostępu.

Emily dźgnęła mnie końcem swej miotły. Pewnie miała wielką ochotę wbić mi kołek w serce.

– Emily, a może wszystkie wyskoczyłybyście przez okno i sprawdziły, czy potraficie latać?

Jej oczy się zwęziły.

– Mam nadzieję, że będziecie dobrze się bawić, siedząc we dwójkę, gdy reszta szkoły będzie na przyjęciu u Savannah. To ostatni rok, jaki spędzi w Jackson.

Emily się odwróciła i pomaszerowała korytarzem z powrotem do swojej szafki. Savannah i jej świta ruszyły w ślad za nią.

Link żartował sobie, próbując rozweselić Lenę. Nie było to takie trudne, zważywszy na jego wygląd. Wiedziałem, że zawsze mogę liczyć na Linka.

– Nienawidzą mnie. I nigdy nie przestaną – westchnęła Lena.

Link zaczął śpiewać, podskakując dookoła i machając pomponami:

– Oni mnie nienawidzą, tak jest, tak jest. Nienawidzą wszystkich wokół, więc ciebie też, ciebie też!

– Bardziej bym się obawiał, gdyby cię lubiły.

Pochyliłem się w jej stronę i niezdarnie ją objąłem, a raczej spróbowałem objąć. Lena się odwróciła, a moja ręka się ześlizgnęła po jej ramieniu. No wspaniale.

Nie tutaj.

Dlaczego?

Tylko pogarszasz swoją sytuację.

Jestem masochistą.

– Dość tego publicznego migdalenia się. – Link wsadził mi łokieć w żebro. – Zaraz wpadnę przez ciebie w kompleksy i to teraz, gdy czeka mnie kolejny rok bez dziewczyny. Spóźnimy się na angielski, a ja muszę zdjąć po drodze rajstopy. Zaklinowałem się.

– Pójdę tylko do szafki po książkę – rzuciła Lena. Jej włosy zaczęły falować wokół ramion. Nabrałem podejrzeń, ale nic nie powiedziałem.

Emily, Savannah, Charlotte i Eden mizdrzyły się przed lustrami wiszącymi w szafkach po wewnętrznej stronie drzwiczek. Szafka Leny była nieco dalej w głębi korytarza.

– Po prostu je ignoruj – powiedziałem.

Emily próbowała zetrzeć z policzka „znamię" chusteczką higieniczną. Czarny ślad w kształcie księżyca robił się coraz większy i większy, zamiast schodzić z twarzy.

– Charlotte, masz mleczko do demakijażu?

– Jasne.

Emily wytarła policzek jeszcze kilka razy.

– Savannah, to nie chce zejść, mówiłaś, że łatwo się zmyje mydłem i wodą.

– Oczywiście, że tak.

– To dlaczego wciąż jeszcze to mam? – Emily zatrzasnęła szafkę ze złością.

Jej zachowanie zwróciło uwagę Linka.

– A te cztery co tam robią?

– Wygląda na to, że mają jakiś problem – odparła Lena, opierając się o szafkę.

Teraz Savannah próbowała zetrzeć czarny księżyc z policzka.

– Mój też nie schodzi. – Księżyc miała rozsmarowany na połowie twarzy. Zaczęła przeszukiwać torebkę. – Tu mam ołówek.

Emily wyciągnęła swoją torebkę z szafki i też przeszukała.

– Nieważne, mam swój w torebce.

– Co u... – Savannah wyciągnęła coś z torebki.

– Użyłaś flamastra? – roześmiała się Emily.

Savannah wyjęła mazak i go obejrzała.

– Oczywiście, że nie. Nie mam pojęcia, skąd się tu wziął.

– Jesteś beznadziejna. To nie zejdzie przed dzisiejszym przyjęciem.

– Nie mogę tego mieć na twarzy przez cały wieczór. Będę przebrana za Afrodytę. To zrujnuje cały efekt.

– Powinnaś była bardziej uważać.

Emily dalej grzebała w torebce. Wyrzuciła z niej wszystko – błyszczyk do warg i buteleczki z lakierem do paznokci potoczyły się po podłodze.

– Muszę mieć go gdzieś tu.

– O czym mówisz? – spytała Charlotte.

– Podkład, którego użyłam dziś rano. Nie mogę go znaleźć.

Tymczasem koło Emily zaczęła zbierać się grupka ciekawskich. Ludzie przystawali, żeby zobaczyć, co się dzieje. Mazak potoczył się z torebki Emily na środek korytarza.

– Ty też pomalowałaś się mazakiem?

– Ależ skąd! – wrzasnęła Emily, zapamiętale wycierając twarz. Ale czarny księżyc robił się coraz większy i coraz bardziej czarny. – Co się, u diabła, dzieje? Jak mam się tego pozbyć?

– Mam swój ołówek – oznajmiła Charlotte, otwierając drzwiczki szafki. Przez chwilę wpatrywała się w nią w bezruchu.

– Co jest? – zapytała Savannah.

Charlotte wyjęła z szafki... mazak.

Link potrząsnął pomponami.

– Podpora cheerleaderek!

Popatrzyłem na Lenę.

Mazak?

Łobuzerski uśmiech pojawił się na jej twarzy.

Mówiłaś, że nie jesteś w stanie kontrolować swojej mocy.

Fart początkującego.

Pod koniec dnia wszyscy w Jackson mówili o drużynie cheerleaderek. Wyglądało na to, że każda z dziewczyn ubranych jak Lena użyła flamastra zamiast kredki do oczu, żeby narysować sobie półksiężyc na twarzy. Żartom nie było końca.

Zapowiadało się, że wszystkie będą chodzić do szkoły, umawiać się na mieście, śpiewać w kościele w młodzieżowych chórach i dopingować chłopaków podczas meczów, mając przez następne dni porysowane mazakiem policzki. Dopóki im nie zejdzie. Pani Lincoln i pani Snow dostaną ataku szału.

Chciałem to zobaczyć.

Po szkole odprowadziłem Lenę do samochodu, co było wymówką, żeby jeszcze trochę potrzymać ją za rękę. Prąd, który mnie przeszywał, gdy jej dotykałem, wcale mnie nie zniechęcał. Bez względu na to, czy przepalały się żarówki, czy pękały, czy obok waliły pioruny, musiałem być blisko niej. To było jak jedzenie czy oddychanie. Nie miałem wyboru.

Budziło to większą grozę niż Halloween i niemal mnie zabijało.

– Co robisz dziś wieczorem? – Przesunęła w zamyśleniu ręką po włosach. Siedziała na masce samochodu, a ja stałem przed nią.

– Myślałem, że może przyjdziesz do mnie i będziemy razem otwierali drzwi chodzącym po domach. Pomogłabyś pilnować, żeby nikt nie palił krzyża na trawniku.

Próbowałem nie myśleć zbyt intensywnie o pozostałej części planu, który wiązał się z Leną, naszą kanapą, starymi filmami i Ammą, której nie będzie w domu.

– Nie mogę. To Dni Grozy. Krewni zjeżdżają się zewsząd. Wujek nie wypuści mnie z domu nawet na pięć minut, nie mówiąc już o moim bezpieczeństwie. Nigdy nie otworzyłabym drzwi obcym w noc złowrogiej mocy.

– Nigdy o tym nie myślałem w ten sposób.

Aż do dziś.

Gdy wróciłem do domu, Amma była gotowa do wyjścia. Gotowała kurczaka na kuchence i mieszała ciasto rękami. Mawiała, że to jedyny sposób, w jaki szanująca się kobieta robi bułeczki. Popatrzyłem podejrzliwie na garnek, zastanawiając się, czy ten posiłek jest przeznaczony dla nas, czy dla Wielkich.

Wziąłem troszeczkę ciasta, ale złapała mnie za rękę.

– K-R-A-D-Z-I-E-Ż. – Uśmiechnąłem się.

– Ethanie Wate, trzymaj swoje złodziejskie ręce z dala od moich bułeczek. Mam głodnych do nakarmienia.

Wyglądało na to, że dzisiejszego wieczoru nie będę jadł gotowanego kurczaka z bułeczkami.

Amma zawsze wychodziła w Halloween. Twierdziła, że to specjalny wieczór w kościele, ale mama mówiła, że jest on dobry do załatwiania interesów. Czy może być lepsza noc do czytania z kart niż Halloween? Na Wielkanoc czy Walentynki nigdy nie będzie takiego tłumu chętnych.

Ale w świetle ostatnich wydarzeń zastanawiałem się, czy nie było też innego powodu. Może to była dobra noc na czytanie z kurzych kości na cmentarzu? Nie mogłem jednak zapytać i nie jestem pewien, czy chciałem wiedzieć. Brakowało mi Ammy, rozmów z nią i zaufania, jakim ją wcześniej darzyłem. Jeżeli zauważyła różnicę, nie dała nic po sobie poznać. Może po prostu pomyślała, że dorastam, a może rzeczywiście tak było.

– Wybierasz się na przyjęcie do Snow?

– Nie, w tym roku zostaję w domu.

Podniosła brwi, ale nie spytała. Wiedziała, dlaczego nie idę.

– Pościel sobie łóżko i zmykaj spać.

Nie odpowiedziałem, a Amma nie oczekiwała odpowiedzi.

– Za chwilę wychodzę. Otwórz dzieciom drzwi, kiedy przyjdą. Tata pracuje.

Jakby tata w ogóle miał zamiar opuścić miejsce swojego dobrowolnego wygnania i otwierać drzwi w Halloween.

– Jasne.

Torba z cukierkami stała w hallu. Otworzyłem ją i wysypałem cukierki do dużej szklanej miski. Nie mogłem zapomnieć tego, co powiedziała Lena. Noc złowrogiej mocy. Pamiętałem Ridley stojącą koło samochodu przed Stop & Steal, jej słodki uśmieszek i nogi. Jak widać, moją domeną nie było ani rozpoznawanie ciemnych sił, ani decydowanie, komu należy otworzyć drzwi, a przed kim ich nie otwierać. Jak już mówiłem, gdy dziewczyna, za którą szalejesz, należy do Obdarzonych, Halloween nabiera nowego wymiaru. Popatrzyłem na miskę pełną cukierków w moich rękach. Otworzyłem frontowe drzwi i postawiłem miskę na werandzie, a później wróciłem do środka.

Usadowiłem się wygodnie, żeby obejrzeć *Lśnienie*, zaczęło mi brakować Leny. Pozwoliłem błądzić myślom, bo zawsze jakoś trafiały do niej, bez względu na to, gdzie była, ale tym razem jej nie znalazłem.

Zasnąłem na kanapie, czekając, aż mi się przyśni.

Obudziło mnie pukanie do drzwi. Spojrzałem na zegarek. Była prawie dziesiąta, za późno na odwiedziny dzieci.

– Amma?

Brak odpowiedzi. Znów usłyszałem pukanie.

– Czy to ty?

W pokoju było ciemno, migotało tylko światło z telewizora. Właśnie w tym momencie w *Lśnieniu* Jack Nicholson rozwalał siekierą drzwi do pokoju hotelowego, żeby zatłuc rodzinę. Niezbyt odpowiedni moment na otwarcie drzwi, zwłaszcza w noc Halloween. Znowu pukanie.

– Link? – wyłączyłem telewizor i rozejrzałem się po pokoju, żeby wziąć coś ze sobą na wszelki wypadek, ale nic nie znalazłem. Wziąłem starą konsolę do gier, leżącą na podłodze na stosie gier wideo. Nie był to kij baseballowy, ale dobra, solidna japońska robota. Ważyła przeszło dwa kilo. Uniosłem ją nad głowę i zrobiłem krok w stronę ściany dzielącej pokój od frontowego hallu. Kolejny krok i uchyliłem koronkową firankę zasłaniającą przeszklone drzwi.

Nie widziałem dobrze, kto stoi na nieoświetlonej werandzie, ale wszędzie poznałbym starą beżową furgonetkę zaparkowaną na ulicy przed moim domem. Rozpoznałbym ją wszędzie, była w kolorze piasku pustyni, jak zwykła mawiać jej właścicielka. Odwiedziła mnie mama Linka z talerzem czekoladowych ciasteczek! Ciągle trzymałem konsolę. Gdyby Link mnie z nią zobaczył, nigdy by mi tego nie darował.

– Chwileczkę, pani Lincoln.

Zapaliłem światło na werandzie i odsunąłem zasuwę w drzwiach. Ale gdy spróbowałem je otworzyć, drzwi się zacięły. Sprawdziłem zamek. Nadal były zamknięte.

– Ethanie?

Ponownie odsunąłem zasuwę. Zasunęła się ze zgrzytem, zanim zdążyłem zabrać rękę.

– Pani Lincoln, przepraszam, ale drzwi się zablokowały.

Walnąłem w drzwi z całej siły, manipulując konsolą. Coś spadło na podłogę przede mną. Podniosłem to. Czosnek owinięty w jedną z chusteczek Ammy. Mogłem się założyć, że umieściła go nad wszystkimi drzwiami i na wszystkich parapetach. Zawsze tak robiła w Halloween.

Ciągle jednak coś blokowało drzwi, uniemożliwiając ich otwarcie, podobnie jak coś usiłowało otworzyć przede mną drzwi do gabinetu kilka dni temu. Ile jeszcze zasuw w tym domu będzie się zatrzaskiwać i odblokowywać bez niczyjej pomocy? Co się działo?

Kolejny raz odryglowałem drzwi i pociągnąłem je do siebie. Otworzyły się gwałtownie, uderzając o ścianę. Pani Lincoln miała twarz skrytą w cieniu, jej ciemna postać była od tyłu oblana bladym światłem lampy. Złowroga sylwetka.

Spojrzała na konsolę w moim ręku.

– Gry wideo źle wpływają na umysł, Ethanie.

– Tak, pszepani.

– Przyniosłam ci trochę czekoladowych ciasteczek. Na zgodę.

Podała mi je i czekała, aż zaproszę ją do środka. W końcu istniały jakieś formy grzeczności. Dobre maniery, południowa gościnność. Ale próbowałem to z Ridley i źle wyszło. Zawahałem się.

– Dlaczego jest pani na dworze dzisiejszej nocy? Linka tu nie ma.

– Oczywiście, że nie. Jest u Snow, tam gdzie powinien być każdy szanujący się uczeń ze szkoły w Jackson. Po tym, co ostatnio wyrabiał, musiałam zadzwonić w wiele miejsc, żeby załatwić mu zaproszenie.

Nic z tego nie rozumiałem. Znałem panią Lincoln od zawsze. Wiedziałem, że jest dziwaczką. Umieszczała książki ze szkolnej biblioteki na cenzurowanym i potrafiła sprawić, że usuwano je z półek, doprowadzała do zwolnienia nauczycieli, rujnowała reputacje w jedno popołudnie. Ostatnio się zmieniła. Krucjata przeciw Lenie była inna. Pani Lincoln zawsze ferowała wyroki, ale tym razem to była sprawa osobista.

– Pszepani?

Popatrzyła oburzona.

– Upiekłam czekoladowe ciasteczka. Sądziłam, że będę mogła wejść i porozmawiać. Nie walczę z tobą, Ethanie. To nie twoja wina, że dziewczyna stosuje wobec ciebie diabelskie sztuczki. Powinieneś być na przyjęciu ze swoimi przyjaciółmi. Z młodymi ludźmi, którzy należą do tego miejsca.

Podała mi ciasteczka, słodkie z podwójną warstwą masy czekoladowej. Były rozchwytywane, gdy baptyści z okazji świąt organizowali w kościele sklepik. Wyrosłem na tych ciasteczkach.

– Ethanie?

– Pszepani?

– Czy mogę wejść?

Nie ruszyłem się z miejsca. Mocniej zacisnąłem rękę na konsoli. Patrzyłem na ciasteczka i nagle przestałem być głodny. Ani talerz ciastek, ani nawet żaden okruszek od tej kobiety nie był mile widziany w moim domu. Mój dom, jak Ravenwood, nagle nabrał własnego rozumu i żadna cząstka mnie czy domu nie zamierzała wpuścić pani Lincoln.

– Nie, pszepani.

– Słucham, Ethanie?

– Nie, pszepani.

Jej oczy się zwęziły. Pchnęła talerz w moją stronę, jakby i tak miała zamiar wejść, ale talerz podskoczył gwałtownie, jakby uderzył w niewidzialny mur między nią a mną. Patrzyłem, jak powoli spada na ziemię. Rozbił się na tysiące kawałeczków, które pomieszały się z ciastkami czekoladowymi na naszej wycieraczce z napisem „Wesołego Halloween". Wolałem nie myśleć, jak wściekła będzie Amma jutro rano.

Pani Lincoln odwróciła się, zeszła ostrożnie po schodach z werandy i zniknęła w ciemnościach. Furgonetka odjechała.

Ethanie!

Jej głos wyrwał mnie ze snu. Musiałem zasnąć. Maraton horrorów dawno już się skończył i z szarego ekranu telewizora dobiegało jedynie głośne buczenie.

Wujku Maconie! Ethanie! Pomocy!

Lena krzyczała. Gdzieś. W jej głosie słyszałem paniczny strach. Głowa bolała mnie tak, że przez moment nie wiedziałem, gdzie jestem.

Proszę, niech mi ktoś pomoże!

Szeroko otwarte frontowe drzwi huśtały się na wietrze, głośno uderzając o futrynę. Te uderzenia, zwielokrotnione przez echo, brzmiały jak wystrzały armatnie.

Mówiłeś, że tu jestem bezpieczna!

Ravenwood.

Chwyciłem kluczyki od starego volvo i wybiegłem.

Nie pamiętam, jak dotarłem do Ravenwood, ale wiem, że kilka razy zboczyłem z drogi. Nie mogłem się skoncentrować na jeździe. Lenę coś bolało. Nasz związek był tak bliski, że momentami traciłem świadomość, czując to, co ona.

I ten krzyk.

Słyszałem go przez cały czas, od chwili, gdy się obudziłem, aż do momentu, kiedy wcisnąłem półksiężyc nad drzwiami rezydencji i wbiegłem do środka.

Dom po raz kolejny był całkowicie odmieniony. Dzisiejszego wieczoru posiadłość wyglądała jak jakiś starożytny zamek. Kandelabry rzucały dziwne cienie na tłum obleczony w czerń – czarne szaty, suknie, marynarki... Goście przybyli znacznie liczniej niż na obchody Dni Zbiorów.

Ethanie! Pośpiesz się! Dłużej nie wytrzymam...

– Lena! – krzyknąłem. – Macon! Gdzie ona jest?

Nikt nie patrzył w moją stronę. Nie rozpoznawałem żadnej twarzy, chociaż frontowy hall był wypełniony gośćmi, przepływającymi z pokoju do pokoju, jak duchy na jakimś nawiedzonym przyjęciu. Oni nie byli stąd. Widziałem mężczyzn w ciemnych kiltach i w prostych celtyckich okryciach, kobiety w wydekoltowanych sukniach. Wszyscy na czarno, wszyscy spowici cieniem.

Przepchnąłem się przez tłum do pomieszczenia, które przypominało wielką salę balową. Nie widziałem nikogo z domowników – cioci Del, Reece, ani nawet małej Ryan. Płomienie świeczek sypały iskry w rogach pokoju, a to, co sprawiało wrażenie półprzejrzystej orkiestry, składającej się z dziwnych instrumentów muzycznych, znikało lub nabierało ostrości, żyjąc własnym życiem. Niewyraźne sylwetki par obracały się, przesuwając się po kamiennej podłodze. Tancerze nawet nie byli świadomi mojej obecności.

Muzyka była ewidentnie muzyką Obdarzonych, tworzącą własną magię. Pobrzmiewały w niej głównie instrumenty smyczkowe. Słyszałem wyraźnie altówkę, skrzypce i wiolonczelę. Niemal widziałem sieć, która rozciągała się od tancerza do tancerza; sposób, w jaki tancerze wchodzili do kręgu i z niego wychodzili. Wszystko sprawiało wrażenie jakiegoś przemyślanego wzoru, którego byli częścią. Ja do niego nie należałem.

Ethanie...

Musiałem ją znaleźć.

Nagła fala bólu. Jej głos robił się coraz cichszy. Potknąłem się i oparłem na ramieniu jednego z gości, który stał najbliżej mnie. Ledwie go dotknąłem, a ból, ból Leny, przepłynął przeze mnie do niego. Nieszczęśnik zachwiał się i wpadł na parę tańczącą tuż obok.

– Macon! – krzyknąłem najgłośniej, jak potrafiłem.

Ujrzałem Boo Radleya na szczycie schodów, zupełnie jakby na mnie czekał. W jego okrągłych, ludzkich oczach malowało się przerażenie.

– Boo! Gdzie ona jest? – Wilk spojrzał na mnie i zobaczyłem zamglone, stalowe spojrzenie szarych oczu Macona Ravenwooda. W każdym razie mógłbym przysiąc, że tak było. I wtedy Boo zawrócił i zaczął biec. Popędziłem za nim. Tak mi się przynajmniej zdawało. Biegliśmy w górę, po spiralnych kamiennych schodach tego, co obecnie było zamkiem Ravenwood. Na półpiętrze Boo zaczekał, aż go dogonię, i wtedy ruszył w głąb ciemnego pomieszczenia na końcu korytarza. Wyglądało to tak, jakby mnie zapraszał.

Szczeknął i masywne dębowe dwuskrzydłowe drzwi otworzyły się, skrzypiąc. Znaleźliśmy się tak daleko od gości, że nie słyszałem muzyki ani gwaru. Czułem się tak, jakbyśmy weszli w inną przestrzeń, w inny wymiar czasu. Nawet zamek się zmienił – pod stopami miałem popękane głazy, mijałem omszałe i zimne mury. Korytarz oświetlały pochodnie.

Dużo wiedziałem o tym, co stare. Gatlin było stare. Dorastałem wśród pamiętających zamierzchłe czasy przedmiotów i miejsc. Ale to było coś zupełnie innego. Tak, jak powiedziała Lena o Halloween – Nowy Rok Obdarzonych. Noc ponad czasem.

Gdy tylko wszedłem do komnaty, pierwszą rzeczą, jaka rzuciła mi się w oczy, było niebo. Pokój był otwarty na niebo, jak oranżeria. I to niebo było czarne. Tak czarnego jeszcze nigdy nie widziałem. Jakby straszliwa burza zasnuła je chmurami. Mimo to w pokoju panowała cisza.

Lena leżała na ciężkim kamiennym stole, zwinięta w pozycji embrionalnej. Była mokra od potu i zwijała się z bólu. Wszyscy stali wokół niej – Macon, ciocia Del, Barclay, Reece, Larkin, nawet Ryan, a także jakaś kobieta, której nie znałem. Trzymali się za ręce i tworzyli krąg.

Mieli otwarte oczy i niewidzące spojrzenia. Nie zdawali sobie sprawy z tego, że jestem w pokoju. Widziałem, jak poruszają wargami, mamrocząc jakieś słowa. Podszedłem do Macona i uświadomiłem sobie, że nie mówili po angielsku. Nie byłem pewny, co to był za język, ale tyle czasu spędziłem z Marian, że wydawało mi się, iż rozpoznaję łacinę.

Sanguis sanguinis mei, tutela tua est.
Sanguis sanguinis mei, tutela tua est.
Sanguis sanguinis mei, tutela tua est.
Sanguis sanguinis mei, tutela tua est.

Słyszałem jedynie ciche mamrotanie ze śpiewną, monotonną intonacją. Nie słyszałem już Leny. W głowie miałem pustkę. Odeszła.

Leno! Odezwij się!

Nic. Leżała, cicho jęcząc, skręcając się, jakby usiłowała zrzucić własną skórę. Ciągle spocona. Jej pot był pomieszany ze łzami.

– Maconie, zrób coś! To nie działa! – wykrzyknęła Del histerycznie.

– Próbuję, Delphine.

W jego głosie było coś, czego nigdy wcześniej nie słyszałem. Trwoga.

– Nie rozumiem. Razem oznaczyliśmy ten obszar. Ten dom to jedyne miejsce, w którym miała być bezpieczna. – Ciocia Del popatrzyła na Macona, oczekując odpowiedzi.

– Myliliśmy się. Nie ma miejsca, w którym mogłaby się schronić – rzekła piękna kobieta z czarnymi kręconymi włosami, w wieku mojej babci. Jej szyję zdobiły sznury korali. Na kciukach nosiła srebrne pierścienie. Roztaczała wokół siebie tę samą egzotyczną aurę co Marian, jakby pochodziła z odległego miejsca.

– Nie wiesz tego, Arelio – warknęła Del i zwróciła się do córki. – Reece, co się dzieje? Możesz coś zobaczyć?

Reece miała zamknięte oczy. Spod jej powiek spływały łzy.

– Nic nie widzę, mamo.

Ciałem Leny wstrząsnął ból.

Krzyknęła.

A właściwie otworzyła usta, jakby chciała krzyknąć, ale nie wydała z siebie dźwięku.

Nie mogłem tego znieść.

– Zróbcie coś! Pomóżcie jej! – wrzasnąłem.

– Co tu robisz? Wyjdź stąd. Tu nie jest bezpiecznie – ostrzegł Larkin. Rodzina wreszcie mnie dostrzegła.

– Skoncentrujcie się! – przywołał ich do porządku zdesperowany Macon. Jego głos wybijał się nad inne, coraz głośniej i głośniej, aż urósł do krzyku...

Sanguis sanguinis mei, tutela tua est!
Sanguis sanguinis mei, tutela tua est!
Sanguis sanguinis mei, tutela tua est!

Krew z krwi mojej twoją jest ochroną!

Osoby stojące w kręgu napięły ramiona, jakby chciały nadać kręgowi większą moc, ale to nie pomogło. Lena nadal krzyczała. Właściwie były to ciche, pełne przerażenia, zawodzące jęki. To wszystko było gorsze niż sny, to się działo naprawdę. I jeśli oni nie zamierzali tego przerwać, ja musiałem coś zrobić. Szybko podbiegłem do Leny, nurkując pod splecionymi dłońmi Reece i Larkina.

– Ethanie... Nie! – krzyknął ktoś za mną.

Gdy wszedłem w obszar kręgu, usłyszałem wycie. Złowieszcze, niesamowite jak wycie wichru. Co to było? Nie miałem pojęcia. Chociaż do stołu, na którym leżała Lena, było tylko kilka kroków, miałem wrażenie, że znajduje się tysiące kilometrów ode mnie. Coś stanowczo próbowało mnie odepchnąć, coś o ogromnej mocy. Potężniejszej niż moc Ridley wtedy, gdy usiłowała zamrozić we mnie życie. Opierałem się temu z całych sił.

– *Idę, Leno! Czekaj na mnie!*

Rzuciłem się do przodu, sięgając po nią, tak samo jak w snach. Czarna otchłań na niebie zaczęła się odwracać.

Zamknąłem oczy i skoczyłem do przodu. Musnąłem jej palce swoimi. Usłyszałem jej głos.

– *Ethanie. Ja...*

Powietrze wewnątrz kręgu smagnęło nas jak batem. Wirowało w górę ku niebu, jeśli można nazwać to niebem. Ku ciemności. Gwałtowna fala, niczym eksplozja, uderzyła Macona, ciocię Del i wszystkich obecnych, rzucając ich na mury. W tym samym momencie wir z przerwanego kręgu został wyssany w ciemność nad nami.

I wszystko ucichło. Zamek zamienił się w normalny strych. Skrzydła okna huśtały się w futrynie. Lena leżała na podłodze ze splątanymi włosami, nieprzytomna, ale oddychała.

Macon podniósł się z podłogi, wpatrując się we mnie ze zdumieniem. Potem podszedł do okna i je zatrzasnął.

Ciocia Del patrzyła na mnie, a łzy, wciąż spływały po jej twarzy.

– Gdybym nie widziała tego na własne oczy...

Klęczałem obok Leny. Nie mogła się ruszać, nie mogła mówić. Ale żyła. Puls na jej dłoni był ledwie wyczuwalny. Położyłem koło niej głowę. Tylko na tyle było mnie teraz stać. Lada chwila mogłem stracić przytomność.

Stopniowo cała rodzina Leny zebrała się wokół nas w kręgu. Krewni zaczęli rozmawiać nad naszymi głowami.

– Mówiłam ci. Chłopak ma moc.

– To niemożliwe. Jest śmiertelnikiem, a nie jednym z nas.

– Jak śmiertelnik mógł przerwać krąg krwi? Jak mógł odeprzeć *Mentem Interficere* tak potężne, że nawet Ravenwood się mu nie oparł?

– Nie wiem, ale na pewno jest jakieś wytłumaczenie.

Del uniosła rękę nad głowę.

– *Evinco, contineo, colligo, includo.* – Otworzyła oczy.

– Ten dom ciągle jeszcze jest oznaczony, Maconie. Czuję to. Ale i tak przedostała się do Leny.

– Oczywiście. Nie powstrzymamy jej przecież przed przyjściem po własne dziecko.

– Moc Sarafine rośnie z dnia na dzień. Reece może ją teraz zobaczyć, gdy patrzy w oczy Leny – powiedziała Del rozdygotanym głosem.

– Uderzając w nas tutaj w tę noc, przekazała nam wiadomość.

– Jaką, Maconie?

– Że może.

Poczułem na skroni czyjąś dłoń. Przesunęła się na czoło. Usiłowałem słuchać, ale dłoń mnie uśpiła. Chciałem doczołgać się do mojego domu, do własnego łóżka.

– Lub... że nie może.

Spojrzałem w górę. Arelia pocierała moje skronie, jakbym był małym okaleczonym wróbelkiem. Ale wiedziałem, że tak naprawdę sprawdza, co się ze mną dzieje. Co takiego jest we mnie. Szukała czegoś, zaglądając w każdy kąt mojego umysłu, tak jakby szukała zgubionego guzika czy starej skarpetki.

– Głupio zrobiła. Popełniła błąd. Dowiedzieliśmy się rzeczy, na której najbardziej nam zależało – oznajmiła Arelia.

– Więc zgadzasz się z Maconem? Chłopiec ma moc? – Del wydawała się jeszcze bardziej rozgorączkowana.

– Miałaś wtedy rację, Delphine. Musi być jakieś inne wyjaśnienie. Jest śmiertelnikiem, a wiemy, że oni nie mogą mieć mocy – warknął Macon, wyraźnie próbując przekonać innych tak samo jak siebie.

Ja jednak zacząłem zastanawiać się, czy to nie była prawda. To samo mówił Ammie na bagnach. Że posiadam jakąś moc. To nie miało sensu, nawet dla mnie. Nie byłem jednym z nich, tego byłem pewien. Nie należałem do Obdarzonych.

Arelia popatrzyła na Macona.

– Możesz oczywiście oznaczyć cały dom, jeśli chcesz, Maconie. Ale jestem twoją matką i mówię ci, że możesz sprowadzić tu każdą Duchannes, każdą Ravenwood, zrobić krąg tak wielki jak to miejsce zapomniane przez Boga... Możesz rzucić zaklęcie na wszystkich vincula. Ale to nie dom ją chroni. To ten chłopak. Nigdy czegoś podobnego nie widziałam. Żaden Obdarzony nie jest w stanie wejść między nich.

– Tak, istotnie. – Macon był zły, ale nie zaprzeczał. A ja czułem się zbyt wyczerpany, żeby mnie to obchodziło. Nawet nie podniosłem głowy.

Słyszałem jeszcze, jak Arelia szepcze mi coś do ucha. Wydawało mi się, że było to po łacinie, ale słowa brzmiały jakoś inaczej.

Cruor pectoris mei, tutela tua est!

Krew z serca mojego twoją jest ochroną!

Pismo na ścianie

Rankiem nie miałem pojęcia, gdzie się znajduję. I wtedy dostrzegłem ściany pokryte słowami, stare żelazne łóżko, okna i lustra, wszystko zabazgrane pismem Leny – i sobie przypomniałem.

Podniosłem głowę i wytarłem ślinę z policzka. Lena nadal spała. Widziałem jej stopę zwisającą z łóżka. Z trudem wstałem, plecy miałem całkiem sztywne od spania na podłodze. Zastanawiałem się, kto nas tu przyniósł ze strychu i w jaki sposób.

Włączył się budzik w mojej komórce. Nastawiałem go, żeby Amma nie musiała wykrzykiwać więcej niż trzy razy z dołu schodów. Ale dziś to nie była rycząca *Bohemian Rhapsody*, tylko tamta tajemnicza piosenka, która się pojawiała i znikała.

Lena usiadła, zaskoczona, zamroczona tak samo jak ja.

– Co się sta...

– Szsz... posłuchaj.

Piosenka się zmieniła.

Szesnaście księżyców, szesnaście lat
Szesnaście razy trwogę mą śnisz
Szesnastu spróbuje oznaczyć strefy
Szesnaście krzyków, lecz jeden brzmi...

– Przestań! – chwyciła moją komórkę i chciała ją wyłączyć, ale nadal słyszeliśmy piosenkę.

– To chyba jest o tobie. Co to właściwie znaczy „szesnastu spróbuje oznaczyć strefy"?

– Prawie umarłam zeszłej nocy. Niedobrze mi się robi, gdy słyszę coś o sobie. Mam już dość tych wszystkich niesamowitych rzeczy, które mi się przytrafiają. Może ta głupia piosenka jest dla odmiany o tobie. Ty tu jesteś jedynym szesnastolatkiem.

Sfrustrowana Lena gwałtownie uderzyła pięścią o podłogę.

Muzyka ucichła. Dzisiaj z Leną nie było żartów. Prawdę mówiąc, nie dziwiłem się jej. Wyglądała źle, była rozdygotana może nawet bardziej niż Link po tym, gdy Savannah w ostatnim dniu szkoły przed feriami zimowymi nakłoniła go do wypicia starej butelki miętowego sznapsa ze spiżarni swojej mamy. Od tego czasu minęły trzy lata, a on w dalszym ciągu nie brał do ust cukierków miętowych.

Włosy Leny sterczały na wszystkie strony, oczy miała małe i zapuchnięte od płaczu. To tak rano wyglądały dziewczyny. Nigdy żadnej nie widziałem, nie z tak bliska. Próbowałem nie myśleć o Ammie i piekle, jakie mnie czeka, gdy wrócę do domu.

Podpełzłem do łóżka i posadziłem sobie Lenę na kolana, przesuwając ręką po jej potarganych włosach.

– Dobrze się czujesz?

Zamknęła oczy i wtuliła twarz w moją bluzę. Zdawałem sobie sprawę, że musiałem śmierdzieć jak opos.

– Chyba tak.

– Gdy tutaj jechałem, przez całą drogę słyszałem twoje krzyki.

– Kto by przypuszczał, że celtowanie mnie uratuje.

– Co to jest celtowanie? – Jak zwykle czegoś nie rozumiałem.

– To sposób, w jaki się porozumiewamy, bez względu na to, gdzie jesteśmy. Niektórzy Obdarzeni to potrafią, inni nie. Ridley i ja robiłyśmy to w szkole, ale...

– Zdawało mi się, że mówiłaś, że nigdy wcześniej to się nie zdarzyło.

– Nigdy ze śmiertelnikiem. Wuj Macon twierdzi, że to rzadkość.

Podoba mi się to, co mówisz.

Lena mnie szturchnęła.

– To po celtyckich przodkach naszej rodziny. Tak porozumiewali się Obdarzeni podczas procesów. W Stanach nazywają to szeptaniem.

– Ale ja nie jestem Obdarzony.

– Wiem. I dlatego to naprawdę dziwne. To nie powinno działać ze śmiertelnikami.

– Nie sądzisz, że to wszystko razem jest więcej niż dziwne? Możemy się porozumiewać za pomocą celtowania, Ridley weszła do domu z mojego powodu, twój wuj twierdzi, że mogę cię jakoś chronić. Jak to możliwe? Przecież nie jestem Obdarzony. Moi rodzice wprawdzie są inni, ale nie aż tak bardzo.

Oparła się o moje ramię.

– Może nie trzeba być Obdarzonym, żeby mieć moc?

Przesunąłem jej włosy za ucho.

– Może po prostu wystarczy zakochać się w kimś takim.

Powiedziałem to tak sobie, po prostu. Bez głupich żartów, bez zmiany tematu. I choć raz nie czułem się zakłopotany, ponieważ była to prawda. Zakochałem się. Dawno temu. I w końcu mogłem jej to powiedzieć, jeśli jeszcze tego nie wiedziała, bo teraz już nie było odwrotu. Nie dla mnie.

Spojrzała na mnie i cały świat przestał istnieć. Jakbyśmy byli tylko my, zawsze. I jakbyśmy nie potrzebowali żadnej magii. To było radosne i smutne zarazem. Nie mogłem być blisko niej i nie odczuwać różnych rzeczy... wszystkiego.

O czym myślisz?
Uśmiechnęła się.
Sam możesz zgadnąć. Przeczytaj to, co jest napisane na ścianie.
I wtedy na ścianie zaczęły się pojawiać słowa, jedno po drugim.

Nie
jesteś
jedynym,
który
się
zakochał.

Słowa pisały się same, tym samym krętym pismem, co reszta na ścianach w pokoju. Policzki Leny odrobinę się zaczerwieniły i zakryła twarz rękami.

– To będzie dość kłopotliwe, jeśli wszystko, o czym pomyślę, zacznie się pojawiać na ścianach.

– Nie zrobiłaś tego umyślnie?

– Nie.

Nie musisz się wstydzić, Leno.

Oderwałem jej ręce od twarzy.

Bo czuję to samo do ciebie.

Oczy miała zamknięte. Pochyliłem się, żeby ją pocałować. To był zaledwie cień pocałunku, cień cienia. Ale i tak sprawił, że moje serce zaczęło się tłuc w piersi jak szalone.

Otworzyła oczy i się uśmiechnęła.

– Chcę usłyszeć resztę. Jak uratowałeś mi życie.

– Nawet nie pamiętam, jak tu dotarłem. Nie mogłem cię znaleźć, twój dom był pełen dziwnych ludzi, którzy wyglądali tak, jakby bawili się na balu kostiumowym.

– To nie był bal kostiumowy.

– Domyślam się.

– I wtedy mnie znalazłeś? – Położyła mi głowę na kolanach, patrząc na mnie z uśmiechem. – Wjechałeś do pokoju na białym koniu i uratowałeś od pewnej śmierci z rąk Istoty Ciemności?

– Nie żartuj. To naprawdę było przerażające. I nie było żadnego konia, tylko pies.

– Ostatnia rzecz, jaką pamiętam, to wuj Macon mówiący o oznaczeniu granicy. – Lena bawiła się pasmem włosów, kręcąc go na palcu.

– A co to za krąg?

– Krąg *Sanguinis*. Krąg Krwi.

Usiłowałem nie wyglądać na przerażonego, ale byłem. Z trudem udawało mi się zaakceptować myśli o Ammie i kurzych kościach, zbieranych do woreczków. A już na pewno nie mógłbym znieść widoku krwi, nawet kurzej.

– Nie widziałem krwi.

– Nie chodzi o prawdziwą krew, idioto. Krew w sensie rodziny, krewnych. Cała moja rodzina przyjechała tu na święto, pamiętasz?

– Jasne, przepraszam.

– Mówiłam ci. Halloween to najlepsza noc do rzucania zaklęć.

– I to właśnie robiliście?

– Macon chciał oznaczyć Ravenwood. Zawsze było oznaczone, ale on robi to każdego roku podczas Halloween, w Nowy Rok.

– I coś poszło nie tak.

– No właśnie, ponieważ wszyscy staliśmy w kręgu, usłyszałam wujka Macona mówiącego do cioci Del. I nagle wszyscy zaczęli krzyczeć i mówić o jakiejś kobiecie. Jakiejś Sarze.

– Sarafine. Też to słyszałem.

– Sarafine. Tak ma na imię? Wcześniej nie słyszałam tego imienia.

– Pewnie jest Istotą Ciemności. Wszyscy wyglądali na przerażonych. Nigdy wcześniej nie słyszałem, żeby twój wuj tak mówił. Wiesz, co się stało? Naprawdę próbowała cię zabić?

Nie byłem pewien, czy chcę znać odpowiedź.

– Nie wiem. Nie pamiętam aż tyle, tylko ten głos, jakby ktoś do mnie mówił z bardzo daleka. Ale nie pamiętam słów.

Wierciła się i w końcu oparła o moją pierś. Prawie czułem bicie jej serca. Byliśmy sobie tak bliscy, jak tylko może być dwoje ludzi. I oboje tego teraz potrzebowaliśmy.

– Ethanie, zostało nam niewiele czasu. To na nic. Cokolwiek to było, kimkolwiek ona jest, nie sądzisz, że przyszła po mnie, bo za cztery miesiące stanę się Istotą Ciemności?

– Nie.

– Nie? Tylko tyle masz do powiedzenia o najgorszej nocy w całym moim życiu? Omal nie umarłam. – Lena się odsunęła.

– Pomyśl. Czy ta Sarafine, kimkolwiek jest, polowałaby na ciebie, gdybyś była zła? Nie. Wtedy dobre istoty przychodziłyby po ciebie. Pomyśl o Ridley. Nikt w twojej rodzinie nie wyglądał na zachwyconego jej przybyciem.

– Z wyjątkiem oczywiście ciebie, głupku. – Dała mi żartobliwego kuksańca w żebra.

– Właśnie. Bo nie jestem Obdarzony, jestem żałosnym śmiertelnikiem. A przecież sama mówiłaś, że gdyby kazała mi skoczyć z urwiska, tobym skoczył.

Lena odrzuciła włosy.

– Mama nigdy nie pytała cię, czy skoczyłbyś z urwiska, gdyby twoi przyjaciele skoczyli?

Objąłem ją. Byłem zdecydowanie szczęśliwszy, niż powinienem, biorąc pod uwagę ostatnią noc. A może to Lena czuła się trochę lepiej i mnie się to udzieliło? W tych dniach między nami przepływał tak mocny prąd, jakbyśmy tworzyli jedność.

Wiedziałem, że muszę ją pocałować.

Staniesz się Istotą Światła.

I wtedy ją pocałowałem.

Zdecydowanie Istotą Światła.

Znów ją pocałowałem, tuląc w ramionach. Całowanie jej było jak oddychanie. Musiałem to robić. Nie mogłem się powstrzymać. Przycisnąłem ją do siebie. Czułem jej oddech, bicie serca na mojej piersi. Reagowałem na nią każdym nerwem. Płonąłem. Jej czarne włosy rozsypały się na moich rękach. Oparła się o mnie całym ciałem. Każdy jej dotyk przypominał porażenie prądem. Czekałem na to od pierwszej chwili, gdy ją ujrzałem, odkąd tylko pierwszy raz mi się przyśniła.

To było jak rażenie piorunem. Byliśmy jedną istotą.

Ethanie.

Nawet w głowie słyszałem naglącą potrzebę w jej głosie. Sam miałem ciągle niedosyt bliskości. Jej skóra była miękka i gorąca. Straciłem zupełnie poczucie rzeczywistości. Nasze wargi były obolałe; nie byliśmy w stanie całować się mocniej. Łóżko zaczęło się trząść i unosić. Poczułem, jak się kołysze. Miałem wrażenie, że za chwilę płuca mi pękną. Skórę miałem zimną. Światła w pokoju zapalały się i gasły, a pokój zaczął wirować. Zaczęło mi się robić ciemno przed oczami.

Ethanie!

Łóżko pod nami się zawaliło. Usłyszałem odgłos rozpryskującego się szkła, jakby rozbiła się szyba. I krzyk Leny.

A następnie głos dziecka:

– Co się stało, Leno Fasolko? Dlaczego jesteś taka smutna?

Poczułem na piersi małą, ciepłą rękę. Ciepło promieniowało z niej na całe ciało, aż pokój przestał wirować i znów mogłem oddychać.

Otworzyłem oczy.

Ryan.

Usiadłem. W głowie mi huczało. Lena była obok mnie, jej głowa spoczywała na mojej piersi tak samo jak przed godziną. Tyle że teraz szyby w oknach były rozbite, łóżko się zawaliło, a mała jasnowłosa dziesięcioletnia dziewczynka stała przede mną i trzymała dłoń na mojej piersi.

Lena, ciągle pociągając nosem, próbowała pozbierać kawałki rozbitego lustra i tego, co zostało z jej łóżka.

– Chyba wreszcie wiemy, kim jest Ryan.

Lena się uśmiechnęła, wycierając oczy. Przytuliła Ryan.

– Cudotwórczyni. Nigdy nie było nikogo takiego w naszej rodzinie.

– To dość wyszukane imię jak na Obdarzonego uzdrowiciela – zauważyłem, pocierając czoło.

Lena skinęła głową i pocałowała Ryan w policzek.

– Coś w tym rodzaju.

Zwyczajne amerykańskie święto

Po Halloween miało się wrażenie, że nastał spokój po burzy. Ustaliliśmy coś w rodzaju stałego porządku, chociaż wiedzieliśmy, że zegar odmierza czas. Co rano szedłem za róg, żeby schować się przed Ammą, Lena po mnie przyjeżdżała, a Boo Radley doganiał nas przed Stop & Steal i biegł za nami do szkoły. Poza nielicznymi wyjątkami, takimi jak Winnie Reid, członek zespołu dyskusyjnego w Jackson, który utrudniał każdą dyskusję, czy Robert Lester Tate, który wygrał stanowy konkurs ortograficzny dwa lata z rzędu, jedyną osobą, która siadała z nami w stołówce, był Link. Czasami jedliśmy lunch na trybunach stadionu, szpiegowani przez dyrektora Harpera. Potem zaszywaliśmy się w bibliotece, czytając w kółko dokumenty związane z medalionem. Mieliśmy nadzieję, że Marian coś się wymsknie i czegoś się od niej dowiemy. Poza tym ani śladu zalotnych syren z lizakami, rozdających uściski śmierci, żadnych niewytłumaczalnych sztormów o niszczącej sile ani złowróżbnych chmur na niebie, ani nawet dziwnych posiłków z wujem Maconem.

Nic niezwykłego się nie działo.

Z wyjątkiem jednej rzeczy. I to najważniejszej. Szalałem na punkcie dziewczyny, która czuła to samo do mnie. Kiedy i jak to się stało? Było mi o wiele łatwiej uwierzyć w to, że należała do Obdarzonych, niż że naprawdę istniała.

Miałem Lenę. Była potężna i piękna. A każdy dzień był przerażający i doskonały.

Aż do momentu, gdy stała się rzecz niewiarygodna.

Amma zaprosiła Lenę na obiad w Święto Dziękczynienia.

– Nie rozumiem, dlaczego chcesz do nas przyjść na Święto Dziękczynienia. Będzie okropnie nudno. – Denerwowałem się, Amma ewidentnie coś planowała.

Lena się uśmiechnęła, a ja odetchnąłem z ulgą. Nie było nic cudowniejszego niż jej uśmiech. Powalał mnie za każdym razem.

– Nie sądzę, żeby było nudno.

– Nie byłaś u mnie w Święto Dziękczynienia.

– Nie byłam nigdy w niczyim domu w Święto Dziękczynienia. Obdarzeni nie obchodzą Święta Dziękczynienia. To święto śmiertelników.

– Żartujesz? Nie ma indyka? Ani placka z dyni?

– Nie.

– Nie jadłaś dziś zbyt dużo?

– Niewiele.

– No to sobie poradzisz.

Przygotowałem Lenę wcześniej na niektóre niespodzianki. Żeby nie była zdziwiona, gdy Siostry zawiną kruche ciasteczka w serwetki obiadowe i wsuną do swoich torebek. Ani kiedy ciotka Caroline i Marian będą zawzięcie dyskutować na temat lokalizacji pierwszej biblioteki publicznej w Stanach (która miała znajdować się w Charleston), ani kiedy będą mówić o zielonej farbie i właściwych proporcjach zieleni (dwie części niebieskiego i jedna część żółtego). Ciotka Caroline była kustoszką muzeum w Savannah i wiedziała tak samo dużo o architekturze i antykach jak moja mama o amunicji i strategii bitewnej z czasów wojny secesyjnej. Bo tego właśnie Lena mogła się spodziewać dzisiejszego wieczoru – Ammy, moich zwariowanych krewnych i Marian oraz Harlona Jamesa, żeby dopełnić całości.

Ominąłem jeden szczegół. Z uwagi na to, jak się rzeczy ostatnio miały, obawiałem się, że mój tata prawdopodobnie siądzie do świątecznego obiadu w piżamie. Ale tego nie byłem w stanie jej wyjaśnić.

Amma traktowała Święto Dziękczynienia poważnie, a to oznaczało dwie rzeczy. Mój tata wreszcie opuści swój gabinet – chociaż będzie już ciemno, więc trudno to nazwać wyjątkiem – i będzie jadł przy stole razem z nami. Koniec z płatkami śniadaniowymi w tym dniu. Amma na pewno na nie się nie zgodzi. Tak więc, żeby uczcić powrót taty do świata, przygotuje stosy jedzenia. Indyka, ziemniaki purée z sosem, fasolkę szparagową i krem z kukurydzy, słodkie ziemniaki z pastą, szynkę miodową i bułeczki oraz placek z dyni z cytryną i bezami, który – o czym przekonywał mnie wieczór spędzony na moczarach – Amma upiecze raczej dla wujka Abnera niż dla nas.

Zatrzymałem się na moment przed wejściem, wspominając, co czułem, stojąc na werandzie w Ravenwood tego wieczoru, gdy zjawiłem się tam po raz pierwszy. Teraz kolej na Lenę. Zebrała swoje ciemne włosy, a ja dotknąłem pasemka, które wysunęło jej się z uczesania.

Gotowa?

Poprawiła czarną suknię. Była zdenerwowana.

Nie.

A powinnaś.

Uśmiechnąłem się i pchnąłem drzwi – gotowa czy nie. Dom pachniał jak w czasach mojego dzieciństwa. Ziemniakami purée i ciężką pracą.

– Ethanie Wate, czy to ty? – zawołała Amma z kuchni.

– Tak, pszepani.

– Przyszedłeś z dziewczyną? Przyprowadź ją do nas, żebyśmy mogli ją wszyscy poznać.

W kuchni było gorąco i wszystko skwierczało. Amma stała w fartuchu przed kuchenką, w obu rękach trzymała po drewnianej łyżce. Ciotka Prue krzątała się po kuchni, wkładając palce do misek stojących na kuchennym blacie. Ciotka Mercy i ciotka Grace grały w scrabble na kuchennym stole. Żadna z nich nie zauważyła, że w ogóle nie układały słów.

– No nie stój tak, przyprowadź ją tu.

W moim ciele napiął się każdy mięsień. Nie można było przewidzieć w żaden sposób, co zrobią czy powiedzą te kobiety. Nadal nie miałem pojęcia, dlaczego Ammie tak zależało, żebym zaprosił Lenę.

Lena wysunęła się naprzód.

– Cieszę się, że wreszcie mam okazję panią poznać.

Amma obejrzała ją z góry na dół, wycierając ręce w fartuch.

– To z tobą mój chłopiec spędza tyle czasu. Naczelnik poczty miał rację. Śliczna jak obrazek.

Zastanawiałem się, czy Carlton Eaton mówił o tym podczas jazdy do Wader's Creek.

Lena zarumieniła się.

– Dziękuję.

– Słyszałam, że wstrząsnęłaś trochę szkołą – powiedziała ciocia Grace z uśmiechem. – Bardzo dobrze. Nie wiem, czego was tam uczą.

Ciocia Mercy ułożyła wyraz, jeden kwadracik po drugim.

– J-A-P-K-O.

Ciocia Grace pochyliła się nad planszą, mrużąc oczy.

– Mercy Lynne, znów oszukujesz! Cóż to za słowo? Trzeba go użyć w zdaniu.

– „Mam ochotę na japko".

– Przecież tak się tego nie pisze. – Przynajmniej jedna z nich potrafi pisać. Ciocia Grace wyciągnęła ze stojaka kwadracik. – Nie pisze się tego przez „p". I brakuje „ł". A może nie brakuje?

Rzeczywiście nie przesadzałeś.

Mówiłem ci.

– Słyszę Ethana? – Ciotka Caroline weszła do kuchni z szeroko otwartymi ramionami. – Chodź no tutaj i uściskaj ciotkę.

Zdumiewające podobieństwo cioci Caroline do mamy zawsze wytrącało mnie z równowagi. Te same długie brązowe włosy, zawsze ściągnięte do tyłu, te same ciemne brązowe oczy. Tylko że mama wolała bose stopy i dżinsy, a ciocia Caroline – w letnich sukienkach i dopasowanych małych sweterkach, które zazwyczaj nosiła – była bardziej typem piękności z Południa. Myślę, że bawiło ją spojrzenie ludzi, gdy dowiadywali się, że jest kustoszką w Muzeum Historii w Savannah, a nie podstarzałą debiutantką, czekającą na swój pierwszy bal.

– Jak się mają rzeczy na Północy? – Ciocia Caroline zawsze nazywała Gatlin „Północą", ponieważ leżało na północ od Savannah.

– Wszystko w porządku. Przyniosłaś mi pralinki?

– Przecież zawsze tak robię.

Wziąłem Lenę za rękę i przyciągnąłem ją bliżej.

– Leno, to ciocia Caroline i moje stryjeczne babcie: Prudence, Mercy i Grace.

– Miło mi panie poznać. – Lena wyciągnęła rękę, ale ciocia Caroline przyciągnęła Lenę do siebie i przytuliła.

Trzasnęły frontowe drzwi.

– Szczęśliwego Święta Dziękczynienia – powiedziała Marian, wnosząc żaroodporne naczynie i talerz z plackiem, ustawione jedno na drugim. – Coś opuściłam?

– Wiewiórki. – Ciotka Prue poczłapała do Marian, biorąc ją pod rękę. – Wiesz coś o nich?

– Wystarczy tego, zabierajcie się wszyscy z kuchni. Muszę mieć trochę miejsca, żeby coś tu wyczarować. A ty, Mercy Statham, przestań wyjadać moje cukierki. – Ciotka Mercy przerwała na moment chrupanie.

273

Lena spojrzała na mnie, starając się zachować powagę.

Mogę wezwać Kuchnię.

Uwierz mi, Amma nie potrzebuje pomocy w gotowaniu. Stosuje własne czary.

Wszyscy przeszli do salonu. Ciocia Caroline i ciocia Prue rozmawiały o tym, jak wyhodować hurmę na słonecznej werandzie, ciocia Grace i ciocia Mercy ciągle się kłóciły, jak się pisze „jabłko", a Marian rozstrzygała ich spór. To by wystarczyło, żeby każdego doprowadzić do białej gorączki, ale Lena wciśnięta między Siostry wyglądała na bardzo szczęśliwą i zadowoloną.

Tu jest miło.

Żartujesz sobie?

Czy to było jej wyobrażenie o święcie rodzinnym? Garnki, scrabble i sprzeczające się starsze panie? Nie miałem pewności, ale nijak się to miało do Dni Zbiorów.

Przynajmniej nikt nie próbuje nikogo zabić.

Zaczekaj jakieś piętnaście minut.

Uchwyciłem spojrzenie Ammy przez kuchenne drzwi, ale nie patrzyła na mnie, tylko na Lenę.

Wyraźnie coś knuła.

Świąteczny obiad upływał tak jak co roku. Tylko że nic już nie było takie samo. Ojciec był w piżamie. Obok stało puste krzesło mamy, a ja pod stołem trzymałem za rękę dziewczynę, która należała do Obdarzonych. Przez moment ogarnęło mnie uczucie szczęścia i smutku równocześnie, jakby były ze sobą powiązane. Ale miałem tylko małą chwilę, żeby o tym pomyśleć. Ledwie wypowiedzieliśmy słowo „amen", a już Siostry zaczęły ściągać bułeczki ze stołu, Amma wzięła się do nakładania ogromnych porcji ziemniaków purée i sosu na nasze talerze, a ciocia Caroline rozpoczęła pogawędkę.

Wiedziałem, o co chodzi. Jeśli będzie dużo krzątaniny, gadania i jedzenia, nikt nie zauważy pustego krzesła. Ale tego nie można było ukryć.

Żadna liczba pysznych placków Ammy nie zdołałaby odwrócić naszej uwagi.

Tak czy siak, ciocia Caroline postanowiła mnie zagadać.

– Ethanie, potrzeba ci czegoś do rekonstrukcji historycznej? Mam na strychu krótkie kurtki oficerskie. Wyglądają jak prawdziwe.

– Nie przypominaj mi, ciociu.

Prawie zapomniałem, że mam być przebrany za konfederackiego żołnierza w rekonstrukcji bitwy pod Honey Hill, jeżeli mam zaliczyć w tym roku historię. Co roku w lutym w Gatlin organizowano rekonstrukcję bitwy z czasów wojny secesyjnej. Był to jedyny powód przyjazdu turystów.

Lena sięgnęła po bułeczkę.

– Nie rozumiem, dlaczego robi się wokół tego tyle szumu. Wygląda na to, że trzeba włożyć mnóstwo pracy w rekonstrukcję bitwy, która miała miejsce ponad sto lat temu, a przecież można przeczytać o niej w podręcznikach do historii.

Ups!

Ciocia Prue gwałtownie wciągnęła powietrze. Dla niej zabrzmiało to niemal jak bluźnierstwo.

– Powinni spalić tę twoją szkołę na popiół! Nie uczą was tam w ogóle historii. Nie można się uczyć o Napaści Północy z podręcznika. Musisz to koniecznie sama zobaczyć. I każdy z was, uczniów, też powinien, bo ten sam kraj, który zjednoczył siły, by walczyć o niepodległość podczas rewolucji amerykańskiej, walczył sam ze sobą podczas Napaści Północy.

Ethanie, powiedz coś. Zmień temat.

Za późno. Jeszcze chwila i zacznie śpiewać „Gwiaździsty sztandar".

Marian ułamała bułeczkę i nałożyła na nią szynkę.

– Panna Statham ma rację. Wojna secesyjna zamieniła się w konflikt, w którym często brat walczył przeciw bratu. To tragiczny rozdział w amerykańskiej historii. Zginęło ponad pół miliona mężczyzn, chociaż większość z nich zmarła z powodu chorób, a nie na polu bitwy.

– Tragiczny rozdział, właśnie tak – potwierdziła ciocia Prue.

– No dobrze już, dobrze, nie podniecajmy się, Prudence Jane. – Ciocia Grace poklepała siostrę po ręku.

Ciocia Prue odtrąciła jej dłoń.

– Nie mów mi, czy mam się podniecać, czy nie. Po prostu chcę, żeby umieli odróżnić głowę świni od ogona. Jestem jedyną osobą, która czegoś ich nauczy. Ta szkoła powinna mi płacić.

Powinienem był cię ostrzec, żebyś nie wsadzała kija w mrowisko.

Dopiero teraz mi to mówisz?

Lena z zażenowaniem zaczęła się wiercić na krześle.

– Przepraszam. To nie był brak szacunku z mojej strony. Nie spotkałam jeszcze nikogo, kto miałby tak dużą wiedzę o wojnie.

Miłe. Jeśli mówiąc o wiedzy, masz na myśli obsesję.

– Nie przejmuj się, kochanie. Prudence Jane ponosi od czasu do czasu. – Ciocia Grace szturchnęła łokciem ciocię Prue.

Dlatego dodajemy whisky do jej herbaty.

– Czy ktoś może przyniósł ciasteczka orzechowe? – Ciocia Prue spojrzała przepraszająco na Lenę. – Mam problem z nadmiarem cukru.

Raczej z powstrzymaniem się od jedzenia.

Tata zakaszlał i z roztargnieniem odepchnął purée. Lena dostrzegła okazję do zmiany tematu.

– Ethan mówił, że jest pan pisarzem, panie Wate. Jakie książki pan pisze?

Tata spojrzał na Lenę, ale nic nie powiedział. Pewnie nawet się nie zorientował, że mówi do niego.

– Mitchell pracuje nad nową książką. To jakaś duża rzecz. Może najważniejsza z tych, które do tej pory napisał. Mitchell napisał całe mnóstwo książek. Ile tego będzie, Mitchell? – spytała Amma, jakby mówiła do dziecka. Wiedziała, ile książek tata wydał.

– Trzynaście – wymamrotał.

Leny nie zniechęciły koszmarne maniery ojca, które nawet mnie wprawiły w osłupienie. Spojrzałem na niego, na te rozczochrane włosy, ciemne sińce pod oczami. Kiedy to zaszło tak daleko?

Lena próbowała dalej.

– O czym jest pana książka?

Tata ożywił się po raz pierwszy tego wieczoru.

– To historia miłosna. Tak naprawdę to pamiętnik. Wielka powieść amerykańska. To jak *Wściekłość i wrzask* mojej kariery pisarskiej, można powiedzieć, ale nie chciałbym zdradzać szczegółów. Jeszcze nie teraz. Nie, gdy jestem tak blisko... – mówił bez ładu i składu. I nagle umilkł jak robot, któremu wyłączono przycisk na plecach. Spojrzał na puste krzesło mamy i znowu stał się nieobecny.

Amma patrzyła z niepokojem. Ciocia Caroline próbowała odwrócić uwagę wszystkich od tego, co okazało się najbardziej żenującym wieczorem w moim życiu.

– Leno, gdzie poprzednio mieszkałaś?

Nie usłyszałem odpowiedzi. Niczego. Wszystko poruszało się jak na zwolnionym filmie. Zacierało się, rosło i kurczyło. Tak wyglądają fale gorąca, gdy przepływają w powietrzu.

I wtedy...

Pokój znieruchomiał. No... nie pokój, to ja. Ojciec znieruchomiał. Jego oczy się zwęziły. Zapatrzył się na talerz pełen nietkniętych ziemniaków purée, zaokrąglone usta znieruchomiały w niewypowiedzianym dźwięku. Siostry, ciocia Caroline i Marian wyglądały jak statuetki. Nawet powietrze było nieruchome. Wahadło w stojącym zegarze zatrzymało się w pół ruchu.

Ethanie? Wszystko w porządku?

Usiłowałem odpowiedzieć, ale nie mogłem. Kiedy Ridley chwyciła mnie w swój uścisk śmierci, byłem pewny, że zamarznę na śmierć. Teraz zamarzłem, tylko że nie było mi zimno i nie umarłem.

– Czy ja to sprawiłam? – zapytała głośno Lena.

Tylko Amma nie była sparaliżowana.

– Zatrzymać czas? Ty? To tak prawdopodobne, jak to, że indyk może wysiedzieć aligatora – parsknęła. – Nie, to nie ty, dziecko. To coś potężniejszego od ciebie. Wielcy uznali, że już pora, abyśmy sobie pogawędziły jak kobieta z kobietą. Nikt nas teraz nie usłyszy.

Z wyjątkiem mnie. Ja usłyszę.

Ale słowa nie zostały wypowiedziane. Słyszałem je, lecz nie mogłem wydobyć głosu.

Amma spojrzała na sufit.

– Dziękuję, ciociu Delilah. Doceniam twoją pomoc.

Podeszła do bufetu i ukroiła kawałek placka z dyni. Położyła go na eleganckim porcelanowym talerzyku i ustawiła pośrodku stołu. – Zostawię ten kawałek dla ciebie, ciociu, i dla Wielkich. Pamiętaj, proszę, że to zrobiłam.

– Co się dzieje? Co im zrobiłaś?

– Nic im nie zrobiłam. Po prostu kupiłam dla nas trochę czasu.

– Jesteś Obdarzona?

– Nie, jestem wieszczką. Widzę to, co trzeba zobaczyć i czego nikt inny nie widzi albo nie chce zobaczyć.

– To ty zatrzymałaś czas?

Obdarzeni potrafią zatrzymać czas. Lena mi o tym mówiła. Ale tylko ci najpotężniejsi.

– Nic nie zrobiłam. Poprosiłam tylko Wielkich o pomoc i ciocia Delilah się zaofiarowała.

Lena wyglądała na zdezorientowaną, a może przestraszoną.

– Kim są Wielcy?

– Wielcy to moja rodzina ze świata duchów. Od czasu do czasu pomagają mi, ale nie są sami. Są jeszcze z nimi inni.

Amma pochyliła się nad stołem, patrząc Lenie w oczy.

– Dlaczego nie nosisz bransoletki?

– Słucham?

– Melchizedek ci jej nie dał? Powiedziałam mu, że musisz ją nosić.

278

– Dał, ale ją zdjęłam.

– Dlaczego to zrobiłaś?

– Doszliśmy do wniosku, że blokowała wizje.

– Coś blokowała, to prawda. Do momentu, kiedy przestałaś ją nosić.

– Co blokowała?

Amma sięgnęła po rękę Leny. Wzięła ją w swoją, obracając dłonią do góry.

– Nie chciałam być tą, która ci to powie, dziecko. Ale Melchizedek ani reszta twojej rodziny tego nie zrobią. Nikt z nich ci tego nie powie. A ty musisz być przygotowana.

– Na co?

Amma popatrzyła na sufit, mrucząc coś pod nosem.

– Ona nadchodzi, dziecko. Idzie po ciebie. A jest to siła, z którą należy się liczyć. Ciemna jak noc.

– Kto po mnie idzie?

– Powinni byli ci powiedzieć. Ale Wielcy mówią, że ktoś musi ci to wyjaśnić, zanim będzie za późno.

– Co? Kto przychodzi, Ammo?

Amma zdjęła mały woreczek, który wisiał na skórzanym pasku na jej szyi, i chwyciła go mocno, zniżając głos, jakby się bała, że ktoś może ją usłyszeć.

– Sarafine. Istota Ciemności.

– Kim jest Sarafine?

Amma się zawahała, ściskając kurczowo woreczek.

– Twoją matką.

– Nie rozumiem, przecież moi oboje rodzice zmarli, gdy byłam jeszcze dzieckiem, a mama miała na imię Sara. Widziałam swoje drzewo rodowe.

– Twój tata zmarł, to prawda, ale matka żyje, tak jak tu przed tobą stoję. I wiesz, że drzewa rodowe na Południu nigdy nie są takie, jakie być powinny.

279

Z twarzy Leny odpłynęła cała krew. Chciałem ją wziąć za rękę, ale zadrżał jedynie mój palec. Byłem bezsilny. Nic nie mogłem zrobić, tylko patrzeć, jak sama pogrąża się w ciemności. Tak, jak we snach.

– I ona jest Istotą Ciemności?

– Jest najbardziej mroczną Istotą Ciemności ze wszystkich żyjących Obdarzonych.

– Dlaczego wuj mi o tym nie powiedział? Albo babcia? Powiedzieli mi, że nie żyje. Dlaczego mnie okłamali?

– Jest prawda i prawda... I obie bardzo się od siebie różnią. Myślę, że próbowali cię chronić. Ciągle mają nadzieję, że im się uda. Ale Wielcy nie są tego pewni. Nie chciałam być tą, która ci to powie, ale Melchizedek jest uparty.

– Dlaczego próbuje mi pani pomóc? Myślałam, że pani mnie nie lubi.

– To nie ma nic wspólnego z lubieniem czy nielubieniem. Ona idzie po ciebie i nic nie powinno rozpraszać twojej uwagi. – Amma uniosła brew. – A ja nie chcę, żeby cokolwiek stało się mojemu chłopcu. To coś potężniejszego niż wy oboje.

– Co to takiego?

– Wszystko. Ty i Ethan nie jesteście sobie przeznaczeni.

Lena wyglądała na zdezorientowaną. Amma mówiła zagadkami.

– Co pani ma na myśli?

Amma drgnęła, jakby ktoś z tyłu dotknął jej ramienia.

– Co mówisz, ciociu Delilah? – I zwróciła się do Leny:

– Nie zostało nam zbyt wiele czasu.

Wahadło zegara zaczęło się poruszać prawie niezauważalnie. Pokój wracał do życia.

– Włóż tę bransoletkę. Potrzebujesz pomocy skąd się tylko da.

Czas wrócił na swoje miejsce...

Mrugnąłem kilka razy, rozglądając się wokół. Ojciec ciągle gapił się w swój talerz. Ciocia Mercy zawijała bułeczki w papierową serwetkę. Podniosłem obie ręce, trzymając je przed sobą i ruszając palcami.

– Co u licha?

– Ethanie Wate! – wykrztusiła ciotka Grace.

Amma kroiła bułeczki i wkładała do środka szynkę. Rzuciła mi ostrzegawcze spojrzenie, na które nie byłem przygotowany. Było oczywiste, że nie chciała, żebym słyszał całą tę rozmowę. Jej wzrok mówił: „Zamknij buzię, Ethanie Wate".

– Nie mów tak przy stole. Nie jesteś jeszcze wystarczająco dorosły, żebym nie mogła wyszorować ci buzi mydłem. Co ty sobie wyobrażasz? Szynka i bułeczki. Indyk i nadzienie. Cały dzień gotowałam i spodziewam się, że będziesz jadł.

Spojrzałem na Lenę. Uśmiech znikł z jej twarzy. Patrzyła w talerz.

Leno Fasolko. Wracaj do mnie. Nie pozwolę, żeby coś ci się stało. Wszystko będzie dobrze.

Ale ona była już daleko.

W drodze do domu Lena nie powiedziała ani słowa. Gdy dotarliśmy do Ravenwood, gwałtownie otworzyła drzwiczki i zatrzasnęła je z hukiem. Ruszyła do domu bez pożegnania.

Nie poszedłem za nią. W głowie mi huczało. Nie potrafiłem sobie wyobrazić, co mogła czuć w takiej chwili. Utrata matki była czymś okropnym, ale nawet ja nie byłem w stanie sobie wyobrazić, co to znaczy, gdy własna matka chce zabić swoje dziecko.

Straciłem moją mamę, ale miałem tu swoje miejsce. Mama zapewniła mi przystań, zanim odeszła. Tą przystanią była Amma, mój tata, Link i oczywiście Gatlin. Ja przynajmniej czułem obecność mamy na ulicach miasteczka, w domu, w bibliotece, nawet w spiżarni. Lena nigdy tego nie zaznała. Była sama i nie miała swojej przystani. Żadnej tratwy dla biedaków na bagnach, jak powiedziałaby Amma.

Chciałem być jej przystanią.

Ale teraz, nie sądziłem, żeby ktokolwiek mógł nią być.

Lena przeszła sztywno koło Boo, który siedział na frontowej werandzie i nawet nie był zdyszany, chociaż przez całą drogę pracowicie biegł za samochodem. Podczas obiadu czekał w ogródku przed domem. Zdaje się, że smakowały mu słodkie ziemniaki i małe pianki cukrowe, które rzuciłem mu przez frontowe drzwi, gdy Amma poszła do kuchni, żeby przynieść więcej sosu.

Słyszałem, jak Lena krzyczy w domu. Westchnąłem, wysiadłem z samochodu i opadłem na schody werandy obok psa. W głowie mi huczało.

– Wujku Maconie! Wujku Maconie! Obudź się! Słońce już zaszło, wiem, że nie śpisz!

Słyszałem to samo wołanie w swojej głowie.

Słońce zaszło, wiem, że nie śpisz!

Czekałem na taki dzień, kiedy Lena zaskoczy mnie i powie prawdę o Maconie, tak jak powiedziała o sobie. Kimkolwiek był, nie wyglądał na zwykłego Obdarzonego, o ile ktoś taki w ogóle istniał. Zastanawiało mnie, w jaki sposób pojawia się w różnych miejscach, gdy tylko ma na to ochotę, a następnie znika. Nie trzeba być geniuszem, żeby widzieć, że był niezwykłą osobą. A jednak nie byłem pewien, czy chciałem się dowiedzieć tego wszystkiego właśnie dzisiaj.

Boo patrzył na mnie. Wyciągnąłem rękę, żeby go pogłaskać, ale odwrócił łeb, jakby chciał powiedzieć: „Między nami wszystko w porządku, ale proszę, nie dotykaj mnie, chłopcze". Naraz dobiegł nas ze środka odgłos uderzeń. Podnieśliśmy się obaj i ruszyliśmy w stronę hałasu. Lena dobijała się do jakichś drzwi na górze.

Dom powrócił do stanu, który – jak podejrzewałem – Macon lubił najbardziej, czyli wyglądał jak rozsypująca się przedwojenna rezydencja. W głębi duszy cieszyłem się, że nie jestem w zamku. Chciałbym móc cofnąć czas o trzy godziny. Mówiąc szczerze, byłbym absolutnie szczęśliwy, gdyby dom był obskurną przyczepą i gdybyśmy siedzieli w niej teraz nad talerzem z pozostałościami z obiadu, jak wszyscy w Gatlin.

– Moja matka? Moja własna matka?

Drzwi otworzyły się gwałtownie. Stanął w nich Macon w całkowitym nieładzie. Był w pogniecionej lnianej piżamie, która w zasadzie bardziej przypominała koszulę nocną. Oczy miał bardziej czerwone niż zwykle, skórę bielszą niż zazwyczaj, a włosy rozczochrane. Wyglądał, jakby przejechała go ciężarówka.

Na swój sposób nie różnił się zbytnio od mojego taty. Może lepiej wyglądał, z wyjątkiem koszuli nocnej. Tata nie włożyłby czegoś takiego na siebie.

– Moja matka to Sarafine? To coś, co próbowało mnie zabić podczas Halloween? Jak mogłeś to przede mną ukrywać?

Macon potrząsnął głową i zdenerwowany przygładził włosy ręką.

– Amarie – warknął.

Nie wiem, ile bym dał, żeby zobaczyć Macona i Ammę stających do walki. Postawiłbym na Ammę. Zdecydowanie na nią.

Macon wyszedł z pokoju i zamknął drzwi za sobą. Zdążyłem jeszcze zajrzeć do jego sypialni. Jej wystrój przypominał scenografię do *Upiora w operze* z wyższymi ode mnie kandelabrami z kutego żelaza i czarnym łożem z baldachimem z udrapowanymi szaro-czarnymi aksamitnymi zasłonami. Okna były zasłonięte tym samym materiałem, zwisającym ponuro na żaluzjach w stylu kolonialnym. Nawet ściany były obite poprzecieraną czarno-szarą tkaniną, która pewnie miała ze sto lat. W pokoju było ciemno jak w studni. Efekt był przerażający.

Ciemność, głęboka ciemność. To było coś więcej niż brak światła.

Przeszedł przez drzwi pokoju. W korytarzu pojawił się już perfekcyjnie ubrany. Ani jeden włosek nie był w nieładzie, nie było widać ani jednej fałdki na skarpetce czy na wykrochmalonej białej koszuli. Nawet miękkie buty z koźlej skóry nie miały najmniejszej rysy. Nie przypominał ani trochę człowieka sprzed chwili, chociaż nie zrobił nic poza wyjściem przez drzwi sypialni.

Popatrzyłem na Lenę. Nawet mnie nie zauważyła. Poczułem zimno. Zrozumiałem, jak odmienne było jej życie.

– Moja matka żyje?

– Obawiam się, że to wszystko jest bardziej skomplikowane, niż ci się wydaje.

– Czy mówisz o tym, że chciała mnie zabić? Zamierzałeś mi o tym powiedzieć, wujku Maconie? Kiedy zostałabym już naznaczona?

– Proszę, nie zaczynaj znowu. Nie staniesz się Istotą Ciemności – westchnął Macon.

– Trudno mi sobie wyobrazić, że mógłbyś myśleć inaczej. Zwłaszcza że jestem córką, i tu zacytuję, „najbardziej mrocznej Istoty Ciemności ze wszystkich żyjących Obdarzonych".

– Rozumiem twoje zdenerwowanie. To wszystko jest trudne do wytłumaczenia i powinienem ci był sam o tym powiedzieć. Ale musisz mi uwierzyć, że próbowałem cię chronić.

W Lenie wzbierała wściekłość.

– Chronić mnie! Pozwoliłeś mi uwierzyć, że atak w Halloween to był tylko przypadek. A to była moja matka! Moja matka żyje i próbowała mnie zabić. Nie sądzisz, że powinnam o tym wiedzieć?

– Nie wiemy, czy próbuje cię zabić.

Ramy obrazów zaczęły uderzać o ściany. Żarówki wzdłuż hallu gasły jedna po drugiej. Słychać było odgłos deszczu siekącego w okiennice.

– Nie dość już mieliśmy złej pogody w ciągu ostatnich paru tygodni?

– Co jeszcze było kłamstwem? Czego się jeszcze dowiem? Mój ojciec też żyje?

– Niestety, nie.

Powiedział to tak, jakby to była tragedia, coś zbyt smutnego, żeby o tym rozmawiać. Takim tonem, jakim ludzie zazwyczaj mówią o śmierci matki.

– Musisz mi pomóc – wyszeptała łamiącym się głosem.

– Zrobię wszystko, co w mojej mocy, by ci pomóc, Leno. Jak zawsze.

– Nieprawda – prychnęła. – Nie powiedziałeś mi nic o moich uzdolnieniach. Nie nauczyłeś mnie, jak mogę się sama chronić.

– Nie znam twoich możliwości, Leno. Jesteś Istotą Naturalną. Jeśli musisz coś zrobić, zrobisz to. Na swój własny sposób, w swoim czasie.

– Moja matka chce mnie zabić. Nie mam czasu.

– Tłumaczyłem ci, nie wiemy, czy próbuje cię zabić.

– Więc jak wyjaśnisz to, co stało się w Halloween?

– Mogą istnieć jeszcze inne przyczyny. Del i ja próbujemy się tego dowiedzieć.

Macon odwrócił się od niej, jakby chciał uciec do swojego pokoju.

– Musisz ochłonąć. Porozmawiamy o tym później.

Lena popatrzyła w stronę wazy stojącej na komodzie w końcu hallu. Jak gdyby pociągnięta za sznurek, waza ruszyła w kierunku sypialni Macona, dokąd pobiegło spojrzenie Leny. Waza przeleciała przez pokój i rozbiła się w drobny mak. Na tyle daleko od Macona, by go nie uderzyć, ale jednocześnie na tyle blisko, żeby go ostrzec. To nie był przypadek.

To nie była jedna z tych sytuacji, kiedy Lena traciła kontrolę i zdarzały się różne rzeczy. Tym razem zrobiła to celowo. Kontrolowała sytuację.

Macon obrócił się błyskawicznie, tak że nawet nie zauważyłem jego ruchu, i znalazł się przed Leną. Był zszokowany tak samo jak ja i z pewnością doszedł do tego samego wniosku. To nie był przypadek. A wyraz twarzy Leny mówił, że była tym tak samo zdziwiona. Można by odnieść wrażenie, że Macon Ravenwood odczuwa ból z powodu tego, co się stało. O ile Macon był w stanie okazać, że coś go dotknęło.

– Jak już mówiłem, gdy musisz coś zrobić, zrobisz to.

Teraz zwrócił się do mnie.

– W najbliższych tygodniach będzie coraz bardziej niebezpiecznie. Sprawy uległy zmianie. Nie zostawiaj jej samej. Gdy Lena tu jest, mogę ją chronić, ale moja matka miała rację. Wygląda na to, że ty też możesz ją chronić, może nawet lepiej niż ja.

– Słyszę cię! – Lena odzyskała panowanie nad sobą. Wiedziałem, że później będzie miała wyrzuty sumienia, ale teraz była zbyt wściekła, żeby ocenić sytuację. – Nie mów o mnie tak, jakby mnie tu nie było. –

Żarówka z hukiem pękła za Maconem, ale nawet nie drgnął. – Czy ty się w ogóle słyszysz? – wściekała się Lena. – Muszę to wiedzieć! To na mnie poluje. To mnie chce, a ja nawet nie wiem dlaczego.

Patrzyli na siebie, Ravenwood i Duchannes, dwie gałęzie tego samego powyginanego drzewa Obdarzonych. Zastanawiałem się, czy już pora, żebym sobie poszedł.

Macon spojrzał na mnie. Jego mina mówiła, że tak.

Lena zrobiła to samo – ona chciała, żebym został.

Złapała mnie za rękę i poczułem ciepło. Cała płonęła z wściekłości. Aż dziw, że żadna szyba w domu nie rozbiła się w drobny mak.

– Wiesz, dlaczego chce mnie dopaść, prawda?

– To jest...

– Niech zgadnę, skomplikowane?

Patrzyli na siebie. Włosy Leny zaczęły się skręcać. Macon obracał swój srebrny pierścień.

Boo zaczął się cofać, pełznąc na brzuchu. Mądry piesek. Też chciałbym tak móc wypełznąć z pokoju. Pękła ostatnia żarówka i ogarnęła nas ciemność.

– Musisz mi powiedzieć, co wiesz o moich uzdolnieniach.

Takie były jej warunki.

Macon westchnął i ciemność zaczęła się rozpraszać.

– Leno, to nie to, że nie chcę ci powiedzieć. Po tej twojej skromnej demonstracji jest oczywiste, że nie wiem, do czego jesteś zdolna. Tego nikt nie wie. Podejrzewam, że nawet ty sama. – Nie była całkowicie przekonana, ale słuchała. – To właśnie charakteryzuje Istotę Naturalną. To część daru.

Zaczęła się rozluźniać. Bitwa się skończyła i ona ją wygrała.

– Więc co mam robić?

Macon wyglądał na mocno zakłopotanego, tak jak mój ojciec, gdy przyszedł do mojego pokoju, kiedy jeszcze byłem w piątej klasie podstawówki, żeby mi powiedzieć, skąd się biorą dzieci.

– Nowe zdolności mogą się pojawiać w nieprzewidziany sposób. Może jest jakaś książka na ten temat. Jeśli chcesz, pójdziemy do Marian.

Jasne. *Wybory i zmiany. Przewodnik dla nowoczesnej dziewczyny; Jak rzucać uroki; Moja mamusia chce mnie zabić; Samouczek dla Obdarzonych nastolatków.*

To będzie kilka długich tygodni.

Dwudziesty ósmy listopada

Domus Lunae Libri

Dziś? Ale dziś nie jest święto. – Gdy otworzyłem drzwi, ostatnią osobą, którą spodziewałem się ujrzeć, była Marian. A jednak to ona stała na progu w palcie. Teraz siedziałem z Leną na zimnej ławie turkusowego furgonu Marian w drodze do biblioteki Obdarzonych.

– Obietnica to obietnica. Dzień po Święcie Dziękczynienia. Czarny piątek. To może nie jest najważniejszy dzień w roku, ale to święto państwowe, a tego nam właśnie trzeba.

Marian miała rację. Amma pewnie od świtu stała w kolejce w supermarkecie z wachlarzem kuponów w ręku. Na dworze się ściemniało, a jej ciągle nie było.

– Biblioteka w Gatlin jest zamknięta, więc biblioteka Obdarzonych jest otwarta.

– Te same godziny? – spytałem Marian, gdy skręciła w Main.

Skinęła głową.

– Od dziewiątej do szóstej. – I po chwili dodała, puszczając oko:

– Od dziewiątej wieczór do szóstej rano. Nie wszyscy czytelnicy mogą ryzykować spacery przy świetle dziennym.

– To nie fair – poskarżyła się Lena. – Śmiertelnicy mają do swojej dyspozycji znacznie więcej czasu, a przecież tu nikt nie czyta.

Marian wzruszyła ramionami.

– Płaci mi hrabstwo Gatlin. Możesz to z nimi załatwiać. Ale pomyśl, o ile więcej czasu będziesz miała na zwrot *Lunae Libri*. – Popatrzyłem z głupią miną. – *Lunae Libri*, w wolnym tłumaczeniu *Księżycowe księgi*. Można je też nazwać pergaminami Obdarzonych.

Nieważne, jak się nazywały. Nie mogłem się doczekać, żeby zobaczyć, czy książki w bibliotece Obdarzonych coś nam wyjaśnią. A zwłaszcza jedna z nich. Brakowało nam dwóch rzeczy: odpowiedzi i czasu.

Gdy wygramoliliśmy się z furgonu, nie mogłem uwierzyć, gdzie przyjechaliśmy. Furgon Marian był zaparkowany przy krawężniku w odległości nie mniejszej niż trzy metry od Towarzystwa Historycznego Gatlin albo – jak mawiały mama i Marian – Towarzystwa Histerycznego Gatlin. Siedziba towarzystwa była jednocześnie siedzibą CAR. Marian zaparkowała furgon przodem, żeby uniknąć światła padającego z ulicznej latarni.

Boo Radley siedział na chodniku, jakby wiedział.

– To tutaj? Czy *Lunae*... cokolwiek to jest, znajduje się w siedzibie CAR?

– Oto Domus Lunae Libri, co oznacza Dom Księżycowych Książek. W skrócie Lunae Libri. Witajcie w prawdziwym Gatlin – powiedziała Marian.

Wybuchnąłem śmiechem.

– Twoja mama doceniłaby ironię.

Szliśmy w stronę kamiennego opuszczonego budynku. Trudno byłoby wybrać lepszą noc.

– To nie żart. Towarzystwo Historyczne mieści się w najstarszym po rezydencji Ravenwood budynku w hrabstwie. Żaden inny dom nie przetrwał wielkiego pożaru – dodała Marian.

– A CAR i Obdarzeni? Co oni mogą mieć ze sobą wspólnego? – Lena oniemiała.

– Więcej niż wam się zdaje. – Marian przyśpieszyła, wyciągając znane mi kółko z kluczami. – Ja, na przykład, jestem członkinią obu tych towarzystw.

Popatrzyłem na Marian z niedowierzaniem.

– Jestem neutralna. Myślałam, że wyjaśniłam to dokładnie. Nie jestem taka jak ty. Ty przypominasz Lilę, za bardzo się angażujesz...

Mogłem dokończyć to zdanie za nią: „I zobacz, co ją spotkało".

Marian zamarła, ale słowa zostały wypowiedziane. Nie mogła zrobić nic, żeby je cofnąć. Stałem jak sparaliżowany, nie odezwałem się. Lena wzięła mnie za rękę i czułem, że próbuje mi pomóc.

Ethanie, dobrze się czujesz?

Marian popatrzyła na zegarek.

– Jest za pięć dziewiąta. Nie powinnam was jeszcze wpuścić, ale muszę być na dole przed dziewiątą, na wypadek gdyby ktoś się tu dzisiaj zjawił. Chodźcie za mną.

Weszliśmy na ciemne podwórze z tyłu za budynkiem. Marian przebierała wśród kluczy, aż wyciągnęła coś, co zawsze uważałem za brelok, ponieważ nie przypominało klucza. Było to żelazne kółko z zawiasem z jednej strony. Zręcznie przekręciła zawias, aż z trzaskiem się obrócił, tworząc półksiężyc. Znak Obdarzonych.

Wsunęła klucz w coś, co okazało się żelazną kratą w fundamentach na tyłach budynku. Przekręciła i krata się przesunęła. Za nią znajdowały się mroczne kamienne schody, prowadzące w całkowitą ciemność – do piwnic pod podziemiami CAR. Gdy z trzaskiem jeszcze raz obróciła klucz w lewo, rząd pochodni wzdłuż ścian sam się zapalił. Teraz schody były jasno oświetlone. Mogłem dostrzec fragmenty słów DOMUS LUNAE LIBRI wyrytych na kamiennym łuku nad wejściem. Marian jeszcze raz z trzaskiem przekręciła klucz i schody zniknęły, a zamiast nich pojawiła się ta sama żelazna krata.

290

– To tu? Nie wejdziemy do środka? – spytała zdenerwowana Lena.

Marian wystawiła rękę przez kratę.

– To złudzenie. – Nie mogę rzucać czarów, jak wiecie, ale coś trzeba było zrobić. Zagubieni wchodzili tu w nocy. Macon i Larkin zamontowali to dla mnie i wpadam tu czasem, żeby utrzymać iluzję w nienaruszonym stanie.

Nagle Marian spojrzała na nas posępnie.

– Zatem do dzieła. Jeżeli jesteście pewni, że tego chcecie, nie będę próbowała was od tego odwieść. Nie poprowadzę was, gdy już zejdziecie na dół. Ani nie powstrzymam przed sięgnięciem po niewłaściwą książkę, nie zabiorę również dla was żadnej, dopóki Lunae Libri znów się sama nie otworzy.

Położyła mi dłoń na ramieniu.

– Rozumiesz, Ethanie? To nie jest zabawa. Tam, na dole, znajdują się księgi o ogromnej mocy – księgi wiążące, pergaminy Obdarzonych, amulety, przedmioty mocy. Rzeczy, których żaden śmiertelnik nigdy nie widział z wyjątkiem mnie i moich poprzedników. Wiele z tych ksiąg jest przeklętych lub ściąga nieszczęście. Musicie być ostrożni. Nie dotykaj niczego. Pozwól Lenie zajmować się księgami.

Włosy Leny zaczęły lekko falować. Czuła magię tego miejsca. Skinąłem niechętnie głową. To, co ja czułem, miało mniej wspólnego z magią. Żołądek mi się wywracał tak, jakbym to ja wypił zbyt dużo miętowego sznapsa. Zastanawiałem się, jak często pani Lincoln i jej przyjaciółki przemierzały pomieszczenia nad naszymi głowami w całkowitej nieświadomości, co znajduje się pod nimi.

– Bez względu na to, co znajdziecie, pamiętajcie, że musimy wyjść przed wschodem słońca. Biblioteka jest czynna od dziewiątej do szóstej i w tych godzinach można otworzyć wejście. Słońce wschodzi punktualnie o szóstej, jak zawsze, kiedy biblioteka jest otwarta. Jeśli nie będziecie na górze przed wschodem, zostaniecie uwięzieni do następnego dnia otwarcia, a nie wiem, czy śmiertelnik mógłby to przeżyć. Jasne?

Lena skinęła głową, biorąc mnie za rękę.

– Możemy wejść? Nie mogę się już doczekać.

– Nie wierzę, że to robię. Macon i Amma zabiliby mnie, gdyby się dowiedzieli. – Marian sprawdziła godzinę. – Idźcie pierwsi.

– Marian? Czy ty... Czy moja mama widziała to kiedykolwiek? – Nie mogłem się powstrzymać przed tym pytaniem.

Marian spojrzała na mnie, jej oczy dziwnie zalśniły.

– Twoja matka mnie tu zatrudniła.

A potem odwróciła się i zniknęła za iluzoryczną kratą, schodząc do Lunae Libri. Boo Radley zaszczekał, ale nie było już odwrotu.

Schody okazały się zimne i omszałe, a powietrze zatęchłe. Mokre, czmychające przed nami stworzenia zaszywały się w bezpieczne miejsce niewidoczne dla oczu. Nietrudno zgadnąć, jak dobrze im tu było.

Próbowałem nie myśleć o ostatnich słowach Marian. Nie mogłem sobie wyobrazić mamy schodzącej po tych schodach. Ani tego, że wiedziała coś o tym świecie, na który się natknąłem, a właściwie o świecie, którego granice przekroczyłem zupełnie przypadkiem. Ale wiedziała i nie mogłem przestać się zastanawiać skąd. Też się na niego natknęła, czy może ktoś ją do niego zaprosił? Jakoś wydało mi się to całkiem realne, że mama i ja mieliśmy tę samą tajemnicę, mimo że nie było jej tu, żeby ją ze mną dzielić.

Ale teraz to ja schodziłem kamiennymi schodami, rzeźbionymi i wy-ślizganymi jak podłoga w starym kościele. Po obu stronach schodów widać było nierówne bloki skalne, fundamenty jakiegoś starego pomieszczenia po stronie budynku CAR, starsze niż sama konstrukcja. Popatrzyłem w dół, ale w ciemności mogłem rozróżnić jedynie niewyraźne kontury, jakieś kształty. Nie przypominało to biblioteki. Wyglądało raczej na kryptę, i prawdopodobnie nią było.

U podnóża schodów, w cieniu krypty, niezliczone maleńkie kopuły tworzyły nad głową łuk, podparty czterdziestoma lub pięćdziesięcioma kolumnami. Gdy oczy już się oswoiły z ciemnością, zobaczyłem, że każda kolumna jest inna, a niektóre z nich są pochylone jak stare zgięte dęby. Ich cienie sprawiały, że okrągła komnata przypominała cichy, ciemny las. Było to przerażające pomieszczenie. W dodatku nie było wiadomo, jak daleko sięgało, ponieważ w którąkolwiek stronę spojrzeć, rozpływało się w ciemnościach.

Marian włożyła klucz do pierwszej kolumny, oznaczonej księżycem. Pochodnie wzdłuż ścian rozbłysły, rozświetlając salę.

– Są takie piękne – szepnęła Lena. Widziałem jej ciągle wijące się włosy i doszedłem do wniosku, że ona widziała to miejsce w sposób, który dla mnie zawsze będzie niedostępny.

Żywe. Potężne. Jak prawda, która kryje się w tych murach.

– Zbierane na całym świecie, na długo przede mną. Ta jest ze Stambułu. – Marian wskazała na głowice, ozdobne szczyty kolumn. – Tę przywieziono z Babilonu. – Wskazała kolejną z czterema głowami jastrzębi, wystającymi z każdej strony. – Egipt, oko Ra. – Poklepała inną, rzeźbioną na kształt lwiej głowy. – Asyria.

Przejechałem ręką po ścianie. Nawet kamienie, z których zbudowano to pomieszczenie, były rzeźbione. Jedne przedstawiały twarze mężczyzn, dziwacznych stworzeń i ptaków, które spoglądały na las kolumn jak drapieżniki. W innych kamieniach wyrzeźbiono nieznane mi symbole, hieroglify Obdarzonych i kultur, o których nie słyszałem.

Weszliśmy głębiej, poza kryptę będącą czymś w rodzaju hallu. I znów pochodnie zapłonęły jasno, jedna po drugiej, zupełnie jakby szły razem z nami. Zauważyłem, że kolumny tworzą koło pośrodku sali. Stał tam kamienny stół. Regały – choć muszę przyznać, że zgadywałem, iż były to regały – ustawiono promieniście dookoła, jak szprychy. Półki sprawiały wrażenie, że sięgają aż po sam sufit, tworząc przerażający labirynt, w którym śmiertelnik mógłby się zgubić. W samym pokoju nie było nic oprócz kolumn i kolistego kamiennego stołu.

Marian spokojnie zdjęła pochodnię z żelaznego półksiężyca na ścianie i wręczyła mi ją. Drugą podała Lenie, a kolejną wzięła sobie.

– Rozejrzyjcie się. Muszę sprawdzić pocztę. Spodziewam się przeniesienia z innego oddziału.

– Do Lunae Libri?

Nie spodziewałem się, że mogą istnieć jakieś inne biblioteki Obdarzonych.

– Oczywiście. – Marian ruszyła w stronę schodów.

– Poczekaj. Jak dostajesz tu pocztę?

– Tak samo jak ty. Carlton Eaton ją dostarcza, słota czy spiekota.

Carlton Eaton wiedział. No jasne. To wyjaśniało, dlaczego przyjechał po Ammę w środku nocy. Zastanawiałem się, czy otwierał również pocztę Obdarzonych. Czego jeszcze nie wiem o Gatlin i o ludziach w nim mieszkających? Nie musiałem pytać.

– Jest nas niezbyt wiele, ale więcej, niż przypuszczasz. Musisz pamiętać o jednym, Ravenwood istnieje dłużej niż ten budynek. Całe hrabstwo należało kiedyś do Obdarzonych, zanim pojawili się tu śmiertelnicy.

– Może dlatego wszyscy jesteście tacy dziwni. – Lena szturchnęła mnie w żebro. Ciągle nie mogłem przestać myśleć o Carltonie Eatonie.

Kto jeszcze wiedział, co się naprawdę dzieje w Gatlin? W tym innym Gatlin, z jego czarodziejskimi podziemnymi bibliotekami i dziewczynami, które potrafią kontrolować pogodę albo spowodować, że skoczysz z urwiska? Kto jeszcze należał do kręgu Obdarzonych, jak Marian czy Carlton Eaton? Jak moja mama?

Fatty? Pani English? Pan Lee?

Z pewnością nie pan Lee.

– Nie martw się. Jeśli będziesz ich potrzebował, znajdą cię. Tak to właśnie działa i zawsze działało.

– Zaczekaj. – Złapałem Marian za ramię. – Czy mój tata wie?

– Nie.

Przynajmniej jedna osoba w domu nie prowadziła podwójnego życia, mimo że jest szalona.

Marian rzuciła ostatnią radę.

– Lepiej bierzcie się do roboty. Lunae Libri jest tysiące razy większa niż jakakolwiek biblioteka, którą w życiu widzieliście. Jeśli się zgubicie, natychmiast się wycofajcie po własnych śladach. Dlatego regały są ustawione w ten sposób. Jeżeli będziecie się poruszać tylko w przód i w tył, istnieje mniejsze prawdopodobieństwo, że zabłądzicie.

– Jak można się zgubić, jeśli poruszasz się tylko w linii prostej?

– Spróbuj sam, to zobaczysz.

– Co jest na końcu regałów? To znaczy na końcu przejść między regałami? – przerwała nam Lena.

Marian popatrzyła na nią dziwnie.

– Nie wiadomo. Nikt nie doszedł jeszcze tak daleko, żeby to zbadać. Niektóre nawy przechodzą w tunele. Części Lunae Libri są ciągle jeszcze nieznane. Jest tu wiele rzeczy, których nawet ja nie widziałam. Może któregoś dnia...

– O czym ty mówisz? Wszystko gdzieś się kończy. Nie wierzę w tunele wypełnione regałami i ciągnące się pod całym miastem. Przyjdziesz sobie na herbatkę do pani Lincoln i co? Skręcisz w lewo i podrzucisz książkę cioci Del w sąsiednim budynku? Tunel na prawo – pogawędka z Ammą? – Byłem bardziej niż sceptyczny.

Marian uśmiechnęła się z rozbawieniem.

– A jak ci się wydaje, w jaki sposób Macon dostaje swoje książki? I dlaczego kobiety z CAR nigdy nie widzą nikogo, kto by tu wchodził i wychodził? Gatlin to Gatlin. Ludzie lubią je takim, jakie jest. Takim, jakie myślą, że jest. Śmiertelnicy widzą tylko to, co chcą widzieć. Przed wojną secesyjną żyła tu społeczność Obdarzonych. To setki lat, Ethanie, i nie zmieni się to nagle. Nie dlatego że ty o tym wiesz.

– Nie mogę uwierzyć, że wuj Macon nigdy nie powiedział mi o tym miejscu. Pomyślcie tylko o tych wszystkich Obdarzonych, którzy tu byli.

Lena podniosła pochodnię, wyjmując z półki jakiś tom. Księga była ciężka, elegancko oprawiona i uniósł się z niej tuman szarego kurzu. Zacząłem kaszleć.

– *Rzucanie zaklęć. Historia w skrócie.* – Wyjęła kolejny tom. – Jesteśmy w sekcji „R", zdaje się. – Kolejna księga okazała się skórzanym pudłem, otwieranym od góry, a w środku znajdował się stojący zwój. Lena go wyciągnęła. Nawet kurz wyglądał na starszy i bardziej szary. – *Zaklęcia tworzenia i unicestwiania.* To stare dzieło.

– Ostrożnie. Ma ponad pięćset lat. Gutenberg wynalazł prasę drukarską dopiero w tysiąc czterysta pięćdziesiątym piątym.

Marian delikatnie wyjęła zwój z ręki Leny, jakby brała noworodka. Lena wyciągnęła kolejną książkę oprawioną w szarą skórę.

– *Zaklinanie konfederacji.*

– Czy Obdarzeni brali udział w wojnie?

Marian skinęła głową.

– Po obu jej stronach, jako niebiescy i szarzy. Był to największy rozdźwięk w społeczności Obdarzonych. Podobnie zresztą jak u nas, śmiertelników.

Lena popatrzyła na Marian, odkładając zakurzoną księgę.

– Obdarzeni w naszej rodzinie... My ciągle jesteśmy w stanie wojny, prawda?

– Podzielony dom, tak to określił prezydent Lincoln. Tak, niestety, tak. – Marian smutno spojrzała na Lenę. Dotknęła jej policzka.

– Dlatego właśnie tu przyszłaś. Żeby znaleźć to, czego potrzebujesz. Sens w rzeczach bez sensu. Lepiej zabierajcie się do pracy i nie marnujcie cennych chwil.

– Ale tu jest tyle książek, Marian. Mogłabyś nam wskazać właściwy kierunek?

– Nie patrzcie na mnie. Nie mam odpowiedzi, mają je księgi. Zaczynajcie. Tu obowiązuje czas lunarny. I uważajcie, bo możecie stracić poczucie czasu. W tym miejscu rzeczy nie są takie, jakimi się wydają.

Spoglądałem to na jedną, to na drugą. Bałem się spuścić z oczu którąkolwiek z nich. Lunae Libri była bardziej onieśmielająca, niż to sobie wyobrażałem. Mniej przypominała bibliotekę, za to bardziej katakumby. A *Księga księżyców* mogła być wszędzie.

Lena i ja staliśmy przed niekończącymi się regałami, ale żadne z nas nie wykonało nawet kroku.

– Jak mamy ją znaleźć? Tu jest pewnie milion książek.

– Nie mam pojęcia. Może...

Wiedziałem, co myśli.

– Może weźmiemy medalion?

– Masz go ze sobą? – spytała.

Przytaknąłem i wyjąłem ciepłą kameę ze swojej kieszeni. Dałem Lenie pochodnię.

– Musimy zobaczyć, co zdarzyło się później. Może będzie tam jakaś wskazówka?

Odwinąłem medalion i umieściłem go na okrągłym kamiennym stole pośrodku pomieszczenia. Dostrzegłem znajome spojrzenie w oczach Marian, to, które ona i mama wymieniały, gdy znalazły coś naprawdę ciekawego.

– Chcesz to zobaczyć?

– Bardziej niż sądzisz.

Marian powoli wzięła mnie za rękę, a ja wyciągnąłem rękę do Leny. Splatając palce z palcami Leny, dotknąłem medalionu.

Oślepiający blask zmusił mnie do zamknięcia oczu.

A potem zobaczyłem dym i poczułem zapach ognia, i już nas nie było...

Genevieve podniosła księgę, żeby móc w deszczu odczytać słowa. Wiedziała, że jeśli je wymówi, będzie to oznaczać przeciwstawienie się prawom natury. Prawie słyszała głos matki nakazujący jej, żeby zaprzestała, żeby się zastanowiła nad tym, co chciała zrobić.

Ale Genevieve już dokonała wyboru. Nie mogła utracić Ethana.
Zaczęła ze śpiewną monotonną intonacją.

CRUOR PECTORIS MEI, TUTELA TUA EST.
VITA VITAE MEAE, CORRIPIENS TUAM, CORRIPIENS MEAM.
CORPUS CORPORIS MEI, MEDULLA MENSQUE,
ANIMA ANIMAE MEAE, ANIMAM NOSTRAM CONECTE.
CRUOR PECTORIS MEI, LUNA MEA, AESTUS MEUS.
CRUOR PECTORIS MEI. FATUM MEUM, MEA SALUS.

– Dziecino, przestań, dopóki jeszcze nie jest za późno! – Usłyszała
rozgorączkowany głos Ivy.
Deszcz lał jak z cebra, a błyskawice przedzierały się przez dym.
Genevieve wstrzymała oddech i czekała. Nic. Musiała coś źle zrobić.
Zmrużyła oczy, żeby lepiej widzieć słowa w ciemności. Wykrzyczała
je w języku, który znała najlepiej.

KREW Z SERCA MOJEGO TWOJĄ JEST OCHRONĄ.
ŻYCIE MOJEGO ŻYCIA, KTÓRE BIERZE TWOJE, BIERZE MOJE.
CIAŁO MOJEGO CIAŁA, ISTOTY I UMYSŁU,
DUSZA MOJEJ DUSZY, DO NASZEGO DUCHA PRZYWIĄZANA.
KREW Z SERCA MOJEGO, MÓJ LOS, MÓJ KSIĘŻYC.
KREW Z SERCA MOJEGO. MOJE OCALENIE, MOJE PRZEZNACZENIE.

Sądziła, że to przywidzenie, gdy Ethan z trudem usiłował otworzyć
oczy.
– Ethanie!
Przez ułamek sekundy ich spojrzenia się spotkały.
Walczył, żeby złapać oddech. Starał się coś powiedzieć.
Genevieve pochyliła się nad nim i poczuła oddech na policzku.
– Nigdy nie wierzyłem twojemu tacie, gdy mówił, że Obdarzony

i śmiertelnik nie mogą być razem. Znaleźlibyśmy sposób. Kocham cię, Genevieve. – Wcisnął jej coś do ręki. Medalion.

Jego oczy tak jak się nagle otworzyły, tak samo szybko się zamknęły, a pierś uniosła się i opadła.

Zanim Genevieve zdążyła zareagować, wstrząsnął nią dreszcz. Czuła pulsowanie krwi w żyłach. Uderzył w nią piorun? Miotały nią fale bólu.

Próbowała wziąć się w garść.

I nagle wszystko stało się czarne.

– Dobry Boże w Niebiesiech, nie zabieraj i jej!

Genevieve rozpoznała głos Ivy. Gdzie była? Zapach ją ocucił. Palące się cytryny. Próbowała mówić, ale gardło bolało ją, jakby miała w nim piasek. Mrugała oczami.

– Dzięki Ci, Panie Boże! – Ivy wpatrywała się w nią, klęcząc obok w błocie.

Genevieve zakaszlała i wyciągnęła do niej rękę, próbując ją przyciągnąć do siebie.

– Ethan, czy on... – szepnęła.

– Przykro mi, dziecino. Odszedł.

Genevieve próbowała otworzyć oczy. Ivy odskoczyła, jakby zobaczyła samego diabła.

– Boże, zlituj się nad nami!

– Co się stało, Ivy?

Stara kobieta usiłowała nadać sens temu, co ujrzała.

– Twoje oczy, dziecko. One... się zmieniły.

– O czym ty mówisz?

– Nie są już zielone. Są żółte. Żółte jak słońce.

Genevieve nie obchodził kolor jej oczu. Teraz, gdy straciła Ethana, nic jej nie obchodziło. Zaczęła szlochać.

Deszcz się wzmagał, zamieniając ziemię w błoto.

– Musi panienka wstać, panienko Genevieve. Musimy połączyć się duchowo z Wielkimi na drugim świecie.

Ivy próbowała wstać.

– Ivy, mówisz bez sensu.

– Oczy panienki... Ostrzegałam. Mówiłam przecież o księżycu, o tym, że go nie ma. Musimy sprawdzić, co to znaczy. Musimy się poradzić duchów.

– Jeżeli coś się stało z moimi oczami, to dlatego, że uderzył mnie piorun.

– Co panienka zobaczyła? – Ivy wyglądała na przerażoną.

– Ivy, o co chodzi? Dlaczego tak dziwnie się zachowujesz?

– Dziecko, to nie piorun cię uderzył. To było coś innego.

Ivy pobiegła w stronę pól bawełny. Genevieve wołała za nią, usiłując wstać, ale ciągle miała zawroty głowy. W końcu osunęła się w błoto. Deszcz pomieszany ze łzami spływał jej obficie po twarzy. Świadomość przypływała i odpływała. Dziewczyna słyszała z oddali słaby głos Ivy, wołający ją po imieniu. Gdy znów udało jej się otworzyć oczy, stara kobieta stała koło niej z zebraną w rękach spódnicą.

Ivy niosła coś w fałdach spódnicy i rzuciła to na mokrą ziemię obok Genevieve. Maleńkie fiolki i buteleczki z proszkiem i czymś, co wyglądało, jak piasek i błoto razem.

– Co robisz?

– Składam ofiarę duchom. Tylko one mogą nam powiedzieć, co to oznacza.

– Ivy, uspokój się. Mówisz bez sensu.

Stara kobieta wyciągnęła coś z kieszeni sukni. Był to odłamek lustra. Podetknęła go Genevieve przed oczy.

Było ciemno, ale się nie myliła. Oczy Genevieve lśniły. Zmieniły się z ciemnozielonych w płomiennozłote i wyglądały zupełnie inaczej, nie przypominały jej oczu. W środku, gdzie powinny być okrągłe czarne źrenice, znajdowały się szczeliny w kształcie migdałów, takie *jak źrenice kota. Genevieve odrzuciła lusterko i odwróciła się do Ivy.*

Ale stara kobieta nie zwracała na nią uwagi. Mieszała proszek z ziemią i przesypywała go z ręki do ręki, szepcząc coś w gullah, starym języku swoich przodków.

– Ivy, co...

– Szsz – syknęła stara kobieta. – Słucham duchów. One wiedzą, co zrobiłaś. Powiedzą nam, co to znaczy.

– Z jej kości zrodzonych z matki ziemi, i krew z mojej krwi. – Ivy nakłuła palec brzegiem rozbitego lusterka i rozmazała maleńką kroplę krwi na ziemi, po czym zaczęła przesypywać ziemię. – Pozwólcie mi usłyszeć to, co sami słyszycie. Zobaczyć to, co sami widzicie. Wiedzieć to, co sami wiecie.

Ivy się podniosła, ramiona miała wzniesione ku niebu. Padał na nią deszcz, po sukni spływały smugi błota. Mruczała coś w dziwnym języku i nagle...

– Tak nie może być. Ona nie wiedziała – wykrzykiwała ku ciemnemu niebu.

– Ivy, o co chodzi?

Stara kobieta dygotała, obejmując się ramionami i zawodząc:

– Tak nie może być, nie może być...

Genevieve chwyciła Ivy za ramiona.

– Co? Co się stało?

– Mówiłam, żeby nie dotykać tej księgi. Mówiłam, że to nieodpowiednia noc na czary, teraz już, dziecko, za późno. Nie ma sposobu, żeby to cofnąć.

– O czym ty mówisz?

– Panienka jest teraz przeklęta. Została panienka naznaczona. Przeistoczona. I nie możemy nic zrobić, żeby to zmienić. To układ. Nie można niczego otrzymać od Księgi księżyców, nie dając czegoś w zamian.

– Co oddałam?

– Swój los, dziecko. Swój los i los każdego dziecka o nazwisku Duchannes, zrodzonego po tobie.

Genevieve nie rozumiała wszystkiego. Ale usłyszała dość, żeby wiedzieć, iż uczyniła coś, czego nie można odwrócić.

– Co to oznacza?

– W szesnastym księżycu, szesnastego roku księga zabierze to, co zostało obiecane. To, co ofiarowałaś w zamian – krew dziecka rodu Duchannes'ów. Dziecko zostanie Istotą Ciemności.

– Każde dziecko o nazwisku Duchannes?

Ivy pochyliła głowę. Genevieve nie była jedyną, która została pokonana tej nocy.

– Nie każde.

Genevieve spojrzała z nadzieją.

– Które? Jak będziemy wiedzieć, które?

– Księga sama je naznaczy. W dniu szesnastego księżyca, w urodziny dziecka.

– Nie udało się! – Zabrzmiał z oddali zduszony głos Leny. Widziałem tylko dym i słyszałem jej głos. Nie byliśmy w bibliotece i nie była to żadna wizja. Znajdowaliśmy się gdzieś pomiędzy, to było naprawdę straszne uczucie.

– Leno!

Przez chwilę widziałem jej twarz spowitą dymem. Oczy miała ogromne i ciemne. Wiedziałem, że są zielone, ale teraz wyglądały na czarne. Jej głos bardziej przypominał szept.

– Dwie sekundy. Żył dwie sekundy i potem go utraciła.

Zamknęła oczy.

– Leno! Gdzie jesteś?

– Ethanie, medalion. – Usłyszałem z daleka głos Marian.

Poczułem twardy przedmiot w dłoni. Wiedziałem, co muszę zrobić.

Wypuściłem medalion z ręki.

Otworzyłem oczy, dusiłem się, miałem płuca pełne dymu.

Pokój wirował, był zamazany.

– Co tu, u licha, robicie?

Utkwiłem wzrok w medalionie i wreszcie mogłem wyraźnie zobaczyć pomieszczenie. Leżałem na podłodze, kompletnie otępiały. Marian wypuściła moją rękę.

Macon Ravenwood stał pośrodku krypty, a jego czarny płaszcz wirował wokół niego. Obok stała Amma. Jej wyjściowe palto było krzywo zapięte, w rękach ściskała torebkę. Nie wiem, które z nich było bardziej rozgniewane.

– Przepraszam, Maconie. Znasz reguły. Poprosili mnie o pomoc, a ja jestem zobowiązana jej udzielić. – Marian wyglądała na przerażoną.

Amma naskoczyła na bibliotekarkę, jakby ta polała nasz dom benzyną.

– Według mnie jesteś zobowiązana chronić chłopca Lili i siostrzenicę Macona. A nie widzę, żebyś zrobiła jedno lub drugie.

Czekałem, czy Macon też naskoczy na Marian, ale on milczał. I wtedy zrozumiałem dlaczego. Potrząsał Leną. Upadła na kamienny stół, który znajdował się na środku pomieszczenia. Jej ramiona były szeroko rozpostarte, leżała twarzą w dół na chropowatych kamieniach. Wyglądało, jakby straciła przytomność.

– Leno! – Przyciągnąłem ją do siebie, ignorując Macona, który momentalnie znalazł się koło mnie. Jej oczy, ciągle czarne, były we mnie wpatrzone.

– Żyje. Straciła świadomość. Myślę, że mogę ją sprowadzić – stwierdził Macon.

Działał spokojnie. Obserwowałem, jak obraca pierścień. Jego oczy miały dziwny blask.

– Leno! Wracaj! – Objąłem ramionami jej bezwładne ciało, opierając ją o siebie.

Macon coś mamrotał. Nie potrafiłem rozróżnić słów, ale widziałem, że włosy Leny zaczęły falować w znajomy, nienaturalny sposób, poruszane wiatrem, który nazwałem bryzą Obdarzonych.

– Nie tutaj, Maconie. Twoje zaklęcia tu nie działają. – Marian szukała czegoś w zakurzonej księdze. Głos jej drżał.

– On nie rzuca zaklęć. Podróżuję. Nawet Obdarzony tego nie potrafi. Tylko ktoś taki jak Macon może pójść tam, dokąd ona poszła. Do podziemia. – Amma starała się mówić spokojnie, ale nie do końca jej to wychodziło.

Poczułem zimno ogarniające zwiotczałe ciało Leny i już wiedziałem, że Amma ma rację. Gdziekolwiek znajdowała się Lena, na pewno nie było jej tu i teraz. Odeszła gdzieś daleko. Czułem to, a byłem tylko zwykłym śmiertelnikiem.

– Mówiłam ci, Maconie. To jest miejsce neutralne. Tu, w pokoju ziemi, nie możesz oznaczyć granicy.

Marian chodziła w tę i z powrotem, trzymając tom w objęciach. Dawało jej to poczucie, że pomaga w jakiś sposób. Ale na kartach księgi nie było odpowiedzi. Sama to powiedziała – tutaj zaklęcia nie działały.

Pamiętałem sny, pamiętałem, jak ciągnąłem Lenę przez błoto. Zastanawiałem się, czy właśnie tu ją straciłem.

Nagle Macon się odezwał. Oczy miał otwarte, niewidzące. Wyglądały tak, jakby patrzyły w głąb, tam, gdzie przebywała Lena.

– Leno. Słuchaj mnie. Ona nie może cię zatrzymać.

Ona. Patrzyłem w puste oczy Leny.

Sarafine.

– Jesteś silna, Leno. Pokonaj ją. Ona wie, że nie mogę ci pomóc z tego miejsca. Czekała na ciebie w ukryciu. Musisz się sama z tym uporać.

Marian przyniosła szklankę wody. Macon zwilżył Lenie twarz i wlał też trochę wody do jej ust. Nie poruszyła się.

Nie mogłem dłużej tego znieść.

Ująłem jej twarz w ręce i pocałowałem ją mocno w usta. Wypłynęła z nich woda, jakbym robił tonącemu oddychanie usta-usta.

Obudź się, Leno. Nie możesz mnie zostawić. Nie w ten sposób. Potrzebuję cię bardziej niż ona.

Powieki jej zatrzepotały.

Ethanie, jestem zmęczona.

Wracała do życia, krztusząc się i plując wodą. Uśmiechnąłem się, a Lena odwzajemniła uśmiech. Jeżeli właśnie tego dotyczyły nasze sny, to zmieniliśmy zakończenie. Tym razem ją utrzymałem, ale gdzieś, w głębi duszy, wiedziałem, że to jeszcze nie ten moment, kiedy Lena wymyka mi się z rąk. To był dopiero początek.

Ale nawet jeżeli tak było, to tym razem ją uratowałem.

Wyciągnąłem ręce, żeby ją przytulić. Chciałem poczuć znajomy prąd między nami. Zanim zdołałem ją objąć, wyrwała się.

– Wujku Maconie!

Macon stał po drugiej stronie, opierając się o mur krypty. Z trudem utrzymywał się na nogach. Oparł głowę o kamienną ścianę. Był cały mokry od potu i ciężko oddychał, jego twarz była kredowobiała.

Lena podbiegła i przytuliła się do niego jak dziecko, które martwi się o ojca.

– Nie powinieneś był tego robić. Mogła cię zabić.

Cokolwiek robił podczas swojej podróży, cokolwiek to miało znaczyć, kosztowało go wiele.

A więc to była Sarafine. To coś było matką Leny.

Jeżeli tak wyglądała wyprawa do biblioteki, to nie byłem pewien, czy jestem gotów na to, co miało nastąpić za kilka miesięcy.

Albo licząc od jutra, za siedemdziesiąt cztery dni.

Lena usiadła. Była mokra od potu i zawinięta w kołdrę. Wyglądała jak pięcioletnie dziecko. Spojrzałem na stare dębowe drzwi za nią, zastanawiając się, czy znajdę drogę do wyjścia. Mało prawdopodobne. Przeszliśmy przecież około trzydziestu kroków wzdłuż jednego regału i zniknęliśmy u stóp klatki schodowej przechodzącej przez szereg malutkich pomieszczeń do niewielkiej, przytulnej salki, czegoś w rodzaju czytelni. Wydawało się, że korytarz nie ma końca. Co kilka metrów mijaliśmy drzwi do kolejnych pomieszczeń, jak w jakimś podziemnym hotelu.

Macon nagle usiadł i w tym momencie pojawiła się przed nim srebrna taca z zastawą do herbaty, z pięcioma filiżankami i półmiskiem słodkiego pieczywa. Może Kuchnia była także i tutaj.

Rozejrzałem się. Nie miałem pojęcia, gdzie jestem, ale jednego mogłem być pewny. To miejsce znajdowało się gdzieś w Gatlin, a mimo to leżało znacznie dalej od miasteczka, takie przynajmniej miałem wrażenie.

Tak czy owak, nie był to mój świat.

Próbowałem usadowić się na tapicerowanym krześle, które wyglądało, jakby należało do Henryka VIII. Nie było sposobu, żeby sprawdzić, gdzie się znalazłem. Gobeliny na ścianach wyglądały, jak gdyby pochodziły z jakiegoś starego zamku czy z Ravenwood. Wzór przedstawiał chyba wszystkie konstelacje gwiazd. Północ była tkana granatowo-srebrną nicią. Za każdym razem, gdy na nie spoglądałem, księżyc znajdował się w innej fazie.

Macon, Marian i Amma siedzieli po drugiej stronie stołu. Stwierdzenie, że Lena i ja mieliśmy kłopoty, to mało powiedziane. Macon był zły. Filiżanka stojąca przed nim szczękała o spodeczek, chociaż jej nie dotknął. Amma w ogóle się tym nie przejmowała.

– Co ci daje prawo do podejmowania decyzji, czy mój chłopiec jest gotów, żeby przyjść do podziemia? Lila obdarłaby cię ze skóry, gdyby tu była. Nie brak ci tupetu, Marian Ashcroft.

Ręce Marian drżały, gdy podniosła filiżankę.

– Twój chłopiec? A moja siostrzenica? W końcu to ona została zaatakowana.

Macon i Amma, gdy skończyli z nami, zaczęli się kłócić między sobą. Nie miałem odwagi spojrzeć na Lenę.

– Od chwili, gdy się urodziłeś, sprawiałeś same kłopoty, Maconie.

Teraz Amma zwróciła się do Leny.

– Leno Duchannes, ciągle nie mogę uwierzyć, że wciągnęłaś w to mojego chłopca.

– Oczywiście, że go wciągnęłam – wypaliła Lena. – Robię złe rzeczy. Kiedy to wreszcie zrozumiecie? A będzie jeszcze gorzej!

Zastawa do herbaty pofrunęła w powietrze i zastygła w bezruchu. Macon popatrzył na to bez jednego mrugnięcia. Po chwili nakrycia wylądowały delikatnie na stole. Lena spojrzała na Macona, jakby w pokoju nie było nikogo innego.

– Stanę się Istotą Ciemności i nic nie możesz na to poradzić.

– Nieprawda.

– Nie? Skończę tak jak moja... – Nie była w stanie wymówić tego słowa. Kołdra opadła jej z ramion. Lena wzięła mnie za rękę. – Musisz trzymać się ode mnie z daleka, Ethanie, zanim będzie za późno.

Macon patrzył poirytowany.

– Nie staniesz się Istotą Ciemności. Nie poddawaj się tak łatwo. Ona chce, żebyś tak myślała.

Sposób, w jaki powiedział „ona", przypomniał mi, jak kiedyś wymówił „Gatlin".

Marian postawiła filiżankę na stole.

– Nastolatki! Wszystko jest dla was takie apokaliptyczne.

Amma potrząsnęła głową.

– Pewne rzeczy są przeznaczone, a pewne wymagają działania. Tu jeszcze nic nie jest przesądzone.

Czułem, jak ręka Leny drży w mojej.

To prawda, Leno. Wszystko będzie dobrze.

Wyszarpnęła dłoń.

– Wszystko będzie dobrze? Moja matka, kataklista, usiłuje mnie zabić. Wizja sprzed stu lat pokazała, że cała moja rodzina została przeklęta w czasie wojny secesyjnej. Moje szesnaste urodziny są za dwa miesiące, a wy tylko tyle macie mi do powiedzenia?

Wziąłem ją delikatnie za rękę.

– Miałem tę samą wizję co ty. To księga naznacza tego, kogo chce zabrać. Może nie wybierze ciebie. – Chwytałem się wszelkich sposobów, bo nic innego mi nie pozostawało.

Amma popatrzyła na Marian, z trzaskiem stawiając spodeczek na stole. Filiżanka głośno stuknęła.

– Księga? – Macon przeszył mnie wzrokiem.

Usiłowałem patrzeć mu w oczy, ale nie mogłem.

– Księga z wizji.

Ani słowa, Ethanie.

Musimy im powiedzieć. Sami sobie nie poradzimy.

– Nic takiego, wujku M. Nawet nie wiemy, co te wizje znaczą.

Lena nie zamierzała się poddać, ale po dzisiejszej nocy uważałem, że powinniśmy to zrobić. Musieliśmy. Wszystko wymykało się spod kontroli. Miałem wrażenie, że tonę, i nie potrafiłem obronić samego siebie, a co dopiero Lenę.

– Może te wizje znaczą, że nie każdy w twojej rodzinie staje się Istotą Ciemności, gdy zostaje naznaczony. A ciocia Del? A Reece? Sądzisz, że malutka słodka Ryan przejdzie na stronę Ciemności, skoro może leczyć ludzi? – spytałem, przysuwając się bliżej Leny.

Lena odsunęła się ode mnie.

– Nie wiesz wszystkiego o mojej rodzinie.

– Ale mówi sensownie, Leno. – Macon patrzył na nią z rozpaczą.

– Nie jesteś Ridley. Nie jesteś też swoją matką – zauważyłem, mówiąc z takim przekonaniem, na jakie było mnie stać.

– Skąd wiesz? Nie spotkałeś jej jeszcze. A tak przy okazji, to ja też nie. No chyba że liczyć te wszystkie chwile podczas ataków, którym nie można było przeszkodzić.

– Nie byliśmy przygotowani na ataki tego rodzaju – tłumaczył spokojnie Macon. – Nie wiedziałem, że potrafi podróżować. Nie wiedziałem, że posiada taką moc jak moja. Obdarzeni nie mają takiego daru.

– Wygląda na to, że nikt nic nie wie o mojej matce ani o mnie.

– Dlatego właśnie potrzebujemy tej księgi. – Spojrzałem prosto na Macona, gdy to powiedziałem.

– Co to za księga, o której ciągle mówicie? – Macon zaczynał tracić cierpliwość.

Nie mów mu, Ethanie.

Musimy.

– Księga, która przeklęła Genevieve.

Macon i Amma spojrzeli na siebie. Domyślali się, co powiem.

– *Księga księżyców*. Jeżeli to przez nią zostało rzucone zaklęcie, powinniśmy w niej znaleźć informację, jak je zdjąć. Prawda?

W pokoju zrobiło się cicho.

Marian spojrzała na Macona.

– Maconie...

– Marian, nie mieszaj się do tego. Już dość zepsułaś, a słońce wzejdzie za kilka minut.

Marian wiedziała. Wiedziała, gdzie znaleźć *Księgę księżyców*, ale Macon chciał, żeby trzymała buzię na kłódkę.

– Ciociu, gdzie jest ta księga? – spojrzałem jej prosto w oczy. – Musisz nam pomóc. Moja mama by nam pomogła, a ty nie powinnaś brać niczyjej strony, mam rację?

Nie grałem fair, ale to była prawda.

Amma podniosła ręce, po czym je opuściła. Rzadko widywałem ten gest. A oznaczał, że się poddała.

– Co spełnione, tego się nie cofnie. Już zaczęli pociągać za nitkę, Melchizedeku. Ten stary sweter zaczął się pruć.

– Maconie, istnieje protokół. Jeśli proszą, mam obowiązek im powiedzieć – oznajmiła Marian.

Po chwili spojrzała na mnie i oświadczyła:

– *Księgi księżyców* nie ma w Lunae Libri.

– Skąd wiesz?

Macon wstał, zwracając się do nas obojga. Szczęki miał zaciśnięte, ciemne oczy były pełne gniewu. Gdy wreszcie przemówił, jego głos odbijał się echem w całym pomieszczeniu.

– Od tytułu tej księgi pochodzi nazwa archiwum. To najpotężniejsza księga jaka istnieje zarówno w normalnym świecie, jak i świecie duchów. To przez nią nasza rodzina jest przeklęta. I nie było jej tu od ponad stu lat.

Pierwszy grudnia

Rym do „wiedźma"

W poniedziałek rano jechaliśmy z Linkiem drogą numer 9. Zatrzymaliśmy się na rozstajach, żeby zabrać Lenę. Link ją lubił, ale nie było siły, która mogłaby go zmusić, żeby pojechał do Ravenwood. Dla niego ciągle był to nawiedzony dom.

Gdyby tylko wiedział. Przerwa z okazji Święta Dziękczynienia trwała raptem cztery dni, ale miałem wrażenie, że była znacznie dłuższa, biorąc pod uwagę zatrzymanie czasu podczas świątecznego obiadu, wazony latające między Maconem a Leną i naszą podróż do centrum ziemi. I to wszystko przeżyliśmy, nie opuszczając granic miasteczka. Inaczej było w przypadku Linka, który spędził ten czas na oglądaniu telewizji, poszturchiwaniu kuzynów i próbach ustalenia, czy w tym roku kulki serowe zawierały cebulę, czy nie.

Jednak nawet Link wiedział, że szykowało się coś wielkiego. I że to coś nadejdzie już dzisiejszego ranka. Cały wczorajszy dzień jego mama tkwiła przy telefonie, szepcząc coś w kuchni za zamkniętymi drzwiami.

Pani Snow i pani Asher zjawiły się po obiedzie, po czym we trzy zniknęły w kuchni – siedzibie sztabu wojennego. Gdy Link tam zajrzał, udając, że przyszedł po napój mountain dew, nie usłyszał zbyt wiele, ale dość, żeby się domyślić, co planuje jego mama. „Tak czy inaczej pozbędziemy się jej ze szkoły. I tego kundla też", powiedziała.

Nie było to wiele, ale o ile znałem panią Lincoln, wiedziałem, że jest się czego obawiać. Osoby jej pokroju gotowe były do nie lada wysiłku, byle tylko chronić własne dzieci przed kimś, kogo nienawidziły najbardziej, przed kimś innym niż one. Powinienem był wiedzieć. Mama opowiadała mi, jak traktowano ją przez pierwszych kilka lat po tym, jak się wprowadziła do Gatlin. Była tutejszą skandalistką i bogobojne paniusie nie przestawały na nią donosić – robiła zakupy w niedzielę, wpadała do tego kościoła, do którego miała ochotę, lub w ogóle nie chodziła do żadnego, była feministką (co pani Asher czasami myliła z „komunistką"), była demokratką (pani Lincoln dobitnie podkreślała, że już samo słowo ma w sobie „demona") i – co poczytywano za największy grzech – była wegetarianką (co wykluczało wszelkie zaproszenia na obiad do pani Snow). Nie tylko nie należała do właściwego kościoła ani do CAR, ani do Narodowego Stowarzyszenia Broni Palnej, ale – co gorsza – nie była nawet stąd.

Mój tata wychował się w tym mieście i był uważany za jednego z synów Gatlin. Więc kiedy mama zginęła, wszystkie te panie, które za jej życia nieustannie ją osądzały, zaczęły przynosić różne zapiekanki, pieczenie i wołowinę z czerwoną fasolą. Jakby chciały pokazać, do kogo należy ostatnie słowo. Mama byłaby wściekła i doskonale o tym wiedziały. Wtedy tata po raz pierwszy zamknął się w swoim gabinecie na kilka dni. Amma i ja zostawialiśmy naczynia z zapiekankami na werandzie, aż w końcu panie je zabrały, osądzając nas, jak zwykle.

Ostatnie słowo zawsze należało do nich.

Wiedzieliśmy o tym z Linkiem.

Tylko Lena żyła w nieświadomości.

Lena siedziała wciśnięta między Linka i mnie na przednim siedzeniu, pisząc coś na ręku. Widziałem tylko: *rozwiane jak wszystko inne*. Pisała coś cały czas, tak jak inni ludzie żują gumę czy kręcą włosy na palcu. Robiła to chyba bezwiednie. Zastanawiałem się, czy kiedykolwiek da mi do przeczytania któryś ze swoich wierszy. Tych, które były o mnie.

Link zerknął na nią

– Kiedy napiszesz dla mnie piosenkę?

– Jak tylko skończę pisać dla Boba Dylana.

– Jasny gwint!

Link wcisnął gwałtownie hamulec tuż przed głównym wjazdem na parking. Trudno się było dziwić. Przeraził go widok własnej matki – stała spokojnie na parkingu przed ósmą rano.

Parking wydawał się przepełniony bardziej niż zazwyczaj. I aż roiło się tam od rodziców. Od czasu incydentu z oknem w szkole nie pojawił się żaden rodzic, z wyjątkiem mamy Jocelyn Walker, która zabrała ją, gdy wyświetlano film o rozmnażaniu ludzi.

Coś się działo.

Mama Linka wręczyła Emily jakieś pudło. Była tu zresztą cała drużyna cheerleaderek i sportowa reprezentacja szkoły. Uczniowie wkładali ulotki za wycieraczki samochodów stojących na parkingu. Niektóre łopotały, poruszane wiatrem, ale mogłem odczytać napisy. Wyglądało to na kampanię, tyle że nie było kandydata.

POWIEDZ „NIE" PRZEMOCY W JACKSON!
ZERO TOLERANCJI!

Link się zaczerwienił.

– Bardzo mi przykro. Tu musicie wysiąść. – Schylił się, tak żeby wyglądało, że nikogo nie ma w środku. – Nie chcę, żeby mama nawrzeszczała na mnie przed całą drużyną cheerleaderek.

Wymknąłem się na zewnątrz, przytrzymując drzwiczki, żeby Lena mogła wysiąść.

– Do zobaczenia w środku, stary.

Chwyciłem rękę Leny i ścisnąłem ją.

Gotowa?

Jasne.

Daliśmy nura między samochody stojące na parkingu. Nie widzieliśmy stąd Emily, ale słyszeliśmy jej głos za furgonetką Emory'ego.

– Uważajcie na znaki! – Emily podeszła do okna samochodu Carrie Jensen. – Tworzymy nowy szkolny klub Aniołów Stróżów. Chcemy pomóc w utrzymaniu bezpieczeństwa, zawiadamiając o aktach przemocy czy niezwykłym zachowaniu, jakie tylko zauważymy na terenie szkoły. Uważamy, że czuwanie nad bezpieczeństwem to obowiązek każdego ucznia w Jackson. Jeżeli chcesz do nas przystąpić, możesz przyjść na spotkanie w stołówce po ósmej lekcji.

Gdy wreszcie głos Emily ucichł, Lena ścisnęła moją rękę.

Co to ma znaczyć?

Nie mam pojęcia. Ale myślę, że tym razem kompletnie ich poniosło. Chodź, idziemy.

Usiłowałem ją pociągnąć za sobą, ale szarpnęła mnie do tyłu. Skuliła się przy kole samochodu.

– Daj mi chwilkę.

– Wszystko w porządku?

– Spójrz na nich. Uważają mnie za potwora. Założyli klub.

– Po prostu nie znoszą przybyszów, a ty jesteś nowa. Okno zostało rozbite i potrzebują kozła ofiarnego. To tylko...

– Polowanie na czarownice.

Nie to chciałem powiedzieć.

Ale o tym pomyślałeś.

Ścisnąłem jej dłoń.

Znowu poczułem znajomy prąd.

Nie musisz tego robić.

Owszem, muszę. Już raz pozwoliłam, żeby tacy ludzie usunęli mnie ze szkoły i nie dopuszczę do tego po raz kolejny.

Wyszliśmy zza ostatniego rzędu samochodów i zobaczyliśmy ich. Pani Asher i Emily pakowały dodatkowe pudła z ulotkami do furgonetki. Eden i Savannah rozdawały ulotki cheerleaderkom i facetowi, który podszedł, żeby obejrzeć nogi Savannah albo jej dekolt. Pani Lincoln stała kilka metrów ode mnie. Rozmawiała z innymi matkami, prawdopodobnie obiecując im, że wpisze ich domy na listę siedzib udostępnianych turystom zwiedzającym Południe, jeżeli zadzwonią do dyrektora Harpera. Wręczyła mamie Earla Petty'ego tekturową podkładkę i długopis. Zabrało mi minutę, żeby się zorientować, o co chodzi – wyglądało mi to na jakąś petycję.

Pani Lincoln zauważyła, że przyszliśmy, i skupiła na nas uwagę. Inne matki poszły za jej spojrzeniem. Przez chwilę panowała cisza. Pomyślałem, że może poczują się niezręcznie z mojego powodu, odłożą ulotki, wsiądą do swoich furgonetek i kombi i wrócą do domu.

W domu u pani Lincoln spałem niemal tyle razy, ile we własnym. Pani Snow praktycznie rzecz biorąc, była moją daleką kuzynką. Pani Asher opatrywała mi rękę, po tym jak rozciąłem ją haczykiem od wędki, gdy miałem dziesięć lat. Panna Ellery po raz pierwszy ostrzygła mnie po męsku. Te kobiety mnie znały od dziecka. Nie wierzyłem, że chcą mi to zrobić. Byłem pewien, że nie posuną się tak daleko.

Gdybym wypowiedział to wszystko wiele, wiele razy, może stałoby się prawdą.

– *Będzie dobrze...*

Zanim się zorientowałem, że się myliłem, było już za późno. Jeszcze przez chwilę były zszokowane tym, że widzą nas razem, ale szybko odzyskały panowanie nad sobą.

Oczy pani Lincoln zamieniły się w dwie szparki.

– Dyrektor Harper... – Jej spojrzenie powędrowało od Leny do mnie.

Potrząsnęła głową. Wyglądało na to, że nie będę zaproszony na obiad do Linka w najbliższym czasie. Podniosła głos. – Dyrektor Harper obiecał nam pełne poparcie. Nie będziemy tolerować w Jackson przemocy, która stała się plagą w szkołach w tym kraju. Wy, młodzi, postępujecie słusznie, chroniąc szkołę, a co się tyczy nas, rodziców – spojrzała na nas – dołożymy wszelkich starań, żeby was wspierać.

Lena i ja przeszliśmy obok nich, ciągle trzymając się za ręce. Emily wysunęła się przed grupę i stanęła przed nami. Wręczyła mi ulotkę, a Lenę zignorowała.

– Ethanie, przyjdź na dzisiejsze spotkanie. Klub Aniołów Stróżów mógłby skorzystać z twojej pomocy.

Odezwała się do mnie po raz pierwszy od tygodni. Pojąłem przekaz. Jesteś jednym z nas, to twoja ostatnia szansa.

Odepchnąłem jej rękę.

– Tylko tego nam trzeba w Jackson, twojego anielskiego zachowania. Dlaczego nie pójdziesz pomęczyć jakichś dzieci, powyrywać skrzydełek motylom, wywalić pisklęcia z gniazda?

Pociągnąłem za sobą Lenę i ominąłem Emily.

– Co powiedziałaby twoja mama, Ethanie Wate? Co pomyślałaby o towarzystwie, w jakie wpadłeś?

Odwróciłem się w stronę pani Lincoln. Była ubrana jak zawsze – przypominała groźną bibliotekarkę z jakiegoś kiepskiego filmu, w tanich okularach z apteki, z groźnie nastroszonymi włosami, które były nijakie; ani brązowe, ani siwe. Można się było jedynie zastanawiać, jakim cudem była matką mojego przyjaciela.

– Mogę ci powiedzieć, co zrobiłaby twoja mama. Po prostu by się rozpłakała. A teraz pewnie przewraca się w grobie.

Tym razem posunęła się za daleko.

Pani Lincoln tak naprawdę nie znała mojej mamy.

Nie wiedziała, że mama wysyłała do kuratora oświaty kopię każdej decyzji o zakazie dotyczącym książek. I nie wiedziała, że mama kuliła się z przerażenia za każdym razem, gdy pani Lincoln zapraszała ją na zebranie CAR czy Pomocniczej Służby Kobiet. Nie dlatego że mama nie znosiła Pomocniczej Służby Kobiet czy CAR, ale ponieważ nie znosiła szczerze tego wszystkiego, co reprezentowała pani Lincoln. Tej małostkowej wyższości, z którą kobiety, takie jak pani Lincoln czy pani Asher, obnosiły się po całym Gatlin.

Mama zawsze mówiła: „To, co słuszne, i to, co łatwe, to dwie różne rzeczy".

I w tym momencie wiedziałem, co należy uczynić. Choć nie było to łatwe i miało przynieść przykre konsekwencje.

Obróciłem się do pani Lincoln i spojrzałem jej prosto w oczy.

– „Słusznie postępujesz, Ethanie", tak właśnie powiedziałaby moja mama, pszepani.

Odwróciłem się i ruszyłem w kierunku portierni, prowadząc za sobą Lenę. Przeszliśmy zaledwie kilka metrów. Lena drżała, chociaż nie wyglądała na przerażoną. Przez cały czas ściskałem jej rękę, próbując ją uspokoić. Jej czarne włosy falowały, skręcały się i rozkręcały, jakby miała za chwilę eksplodować. A może to ja byłem bliski wybuchu? Nie sądziłem, że wchodząc do szkoły, doznam takiego uczucia szczęścia, dopóki nie zobaczyłem dyrektora Harpera stojącego w drzwiach. Patrzył na nas w taki sposób, jakby żałował, że jest dyrektorem i nie może wręczyć nam ulotki.

Gdy go mijaliśmy, włosy Leny rozwiewały się wokół jej ramion. Dyrektor nawet na nas nie spojrzał. Zaaferowany tym, co się działo w oddali, za naszymi plecami.

– Co u...

Zerknąłem przez ramię i zobaczyłem, jak setki zielonych ulotek wyfrunęły zza przednich szyb samochodów, z pudełek i stosów w furgonetkach, i z rąk. Odlatywały pod wpływem silnego podmuchu wiatru, przypominając stada ptaków unoszących się ku chmurom.

Umykające, piękne i wolne.

Scena jak z filmu Hitchcocka *Ptaki*, tyle że na odwrót.

Słyszeliśmy wrzaski, dopóki ciężkie metalowe drzwi nie zamknęły się za nami.

Lena przygładziła włosy.

– Macie tu zwariowaną pogodę.

Zgubione i znalezione

Z ulgą pomyślałem, że mamy weekend i że spotkam się z Siostrami. A jedyna dziwna rzecz, jaka mi się przytrafi, będzie dotyczyła ich umiejętności zapominania własnych imion. Gdy przyjechałem do Sióstr, kotka syjamska cioci Mercy, Lucille Ball, siedziała w ogródku przed domem, a staruszki oglądały swój ulubiony serial *Kocham Lucy*. Sznur do bielizny był rozciągnięty przez całą długość ogródka i codziennie ciocia Mercy przyczepiała do niego smycz Lucille Ball, żeby kotka mogła trochę pobiegać. Usiłowałem wytłumaczyć cioci, że może spokojnie wypuścić kota, a on wróci, kiedy będzie miał ochotę, ale ciocia Mercy spojrzała na mnie jak na przestępcę. „Nie pozwolę Lucille Ball wałęsać się samej po ulicy. Na pewno ktoś by ją porwał", zirytowała się.

Nie odnotowano dotychczas przypadków kidnapingu kotów w naszym mieście, ale mój argument nie miał żadnego znaczenia.

Otworzyłem drzwi, spodziewając się, jak zwykle zamieszania, ale dzisiaj w domu panował wyjątkowy spokój. Zły znak.

– Ciociu Prue!

Usłyszałem znajome głosy dochodzące z tyłu domu.

– Jesteśmy na południowej werandzie, Ethanie.

Zajrzałem przez siatkę odgradzającą werandę i zobaczyłem Siostry biegające po pomieszczeniu i noszące coś, co wyglądało jak łyse szczury.

– Co to jest, u licha? – zapytałem bez zastanowienia.

– Ethanie Wate, uważaj, co mówisz, bo będę musiała umyć ci usta mydłem. Chyba wiesz, że nie należy używać wulgaryzmów – zauważyła z oburzeniem ciocia Grace, według której takie słowa, jak „majtki", „nagi" czy „pęcherz", również były objęte zakazem.

– Przepraszam, ale co ciocia trzyma w rękach?

Ciocia Mercy pośpieszyła w naszą stronę i wyciągnęła ręce z dwoma śpiącymi, maleńkimi gryzoniami.

– To wiewiórcze niemowlęta. Ruby Wilcox znalazła je na strychu w ubiegły wtorek.

– Dzikie wiewiórki?

– Jest ich sześć. Prawda, że są słodkie?

Mogłem się jedynie spodziewać jakiegoś wypadku. Pomysł, żeby moje ciotki zajmowały się dzikimi zwierzętami, był doprawdy zatrważający.

– Skąd je macie?

– Ruby nie mogła się nimi zaopiekować... – zaczęła ciocia Mercy.

– To przez jej koszmarnego męża. Nawet nie pozwoli jej pojechać do Stop & Shop, jeśli wcześniej mu o tym nie powie – przerwała jej Grace.

– No i dała je nam. Ponieważ wie, że mamy w domu klatkę – dokończyła Mercy.

Siostry uratowały kiedyś szopa pracza zranionego w czasie huraganu i opiekowały się nim, aż wrócił do zdrowia. Potem szop pożarł Sonny'ego i Cher, papużki nierozłączki cioci Prudence, więc Thelma wyrzuciła go z domu, a klatka została.

– Ciociu, wiesz, że wiewiórki mogą być chore na wściekliznę. Nie możecie ich zatrzymać. A co będzie, jeśli którąś z was ugryzą?

Ciocia Prue zmarszczyła czoło.

– Ethanie, to są nasze maleństwa, najsłodsze stworzenia na świecie. Na pewno nas nie ugryzą. Jesteśmy ich mamusiami.

– Są całkowicie oswojone, tylko spójrz – powiedziała ciocia Grace, tuląc jedną z nich.

Wyobraziłem sobie, jak jeden z tych szkodników czepia się szyi którejś z Sióstr, a ja wiozę ją na pogotowie, żeby zaaplikowano jej tam dwadzieścia zastrzyków w brzuch. Dostaje je każdy pogryziony przez zwierzaka, który mógł złapać wściekliznę. A taka seria zastrzyków mogłaby zabić staruszki. W ich wieku...

Próbowałem je przekonać, chociaż wiedziałem, że była to strata czasu.

– Nigdy nie wiadomo, to są dzikie zwierzęta.

– Ethanie Wate, niewątpliwie nie przepadasz za zwierzętami. Te maleństwa nigdy by nas nie zraniły. – Ciocia Grace zerknęła na mnie z dezaprobatą. – A co mamy zrobić? Nie mają mamy i zginą, jeśli się nimi nie zaopiekujemy.

– Nie mogę ich oddać do schroniska. – Ciocia Mercy trzymała wiewiórki kurczowo przy piersi. – To mordercy. Na pewno je zabiją!

– Dość o tym. Ethanie, podaj mi zakraplacz do oczu, leży tam.

– Po co?

– Musimy je karmić co cztery godziny tym malutkim zakraplaczem – wyjaśniła ciocia Grace.

Ciocia Prue trzymała w ręku jedną z wiewiórek, a ta zapamiętale ssała zakraplacz.

– A raz dziennie musimy wycierać ich intymne maleńkie miejsca tamponami, aż same się nauczą.

Tego już zupełnie nie miałem ochoty słuchać.

– Skąd wy to wiecie?

– Sprawdziłyśmy w internacie – oświadczyła z dumą ciocia Mercy.

Nie mogłem pojąć, skąd moje ciotki wiedziały cokolwiek o Internecie. Siostry nawet nie miały opiekacza do chleba.

– Jak się dowiedziałyście o Internecie?

– Thelma zabrała nas do biblioteki i panienka Marian nam pomogła. Mają tam komputery. Wiedziałeś o tym? – uświadamiała mnie Marcy.

– I możesz tam wszystko sprawdzić, nawet obejrzeć nieprzyzwoite zdjęcia. A czasem najbardziej nieprzyzwoite zdjęcia, jakie tylko można sobie wyobrazić, same wyskakują na ekranie. Niewiarygodne!

Mówiąc „nieprzyzwoite", ciocia Grace miała pewnie na myśli zdjęcia nagich kobiet, co, jak sądziłem, na zawsze zniechęci Siostry do Internetu.

– Nadal uważam, że to nie jest dobry pomysł. Nie możecie zatrzymać ich na zawsze. Będą rosły i stawały się coraz bardziej agresywne.

– Nie chcemy opiekować się nimi w nieskończoność. – Ciocia Prue potrząsnęła głową, jakby to było coś niedorzecznego. – Wypuścimy je do ogrodu z tyłu domu, gdy tylko będą mogły same się o siebie zatroszczyć.

– Przecież nie będą umiały znaleźć pożywienia. Dlatego to nie jest dobry pomysł, żeby trzymać w domu dzikie zwierzęta. Gdy je wypuścicie, zginą z głodu.

Miałem nadzieję, że ten argument je przekona i pozwoli uniknąć jazdy na pogotowie.

– I właśnie tu się mylisz. Wszystko na ten temat było w internacie – oznajmiła ciocia Grace.

Gdzie znalazły stronę o wychowywaniu dzikich wiewiórek i wycieraniu ich części intymnych tamponami?!

– Trzeba nauczyć je zbierać orzechy. Zakopujesz orzechy w ogrodzie i ćwiczysz z nimi szukanie.

Już wiedziałem, co to znaczy. Będę biegał po ogrodzie i zakopywał mieszanki orzeszków koktajlowych dla wiewiórczych noworodków. Zastanawiałem się, ile małych dziurek będę musiał wykopać, żeby Siostry były zadowolone.

Po pół godzinie kopania zacząłem znajdować różne rzeczy. Naparstek, srebrną łyżeczkę i pierścionek z ametystem, który nie wyglądał na zbyt cenny, ale dał mi pretekst, żeby przerwać pracę. Gdy wróciłem do domu, ciocia Prue miała na nosie najmocniejsze okulary i pracowicie studiowała żółte strony z gazet.

– Co czytasz, ciociu?

– Szukam czegoś dla mamy twojego przyjaciela, Linka. Panie z CAR potrzebują różnych informacji na temat historii wycieczek krajoznawczych na Południe.

Przejrzała jeden ze stosów.

– Strasznie trudno znaleźć coś, co nie dotyczyłoby Ravenwoodów.

Było to ostatnie nazwisko rodowe, które członkinie CAR chciałyby usłyszeć.

– Co masz na myśli?

– Cóż, bez nich, jak sądzę, w ogóle nie byłoby Gatlin. Trudno pisać o historii miasta i o nich nie wspomnieć.

– Naprawdę byli tu pierwsi? Słyszałem, jak Marian o tym mówiła, chociaż trudno w to uwierzyć.

Ciocia Mercy wyjęła jedną z gazet ze stosu i przysunęła ją tak blisko do twarzy, że pewnie widziała druk podwójnie. Ciocia Prue wyrwała jej czasopismo.

– Oddaj to. Mam własny sposób szukania.

– Skoro nie życzysz sobie pomocy. – Ciocia Mercy odwróciła się do niej plecami. – Ravenwoodowie byli pierwsi w tych stronach, to prawda. Otrzymali ziemię od króla Szkocji około tysiąc osiemsetnego roku.

– W tysiąc siedemset osiemdziesiątym pierwszym. Tu mam w gazecie. – Ciocia Prue pomachała żółtą stroną w powietrzu. – Byli rolnikami, a potem okazało się, że hrabstwo Gatlin ma najbardziej żyzną glebę w całej Karolinie Południowej. Bawełna, tytoń, ryż, indygo, wszystko tutaj rosło, co było o tyle dziwne, że nie można uprawiać tych rzeczy w jednym miejscu. Kiedy tylko ludzie się zorientowali, że jednak jest to możliwe, nagle powstało miasto.

– Czy im się to podobało, czy nie – dodała ciocia Grace, spoglądając znad ściegu, który haftowała.

Co za ironia! Bez Ravenwoodów nie byłoby Gatlin. Ludzie, którzy unikali Macona Ravenwooda i jego rodziny, powinni im podziękować za to, że Gatlin w ogóle powstało. Zastanawiałem się, co powiedziałaby pani Lincoln. Założę się, że o tym wiedziała i że właśnie dlatego wszyscy tak bardzo nienawidzili Macona Ravenwooda.

Spojrzałem na swoje ręce ubrudzone tą niewytłumaczalnie żyzną ziemią. Ciągle trzymałem rupiecie, które wykopałem w ogródku.

– Ciociu Prue, czy to wasze? – Wypłukałem pierścionek w zlewie i pokazałem jej znalezisko.

– Ależ to pierścionek, który mój drugi mąż, Wallace Pritchard, dał mi na pierwszą i jedyną rocznicę ślubu. – Zniżyła głos do szeptu. – Był potwornie skąpy. Gdzieś ty to znalazł?

– Był zakopany z tyłu w ogrodzie. Znalazłem też tę łyżeczkę i jeszcze naparstek.

– Mercy, spójrz, co znalazł Ethan! Twoją łyżeczkę z kolekcji z Tennessee. Mówiłam ci, że jej nie wzięłam! – wrzasnęła ciocia Prue.

– Pokaż mi. – Ciocia Mercy założyła okulary i obejrzała łyżeczkę. – A niech to, wreszcie mam wszystkie jedenaście stanów.

– Jest ich więcej niż jedenaście, ciociu Mercy.

– Zbieram tylko stany konfederatów! – obruszyła się, a ciocia Grace i ciocia Prue zgodnie przytaknęły.

– À propos grzebania. Wiesz, że Eunice Honeycutt kazała się pochować ze swoją książką z przepisami kulinarnymi? Nie chciała, żeby ktokolwiek w kościele poznał przepis na deser z owoców. – Ciocia Mercy potrząsnęła głową.

– Była złośliwą istotą, podobnie jak jej siostra.

Ciocia Grace z ciekawością otwierała pudełko czekoladek Whitmana Samplera znalezioną łyżeczką.

– A przepis i tak był do niczego – oznajmiła ciocia Mercy.

Ciocia Grace podniosła pokrywę od pudełka czekoladek tak, żeby przeczytać ich nazwy.

– Mercy, która jest z polewą?

– A ja chcę być pochowana z moją futrzaną etolą i Biblią – oświadczyła ciocia Prue.

– Nie dostaniesz za to dodatkowych punktów od Pana Boga, Prudence Jane.

– Wcale nie próbuję dostać punktów, chcę mieć coś do czytania, gdy będę czekała. Ale jeśli mają być jakieś punkty, Grace Ann, to i tak dostanę ich więcej od ciebie.

Pochowana z książką z przepisami kulinarnymi...

A jeśli *Księga księżyców* jest gdzieś pogrzebana? Jeśli ktoś nie chciał, żeby ją znaleziono, i dlatego ją schowano? Może był to ktoś, kto rozumiał jej moc lepiej niż inni. Genevieve.

Leno, chyba wiem, gdzie jest księga.

Przez sekundę panowała cisza i po chwili myśli Leny znalazły do mnie drogę.

O czym ty mówisz?

Księga księżyców. Myślę, że jest z Genevieve.

Genevieve nie żyje.

Wiem.

Co ty mówisz, Ethanie?

Chyba wiem, co mówię.

Harlon James wskoczył na stół, utykając. Wyglądał żałośnie. Jego łapa była nadal zabandażowana. Ciocia Mercy zaczęła go karmić gorzkimi czekoladkami z pudełka.

– Mercy, przestań faszerować go tymi obrzydliwymi czekoladkami! Zabijesz psa. Sama widziałam w programie Oprah. To była czekolada czy może cebulowy dip?

– Ethanie, chcesz czekoladkę? – spytała ciocia Mercy. – Ethanie?

Ale już jej nie słuchałem. Zastanawiałem się, jak odnaleźć grób.

Siódmy grudnia

Grób

To Lena wpadła na ten pomysł. Były urodziny cioci Del i w ostatniej chwili Lena postanowiła wydać przyjęcie rodzinne w Ravenwood. Zaprosiła również Ammę, chociaż dobrze wiedziała, że nic prócz boskiej interwencji nie zmusiłoby Ammy do przekroczenia progów posiadłości Ravenwood. Nie wiem, o co chodziło z Maconem, ale gorzej niż na jego obecność Amma reagowała tylko na wzmiankę o medalionie. A od Macona najwyraźniej wolała się trzymać z dala.

Boo Radley zjawił się po południu z listem w pysku, zaadresowanym starannym charakterem pisma. Amma nie dotknęłaby koperty, chociaż było to tylko zaproszenie, i niewiele brakowało, żeby i mnie zabroniła jej dotknąć. Dobrze, że nie widziała, jak wsiadam do karawanu ze starą łopatą mamy, której używała w ogrodzie. Dopiero narobiłaby rabanu.

Każdy pretekst, by wyrwać się z domu był dobry, nawet jeśli wiązało się to z okradaniem grobu. Po Święcie Dziękczynienia tata znowu zamknął się w gabinecie, a Amma patrzyła na mnie krzywym okiem, odkąd razem z Maconem przyłapała mnie i Lenę w Lunae Libri.

Zabroniono nam chodzić do biblioteki Obdarzonych, przynajmniej w ciągu najbliższych sześćdziesięciu ośmiu dni. Wyglądało na to, że Macon i Amma nie chcą, żebyśmy się dowiedzieli czegoś więcej, niż sami zamierzali nam powiedzieć.

– Po jedenastym lutego możesz robić, co ci się podoba – zrzędziła Amma. – Do tego czasu masz robić to, co każdy w twoim wieku: słuchać muzyki i oglądać telewizję. Ale po prostu trzymaj się z daleka od tych książek.

Mama pewnie uśmiałaby się z pomysłu, że nie wolno mi czytać książek. Wszystko w tym domu zmierzało ku gorszemu.

Tu jest jeszcze gorzej, Ethanie. Nawet Boo sypia teraz w nogach mojego łóżka.

To nie jest takie złe.

Czeka na mnie przed drzwiami łazienki.

Macon jest po prostu sobą.

To bardziej przypomina areszt domowy.

To był areszt domowy i oboje o tym wiedzieliśmy.

Musieliśmy znaleźć *Księgę księżyców*, która prawdopodobnie była pogrzebana razem z Genevieve. A Genevieve z całą pewnością pochowano w Greenbrier. Na polance za ogrodem były pokryte mchem kamienie. Widzieliśmy je z tego kamienia, na którym zazwyczaj siadywaliśmy, a który był częścią paleniska. Nasze miejsce – tak je w myślach nazywałem, chociaż nigdy nie wypowiedziałem tego na głos. Nie ulegało wątpliwości, że Genevieve została pochowana w Greenbrier, chyba że wyprowadziła się po wojnie, ale przecież nikt nigdy nie opuścił Gatlin.

Zawsze uważałem, że będę pierwszy.

Co prawda udało mi się wyrwać z domu, ale jak miałem znaleźć zagubioną księgę? I to nie byle jaką, tylko akurat tę, która mogła lub nie uratować Lenie życie. Księgę, która być może była zakopana w grobie przeklętej Obdarzonej sprzed lat. Co gorsza, ten grób prawdopodobnie znajdował się w pobliżu rezydencji Macona Ravenwooda. I nie mogłem pozwolić, żeby mnie przyłapano.

Reszta zależała od Leny.

– A jakiż to projekt z historii wymaga wizyty na cmentarzu w nocy? – spytała ciocia Del, potykając się o krzak winorośli. – Ojej!

– Uważaj, mamo. – Reece podtrzymała matkę, pomagając jej przedostać się przez nadmiernie rozrosły krzew. Ciocia Del miała trudności z poruszaniem się nawet w dzień i ciągle wpadała na różne rzeczy, a co dopiero wieczorem.

– Musimy posprzątać na grobie jednego z naszych przodków – wyjaśniła Lena. – Zajmujemy się genealogią.

No cóż, poniekąd była to prawda.

– A dlaczego Genevieve? – zapytała podejrzliwie Reece.

Spojrzała na Lenę ze zmarszczonymi brwiami, ale ta natychmiast się odwróciła. Lena ostrzegała mnie, że Reece nie może spojrzeć mi prosto w twarz. Widocznie sybilli wystarczało jedno spojrzenie, żeby wiedzieć, czy kłamię. A kłamać w żywe oczy przed Obdarzoną było znacznie trudniej, niż kłamać przed Ammą.

– Bo jest na tym dużym obrazie w hallu. Pomyślałam, że byłoby super, gdybyśmy znaleźli jej grób. W końcu nie mamy tak licznej rodziny pochowanej na cmentarzu, żeby wybierać.

Gwar przyjęcia i hipnotyczne dźwięki muzyki Obdarzonych zanikały w oddali, zastąpione odgłosem suchych liści, szeleszczących pod stopami. Znaleźliśmy się w Greenbrier. Byliśmy coraz bliżej. Panowała ciemność, ale księżyc jasno świecił podczas pełni i nie potrzebowaliśmy latarek. Zapamiętałem, co Amma powiedziała do Macona na cmentarzu: „Pół księżyca, gdy się uprawia białą magię, pełnia dla czarnej". Nie zamierzaliśmy uprawiać magii, ale i tak wszystko sprawiało upiorne wrażenie.

– Nie wydaje mi się, żeby Macon był zadowolony, gdyby wiedział, że włóczymy się tu po ciemku. Powiedziałaś mu, dokąd idziemy? – Ciocia Del była niespokojna.

Lena postawiła kołnierz koronkowej bluzki.

– Powiedziałam, że idziemy na spacer. Kazał mi się trzymać blisko ciebie.

– Nie wiem, czy jestem w odpowiedniej formie. Przyznaję, że nieco się zdyszałam – powiedziała ciocia Del bez tchu, a jej włosy wysunęły się z koka zawsze upiętego nieco z boku.

I wtedy poczułem znajomy zapach.

– Jesteśmy na miejscu.

– Dzięki Bogu.

Podeszliśmy do rozsypującego się kamiennego muru, przy którym znalazłem płaczącą Lenę tego dnia, kiedy rozbiła się szyba w szkole. Przeszedłem pod łukiem winorośli i znalazłem się w ogrodzie. W nocy wyglądał inaczej – mniej jak zakątek do czytania z chmur, a bardziej jak miejsce pochówku przeklętej Obdarzonej.

To tu, Ethanie. Ona tu jest. Czuję to.

Ja też.

Jak sądzisz, gdzie jest jej grób?

Przeszliśmy nad kamieniem z paleniska, przy którym znalazłem medalion. Dostrzegłem głaz na polance, kilka metrów dalej – płytę nagrobną, a na niej niewyraźną siedzącą postać.

Usłyszałem, jak Lena głośno łapie powietrze.

Ethanie, widzisz ją?

Tak.

Genevieve. Ledwie widoczna postać, pojawiająca się w świetle księżyca lub niknąca we mgle, w zależności od falowania powietrza. Nie było wątpliwości. To była ona, kobieta z obrazu. Te same złote oczy i długie, wijące się rude włosy, powiewające delikatnie na wietrze. Bardziej przypominała mi kobietę siedzącą na ławce na przystanku autobusowym niż zjawę. Była piękna, nawet teraz. I przerażająca. Przeszył mnie dreszcz. Może jednak nie powinniśmy tego robić?

Ciocia Del przystanęła. Ona też zobaczyła Genevieve, ale było oczywiste, że nie sądzi, by ktoś jeszcze ją widział. Prawdopodobnie myślała, że to nie zjawa, tylko nakładające się obrazy z przeszłości.

– Powinniśmy wracać do domu. Nie czuję się zbyt dobrze.

Mimo wszystko ciocia Del nie chciała ryzykować. Wolała uniknąć spotkania ze stupięćdziesięcioletnią zjawą na cmentarzu Obdarzonych.

Lena potknęła się o korzenie. Złapałem ją za ramię, ale nie byłem dość szybki.

– Nic ci nie jest?

Zatrzymała się i popatrzyła na mnie. Trwało to ułamek sekundy, ale wystarczyło Reece. Skoncentrowała się na oczach Leny, zaglądając jej w twarz i odgadując myśli.

– Mamo, oni kłamią! Nie pracują nad żadnym projektem z historii. Oni czegoś szukają. – Reece przyłożyła rękę do skroni, jakby musiała coś poprawić. – Książki!

Ciocia Del wyglądała na zdezorientowaną bardziej niż zwykle.

– Jakiej książki szukacie na cmentarzu?

Lena odwróciła twarz od spojrzenia Reece.

– Książki, która należała do Genevieve.

Rozsunąłem zamek błyskawiczny w płóciennej torbie i wyjąłem łopatę. Powoli podszedłem do grobu, ignorując ducha Genevieve przyglądającego mi się cały czas. Liczyłem się z tym, że może uderzyć we mnie piorun albo coś innego. Wcale by to mnie nie zdziwiło. Ale zaszliśmy już tak daleko. Wbiłem łopatę w ziemię.

– Matko jedyna! Ethanie, co robisz? – Rozkopywanie grobu ewidentnie osadziło ciocię Del w teraźniejszości.

– Szukam księgi.

– W grobie? – Ciocia Del wyglądała, jakby miała za chwilę zemdleć. – Co to za księga?

– Z zaklęciami, bardzo stara. Nawet nie wiemy, czy tam jest. To tylko przeczucie – powiedziała Lena, spoglądając na Genevieve, która ciągle siedziała na płycie nagrobnej, niecałe pół metra od nas.

Starałem się nie patrzeć na zjawę. To było deprymujące widzieć, jak jej sylwetka pojawia się i znika. I jak nam się przygląda tymi niesamowitymi, złotymi, kocimi oczami, nieobecnymi i bez życia, jakby były ze szkła.

Grunt okazał się niezbyt twardy, chociaż był już grudzień. Upłynęło zaledwie kilka minut, a ja już wkopałem się na głębokość trzydziestu centymetrów. Ciocia Del chodziła w tę i z powrotem. Wyglądała na zmartwioną. Od czasu do czasu spoglądała na nas, upewniając się, czy jej nie obserwujemy, i wtedy wpatrywała się w Genevieve. Przynajmniej nie byłem jedynym, który jej się panicznie bał.

– Powinniśmy wracać. To jest odrażające – powiedziała Reece, usiłując zajrzeć mi w oczy.

– Nie udawaj takiej grzecznej dziewczynki – powiedziała Lena, klękając nad wykopaną dziurą.

Czy Reece ją widzi?

Nie sądzę. Nie nawiązuj z nią kontaktu wzrokowego.

A co, jeśli Reece odczyta twarz cioci Del?

Nie może. Nikt nie może. Ciocia widzi za dużo naraz. Nikt poza palimpsestem nie jest w stanie przetworzyć wszystkich tych informacji i cokolwiek z tego zrozumieć.

– Mamo, naprawdę pozwolisz zniszczyć grób?

– Na miłość boską, to wszystko jest śmieszne. Skończmy z tą głupotą i wracajmy na przyjęcie – niecierpliwiła się nasza opiekunka.

– Nie możemy. Musimy sprawdzić, czy książka tam jest. – Lena zwróciła się do cioci Del. – Mogłabyś to nam pokazać.

O czym ty mówisz?

Może nam pokazać, co jest w grobie. To, co widzi.

– No nie wiem. Maconowi by się to nie spodobało. – Ciocia Del zagryzła wargi.

– Sądzisz, że wolałby, żebyśmy rozkopali grób? – zapytała Lena.

– No już dobrze, dobrze. Odsuń się od tej dziury, Ethanie.

Zrobiłem to, otrzepując brud ze spodni. Rzuciłem spojrzenie na Genevieve. Jej twarz miała szczególny wyraz, jakby zjawa sama była ciekawa, co się wydarzy. A może chciała, żebyśmy się stąd wynieśli?

– Usiądźcie wszyscy. Może wam się zakręcić w głowie. Jeżeli poczujecie mdłości, pochylcie się i włóżcie głowę między kolana – poleciła ciocia Del, jakby była stewardesą nie z tego świata. – Zawsze najgorszy jest pierwszy raz.

Wyciągnęła ręce w naszą stronę, żebyśmy się jej złapali.

– Nie wierzę własnym oczom, że w tym uczestniczysz, mamo.

Ciocia Del wyjęła klamrę z koka i pozwoliła włosom, by rozsypały się wokół ramion.

– Nie udawaj aniołka, Reece.

Reece przewróciła oczami i wzięła mnie za rękę. Patrzyłem na Genevieve. Spojrzała prosto na mnie, w głąb, i zbliżyła palec do ust, jakby mówiąc: „Szsz".

Powietrze wokół nas zaczęło rzednąć. Po chwili obracaliśmy się jak podczas jazdy na karuzeli, gdy przypinają cię do krzesełka i wszystko wiruje tak szybko, że chce się puścić pawia.

A potem zaczęły się pojawiać migawki...

Jedna za drugą. Otwierające i zamykające się drzwi, jedne po drugich, sekunda po sekundzie.

Dwie dziewczynki w białych spódniczkach biegają po trawie, trzymając się za ręce i się śmiejąc. Żółte wstążki we włosach.

Otworzyły się kolejne drzwi.

Młoda kobieta o jasnobrązowej karnacji wiesza pranie na sznurze. Nuci cicho, a wiatr lekko unosi prześcieradła. Kobieta obraca się w stronę dużego białego domu i woła: „Genevieve! Evangeline!".

I kolejne.

Młoda dziewczyna przebiega o zmierzchu przez polanę. Odwraca się, żeby sprawdzić, czy nikt za nią nie idzie. Jej rude włosy falują na wietrze. Genevieve. Pada w ramiona wysokiego, chudego chłopaka, którym równie dobrze mógłbym być ja. Chłopak pochyla się i ją całuje: „Kocham cię, Genevieve. I kiedyś się z tobą ożenię. Nie obchodzi mnie, co powie twoja rodzina. To nie może być niemożliwe". Ona dotyka delikatnie jego warg: „Szsz. Nie mamy dużo czasu".

Drzwi się zamykają, a kolejne otwierają.

Deszcz, dym. Szum pożaru pochłaniającego wszystko wokół. Genevieve stoi w ciemnościach. Łzy spływają jej po twarzy. W ręku trzyma książkę oprawioną w czarną skórę. Na okładce nie ma tytułu, tylko wytłoczony półksiężyc. Patrzy na kobietę, tę samą, która wieszała pranie na sznurze, Ivy. „Dlaczego nie ma tytułu?". Oczy starej kobiety są pełne trwogi. „To, że książka nie ma tytułu, nie znaczy, że nie ma nazwy. Jest tutaj, to *Księga księżyców*".

Drzwi się zamykają.

Ivy, starsza i jeszcze bardziej smutna, stoi nad świeżo rozkopanym grobem, sosnowa trumna spoczywa głęboko w dole. „Chociażbym chodził ciemną doliną, zła się nie ulęknę, bo Ty jesteś ze mną". Trzyma coś w ręku. Księgę oprawioną w czarną skórę z półksiężycem na okładce. „Weź to ze sobą, panienko Genevieve, żeby już nikomu nie wyrządziło krzywdy".

Wrzuca księgę do trumny.

Kolejne drzwi.

Siedzimy we czwórkę wokół wykopanej do połowy dziury, pod nami błoto, a głębiej, czego nie możemy zobaczyć bez pomocy Del, sosnowa trumna, a w niej księga. A jeszcze głębiej, w trumnie, spoczywa w ciemnościach Genevieve. Oczy ma zamknięte, porcelanowo białą skórę – sprawia wrażenie, jakby oddychała. Jej ciało jest idealnie zachowane, tak jak żadne inne nie mogłoby się zachować. Długie ogniste włosy spływają ciężką masą na ramiona.

Obraz spiralnie powraca na górę. Siedzimy we czwórkę wokół wykopanej do połowy dziury, trzymając się za ręce. Widać płytę nagrobną i znikającą postać Genevieve.

Reece krzyknęła. Ostatnie drzwi się zamknęły.

Usiłowałem otworzyć oczy, ale kręciło mi się w głowie. Del miała rację, czułem mdłości. Próbowałem dojść do siebie, ale wszystko zamazywało mi się przed oczami. Reece puściła moją rękę i odsunęła się ode mnie, usiłując uciec od Genevieve i jej przerażającego złotego spojrzenia.

Dobrze się czujesz?

Chyba tak.

Lena trzymała głowę między kolanami.

– Nikomu nic się nie stało? – spytała ciocia Del pewnym, mocnym głosem.

Ciocia Del już nie sprawiała wrażenia zdezorientowanej ani niezdarnej. Gdybym miał widzieć świat tak jak ona, to chyba bym zemdlał albo zwariował.

– Nie mogę uwierzyć, że pani to widzi za każdym razem – powiedziałem, odzyskując wreszcie ostrość spojrzenia i zerkając na Del.

– Dar bycia palimpsestem to wielki honor, ale i wielki ciężar.

– Księga tam jest – powiedziałem.

– Istotnie, ale wygląda na to, że to własność tej kobiety – oznajmiła Del, wskazując w stronę ducha Genevieve. – Chociaż wy dwoje nie wyglądacie na zdziwionych jej widokiem.

– Widzieliśmy ją wcześniej – przyznała Lena.

– No cóż, postanowiła się wam pokazać. Ani Obdarzeni, ani nawet Istoty Naturalne, a już z całą pewnością nie śmiertelnicy, nikt nie może zobaczyć zmarłego, chyba że on sam tego chce.

Bałem się. Nie byłem tak przerażony wtedy, gdy stałem na schodach przed Ravenwood, ani gdy Ridley próbowała zamrozić mnie na śmierć. To było coś innego. Bardziej przypominało trwogę, jaką odczuwałem, gdy budziłem się ze snu i pojawiała się myśl o utracie Leny. Paraliżujący strach. Taki, jak czuje człowiek, gdy zdaje sobie sprawę, że potężny duch przeklętego Obdarzonego przygląda mu się w środku nocy; obserwuje, jak rozkopuje się jego grób, by ukraść książkę leżącą na pokrywie trumny. O czym myślałem? Co myśmy zrobili, przychodząc tutaj, zakłócając spokój tego miejsca podczas pełni księżyca?

Próbowaliście naprawić zło.

Usłyszałem to w głowie, ale głos nie należał do Leny.

Obróciłem się w jej stronę. Była blada. Reece i ciocia Del przyglądały się coraz mniej wyraźnej sylwetce Genevieve. Również ją słyszały. Patrzyłem na lśniące złote oczy, gdy znikała. Zdawała się wyczuwać, po co tu przyszliśmy.

Zabierzcie ją.

Spojrzałem niepewnie na Genevieve. Zamknęła oczy i leciutko skinęła głową.

– Ona chce, żebyśmy wzięli księgę – stwierdziła Lena.

Doszedłem do wniosku, że jednak nie tracę rozumu.

– Niby dlaczego mamy jej zaufać? – zastanawiałem się. W końcu była Istotą Ciemności, miała takie same złote oczy jak Ridley.

Lena popatrzyła na mnie z wyrazem podniecenia na twarzy.

– Nie wiadomo.

Mogliśmy zrobić tylko jedną rzecz.

Kopać.

Księga wyglądała dokładnie tak jak w wizji: popękana czarna skóra z wytłoczonym maleńkim półksiężycem. Pachniała rozpaczą i była bardzo ciężka – nie fizycznie, chodziło raczej o ciężar złych emocji. To była księga ciemnych mocy. Wiedziałem to od momentu, kiedy wziąłem ją do ręki, zanim przypaliła mi skórę na opuszkach palców. Miałem wrażenie, że księga okrada mnie z oddechu za każdym razem, gdy nabierałem powietrza.

Wyciągnąłem rękę z grobu, trzymając księgę nad głową. Lena ją zabrała, a ja wspiąłem się z powrotem. Chciałem jak najszybciej się stąd wydostać. Zdawałem sobie sprawę, że stoję na trumnie Genevieve.

Ciocia Del zaczerpnęła powietrza.

– Wielkie nieba, nigdy nie sądziłam, że ją zobaczę. *Księga księżyców*. Uważaj! Jest stara jak czas, albo jeszcze starsza. Macon nigdy nie uwierzy, że...

– Nigdy się nie dowie. – Lena delikatnie strzepnęła brud z okładki.

– Dobra, teraz to już kompletnie straciłaś poczucie rzeczywistości, jeżeli choć przez chwilę sądzisz, że nie powiemy wujkowi Maconowi – oświadczyła Reece, krzyżując ramiona na piersi niczym poirytowana opiekunka do dzieci.

Lena uniosła księgę wyżej, tuż przed twarz Reece.

– O czym? – Patrzyła na Reece w taki sam sposób, w jaki ta wpatrywała się w oczy Ridley podczas Dni Zbiorów. Intensywnie i uporczywie. Twarz Reece się zmieniła. Dziewczyna wyglądała na zmieszaną, nawet zdezorientowaną. Spojrzała na księgę, ale tak, jakby jej nie widziała.

– O czym chcesz powiedzieć, Reece?

Reece zacisnęła powieki, jakby próbowała się otrząsnąć ze złego snu. Otworzyła usta, żeby coś powiedzieć, i gwałtownie je zamknęła. Cień uśmiechu przemknął przez twarz Leny, gdy powoli obróciła się w stronę cioci.

– Ciociu Del?

Ona też wyglądała na zdezorientowaną, podobnie jak Reece. To znaczy na ogół tak wyglądała, ale tym razem było w tym coś innego. Nie odpowiedziała.

Lena powoli się odwróciła i upuściła księgę na wierzch mojej torby. Gdy to robiła, widziałem zielone błyski w jej oczach i włosy falujące w świetle księżyca – powiew magii. Niemal czułem magię wokół niej, w ciemnościach. Nie pojmowałem, co się dzieje, ale wszystkie trzy sprawiały wrażenie, jakby były zaklęte przez ciemność i prowadziły rozmowę bez słów. Nie mogłem ich zrozumieć ani usłyszeć.

A potem wszystko się skończyło i księżyc znów stał się księżycem, a noc rozpłynęła się w noc. Spojrzałem na kamień nagrobny za plecami Reece. Genevieve zniknęła, jakby jej tu w ogóle nie było.

Reece się poruszyła i świętoszkowaty wyraz powrócił jej na twarz.

– Jeżeli sądzisz, że nie powiem wujkowi Maconowi, że zaciągnęłaś nas na cmentarz z powodu jakiegoś głupiego projektu szkolnego, którego nawet nie skończyłaś...

O czym ona, u licha, mówiła? Ale Reece była śmiertelnie poważna. Nie pamiętała, co się przed chwilą wydarzyło. Nic z tego nie rozumiałem.

Co zrobiłaś?

Wujek Macon ćwiczył to ze mną.

Lena zapięła zamek mojej torby z księgą w środku.

– Wiem, wiem, przepraszam. To miejsce jest rzeczywiście niesamowite w nocy. Chodźmy stąd.

Reece ruszyła w stronę Ravenwood, ciągnąc za sobą ciocię Del.

– Jesteś jak dziecko – marudziła matce.

Lena puściła do mnie oko.

Ćwiczył to z tobą? Co? Kontrolowanie umysłu?

Drobne rzeczy. Teleportowanie kamyków, iluzje, wstrzymywanie czasu. Ale to trudne.

A to było łatwe?

Usunęłam księgę z ich umysłów. Można powiedzieć, że ją wymazałam. Nie będą jej pamiętać, ponieważ w ich rzeczywistości to się nigdy nie zdarzyło.

Wiedziałem, że potrzebujemy księgi. Wiedziałem, dlaczego Lena to zrobiła. Ale miałem uczucie, że przekroczyliśmy pewną granicę. Wcale nie byłem pewien, czy uda nam się wrócić do tego, co kiedyś uważaliśmy za normalne.

Reece i ciocia Del były już z powrotem w ogrodzie. Nie trzeba było mieć zdolności sybilli, żeby wiedzieć, że Reece chce się stąd jak najszybciej wyrwać. Lena poszła za nimi, ale mnie coś zatrzymało.

Leno, zaczekaj.

Wróciłem do grobu i sięgnąłem do kieszeni. Rozwinąłem chusteczkę ze znajomymi inicjałami i chwyciłem medalion za łańcuch. Nic. Żadnych wizji. I coś mi mówiło, że więcej ich nie będzie. Medalion tu nas przyprowadził i pokazał to, co powinniśmy wiedzieć.

Trzymałem go nad grobem. Była to uczciwa wymiana. Właśnie miałem go upuścić, gdy ponownie usłyszałem głos Genevieve, jeszcze cichszy niż przedtem.

Nie. On nie należy do mnie.

Spojrzałem na kamień nagrobny. Genevieve znów się pojawiła. Już nie wyglądała tak zatrważająco.

Raczej jakby była załamana. Tak, jak wygląda ktoś, kto utracił jedyną osobę, jaką kiedykolwiek kochał.

Zrozumiałem.

Ósmy grudnia

Po szyję w kłopotach

Czasem problemy otaczają kogoś ze wszystkich stron i jest ich więcej, niż w ogóle można sobie wyobrazić. A gdy zabrnie się w nie dość daleko, nie pozostaje nic innego, jak tylko przedzierać się dalej – byle do przodu, żeby dotrzeć na drugi brzeg. Taka filozofia była, co prawda, typowa dla Linka, ale wreszcie zacząłem dostrzegać, że tak naprawdę jest genialna. Być może nie da się tego zrozumieć, jeżeli się samemu nie wpadło po szyję w kłopoty.

Następnego dnia znaleźliśmy się z Leną właśnie w takiej sytuacji. Po szyję w kłopotach. Zaczęło się od sfałszowania listu do szkoły jednym z ołówków numer 2 należącym do Ammy, później urwaliśmy się z lekcji, żeby czytać księgę, której w ogóle nie powinniśmy mieć, a skończyliśmy na steku kłamstw o „projekcie", nad którym rzekomo pracowaliśmy, a który miał przynieść dodatkowe punkty. Byłem pewny, że Amma pojmie w dwie sekundy, o co chodzi, gdy tylko powiedziałem: „dodatkowe punkty", ale rozmawiała przez telefon z ciocią Caroline na temat stanu taty.

Czułem się winny z powodu kłamstw, nie mówiąc o kradzieży, fałszowaniu i „czyszczeniu" umysłu cioci Del i Reece, ale nie mieliśmy czasu na szkołę. Mieliśmy za to dużo do zrobienia.

Odnaleźliśmy *Księgę księżyców*. Była prawdziwa. Mogłem ją trzymać w rękach...

– Au!

Oparzyła mnie, jakbym dotknął gorącego piekarnika. Upadła na podłogę w pokoju Leny. Boo Radley szczeknął z jakiegoś miejsca w domu. Słyszałem odgłos jego łap, gdy szedł do nas po schodach.

– Drzwi – rzuciła Lena, nie odrywając wzroku od starego łacińskiego słownika. Drzwi sypialni się zatrzasnęły, gdy tylko Boo wszedł na półpiętro. Zaprotestował pełnym rozżalenia szczeknięciem. – Nie wchodź, Boo. Nie robimy nic złego. Chcę trochę poćwiczyć.

Patrzyłem zdziwiony na drzwi. Kolejna lekcja z Maconem, pomyślałem. Lena w ogóle się tym nie zainteresowała, jakby ćwiczyła to tysiące razy. Podobnie jak to, co zrobiła Reece i cioci Del ubiegłej nocy. Doszedłem do wniosku, że im bliżej było jej urodzin, tym bardziej przypominała jedną z Obdarzonych.

Próbowałem tego nie zauważać. Ale im bardziej się starałem, tym wyraźniej wszystko widziałem.

Popatrzyła, jak pocieram ręce o dżinsy. Ciągle bolały.

– Której części zdania „nie możesz tego dotykać, jeżeli nie jesteś jednym z Obdarzonych" nie rozumiesz?

– Właśnie tej.

Otworzyła stary, zniszczony czarny futerał i wyjęła altówkę.

– Już prawie piąta, muszę poćwiczyć. Jeśli tego nie zrobię, wuj Macon będzie wiedział, jak wstanie. Zawsze wie.

– Co? Teraz? – zapytałem ze zdumieniem.

Uśmiechnęła się i usiadła na krześle w kącie pokoju. Ułożyła instrument, opierając go o podbródek, wzięła długi smyczek i położyła go na strunach. Przez moment się nie ruszała i zamknęła oczy, jakbyśmy byli w filharmonii, a nie w jej sypialni. Po chwili zaczęła grać. Muzyka płynęła po pokoju, poruszając powietrze, niczym kolejny z jej nieujawnionych darów. Cienka biała firanka na oknie zaczęła się poruszać i usłyszałem piosenkę...

Szesnaście księżyców, szesnaście lat
Księżyc naznacza, godzina tuż-tuż
Na stronach się Ciemność przejaśnia
Moc zaklina, co ogień wziął już...

Lena wstała z krzesła i ostrożnie umieściła altówkę na tym samym miejscu, na którym siedziała. Nie grała już na instrumencie, ale muzyka nadal z niego płynęła. Oparła smyczek o krzesło i usiadła obok mnie na podłodze.

Szsz...

To się nazywa, że ćwiczysz?

– Wuj M. nie zauważy różnicy. A poza tym spójrz... – Wskazała na drzwi, za którymi było widać cień i słychać rytmiczne walenie. Ogon Boo. – On lubi, gdy gram, a ja lubię, kiedy on siedzi pod moimi drzwiami. To w zasadzie trochę jak system alarmowy ostrzegający przed dorosłymi – wyjaśniła.

Lena uklękła i bez problemu wzięła księgę w ręce. Otworzyła ją i zobaczyliśmy tę samą rzecz, na którą gapiliśmy się cały dzień. Setki zaklęć. Całe listy czarów zapisane po angielsku, łacinie, w języku celtyckim i innych językach, których nie potrafiłem rozpoznać. Jedno zapisano za pomocą dziwnych kręconych znaków. Nigdy wcześniej takich nie widziałem. Cienkie brązowe strony były bardzo kruche, prawie przezroczyste. Pergamin pokrywały stare słowa, zapisane ciemnobrązowym atramentem. W każdym razie miałem nadzieję, że był to atrament.

Lena popukała palcem w dziwne pismo i wręczyła mi do rąk łaciński słownik.

341

– To nie łacina. Sam zobacz.

– Myślę, że to celtycki. Widziałaś już wcześniej coś podobnego? – Wskazałem na zakręcone znaki.

– Nie. Może to jakiś język Obdarzonych.

– Szkoda, że nie mamy słownika Obdarzonych.

– Mamy, to znaczy wujek chyba ma. Ma w swojej bibliotece setki książek Obdarzonych. To nie Lunae Libri, ale chyba znajdziemy to, czego nam potrzeba.

– A kiedy twój wujek wstanie?

– Niedługo.

Ściągnąłem rękaw bluzy, osłaniając nim dłoń jak rękawicą kuchenną Ammy i dotknąłem księgi. Przewracałem cienkie stronice, które kuliły się hałaśliwie pod wpływem mojego dotyku, jakby były zrobione z suchych liści, a nie z papieru.

– Rozumiesz coś z tego?

Lena potrząsnęła przecząco głową.

– Przed naznaczeniem w mojej rodzinie nie mamy prawa niczego wiedzieć. – Udawała, że rozmyśla nad stronami. – Może to na wypadek, gdybyśmy zostali Istotami Ciemności.

Wiedziałem już dość, żeby zmienić temat.

Oglądaliśmy stronę po stronie i nie było na nich nic, co byśmy rozumieli. Były tam obrazki, jedne przerażające, inne piękne. Stwory, symbole, zwierzęta. W *Księdze księżyców* nawet twarze ludzi nie wyglądały na ludzkie. Przypominało to encyklopedię z innej planety.

Lena wciągnęła księgę na kolana.

– Jest tyle rzeczy, których nie wiem, i to wszystko jest takie...

– Halucynogenne?

Oparłem się o jej łóżko, spoglądając w sufit. Wszędzie były słowa, nowe słowa i liczby. Widziałem odliczanie; liczby nabazgrane na ścianach pokoju, jakby to była więzienna cela.

100, 78, 50...

342

Jak długo jeszcze będziemy tak siedzieć? Urodziny Leny były coraz bliżej, a jej moce rosły. A co, jeśli miała rację i zostanie czymś nie do rozpoznania, czymś tak mrocznym, że nawet nie będzie mnie znać, nie będę jej w ogóle obchodził? Wpatrywałem się w altówkę w kącie pokoju tak długo, że w końcu nie chciałem już na nią patrzeć. Zamknąłem oczy i słuchałem melodii Obdarzonych. I nagle usłyszałem głos Leny:

...DOPÓKI CIEMNOŚĆ NIE PRZYNIESIE CZASU NAZNACZENIA W SZESNASTE URODZINY, DOPÓTY OSOBA MOCY BĘDZIE MIAŁA WOLNĄ WOLĘ I SWOBODĘ DZIAŁANIA W PODJĘCIU OSTATECZNEGO WYBORU, POD KONIEC DNIA LUB W OSTATNIEJ CHWILI OSTATNIEJ GODZINY, POD KSIĘŻYCEM NAZNACZENIA...

Spojrzeliśmy na siebie.
– Jak ty to... – Zajrzałem jej przez ramię.
Obróciła stronę.
– To po angielsku. Te strony są zapisane po angielsku. Ktoś zaczął to tłumaczyć, tu, na odwrocie. Zobacz, atrament ma inny kolor.
Miała rację. Nawet strony zapisane po angielsku musiały mieć setki lat. Ta była pokryta starannie wykaligrafowanymi zdaniami, ale to nie był ten sam charakter pisma ani też ten sam brązowy atrament, czy cokolwiek to było.
– Zajrzyj do tyłu.
Postawiła księgę i zaczęła czytać:

NAZNACZENIE, GDY JUŻ NASTĄPIŁO, NIE MOŻE ZOSTAĆ COFNIĘTE. WYBÓR JUŻ DOKONANY NIE MOŻE ZOSTAĆ ODWRÓCONY. OSOBA MOCY PRZECHODZI DO WIELKIEJ CIEMNOŚCI LUB WIELKIEGO ŚWIATŁA NA WIECZNOŚĆ. GDY CZAS MIJA I OSTATNIA GODZINA SZESNASTEGO KSIĘŻYCA UMYKA

SWOBODNIE, PORZĄDEK RZECZY JEST ZAKŁÓCONY. TAK NIE MOŻE SIĘ OSTAĆ. KSIĘGA, PO WSZE CZASY, UJARZMI TO, CO WOLNE.

– Więc nie można zrezygnować z naznaczenia?

– Właśnie to usiłuję ci cały czas wytłumaczyć.

Patrzyłem na słowa, które wcale nie przybliżyły mi sensu tego wszystkiego.

– A co się dokładnie dzieje podczas naznaczenia? Księżyc wysyła coś w rodzaju strumienia Obdarzonych?

Lena zajrzała do księgi.

– Nie ma nic konkretnego na ten temat. Wiem tylko, że dzieje się to pod księżycem o północy, „pośród największych ciemności i pod wielkim światłem, od którego pochodzimy". Ale to się może zdarzyć wszędzie. I nie da się tego zobaczyć, to się po prostu dzieje. Nie ma tu nic, co by wyjaśniało, jak to się odbywa.

– Ale co się konkretnie dzieje? – dopytywałem się, chcąc wiedzieć wszystko. Miałem wrażenie, że Lena coś przede mną ukrywa. Wzrok wciąż miała utkwiony w księdze.

– Dla większości Obdarzonych jest to świadomy proces, tak jak jest tutaj napisane. Osoba mocy, Obdarzony, dokonuje wyboru. Może zdecydować, czy chce się stać Istotą Światła czy Ciemności. Na tym właśnie polega wolna wola i swoboda działania. Tak jak śmiertelnicy mogą być dobrzy lub źli, tylko że Obdarzeni dokonują wyboru na zawsze. Wybierają życie, jakie chcą prowadzić, sposób, w jaki będą współdziałać z magicznym wszechświatem i ze sobą. Zawierają więc umowę z otaczającym światem, z porządkiem rzeczy. Wiem, że brzmi to idiotycznie.

– Gdy kończą szesnaście lat? Przecież wtedy jeszcze nie wiedzą, kim są ani kim chcą być przez resztę życia?

– To ci szczęśliwcy, ja nawet nie mam wyboru.

Omal nie zadałem kolejnego pytania: „Więc co się z tobą stanie?".

– Reece twierdzi, że podczas naznaczenia się zmieniasz – ciągnęła Lena. – To się dzieje w ułamku sekundy, niczym uderzenie serca. Czujesz energię, moc, która przepływa przez twoje ciało, prawie tak, jakbyś się drugi raz urodził. – Spojrzała na mnie smętnie. – Przynajmniej tak mówi Reece.

– To nie wygląda źle.

– Opisała to jako wszechogarniające ciepło. Powiedziała, że to tak, jakby słońce świeciło tylko na ciebie i na nikogo więcej. I w tym momencie wiesz, jaka ścieżka została dla ciebie wytyczona.

To brzmiało zbyt prosto, zbyt bezboleśnie, jakby coś się za sobą zostawiało – uczucie, którego doświadczało się w momencie przejścia na stronę Istot Ciemności. Nie chciałem jednak tego mówić, chociaż zdawałem sobie sprawę, że oboje o tym pomyśleliśmy.

Tak po prostu?

Tak po prostu. To nie boli ani nic takiego, jeżeli tym się martwisz.

To była jedna z rzeczy, które mnie martwiły, ale nie jedyna.

Nie martwię się.

Ani ja.

I w ten sposób postanowiliśmy nie zastanawiać się nad tym, co będzie. Udawaliśmy nawet przed sobą, że nas to nie obchodzi.

Słońce padało na pleciony dywanik na podłodze w pokoju Leny. Pomarańczowe światło zmieniało kolory plecionki na setki różnych odcieni złota. Przez chwilę twarz Leny, jej oczy i włosy, wszystko, czego dotknęło światło, zamieniało się w złoto. Była piękna, odległa o setki lat i setki kilometrów jak twarze w księdze. Miała twarz nie z tego świata.

– Słońce już zachodzi. Wujek Macon wstanie lada moment. Musimy schować księgę. – Zamknęła ją, włożyła z powrotem do mojej torby i zasunęła zamek. – Ty ją weź. Jeżeli wujek ją znajdzie, będzie usiłował schować ją przede mną, jak wszystko inne.

– Zastanawiam się, co ukrywają Macon i Amma. Jeżeli tyle ma się wydarzyć i nie ma sposobu, żeby tego uniknąć, dlaczego nie powiedzą nam o wszystkim?

Nie patrzyła na mnie. Przyciągnąłem ją do siebie, a ona oparła głowę o moją pierś. Nie odezwała się ani słowem, ale przez kilka warstw naszych ubrań czułem bicie jej serca.

Spojrzała na altówkę i muzyka umilkła tak jak słońce, które nagle przygasło.

Następnego dnia w szkole byliśmy jedynymi uczniami, którzy myśleli o czymś tak prozaicznym jak podręczniki. Nikt na żadnej lekcji nie podnosił ręki, no chyba że chciał poprosić o pozwolenie na wyjście do toalety. Ani jedna osoba nie dotknęła kartki, żeby napisać choć jedno słowo, chyba żeby zanotować informację, kto był pytany, kto nie, a kogo już ustrzelono.

W Jackson grudzień oznaczał tylko jedno jedyne wydarzenie – bal semestralny. Byliśmy właśnie w stołówce, gdy Lena poruszyła ten temat po raz pierwszy.

– Zaprosiłeś już kogoś na bal? – zapytała Linka. Nie wiedziała o jego ogólnie znanej strategii chodzenia na wszystkie tańce samemu, by móc flirtować z Cross, trenerką dziewcząt. Gdy byliśmy w piątej klasie podstawówki Link zakochał się w Maggie Cross, która skończyła szkołę pięć lat temu i wróciła po studiach, żeby rozpocząć tu pracę.

– Nie, lubię chodzić solo – odparł Link z uśmiechem i ustami pełnymi frytek.

– Cross jak zwykle będzie opiekunką balu, więc Link idzie sam, żeby móc się kręcić blisko niej – wyjaśniłem.

– Nie chcę rozczarować pań. Gdy tylko ktoś doda alkoholu do ponczu, zaraz zaczynają o mnie walczyć.

– Nigdy przedtem nie byłam na szkolnym balu. – Lena popatrzyła na swoją tacę i wzięła kanapkę. Wyglądała na zawiedzioną.

Nie zaprosiłem jej na tańce. Nie przyszło mi do głowy, że chciałaby pójść. Tyle się między nami wydarzyło. A wszystko było dużo ważniejsze od balu w szkole.

Link rzucił mi wymowne spojrzenie. Ostrzegał, że tak będzie. „Każda dziewczyna chce zostać zaproszona na bal, człowieku. Nie wiem, dlaczego, ale jestem tego pewien".

Kto mógł przewidzieć, że Link będzie miał rację? Zwłaszcza że jego plany dotyczące trenerki Cross nigdy się nie powiodły.

Link wypił resztę coli.

– Taka ładna dziewczyna jak ty? Mogłabyś zostać Królową Śniegu.

Lena usiłowała się uśmiechnąć, ale grymas na jej twarzy w niczym nie przypominał uśmiechu.

– O co chodzi z tą Królową Śniegu? Nie wybieracie królowej podczas dorocznego spotkania z absolwentami, tak jak wszędzie?

– Nie. To bal semestralny i odbywa się w zimie, więc wybieramy Królową Śniegu. Co roku zostawała nią Suzanne, kuzynka Savannah, dopóki nie ukończyła szkoły, a w zeszłym roku zwyciężyła Savannah, więc każdy nazywa ją teraz Królową Śniegu.

Link sięgnął do mojego talerza i wziął kawałek pizzy.

Było oczywiste, że Lena chciała, żeby ktoś zaprosił ją na bal. Najbardziej tajemniczą sprawą dotyczącą dziewczyn było to, że chciały być zapraszane, nawet jeżeli nie chciały pójść. Odniosłem jednak wrażenie, że w przypadku Leny było inaczej. Chodziło raczej o to, że miała listę rzeczy, które zgodnie z jej wyobrażeniem robi każda normalna dziewczyna w szkole średniej. I postanowiła je zrobić, to wszystko. To było idiotyczne. Bal semestralny to ostatnia rzecz, na którą miałem teraz ochotę. Zwłaszcza, że nie byliśmy zbyt popularni w szkole. Niezbyt przeszkadzało mi to, że wszyscy się gapili, gdy szliśmy razem przez korytarz, nawet nie trzymając się za ręce. Nie robiło na mnie wrażenia, że ludzie o nas gadali, i to często w niemiły sposób, a my siedzieliśmy tylko we trójkę przy pustym stole w zatłoczonej stołówce. Ani to, że cały klub

Aniołów Stróżów Jackson patrolował korytarze, czekając tylko, aż coś zrobimy.

Ale dawniej, przed Leną, to wszystko miało dla mnie znaczenie. Zacząłem się zastanawiać, czy przypadkiem nie jestem pod wpływem jakiegoś zaklęcia.

Ja tego nie zrobiłam.

Nie powiedziałem, że zrobiłaś.

Właśnie powiedziałeś.

Nie powiedziałem, że ty rzuciłaś zaklęcie. Powiedziałem, że może jestem pod wpływem jakiegoś zaklęcia.

Uważasz mnie za Ridley?

Myślę, że... nieważne.

Lena przyjrzała mi się uważnie, jakby próbowała wyczytać coś z mojej twarzy. Może to też potrafiła robić.

Co?

To, co mówiłaś następnego ranka po Halloween, w twoim pokoju. To prawda, Leno?

Co mówiłam?

To, co było napisane na ścianie.

Jakiej ścianie?

Na ścianie w twoim pokoju. Nie udawaj, że nie wiesz, o czym mówię. Mówiłaś, że czujesz to samo co ja.

Zaczęła się bawić naszyjnikiem.

Nie wiem, o czym mówisz.

O wpadaniu.

Wpadaniu?

Wpadaniu... no wiesz.

Co?

Nieważne.

Powiedz, Ethanie.

Właśnie powiedziałem.

Spójrz na mnie.

Patrzę na ciebie.

Gapiłem się na mój napój czekoladowy.

– Rozumiesz? Savannah Snow. Snow jak śnieg, czyli Królowa Śniegu. – Link wziął do ust lody waniliowe razem z frytkami.

Lena zarumieniła się pod wpływem mojego spojrzenia. Wsunęła rękę pod stół. Wziąłem jej dłoń w swoją i omal jej nie wypuściłem. Dotknięcie poraziło mnie jak silny prąd. To naprawdę przypominało wkładanie palca do gniazdka elektrycznego. Nawet gdybym nie słyszał, co myślała, i tak bym to wiedział. Patrzyła na mnie w taki sposób...

Jeżeli chcesz coś powiedzieć, Ethanie, to powiedz.

Jasne.

Powiedz.

Ale nie musieliśmy tego mówić. W stołówce pełnej ludzi, podczas rozmowy z Linkiem, byliśmy tylko my. Nawet nie wiedzieliśmy, o czym Link w tej chwili mówi.

– Łapiesz? To jest zabawne, bo to prawda. Znasz Królową Śniegu. To Savannah.

Lena puściła moją rękę i rzuciła marchewką w Linka. Nie przestawała się uśmiechać. Link sądził, że śmiała się z żartu.

– No dobra, rozumiem, Królowa Śniegu. Ale to idiotyczne.

Link wsadził widelec w breję na talerzu.

– To nie ma sensu, przecież tu nigdy nie pada śnieg.

Mój przyjaciel spojrzał na mnie z uśmiechem. Usta miał pełne frytek i lodów.

– Ona jest zazdrosna. Lepiej uważaj. Lena chce zostać Królową Śniegu, żeby móc ze mną zatańczyć, gdy zostanę wybrany na Króla Lodu.

Lena roześmiała się wbrew sobie.

– Z tobą? Myślałam, że już upatrzyłeś sobie partnerkę do tańca, trenerkę Cross.

– No bo upatrzyłem i w tym roku ona się we mnie zabuja.

– Link spędza całe noce na wymyślaniu dowcipnych uwag, które mógłby rzucić, gdy ona będzie koło niego przechodzić.

– Uważa, że jestem zabawny.

– Raczej, że zabawnie wyglądasz.

– To mój rok. Czuję to. W tym roku zostanę Królem Lodu, a trenerka Cross w końcu zobaczy mnie na scenie u boku Savannah Snow.

– Jakoś nie rozumiem, jak to niby ma zadziałać. – Lena zaczęła obierać pomarańczę.

– No wiesz, oczaruję ją swym wyglądem, urokiem i talentem muzycznym, zwłaszcza jeśli napiszesz mi dla niej piosenkę. I w końcu ulegnie i zatańczy ze mną, a po dyplomie pojedzie za mną do Nowego Jorku i będzie moją fanką.

– A więc po dyplomie staniesz się atrakcją.

Skórka pomarańczy przybierała kształt długiej spirali.

– Twoja dziewczyna uważa mnie za atrakcję, pyszczuniu! – Z ust wypadło mu kilka frytek.

Lena spojrzała na mnie. „Twoja dziewczyna", oboje to usłyszeliśmy.

A jestem?

A chciałabyś nią być?

Czy to ma być prośba?

Już wiele razy o tym myślałem. Od jakiegoś czasu Lena zachowywała się, jakby była moją dziewczyną. Biorąc pod uwagę, przez co oboje przeszliśmy, to chyba można uznać to za pewnik. Więc właściwie nie wiem, dlaczego nigdy tego nie powiedziałem, i nie wiem, dlaczego teraz było to takie trudne. Ale to, co wypowiedziane, staje się bardziej realne.

Chyba tak.

Nie jesteś zbyt pewny.

Chwyciłem ją za rękę pod stołem i spojrzałem w zielone oczy.

Jestem, Leno.

Więc chyba jestem twoją dziewczyną.

A Link gadał jak nakręcony.

– Gdy zobaczysz trenerkę Cross wtuloną we mnie podczas tańca, zrozumiesz, że jestem kimś niezwykłym. – Wstał i szurnął tacą.

– Nie wyobrażaj sobie, że moja dziewczyna zarezerwuje dla ciebie taniec – powiedziałem, rzucając swoją tacę.

Oczy Leny rozbłysły. Miałem rację. Nie tylko chciała, żeby ją zaprosić. Chciała też tam pójść. I w tym momencie nie obchodziło mnie, czy to głupie, czy mądre. Wiedziałem, że zrobię wszystko, żeby spełniły się marzenia z jej listy.

– No więc jak, idziecie?

Popatrzyłem na Lenę wyczekująco, a ona ścisnęła moją dłoń.

– Chyba tak.

Tym razem naprawdę się uśmiechnęła.

– I Link, jeśli chcesz, zarezerwuję ci dwa tańce. Mój chłopak nie ma nic przeciwko temu. Nie będzie mi mówił, z kim mogę tańczyć, a z kim mi nie wolno.

Przewróciłem oczami.

Link wyciągnął pięść, a ja zrobiłem to samo.

– Jasne.

Dzwonek zadzwonił, oznajmiając koniec przerwy na lunch.

Miałem teraz nie tylko partnerkę na bal semestralny, miałem dziewczynę. Była dla mnie najważniejsza na świecie. Po raz pierwszy w życiu omal nie powiedziałem słowa na „k" pośrodku stołówki, przy Linku.

Jeżeli już mowa o gorących lunchach.

Topnienie

Nie rozumiem, dlaczego nie może się z tobą spotkać tutaj. Miałam nadzieję, że zobaczę siostrzenicę Melchizedeka w eleganckiej sukni.

Stałem przed Ammą, która wiązała mi krawat. Była tak niska, że musiała wejść trzy schodki wyżej, żeby sięgnąć do mojego kołnierzyka. Kiedyś czesała mi włosy i wiązała krawat przed wyjściem do kościoła w niedzielę. Wyglądała wtedy, jakby była ze mnie bardzo dumna. Teraz też tak wyglądała.

– Przykro mi, ale nie ma czasu na sesję zdjęciową. Jadę po nią do domu. To facet powinien przyjechać po dziewczynę, pamiętasz? Było to nieco naciągane, biorąc pod uwagę, że jechałem po nią Rzęchem Linka. Link zabierał się z Shawnem. Chłopaki ciągle rezerwowały mu miejsce przy stole w stołówce, mimo że zazwyczaj siadał ze mną i z Leną.

Amma podciągnęła do góry krawat i parsknęła śmiechem. Nie wiem, co ją tak rozśmieszyło. Zdenerwowałem się.

– Za ciasno. Za chwilę się uduszę.

Próbowałem wcisnąć palec między szyję a kołnierzyk koszuli, ale nie mogłem.

– To nie krawat, tylko nerwy. Wszystko będzie w porządku.

Obejrzała mnie z uznaniem, tak jak pewnie zrobiłaby to mama, gdyby tu była.

– Pokaż no te kwiaty.

Sięgnąłem do małego pudełka. W środku leżała czerwona róża otoczona małymi białymi kwiatkami. Nie podobały mi się, ale lepszych nie można było kupić w jedynej kwiaciarni w Gatlin.

– Najżałośniejsze kwiatki, jakie widziałam. – Amma spojrzała z dezaprobatą i wyrzuciła je do kosza na śmieci stojącego u podnóża schodów. Obróciła się na pięcie i zniknęła w kuchni.

– Dlaczego to zrobiłaś?

Otworzyła lodówkę i wyjęła maleńki delikatny bukiecik, przypinany do przegubu ręki. Biały jaśmin gwiazdkowy i rozmaryn, związane srebrną wstążką. Srebro i biel, barwy zimowego balu. Był idealny.

Wiedziałem, że Amma, choć nie zachwycała jej moja zażyłość z Leną, zrobi dla mnie wszystko. Zrobiła to, co zrobiłaby mama. Dopiero po jej śmierci uświadomiłem sobie, jak wiele Amma dla mnie znaczy. Była jedyną osobą, dzięki której jakoś funkcjonowałem. Bez niej pewnie bym przepadł, tak jak tata.

– Wszystko coś znaczy. Nie próbuj zmieniać czegoś nieokiełznanego w coś ujarzmionego.

Zbliżyłem bukiecik do lampy w kuchni. Ostrożnie wziąłem wstążkę do ręki. Pod nią była maleńka kość.

– Ammo!

Wzruszyła ramionami.

– No co, chyba nie będziesz robił problemu z powodu tej małej cmentarnej kości? Po wszystkich latach dorastania tutaj, po tym, co ostatnio widziałeś, gdzie jest twój instynkt samozachowawczy? Odrobina ochrony nigdy jeszcze nikomu nie zaszkodziła, nawet tobie, Ethanie Wate.

Westchnąłem i włożyłem bukiecik do pudełka.

– Też cię kocham, Ammo.

Objęła mnie, omal nie łamiąc mi żeber.

Zbiegłem po schodach.

– Uważaj na siebie, słyszysz? Nie daj się ponieść.

Nie wiedziałem, o co chodzi, ale się uśmiechnąłem.

– Tak, pszepani.

Gdy odjeżdżałem, w gabinecie taty ciągle paliło się światło. Zastanawiałem się, czy wie, że dzisiaj jest szkolny bal semestralny.

Gdy ujrzałem Lenę, serce zamarło mi w piersi. Wiedziałem, że żadna dziewczyna nie będzie mogła się z nią dzisiaj równać. W hrabstwie Gatlin można było kupić tylko dwa rodzaje sukien, które pochodziły z dwóch miejsc – z Little Miss, sklepu, który dostarczał suknie na konkurs piękności, i Southern Belle, sklepu z modą ślubną, dwa miasteczka dalej.

Dziewczyny, które robiły zakupy w Little Miss, miały na sobie zdzirowate suknie w typie syreny, wszystkie z rozcięciami, głębokimi dekoltami i cekinami. Z nimi Amma nie pozwoliłaby mi się pokazać na kościelnym pikniku, a co dopiero na zimowym balu semestralnym. Te dziewczyny startowały w konkursach piękności albo były córkami kobiet, które kiedyś brały w nich udział. Jak Eden, której mama zajęła drugie miejsce w konkursie na Miss Karoliny Południowej. Częściej jednak było tak, że ich matki tylko marzyły o zdobyciu tytułu miss. W każdym bądź razie wszystkie należały do tego typu, który na rozdanie dyplomów przychodzi z dzieckiem na ręku.

Suknie z Southern Belle przypominały za to kreacje Scarlett O'Hary – udawały monstrualne krowie dzwonki. Dziewczyny wystrojone w takie kiecki były córkami członkiń CAR w rodzaju Emily Ashers i Savannah Snow, z którymi wszędzie można było pójść, jeżeli człowiek był w stanie to znieść. Bardziej to wszystko przypominało taniec z panną młodą na własnym ślubie.

Tak czy owak, oba typy sukien były bardzo błyszczące, bardzo kolorowe i miały ten szczególny odcień pomarańczy, który nazywano „brzoskwinią z Gatlin", zarezerwowany prawdopodobnie dla tandetnych sukien ślubnych.

Chłopak miał mniejszy problem. Musiał się jedynie dopasować kolorystycznie do partnerki. Co oznaczało, że wszelkie dodatki powinien mieć w koszmarnym brzoskwiniowym kolorze. W tym roku drużyna koszykarska miała srebrzyste krawaty i srebrne szarfy do smokingów, co pozwalało uniknąć upokorzenia.

Lena z pewnością nigdy nie włożyła niczego w kolorze brzoskwini z Gatlin. Gdy na nią spojrzałem, kolana zrobiły mi się miękkie – uczucie skądinąd znajome. Była tak ładna, że aż bolało.

Och!

Podoba ci się?

Obróciła się dookoła. Jej długie, rozpuszczone włosy były podpięte z tyłu skrzącymi się spinkami w ten czarodziejski sposób, w jaki tylko dziewczyny potrafią to robić. Że włosy są spięte wysoko, a równocześnie opadają na ramiona. Chciałem wsunąć palce w te miękkie pasma, ale się nie odważyłem. Suknia Leny, uszyta ze srebrzystoszarego delikatnego materiału, przypominającego pajęczynę, opadała wzdłuż ciała, przylegając tam, gdzie powinna. W niczym nie przypominała stylu Little Miss.

Naprawdę? Utkana przez srebrne pająki?

Kto wie? Może tak. To prezent od wujka Macona.

Roześmiała się i wciągnęła mnie do środka. Nawet w rezydencji czuło się dzisiaj balową atmosferę. Wejście do hallu wyglądało, jakby ktoś urządził je w stylu dawnego Hollywood. Podłoga w biało-czarną szachownicę, a w powietrzu unosiły się srebrne, lśniące śnieżynki. Lakierowany, czarny, stary stół stał przed opalizującą srebrzystą zasłoną, a nad nim widziałem coś, co lśniło jak ocean, chociaż wiedziałem, że to nie może być woda. Migoczące świece unosiły się nad meblami, rzucając maleńkie plamki światła wszędzie, gdzie spojrzałem.

– Naprawdę? Pająki?

Światło świec odbijało się od jej lśniących ust. Próbowałem o nich nie myśleć. Nie zastanawiać się, jak by to było pocałować maleńki półksiężyc na jej kości policzkowej. Delikatny srebrzysty obłoczek lśnił na jej ramionach, twarzy i włosach. Nawet znamię miało dziś srebrzysty kolor.

– Żartowałam. Pewnie kupił ją w jakimś maleńkim sklepiku w Paryżu, Rzymie albo Nowym Jorku. Wujek Macon lubi piękne rzeczy.

Dotknęła srebrnego półksiężyca na szyi, wiszącego nad jej naszyjnikiem wspomnień. Kolejny prezent od Macona, jak się domyślałem.

Usłyszałem znajomy akcent, dobiegający z ciemnego hallu. Maconowi towarzyszył pojedynczy srebrny lichtarz, płynący w powietrzu.

– W Budapeszcie, nie w Paryżu. Jeśli chodzi o resztę, to przyznaję się do zarzutów.

Macon wyłonił się w smokingu i w białej koszuli frakowej. Srebrne spinki w mankietach odbijały światło świec.

– Ethanie, byłbym ci wdzięczny, gdybyś dzisiejszego wieczoru ze szczególną troską zadbał o moją siostrzenicę. Jak wiesz, wolę spędzać wieczory w domu.

Wręczył mi bukiecik dla Leny, maleńki wianuszek z jaśminu gwiazdkowego.

– Wszelkie możliwe środki ostrożności.

– Wujku M.! – Lena zawołała poirytowana.

Przyjrzałem się uważnie bukiecikowi. Z klamerki spinającej kwiaty zwisał srebrny pierścień. Miał napis w języku, którego nie znałem, ale widziałem podobne napisy w *Księdze księżyców*. Nie musiałem się zbytnio przyglądać, by zauważyć, że to pierścień, który nosił w dzień i w nocy, aż do teraz. Wyjąłem niemal identyczny bukiecik Ammy. Spośród setek Obdarzonych, prawdopodobnie związanych z pierścieniem, i wszystkich Wielkich Ammy nie było dzisiaj w mieście ducha, który odważyłby się nam przeszkodzić. Taką miałem nadzieję.

– Myślę, proszę pana, że dzięki panu i Ammie Lena ma dużą szansę przetrwać dzisiejszy bal – zauważyłem z uśmiechem.

Macon zachował powagę.

– To nie balu się obawiam, ale i tak jestem wdzięczny Amarie.

Lena zmarszczyła brwi, spoglądając to na swojego wujka, to na mnie. Może rzeczywiście nie wyglądaliśmy na najszczęśliwszych facetów pod słońcem.

– Twoja kolej. – Lena wzięła ze stołu w hallu zwykłą białą różę ozdobioną maleńkimi gałązkami jaśminu i przypięła do mojej marynarki.

– Może choć przez moment przestalibyście się zamartwiać. To staje się kłopotliwe. Sama potrafię się o siebie zatroszczyć.

Macon nie wyglądał na przekonanego.

– W każdym razie nie chciałbym, żeby komuś coś się przytrafiło.

Nie wiedziałem, czy mówi o wiedźmach z Jackson, czy o potężnej Sarafine. W każdym razie dość widziałem w ciągu ostatnich kilku miesięcy, żeby nie potraktować ostrzeżenia poważnie.

– I przywieź ją przed północą.

– Czy to jakaś specjalna godzina dla Obdarzonych?

– Nie, to obowiązująca ją godzina powrotu.

Powstrzymałem się od uśmiechu.

Po drodze Lena była niespokojna. Siedziała sztywno na przednim siedzeniu, bawiąc się radiem, suknią, pasem bezpieczeństwa...

– Rozluźnij się.

– A może to głupie, że tam idziemy? – Lena popatrzyła na mnie wyczekująco.

– To znaczy?

– To znaczy, że wszyscy mnie nienawidzą. – Spojrzała na ręce.

– Wszyscy nas nienawidzą, chciałaś powiedzieć.

– No dobrze, wszyscy nas nienawidzą.

– Nie musimy iść.

– Chcę iść. W tym problem... – Bawiła się bukiecikiem, który miała na nadgarstku. – W zeszłym roku Ridley i ja planowałyśmy pójść razem. I co...

Nie usłyszałem, co powiedziała. Nawet w głowie.

– Wszystko było nie tak. Ridley miała szesnaste urodziny i po nich odeszła, a ja musiałam opuścić szkołę.

– Ale teraz mamy kolejny rok. To tylko bal. Na razie nic złego się nie zdarzyło.

Zmarszczyła brwi i zamknęła lusterko.

Jeszcze nie.

Gdy weszliśmy do sali gimnastycznej, nawet ja byłem pod wrażeniem tego, co przez weekend zdziałał samorząd uczniowski. Zadano sobie wiele trudu, żeby szkoła wyglądała jak ze *Snu nocy zimowej*, parafrazując tytuł sztuki Szekspira. Z sufitu zwisały na żyłce wędkarskiej setki maleńkich płatków śniegu. Niektóre były białe, inne migotały folią aluminiową, brokatem, cekinami i wszystkim, co się tylko błyszczy. Delikatne mydlane płatki „śniegu" unosiły się po całej sali, a z podwyższenia rozchodziły się pasemka mrugających białych światełek.

– Cześć, Etanie. Leno, wyglądasz uroczo. – Trenerka Cross wręczyła nam obojgu filiżanki z ponczem brzoskwiniowym, specjalnością Gatlin. Ubrana była w czarną suknię, która pokazywała trochę za dużo nóg. Link jest w niebezpieczeństwie, pomyślałem.

Popatrzyłem na Lenę, myśląc o srebrnych płatkach płynących w powietrzu w Ravenwood, bez żyłki wędkarskiej czy srebrnej folii. Ale i tak oczy jej lśniły i przywarła do mojej ręki jak dziecko, które po raz pierwszy w życiu jest na swoim przyjęciu urodzinowym. Nigdy nie wierzyłem Linkowi, gdy twierdził, że szkolne bale działają na dziewczyny w niewytłumaczalny sposób. Ale teraz widziałem, że to prawda. I to na wszystkie dziewczyny, nawet te Obdarzone.

– Jak pięknie.

Prawdę mówiąc, wcale tak nie uważałem. Dla mnie to był zwyczajny bal w Jackson. Ale Lenie wydawał się czymś wyjątkowym. Może magia nie była magią, gdy się z nią dorastało.

I wtedy usłyszałem znajomy głos. Myślałem, że śnię.

– Zacznijmy bal!

Ethanie, spójrz...

Obróciłem się i omal nie zakrztusiłem ponczem. Link uśmiechnął się do mnie. Miał na sobie coś, co wyglądało jak srebrny smoking ze sztucznego jedwabiu, do tego czarny T-shirt z nadrukiem koszuli smokingowej, widoczny spod marynarki, i czarne sportowe buty. Wyglądał jak artysta uliczny z Charleston.

– Hej, Krótka Zapałko! Witaj, kuzyneczko! – Usłyszałem ponad tłumem znajomy głos, przekrzykujący DJ-a, dudniące instrumenty i tańczące pary. Miód, cukier, melasa i wiśniowy lizak, wszystko w jednym. Po raz pierwszy w życiu pomyślałem, że coś może być zbyt słodkie.

Ręka Leny zacisnęła się na mojej. Ridley wisiała uczepiona ramienia Linka, ubrana w skrawek czegoś niewielkiego z mnóstwem srebrnych cekinów, w rozmiarze jakiego jeszcze nikt nie nosił na balu w Jackson. Nie wiedziałem, gdzie spojrzeć. Składała się cała z nóg, krągłości i rozwianych blond włosów. Czułem, jak temperatura w sali rośnie już od samego patrzenia na nią. Część facetów przerwała taniec z partnerkami przypominającymi panny młode na torcie weselnym. Dziewczyny kipiały ze złości. W społeczności, w której wszystkie suknie balowe pochodziły z jednego z dwóch sklepów, skąpy strój Ridley przebił nawet te z Little Miss. Przy niej trenerka Cross przypominała wyglądem matkę przełożoną. Link był zgubiony.

Lena wrogo spoglądała to na mnie, to na kuzynkę.

– Ridley, co tu robisz?

– Kuzyneczko. W końcu udało nam się pójść razem na szkolny bal. Nie jesteś zachwycona? Czyż to nie fantastyczne?

Widziałem, jak włosy Leny zaczynają falować, jakby rozwiewane nieistniejącym wiatrem. Zmrużyła oczy i część migoczących świateł zgasła.

Musiałem coś zrobić, i to szybko. Pociągnąłem za sobą Linka do czary z ponczem.

– Skąd ona się tu wzięła?

– Pyszczuniu, nie uwierzysz. Najgorętsza laska w Gatlin, bez urazy. Oparzenia trzeciego stopnia. Stała sobie przed Stop & Steal, gdy wszedłem kupić jakąś przekąskę po drodze. I nawet była już ubrana jak na bal.

– Nie sądzisz, że to trochę dziwne?

– A co mnie to obchodzi?

– Może to jakaś psycholka?

– Myślisz, że mnie zwiąże albo coś w tym rodzaju? – Uśmiechnął się do własnych wizji.

– Nie żartuję.

– Ty zawsze żartujesz. Ale o co chodzi? Jesteś zazdrosny? Bo z tego, co pamiętam, to szybko wskoczyłeś do jej samochodu. Nie mów, że próbowałeś z nią...

– Nic z tych rzeczy. To kuzynka Leny.

– No to co. Wiem tylko jedno, jestem tutaj, na balu semestralnym, z najbardziej seksowną laską w trzech hrabstwach. To tak jak... Jakie są szanse, żeby meteor walnął w to miasto? Żadne. Więc wyluzuj, stary, i nie psuj mi zabawy.

Już się znalazł pod jej urokiem. Nie, żeby dużo było trzeba, jeśli chodzi o Linka. Mogłem mówić, ile chciałem. I tak nic by to nie pomogło.

– Człowieku, zobaczysz, ona narobi ci tylko kłopotów. Zrobi ci wodę z mózgu. Wyssie cię i wypluje, kiedy z tobą skończy. – To była moja ostatnia próba.

Link złapał mnie obiema rękami za ramię.

– Spadaj.

Objął Ridley w talii i poszedł tańczyć. Nawet nie spojrzał na trenerkę Cross, gdy ją mijał.

Pociągnąłem Lenę w przeciwną stronę, w róg sali, w którym fotograf robił zdjęcia koło sztucznej śnieżnej zaspy i przy sztucznym bałwanie.

Członkowie samorządu uczniowskiego zrzucali z góry sztuczny śnieg na pozujących. Wpadłem prosto na Emily.

Spojrzała na Lenę.

– Leno, cała się świecisz.

Lena zerknęła na nią.

– Emily, jesteś cała spuchnięta.

To była prawda. Nieznosząca Ethana Emily, ubrana w suknię z Southern Belle z mocno marszczonej tafty, wyglądała jak ciastko francuskie ze srebrzysto-brzoskwiniowym kremem. Włosy miała uczesane w koszmarne małe loczki przypominające świńskie ogonki, które sprawiały wrażenie, jakby były zrobione ze skręconej żółtej wstążki. Jej twarz wyglądała, jakby ją rozciągnięto podczas czesania w Snip'n'Curl, wtykając o jedną spinkę za dużo.

Co ja w niej kiedyś widziałem?

– Nie wiedziałam, że twój gatunek tańczy.

– Owszem, zdarza się. – Lena spojrzała na nią z niechęcią.

– Wokół ognia? – Emily uśmiechnęła się złośliwie.

Włosy Leny zaczęły falować.

– A co? Potrzebny ci ogień, żeby spalić tę sukienkę?

Zgasły pozostałe światła. Widziałem, jak zaniepokojeni uczniowie z samorządu sprawdzają połączenia przewodów.

Nie pozwól jej wygrać. To tutaj jedyna wiedźma.

Nie jest jedyna, Ethanie.

Obok Emily pojawiła się Savannah, ciągnąc za sobą Earla. Wyglądała dokładnie tak jak Emily, tylko w tonacji srebrzysto-różowej. Jej spódnica też była puszysta. Wystarczyło zamknąć oczy, żeby sobie wyobrazić, jak będą wyglądały ich śluby. Koszmar.

Earl gapił się w podłogę, unikając patrzenia na mnie.

– Chodź, Em, za chwilę ogłoszą wyniki konkursu.

Savannah spojrzała znacząco na Emily.

– Nie chcę cię zatrzymywać. – Savannah wskazała ręką kolejkę do zdjęć. – A czy ciebie w ogóle widać na zdjęciu, Leno?

Demonstracyjnie odmaszerowała w ogromniastej, nadmuchanej sukni, przypominając wielką bezę.

– Następni!

Włosy Leny ciągle falowały.

Idioci. Nie przejmuj się. To wszystko jest bez znaczenia.

Usłyszałem, jak fotograf wzywa kolejną parę. Złapałem Lenę za rękę i pociągnąłem do sztucznej zaspy. Popatrzyła na mnie, zachmurzona. I nagle chmury odpłynęły i znów była ze mną.

– Sypcie śnieg – usłyszałem w tle.

Masz rację. To bez znaczenia.

Pochyliłem się, żeby ją pocałować.

Tylko ty się liczysz.

Pocałowaliśmy się i w tym momencie błysnął flesz. Przez jedną sekundę, jedną absolutnie doskonałą sekundę, byliśmy na świecie tylko my i nic więcej się nie liczyło.

Błysnął flesz i... Zaczęła się na nas lać jakaś breja.

Co u...?

Lena się zachłysnęła. Próbowałem usunąć maź z oczu, ale była wszędzie. Spojrzałem na Lenę. Jej włosy, twarz i piękna suknia... Jej pierwszy bal. Wszystko zostało zrujnowane.

Substancja o konsystencji ciasta naleśnikowego pieniła się i kapała z wiadra nad naszymi głowami. Z tego, z którego wylatywały sztuczne płatki śniegu, by swobodnie opadać podczas robienia zdjęcia. Spojrzałem do góry i twarz zalała mi kolejna porcja tego świństwa. Wiadro stuknęło o podłogę.

– Kto wlał wodę do śniegu? – Fotograf był wściekły. Nikt się nie odezwał, a ja mógłbym przyjąć każdy zakład, że Anioły z Jackson niczego nie widziały.

– Ona się topi! – krzyknął ktoś. Staliśmy w kałuży białego mydła, kleju, czy cokolwiek to było, i marzyliśmy tylko o tym, żeby szybko zniknąć wszystkim z oczu. Wokół nas tłum ryczał ze śmiechu. Savannah i Emily stały z boku, ciesząc się z tej, prawdopodobnie, najbardziej upokarzającej chwili w życiu Leny.

W całym tym zgiełku usłyszałem głos jednego z chłopaków:

– Trzeba było zostać w domu.

Poznałbym go wszędzie. Słyszałem ten głos wiele razy na boisku, bo tylko tam go używał – Earl szeptał coś Savannah do ucha, obejmując ją ramieniem.

Miałem tego dość. Błyskawicznie ruszyłem przez salę. Earl nie zwracał na mnie uwagi. Trzasnąłem go w szczękę pięścią wysmarowaną mydłem tak, że grzmotnął na podłogę. Przy okazji rąbnął Savannah w tyłek zasłonięty baloniastą spódnicą.

– Co, u diabła? Oszalałeś, Wate?

Earl chciał wstać, ale pchnąłem go nogą z powrotem.

– Lepiej tam zostań.

Usiadł i rozprostował kołnierzyk swojej koszuli, jakby chciał zachować godność, siedząc na podłodze.

– Mam nadzieję, że wiesz, co robisz – powiedział, ale już nie próbował wstać. Mógł mówić, co chce, ale obaj wiedzieliśmy, że jeśli to zrobi, znów wyląduje na parkiecie.

– Wiem.

Wyciągnąłem Lenę z powiększającej się kałuży czegoś, co dawniej było sztucznymi płatkami śniegu.

– Chodźmy, Earl, ogłaszają wyniki. – Savannah była poirytowana.

Earl wstał i się otrzepał.

Przetarłem oczy, potrząsając mokrymi włosami. Lena, cała biała, stała dygocząc i ociekając sztucznym śniegiem. Mimo ścisku wokół niej zrobiła się pusta przestrzeń. Nikt nie odważył się zbliżyć, z wyjątkiem mnie. Zacząłem wycierać jej twarz rękawem marynarki, ale się odsunęła.

To się zawsze tak kończy.

Leno.

Powinnam była to przewidzieć.

Ridley i Link zjawili się u boku Leny. Ridley była wściekła.

– Nie rozumiem, kuzynko. Nie rozumiem, dlaczego za wszelką cenę chcesz się bratać z tym gatunkiem – wysyczała. Kiedy była wściekła, bardzo przypominała Emily. – Nikt nas dotąd tak nie traktował, żadne Istoty Światła czy Ciemności, nikt. A gdzie szacunek dla samej siebie, Leno Fasolko?

– Nie warto się przejmować. Nie dzisiaj. Chcę do domu.

Lena była zbyt zażenowana, żeby się złościć na Ridley. Trzeba było wybierać ucieczkę lub walkę, i w tej chwili Lena wybrała ucieczkę.

– Zabierz mnie do domu, Ethanie.

Link zdjął srebrną marynarkę i okrył jej ramiona.

– Ale cię urządzili.

Ridley nie mogła się uspokoić i wcale tego nie chciała.

– Oni są źli, kuzynko, wszyscy, z wyjątkiem Krótkiej Zapałki i Linka, mojego nowego chłopaka Skurczaka.

– Zamknij się, Ridley. – Lena miała dość.

Na mnie też już nie działał urok syreny.

Ridley spojrzała ponad moim ramieniem i uśmiechnęła się niedobrym uśmiechem.

– Gdy o tym pomyślę, to też mam dość.

Skierowałem wzrok w stronę, w którą patrzyła. Królowa Śniegu ze swoim dworem szła ku scenie z zarozumiałą miną. Po raz kolejny Savannah została wybrana królową balu. Nic się nie zmieniało. Promiennie uśmiechnęła się do Emily, księżniczki w królewskiej świcie. Biedna Emily, znów musiała się zadowolić drugim miejscem.

Ridley zsunęła odrobinę ciemne okulary gwiazdy filmowej. Oczy jej zalśniły, czuło się bijący od niej żar. W jej ręku pojawił się lizak i w tym momencie poczułem gęstą, mdlącą słodycz w powietrzu.

Ridley, nie!

To nie o ciebie chodzi, kuzyneczko. To coś znacznie poważniejszego.

Coś musi się zmienić w tym popapranym mieście.

Słyszałem głos Ridley w głowie tak wyraźnie jak Leny. Potrząsnąłem głową.

Daj spokój, Ridley. Tylko pogorszysz sprawę.

Oprzytomniej! Nic gorszego nie mogą ci już zrobić. A może i mogą.

Poklepała Lenę po ramieniu.

Patrz i ucz się.

Spojrzała na dziewczyny na scenie, ssąc lizaka. Mogłem mieć tylko nadzieję, że jest dość ciemno, że nie zobaczą jej niesamowitych kocich oczu.

Nie! Będą mnie za to winić, Ridley. Nie!

Gat-dung musi dostać nauczkę. I ja jestem tą, która udzieli im lekcji.

Ridley ruszyła w stronę sceny, stukając o podłogę błyszczącymi obcasami.

– Hej, dziecino, dokąd idziesz? – Link był tuż za nią.

Charlotte w swojej lśniącej lawendowej tafcie o dwa rozmiary za małej wchodziła po schodach, kierując się w stronę plastikowej srebrnej korony i czwartemu miejscu na dworze Królowej Śniegu, za Eden, Służącą Śniegu. Właśnie wchodziła na ostatni schodek, gdy jej gigantyczna lawendowa kreacja zaczepiła o brzeg podium. Już miała stanąć na najwyższym stopniu, gdy tył sukni rozdarł się na szwie. Minęło kilka sekund, zanim Charlotte zorientowała się, co się stało, a przez ten czas pół szkoły oglądało jej różowe majtki w rozmiarze stanu Teksas. Charlotte wrzasnęła coś, co w wolnym tłumaczeniu znaczyło: „teraz każdy wie, że jestem gruba".

Ridley się uśmiechnęła.

Ups!

Ridley, przestań!

Dopiero zaczynam.

Charlotte krzyczała, a Emily, Eden i Savannah usiłowały zasłonić ją w panice swoimi pseudoślubnymi sukniami. Dźwięk nagrania zazgrzytał w głośnikach, a melodia gwałtownie zmieniła się w piosenkę z repertuaru Stonesów – *Sympathy for the Devil*. Mógł to być motyw przewodni Ridley. Przedstawiła się w wielkim stylu.

Ludzie na parkiecie sądzili, że to kolejny numer Dickeya Wixa, który chciał zaistnieć jako najsłynniejszy trzydziestopięcioletni DJ na szkolnych balach. Ale to im właśnie wykręcono kawał. Zrobiło się zwarcie – w ciągu paru sekund wszystkie żarówki nad sceną i wzdłuż parkietu zaczęły pękać jedna po drugiej, co dawało efekt domina.

Ridley poprowadziła Linka na parkiet. Wirowali w tańcu, a reszta uczniów z krzykiem torowała sobie drogę wśród sypiących się iskier. Zapewne wszyscy sądzili, że są w samym środku jakiejś katastrofy elektrycznej i będą za nią winić Reda Sweeta, jedynego elektryka w Gatlin. Ridley odrzuciła głowę do tyłu, śmiejąc się i kołysząc biodrami wokół Linka, w skrawku materiału bardziej przypominającym przepaskę na biodra niż suknię.

Ethanie, trzeba coś zrobić!

Ale co?

Niestety było już za późno na cokolwiek. Lena odwróciła się i uciekła, a ja biegłem tuż za nią. Zanim się znaleźliśmy przy drzwiach sali gimnastycznej, uruchomiła się instalacja przeciwpożarowa. Woda lała się strumieniami. Sprzęt audio spowodował zwarcie, znów posypały się iskry. Wyglądało to tak, jakby miało dojść do egzekucji na krześle elektrycznym. Mokre płatki śniegu opadały na podłogę, wydając głośne plaśnięcia. Płatki mydlane zaczęły się pienić.

Wszyscy wokół krzyczeli, a dziewczęta w oklapniętych, wilgotnych, taftowych spódnicach, ze spływającym po twarzy czarnym tuszem do rzęs i ze smętnie zwisającymi włosami, biegły w stronę drzwi. W całym tym zamieszaniu trudno było odróżnić Little Miss od Southern Belle. Wszystkie wyglądały jak szczury wyciągnięte z rzeki.

Gdy znalazłem się koło drzwi, usłyszałem łoskot. Odwróciłem się w kierunku sceny i zobaczyłem, że runął ogromny lśniący płatek śniegu, który był głównym elementem scenografii na podium. Emily zachwiała się na śliskiej scenie. Cały czas machając do tłumu, usiłowała jeszcze złapać równowagę, ale poślizgnęła się i upadła z krzykiem na podłogę, lądując w zwojach srebrzysto-brzoskwiniowej tafty. Trenerka Cross biegła w jej stronę.

Nie żałowałem Emily. Ale było mi przykro z powodu wielu niewinnych osób, które będą za to odpowiadać, chociaż to nie one spowodowały cały ten koszmar – samorząd uczniowski za niebezpieczną, niestabilną dekorację na scenie, Dickey Wix za to, że zabawił się kosztem pechowej tłustej cheerleaderki w bieliźnie, i Red Sweet za nieprofesjonalne i potencjalnie zagrażające życiu oświetlenie sali.

Do zobaczenia, kuzyneczko. To było lepsze niż bal.

Pchnąłem Lenę do wyjścia.

– Idź!

Była straszliwie wyziębiona. Gdy dobiegliśmy do samochodu, dogonił nas Boo Radley.

Macon nie musiał się martwić o godzinę powrotu Leny.

Nie było jeszcze wpół do dziesiątej.

Macon był wściekły, a może po prostu się martwił. Nie umiałem tego stwierdzić, ponieważ za każdym razem, gdy na mnie spoglądał, odwracałem wzrok. Nawet Boo nie miał odwagi spojrzeć na swojego pana. Leżał u stóp Leny i walił ogonem w podłogę.

Dom już nie przypominał sali balowej. Założę się, że Macon nigdy więcej nie pozwoli, żeby srebrzyste płatki śniegu wpadały przez drzwi Ravenwood. Wszystko było czarne. Wszystko. Podłogi, meble, zasłony i sufit. Tylko ogień w kominku w gabinecie palił się równym, jasnym płomieniem, oświetlając pokój. Może dom odzwierciedlał zmienne nastroje właściciela, dlatego tym razem był ponury i ciemny.

– Kuchnia!

Czarny kubek kakao pojawił się w ręku Macona. Podał go Lenie, która siedziała przed kominkiem zawinięta w szorstki wełniany koc. Obiema dłońmi trzymała gorący napój. Mokre włosy, odgarnięte za uszy, dosychały w cieple. Macon chodził przed nią tam i z powrotem.

– Powinnaś była wyjść, jak tylko ją zobaczyłaś, Leno.

– Interesowałam się bardziej tym, że lało się na mnie mydło, a cała szkoła się śmiała.

– No więc nie będziesz musiała już więcej interesować się takimi rzeczami. Do urodzin nie będziesz wychodzić z domu, dla własnego dobra.

– Jak widać moje dobro nie na tym polega.

Ciągle dygotała, ale nie sądzę, żeby było jej zimno. Teraz już nie.

Macon popatrzył na mnie swoimi chłodnymi, ciemnymi oczami. Był wściekły, widziałem to.

– Powinieneś był ją wyprowadzić.

– Nie wiedziałem, co robić, proszę pana. Nie wiedziałem, że Ridley zamierza zniszczyć salę. A Lena nigdy nie była na szkolnym balu.

Głupio to zabrzmiało. Zdałem sobie z tego sprawę, gdy tylko wypowiedziałem te słowa.

Macon spojrzał na mnie, huśtając szklankę szkockiej w dłoni.

– Ciekawe, że ani razu nie zatańczyliście.

– Skąd wiesz? – Lena odstawiła kubek.

Macon kontynuował swą wędrówkę po pokoju.

– Nieważne.

– Owszem, dla mnie ważne.

Macon wzruszył ramionami.

– Boo. Jak by to ująć... Jest moimi oczami.

– Słucham?

– Widzi to, co ja. A ja widzę to, co on. To pies Obdarzony, przecież wiesz.

– Wujku Maconie! Szpiegujesz mnie!

– Nie ciebie. Jak ci się zdaje, w jaki sposób mogę cię chronić, nigdy nie opuszczając domu? Nie dałbym rady bez najwierniejszego przyjaciela. Boo widzi wszystko, więc i ja widzę wszystko.

Spojrzałem na Boo. Widziałem te oczy, ludzkie. Powinienem był wiedzieć, a może w gruncie rzeczy zawsze wiedziałem. Boo miał oczy Macona.

I jeszcze coś, Boo żuł jakąś kulkę. Pochyliłem się i wyjąłem mu z pyska wymiętoszone, wilgotne zdjęcie z polaroidu. Przyniósł je ze szkoły.

Nasze zdjęcie z balu. Stałem na nim z Leną pośród sztucznego śniegu. Emily nie miała racji. Lenę było widać na zdjęciu, tylko lśniła i była przezroczysta, jakby od pasa w dół zaczęła zanikać, zmieniając się w zjawę. Jakby naprawdę rozpływała się pod wpływem temperatury, jeszcze zanim dotknął jej śnieg.

Poklepałem Boo po głowie i schowałem zdjęcie do kieszeni. Lena nie musiała tego widzieć, nie w tej chwili. Dwa miesiące do urodzin. Niepotrzebne było zdjęcie. I bez niego doskonale wiedzieliśmy, że mamy mało czasu.

Szesnasty grudnia

Wszyscy Święci

Gdy zaparkowałem, Lena siedziała na werandzie. Musiałem prowadzić, bo Link chciał jechać z nami, a nie mógł ryzykować, że zobaczą go w karawanie. Ja z kolei nie chciałem, żeby Lena szła sama. W ogóle nie chciałem, żeby tam poszła, ale nie dało się jej od tego odwieść. Wyglądała na gotową do walki – włożyła golf, dżinsy i kamizelkę z kapturem obszytym futrem. Wszystko czarne. Miała stanąć przed plutonem egzekucyjnym i zdawała sobie z tego sprawę.

Od balu upłynęły zaledwie trzy dni, ale członkinie CAR nie marnowały czasu. Zebranie Komisji Dyscyplinarnej w Jackson nie będzie się zbytnio różnić od procesu czarownic i nie trzeba być jednym z Obdarzonych, żeby to wiedzieć. Emily kuśtykała z nogą w gipsie, katastrofa na balu była tematem dnia w całym mieście, a pani Lincoln wreszcie mogła liczyć na dostateczne poparcie. Miała świadków. A jeśli odpowiednio przedstawi to, co rzekomo widzieli, słyszeli czy pamiętali, stworzy całkiem zgrabną historyjkę, która wskaże winną – Lenę Duchannes.

Przecież wszystko było dobrze, dopóki ta czarownica nie zjawiła się w mieście.

Link wyskoczył z samochodu i otworzył Lenie drzwiczki. Czuł się tak bardzo winny, że wyglądał, jakby za chwilę miał zwymiotować.

– Cześć, Leno. Jak leci?

– Wszystko dobrze.

Kłamczucha.

Nie chcę, żeby się zamartwiał. To nie jego wina.

Link odchrząknął.

– Bardzo mi przykro. Cały weekend kłóciłem się z mamą. Zawsze była narwana, ale teraz to co innego.

– To nie twoja wina, ale doceniam, że próbowałeś z nią pomówić.

– Byłoby inaczej, gdyby nie urabiały jej te wszystkie wiedźmy z CAR. W ciągu ostatnich dwóch dni matki Savanah i Emily dzwoniły do nas setki razy.

Minęliśmy Stop & Steal. Nawet Fatty'ego tam nie było. Ulice były puste, jakbyśmy jechali przez wymarłe miasto. Zebranie Komisji Dyscyplinarnej było wyznaczone na piątą i zamierzaliśmy przybyć punktualnie. Spotkanie miało się odbyć w sali gimnastycznej, ponieważ było to jedyne miejsce, w którym mogli się zmieścić wszyscy chętni. Kolejna rzecz typowa dla Gatlin – każdy uczestniczył tu we wszystkim, cokolwiek się działo. Nie było mowy o jakimkolwiek postępowaniu za zamkniętymi drzwiami. Pustki na ulicach i pozamykane na głucho sklepy świadczyły o tym, że mieszkańcy wybierali się na zebranie.

– Nie rozumiem, jak twojej mamie udało się ściągnąć tu tyle osób. Nawet jak na nią, to szybko.

– Z tego, co podsłuchałem, zaangażowano doktora Ashera. Chodzi na polowania z dyrektorem Harperem i jakąś szychą z zarządu szkoły.

Doktor Asher był ojcem Emily, a także jedynym prawdziwym lekarzem w mieście.

– Wspaniale.

– Wiecie, że mnie pewnie wywalą? Założę się, że to już zostało postanowione. Zebranie jest tylko na pokaz.

Link wyglądał na zażenowanego.

– Nie mogą cię wywalić bez wysłuchania twojej wersji. Przecież niczego nie zrobiłaś.

– To nieważne. Takie rzeczy postanawia się za zamkniętymi drzwiami. To, co powiem, nie będzie miało znaczenia.

Miała rację i oboje to wiedzieliśmy. Więc się nie odezwałem. Podniosłem jej rękę do ust i pocałowałem, życząc sobie po raz setny, żebym to ja mógł stawić czoła całemu zarządowi szkoły zamiast Leny.

Ale problem polegał na tym, że to nie mogłem być ja. Bez względu na to, co zrobiłem czy powiedziałem, zawsze będę jednym z nich, a Lena – nigdy. I to właśnie mnie tak wkurzało i zawstydzało. Nienawidziłem ich wszystkich jeszcze bardziej właśnie za to, że gdzieś tam w głębi rościli sobie do mnie prawo jak do swojej własności. Mimo że spotykałem się z siostrzenicą starego Ravenwooda, skandalicznie potraktowałem panią Lincoln i nie dostałem zaproszenia na przyjęcie do Savannah Snow. Zawsze będę jednym z nich. Należałem do nich i nic nie mogło tego zmienić.

Prawda mnie dobijała. Może Lena zostanie naznaczona w szesnaste urodziny, ale mnie zrobiono to samo w chwili przyjścia na świat. Nie miałem wcale większej kontroli nad własnym przeznaczeniem niż ona. Może żadne z nas nie miało?

Gdy wreszcie wjechałem na parking, stało tam już mnóstwo samochodów. Tłum ludzi czekał w kolejce przed głównym wejściem. Nie widziałem tylu osób w jednym miejscu od czasu wejścia na ekrany *Bogów i generałów*, najdłuższego i najnudniejszego filmu o wojnie secesyjnej, jaki kiedykolwiek został nakręcony. Połowa moich krewnych wzięła w nim udział, ponieważ miała własne mundury.

Link skulił się na tylnym siedzeniu.

– Tu się wyślizgnę. Do zobaczenia w środku. – Pchnął drzwi i stanął między samochodami. – Powodzenia.

Lena złożyła ręce na kolanach. Cała dygotała. Nie mogłem na to patrzeć.

– Nie musisz tam iść. Możemy zawrócić i odwiozę cię do domu.

– Ale ja chcę.

– Dlaczego? Sama mówiłaś, że to tylko na pokaz.

– Nie pozwolę, żeby myśleli, że nie mam odwagi przed nimi stanąć. Odeszłam z poprzedniej szkoły i z wielu wcześniejszych, ale nie zamierzam uciekać całe życie.

Odetchnęła głęboko.

– To nie ucieczka.

– Dla mnie tak.

– Czy twój wuj przyjdzie na zebranie?

– Nie może.

– Dlaczego nie może, do licha?

Byłem co prawda przy niej, ale i tak musiała sama przechodzić przez to wszystko.

– Za wcześnie. Nawet mu nie powiedziałam.

– Za wcześnie? O czym ty mówisz? Czy on jest zamknięty w jakiejś krypcie, czy czymś takim?

– Coś w tym rodzaju.

Nie było sensu o tym rozmawiać. Wiedziałem, że wystarczająco jej się oberwie za kilka minut.

Poszliśmy w stronę budynku. Zaczęło padać.

Popatrzyłem na Lenę.

Uwierz mi, staram się. Gdybym się nie hamowała, to mielibyśmy tu tornado.

Ludzie się gapili, pokazywali nas palcami. Nie żeby mnie to dziwiło. Tylko gdzie się podziała zwykła przyzwoitość? Rozejrzałem się dookoła, spodziewając się, że zobaczę Boo Radleya siedzącego przy drzwiach, ale dziś go tu nie było.

Weszliśmy do sali gimnastycznej bocznym wejściem dla gości. To był pomysł Linka i, jak się okazało, całkiem niezły. Gdy znaleźliśmy się już w środku, zorientowałem się, że ludzie na zewnątrz nie czekali w kolejce do wejścia. Mieli po prostu nadzieję, że będą słyszeć, co się dzieje na zebraniu. W środku pozostały już tylko miejsca stojące.

Przypominało to żałosną wersję ławy przysięgłych z filmu, którego akcja toczy się na sali sądowej. Z przodu stał duży składany plastikowy stół, za którym siedziało kilkoro nauczycieli – oczywiście był pan Lee w czerwonej muszce, z bagażem prowincjonalnych uprzedzeń, dyrektor Harper oraz kilka osób prawdopodobnie z zarządu szkoły. Wszyscy wyglądali na zmęczonych i zniecierpliwionych, jakby już chcieli wrócić do domu i obejrzeć program na kanale QVC albo jakąś audycję religijną.

Miejsca dla publiczności wypełniała miejscowa śmietanka. Pani Lincoln wraz ze skłonnym do linczowania tłumem kobiet z CAR zajmowała trzy pierwsze rzędy razem z członkiniami Sióstr Konfederacji. Pierwszemu Chórowi Metodystów i Towarzystwu Historycznemu przypadało następnych kilka rzędów. Tuż za nimi siedziały Anioły Stróże Jackson, znane też jako dziewczyny, które chciały się upodobnić do Emily i Savannah, oraz chłopcy, którzy chcieli się dostać do majtek Emily i Savannah. Wszyscy paradowali w zupełnie nowych T-shirtach Stróżów ze świeżutkim nadrukiem. Przód T-shirtu przedstawiał anioła, który podejrzanie przypominał Emily Asher z ogromnymi, szeroko rozpostartymi skrzydłami, ubranego w koszulkę drużyny Wild Cats. Przypięta z tyłu para białych skrzydeł wyglądała tak, jakby wyrastała prosto z pleców, a na niej widniał bojowy okrzyk Aniołów: „Będziemy cię obserwować".

Emily siedziała obok matki. Jej noga w ogromnym gipsie spoczywała na jednym z pomarańczowych krzeseł ze stołówki. Pani Lincoln zwęziła oczy, gdy nas zobaczyła, a pani Asher objęła córkę opiekuńczo, jak gdyby któreś z nas miało podbiec do niej i stłuc ją kijem golfowym niczym bezbronne focze szczenię. Zobaczyłem, jak Emily wyjmuje telefon z maleńkiej srebrnej torebki. Za chwilę jej palce zaczną wybijać na klawiaturze kolejne SMS-y. Nasza szkolna sala gimnastyczna stanowiła prawdopodobnie źródło miejscowych plotek dla czterech hrabstw.

Amma siedziała kilka rzędów dalej, bawiąc się wisiorkiem na szyi. Może spowoduje, że pani Lincoln wyrosną rogi, które tak skrzętnie ukrywała przez te wszystkie lata? Oczywiście nie było mojego taty, ale po przekątnej, obok Thelmy, siedziały Siostry. Sprawy miały się gorzej, niż myślałem. Siostry nie wychodziły z domu od 1980 roku, nie licząc wizyt w kościele oraz kiedy ciocia Grace zjadła za dużo mocno przyprawionej fasoli z boczkiem i myślała, że to atak serca. Ciocia Mercy pochwyciła moje spojrzenie i pomachała mi chusteczką.

Zaprowadziłem Lenę do miejsca z przodu sali, ewidentnie pozostawionego dla niej. Stało na wprost plutonu egzekucyjnego, martwy punkt.

Będzie dobrze.

Obiecujesz?

Słyszałem, jak deszcz bębni o dach.

Obiecuję, że to nie będzie mieć znaczenia. Obiecuję, że ci ludzie to idioci. Obiecuję, że nic, co powiedzą, nie zmieni tego, co do ciebie czuję.

Biorę tę odpowiedź za „nie".

Deszcz zaczął mocniej padać, zły znak. Wcisnąłem Lenie coś w dłoń – mały srebrny guzik od jej kamizelki, który znalazłem na siedzeniu samochodu Linka tego wieczoru, kiedy spotkaliśmy się na drodze numer 9. Wyglądał jak kawałek złomu, ale od tego czasu nosiłem go w kieszeni spodni.

Weź go. To na szczęście. Przynajmniej mnie on przyniósł szczęście.

Widziałem, jak bardzo starała się nadrabiać miną. Bez słowa zdjęła naszyjnik i dodała guzik do swojej kolekcji cennych rupieci.

Dzięki.

Uśmiechnęłaby się do mnie, gdyby była w stanie.

Wróciłem do tyłu, gdzie siedziały Siostry i Amma. Ciocia Grace wstała, opierając się na swojej lasce.

– Siadaj, Ethanie. Zajęłyśmy ci miejsce, skarbie.

– Może byś tak usiadła, Grace Statham – zasyczała starsza pani z niebieskimi włosami, siedząca za Siostrami.

Ciocia Prue obejrzała się do tyłu.

– Pilnuj własnego nosa, Sadie Honeycutt, bo będę ci go musiała sama przypilnować.

Ciocia Grace obróciła się do pani Honeycutt i się uśmiechnęła.

– Chodź tu, Ethanie.

Wcisnąłem się między ciocię Mercy i ciocię Grace.

– Jak się masz, cukiereczku? – przywitała się Thelma i uszczypnęła mnie w ramię.

Na zewnątrz huknął piorun, a w sali zamigotały światła. Kilka starych kobiet wstrzymało oddech.

Wreszcie sztywno wyprostowany facet, który siedział pośrodku stołu, odchrząknął.

– Proszę zająć miejsca i możemy zaczynać. Nazywam się Bertrand Hollingsworth i jestem przewodniczącym zarządu szkoły. Dzisiejsze zebranie zwołano, by rozpatrzyć petycję w sprawie wydalenia ze szkoły uczennicy, panny Leny Duchannes, czy tak?

Dyrektor Harper, główny oskarżyciel, a właściwie kat wyznaczony przez panią Lincoln, zwrócił się do pana Hollingswortha ze swojego miejsca przy stole.

– Tak, proszę pana. Ta petycja została przedstawiona przez kilkoro zatroskanych rodziców i podpisana przez ponad dwustu najbardziej szanowanych obywateli Gatlin oraz przez wielu uczniów z Jackson.

Jasne, że tak było.

– Jakie są podstawy do wydalenia?

Pan Harper przewrócił kilka stron w swoim żółtym notesie, jakby odczytywał akt oskarżenia, w którym znalazł się zarzut morderstwa.

– Czynna napaść i zniszczenie szkolnego mienia. A panna Duchannes dopuściła się tych czynów w trakcie trwania okresu próbnego.

Czynna napaść? Na nikogo nie napadłam.

To tylko oskarżenie. Niczego nie mogą udowodnić.

Zanim skończył, zerwałem się na równe nogi.

– Ani jedno słowo z tego nie jest prawdą!

Facet o wyglądzie choleryka, siedzący przy drugim końcu stołu, podniósł głos, żeby nie zagłuszyły go odgłosy ulewy ani dwadzieścia czy trzydzieści starych kobiet szepczących na temat moich złych manier.

– Młody człowieku, proszę zająć miejsce. To nie jest spotkanie, na którym wszystkie chwyty są dozwolone.

Pan Hollingsworth uciszył gwar.

– Czy mamy świadków, żeby potwierdzić zarzuty dowodami? – zapytał.

Spora grupka osób zaczęła szeptać, próbując ustalić, co dokładnie znaczy „potwierdzić zarzuty dowodami".

Dyrektor Harper odchrząknął i zabrał głos.

– Tak. A ostatnio otrzymałem informację, która wskazuje, że panna Duchannes miała podobne problemy w poprzedniej szkole, do której uczęszczała.

O czym on mówi? Skąd może wiedzieć cokolwiek o mojej poprzedniej szkole?

Nie wiem. A co się wydarzyło w poprzedniej szkole?

Nic.

Kobieta z zarządu szkoły przewróciła przed sobą kilka kartek.

– Myślę, że powinniśmy najpierw wysłuchać przewodniczącej Komitetu Rodzicielskiego, pani Lincoln.

Mama Linka podniosła się teatralnie z miejsca i przedefilowała między rzędami, podchodząc do „ławy przysięgłych". Najwyraźniej obejrzała niejeden dramat rozgrywający się na sali sądowej.

– Dobry wieczór, panie i panowie.

– Pani Lincoln, proszę nam powiedzieć, co pani wie o zaistniałej sytuacji? Była pani jedną z pierwszych osób, które podpisały petycję.

– Tak, oczywiście. Panna Ravenwood, to znaczy, panna Duchannes

377

wprowadziła się tutaj kilka miesięcy temu i od tego czasu w Jackson zaczęło dochodzić do różnego rodzaju problemów. Najpierw wybiła szybę w klasie podczas lekcji angielskiego.

– Omal nie pocięła mojego dziecka – wykrzyknęła pani Snow.

– Mało brakowało, żeby poraniła poważnie inne dzieci. Zresztą i tak kilkoro z nich doznało obrażeń z powodu rozbitej szyby.

– Nikt z wyjątkiem Leny się nie skaleczył i był to wypadek! – wykrzyknął Link, siedzący z tyłu sali.

– Wesleyu Jeffersonie Lincolnie, lepiej zabieraj się do domu, jeśli wiesz, co dla ciebie dobre! – wysyczała pani Lincoln. Po chwili jej twarz złagodniała, przewodnicząca CAR wygładziła spódnicę i zwróciła się w stronę Komisji Dyscyplinarnej. – Urok panny Duchannes ma, jak widać, duży wpływ na słabszą płeć – zauważyła z uśmiechem. – A więc, jak już wspomniałam, rozbiła szybę na lekcji angielskiego, co tak wystraszyło uczniów, że kilka dobrze wychowanych młodych panien postanowiło stworzyć grupę Aniołów Stróżów Jackson, której jedynym celem jest ochrona uczniów. Coś w rodzaju patroli straży sąsiedzkiej.

Upadłe Anioły potaknęły ze swoich miejsc, jakby ktoś pociągał za niewidzialne sznurki przymocowane do ich głów, co w pewnym sensie było prawdą.

Pan Hollingsworth notował coś w żółtym notesie.

– Czy to był jedyny wypadek z udziałem panny Duchannes?

Pani Lincoln usiłowała wyglądać na osobę zszokowaną.

– Wielkie nieba, nie! Podczas balu semestralnego włączyła alarm przeciwpożarowy, rujnując zabawę i niszcząc sprzęt audio wartości czterech tysięcy dolarów. Jakby tego było mało, zepchnęła pannę Asher ze sceny i Emily złamała nogę. Dowiedziałam się z wiarygodnych źródeł, że będzie to wymagało wielomiesięcznego leczenia.

Lena patrzyła prosto przed siebie.

– Dziękuję, pani Lincoln.

Mama Linka obróciła się powoli i uśmiechnęła do Leny. Nie był to prawdziwy uśmiech ani nawet sarkastyczny. Był to uśmiech typu „zrujnuję ci życie i sprawi mi to przyjemność".

Pani Lincoln ruszyła w stronę swojego miejsca. Nagle zatrzymała się i spojrzała prosto na Lenę.

– Omal nie zapomniałam. Jeszcze jedna rzecz. – Wyjęła jakieś kartki z portfela. – Mam informacje ze szkoły w Wirginii, do której poprzednio uczęszczała panna Duchannes. Chociaż raczej nazwa „instytucja" byłaby tu bardziej odpowiednia.

To nie żadna instytucja tylko prywatna szkoła.

– Jak wspomniał dyrektor Harper, to nie był pierwszy epizod związany z przemocą, w który zamieszana była panna Duchannes.

Głos Leny w mojej głowie brzmiał niemal histerycznie. Próbowałem ją uspokoić.

Nie przejmuj się.

Ale trudno się było nie przejmować. Pani Lincoln nie mówiłaby takich rzeczy, gdyby nie mogła jakoś ich udowodnić.

– Panna Duchannes jest dziewczynką niezrównoważoną emocjonalnie. Niestety, cierpi na chorobę psychiczną. Chwileczkę... – Pani Lincoln przebiegła palcami po stronie, jakby czegoś szukała. Czekałem, żeby usłyszeć diagnozę o chorobie psychicznej, na którą według pani Lincoln cierpiała Lena. – Aha, już mam. Wygląda na to, że panna Duchannes ma zaburzenia afektywne dwubiegunowe, co, jak doktor Asher może państwu wyjaśnić, jest bardzo poważną chorobą umysłową. Chorzy cierpiący na tę dolegliwość odznaczają się gwałtownością i są nieobliczalni. Skłonność do tej choroby jest dziedziczna. Matka panny Duchannes też na nią chorowała.

Ja chyba śnię.

Deszcz bębnił o dach. Wiatr się wzmógł, szarpiąc drzwiami sali gimnastycznej.

– Biedne dziecko przeżyło straszną tragedię. Matka zamordowała jej ojca czternaście lat temu. – Cała sala wstrzymała oddech.

Gem. Set. Mecz.

Wszyscy zaczęli mówić równocześnie.

– Panie i panowie, bardzo proszę. – Dyrektor Harper usiłował uspokoić zebranych, ale to było tak, jakby kroplą próbować zdławić pożar. Ogień zaczął się już rozprzestrzeniać i nie było sposobu, żeby go ugasić.

Minęło dziesięć minut, zanim zebrani się uspokoili. Ale nie Lena. Czułem, jak wali jej serce – jakby to było moje własne – i jak w jej gardle rośnie gula od powstrzymywanych łez. Sądząc po ulewie, Lena z wielkim trudem panowała nad emocjami. Byłem zdumiony, że nie wybiegła jeszcze z sali, ale była albo bardzo dzielna, albo tak osłupiała, że się nie mogła poruszyć.

Wiedziałem, że pani Lincoln kłamie. W to, że Lena była w jakiejś „instytucji", nie wierzyłem bardziej niż w dobrą wolę Aniołów Stróżów i ich chęć ochrony uczniów. Natomiast nie byłem pewien, czy pani Lincoln kłamała również i wtedy, kiedy wspomniała, że matka Leny zamordowała jej ojca.

Wiedziałem jedno. Chętnie udusiłbym tę babę. Znałem mamę Linka całe życie, ale od jakiegoś czasu już nie myślałem o niej jako o mamie mojego przyjaciela. Nie przypominała kobiety, która wyrwała ze ściany puszkę elektryczną i wygłaszała godzinne kazania na temat cnoty abstynencji. To już nie wyglądało na jedną z jej irytujących, ale w sumie niewinnych przywar. To było coś mściwego i bardziej osobistego. W żadnym razie nie mogłem zrozumieć, dlaczego tak bardzo nienawidzi Leny.

Pan Hollingsworth usiłował odzyskać panowanie nad sytuacją.

– Proszę o ciszę, proszę się uspokoić. Dziękuję, pani Lincoln, za czas, jaki nam pani poświęciła. Chciałbym przejrzeć te dokumenty, jeśli nie ma pani nic przeciwko temu.

Odezwałem się kolejny raz:

– To wszystko jest po prostu śmieszne. Dlaczego jej nie podpalicie jak kiedyś czarownice?

Pan Hollingsworth nadal próbował uciszyć wszystkich zebranych, co przypominało odcinek programu *Potyczki Jerry'ego Springera*.

– Panie Wate, proszę zająć miejsce, w przeciwnym razie poproszę pana o opuszczenie sali. Nie będę więcej tolerował żadnych awantur podczas zebrania. Zapoznałem się z pisemnymi zeznaniami świadków zdarzenia i wygląda mi na to, że sprawa nie jest zbyt skomplikowana. Wydaje mi się, że w tej sprawie może zapaść tylko jedna decyzja.

Rozległo się silne uderzenie i metalowe drzwi z tyłu sali otworzyły się z hukiem. Do pomieszczenia dostał się silny podmuch wiatru wraz ze strugami deszczu.

I ktoś jeszcze.

Macon Ravenwood, ubrany w czarny kaszmirowy płaszcz i elegancki prążkowany garnitur, wszedł niedbałym krokiem z Marian Ashcroft u boku. Marian niosła małą kraciastą parasolkę, żeby osłonić się przed deszczem. Macon nie miał parasola, ale był całkowicie suchy. Boo szedł powoli za nimi. Jego czarne futro sterczało, przez co bardziej przypominał wilka niż psa.

Lena odwróciła się na swoim pomarańczowym plastikowym krześle i przez chwilę wyglądała na całkowicie bezbronną. W jej oczach zobaczyłem ulgę i widziałem, że ostatnimi siłami próbuje zapanować nad sobą. Czułem, że chce pobiec i ze szlochem rzucić się wujowi w ramiona.

Macon spojrzał w jej stronę i Lena poprawiła się na krześle. Przeszedł między rzędami w stronę członków rady szkoły.

– Przepraszam za spóźnienie. Pogoda jest dzisiaj niesłychanie zdradliwa. Proszę sobie nie przerywać. Właśnie mieli państwo podjąć jakąś rozsądną decyzję, jeśli dobrze zrozumiałem. – Zaakcentował przesadnie słowo „rozsądną".

Pan Hollingsworth wyraźnie się zdenerwował. Właściwie to wiele osób na sali sprawiało wrażenie zdezorientowanych. Nikt z obecnych do tej pory nie widział osobiście Macona Ravenwooda.

– Przepraszam pana, nie wiem, co pan sobie wyobraża, ale jesteśmy w trakcie postępowania dyscyplinarnego. Na dodatek przyprowadził pan tutaj tego... tego psa. Tylko zwierzęta, które pomagają osobom niepełnosprawnym mają wstęp na teren szkoły.

– Całkowicie pana rozumiem. Tak się składa, że Boo Radley jest moimi oczami.

Nie mogłem powściągnąć uśmiechu. Z technicznego punktu widzenia była to prawda. Boo strząsnął z siebie wodę, opryskując wszystkich siedzących blisko przejścia.

– A więc, panie...?

– Ravenwood. Macon Ravenwood.

Wśród zebranych dał się słyszeć kolejny głośny wdech, a po nim we wszystkich rzędach zaszumiało od głosów. Całe miasto czekało na ten dzień od wielu lat. Sala była naelektryzowana już od samego patrzenia na to, co się działo. Zapowiadał się ciekawy spektakl. A spektakle były tym, co mieszkańcy Gatlin uwielbiali najbardziej.

– Drodzy mieszkańcy Gatlin, jakże się cieszę, że wreszcie mogę was wszystkich poznać. Zapewne znają państwo moją drogą i piękną przyjaciółkę, doktor Ashcroft. Była tak uprzejma, że zgodziła się towarzyszyć mi dzisiejszego wieczoru, ponieważ nie orientuję się zbyt dobrze w topografii naszego uroczego miasta.

Marian pomachała ręką.

– Pragnę raz jeszcze przeprosić za spóźnienie. Proszę kontynuować. Jestem przekonany, że właśnie mieli państwo wyjaśnić, że zarzuty stawiane mojej siostrzenicy są całkowicie bezpodstawne, i nakłonić dzieci, aby udały się do domów i porządnie wyspały przed jutrzejszym dniem.

Przez chwilę pan Hollingsworth wyglądał tak, jakby właśnie to miał zamiar uczynić, a ja się zastanawiałem, czy wuj Macon nie posiada przypadkiem takiej samej siły perswazji co Ridley. Kobieta z natapirowanym kokiem szepnęła coś do pana Hollingswortha, który przypomniał sobie, co chciał powiedzieć, zanim mu przerwano.

– Nie, proszę pana, nie to zamierzałem uczynić. Zdecydowanie nie to. Tak się składa, że zarzuty przeciw pana siostrzenicy są poważne. Jest kilku świadków zdarzenia. Opierając się na pisemnych zeznaniach i informacjach przedstawionych podczas tego zebrania, obawiam się, że nie mamy innego wyjścia, jak usunąć pana siostrzenicę ze szkoły.

Macon machnął ręką w stronę Emily, Savannah, Charlotte i Eden.

– Czy to są pańscy świadkowie? Gromadka dziewczątek z wybujałą wyobraźnią?

Pani Snow skoczyła na równe nogi.

– Czy pan insynuuje, że moja córka kłamie?

Macon uśmiechnął się do niej olśniewającym uśmiechem gwiazdora filmowego.

– Ależ skąd, droga pani. Ja twierdzę, że pani córka kłamie. Myślę, że dostrzega pani różnicę.

– Jak pan śmie! – Matka Linka zaatakowała jak dzika kotka. – Nie ma pan prawa tu przebywać i zakłócać przebiegu postępowania.

– Jak kiedyś powiedział pewien wybitny człowiek: „Niesprawiedliwość gdziekolwiek jest zagrożeniem dla sprawiedliwości wszędzie". – Marian się uśmiechnęła. – A ja nie widzę sprawiedliwości na tej sali, pani Lincoln.

– Niech mi tu pani nie wyjeżdża z gadką jak z Harvardu.

Marian z trzaskiem zamknęła parasolkę.

– Nie sądzę, żeby Martin Luther King uczęszczał do Harvardu.

Pan Hollingsworth przemówił stanowczo.

– Świadkowie twierdzą, że panna Duchannes sama uruchomiła alarm przeciwpożarowy, przyczyniając się do wielu szkód sięgających kilku tysięcy dolarów. I zepchnęła pannę Asher ze sceny, powodując u niej obrażenia. Już samo to jest wystarczającym powodem do usunięcia ze szkoły.

Marian głośno westchnęła, otwierając i zamykając z trzaskiem parasolkę.

– „Trudno jest uwolnić głupców od łańcuchów, które darzą czcią". – Popatrzyła znacząco na panią Lincoln. – Wolter, kolejny człowiek, który nie chodził do Harvardu.

Macon zachowywał spokój, co tym bardziej wszystkich irytowało.

– Panie...?

– Hollingsworth.

– Panie Hollingsworth, szkoda byłoby kontynuować tę pogawędkę w takim stylu. Widzi pan, uniemożliwienie nieletniemu uczęszczania do szkoły we wspaniałym stanie, jakim jest Karolina Południowa, to bezprawie. Edukacja jest obowiązkowa, to znaczy wymagana. Nie można wyrzucić niewinnej dziewczyny ze szkoły bez podania przyczyny. Te czasy już minęły, nawet na południu Stanów.

– Jak już wyjaśniłem, panie Ravenwood, mamy powody i jesteśmy w mocy usunąć pana siostrzenicę.

Pani Lincoln się poderwała.

– Nie może pan się tu tak nagle zjawiać nie wiadomo skąd i wtrącać w sprawy miasta. Nie opuszczał pan domu od lat! Co daje panu prawo do zabierania głosu w sprawie wypadków, do których doszło w naszej społeczności?

– Czy nawiązuje pani do tej małej grupki marionetek ubranych jak te tutaj? Co to ma być, jednorożce? Proszę wybaczyć, ale niedowidzę. – Macon wskazał w kierunku Aniołów.

– To anioły, panie Ravenwood, nie jednorożce. Nie spodziewam się, że rozpozna pan wysłańców Pana Naszego, ponieważ nie przypominam sobie, żebym widziała pana kiedykolwiek w kościele.

– „Kto jest bez grzechu, niech pierwszy rzuci kamieniem", pani Lincoln. – Macon przerwał na moment, jakby dawał jej czas na zrozumienie tych słów. – A jeśli chodzi o temat, który pani wcześniej poruszyła, to ma pani absolutną rację. Większość czasu spędzam w domu i jest mi z tym bardzo dobrze. Mój dom to czarujące miejsce, zapewniam panią. Może jednak powinienem częściej zaglądać do miasta i odwiedzać znajomych.

Potrząsnąć nieco sprawami, że tak to ujmę, z braku lepszego wyrażenia.

Pani Lincoln wyglądała na przerażoną, a pozostałe członkinie CAR zaczęły się kręcić na swoich miejscach, spoglądając na siebie nerwowo na samą myśl o czymś podobnym.

– Jeśli Lena nie wróci do szkoły, będzie musiała pobierać nauki w domu. A wtedy będę zmuszony zaprosić kilkoro kuzynów, żeby z nami zamieszkali. Nie chciałbym, aby ominął ją tak ważny aspekt edukacji, jakim jest wychowanie w społeczeństwie. Niektórzy z jej kuzynów są dość urzekający. Chyba mieli państwo okazję spotkać jedną z naszych krewnych na tym waszym balu przebierańców.

– To nie był bal przebierańców.

– Przepraszam najmocniej. Myślałem, że te sukienki to kostiumy, sądząc po jaskrawych, krzykliwych kolorach.

Pani Lincoln się zaczerwieniła. Już nie była kobietą, która próbuje zakazywać czytania książek. To była kobieta, z którą nie należało zadzierać. Zacząłem się bać o Macona, o nas wszystkich.

– Bądźmy szczerzy, panie Ravenwood. Nasze miasto to nie miejsce dla pana. Nie jest pan jego częścią i, doprawdy, pana siostrzenica też nie. Nie wydaje mi się, żeby miał pan jakiekolwiek prawo do stawiania żądań.

Wyraz twarzy Macona nieco się zmienił. Ravenwood obrócił pierścionek wokół palca.

– Pani Lincoln, doceniam pani otwartość i również będę wobec pani szczery, tak jak pani wobec mnie. Byłoby poważnym błędem ze strony pani czy kogokolwiek innego dalej drążyć tę sprawę. Widzi pani, dysponuję pokaźnymi środkami i jestem nieco rozrzutny, że tak powiem. Jeśli uniemożliwią państwo mojej siostrzenicy powrót do szkoły, będę zmuszony wydać nieco z tych zasobów. Kto wie, być może nawet powstanie tu Wal-Mart.

Mieszkańcy Gatlin zaniemówili.

– Czy to groźba?

– W żadnym razie. A tak przy okazji... Jestem również właścicielem gruntów, na których stoi Southern Comfort Hotel. Zamknięcie hotelu może sprawić pani nieco kłopotu, pani Snow. Pani mąż będzie zmuszony jeździć gdzieś dalej na spotkania ze swoimi przyjaciółkami, co niewątpliwie skończy się tak, że zacznie wracać do domu jeszcze później. Nie możemy do tego dopuścić, prawda?

Pan Snow zaczerwienił się jak burak i skulił za kilkoma chłopakami z drużyny futbolowej, ale Macon dopiero się rozkręcał.

– Skąd ja pana znam, panie Hollingsworth? I tego kwiatuszka konfederackiego po pańskiej lewej stronie. – Macon wskazał kobietę należącą do zarządu szkoły, siedzącą obok niego. – Czy ja gdzieś państwa wcześniej nie spotkałem? Mógłbym przysiąc...

Pan Hollingsworth lekko się zachwiał.

– Absolutnie nie, panie Ravenwood. Jestem żonaty!

Następnie Macon zwrócił się ku łysiejącemu mężczyźnie, siedzącemu po drugiej stronie Hollingswortha.

– A pan, panie Ebitt? Jeśli nie wydzierżawię Wayward Dog, to co pan zrobi? Gdzie pan będzie wieczorami popijał, udając przed żoną, że studiuje pan Pismo Święte w grupie biblijnej?

– Wilsonie, jak mogłeś! Będziesz się smażyć w piekle, jak tu stoję!

Pani Ebitt chwyciła torebkę i ruszyła w stronę przejścia.

– To nieprawda, Rosalie!

– Mam kontynuować? – zapytał z uśmiechem Macon. – Trudno mi sobie wyobrazić, co by powiedział Boo, gdyby potrafił mówić. Tak się składa, że był w każdym ogródku i na każdym parkingu w waszym pięknym mieście. I mogę się założyć, że widział to i owo.

Powściągnąłem śmiech.

Uszy Boo podniosły się na dźwięk jego imienia i spora garstka osób zaczęła się wiercić na swoich miejscach, jak gdyby Boo mógł otworzyć pysk i zacząć mówić. Po nocy Halloween wcale by mnie to nie zdziwiło, a biorąc pod uwagę reputację Macona Ravenwooda, nikt w Gatlin nie byłby tym zszokowany.

– Jak państwo sami widzą, jest w tym mieście parę osób, których nie zaliczyłbym do najuczciwszych. Ufam więc, że zrozumieją państwo moje obawy co do słuszności decyzji, którą zamierzają państwo podjąć, opierając się wyłącznie na zeznaniach czterech nastoletnich dziewczynek, rzucających zjadliwe oskarżenia pod adresem mojej rodziny. Czy nie sądzą państwo, że w interesie nas wszystkich leży, abyśmy przestali zajmować się tą sprawą? Tak byłoby po dżentelmeńsku.

Pan Hollingsworth wyglądał, jakby był bliski omdlenia, a kobieta siedząca obok niego miała ochotę zapaść się pod ziemię. Pan Ebitt, który cieszył się dotąd nieskalaną opinią, wyszedł z sali, usiłując dogonić żonę. Pozostali członkowie trybunału wyglądali na przerażonych, jakby lada moment Macon Ravenwood lub jego pies mieli opowiedzieć całemu miastu o ich małych, brudnych tajemnicach.

– Chyba ma pan rację, panie Ravenwood. Może powinniśmy zbadać te zarzuty dokładniej, zanim zajmiemy się tą sprawą. Mogą być pewne nieścisłości, które wymagają wyjaśnień.

– Mądra decyzja, panie Hollingsworth. Bardzo mądra.

Macon podszedł do małego stolika, przy którym siedziała Lena, i podał jej ramię.

– Chodź, Leno. Robi się późno, a jutro musisz wcześnie wstać, żeby zdążyć do szkoły.

Wstała, prostując się bardziej niż zwykle. Deszcz ustawał. Już nie padał, tylko mżył. Marian zawiązała chustkę na głowie i cała trójka, na nikogo nie patrząc, ruszyła w stronę tylnego wyjścia. Boo powlókł się za nimi.

Pani Lincoln zerwała się na równe nogi.

– Jej matka to morderczyni! – wrzasnęła, wskazując na Lenę.

Macon obrócił się do niej gwałtownie i ich spojrzenia się skrzyżowały. W wyrazie jego twarzy było coś dziwnie znajomego. Takie samo spojrzenie rzucił mi tego wieczoru, gdy pokazałem mu medalion Genevieve. Boo zawarczał ostrzegawczo.

– Uważaj, Marto. Nie wiesz, kiedy możemy znów na siebie wpaść.

– Ależ uważam, Maconie – odparła z uśmiechem, który nie przypominał uśmiechu.

Nie wiem, co zaszło między nimi, ale wyglądało na to, że Macon ma coś do pani Lincoln.

Marian otworzyła parasolkę, chociaż nie wyszli jeszcze na zewnątrz. Uśmiechnęła się dyplomatycznie do zebranych.

– Cóż, mam nadzieję ujrzeć wszystkich państwa w bibliotece. Proszę pamiętać, że jest otwarta w dni powszednie do szóstej. – Skinęła w stronę zgromadzonych. – „Bez bibliotek co mamy? Nie mamy przeszłości ani przyszłości", spytajcie Raya Bradbury'ego. Albo jedźcie do Charlotte i sami przeczytajcie na ścianie biblioteki publicznej. – Macon wziął Marian pod ramię, ale ona jeszcze nie skończyła. – On też nie chodził do Harvardu, pani Lincoln. On nawet nie był w szkole pomaturalnej.

I po tych słowach wszyscy troje wyszli.

Dziewiętnasty grudnia
Białe Święta

Po zebraniu Komisji Dyscyplinarnej chyba nikt nie wierzył, że Lena zjawi się następnego dnia w szkole. A jednak przyszła. Wiedziałem, że to zrobi. Już raz zrezygnowała z prawa chodzenia do szkoły. Teraz nie zamierzała nikomu pozwolić, żeby odebrano jej to prawo po raz kolejny. Dla każdego innego szkoła oznaczała więzienie. Dla Leny – wolność. Tylko że teraz to już nie miało znaczenia, ponieważ od tego dnia Lena stała się w Jackson duchem. Nikt na nią nie patrzył, nikt z nią nie rozmawiał ani nie siadał koło niej przy stole, na stadionie czy w ławce. Od czwartku połowa uczniów nosiła T-shirty z aniołami z białymi skrzydłami na plecach. A duża część nauczycieli sprawiała wrażenie, jakby też chciała je nosić. W piątek oddałem swoją klubową bluzę. To już nie była ta sama zgrana drużyna co kiedyś.

Trener był wściekły. Gdy już się wykrzyczał, potrząsnął tylko głową.

– Jesteś narwany, Wate. Spójrz tylko, jaki masz w tym roku sezon, i rezygnujesz z tego wszystkiego dla jakiejś dziewczyny.

Słyszałem to w jego głosie. Jakiejś dziewczyny. Siostrzenicy starego Ravenwooda.

Nikt nie zachowywał się wobec nas niegrzecznie. Pani Lincoln usiłowała rozbudzić w obywatelach Gatlin bojaźń Bożą, tymczasem Macon Ravenwood sprawił, że ludzie z naszego miasta mieli powód, żeby obawiać się czegoś jeszcze gorszego. Prawdy.

Gdy obserwowałem liczby na ścianie Leny, wszystko stawało się bardziej realne. A co, jeśli nie uda nam się tego zatrzymać? Co, jeśli Lena ma rację i po jej urodzinach dziewczyna, którą znałem, zniknie? Jakby nigdy jej tu nie było.

Wszystko, co mieliśmy, to *Księga księżyców*. I coraz bardziej bałem się jednego, ale starałem się to ukryć przed Leną.

Nie byłem pewien, czy księga nam wystarczy.

POŚRÓD OSÓB MOCY BĘDĄ DWIE BLIŹNIACZE SIŁY.
Z NICH POWSTANIE CAŁA MAGIA, CIEMNOŚĆ I ŚWIATŁO.

– Dobra, mamy tu załatwioną sprawę Ciemności i Światła. Jak sądzisz, możemy przejść do właściwej części? Nazywa się: Co Się Dzieje w Dniu Naznaczenia. Jak Pokonać Złego Kataklistę? Jak Odwrócić Upływ Czasu? – Byłem sfrustrowany.

Lena się nie odezwała.

Siedzieliśmy zziębnięci na widowni stadionu, szkoła wyglądała na opustoszałą. Powinniśmy być na targach nauki i patrzeć, jak Alice Milkhouse moczy jajko w occie, słuchać Jacksona Freemana przekonującego wszystkich, że nie ma czegoś takiego jak globalne ocieplenie, i Annie Honeycutt zastanawiającej się, jak uczynić z Jackson zieloną szkołę. Może Anioły zaczną przetwarzać swoje ulotki?

Gapiłem się bezmyślnie na książkę do algebry, wystającą z kieszeni plecaka. Miałem wrażenie, że nie warto się już niczego uczyć. Dość się nauczyłem w ciągu ostatnich kilku miesięcy. Lena wydawała się być miliony kilometrów stąd, zaczytana w księdze. Teraz już stale nosiłem ją w plecaku, ze strachu, że Amma znajdzie ją w moim pokoju.

– Tu jest więcej o kataklistach.

NAJCIEMNIEJSZA Z CIEMNYCH MOCY, BĘDĄCA NAJBLIŻEJ OSTĘPÓW ORAZ KRAINY CIENI, KATAKLISTA. NAJJAŚNIEJSZA Z JASNOŚCI, BĘDĄCA NAJDALEJ OSTĘPÓW I KRAINY CIENI, ISTOTA NATURALNA. GDY NIE MA JEDNEJ, NIE MOŻE ISTNIEĆ DRUGA. TAK JAK BEZ CIEMNOŚCI NIE MOŻE ISTNIEĆ ŚWIATŁO.

– Widzisz? Nie staniesz się Istotą Ciemności. Należysz do Istot Światła, bo jesteś Istotą Naturalną.

Lena potrząsnęła głową i wskazała następny akapit.

– Niekoniecznie. Tak uważa wujek. Ale posłuchaj tego...

GDY NADEJDZIE CZAS NAZNACZENIA, PRAWDA ZOSTANIE DOWIEDZIONA. TO, CO BĘDZIE SIĘ WYDAWAĆ CIEMNOŚCIĄ, MOŻE SIĘ OKAZAĆ NAJJAŚNIEJSZYM ŚWIATŁEM, A TO, CO BĘDZIE SIĘ WYDAWAĆ ŚWIATŁEM, MOŻE SIĘ OKAZAĆ NAJWIĘKSZĄ CIEMNOŚCIĄ.

Miała rację, niczego nie mogliśmy być pewni.

– To jest takie skomplikowane. Nawet nie wiem, czy rozumiem znaczenie wszystkich słów.

DLA CIEMNYCH SPRAW BĘDZIE CIEMNY OGIEŃ, A CIEMNY OGIEŃ NADAJE MOC WSZYSTKIM LILUM W OSTĘPACH DEMONÓW, A TAKŻE ISTOTOM CIEMNOŚCI I ŚWIATŁA. BEZ

CAŁKOWITEJ MOCY NIE BĘDZIE ŻADNEJ MOCY. CIEMNY PŁO-
MIEŃ UCZYNI WIELKĄ CIEMNOŚĆ I WIELKIE ŚWIATŁO. CAŁA
MOC JEST MOCĄ CIEMNOŚCI, BO CIEMNA MOC MOŻE BYĆ
NAWET ŚWIATŁEM.

– Ciemne Sprawy? Ciemny Ogień? O co tu chodzi? To Wielki Wy-
buch dla Obdarzonych?

– A co z lilum? Nigdy o niczym takim nie słyszałam, ale nikt mi niczego nie mówi. Nawet nie wiedziałam, że moja własna matka żyje – zauważyła sarkastycznie. W jej głosie słychać było ból.

– Może lilum to stare określenie na Obdarzonych czy coś takiego?

– Im więcej odkrywam, tym mniej rozumiem.

– I mamy coraz mniej czasu.

– Nie mów tak.

Zadzwonił dzwonek, podniosłem się.

– Idziesz?

Lena potrząsnęła głową.

– Jeszcze trochę tu zostanę.

Sama w jakimś zimnym miejscu. Coraz częściej tak się zdarzało. Od
czasu zebrania Komisji Dyscyplinarnej nawet nie patrzyła mi w oczy,
jakbym był jednym z nich. Trudno było ją winić, skoro cała szkoła i pół
miasta uważały, że była kiedyś zamknięta w zakładzie dla psychicznie
chorych, cierpi na zaburzenie afektywne dwubiegunowe i jest dzieckiem
morderczyni.

– Lepiej wcześniej czy później pokaż się w klasie. Nie dawaj dyrektorowi więcej amunicji.

Popatrzyła w stronę budynku szkolnego.

– A jakie to ma znaczenie?

Przez resztę popołudnia nigdzie nie można jej było znaleźć. A jeśli
była w pobliżu, to i tak niczego nie słyszała. Nie pojawiła się na chemii,
na sprawdzianie z układu okresowego.

Nie jesteś Istotą Ciemności, Leno. Wiedziałbym o tym.

Nie było jej na historii podczas odtwarzania debaty Lincoln–Douglas, a pan Lee opowiadał się za niewolnictwem, prawdopodobnie z przekory.

Nie pozwól im, żeby cię dorwali z tego powodu. Oni się nie liczą.

Lena nie dotarła też na lekcję JM, a ja musiałem stanąć przed całą klasą i śpiewać *Błyszcz, błyszcz, mała gwiazdko.* Reszta drużyny koszykarskiej złośliwie się uśmiechała.

Nie pozbędziesz się mnie, Leno. Nie możesz mnie odsunąć od siebie.

I wtedy sobie uświadomiłem, że może.

W porze lunchu już dłużej nie mogłem tego znieść. Zaczekałem na nią, aż wyjdzie z trygonometrii, odciągnąłem ją na bok i rzuciłem plecak na podłogę. Wziąłem jej twarz w dłonie i przyciągnąłem do siebie.

Ethanie, co robisz?

To.

Przyciągnąłem jej twarz do mojej obiema rękami. Gdy nasze wargi się dotknęły, poczułem, jak ciepło mojego ciała wnika w jej chłód. Czułem, jak jej ciało stapia się z moim – niewytłumaczalna siła, która od początku nas związała i prowadziła do siebie. Lena rzuciła książki i objęła mnie za szyję, reagując na mój dotyk. Byłem oszołomiony.

Zadzwonił dzwonek. Odepchnęła mnie od siebie, wzdychając. Schyliłem się, żeby podnieść jej egzemplarz *Drażniących przyjemności* Bukowskiego i zniszczony notatnik, który praktycznie już się rozpadał. Ostatnio miała sporo do zapisania.

Nie powinieneś był tego robić.

Dlaczego nie? Jesteś moją dziewczyną i tęsknię za tobą.

Pięćdziesiąt cztery dni, Ethanie. Tyle nam zostało. Pora przestać udawać, że możemy wszystko zmienić. Będzie nam łatwiej, gdy się z tym pogodzimy.

Powiedziała to tak, jakby mówiła nie tylko o swoich urodzinach. Miała na myśli wszystko, co się do tej pory wydarzyło.

Odwróciła się, ale złapałem ją za ramię, zanim stanęła do mnie plecami. Jeżeli powiedziała to, co usłyszałem, chciałem, żeby powtórzyła to, patrząc mi w twarz.

– Co ty mówisz, Leno? – Z trudem wykrztusiłem pytanie.

Spojrzała gdzieś w bok.

– Ethanie, wierzysz, że to się dobrze skończy, i ja przez moment też w to wierzyłam. Ale nie żyjemy w tym samym świecie, a w moim. Fakt, że się czegoś bardzo pragnie, nie oznacza, że można to osiągnąć. – Nie patrzyła na mnie. – Zbyt się różnimy.

– Teraz się różnimy? Po tym wszystkim, co razem przeszliśmy? – mówiłem coraz głośniej. Parę osób przystanęło i zaczęło mi się przyglądać. Nawet nie spojrzeli na Lenę.

Jesteśmy inni. Jesteś śmiertelnikiem, a ja Obdarzoną i nasze światy mogą się czasem spotkać, ale nigdy nie będą tym samym. Nie jest nam dane żyć w dwóch światach równolegle.

To znaczyło, że Lena nie może być ze mną. Emily i Savannah, drużyna koszykarska, pani Lincoln, pan Harper, Anioły z Jackson w końcu dostali, co chcieli.

Chodzi o zebranie dyscyplinarne, tak? Nie pozwól im...

Chodzi nie tylko o zebranie dyscyplinarne. Chodzi o wszystko. Ja tu nie należę, Ethanie. Ty tak.

Więc teraz jestem jednym z nich. To chcesz powiedzieć?

Zamknęła oczy, a ja niemalże mogłem zobaczyć jej myśli, poplątane w głowie.

Nie twierdzę, że jesteś taki jak oni, ale jesteś jednym z nich. Mieszkasz w Gatlin od urodzenia. A gdy się wszystko skończy, gdy zostanę już naznaczona, nadal tu będziesz. Będziesz chodził po tych samych korytarzach i ulicach, a mnie już pewnie nie będzie. Ale ty będziesz, kto wie jak długo. Sam mi to mówiłeś – ludzie z Gatlin nigdy niczego nie zapominają.

Dwa lata.

Co?

Tyle tu będę.

Trudno pozostać niewidzialnym przez dwa lata. Uwierz mi.

Przez długą chwilę żadne z nas się nie odzywało. Lena stała, wyciągając paski papieru z notatnika.

– Jestem zmęczona ciągłą walką. Jestem zmęczona tym udawaniem, że jestem normalna.

– Nie możesz się poddać. Nie teraz, nie po tym wszystkim. Nie możesz pozwolić, żeby oni wygrali.

– Już wygrali. Wygrali w dniu, w którym rozbiłam szybę na lekcji angielskiego.

W jej głosie było coś... Poddała się i nie chodziło tylko o to, co spotkało ją w szkole.

– Czy zrywasz ze mną? – Wstrzymałem oddech.

– Proszę, nie utrudniaj. Nie chcę tego, tak samo jak ty.

Więc nie rób tego.

Nie mogłem oddychać. Nie mogłem myśleć. To było tak, jakby czas stanął, jak podczas obiadu w Święto Dziękczynienia. Tylko że teraz to nie była magia. To było jej całkowite przeciwieństwo.

– Po prostu wszystko będzie łatwiejsze. Nic nie zmieni tego, co do ciebie czuję.

Spojrzała na mnie, a w jej wielkich zielonych oczach zalśniły łzy. Po chwili odwróciła się i uciekła pustym i cichym korytarzem.

Wesołych Świąt, Leno.

Żadnej odpowiedzi. Odeszła, a ja nie byłem na to gotowy. I nie będę – ani za pięćdziesiąt trzy dni, ani za pięćdziesiąt trzy lata, ani za pięćdziesiąt trzy stulecia.

Pięćdziesiąt trzy minuty później siedziałem sam, gapiąc się w okno, co zapewne było dziwnym stwierdzeniem, zważywszy na tłum w stołówce. Gatlin było szare. Nadciągnęły chmury. Nie nazwałbym tego burzą – od lat nie padał tu śnieg. Przy odrobinie fartu mieliśmy w roku jedną ulewę, może dwie. Ale śniegu nie było od czasu, gdy skończyłem dwanaście lat.

Chciałbym, żeby teraz spadł śnieg. Chciałbym przewinąć czas i znów być na korytarzu razem z Leną. Chciałbym jej powiedzieć, że nie obchodzi mnie, czy całe miasto mnie nienawidzi, bo to nie ma znaczenia. Byłem zagubiony, zanim ją odnalazłem w swoich snach, a ona natknęła się na mnie na drodze w ten deszczowy dzień. Wiem, że wyglądało to tak, jakbym to ja zawsze ją ratował, ale prawda jest taka, że to ona uratowała mnie. A ja nie byłem gotów na jej odejście.

– Człowieku! – Link usiadł naprzeciwko przy pustym stole. – Gdzie Lena? Chcę jej podziękować.

– Za co?

Link wyciągnął z kieszeni złożoną kartkę wyrwaną z notesu.

– Napisała dla mnie piosenkę. Popatrz tylko, niezłe co?

Nie mogłem nawet na to patrzeć. Wolała rozmawiać z Linkiem niż ze mną.

Link wziął kawałek mojej nietkniętej pizzy.

– Słuchaj, chcę cię o coś poprosić.

– Jasne.

– Ridley i ja jedziemy na ferie do Nowego Jorku. Jeśli ktoś by pytał, to jestem w Savannah na obozie organizowanym przez kościół.

– Nie ma w Savannah żadnego obozu organizowanego przez kościół.

– Wiem, ale mama nie wie. Powiedziałem jej, że się zapisałem, bo mają tam jakiś zespół rockowy.

– I uwierzyła?

– Dziwnie się ostatnio zachowuje, ale co mnie to obchodzi. Powiedziała, że mogę jechać.

– Nieważne, co powiedziała mama. Nie możesz jechać. Są... pewne sprawy związane z Ridley, o których nie masz pojęcia. Ona jest... niebezpieczna. Może ci się coś przytrafić.

Zaświeciły mu się oczy. Nigdy wcześniej nie widziałem takiego Linka. Ale w końcu nie widywałem go ostatnio zbyt często. Cały czas spędzałem z Leną albo myślałem o niej, o księdze i o jej urodzinach. To były jedyne rzeczy, wokół których kręcił się teraz mój świat, a w każdym razie jeszcze godzinę temu.

– Mam taką nadzieję. Poza tym zakochałem się w niej po uszy. Ona robi ze mną coś takiego, że nie wiem, co się dzieje.

Wziął ostatni kawałek pizzy z mojej tacy.

Przez moment rozważałem, czy nie powiedzieć Linkowi wszystkiego, jak w dawnych, dobrych czasach – o Lenie, jej rodzinie, Ridley, Genevieve i Ethanie sprzed stu pięćdziesięciu lat. Na początku wtajemniczyłem Linka w część tej historii, ale nie jestem pewien, czy uwierzyłby w resztę. Nie można było żądać zbyt wiele nawet od najlepszego przyjaciela. A w tej chwili nie mogłem ryzykować utraty Linka. Tyle że musiałem coś zrobić. Nie mogłem pozwolić, żeby pojechał do Nowego Jorku czy gdziekolwiek indziej z Ridley.

– Posłuchaj, człowieku, musisz mi uwierzyć. Nie zadawaj się z nią. Ona cię wykorzystuje. Zrani cię.

Zgiął puszkę po coli.

– Dobra, rozumiem. Najbardziej seksowna dziewczyna w mieście jest ze mną, więc to znaczy, że mnie wykorzystuje? Wydaje ci się, że jesteś jedynym, który może rwać napalone laski? Od kiedy zrobiłeś się taki nadęty?

– Nie o to chodzi.

Link wstał.

– Myślę, że obaj wiemy, o co chodzi. Zapomnij o mojej prośbie.

A więc stało się. Ridley go dorwała. Nic nie mogło zmienić jego decyzji, a ja nie chciałem stracić dziewczyny i najlepszego przyjaciela tego samego dnia.

– Posłuchaj, to nie tak. Nie powiem niczego, w każdym razie na pewno nie twojej mamie.

– Fajnie. Trudno jest mieć za przyjaciela kogoś tak przystojnego i tak utalentowanego jak ja.

Link wziął ciasteczko z mojej tacy i przełamał je na pół. Mogło to być równie dobrze brudne ciastko z podłogi w autobusie. Ale zażegnaliśmy sprzeczkę. Żadna dziewczyna nie mogła stanąć między nami. Nawet jeżeli była syreną.

Zauważyłem, że Emily przygląda się Linkowi.

– Lepiej idź, zanim Emily doniesie twojej mamie. Wtedy nie pojedziesz na żaden obóz, prawdziwy czy wymyślony.

– Nie przejmuję się nią.

A jednak się przejmował. Nie chciał tkwić w domu ze swoją mamą przez całe ferie zimowe. Nie chciał też, żeby wszyscy w Jackson się od niego odwrócili, nawet jeżeli był zbyt głupi i zbyt lojalny, żeby to sobie uświadomić.

W poniedziałek pomagałem Ammie znosić ze strychu pudła z dekoracjami świątecznymi. Kurz podrażnił mi oczy tak, że zaczęły łzawić. Przynajmniej tak sobie to tłumaczyłem. Znalazłem całe miasteczko oświetlone maleńkimi białymi lampkami, które mama zawsze ustawiała pod choinką na kawałku waty, a my udawaliśmy, że to śnieg.

Domki należały do jej babci i uwielbiała je tak bardzo, że i ja byłem do nich przywiązany, chociaż były z kiepskiego kartonu, kleju, brokatu i ciągle się przewracały, gdy usiłowałem je ustawić. „Stare rzeczy są lepsze niż nowe, ponieważ mają swoją historię, Ethanie", mawiała mama. A potem brała do ręki stary blaszany samochód. „Wyobraź sobie, że moja prababka się nim bawiła, układała to samo miasteczko pod drzewkiem jak my teraz".

Od kiedy nie widziałem miasteczka? Od ostatniej Gwiazdki z mamą. Wydawało mi się mniejsze, niż było kiedyś, karton wyglądał na bardziej wypaczony i zniszczony. Nie mogłem znaleźć ludzi ani zwierząt w żadnym pudełeczku. Miasteczko całkowicie opustoszało i poczułem smutek.

Razem z mamą zniknęła jego magia. Próbowałem rozmawiać z Leną, mimo wszystko.

Nie ma już niczego. Są pudełeczka, ale nie takie. Wszystko jest inne. Nie ma jej tu. I to nawet nie jest już miasteczko. A mama nigdy cię nie zobaczy.

Ale Lena nie odpowiadała, zniknęła lub po prostu ze mnie zrezygnowała. Nie wiedziałem, co gorsze. Byłem sam, a gorsze od samotności było to, że każdy to widział. Poszedłem więc do jedynego miejsca w mieście, gdzie mogłem się ukryć przed obcym wzrokiem. Do biblioteki.

– Ciociu Marian?

W bibliotece panowało lodowate zimno i jak zwykle było zupełnie pusto. Mogłem się domyślić, że po zebraniu Komisji Dyscyplinarnej nikt tu nie przyjdzie.

– Tu jestem.

Marian siedziała w palcie na podłodze, aż po pas otoczona otwartymi książkami, jakby właśnie spadły z półki i ułożyły się wokół niej. Trzymała książkę w dłoniach, głośno czytając w tym swoim hipnotycznym książkowym transie.

Widzimy, że nadchodzi, i wiemy, że będzie z nami,
Ten, który światłem słońca i deszczami,
Zamienia cierpliwą ziemię w kwiaty.
Nadchodzi Ulubieniec świata...

Zamknęła książkę.

– Robert Herrick. To kolęda śpiewana dla króla w pałacu Whitehall. – Jej głos dochodził z daleka, tak jak głos Leny, i teraz to czułem.

– Przykro mi, nie znam utworu ani autora.

Było tak zimno, że przy każdym oddechu z naszych ust unosił się biały obłoczek.

– Co ci to przypomina? „Zamienia cierpliwą ziemię w kwiaty... Ulubieniec świata".

– Chodzi o Lenę? Założę się, że pani Lincoln miałaby coś do powiedzenia na ten temat.

Usiadłem obok Marian, rozrzucając książki w przejściu.

– Pani Lincoln. Cóż za smętna kreatura. – Potrząsnęła głową i wyciągnęła kolejny tom.

– Dickens uważa, że Boże Narodzenie to czas, w którym „wszyscy otwierają swe często zaryglowane serca i myślą o biedniejszych bliźnich, jak o prawdziwych towarzyszach do grobu, a nie innej rasie stworzeń".

– Zepsuł się grzejnik? Mam zadzwonić po elektryka?

– W ogóle go nie włączyłam. Chyba z roztargnienia.

Odłożyła książkę na stos innych.

– Szkoda, że Dickens nigdy nie zawitał do Gatlin. Mamy tu większy przydział zamkniętych serc.

Wziąłem do ręki kolejną książkę. Richard Wilbur. Otworzyłem ją powoli, wdychając zapach papieru. Przeczytałem słowa: „Co jest przeciwieństwem «dwa»? Samotny ty, samotny ja".

Dziwne, dokładnie tak się czułem. Zamknąłem książkę z trzaskiem i popatrzyłem na Marian.

– Dziękuję, że przyszłaś na zebranie, ciociu Marian. Mam nadzieję, że nie sprawiło ci to wiele kłopotu. Czuję się, jakby to była moja wina.

– Nie była.

– Tak się czuję.

Odłożyłem książkę.

– Sądzisz, że jesteś autorem wszelkiej ignorancji? Nauczyłeś panią Lincoln nienawiści, a pana Hollingswortha strachu?

Siedzieliśmy oboje otoczeni górą książek. Wyciągnęła rękę i uścisnęła moją dłoń.

– Ta bitwa nie od ciebie się zaczęła, Ethanie. I nie na tobie czy na mnie się skończy. – Nagle spoważniała. – Gdy weszłam tu dziś rano, te książki leżały już na podłodze. Nie wiem, skąd się tu wzięły ani dlaczego. Zamknęłam drzwi na klucz, gdy wychodziłam zeszłego wieczoru, i dziś rano nadal były zamknięte. Usiadłam wśród tego stosu i zaczęłam go przeglądać i każda z nich zawierała jakieś przesłanie związane z tym, co się teraz dzieje w naszym mieście, z Leną, tobą, a nawet ze mną.

Potrząsnąłem głową.

– Zbieg okoliczności. Takie są książki.

Wyjęła na chybił trafił jakąś książkę ze stosu i wręczyła mi ją.

– Zobacz sam. Otwórz.

Wziąłem od niej książkę.

– Co to?

– Szekspir. *Juliusz Cezar.*

Otworzyłem i zacząłem czytać.

– „Ludzie bywają tylko czasami panami swego losu: wina, drogi Brutusie, nie w gwiazdach, lecz w nas samych, i my w tym pomagamy".

– A co to ma wspólnego ze mną?

Marian przyjrzała mi się uważnie znad okularów.

– Jestem tylko bibliotekarką. Mogę ci jedynie dać książki. Nie mogę udzielić odpowiedzi. – Uśmiechnęła się do mnie. – Z tym losem chodzi o to, czy to ty jesteś panem swego losu, czy są nim gwiazdy?

– Mówisz o Lenie czy Juliuszu Cezarze? Przepraszam, ale nie czytałem tej sztuki.

– Ty mi to powiedz.

Spędziliśmy resztę czasu, przeglądając książki i na zmianę czytając sobie na głos fragmenty. W końcu zrozumiałem, po co przyszedłem.

– Ciociu Marian, muszę pójść do archiwum.

– Dziś? Nie masz innych rzeczy do roboty? Zakupy świąteczne?

– Nie chodzę na zakupy.

– Mądrze powiedziane. Jeśli chodzi o mnie, to „generalnie lubię Boże

Narodzenie... Na swój niezdarny sposób przybliża Pokój i Dobrą Wolę. Ale co roku jest coraz bardziej niezdarne".

– Dickens?

– E.M. Forster.

Westchnąłem.

– Nie potrafię tego wyjaśnić. Brakuje mi mamy.

– Wiem. Też za nią tęsknię.

Nie zastanawiałem się, jak powiem Marian o tym, co czuję. O mieście i o tym, jak wszystko źle się układa. Słowa uwięzły mi w gardle, jakby to jakaś inna osoba próbowała je wypowiedzieć.

– Myślałem, że jeśli otoczę się jej książkami, to będę miał uczucie, że jest tak jak dawniej. Może mógłbym powiedzieć jej o wszystkim. Raz poszedłem na jej grób, ale nie czułem, że jest tam, w ziemi.

Patrzyłem na punkciki na dywanie.

– Wiem.

– Ciągle nie mogę się z tym pogodzić. To nie ma sensu. Dlaczego kogoś, kogo kochamy, wkładamy do dziury pełnej błota? Zimnej, pełnej robactwa? To nie może się tak kończyć, po tym wszystkim, czym była.

Usiłowałem nie myśleć o tym, że jej ciało, tam w dole, zamienia się w kości, błoto i proch. Nie mogłem myśleć o tym, że musi sama przechodzić przez to wszystko, tak jak ja przechodziłem teraz sam przez ten koszmar w Gatlin.

– A jak byś chciał, żeby to się kończyło? – Marian położyła dłoń na moich plecach.

– Nie wiem. Powinienem... Ktoś powinien zbudować jej pomnik, nie sądzisz?

– Jak generałowi? Twoja mama nieźle by się ubawiła. – Marian objęła mnie ramieniem. – Wiem, co masz na myśli. Nie ma jej tam i nie ma jej tutaj.

Wzięła mnie za rękę i poszliśmy do archiwum, tak jak dawniej, gdy byłem dzieckiem, a ona opiekowała się mną, kiedy mama pracowała na zapleczu. Wyjęła wielkie kółko z kluczami i otworzyła drzwi. Nie weszła za mną do środka.

Na zapleczu, w archiwum, osunąłem się na krzesło przy biurku mamy. Krzesło mamy, drewniane z insygniami Uniwersytetu Duke'a. Zdaje się, że ofiarowali jej to krzesło jako wyróżnienie przy wręczaniu dyplomu czy czegoś w tym rodzaju. Nie było wygodne, ale krzepiące i znajome. Pachniało starym lakierem, tym samym lakierem, który pewnie obgryzałem jako dziecko. Natychmiast poczułem się lepiej, tak jak nie czułem się już od miesięcy. Wdychałem zapach książek w plastikowych okładkach, starego, rozsypującego się pergaminu i kurz tanich regałów. Wdychałem powietrze, tę szczególną atmosferę panującą na planecie należącej do mojej mamy. Nic się tu dla mnie nie zmieniło od czasów, kiedy miałem siedem lat, siedziałem mamie na kolanach i wtulałem twarz w jej ramiona.

Chciałem pójść do domu. Bez Leny nie miałem innego miejsca, do którego mogłem pójść.

Wziąłem z biurka małe zdjęcie mamy, oprawione w ramkę, prawie niewidoczne wśród książek. Była na nim razem z tatą w gabinecie w naszym domu. Ktoś dawno temu zrobił to czarno-białe zdjęcie. Prawdopodobnie na okładkę książki, do jednego z ich wcześniejszych projektów, kiedy tata był jeszcze historykiem i razem pracowali. Byli śmiesznie uczesani, w brzydkich spodniach. Ale po ich twarzach widać było, że są bardzo szczęśliwi. Trudno było patrzeć na tę fotografię i jeszcze trudniej się z nią rozstać. Gdy ją odkładałem na biurko pełne zakurzonych książek, jedna z nich przyciągnęła mój wzrok. Wyjąłem ją spod encyklopedii o broni używanej podczas wojny secesyjnej i katalogu roślin Karoliny Południowej. Nie wiedziałem, co to za książka. Wiedziałem tylko, że jest założona długą gałązką rozmarynu. Uśmiechnąłem się. Przynajmniej nie była to skarpetka ani brudna łyżeczka od budyniu.

Książka kucharska ligi juniorów w hrabstwie Gatlin. Smażony kurczak z przyprawami. Książka sama otworzyła się na konkretnej stronie. Zapiekane pomidory ze śmietaną Betty Burton – ulubione danie mamy.

Z książki uniósł się zapach rozmarynu. Przyjrzałem się uważnie gałązce. Była świeża, jakby właśnie została zerwana w ogrodzie. Mama nie mogła jej tu włożyć, ale nikt inny nie użyłby rozmarynu jako zakładki. Ulubiony przepis mamy był zaznaczony znajomym zapachem Leny. Może istotnie książki usiłowały mi coś powiedzieć?

– Ciociu Marian, szukałaś przepisu na smażone pomidory?

Wsadziła głowę w drzwi.

– Chyba nie sądzisz, że dotknęłabym pomidora, a co dopiero mówić o gotowaniu dania z pomidorów?

Popatrzyłem na rozmaryn w ręku.

– Tak myślałem.

– To jedyna rzecz, co do której nie zgadzałyśmy się z twoją mamą.

– Mogę pożyczyć tę książkę? Tylko na kilka dni?

– Ethanie, nie musisz pytać. To są rzeczy twojej mamy. W tym pokoju nie ma niczego, czego mama by ci odmówiła.

Chciałem spytać Marian o rozmaryn w książce kucharskiej, ale nie mogłem. Nie mogłem znieść myśli, że ktokolwiek mógłby go zobaczyć, nie mógłbym się też z nim rozstać. Chociaż prawdopodobnie nigdy w życiu nie usmażę pomidora. Wsadziłem książkę pod pachę, a Marian odprowadziła mnie do drzwi.

– Jeżeli będę ci potrzebna, to jestem tutaj. Potrzebna tobie albo Lenie, wiesz o tym. Nie ma rzeczy, której nie zrobiłabym dla ciebie.

Odgarnęła mi włosy z oczu i się uśmiechnęła. Mama uwielbiała ten uśmiech. Marian uścisnęła mnie i zmarszczyła nos.

– Czujesz? Pachnie rozmarynem.

Wzruszyłem ramionami i wyszedłem w szary dzień. Może Juliusz Cezar miał rację? Może pora stawić czoło naszemu przeznaczeniu? Mojemu i Leny. Bez względu na to, czy zależało ono od nas, czy od gwiazd, nie mogłem tak po prostu siedzieć i czekać.

Gdy wyszedłem na dwór, padał śnieg. Nie mogłem uwierzyć własnym oczom. Spojrzałem w niebo i wystawiłem twarz. Gęste, białe, sypkie płatki wirowały bez celu w powietrzu. W żadnym razie nie była to zamieć. To podarunek, może nawet cud – biała Gwiazdka, jak w piosence.

Byłem już prawie przy naszej werandzie, kiedy zauważyłem Lenę. Siedziała na frontowych schodkach z odsłoniętą głową, z opuszczonym kapturem. Gdy tylko ją zobaczyłem, domyśliłem się, skąd ten śnieg. Gałązka oliwna.

Lena uśmiechnęła się do mnie. I w tej sekundzie wszystkie fragmenty mojego życia, które się rozsypały, wróciły na swoje miejsce. Wszystko, co było nie tak, odzyskało równowagę. Może nie wszystko, ale dużo.

Usiadłem obok niej na schodku.

– Dziękuję.

Oparła się o mnie.

– Chciałam ci poprawić nastrój. Nie wiem, co mam robić. Nie chcę cię skrzywdzić. Nie wiem, co bym zrobiła, gdyby coś ci się stało.

Włożyłem palce w jej wilgotne włosy.

– Nie odpychaj mnie, proszę. Nie zniosę utraty kogoś, na kim mi zależy. Nie po raz drugi.

Rozpiąłem suwak jej kurtki i wsunąłem rękę do środka, obejmując Lenę w talii. Przyciągnąłem ją do siebie i zacząłem całować. Po chwili miałem wrażenie, że cały ogródek się roztopi, jeśli nie przestaniemy.

– Co to było? – spytała, łapiąc oddech. Znowu ją pocałowałem, aż w końcu nie mogłem tego znieść i się odsunąłem.

– Myślę, że to przeznaczenie. Czekałem na to od balu i nie zamierzam dłużej.

– Nie?

– Nie.

– A jednak będziesz musiał. Ciągle nie wolno mi wychodzić. Wujek M. myśli, że jestem w bibliotece.

– Nie obchodzi mnie to, że ci nie wolno. Mnie wolno. Wprowadzę się do ciebie, jeśli będę musiał, i będę spać razem z Boo na jego posłaniu.

– On ma sypialnię. Śpi na łóżku z baldachimem.

– Tym lepiej.

Uśmiechnęła się i wzięła mnie za rękę. Płatki śniegu topniały, gdy dotykały naszej ciepłej skóry.

– Tęskniłam za tobą, Ethanie Wate. – Oddała mi pocałunek. Śnieg zaczął padać mocniej, ale biło od nas takie ciepło, że topił się, zanim nas dotknął. Byliśmy niemal radioaktywni. – Może masz rację. Może powinniśmy spędzać razem tyle czasu, ile tylko się da, zanim... – Przerwała, a ja wiedziałem, o czym myśli.

– Znajdziemy jakiś sposób, Leno. Obiecuję.

Kiwnęła głową bez przekonania i wtuliła się w moje ramiona. Czułem ogarniający nas spokój.

– Nie chcę dzisiaj o tym myśleć.

Odepchnęła mnie żartobliwie, wracając do rzeczywistości.

– Doprawdy? A o czym chcesz myśleć?

– O bałwanach ze śniegu. Nigdy żadnego nie ulepiłam.

– Wasz gatunek nie lepi bałwanów?

– Nie chodzi o bałwany. Wyprowadziliśmy się do Wirginii tylko na kilka miesięcy, a ja nigdy nie mieszkałam w miejscu, gdzie pada śnieg.

Godzinę później cali przemoczeni siedzieliśmy przy kuchennym stole. Amma poszła do Stop & Steal, a my piliśmy coś, co miało być gorącą czekoladą.

– Nie jestem pewna, czy gorącą czekoladę robi się w ten sposób – droczyła się ze mną Lena, gdy zeskrobywałem z miski podgrzane w mikrofalówce kawałki czekolady wrzucone do gorącego mleka. Rezultat był brązowo-biały i grudkowaty. Jak dla mnie, wyśmienity.

– Tak? A skąd możesz cokolwiek o tym wiedzieć? „Kuchnia, gorącą czekoladę, poproszę" – przedrzeźniałem jej wysoki głos.

Mój był jednak zbyt niski i wyszedł dziwny skrzypiący falset. Lena się uśmiechnęła. Tęskniłem za tym uśmiechem, chociaż minęło tylko kilka dni. Tęskniłem, nawet gdy nie widziałem jej ledwie kilka minut.

– Skoro mowa o Kuchni, to muszę już iść. Powiedziałam wujkowi, że będę w bibliotece, a o tej porze już jest zamknięta.

Posadziłem ją sobie na kolanach. Nie mogłem się powstrzymać, żeby jej nie dotykać bez chwili przerwy, teraz gdy znowu mogłem. Łaskotałem ją, wszystko po to, żeby tylko dotknąć jej włosów, rąk, kolan. Coś ciągnęło nas do siebie jak magnes. Oparła się o moją pierś i siedzieliśmy tak, dopóki nie usłyszeliśmy odgłosu kroków na górze. Zerwała się z moich kolan jak przestraszony mały kociak.

– Nie bój się, to tata. Właśnie bierze prysznic. O tej porze wychodzi ze swojego gabinetu.

– Zdaje się, że z nim gorzej? – Wzięła moją dłoń. Oboje wiedzieliśmy, że to pytanie retoryczne.

– Tata nie był taki, gdy mama żyła. Zaczął wariować po jej śmierci.

Nie musiałem mówić nic więcej; słyszała to już wiele razy. O śmierci mamy, o tym, że przestaliśmy robić smażone pomidory, że zginęły kawałeczki miasteczka gwiazdkowego, że nie było jej, żeby stawić czoło pani Lincoln, i że nic nie było już takie jak dawniej.

– Tak mi przykro.

– Wiem.

– To dlatego poszedłeś dzisiaj do biblioteki? Szukałeś mamy?

Popatrzyłem na Lenę, odsuwając włosy z jej twarzy. Skinąłem głową, wyjmując z kieszeni gałązkę rozmarynu i kładąc ją ostrożnie na blacie.

– Chodź, chcę ci coś pokazać.

Wziąłem ją za rękę i pociągnąłem za sobą z krzesła. Przeszliśmy po śliskiej drewnianej podłodze w wilgotnych skarpetkach i zatrzymaliśmy się przy drzwiach gabinetu. Spojrzałem w stronę sypialni taty. Nawet nie słyszałem jeszcze prysznica; mieliśmy dużo czasu. Przekręciłem gałkę od drzwi.

– Zamknięte. – Lena zmarszczyła brwi. – Masz klucz?

– Zaczekaj, zobaczysz, co się stanie.

Staliśmy tak, gapiąc się na drzwi. Czułem się głupio. Lena też musiała się tak czuć, bo zaczęła chichotać. I właśnie wtedy, gdy omal nie parsknąłem śmiechem, zasuwka sama zaczęła się odsuwać. Lena przestała się śmiać.

To nie czary. Wiedziałabym.

Myślę, że powinienem albo raczej powinniśmy tam wejść.

Lena uniosła dłoń, jakby zamierzała użyć swojej mocy, żeby otworzyć drzwi. Dotknąłem jej delikatnie.

– Leno, sam muszę to zrobić.

Odsunąłem się i drzwi zaczęły się same odryglowywać.

Dotknąłem gałki i drzwi otworzyły się na oścież, a ja wszedłem do gabinetu po raz pierwszy od lat. Było to ciągle ciemne, przerażające miejsce. Nad spłowiałą kanapą nadal wisiało malowidło przykryte prześcieradłem. Pod oknem stało rzeźbione mahoniowe biurko taty całe pokryte brudnopisem jego ostatniej powieści. Stosy kartek leżały na komputerze, na krześle, na perskim dywanie na podłodze.

– Nie ruszaj niczego, bo się zorientuje.

Lena przykucnęła i przyglądała się najbliżej leżącej stercie. Po chwili wzięła jedną z kartek i zapaliła mosiężną lampę na biurku.

– Ethanie.

– Nie zapalaj światła. Nie chcę, żeby tu przyszedł i wkurzył się na nas. Zabiłby mnie, gdyby wiedział, że tu jesteśmy. Jedyne, co go obchodzi, to jego książka.

Bez słowa podała mi kartkę. Przyjrzałem się jej. Kartka była pokryta gryzmołami. Nie nagryzmolonymi słowami, lecz po prostu gryzmołami. Chwyciłem garść kartek z najbliższej sterty. Pełne były esów-floresów. Wziąłem kartkę z podłogi, nic, tylko drobne rzędy kółek. Przeleciałem błyskawicznie stertę białych kartek zaśmiecających biurko i podłogę. Całe strony pełne gryzmołów, figur geometrycznych i ani jednego słowa.

I wtedy zrozumiałem. Nie było żadnej książki.

Mój ojciec nie był pisarzem. Nie był nawet wampirem.

Był wariatem.

Zwiesiłem głowę, ręce oparłem na kolanach. Zrobiło mi się niedobrze. Powinienem był przewidzieć, że tak to się skończy. Lena pogłaskała mnie po plecach.

Już dobrze. Przechodzi teraz trudny okres. Wróci do ciebie.

Nie wróci. On już odszedł. Ona odeszła, a teraz tracę jego.

Co ojciec robił przez cały ten czas, gdy mnie unikał? Jaki był sens spania przez cały dzień i pracy w nocy, skoro nie pracował nad wielką amerykańską powieścią? Jeśli gryzmoliło się całe rzędy kółeczek, uciekając od własnego dziecka? Czy Amma wiedziała? Czy wszyscy wiedzieli oprócz mnie?

To nie twoja wina. Nie zadręczaj się.

Tym razem to ja nie byłem w stanie się opanować. Wzbierał we mnie gniew. Zepchnąłem jego laptop z biurka, rozsypując wszystkie kartki. Wywróciłem mosiężną lampę i niewiele myśląc, zerwałem prześcieradło z obrazu nad kanapą. Obraz uderzył o podłogę, przewracając mały regalik z książkami. Stos książek rozsypał się bezładnie na dywanie.

– Spójrz! – Lena odwróciła obraz leżący wśród książek.

Obraz przedstawiał mnie.

Mnie jako żołnierza konfederackiego z 1865 roku. Ale niewątpliwie byłem to ja.

Żadne z nas nie musiało czytać podpisu z tyłu na ramie, żeby wiedzieć, kto to był. Takie same proste brązowe włosy wokół twarzy.

– Najwyższa pora, żebyśmy się spotkali, Ethanie Carterze Wate – powiedziałem. I właśnie w tej chwili ojciec zaczął ciężko schodzić po schodach.

– Ethanie Wate!

Lena zerknęła na mnie z przerażeniem.

– Drzwi! – Zatrzasnęły się i zaryglowały. Uniosłem brwi. Ja chyba nigdy się do tego nie przyzwyczaję.

Usłyszeliśmy walenie w drzwi.

– Ethanie, nic ci nie jest? Co tam się dzieje?

Zignorowałem jego wołanie. Nie wiedziałem, co zrobić, a nie mogłem znieść myśli, że muszę mu teraz spojrzeć w twarz. I wtedy zauważyłem książki.

– Patrz.

Ukląkłem na podłodze przy leżącej najbliżej. Była otwarta na stronie osiemnastej. Przewróciłem kartkę, a książka sama wróciła do poprzedniej strony. Tak jak zasuwa na drzwiach gabinetu.

– Czy to ty robisz? – dopytywałem się Leny.

– Nie wiem, o czym mówisz. Nie możemy zostać tu przez całą noc.

– Spędziłem cały dzień z Marian w bibliotece. Może to zabrzmi idiotycznie, ale ona uważa, że książki usiłują nam coś powiedzieć.

– Co?

– Nie wiem. Coś, co się wiąże z przeznaczeniem, z panią Lincoln i z tobą.

– Ze mną?

– Ethanie! Otwórz drzwi! – Tata w nie walił, ale tak długo mnie unikał, że teraz była moja kolej, żeby go ignorować.

– W archiwum znalazłem zdjęcie mamy zrobione w tym gabinecie i książkę kucharską założoną świeżą gałązką rozmarynu na jej ulubionym przepisie. Świeżą gałązką! Rozumiesz? To ma coś wspólnego z tobą i z moją mamą. A teraz jesteśmy tu, jak gdyby coś chciało, żebym tu przyszedł. Albo, no nie wiem, ktoś.

– A może po prostu myślałeś o tym, bo znalazłeś jej zdjęcie?

– Może, ale patrz! – Przewróciłem stronę w leżącej przede mną *Historii Konstytucji Stanów Zjednoczonych*. I znowu to samo, ledwie to zrobiłem, kartka sama wróciła do poprzedniego położenia.

– To dziwne. – Lena wzięła kolejną książkę. *Karolina Południowa. Od kolebki po grób.* Była otwarta na stronie pierwszej. Przewróciła ją na drugą, a za chwilę kartka wróciła na poprzednie miejsce.

410

Odgarnąłem włosy z oczu.

– Ale ta strona nic nie mówi, nic. Jest pusta. Książki Marian były otwarte na tekście, który zawierał jakieś przesłanie, usiłowały nam coś przekazać. Książki mamy nic nam nie mówią.

– Może to jakiś kod?

– Mama była beznadziejna z matmy. Pisała – dodałem, jakby to wyjaśniało sprawę. Ale nie wyjaśniało i mama wiedziała to lepiej niż ktokolwiek.

Lena zajęła się następną książką.

– Strona dwudziesta szósta.

– Dlaczego miałaby użyć kodu? – zastanawiałem się głośno, ale Lena miała na to odpowiedź.

– Bo zawsze znasz zakończenie filmu. Bo dorastałeś z Ammą, powieściami kryminalnymi i krzyżówkami. Może twoja mama uważała, że wpadniesz na to, na co nikt by nie wpadł.

Ojciec bez przekonania dobijał się do drzwi. Spojrzałem na kolejne książki. Strona trzydziesta trzecia, a potem znów osiemnasta – jakiś wykres – bez sensu. Żadna książka nie była otwarta na stronie dalszej niż trzydziesta piąta. A przecież wszystkie miały o wiele więcej stron...

– Alfabet ma trzydzieści pięć liter, prawda?

– No... owszem.

– O to musi chodzić. Gdy byłem mały i nie mogłem usiedzieć spokojnie w kościele z Siostrami, mama wymyślała gry na tylnej okładce planu nabożeństw. W szubienicę, gry słowne i w kod alfabetu.

– Czekaj, daj mi coś do pisania. – Wzięła z biurka długopis. – Jeżeli A to 1, a Ą to 2... Muszę to napisać.

– Uważaj. Czasami robiłem to wstecz, wtedy 1 oznaczało Ż.

Siedzieliśmy z Leną pośrodku stosu książek, biorąc je kolejno, a tata dobijał się z drugiej strony. Nie zwracałem na niego uwagi, tak jak on nie przejmował się mną przez bardzo długi czas. Nie zamierzałem mu odpowiedzieć, ani niczego wyjaśniać. Niech teraz on zobaczy, jak to jest.

– 18, 1, 33, 18, 1, 4, 33...

– Ethanie! Co tam robisz? Co to za harmider?

– 25, 12, 8...

– 25, 1, 17, 1.

Popatrzyłem na Lenę i podałem jej kartkę. Przesunęliśmy się o krok do przodu.

– To chyba dla ciebie.

To było tak oczywiste, jakby mama stała w gabinecie i przemawiała do nas własnym głosem.

NAZNACZ SIĘ SAMA.

To była wiadomość dla Leny.

Mama istniała w jakiejś postaci, w jakimś sensie, gdzieś we wszechświecie. Mama wciąż była moją mamą, nawet jeśli żyła tylko w książkach, zamkach drzwi, w zapachu smażonych pomidorów i starego papieru.

Żyła.

Gdy w końcu otworzyłem drzwi, tata stał ciągle na korytarzu w szlafroku. Spojrzał za mnie, a potem w głąb gabinetu, gdzie na całej podłodze leżały porozrzucane kartki z jego wyimaginowaną powieścią, a portret Ethana Cartera Wate'a, odsłonięty, opierał się o kanapę.

– Ethanie, ja...

– Co? Zamierzałeś mi powiedzieć, że od miesięcy zamykasz się w gabinecie i nic nie robisz? – Wziąłem pogniecioną kartkę do ręki.

Wzrok miał wbity w podłogę. Być może tata był wariatem, ale pozostał wystarczająco przytomny, żeby zdawać sobie sprawę, że odkryłem prawdę. Lena siedziała na kanapie zażenowana.

– Dlaczego? Tylko to chcę wiedzieć. W ogóle istniała jakaś książka czy po prostu mnie unikałeś?

Tata powoli podniósł głowę, oczy miał podkrążone i przekrwione.

Wyglądał staro, jakby życie go zniszczyło rozczarowaniami.

– Chciałem być blisko niej. Gdy tu jestem, z jej książkami i rzeczami, mam wrażenie, że nie odeszła. Ciągle czuję jej zapach. Smażone pomidory... – Jego głos stawał się coraz cichszy, jakby znów zatracił się w sobie i rzadka chwila przytomności minęła bezpowrotnie. Przeszedł koło mnie i wszedł do gabinetu. Pochylił się i podniósł jedną z kartek, zapisaną kółkami. Ręka mu drżała. – Próbowałem pisać. – Spojrzał na krzesło mamy. – Nie wiem, co mam pisać.

Nie chodziło o mnie. Nigdy nie chodziło o mnie. To zawsze była mama. To samo czułem kilka godzin temu w bibliotece, siedząc wśród jej rzeczy i szukając śladów jej obecności. A teraz wiedziałem, że nie odeszła, i wszystko stało się inne. Tata tego nie wiedział. Nie otwierała dla niego drzwi, nie zostawiała wiadomości. Nie miał nawet tego.

Tydzień później, w wigilię Bożego Narodzenia, zniszczone i wypaczone tekturowe miasteczko już nie wydawało się takie małe i brzydkie. Na kościele tkwiła krzywa wieża, a zagroda jakoś się trzymała, jeśli ustawiło się ją porządnie. Biały klej połyskiwał w świetle świątecznych lampek, a ten sam stary śnieg z waty otaczał miasteczko, niezmienne jak czas.

Leżałem na brzuchu na podłodze. Jak zawsze wsadziłem głowę pod najniższą gałąź gęstej sosny. Niebieskozielone igły drapały mnie w kark, gdy ostrożnie przeciągałem kabel z małymi białymi światełkami przez okrągłe otwory z tyłu kartonowej wioski. Usiadłem i przyjrzałem się efektom swojej pracy. Światełka zmieniały kolor, kiedy patrzyło się przez pomalowane papierowe okna miasteczka. Nie znaleźliśmy ludzi ani blaszanych samochodzików, ani zwierząt. Miasteczko było niezamieszkane, ale po raz pierwszy nie wyglądało na wymarłe, a ja nie czułem się samotny.

Gdy tak siedziałem, słuchając starej płyty taty i skrzypiącego ołówka Ammy, coś przykuło moją uwagę. Było małe i ciemne i wystawało z kłębów waty. To była gwiazdka, wielkości jednocentówki, pomalowana na srebrny i złoty kolor, otoczona powyginaną aureolą, która przypominała spinacz do papieru. Był to przepychacz do fajki w kształcie choinki, którego nie mogliśmy znaleźć od lat. Mama zrobiła go sama, gdy była jeszcze małą dziewczynką i mieszkała w Savannah.

Włożyłem gwiazdkę do kieszeni. Dam ją na przechowanie Lenie do jej naszyjnika z wisiorkami. Żeby znów nie zginęła. Żebym i ja nie zginął.

Mama byłaby zadowolona. Na pewno. Polubiłaby Lenę, a może nawet już ją polubiła.

„Naznacz się sama".

Odpowiedź mieliśmy przed sobą przez cały ten czas. Była zamknięta w książkach w gabinecie taty, wciśnięta między stronice książki kucharskiej mamy. Trochę zakurzonej.

Dwunasty stycznia

Obietnica

Gdy się słyszy określenie „Coś wisi w powietrzu", na ogół nie chodzi o to, że to coś rzeczywistego i konkretnego. Ale im bliższy był dzień urodzin Leny, tym wyraźniej to czułem. Gdy wróciliśmy do szkoły po feriach zimowych, korytarze były pomazane białą farbą – ktoś pomalował szafki na ubrania i ściany. Tylko że to nie było normalne graffiti. Słów nie napisano po angielsku. W ogóle nie wyglądało to na słowa, chyba że ktoś widział *Księgę księżyców*.

Tydzień później wszystkie okna w klasie zostały rozbite. Mógł to zrobić wiatr, tylko że nie zauważyłem nawet powiewu. A poza tym jak wiatr mógł obrać za cel tylko jedną klasę?

Teraz, gdy nie grałem w kosza, musiałem chodzić na wychowanie fizyczne, najgorsze lekcje w Jackson. Po godzinie biegów na czas i wspinania się po linie z węzłami aż pod sufit w sali gimnastycznej, co kończyło się obtarciem rąk, podszedłem do szafki. Drzwiczki były otwarte, papiery zaś porozrzucane po całym korytarzu. Plecaka nie było. Link znalazł go kilka godzin później w pojemniku na śmieci. Pojąłem lekcję. Szkoła Jackson nie była bezpiecznym miejscem dla *Księgi księżyców*.

Od tego czasu trzymaliśmy księgę w mojej szafie w domu. Czekałem, aż Amma ją znajdzie, coś powie, posypie pokój solą, ale nic takiego się nie stało. Ślęczałem nad starą książką oprawioną w skórę. Robiłem to razem z Leną albo sam, używając przez ostatnich sześć tygodni zniszczonego słownika łacińskiego mamy. Rękawice kuchenne Ammy chroniły mnie trochę przed poparzeniami.

Były tam setki zaklęć, ale niewiele zapisano w języku angielskim. Pozostałe zanotowano w nieznanych mi językach, przy czym języka Obdarzonych w ogóle nie mogliśmy rozszyfrować. W miarę zapoznawania się ze stronicami Lena stawała się coraz bardziej niespokojna.

– „Naznacz się sama". To przecież nic nie znaczy.

– Oczywiście, że znaczy.

– Żaden z rozdziałów nic nie mówi na ten temat. Nie ma tego w żadnym opisie naznaczenia.

– Musimy dalej szukać. Tyle że nie znajdziemy tego w żadnych opracowaniach.

Księga księżyców musi zawierać odpowiedź. Ale jak ją znaleźć? Nie byliśmy w stanie myśleć o niczym innym, tylko o tym, że za miesiąc możemy stracić wszystko.

W nocy długo ze sobą rozmawialiśmy, leżąc już w łóżkach w swoich domach. Teraz każda noc coraz bardziej zbliżała nas do tej, która może być naszą ostatnią.

O czym myślisz, Leno?

Naprawdę chcesz wiedzieć?

Zawsze chcę.

Na pewno? Gapiłem się na pozałamywaną mapę na ścianie mojego pokoju, cienkie zielone linie łączące wszystkie te miejsca, o których czytałem. Wszystkie miasta mojej wyimaginowanej przyszłości, połączone ze sobą taśmą, markerem i szpilkami. Tak wiele się zmieniło w ciągu ostatnich sześciu miesięcy. Już nie było cienkiej zielonej linii, która zawiodłaby mnie gdzieś daleko. Za to była dziewczyna.

A teraz jej głos wydawał się bardzo cichy i musiałem porządnie się wysilać, żeby ją usłyszeć.

Jakąś częścią siebie żałuję, że w ogóle się spotkaliśmy.

Żartujesz, prawda?

Nie odpowiedziała. Nie od razu.

Przez to wszystko jeszcze bardziej się pogmatwało. Kiedyś sądziłam, że mam wiele do stracenia, ale teraz mam jeszcze ciebie.

Rozumiem lepiej, niż myślisz.

Zrzuciłem abażur z lampy koło łóżka i patrzyłem prosto w żarówkę. Jaskrawe światło powstrzymywało mnie od płaczu.

A teraz mogę cię stracić.

To się nie stanie, Leno.

Nie odpowiedziała. Światło żarówki oślepiło mnie tak bardzo, że chociaż patrzyłem w sufit, to go nie widziałem.

Obiecujesz?

Obiecuję.

Wiedziała, że mogę nie dotrzymać tej obietnicy. Ale i tak ją złożyłem, bo zamierzałem znaleźć sposób, żeby ją spełnić.

Oparzyłem rękę, próbując wykręcić żarówkę.

Czwarty lutego

Sandman lub coś w tym rodzaju

Za tydzień urodziny Leny.

Siedem dni.

Sto sześćdziesiąt osiem godzin.

Dziesięć tysięcy osiemdziesiąt minut.

„Naznacz siebie sama".

Byliśmy z Leną wyczerpani, ale poszliśmy na wagary, żeby spędzić dzień nad *Księgą księżyców*. Stałem się ekspertem w dziedzinie podrabiania podpisu Ammy, a panna Hester nie odważyła się zażądać od Leny listu od Macona Ravenwooda. Był zimny, jasny dzień i leżeliśmy zwinięci w ogrodzie w Greenbrier, przytuleni pod starym śpiworem z samochodu Linka, usiłując wymyślić po raz tysięczny, czy coś w księdze mogłoby nam pomóc.

Wiedziałem, że Lena zamierza się poddać. Sufit w jej pokoju był już cały pokryty słowami napisanymi mazakiem, których nie mogła wypowiedzieć, oraz myślami, których za bardzo się bała.

ciemny ogień, jasnyciemny, ciemne sprawy, co ma znaczenie? wielka ciemność pochłania wielkie światło, jak pochłaniają moje życie, Obdarzona, dziewczyna nad/przyrodzona przed/pierwszym spojrzeniem siedem dni siedem dni siedem dni ₮₮₮₮₮₮₮₮₮₮₮₮₮₮.

Nie mogłem jej mieć tego za złe. Przyszłość prezentowała się beznadziejnie, ale nie byłem jeszcze gotów odpuścić. Nigdy nie będę. Lena oparła się o stary kamienny mur, kruchy jak nasza szansa.

– Tego się nie da zrobić. Jest zbyt wiele zaklęć. Nawet nie wiemy, czego szukamy.

W księdze znaleźliśmy zaklęcia na każdą sytuację, jaką tylko można sobie wyobrazić: oślepienie niewiernych, wywołanie wody morskiej, łączenie run.

Ale nie było takiego zaklęcia, które mówiłoby, jak zdjąć klątwę, która pchnęła własną rodzinę na stronę ciemności, czy cofnąć zaklęcie, którym prapraprapraprababka próbowała przywrócić do życia postrzelonego żołnierza. Ani nawet rady, jak uniknąć przejścia do Istot Ciemności. Albo czego ja szukałem: jak ochronić swoją dziewczynę (teraz, gdy już w końcu ją mam), zanim jeszcze nie jest za późno.

Zajrzałem ponownie do spisu treści:

INCANTAMINA...
MALEDICENTES...
MALEFICIA...
NECTENTES...
OBSECRATIONES...

– Nie martw się, Leno. Coś wymyślimy.

Ale nie byłem tego taki pewny.

Im dłużej księga leżała na górnej półce w mojej szafie, tym większe miałem wrażenie, że mój pokój nawiedzają jakieś mroczne siły. Co noc dręczyły mnie i Lenę koszmary. Stawały się coraz gorsze. Niewiele godzin przespałem w ciągu ostatnich kilku nocy. Za każdym razem, gdy zamykałem oczy, za każdym razem, gdy zasypiałem, były tam. Czekały. Nawet gorzej. To był ten sam koszmar, powtarzający się, zapętlony. Co noc na nowo traciłem Lenę i to mnie zabijało.

Jedynym sposobem, żeby opędzić się od nocnych majaków, było czuwanie. Podkręcałem się cukrem, kofeiną z coca-coli i red bulla i grami wideo. Czytałem wszystko, poczynając od *Jądro ciemności* Conrada do mojego ulubionego numeru komiksu *Silver Surfer*, tego, w którym Galactus pochłania wszechświat. Ale jak wie każdy, kto nie spał przez dłuższy czas, po trzeciej lub czwartej nocy człowiek jest tak zmęczony, że może zasnąć na stojąco.

Nawet Galactus by tego nie wytrzymał.

Pożar.

Ogień był wszędzie.

I dym. Spowijał wszystko wokół, tak że nic nie było widać. Wdzierał się do płuc. A temperatura była taka, jakby ktoś pocierał papierem ściernym o moją skórę.

Wokół tylko ryk ognia.

Nawet nie słyszałem wołania Leny. Ono było w mojej głowie.

Puść! Musisz stąd uciekać!

Czułem, jak kości pękają mi w nadgarstku, niczym kruche struny gitary, jedna po drugiej. Puściła mnie, żebym i ja mógł puścić jej dłoń, chociaż na to nie pozwoliłem.

Nie rób tego, Leno! Nie puszczaj mnie!

Puść! Proszę... Ratuj siebie!

Nigdy bym nie puścił jej dłoni.

Czułem, jak jej palce wysuwają się z moich rąk. Usiłowałem zacieśnić uchwyt, ale Lena mi się wymykała ...

Usiadłem gwałtownie na łóżku, kaszląc. To było takie realne, czułem smak dymu. Ale w pokoju było zimno. Okno znów się otworzyło. Światło księżyca pozwoliło mi widzieć w ciemności.

Zauważyłem coś kątem oka. Poruszało się w cieniu.

Ktoś był w moim pokoju.

– Jasna cholera!

Usiłował się wymknąć, zanim go zauważę, ale nie był dość szybki. Wiedział, że go zobaczyłem. Zrobił więc jedyną rzecz, jaką mógł zrobić. Zwrócił się do mnie twarzą.

– Nie użyłbym takich słów, mówiąc o sobie, ale w końcu po tej nie-eleganckiej próbie wyjścia chyba nie mam prawa cię pouczać – powiedział Macon z uśmiechem Cary'ego Granta i zbliżył się do łóżka. Miał na sobie długi czarny płaszcz i ciemne spodnie. Wyglądał, jakby był ubrany w strój z początku ubiegłego wieku i szykował się do nocnej eskapady po mieście. – Cześć, Ethanie.

– Co pan tu robi?

Nie wiedział, co odpowiedzieć. Jak na Macona, było to dość niezwykłe. On zawsze miał na końcu języka jakąś błyskotliwą i czarującą ripostę.

– To skomplikowana sprawa.

– Chcę wiedzieć! Wszedł pan w środku nocy do mojego pokoju. Jest pan wampirem? Zboczeńcem? Może jednym i drugim? No, słucham!

– Śmiertelnicy! Wszystko dla was jest czarne albo białe. Nie poluję i nie krzywdzę nikogo. Nie myl mnie z moim bratem, Huntingiem. Krew mnie nie interesuje.

Wzdrygnął się na samą myśl.

– Ani krew, ani ciało. – Zapalił cygaro, przesuwając je między palcami. Amma będzie wściekła, gdy rano poczuje zapach dymu. – W zasadzie to jestem dość wybredny w tej materii.

Zaczynałem tracić cierpliwość. Nie spałem od wielu dni i byłem zmęczony uchylaniem się od odpowiedzi na proste pytania. Chciałem wiedzieć, o co chodzi. Tu i teraz.

– Dość tych zagadek. Co pan robi w moim pokoju?

Podszedł do taniego obrotowego krzesła przy biurku i usiadł.

– Powiedzmy, że podsłuchiwałem.

Wziąłem z podłogi koszulkę do gry w kosza i naciągnąłem na siebie.

– To znaczy? Tu nikogo nie było, a ja spałem.

– Tak naprawdę to śniłeś.

– Skąd pan wie? To jeden z pańskich darów?

– Niestety, z technicznego punktu widzenia nie jestem Obdarzony.

Oddech uwiązł mi w gardle. Macon Ravenwood nigdy nie opuszczał domu za dnia. Mógł się pojawić nagle zupełnie znikąd, podglądać ludzi oczami swojego psa-wilka i z kamienną twarzą wycisnąć życie z Istoty Ciemności. Jeżeli nie był jednym z Obdarzonych, to istniało tylko jedno wytłumaczenie.

– Jest pan wampirem.

– Z pewnością nie – odparł poirytowany. – To takie pospolite określenie, kalka językowa, i w dodatku bardzo ubliżające. Nie ma czegoś takiego jak wampiry. Pewnie jeszcze wierzysz w wilkołaki i istoty pozaziemskie. Ach, ta telewizja! – Zaciągnął się głęboko cygarem. – Nie chcę cię rozczarowywać, ale jestem inkubem. Zresztą to tylko kwestia czasu, a Amarie powiedziałaby ci o tym. Wydaje się, że chce za wszelką cenę wyjawić wszystkie moje tajemnice.

Inkubem? Nie wiedziałem nawet, czy powinienem się bać. Musiałem wyglądać na zdezorientowanego, bo Macon poczuł się w obowiązku rozwinąć temat.

422

– Z natury dżentelmeni tacy jak ja posiadają pewną moc. Jest ona dość względna, bo nasze zasoby trzeba regularnie uzupełniać.

Było coś niepokojącego w sposobie, w jakim wymówił słowo „uzupełniać".

– Co ma pan na myśli?

– Żeby uzupełnić naszą siłę pożywiamy się, z braku lepszego słowa, śmiertelnikami.

Pokój zaczął wirować. A może to Macon poruszał się w koło?

– Ethanie, siadaj. Wyglądasz bardzo blado. – Wuj Leny zbliżył się i zaprowadził mnie na brzeg łóżka. – Użyłem słów „żywimy się", bo naprawdę trudno znaleźć na to jakiekolwiek dobre określenie. Tylko inkub krwi żywi się krwią śmiertelników, a ja nie jestem inkubem krwi. Chociaż obaj jesteśmy lilum, czyli tymi, którzy spoczywają w absolutnej ciemności. Natomiast ja stoję znacznie wyżej na drabinie ewolucji. Biorę od was to, czego wy, śmiertelnicy, macie w nadmiarze, coś, czego tak naprawdę nie potrzebujecie.

– Co?

– Sny. Fragmenty snów. Nie biorę niczego, co wam potrzebne, żadnych myśli, pragnień, obaw, wspomnień.

Słowa spływały z jego ust niczym zaklęcia. Usiłowałem zrozumieć to, co mówi. Miałem wrażenie, że mój mózg jest owinięty watą.

I nagle zrozumiałem. Odniosłem wrażenie, że kawałeczki puzzli łączą się w moim umyśle w jedną logiczną całość.

– Sny... Zabierał pan fragmenty snów? Wysysał je pan z mojej głowy? To dlatego nie mogłem zapamiętać całego snu?

Uśmiechnął się i zdusił cygaro w pustej puszce po coli stojącej na moim biurku.

– Wszystko się zgadza. Z wyjątkiem słowa „wysysać". To akurat jest niezbyt uprzejme określenie.

– Jeśli to pan wysysa... kradnie sny, to zna pan zakończenie. Wie pan, co się wydarzy. Proszę nam powiedzieć, żebyśmy mogli to powstrzymać.

– Obawiam się, że nie. Wybrałem te fragmenty z premedytacją.

– Dlaczego nie chce pan, żebyśmy wiedzieli, co się stanie? Jeśli poznamy resztę snu, może uda nam się ocalić Lenę.

– Już i tak za dużo wiecie. A ja nie do końca rozumiem ten sen.

– Niech pan chociaż raz nie mówi zagadkami. Ciągle pan powtarza, że mogę ochronić Lenę, że mam jakąś moc. Dlaczego nie powie mi pan, co się naprawdę dzieje? Mam dość kręcenia się w kółko.

– Nie mogę powiedzieć ci tego, czego sam nie wiem, synu. Jesteś dla mnie zagadką.

– Nie jestem pana synem.

– Melchizedeku Ravenwood! – Głos Ammy rozległ się jak dzwon.

Macon drgnął, jakby się przestraszył.

– Jak śmiesz przychodzić do tego domu bez mojego pozwolenia! – Stała w szlafroku. Trzymała w ręku długi sznur paciorków. Gdybym go nie znał, wziąłbym to za naszyjnik z korali. Amma ze złością potrząsnęła amuletem. – Zawarliśmy umowę. Nie masz wstępu do tego domu. Znajdź sobie inny do swoich brudnych interesów.

– To nie takie proste, Amarie. Chłopiec widzi w snach rzeczy, które są zbyt niebezpieczne dla nich obojga.

Amma miała dziki wzrok.

– Karmisz się moim chłopcem? To mi chcesz powiedzieć? Czy to ma sprawić, że się uspokoję?

– Nie bierz tego tak dosłownie. Robię tylko tyle, ile trzeba, żeby ich oboje chronić.

– Wiem, co robisz i kim jesteś, Melchizedeku. Ale w swoim czasie będziesz miał do czynienia z diabłem. Nie sprowadzaj zła do tego domu.

– Dokonałem wyboru dawno temu, Amarie. Walczyłem z przeznaczeniem. Walczę co noc, przez całe życie. Ale nie jestem Istotą Ciemności, dopóki mam dziecko, na którym mi zależy.

– To nie zmienia faktu, że jesteś tym, kim jesteś. Nie masz wyboru.

Oczy Macona się zwęziły. Było oczywiste, że umowa, którą zawarli,

424

była dość delikatna, a on ją naruszył, przychodząc tu. Ile razy? Nawet tego nie wiedziałem.

– Dlaczego mi pan nie powie, co się stanie na końcu snu? Mam prawo wiedzieć. To mój sen.

– To potężny sen i niepokojący. Lena nie musi go znać. Jeszcze nie jest do tego gotowa, a wy oboje jesteście tak tajemniczo powiązani ze sobą. Ona widzi to, co ty. Dlatego musiałem go zabrać.

Narastała we mnie złość. Byłem bardziej wściekły niż wtedy, gdy pani Lincoln kłamała na temat Leny podczas posiedzenia Komisji Dyscyplinarnej; bardziej niż wtedy, gdy odkryłem setki stron z gryzmołami w gabinecie taty.

– Nie. Nie rozumiem. Jeżeli wie pan o czymś, co może jej pomóc, dlaczego nam pan nie powie? Albo nie przestanie stosować tych swoich sztuczek Jedi na mnie i moich snach, i pozwoli mi je zobaczyć?

– Ja tylko próbuję ją chronić. Kocham Lenę i nigdy bym...

– Wiem, już to słyszałem. Nie zrobiłby pan niczego, co mogłoby ją skrzywdzić. Ale zapomina pan o jednym. Nie robi pan niczego, co mogłoby jej pomóc.

Zacisnął szczęki. Teraz i on zrobił się zły; potrafiłem to już rozpoznać. Ale nawet przez moment nie stracił panowania nad sobą.

– Usiłuję ją chronić, Ethanie. I ciebie również. Wiem, że zależy ci na Lenie. I że istotnie stanowisz dla niej jakąś ochronę. Ale istnieją rzeczy, z których na razie nie zdajesz sobie sprawy i które są poza naszą kontrolą. Któregoś dnia zrozumiesz. Ty i Lena jesteście zupełnie różni.

Jasne, inny gatunek. Podobnie jak tamten Ethan, który pisał do Genevieve. Dobrze rozumiałem. Nic się nie zmieniło od półtora wieku.

Oczy mu złagodniały. Pomyślałem sobie, że może się nade mną lituje, ale to było coś innego.

– Niestety ty też na tym ucierpisz. Zawsze na końcu cierpi śmiertelnik. Uwierz mi, Ethanie.

– Nie ufam panu. I nie ma pan racji. Nie jesteśmy aż tak różni.

– Śmiertelnicy. Zazdroszczę wam. Zdaje się wam, że możecie zmienić wszystko, zatrzymać wszechświat. Cofnąć to, co się stało, zanim się zjawiliście. Jesteście takimi pięknymi istotami. – Mówił do mnie, ale nie miałem wrażenia, że mówi o mnie. – Przepraszam za wtargnięcie. Zostawię cię samego z twoimi snami.

– Nie chcę tu pana więcej widzieć! I niech się pan wynosi z mojej głowy!

Obrócił się do drzwi, co mnie zdziwiło. Sądziłem, że wyjdzie tą drogą, którą przyszedł.

– Jedno pytanie. Czy Lena wie, kim pan jest?

Uśmiechnął się.

– Oczywiście. Nie mamy przed sobą tajemnic.

Nie odwzajemniłem uśmiechu. Między nimi było znacznie więcej tajemnic, niż sądził. Nawet jeśli fakt, że wuj jest inkubem, był Lenie dobrze znany. Obaj o tym wiedzieliśmy.

Odwrócił się zamaszyście, płaszcz zawirował wokół niego i po chwili już go nie było.

Tak po prostu.

Bitwa pod Honey Hill

Następnego ranka obudziłem się z przejmującym bólem głowy. Ale nie uważałem, jak to często bywa w książkach, że cała rzecz się po prostu nie zdarzyła. Nie wierzyłem, że pojawiający się i znikający Macon Ravenwood był jedynie snem. Każdego ranka, od wypadku mamy, budziłem się z przekonaniem, że wszystko to jakiś koszmar. Już nigdy nie popełnię tego błędu.

Teraz już wiedziałem, że wszystko wydaje się inne, ponieważ jest inne. Wszystko się zmieniło, wydawało się takie niesamowite. I takie było. Mieliśmy z Leną coraz mniej czasu, żeby to wszystko wyjaśnić.

Sześć dni i zacznie się odliczanie – sprawy nie wyglądały dobrze. Dlatego nie rozmawialiśmy na ten temat. W szkole robiliśmy to, co zawsze. Idąc korytarzem, trzymaliśmy się za ręce. Całowaliśmy się za szafkami, aż usta zaczynały nas boleć, a ja czułem się, jakby poraził mnie prąd. Trwaliśmy w iluzji i czerpaliśmy przyjemność z tego, co udawało nasze zwykłe, codzienne życie. Z tego, co nam z niego zostało. I rozmawialiśmy. Rozmawialiśmy całe dnie, każdą minutę podczas każdej lekcji, nawet podczas tych, których nie mieliśmy razem.

Lena opowiedziała mi o Barbados, kraju, gdzie woda i niebo zlewają się ze sobą i trudno powiedzieć, gdzie zaczyna się jedno i kończy się drugie. Ja w tym czasie robiłem miskę na ceramice, ręcznie wylepiałem naczynko z wałeczków gliny.

Opowiedziała mi o swojej babci, która pozwoliła jej wypić 7up, używając czerwonej lukrecji jako słomki. A ja pisałem esej na lekcji angielskiego o doktorze Jekyllu i panu Hyde. Savannah Snow siedziała obok i żuła gumę.

Wreszcie opowiedziała mi o Maconie, który – odkąd tylko pamięta – zawsze odwiedzał ją w urodziny, bez względu na to, gdzie była.

Tej nocy, ciągle nie śpiąc po godzinach spędzonych nad *Księgą księżyców*, oglądaliśmy wschód słońca, mimo że ona przecież była w Ravenwood, a ja u siebie w domu.

Ethanie?

Jestem.

Boję się.

Wiem. Spróbuj zasnąć, Leno.

Nie chcę tracić czasu na spanie.

Ja też nie.

Ale oboje wiedzieliśmy, że nie o to chodzi. Żadne z nas nie miało ochoty na sny.

NOC NAZNACZENIA JEST NOCĄ NAJWIĘKSZEJ SŁABOŚCI, GDY CIEMNOŚĆ JEDNEJ PRZESTRZENI POŁĄCZY SIĘ Z CIEMNOŚCIĄ DRUGIEJ, A OSOBA MOCY OTWORZY SIĘ NA WIELKĄ CIEMNOŚĆ, CAŁKOWICIE POZBAWIONA OCHRONY, WIĘZÓW

I ZAKLĘĆ MOCY I NIETYKALNOŚCI. ŚMIERĆ W GODZINIE NA-
ZNACZENIA JEST WIECZNA I PONADCZASOWA...

Lena zamknęła księgę.

– Nie mogę już dłużej tego czytać.

– Nie żartuj. Nic dziwnego, że twój wuj cały czas się zamartwia.

– Nie dość że pewnie zamienię się w jakiegoś demona, to na dodatek mogę doświadczyć wiecznej śmierci. Dodaj to do listy fatalnych rzeczy przeznaczonych twojej dziewczynie.

– Zanotowałem: „demon, śmierć, przeznaczenie".

Znów siedzieliśmy w ogrodzie w Greenbrier. Lena wręczyła mi księgę i położyła się na wznak, patrząc w niebo. Miałem nadzieję, że bawi się chmurami, zamiast myśleć o tym, jak niewiele przydatnych rzeczy udało nam się dotąd znaleźć w księdze. Nie prosiłem jej o pomoc, gdy przewracałem kartki jedną po drugiej, mając na rękach stare ogrodowe rękawice Ammy, o wiele na mnie za małe.

Księga księżyców liczyła tysiące stron, a niektóre zawierały więcej niż jedno zaklęcie. W jej układzie nie było żadnego sensu, a przynajmniej ja nie byłem w stanie go zrozumieć. Spis treści okazał się swojego rodzaju żartem i tylko z grubsza odpowiadał temu, co można było znaleźć w środku. Przewracałem strony z nadzieją, że na coś się natknę. Jednak większość tekstu wyglądała jak bezsensowny bełkot. Patrzyłem na słowa, których nie rozumiałem:

I DDARGANFOD YR HYN SYDD AR GOLL
DATODWCH Y CWLWM, TROELLWCH A THROWCH EF
BWRIWCH Y RHWYMYN HWN
FEL Y CAF GANFOD
YR HYN RWY'N DYHEU AMDANO
YR HYN RWY'N EI GEISIO

Nagle coś zaskoczyło... Słowo, które rozpoznałem z cytatu przypiętego na ścianie w gabinecie rodziców: *pete et invenies*, szukajcie, a znajdziecie. *Invenies*, znaleźć.

UT INVENIAS QUOD ABEST
EXPEDI NODUM, TORQUE ET CONVOLVE
ELICE HOC VINCULUM
UT INVENIAM
QUOD DESIDERO
QUOD PETO

Przeleciałem przez cały słownik łaciński mamy, gryzmoląc z tyłu słowa, których znaczenia odnalazłem. Spoglądały na mnie słowa zaklęcia.

Żeby znaleźć to, czego brak,
Rozplącz więzy, skręć i zwiń
Zaklęcie rzuć,
Bym znaleźć mógł
To, czego pragnę
To, czego szukam.

– Znalazłem coś!
Lena siadła i zajrzała mi przez ramię.
– Co takiego? – zapytała bez przekonania.
Pokazałem jej swoje bazgroły.
– Przetłumaczyłem to. Wygląda na to, że to jest odpowiednie zaklęcie, gdy się czegoś szuka.
Lena przyjrzała się dokładniej, sprawdzając to, co przetłumaczyłem. Rozbłysły jej oczy.
– To zaklęcie lokalizacyjne.
– Wygląda na to, że możemy je wykorzystać, by znaleźć odpowiedź.

A wtedy będziemy wiedzieli, jak odwrócić przekleństwo.

Lena wciągnęła księgę na kolana, przyglądając się stronicy. Wskazała na inne zaklęcie u góry.

– Wydaje mi się, że to jest to samo zaklęcie po walijsku.

– Czy to nam pomoże?

– Nie wiem. Nawet nie wiemy, czego szukamy. – Lena zmarszczyła czoło, tracąc entuzjazm. – A poza tym wypowiadanie zaklęcia nie jest takie łatwe, jak się wydaje. A ja nigdy tego nie robiłam. Sprawy mogą przybrać zły obrót.

Czy ona żartuje?

– Sprawy mogą przybrać zły obrót? Gorszy niż wielka impreza na twoje szesnaste urodziny, żeby uczcić to, że przeszłaś na stronę Istot Ciemności?

Wyrwałem jej księgę z rąk. Wzorek na czubkach rękawic od razu się przypalił.

– No to po co rozkopywaliśmy grób? Przecież chcieliśmy ją znaleźć. I po co traciliśmy tygodnie, żeby zrozumieć, o co chodzi, skoro teraz nawet nie spróbujemy?

Trzymałem księgę, aż jedna z rękawic zaczęła dymić.

Lena potrząsnęła głową.

– Daj mi ją. – Odetchnęła głęboko. – No dobrze, spróbuję, ale naprawdę nie mam pojęcia, co się może zdarzyć. Na ogół tego nie robię.

– Tego?

– No wiesz... Nie korzystam świadomie z mocy, z tego, co potrafią Istoty Naturalne. Na tym to polega. To właśnie ma być naturalne, wrodzone. W większości przypadków nawet nie wiem, co robię.

– Nie szkodzi, więc tym razem zrobisz coś świadomie, a ja ci w tym pomogę. Co mam robić? Narysować okrąg? Zapalić świeczki?

Lena przewróciła oczami.

– Może po prostu usiądź sobie tam. – Wskazała miejsce kilka kroków dalej. – Tak na wszelki wypadek.

Spodziewałem się jakichś przygotowań, ale byłem tylko śmiertelnikiem. Co ja w końcu wiedziałem? Zignorowałem polecenie Leny, żeby trzymać się od niej z dala, gdy będzie wypowiadać swoje pierwsze zaklęcie. Odsunąłem się tylko trochę. Lena trzymała księgę w jednej ręce, co było nie lada wyczynem, ponieważ była bardzo ciężka. Zaczerpnęła powietrza i powoli przesuwała wzrok w dół, czytając tekst.

– „Żeby znaleźć to, czego brak, rozplącz więzy, skręć i zwiń. Zaklęcie rzuć, bym znaleźć mógł to, czego pragnę, to, czego szukam".

Przez sekundę nic się nie działo. Chmury wisiały nad naszymi głowami, powietrze było nadal chłodne. Lena wzruszyła ramionami. Wiedziałem, że myśli to samo. Zaklęcie nie zadziałało. Aż nagle usłyszeliśmy dźwięk przypominający echo w tunelu. Drzewo za nami zajęło się ogniem od dołu w górę. Płomienie gwałtownie objęły pień i wyjąc, zapaliły każdą gałąź. Nigdy jeszcze nie widziałem, żeby ogień rozprzestrzeniał się tak szybko.

Drewno zaczęło dymić. Kaszląc, odciągnąłem Lenę od ognia.

– Nic ci nie jest? – Lena ciągle kaszlała. Odsunąłem czarne włosy z jej twarzy. – Cóż, jak widać, nie zadziałało. Chyba że chcielibyśmy upiec cukierki ślazowe.

Lena uśmiechnęła się słabo.

– Mówiłam ci, że sprawy mogą przybrać zły obrót.

– To mało powiedziane.

Oboje przyglądaliśmy się płonącemu cyprysowi. Pozostało pięć dni i odliczanie.

Cztery dni i odliczanie. Przypłynęły burzowe chmury i Lena leżała w domu chora. Santee wylała, a drogi na północy miasta były rozmyte. Lokalne wiadomości przypisywały to globalnemu ociepleniu, ale ja wiedziałem swoje. Podczas lekcji algebry spieraliśmy się z Leną o księgę, co na pewno nie pomogło mi podczas niezapowiedzianego sprawdzianu.

Daj spokój księdze, Ethanie. Mam jej dość. Ona w niczym nam nie pomoże.

Nie możemy dać sobie spokoju z księgą. To nasza jedyna szansa. Słyszałaś, co mówił twój wuj. To najpotężniejsza księga w świecie Obdarzonych.

Ale to księga, która przeklęła całą moją rodzinę.

Nie poddawaj się. Gdzieś muszą być odpowiedzi.

Traciłem ją. W ogóle nie chciała mnie słuchać, a ja byłem coraz bliżej zawalenia trzeciego już z kolei sprawdzianu w tym semestrze. Po prostu wspaniale.

A tak przy okazji, czy możesz uprościć $7x - 2(4x - 6)$?

Wiedziałem, że może. Świetnie radziła sobie z równaniami.

A co to ma wspólnego z naszą rozmową?

Nic. Ale właśnie oblewam sprawdzian.

Lena westchnęła.

Chodzenie z Obdarzoną ma pewne zalety.

Trzy dni i odliczanie. Zaczęły się lawiny błotne i górna część boiska osunęła się aż do sali gimnastycznej. Przez jakiś czas drużyna cheerleaderek nie będzie mogła dopingować koszykarzy, a Komisja Dyscyplinarna będzie musiała sobie znaleźć inne miejsce na procesy czarownic. Lena ciągle nie chodziła do szkoły, ale tkwiła w mojej głowie przez cały dzień. Jej głos robił się coraz cichszy, aż ledwie ją słyszałem poprzez chaos kolejnego dnia w Jackson.

Siedziałem w stołówce sam. Nie mogłem jeść. Po raz pierwszy odkąd spotkałem Lenę, popatrzyłem na wszystkich dookoła i poczułem ukłucie. Sam nie wiem dlaczego. Co to było? Zazdrość? Ich życie było nieskomplikowane. I mieli problemy na skalę śmiertelników – małe. Takie, jakie kiedyś i ja miałem. Zauważyłem, że Emily mi się przygląda. Savannah siadła jej z rozmachem na kolana i usłyszałem znajomy akcent.

To nie była zazdrość. Nie zamieniłbym Leny na żadną z tych rzeczy. Nie mogłem wyobrazić sobie powrotu do takiego życia.

Dwa dni i odliczanie. Lena już nawet ze mną nie rozmawiała. Połowę dachu z siedziby CAR zdmuchnęła wichura. Panie Lincoln i Asher, odpowiedzialne za rejestrację nowych członków, spędziły całe lata na zbieraniu materiałów historycznych, a teraz drzewa rodowe sięgające czasów „Mayflower" i rewolucji uległy zniszczeniu. Patrioci z hrabstwa Gatlin będą musieli na nowo udowodnić, że ich krew jest lepsza od naszej.

Wstąpiłem do Ravenwood po drodze do szkoły i waliłem w drzwi tak głośno, jak tylko mogłem. Lena nie dawała znaku życia. Kiedy zeszła w końcu, żeby otworzyć, przekonałem się dlaczego.

Ravenwood znów się zmieniło. Wnętrze wyglądało jak więzienie o zaostrzonym rygorze. W oknach widziałem kraty, a ściany były z gładkiego betonu z wyjątkiem korytarza od frontu, gdzie zostały obite na pomarańczowo. Lena była ubrana w pomarańczowy kombinezon z liczbą „1102", datą jej urodzin. Całe ręce miała pokryte wyrazami i zdaniami, które nabazgrała piórem. Ale wyglądała świetnie. Gęste, zmierzwione, czarne włosy rozsypywały się wokół jej ramion. Nawet kombinezon więzienny wyglądał na niej dobrze.

– Co się dzieje, Leno?

Jej wzrok podążył za moim spojrzeniem.

– Ach, to? Nic takiego. To żart.

– Nie wiedziałem, że Macon potrafi żartować.

Pociągnęła za luźny sznurek na rękawie.

– Nie Macon. To mój żart.

– Od kiedy możesz kontrolować Ravenwood?

Wzruszyła ramionami.

– Obudziłam się wczoraj i wszystko tak wyglądało. To chyba tkwiło cały czas w mojej głowie.

– Chodźmy stąd. Więzienie jeszcze bardziej wpędza cię w depresję.

– Za dwa dni mogę się stać taka jak Ridley. To dość deprymujące.

Potrząsnęła smutnie głową i siadła na stopniach werandy. Usiadłem obok niej. Nie patrzyła na mnie, przyglądała się swoim więziennym białym trampkom. Zastanawiałem się, skąd Lena wie, jak wyglądają więzienne trampki.

– Sznurówki. To się nie zgadza.

– Co?

Pokazałem buty.

– W prawdziwym więzieniu zabierają sznurówki.

– Daj spokój, Ethanie. To koniec. Nie powstrzymam urodzin ani przekleństwa. Nie mogę dłużej udawać, że jestem normalną dziewczyną, taką jak Savannah Snow czy Emily Asher. Jestem Obdarzona.

Podniosłem garść kamyków, które leżały pod schodami werandy, i cisnąłem jeden daleko przed siebie.

Nie powiem: „Żegnaj, Leno". Nie mogę.

Wyjęła kamyk z mojej ręki i rzuciła. Musnęła mnie palcami i poczułem delikatny impuls ciepła. Usiłowałem go zapamiętać.

Nie będziesz miał szansy. Mnie już nie będzie i nawet nie będę pamiętać, czy zależało mi na tobie.

Uparcie myślałem swoje. Nie mogłem tego słuchać. Tym razem trafiłem kamykiem w drzewo.

– Nic nie zmieni tego, co do siebie czujemy. Tego jestem pewien.

– Ethanie, ja pewnie nie będę już niczego czuła.

– Nie wierzę w to.

Cisnąłem resztę kamieni w zarośnięty ogród. Nie wiem, gdzie spadły. Nie słychać było żadnego odgłosu, ale usiłowałem coś wypatrzyć. Czułem ucisk w gardle.

Lena wyciągnęła do mnie rękę, ale się zawahała. Zabrała dłoń, nawet mnie nie dotykając.

– Nie złość się na mnie. Przecież to nie moja wina.

– Może i nie – odwarknąłem wściekły – ale jutrzejszy dzień może być naszym ostatnim. Chciałbym go spędzić z tobą, a zamiast tego stroisz grymasy, jakbyś już została naznaczona.

Lena się podniosła.

– Nic nie rozumiesz.

Usłyszałem odgłos trzaśnięcia drzwiami w głębi domu, w tym jej baraku więziennym, czy jakkolwiek to nazwać.

Nie miałem do tej pory dziewczyny, więc nie wiedziałem, jak sobie z tym radzić. Nawet nie wiedziałem, jak nazwać to, co się z nami działo. Poddałem się. Wstałem i pojechałem do szkoły. Spóźniony, jak zwykle.

Dwadzieścia cztery godziny i odliczanie. Gatlin znalazło się w zasięgu niskiego ciśnienia. Trudno było przewidzieć, czy będzie padać śnieg, czy grad, ale niebo nie wyglądało przyjaźnie. Wszystko mogło się dziś zdarzyć. Wyjrzałem przez okno podczas lekcji historii i zobaczyłem coś, co przypominało procesję pogrzebową. Tyle że pogrzebu jeszcze nie było. Ulicą jechał karawan Macona Ravenwooda, a za nim sunęło siedem czarnych limuzyn marki Lincoln. Przejechały koło szkoły i skręciły przez miasto do Ravenwood. Nikt nie słuchał brzęczenia pana Lee o zbliżającej się rekonstrukcji bitwy pod Honey Hill. Nie była to najbardziej znana bitwa z czasów wojny domowej, ale mieszkańcy hrabstwa Gatlin byli z niej niezwykle dumni.

– W tysiąc osiemset sześćdziesiątym czwartym roku Sherman rozkazał Johnowi Hatchowi, generałowi majorowi wojsk Unii, i jego oddziałom zablokować linie kolejowe w Charleston i Savannah. Chodziło o to, by wojska konfederackie nie zdołały przeszkodzić Shermanowi w marszu ku morzu. Ale z powodu błędu w nawigacji wojska Unii nie dotarły na czas.

Uśmiechnął się z dumą, pisząc „błąd w nawigacji" na tablicy. Dobrze, Unia była głupia. Pojęliśmy. Taki był sens bitwy pod Honey Hill, sens wojny między stanami, jak uczono nas wszystkich od czasów przedszkolnych. Pomijając oczywiście to, że to Unia wygrała wojnę. W Gatlin każdy mówił o tym fakcie jak o dżentelmeńskiej umowie zaproponowanej przez bardziej dżentelmeńskie Południe. Historycznie rzecz biorąc, według interpretacji pana Lee, Południe poszło najprostszą drogą do sławy.

Ale dzisiaj nikt nie patrzył na tablicę. Każdy gapił się w okno. Czarne limuzyny jechały za karawanem w konwoju wzdłuż ulicy, za boiskiem sportowym. Teraz, gdy Macon zaczął opuszczać domowe pielesze, jeśli można tak to ująć, od czasu do czasu aranżował takie przedstawienia. Jak na faceta, który wychodził jedynie nocą, udawało mu się robić wokół siebie sporo szumu.

Poczułem kopnięcie w kostkę. Link siedział skulony przy biurku tak, żeby pan Lee nie mógł widzieć jego twarzy.

– Pyszczuniu, jak sądzisz, kto jedzie w tych samochodach?

– Panie Lincoln, może zechce pan nam powiedzieć, co się dalej działo? Zwłaszcza że pana ojciec będzie jutro dowodził kawalerią.

Pan Lee przyglądał się nam ze skrzyżowanymi ramionami.

Link zaczął udawać, że kaszle. Tata Linka, zastraszony człowiek, miał honor dowodzenia w rekonstrukcji kawalerią, ponieważ wielki Earl Eaton zmarł w zeszłym roku. Tak to już było z rekonstrukcjami historycznymi – żeby awansować do wyższej rangi, trzeba było czekać na czyjąś śmierć. W przypadku rodziny Savannah Snow byłaby to duża sprawa. Dla Linka natomiast to nie miało większego znaczenia.

– Niech pomyślę, panie profesorze. Chwileczkę, już wiem. No więc yyy... Hmm, myśmy wygrali tę bitwę, ale przegraliśmy wojnę, a może odwrotnie? Bo tu u nas czasami trudno się zorientować...

Pan Lee jednak zignorował komentarz Linka. Prawdopodobnie flaga konfederatów, gwiazdy i szerokie pasy, ozdabiała jego dom przez cały rok. I w jego przypadku były one na pewno podwójnej szerokości.

– Panie Lincoln, zanim Hatch i federalni dotarli do Honey Hill, pułkownik Colcock... – Klasa zachichotała, a pan Lee się rozejrzał. – Tak, to jego prawdziwe nazwisko. Pułkownik i brygada konfederatów oraz rezerwiści uformowali w poprzek drogi siedmiostrzelbową baterię nie do pokonania.

Ile razy będziemy musieli słuchać o siedmiu strzelbach? Można by sądzić, że był to jakiś cud w rodzaju rozmnożenia ryb i chleba.

Link spojrzał na mnie, wskazując głową w kierunku Main.

– I co?

– To chyba rodzina Leny. Mieli przyjechać na urodziny.

– Tak, Ridley coś o tym mówiła.

– A wy ciągle razem? – spytałem ze strachem.

– Jasne, człowieku. Dochowasz tajemnicy?

– A czy kiedykolwiek nie dochowałem?

Link podciągnął rękaw koszuli, odsłaniając tatuaż przedstawiający coś, co wyglądało jak Ridley w wersji anime – pensjonarka ubrana w mini i podkolanówki. Miałem nadzieję, że to zauroczenie straciło trochę na sile, ale w głębi duszy domyślałem się prawdy. Link da sobie spokój z Ridley dopiero wtedy, kiedy to ona pierwsza z nim skończy, jeśli oczywiście najpierw nie każe mu skoczyć z urwiska. A nawet wtedy nie będzie w stanie o niej zapomnieć.

– Zrobiłem sobie podczas przerwy świątecznej. Niezłe, co? Ridley sama mi to narysowała. Ale z niej artystka.

Co do pierwszej części stwierdzenia nie miałem wątpliwości. Cóż mogłem powiedzieć? „Wytatuowałeś sobie na własnym ramieniu komiksową wersję Istoty Ciemności, która rzuciła na ciebie urok, i która przypadkiem jest twoją dziewczyną?".

– Twoja mama pewnie zwariuje, gdy to zobaczy.

– Nie zobaczy. Rękaw zasłania, a w domu ustaliliśmy nowe zasady.

Musi pukać, gdy chce do mnie wejść.

– Zanim się wtrąci i zrobi tak, jak chce?

– No dobra, ale przynajmniej najpierw zapuka.

– Mam nadzieję, dla twojego dobra.

– W każdym razie Ridley i ja mamy dla Leny niespodziankę. Nie mów Rid, że ci powiedziałem, bo mnie zabije, ale wydajemy jutro dla Leny przyjęcie. Na tym dużym polu w Ravenwood.

– Mam nadzieję, że to żart.

– Niespodzianka.

Link wyglądał na naprawdę podnieconego tym pomysłem. Tak jakby przyjęcie rzeczywiście miało się odbyć, a Lena miała na nie przyjść i Macon by ją puścił.

– Co ty sobie wyobrażasz? Lena nie będzie zachwycona. Ona i Ridley nawet ze sobą nie rozmawiają.

– To wina Leny, człowieku. Mogłaby wreszcie darować sobie te fochy, w końcu są rodziną.

Wiedziałem, że Link jest pod wpływem Ridley, ale mnie wkurzał.

– Nie wiesz, o czym mówisz. Naprawdę lepiej się do tego nie wtrącaj. Uwierz mi.

Otworzył opakowanie kabanosów i odgryzł kawałek.

– Wszystko jedno, człowieku. Po prostu spróbujmy zrobić coś miłego dla Leny. W końcu nie ma zbyt wielu chętnych, żeby wydać dla niej przyjęcie.

– Tym bardziej nie należy tego robić. Nikt nie przyjdzie.

Uśmiechnął się i wpakował resztę kabanosa do ust.

– Wszyscy przyjdą. Tak przynajmniej mówi Rid.

Ridley. Jasne. Całe cholerne miasto za nią pójdzie na każde skinienie ręki i possanie jej lizaka, jak szczury za dźwiękami fletu szczurołapa z Hamelin. To wszystko nie mieściło się w kategoriach rozumienia, którymi mógł pochwalić się Link.

– Mój zespół, Holy Rollers, zagra po raz pierwszy.

– Że co proszę?

– Mój nowy zespół. Założyłem go na obozie kościelnym.

Wolałem nie wiedzieć, co się zdarzyło podczas ferii zimowych. Cieszyłem się, że Link wrócił cały i zdrowy.

Pan Lee walnął w tablicę z emfazą, rysując kredą cyfrę osiem.

– W końcu Hatch nie mógł ruszyć konfederatów i wycofał wojska. Dziewięciu z jego żołnierzy zginęło, a sześciuset dwudziestu dziewięciu odniosło rany. Konfederaci wygrali bitwę, tracąc ośmiu żołnierzy. I to jest powód – pan Lee dumnie uderzył w cyfrę osiem – dla którego wszyscy weźmiecie jutro udział w żywej historii, w rekonstrukcji bitwy pod Honey Hill.

Żywa historia. Właśnie tacy ludzie jak pan Lee organizowali głupie rekonstrukcje wojny domowej i w dodatku traktowali to śmiertelnie poważnie. Każdy szczegół był starannie odtworzony, poczynając od mundurów, na amunicji i stanowiskach żołnierzy na polu bitwy skończywszy.

Link uśmiechnął się do mnie.

– Nie mów Lenie. Chcemy jej zrobić niespodziankę. To będzie prezent urodzinowy od nas dwojga.

Spojrzałem na niego. Pomyślałem o Lenie, jej ponurym nastroju i pomarańczowym więziennym kombinezonie, o – bez wątpienia – koszmarnym zespole Linka, o balu w Jackson, o Emily Asher i Savannah Snow, o upadłych Aniołach Stróżach, o Ridley i Ravenwood, nie mówiąc już o ryczącym w oddali Honey Hill. A wszystko to pod pełnym dezaprobaty spojrzeniem Macona i innych zwariowanych krewnych Leny. I matki, która próbowała ją zabić. Nie mówiąc o psie, który donosił Maconowi o naszym każdym kroku.

Zadzwonił dzwonek. Zdziwienie to mało powiedziane – gdybym miał opisać, jak będzie się czuła Lena, gdy się o tym dowie. I to ja miałem jej o tym powiedzieć.

– Nie zapomnijcie podpisać listy, jak przyjdziecie na rekonstrukcję. W przeciwnym razie nie dostaniecie zaliczenia! I pamiętajcie, żeby cały czas pozostawać w bezpiecznej strefie. Jeśli dacie się zastrzelić, to nie spodziewajcie się piątki z tego przedmiotu – zawołał pan Lee, gdy wychodziliśmy z klasy.

Dać się teraz zastrzelić nie byłoby najgorszą rzeczą na świecie.

Rekonstrukcje wojny domowej są bardzo dziwnymi imprezami, a rekonstrukcja bitwy pod Honey Hill nie należała do wyjątków. Kto miałby ochotę ubrać się w coś, co przypominało przepocony wełniany kostium na Halloween? Komu by się chciało biegać w kółko, strzelać ze starej broni, tak niestabilnej, że może urwać rękę podczas wystrzału? Właśnie tak zginął wielki Earl Eaton. Komu zależało na rekonstrukcji bitew, które miały miejsce prawie sto pięćdziesiąt lat temu, w dodatku podczas wojny, którą Południe przegrało? Kto chciałby to robić?

W Gatlin, a także w większości południowych miasteczek odpowiedź brzmiałaby: twój lekarz, twój prawnik, twój kaznodzieja, twój mechanik, twój listonosz, pewnie twój tata, wszyscy twoi wujkowie i kuzyni, twój nauczyciel historii (zwłaszcza pokroju pana Lee) i z całą pewnością facet, który jest właścicielem sklepu z bronią. W drugim tygodniu lutego, bez względu na wszystko, Gatlin myślało, mówiło i przejmowało się wyłącznie rekonstrukcją bitwy pod Honey Hill.

Honey Hill było naszą bitwą. Nie wiem, jak ci ludzie na to wpadli, ale myślę, że miało to coś wspólnego z siedmioma strzelbami. Przez wiele tygodni przygotowywano się do bitwy pod Honey Hill. W ostatnich dniach mundury konfederatów były w całym hrabstwie prane i odprasowywane, a w powietrzu unosił się zapach ciepłej wełny. Strzelby Whitwortha czyszczono, a szable polerowano. Połowa mężczyzn w mieście spędziła ostatni weekend u Buforda Radforda, wytapiając domowym sposobem kule do strzelb, ponieważ żona Radforda – jako jedyna – nie miała nic przeciwko temu zapachowi. Wdowy prały prześcieradła i zamrażały placki dla setek turystów przybywających do miasta, żeby obejrzeć rekonstrukcję. Członkinie CAR spędzały całe tygodnie na przygotowaniach do własnej wersji rekonstrukcji, a także do przyjęcia turystów, którzy przybędą zwiedzać Południe. Ich córki poświęciły dwie soboty na pieczenie funtowego ciasta, które podaje się po zakończeniu zwiedzania.

Było to niezwykle zabawne, ponieważ członkinie CAR, w tym pani Lincoln, oprowadzały wycieczki w sukniach z epoki. Wbijały się w gorsety i warstwy halek. Wyglądały w nich jak kiełbasy, które za chwilę wyjdą z osłonek. I nie tylko one. Ich córki, łącznie z Savannah i Emily, czyli przyszłe pokolenie CAR, miały krzątać się w pobliżu historycznych domów plantatorów ubrane jak postacie z *Domku na prerii*. Zwiedzanie zawsze zaczynało się od siedziby CAR, ponieważ był to prawie najstarszy budynek w Gatlin. Zastanawiałem się, czy zdążą naprawić dach. Nie mogłem się powstrzymać od wyobrażania sobie wszystkich tych kobiet krzątających się po Towarzystwie Historycznym w Gatlin i oglądających promieniste wzory na narzutach, podczas gdy tuż pod nimi znajdowała się ogromna biblioteka z setkami pergaminów i dokumentów Obdarzonych, która otworzy swe podwoje dla wszystkich zwiedzających podczas najbliższego święta państwowego.

Nie tylko członkinie CAR brały udział w rekonstrukcji. Wojna secesyjna często była określana jako „pierwsza nowoczesna wojna", chociaż podczas spaceru wokół Gatlin w tygodniu poprzedzającym rekonstrukcję, trudno było dostrzec w niej cokolwiek nowoczesnego. Każdy relikt wojny domowej był wystawiany na pokaz, poczynając od furmanek konnych po haubice, a każdy przedszkolak wiedział, że były to działa ustawione na starych kołach od furmanek. Siostry wyciągnęły flagę konfederacką i zatknęły na frontowych drzwiach, gdy odmówiłem zawieszenia jej na werandzie. Mimo że to wszystko było na pokaz, istniała pewna granica, której nie chciałem przekroczyć.

W dniu poprzedzającym rekonstrukcję odbywała się wielka parada, co dawało sposobność osobom biorącym w niej udział do przemaszerowania przez miasto w pełnym rynsztunku przed oczami turystów. Następnego dnia wszyscy będą pokryci brudem, kurzem i dymem i nikt nie zauważy lśniących mosiężnych guzików na autentycznych krótkich kurtkach oficerskich.

Po paradzie odbywał się wielki festyn z pieczeniem świni, stoiskiem z dziewczyną do całowania oraz sklepikiem ze staroświeckim ciastem czekoladowym. Amma spędzała całe dnie na pieczeniu. Poza dorocznym jarmarkiem w hrabstwie była to jedyna chwila, kiedy mogła się popisać wypiekami i ogłosić całkowite zwycięstwo nad wrogami. Jej ciasta zawsze cieszyły się największym powodzeniem, co doprowadzało panie Lincoln i Snow do szału. Nic lepiej nie motywowało Ammy do całych tych przygotowań. Niczego bardziej nie lubiła, niż pokazać się i utrzeć nosa paniom z CAR, udowadniając, że ich ciasta są co najwyżej zjadliwe.

Każdego roku, gdy zbliżał się drugi tydzień lutego, normalne życie było wywrócone do góry nogami i wszyscy znajdowaliśmy się w środku bitwy pod Honey Hill, czyli mniej więcej w 1864 roku. Teraz też nie było inaczej, z jednym wyjątkiem. Furgonetki jak zawsze przyholowały do miasta dwulufowe działa i wozy do przewożenia koni. Ale w tym roku każda szanująca się osoba, która w rekonstrukcji służyła w kawalerii, miała własnego konia. Poza tym oprócz przygotowań do rekonstrukcji, odbywały się jeszcze inne przygotowania, do zupełnie innej bitwy.

Tyle że ta druga bitwa zaczynała się nie w drugim pod względem wieku domu, lecz w najstarszej rezydencji w Gatlin. No i były haubice. W tej bitwie nie miało być dział ani koni, co wcale nie znaczyło, że starcie okaże się łatwe. Prawdę mówiąc, dla mnie była to jedyna ważna bitwa, która miała się rozegrać w naszym mieście.

Jeśli chodzi o straty w ludziach, nie miałem żadnych danych, więc nie mogłem ich porównać do bitwy pod Honey Hill. Zresztą martwiłem się tylko o jedną osobę. Bo jeśli ją stracę, to sam też będę zgubiony.

Bitwa pod Honey Hill nie miała dla mnie znaczenia. Dla mnie ten dzień był niezwykle ważny z zupełnie innych powodów.

Jedenasty lutego

Słodka szesnastka

Zostaw mnie! Już ci mówiłam! Nic nie możesz zrobić!

Głos Leny obudził mnie po kilku godzinach niespokojnego snu. Wciągnąłem dżinsy i szary T-shirt, nawet nie zastanawiając się nad tym, co robię. Myślałem tylko o jednym, to dziś był ten dzień. Nie musieliśmy już czekać na zakończenie.

Właśnie nadeszło.

...nie hukiem, ale skomleniem, nie hukiem, ale skomleniem, nie hukiem, ale skomleniem...

Lena już teraz nie panowała nad sobą, a przecież dopiero zaczynało się rozwidniać.

Księga. Do licha, zapomniałem ją zabrać. Pobiegłem do pokoju, pędząc po dwa, trzy stopnie naraz. Sięgnąłem do najwyższej półki w szafie, gdzie ją schowałem. Przygotowałem się, jak zwykle, na poparzenie. Zawsze tak było, ilekroć dotykałem księgi Obdarzonych.

Ale tym razem nic się nie stało. Księga zniknęła.

Księga księżyców, nasza księga. I to właśnie dziś, teraz, gdy potrzebowaliśmy jej najbardziej. W głowie cały czas słyszałem głos Leny.

I tak się właśnie kończy świat, nie hukiem, ale skomleniem*.

Lena recytująca T.S. Eliota to nie był dobry znak. Złapałem kluczyki do volvo i wybiegłem.

Słońce wschodziło, gdy jechałem Dove Street. Greenbrier, jedyne nieobsiane pole w Gatlin, miejsce bitwy pod Honey Hill, zaczynało budzić się do życia. Zabawne było to, że w ogóle nie słyszałem artylerii, ponieważ miałem ją cały czas w głowie.

Wbiegałem po schodach na werandę w Ravenwood. Boo powitał mnie szczekaniem. Na schodach stał Larkin, opierając się o jeden z filarów. Miał na sobie skórzaną marynarkę. Bawił się wężem, który zwijał się i rozwijał wokół jego ramienia. Najpierw było to ramię, a następnie wąż. Zmieniał kształty leniwie, jakby rozdawał talię kart. Ten widok mnie zaskoczył. Widok i sposób, w jaki szczekał Boo. Gdy się nad tym zastanawiam, to dalej nie wiem, czy szczekał na mnie, czy na Larkina. Boo należał do Macona, a Macon i ja nie byliśmy przecież ze sobą w najlepszej komitywie.

– Cześć, Larkin.

Skinął mi obojętnie głową. Było zimno i z ust wydobywały mu się kłęby pary, jakby palił papierosa. Kłąb przybrał kształt kółka i zamienił się w malutkiego białego węża, który wgryzł się we własny ogon, pożerając siebie samego, aż zniknął.

– Nie wchodziłbym do środka, gdybym był tobą. Twoja dziewczyna jest, jak by to powiedzieć, jadowita!

Wąż owinął się wokół jego szyi, tworząc kołnierz marynarki.

Ciocia Del otworzyła drzwi na oścież.

– Czekaliśmy na ciebie. Lena zamknęła się swoim pokoju.

---

* *Wydrążeni ludzie* w przekładzie Czesława Miłosza (przyp. tłum.).

Spojrzałem na ciocię Del. Była trochę zagubiona – jej szal nierówno zwisał z jednego ramienia, okulary były krzywo założone. Nawet jej przekrzywiony siwy kok się rozsypał. Pochyliłem się i ją uściskałem. Pachniała jak wnętrze szafek w domu Sióstr, pełne lawendowych woreczków i starych obrusów, przekazywanych z Siostry na Siostrę. Za Del stały Reece i Ryan, jak pogrążona w żałobie rodzina w ponurej poczekalni szpitalnej, spodziewająca się najgorszych wiadomości.

Tym razem Ravenwood zdawało się bardziej odzwierciedlać nastrój Leny niż Macona. A może to był ten sam nastrój? Nie przywitałem się jeszcze z wujem Leny, więc trudno mi było to stwierdzić. Jeżeli można wyobrazić sobie barwę gniewu, to byłyby nią pokryte wszystkie ściany. Wściekłość, czy coś równie gwałtownego, wisiała na każdym żyrandolu, uraza była wpleciona w grube dywany wyściełające pokój, nienawiść migotała pod każdym abażurem. Podłoga skąpana była w pełzających cieniach, a gęstniejąca ciemność, która wnikała w ściany, okryła w tej chwili nawet moje trampki, tak że zupełnie przestałem je widzieć. Absolutna ciemność.

Nie byłem pewien, jak wyglądał hall. Nie mogłem go obejrzeć, bo przeszkadzał mi jego ponury, okropny wygląd. Ostrożnie zrobiłem krok w stronę głównych schodów, które prowadziły do sypialni Leny. Wchodziłem wcześniej po tych schodach setki razy, nie były więc dla mnie niczym nowym. Dziś jednak znowu wyglądały inaczej. Ciocia Del popatrzyła na Reece i Ryan. Ruszyły za mną, jak gdybym je prowadził na jakiś nieznany front wojenny.

Gdy wszedłem na drugi stopień, cały dom zadrżał. Tysiące świec w starym żyrandolu huśtającym się nad moją głową dygotało, a gorący wosk kapał mi na twarz. Wzdrygnąłem się z bólu i cofnąłem. Schody bez ostrzeżenia zwinęły się pod moimi stopami, załamując się pode mną. Zrzuciły mnie na wypolerowaną podłogę tak, że poleciałem aż do połowy hallu. Reece i cioci Del udało się uskoczyć, ale biedna Ryan, pchnięta przeze mnie, potoczyła się jak kula do kręgli.

Podniosłem się i krzyknąłem w głąb schodów.

– Leno Duchannes! Jeżeli jeszcze raz ciśniesz we mnie tymi scho-dami, osobiście doniosę na ciebie Komisji Dyscyplinarnej! – Stanąłem na pierwszym stopniu, a potem na drugim. Nic się nie wydarzyło. – Zawia-domię pana Hollingswortha i zeznam, że jesteś niebezpieczną, obłąkaną dziewczyną. – Przeskakując po dwa stopnie, wbiegłem na półpiętro. – Bo taka będziesz, jeżeli jeszcze raz to zrobisz... Słyszysz?

I wtedy usłyszałem w mojej głowie jej głos.

Nie rozumiesz.

Wiem, że się boisz, Leno, ale nie dopuszczając do siebie nikogo nie ułatwiasz sprawy.

Odejdź.

Nie.

Ethanie, proszę, idź sobie. Nie chcę, żeby coś ci się stało.

Nie mogę.

Stałem przy drzwiach jej sypialni, opierając policzek o chłodne białe drewno. Chciałem być z nią tak blisko, jak to możliwe, nie narażając się na kolejne porażenie. A jeśli Lena pozwoliła podejść tylko do drzwi, na razie mi to wystarczało.

Jesteś tu?

Przy drzwiach.

Boję się.

Wiem.

Nie chcę, żeby spotkało cię coś złego.

Nic się nie stanie.

Ethanie, nie chcę stąd odchodzić. Od ciebie...

Nie odejdziesz.

A jeśli tak?

Będę na ciebie czekał.

Nawet jeśli się stanę Istotą Ciemności?

Nawet tą najciemniejszą.

Odsunęła zasuwę i wpuściła mnie do środka. Muzyka ryczała. Znałem tę piosenkę. Tym razem była to ostrzejsza wersja, prawie metal, ale ją poznałem.

Szesnaście księżyców, szesnaście lat
Szesnaście razy trwoga ma trwa
Szesnaście razy rozpacz się śni
Spadam, spadam przez wszystkie te dni...

Wyglądała, jakby całą noc płakała. I pewnie tak było. Gdy dotknąłem jej twarzy, były na niej zaschnięte łzy. Objąłem ją i przytuliłem, i tak staliśmy, kołysząc się w takt piosenki.

Szesnaście księżyców, szesnaście lat
Huk pioruna w uszach trwa
Szesnaście mil nim zbliży się
Szesnastu szuka i przed tym drży...

Ponad ramieniem spojrzałem na pokój. Był w opłakanym stanie. Tynk na ścianach popękał, a gdzieniegdzie poodpadały całe jego kawałki. Toaletka leżała przewrócona jak po włamaniu, rolety były opuszczone. Metalowe kraty w oknach bez szyb przypominały więzienie w jakimś starym zamczysku. Mały więzień przywarł do mnie, a wokół nas płynęła znajoma melodia.

Płynęła nieprzerwanie.

Szesnaście księżyców, szesnaście lat
Szesnaście razy trwogę mą śnisz
Szesnastu spróbuje oznaczyć strefy
Szesnaście krzyków, lecz jeden brzmi...

Kiedy tu byłem ostatnim razem, prawie cały sufit pokrywały słowa wyjawiające najskrytsze myśli Leny. Ale teraz całą powierzchnię pokoju pokrywało jej charakterystyczne czarne pismo. Wzdłuż brzegów sufitu:

Samotność to obejmowanie kogoś, kogo kochasz. Gdy wiesz, że nigdy więcej nie obejmiesz go znowu.

Na ścianach:

Nawet zagubionego w ciemności. Moje serce zawsze cię odszuka.

Na futrynach drzwi:

Dusza umiera na ręku tego, kto ją niesie.

Na lustrach:

Gdybym tylko mogła znaleźć miejsce, do którego mogę uciec, bezpiecznie ukryte, już dzisiaj bym tam była.

Nawet toaletkę pokrywały wiersze:

Najciemniejsze światło dnia mnie tu znajdzie, ci, którzy czekają, obserwują uważnie.

I podsumowanie wszystkiego:

Jak od siebie uciekniesz?

Wszystkie te słowa i muzyka zawierały całą historię.

> *Szesnaście księżyców, szesnaście lat*
> *Księżyc naznacza, godzina tuż-tuż*
> *Na stronach się Ciemność przejaśnia*
> *Moc zaklina, co ogień wziął już...*

I nagle dźwięki gitary elektrycznej dały początek nowej zwrotce. Nareszcie. To było zakończenie piosenki. Wreszcie coś miało jakieś zakończenie. Próbowałem usunąć z mojej głowy sny o ziemi, ogniu, wodzie i wietrze.

Stałem i słuchałem.

Szesnasty księżyc, szesnasty rok
Nadszedł już dzień, przed którym drżysz
Naznacz już siebie lub siebie daj
Przelewaj krew, wylewaj łzy
Księżyc lub Słońce – niszcz albo czcij.

Gitara umilkła i staliśmy w milczeniu.

– Jak myślisz...

Położyła dłoń na moich ustach. Nie mogła znieść rozmowy o tym. Jeszcze jej nie widziałem w takim stanie. Lodowaty podmuch owiewał ją, otaczał i uciekał przez otwarte za mną drzwi. Nie wiem, czy policzki miała czerwone z powodu zimna czy łez i wolałem nie pytać. Padliśmy na jej łóżko i zwinęliśmy się w jeden kłębek. Nasze ręce i nogi były tak splątane, że trudno było powiedzieć, czyje są czyje. Nie całowaliśmy się, ale było tak, jakbyśmy to robili. Byliśmy bliżej siebie, niż dwoje ludzi mogło ze sobą być.

Myślę, że to właśnie znaczyło kochać kogoś i równocześnie mieć poczucie utraty, mimo że nadal trzymało się go w swoich ramionach.

Lena cała dygotała. Czułem każdy fragment jej ciała, każdą chrząstkę i każde drgnienie. Wyplątałem jedno ramię, którym ją obejmowałem, złapałem koc leżący w nogach łóżka i przykryłem nas oboje. Przycisnęła twarz do mojej piersi, a ja szczelnie otuliłem nas kocem, aż po czubki głów. Znaleźliśmy się w ciemnej małej grocie, tylko my dwoje.

Grota zrobiła się cieplejsza od naszych oddechów. Pocałowałem jej zimne wargi, a ona oddała mi pocałunek. Prąd między nami się nasilił. Lena wtuliła twarz w zagłębienie mojej szyi.

Czy możemy tak zostać na zawsze, Ethanie?

Możemy zrobić, co tylko zechcesz. To twoje urodziny.

Poczułem, jak zesztywniała w moich ramionach.

Nie przypominaj mi.

Ale przyniosłem ci prezent.

Uniosła brzeg koca, wpuszczając odrobinę światła.

– Naprawdę? Mówiłam ci, żebyś tego nie robił.

– A odkąd to ja robię wszystko, co mi każesz? Poza tym Link uważa, że jeśli dziewczyna mówi, żeby nie kupować jej prezentu na urodziny, to znaczy, że należy go kupić, i ma to być biżuteria.

– To nie dotyczy wszystkich dziewczyn.

– No dobra, jeżeli nie chcesz, to ci go nie dam.

Puściła koc i wtuliła się w moje ramiona.

A masz?

Co?

Biżuterię.

Myślałem, że nie chcesz prezentu.

Tak tylko pytam, z ciekawości.

Uśmiechnąłem się do siebie i zsunąłem koc. W tym momencie uderzyło w nas zimne powietrze. Szybko wyjąłem z dżinsów małe pudełko i z powrotem dałem nura pod koc, unosząc go nieco, żeby mogła zobaczyć pudełko.

– Połóż je, jest za zimno.

Odłożyłem więc pudełeczko i znów znaleźliśmy się w ciemnościach. Pudełko zaczęło lśnić zielonym blaskiem. Wyczułem drobne palce Leny, gdy rozwiązywała srebrną wstążkę. Otoczył nas ciepły, jasny blask, który delikatnie oświetlał twarz Leny.

– To coś nowego. – Uśmiechnąłem się do niej w zielonym blasku.

– Wiem. Tak się dzieje dziś od samego rana. O czym bym nie pomyślała, zaraz się spełnia.

– Całkiem nieźle.

Patrzyła w zadumie na pudełko, jakby nie mogła się zdecydować, czy je otworzyć. Przyszło mi do głowy, że to może być jedyny prezent, jaki Lena dziś dostała. Poza przyjęciem niespodzianką, o którym miałem jej powiedzieć w ostatniej chwili.

Przyjęcie niespodzianka?

Wpadłem.

Chyba żartujesz.

Powiedz to Ridley i Linkowi.

Naprawdę? Niespodzianką jest to, że nie będzie przyjęcia.

Otwórz pudełko.

Spojrzała na mnie i otworzyła pudełko. Rozbłysło więcej światła, chociaż prezent nie miał z tym nic wspólnego. Jej twarz złagodniała i wiedziałem już, że daruje mi to przyjęcie. Link nie mylił się co do dziewczyn i biżuterii. Miał stuprocentową rację.

Wyjęła naszyjnik, delikatny i lśniący, z pierścionkiem zwisającym z łańcuszka. Było to grawerowane złote kółeczko, trzy żyłki złota – po jednej w kolorze róży, żółtym i białym — wszystkie splecione w wieniec.

Ethanie! Jaki piękny.

Obsypała mnie pocałunkami. Ale nie przestawałem mówić, chociaż ciągle mnie całowała. Musiałem jej powiedzieć, zanim go włoży i zanim coś się wydarzy.

– Należał do mojej mamy. Wyjąłem go z jej starego pudełka z biżuterią.

– Jesteś pewien, że chcesz mi go dać? – spytała.

Skinąłem głową. Nie mogłem udawać, że to nic wielkiego. Lena wiedziała, co czułem do mamy. To było coś niewiarygodnego i zrobiło mi się lżej na duszy, że oboje zdawaliśmy sobie z tego sprawę.

– To nie jest jakaś rzadkość, brylanty czy coś tym rodzaju, ale dla mnie ten pierścionek jest bardzo cenny. I myślę, że mama nie miałaby nic przeciwko temu, żebym ci go dał, no bo wiesz...

Co?

Och, daj spokój.

– Chcesz, żebym to przeliterował? – Głos trochę mi drżał.

– Przykro mi, kochanie, ale z literowaniem masz pewne problemy.

Wiedziała, że jestem zakłopotany, ale naprawdę chciała, żebym to powiedział. Wolałem nasz milczący sposób porozumiewania. Takiemu facetowi jak ja to znacznie ułatwiało powiedzenie wielu rzeczy. Odsunąłem jej włosy i założyłem naszyjnik. Zalśnił na jej szyi, tuż nad tym, którego nigdy nie zdejmowała.

– Bo jesteś dla mnie kimś bardzo ważnym.

Jak bardzo?

Myślę, że odpowiedź masz wokół swojej szyi.

Różne rzeczy noszę na szyi.

Dotknąłem jej naszyjnika. Wyglądał jak tandeta, ale większość tego, co na nim było, stanowiło najważniejszą tandetę na świecie. A teraz była to także moja tandeta – rozpłaszczona jednocentówka z dziurką pośrodku z automatu z jedzeniem koło kina, do którego poszliśmy na naszej pierwszej randce. Kawałek przędzy z czerwonego swetra, który miała na sobie, gdy parkowaliśmy koło wieży ciśnień, to był żart zrozumiały tylko dla nas dwojga. Srebrny guzik, który dałem jej na szczęście przed posiedzeniem Komisji Dyscyplinarnej. Maleńki spinacz do papieru w kształcie gwiazdki zrobiony przez moją mamę.

Powinnaś znać odpowiedź.

Lena pochyliła się i pocałowała mnie po raz kolejny. Tym razem był to prawdziwy pocałunek. Właściwie trudno to nazwać pocałunkiem. Wymagał zaangażowania ramion, nóg, szyi i włosów tak, że koc w końcu opadł na podłogę, rolety same się podniosły, komoda stanęła na swoim miejscu, ubrania wróciły na wieszaki, a lodowaty pokój zrobił się ciepły. W małym kominku rozbłysł ogień, co było niczym w porównaniu z gorącem, które ogarnęło moje ciało. Poczułem prąd silniejszy niż kiedykolwiek, a serce zaczęło mi szybciej bić.

Cofnąłem się, tracąc oddech.

– Gdzie jest Ryan, kiedy jej potrzebujesz? Musimy się zastanowić, jak sobie z tym poradzić.

– Nie martw się, jest na dole.

Pchnęła mnie i ogień w palenisku zaczął trzaskać jeszcze głośniej. Wydawało się, że lada moment zadławi komin dymem i płomieniami.

Biżuteria, mówię wam. To jest to. I miłość.
I może jeszcze niebezpieczeństwo.

– Już idę, wujku Maconie!
Lena odwróciła się do mnie z westchnieniem.
– Nie możemy już dłużej tego odkładać. Musimy zejść na dół i spotkać się z resztą rodziny.
Popatrzyła na drzwi. Zasuwa sama się odsunęła. Potarłem jej plecy, wykrzywiając się smutno. To już koniec.
Zanim wyszliśmy z pokoju, zapadł zmrok. Sądziłem, że będziemy musieli przemknąć się na dół, żeby pójść do Kuchni w porze lunchu, ale Lena po prostu zamknęła oczy i wózek z jedzeniem wtoczył się przez drzwi na środek pokoju. Kuchni też pewnie było dzisiaj żal Leny. A może po prostu Kuchnia nie była w stanie oprzeć się jej nowym mocom, podobnie jak ja. Zjadłem naleśniki posypane wiórkami czekolady i polane czekoladowym syropem, popijając czekoladowym mlekiem. Lena zjadła kanapkę i jabłko. A potem wszystko rozpłynęło się w pocałunkach.
Oboje zdawaliśmy sobie sprawę, że być może po raz ostatni spędzamy razem czas w jej pokoju. Wyglądało na to, że już nic nie możemy zrobić. Stanie się to, co się ma stać, i jeżeli dzisiejszy dzień był ostatnim, jaki nam pozostał, to mieliśmy chociaż tyle.
Byłem równocześnie przerażony i radosny. Ale przynajmniej ciągle jeszcze nie była to pora kolacji. Był to najlepszy i najgorszy dzień mojego życia.
Złapałem Lenę za rękę i poszliśmy w stronę schodów. Nadal było ciepło, co wskazywało, że Lena ma lepszy nastrój. Naszyjniki lśniły na jej szyi, a w powietrzu huśtały się srebrne i złote świeczki. Przechodziliśmy między nimi, a potem pod nimi. Zeszliśmy po schodach. Nie nawykłem do Ravenwood w tak świątecznym wystroju i tak pełnego światła.

Przez chwilę wydawało się, że trwają przygotowania do prawdziwych urodzin, pełnych radości i beztroski. Przez chwilę.

I wtedy dostrzegłem Macona i ciocię Del. Oboje trzymali w dłoniach świeczki. Z tyłu za nimi Ravenwood było pogrążone w ciemnościach. W tle widać było inne poruszające się postacie, również ze świeczkami w rękach. Macon i Del, ubrani w długie ciemne stroje, wyglądali jak akolici z jakiegoś dziwnego zakonu albo druidzi. To wszystko nie przypominało przyjęcia urodzinowego. Raczej jakąś pogrzebową uroczystość, która przyprawiała o gęsią skórkę.

Wszystkiego najlepszego z okazji szesnastych urodzin. Nie dziwię się, że nie chciałaś wyjść ze swojego pokoju.

Teraz sam widzisz.

Lena zatrzymała się na ostatnim stopniu i spojrzała na mnie. Zupełnie nie pasowała do tego miejsca w starych dżinsach i w za dużej bluzie z kapturem z nadrukiem Jackson High. Wątpię, żeby Lena ubierała się kiedykolwiek w ten sposób. Sądzę, że chciała zatrzymać jakąś cząstkę mnie, tak długo, jak to było możliwe.

Nie bój się. To tylko rytuał oznaczania, żeby chronić mnie do wzejścia księżyca. Naznaczenie nie może nastąpić, dopóki księżyc nie stanie w najwyższym punkcie.

Nie boję się, Leno.

Wiem. Mówiłam do siebie.

Puściła moją dłoń i zeszła z ostatniego stopnia. Gdy jej stopa dotknęła wypolerowanej czarnej podłogi, nastąpiła przemiana. Okryły ją zwiewne ciemne szaty. Czarne włosy zlewały się w jedno z szatami, zasłaniając ją od stóp do głów z wyjątkiem twarzy – jasnej, od której biła blada poświata, przypominająca światło księżyca. Lena dotknęła szyi. Złoty pierścionek mamy nadal tam był. Miałem nadzieję, że będzie jej przypominał, że jestem tu przy niej. Miałem też nadzieję, że była tu moja mama i próbowała nam pomóc.

Co oni ci zrobią? To nie będzie jakaś pogańska ceremonia z seksem?

Lena wybuchnęła śmiechem. Ciocia Del spojrzała na nią z przerażeniem. Reece z powagą wygładziła sukienkę i spojrzała wyniośle, a Ryan zaczęła chichotać.

– Zachowujcie się jakoś – zasyczał Macon.

Larkin wyglądał tak samo świetnie w czarnych szatach jak w skórzanej marynarce. On też się uśmiechał. Lena stłumiła chichot, ukrywając twarz w fałdach swojej szaty.

W świetle poruszających się świec widziałem twarze osób stojących blisko mnie: Macona, Del, Leny, Larkina, Reece, Ryan i Barclaya. W pobliżu znajdowali się też inni – Arelia, matka Macona, i starsza kobieta o pomarszczonej twarzy pokrytej opalenizną. Nawet z miejsca, gdzie stałem, dostrzegłem jej ogromne podobieństwo do Leny i natychmiast zorientowałem się, kim była.

Lena zauważyła ją w tej samej chwili.

– Babcia!

– Wszystkiego najlepszego z okazji urodzin, skarbie!

Gdy Lena podbiegła z szeroko otwartymi ramionami do białowłosej kobiety, krąg na moment został przerwany.

– Nie sądziłam, że przyjedziesz!

– Ależ to oczywiste. Chciałam ci zrobić niespodziankę. Z Barbadosu to prosta droga. Zjawiłam się tu w mgnieniu oka.

Ona mówi to dosłownie, prawda? A kim jest? Kolejnym podróżującym, inkubem, jak Macon?

Stałą klientką United Airlines.

Zdawałem sobie sprawę z tego, że dla Leny była to krótka chwila ulgi. Ja natomiast czułem się coraz dziwniej. Mój tata był stuknięty, mama nie żyła, a kobieta, która mnie wychowała, wiedziała sporo o wudu. Zdołałem się już do tego przyzwyczaić. Ale stojąc tu wśród Obdarzonych, trzymających w rękach świeczki i ubranych w dziwne szaty, doszedłem do wniosku, że powinienem wiedzieć coś więcej niż to, do czego przygotowało mnie życie w domu prowadzonym przez Ammę.

Macon wysunął się przed krąg. Teraz już i tak było za późno. Uniósł wysoko świecę.

– *Cur Luna hac Vinctum convenimus?*

Ciocia Del stanęła obok niego. Jej świeczka zamigotała, gdy uniosła ją i zaczęła tłumaczyć. „Dlaczego zjawiamy się razem do oznaczania przy księżycu?".

Krąg odpowiedział, śpiewnie intonując słowa:

– *Sextusdecima Luna, Sextusdecimo Anno, Illa Capietur.*

Lena powtórzyła formułę. Jej świeczka rozbłysła z taką siłą, że płomienie prawie sięgały twarzy.

– W szesnastym księżycu, szesnastym roku zostanie naznaczona. – Stała pośrodku kręgu z wysoko uniesioną głową. Światło świec padało na nią ze wszystkich stron. Jej świeczka zaczęła się palić dziwnym zielonym płomieniem.

Co się dzieje, Leno?

Nie przejmuj się. To tylko część oznaczania.

Jeśli to było oznaczanie, to chyba nie byłem gotowy na naznaczenie.

Macon podjął śpiewną monotonną intonację, którą pamiętałem z Halloween. Jak ją nazywali?

Sanguis sanguinis mei, tutela tua est.
Sanguis sanguinis mei, tutela tua est.
Sanguis sanguinis mei, tutela tua est.

Krew z krwi mojej twoją jest ochroną!

Lena zbladła. Krąg *Sanguinis*. To było to. Świecę trzymała wysoko nad głową, oczy miała zamknięte. Zielony płomień strzelił w górę potężnym pomarańczowoczerwonym płomieniem. Eksplodował z jej świecy, zapalając wszystkie świece w kręgu.

– Leno! – krzyknąłem i mój głos zagłuszył odgłos wybuchu, ale nie odpowiedziała. Płomień zniknął w ciemności, gdzieś wysoko nad głowami. Uświadomiłem sobie, że dzisiejszej nocy w rezydencji Ravenwood na pewno nie ma dachu ani sufitu. Zasłoniłem gwałtownie oczy ramieniem, ponieważ ogień parzył i oślepiał. Mogłem myśleć jedynie o Halloween. A jeśli to wszystko zaczynało się od nowa? Próbowałem sobie przypomnieć, co robili, walcząc z Sarafine. Co wtedy intonowali? Jak matka Macona to nazwała?

Sanguinis. Nie mogłem sobie przypomnieć słów, nie znałem łaciny i po raz pierwszy żałowałem, że nie wstąpiłem do kółka klasycznego.

Usłyszałem, że ktoś głośno dobija się do drzwi i płomienie natychmiast zniknęły. Szaty, ogień, świece, ciemność i światło, wszystko to po prostu się rozpłynęło. W ułamku sekundy stali się normalną rodziną, śpiewającą wokół urodzinowego tortu.

Co u...?

– Sto lat, sto lat!

Rozbrzmiało kilka ostatnich nut i piosenka ucichła, natomiast dobijanie się do drzwi nie ustawało. Ogromny tort, składający się z trzech warstw, różowej, białej i srebrnej, stał pośrodku salonu, na stoliku do kawy przykrytym białym obrusem i zastawionym elegancką zastawą do herbaty. Lena zdmuchnęła świece, usiłując rozwiać dym, w miejscu, gdzie chwilę wcześniej trzaskały płomienie ognia. Rozległy się oklaski. W mojej bluzie z nadrukiem Jackson High i dżinsach Lena znowu wyglądała jak zwyczajna szesnastolatka.

– Zuch dziewczynka! – Babcia odłożyła robótkę i zaczęła kroić tort, a ciocia Del szybko poszła po herbatę. Reece i Ryan wniosły ogromny stos prezentów, a Macon usiadł w swoim wiktoriańskim fotelu i nalał sobie szkockiej.

Co się dzieje, Leno? Co się stało?

Ktoś stuka do drzwi. Po prostu są ostrożni.

Nie nadążam za twoją rodziną.

Poczęstuj się tortem. To przyjęcie urodzinowe, zapomniałeś?

Ktoś nadal się dobijał. Larkin spojrzał znad dużego trójkątnego kawałka tortu.

– Czy ktoś w końcu otworzy te drzwi?

Macon strzepnął okruszek z kaszmirowej marynarki, spokojnie patrząc na Larkina.

– Ależ oczywiście. Zobacz, kto to taki, Larkinie.

A potem spojrzał na Lenę i potrząsnął głową. Jej dziś nie wolno było otwierać drzwi. Lena przytaknęła i przytuliła się do babci, uśmiechając się nad kawałkiem tortu, jak kochająca wnuczka, którą zresztą była. Poklepała poduszkę obok siebie. Wspaniale. Teraz nadeszła moja kolej na poznanie babci.

I nagle od progu usłyszałem znajomy głos i wiedziałem, że wolę poznać wszystkie babcie świata, niż zetknąć się z tym, co czekało na zewnątrz. Byli tam Ridley i Link, Savannah i Emily, Eden i Charlotte oraz reszta dziewczyn wraz z całą drużyną koszykarską Jackson. Nikt z nich nie nosił swojego codziennego mundurka – koszulek Aniołów z Jackson. Po chwili zrozumiałem dlaczego. Emily miała smugę brudu na policzku. Rekonstrukcja. Uświadomiłem sobie, że ani Lena, ani ja nie wzięliśmy w niej udziału. Nie było szans na zaliczenie historii. O tej porze było już prawie po wszystkim. Mogliśmy zdążyć co najwyżej na pokaz sztucznych ogni. Zabawne, że w każdy inny dzień sztuczne ognie byłyby niesamowitą atrakcją.

– Niespodzianka!

Niespodzianka to mało powiedziane. Po raz kolejny pozwoliłem, by chaos i zagrożenie wtargnęły do Ravenwood. Wszyscy tłoczyli się teraz we frontowym hallu. Babcia machała z kanapy. Macon sączył whisky, opanowany jak zawsze. Tylko ci, którzy go dobrze znali, wiedzieli, że lada moment może stracić nad sobą kontrolę.

Zastanawiałem się, dlaczego Larkin ich wpuścił.

Ja chyba śnię.

Przyjęcie niespodzianka, całkiem o tym zapomniałem.

Emily przepchnęła się przez tłum gości.

– Gdzie solenizantka? – zawołała, otwierając szeroko ramiona, jakby zaplanowała sobie, że Lena podejdzie ją uściskać. Lena odruchowo się cofnęła, ale Emily niełatwo było powstrzymać. Objęła Lenę, jakby były przyjaciółkami, które po długim czasie wreszcie się odnalazły. – Od tygodnia planowaliśmy to przyjęcie. Zespół już czeka. Charlotte zapłaciła za oświetlenie, żeby wszystko było widać. W Ravenwood jest tak ciemno. – I Emily ściszyła konspiracyjnie głos, jakby omawiały sprzedaż kontrabandy na czarnym rynku. – Mamy ze sobą brzoskwiniowego sznapsa.

– Sama musisz to zobaczyć – zawołała ze swym nosowym akcentem Charlotte. Z powodu ciasnych dżinsów z trudem łapała oddech. – To laser. Zadali sobie niemało trudu, ostatni szał w Ravenwood, zupełnie jak podczas imprezy na uniwerku w Summerville.

Ridley musiała sporo się namęczyć, żeby to wszystko zaaranżować. Emily i Savannah urządzające imprezę dla Leny i skaczące koło niej jak koło jakiejś Królowej Śniegu? To trudniejsze niż zmusić kogoś, żeby skoczył z urwiska.

– A teraz chodźmy do twojego pokoju, przygotujesz się na imprezę, solenizantko!

Charlotte jak zwykle mizdrzyła się w egzaltowany sposób, jak cheerleaderka.

Lena zzieleniała. Do jej pokoju? Połowa tekstów na ścianach dotyczyła zebranych tu osób.

– O czym ty mówisz, Charlotte? Lena wygląda fantastycznie. Nie sądzisz, Savannah? – Emily uścisnęła Lenę i popatrzyła na Charlotte z dezaprobatą. Jak można było w ogóle pomyśleć, że Lena jeszcze powinna coś ze sobą robić? Wyglądała świetnie.

– Żartujesz? Ile bym dała za takie włosy! – wykrzyknęła Savannah, nawijając pasmo włosów Leny na palec. – One są takie... czarne.

– Moje włosy też były czarne w zeszłym roku, przynajmniej od spodu – zauważyła Eden. W zeszłym roku Eden ufarbowała na czarno włosy od spodu, zostawiając na górze jasny kolor, usiłując po raz kolejny jakoś się wyróżnić. Savannah i Emily tak długo się z niej nabijały, aż przefarbowała wszystko na jednolity kolor.

– Wyglądałaś jak skunks – stwierdziła Savannah, uśmiechając się do Leny z aprobatą. – Ona wygląda jak Włoszka.

– Chodźmy, wszyscy na ciebie czekają – oświadczyła Emily, łapiąc Lenę za ramię. Lena strząsnęła jej rękę.

To jakaś kolejna sztuczka.

Sztuczka, ale to nie wyobraźnia płata ci figle. To ma coś wspólnego z syreną i jej lizakiem.

Ridley. Powinnam była się domyślić.

Lena spojrzała na ciocię Del i wujka Macona. Byli przerażeni. Ich łacińskie zaklęcia nie przewidywały takiej katastrofy. Babcia się uśmiechała, nieprzyzwyczajona do tego szczególnego gatunku aniołów, jakie można było spotkać w Jackson.

– Po co ten pośpiech? Zostańcie tu i napijcie się herbaty – zaprosiła wszystkich.

– Cześć, babciu! – zawołała Ridley, stojąc w drzwiach. Cały czas trzymała się z tyłu, na werandzie, ssąc lizaka z taką zawziętością, jakby cała ta szopka miała się rozlecieć jak domek z kart, gdyby przestała choć na chwilę. Tym razem nie miała mnie przy sobie, żebym ją wprowadził. Stała o pół kroku od Larkina, który wyglądał na rozbawionego.

Ridley wylewała się z obcisłej koronkowej kamizelki, która przypominała skrzyżowanie bielizny z czymś, co nosiły dziewczyny na okładkach czasopism o hot rodach, i z dżinsowej spódnicy biodrówki.

Oparła się o framugę drzwi.

– Niespodzianka, niespodzianka!

Babcia odstawiła filiżankę z herbatą i wzięła robótkę.

– Och, Ridley, jak miło cię widzieć, kochanie! Ten twój nowy image, doprawdy, świetnie wyglądasz. Jestem pewna, że tłum adoratorów puka do twoich drzwi. – Babcia uśmiechnęła się niewinnie do Ridley, lecz jej oczy pozostały poważne.

Ridley wydęła wargi, ale nadal ssała lizak. Podszedłem do niej.

– Rid, ilu liźnięć potrzebowałaś, żeby to zaaranżować?

– Żeby co zaaranżować, Krótka Zapałko?

– Sprawić, żeby Savannah Snow i Emily Asher wydały przyjęcie dla Leny.

– Więcej, niż ci się wydaje, chłopczyku. – Pokazała mi język, cały w czerwone i fioletowe paski. Widok mógł przyprawić o zawrót głowy.

Larkin westchnął i spojrzał gdzieś poza mną.

– Tam, na zewnątrz, jest chyba setka osób. Scena, głośniki i samochody wzdłuż drogi.

– Naprawdę? – Lena wyjrzała przez okno. – Scena wśród magnolii.

– Moich magnolii? – Macon poderwał się z miejsca.

Zdawałem sobie sprawę, że to wszystko farsa, że Ridley zorganizowała to, ssąc swojego lizaka. Lena też o tym wiedziała. Ale ciągle widziałem w jej oczach, że jakaś jej cząstka tego pragnęła. Lena chciała do nich wyjść.

Przyjęcie niespodzianka, na które przyjdzie cała szkoła. To też musiało być na jej liście. Mogła sobie poradzić z tym, że należy do Obdarzonych, ale nie mogła sobie poradzić z odrzuceniem.

Larkin popatrzył na Macona.

– Nie uda ci się zmusić ich do odejścia. Miejmy to za sobą. Będę z nią cały czas. Ja albo Ethan.

Link stanął przed wszystkimi.

– Chodźmy, pyszczuniu. Jestem tu z moim zespołem, Holy Rollers. To nasz debiut w Jackson. Będzie odlotowo.

Link nigdy jeszcze nie był taki szczęśliwy. Przyjrzałem się podejrzliwie Ridley. Wzruszyła ramionami, skubiąc lizaka.

– Nigdzie nie idziemy. Nie dziś. – Nie wierzyłem własnym oczom, Link tu był. Jego matka dostałaby ataku serca, gdyby to odkryła.

Larkin popatrzył na wyraźnie poirytowanego Macona. A potem na ciocię Del, która wyglądała na wystraszoną. To była ostatnia rzecz, której by chcieli – spuścić Lenę z oczu.

– Nie. – Macon w ogóle nie brał tego pod uwagę.

Larkin spróbował jeszcze raz.

– Pięć minut.

– Mowy nie ma.

– A kiedyż to następnym razem koledzy ze szkoły wydadzą dla niej przyjęcie?

Macon zareagował błyskawicznie.

– Mam nadzieję, że nigdy.

Twarz Leny się wydłużyła. Miałem rację. Bardzo chciała być cząstką tego wszystkiego, mimo że to wcale nie było prawdziwe. To tak jak taniec albo gra w kosza. Dlatego w ogóle chodziła do szkoły, niezależnie od tego, jak źle ją traktowali. Dlatego pojawiała się tam codziennie, mimo że musiała jeść lunch na stadionie i siedzieć po stronie „zdrowego oka" pani od angielskiego. Miała szesnaście lat i – Obdarzona czy nie – pragnęła poczuć się lubianą przez wszystkich nastolatką, choćby tylko jeden raz.

Upór Macona Ravenwooda był dzisiaj niczym wobec uporu Leny.

Podeszła do wuja i go objęła.

– Wiem, że to szaleństwo, wujku M., ale pozwól mi pójść. Tylko na troszkę, dobrze? Chciałabym posłuchać zespołu Linka. – Przyglądałem się, jak jej włosy falują w charakterystyczny sposób. Ale to nie czar Obdarzonych zadziałał dziś na Macona, lecz inny rodzaj magii. Nie było siły, która zmusiłaby wuja, żeby spuścił ją dziś z oczu. Musiała chwycić się innego sposobu, starego jak świat. Tego, co działało na Macona od samego początku, odkąd z nim zamieszkała. Miłości.

– Dlaczego chcesz wyjść z tymi ludźmi? Po tym wszystkim, co ci zrobili, przez co musiałaś przejść?

Słyszałem, jak mięknie, gdy do niej mówił.

– Nic się nie zmieniło. Nie chcę mieć z nimi nic wspólnego, ale i tak bardzo bym chciała pójść.

– To nie ma sensu – odparł ponuro Macon.

– Wiem. I zdaję sobie sprawę, że to głupota, ale chociaż raz chcę się poczuć jak normalna dziewczyna. Chcę zwyczajnie iść potańczyć bez niszczenia wszystkiego dookoła. Chcę iść na imprezę, na którą zostałam zaproszona. Wiem, że to wszystko zaaranżowała Ridley, ale czy to coś złego?

Popatrzyła na niego, przygryzając wargę.

– Nie mogę się na to zgodzić, nawet gdybym chciał. To zbyt niebez-pieczne.

Patrzyli sobie w oczy.

– Nigdy nie miałam okazji zatańczyć z Ethanem, wujku M. Sam to mówiłeś.

Przez moment zdawało się, że Macon ustąpi, ale tylko przez moment.

– Powiem ci coś, czego nigdy nikomu nie mówiłem. Zapamiętaj. Nie spędziłem ani jednego dnia w jakiejkolwiek szkole, ani w niedzielne po-południe nie przeszedłem przez miasto. Wszyscy czasami doznajemy roz-czarowań.

Lena wyciągnęła swoją ostatnią kartę.

– Ale to moje urodziny. Wszystko może się zdarzyć. To może być mo-ja jedyna szansa... – reszta zdania zawisła w powietrzu – żeby zatańczyć ze swoim chłopakiem, żeby być szczęśliwą.

Nie musiała tego mówić. Wiedzieliśmy o tym.

– Leno, wiem, co czujesz, ale odpowiadam za twoje bezpieczeństwo. Zwłaszcza dziś. Musisz pozostać przy mnie. Cały czas. Śmiertelnicy mo-gą ci tylko wyrządzić krzywdę lub sprawić ból. Nie jesteś taka jak oni. Nie było ci to sądzone.

Macon nigdy nie mówił do Leny w ten sposób. Nie byłem pewien, czy miał na myśli przyjęcie, czy mnie.

Oczy Leny zalśniły, ale nie płakała.

– Dlaczego? Co złego jest w tych pragnieniach? Czy nigdy nie przyszło ci do głowy, że czasami oni mogą mieć rację?

– A jeśli nawet, to co? Jakie to ma znaczenie? Jesteś Istotą Naturalną. Któregoś dnia odejdziesz tam, dokąd Ethan nigdy nie będzie mógł pójść. A każda minuta spędzona razem stanie się ciężarem, który będziesz dźwigać przez resztę życia.

– On nie jest ciężarem.

– Jest, uwierz mi. Czyni cię słabą, a to sprawia, że jest tym bardziej niebezpieczny.

– Daje mi siłę, a to jest niebezpieczne dla ciebie.

Stanąłem między nimi.

– Panie Ravenwood, proszę, nie dziś.

Ale Macon już dopiął swego. Lena była wściekła.

– A skąd ty możesz o tym wiedzieć? – krzyknęła. – Nie rozumiesz bliskich więzów z drugą osobą, nawet z przyjacielem. Niczego nie rozumiesz. Jak możesz? Śpisz w swoim pokoju cały dzień, a potem snujesz się po bibliotece przez resztę nocy. Nienawidzisz każdego, a wydaje ci się, że jesteś lepszy od innych. Skoro nigdy nikogo nie kochałeś, skąd możesz wiedzieć, co czuję?

Obróciła się plecami do wuja, do nas wszystkich, i pobiegła na górę. Boo ruszył za nią. Drzwi jej sypialni trzasnęły, aż echo rozległo się w hallu. Boo położył się przed drzwiami jej pokoju.

Macon patrzył za nią, chociaż już jej nie było. Powoli odwrócił się w moją stronę.

– Nie mogłem na to pozwolić. Rozumiesz?

Zdawałem sobie sprawę, że jest to pewnie najbardziej niebezpieczna noc w życiu Leny, ale wiedziałem też, że to prawdopodobnie jej ostatnia szansa, żeby poczuć się dziewczyną, którą wszyscy kochają. Rozumiałem Macona. Ale nie chciałem zostać z nim teraz w jednym pokoju.

Link już się zniecierpliwił.

– No więc co z tym przyjęciem?

– Trwa. – Larkin złapał płaszcz. – Uczcijmy urodziny Leny.

Emily wepchnęła się koło Larkina i wszyscy ruszyli za nimi. Ridley nadal stała w drzwiach. Spojrzała na mnie i wzruszyła ramionami.

– Próbowałam.

– Chodź, człowieku. – Link czekał na mnie, ale przestępował już z nogi na nogę.

Spojrzałem na schody.

Leno?

– Nigdzie nie idę.

Babcia odłożyła robótkę.

– Nie wiem, czy prędko zejdzie, Ethanie. Idź z przyjaciółmi i zajrzyj do niej za kilka minut.

Ale nie chciałem iść. Może to był nasz ostatni wspólny wieczór. Nawet gdybyśmy mieli zostać w pokoju Leny, chciałem być przy niej.

– Przynajmniej wyjdź i posłuchaj mojej nowej piosenki, człowieku. Wtedy wrócisz i zaczekasz na nią.

Link trzymał w ręku pałeczki do perkusji.

– Myślę, że tak będzie najlepiej. – Macon nalał sobie szkockiej. – Wrócisz niedługo, a my omówimy przez ten czas parę spraw.

A więc zostało postanowione. Wyrzucał mnie z domu.

– Jedna piosenka. I będę czekał przed drzwiami. – Spojrzałem na Macona. – Tyle, ile trzeba.

Na polu za Ravenwood były tłumy. Zbudowano tam prowizoryczną scenę oświetloną przenośnymi reflektorami, których używano do rekonstrukcji bitwy pod Honey Hill. Z głośników ryczała muzyka, ale trudno było coś usłyszeć przez huk armat dobiegający z oddali.

Poszedłem za Linkiem w stronę sceny, gdzie instalował się zespół Holy Rollers. Zespół liczył trzy osoby. Wszystkie miały około trzydziestu lat. Facet, który ustawiał wzmacniacz do gitary, miał obie ręce pokryte tatuażami i coś w rodzaju łańcucha rowerowego wokół szyi. Stojące na sztorc czarne włosy basisty pasowały do czarnego makijażu wokół oczu.

Trzeci facet miał na sobie tyle kolczyków, że bolało od samego patrzenia. Ridley wskoczyła na scenę, siadła na krawędzi i pomachała Linkowi.

– Poczekaj tylko, aż nas usłyszysz. Gramy rocka. Szkoda, że nie ma z nami Leny.

– Nie chciałabym was rozczarować.

Lena podeszła od tyłu i objęła mnie rękami w pasie. Jej oczy były czerwone i pełne łez, ale oprócz mnie nikt tego nie dostrzegł.

– Co się stało? Wujek postanowił cię jednak puścić?

– Niezupełnie. Ale jeśli nie będzie wiedział, nie będzie mu przykro, a mnie to mało wzrusza. Był dziś okropny.

Nie odezwałem się. Nie rozumiałem stosunków między nimi, tak jak Lena nie rozumiała mojej relacji z Ammą. Mimo to wiedziałem jednak, że kiedy to wszystko się skończy, będzie jej bardzo przykro. Nie pozwalała powiedzieć złego słowa o Maconie, nawet mnie. A jeśli ona sama tak się teraz zachowywała, tym gorzej będzie się potem czuła.

– Wymknęłaś się?

– Tak. Larkin mi pomógł.

Larkin podszedł do nas, trzymając w ręku plastikowy kubek.

– W końcu raz się ma szesnaste urodziny, prawda?

To nie jest dobry pomysł, Leno.

Tylko jeden taniec i wracamy.

Link wskoczył na scenę.

– Napisałem piosenkę na twoje urodziny, Leno. Na pewno będzie ci się podobała.

– Jaki ma tytuł? – zapytałem podejrzliwie.

– *Szesnaście księżyców*. Pamiętasz? Ta dziwna piosenka, której nie mogłeś znaleźć na iPodzie. Nagle w zeszłym tygodniu usłyszałem ją całą w głowie. Rid trochę mi pomagała... – Uśmiechnął się. – Można by powiedzieć, że miałem natchnienie.

Zaniemówiłem. Ale Lena chwyciła mnie za rękę. Link złapał mikrofon i żadna siła nie mogła go zatrzymać. Ustawił go sobie na wprost ust.

A właściwie wyglądało to tak, jakby miał go w ustach, co było dość obrzydliwe. Link często oglądał MTV u Earla i trzeba przyznać, że dosyć wiernie odtwarzał to, co tam zobaczył.

Zamknął oczy, siadł za perkusją z pałeczkami w ręku.

– Raz, dwa, trzy...

Gitarzysta, lider zespołu, gburowato wyglądający facet w łańcuchu rowerowym, szarpnął jedną strunę na gitarze. Zabrzmiało to straszliwie, a wzmacniacze zaskowyczały po obu stronach sceny. Skrzywiłem się. To nie będzie miłe przeżycie. Po chwili szarpnął kolejną, i jeszcze jedną.

– Panie i panowie, o ile są tu jacyś. – Link uniósł brew i rozległ się gromki śmiech. – Leno, wszystkiego najlepszego z okazji urodzin. A teraz proszę wziąć się za ręce i posłuchać premierowego występu mojego zespołu Holy Rollers. – Link puścił oko do Ridley. – Facetowi zdawało się, że jest Mickiem Jaggerem. Poczułem się głupio i wziąłem Lenę za rękę. Miałem wrażenie, że wsadziłem dłoń do jeziora zimą, gdy powierzchnia wody jest nagrzana od słońca, a dwa centymetry niżej woda jest zimna jak lód. Zadrżałem, ale nie puściłem jej ręki.

– Mam nadzieję, że jesteś przygotowana. Za chwilę Link będzie szalał. Za pięć minut wracamy do twojego pokoju. Obiecuję.

Popatrzyła na Linka w zamyśleniu.

– Nie jestem taka pewna.

Ridley siedziała na brzegu sceny, uśmiechając się i machając jak jakaś fanka. Jej włosy, różowe i jasne pasma, rozwiewane przez wiatr, falowały wokół ramion.

I wtedy usłyszałem znajomą melodię. *Szesnaście księżyców* ryczało przez wzmacniacze. Tylko że tym razem nie przypominało to żadnej z piosenek Linka nagranych na jego taśmach demo. To było dobre, naprawdę dobre. Tłum wpadł w istny szał. Uczniowie z Jackson wreszcie mieli swoje tańce, tym razem na łące, w środku Ravenwood, cieszącej się najgorszą sławą plantacji w hrabstwie Gatlin, której wszyscy się bali. Tańczyli, a część śpiewała. To było zdumiewające, bo nikt wcześniej nie słyszał tej piosenki. Nawet Lena uśmiechnęła się blado i zaczęliśmy się kołysać razem z tłumem – trudno się było powstrzymać.

– Grają naszą piosenkę. – Lena znalazła moją dłoń.

– Właśnie to samo pomyślałem.

– Wiem.

Splotła palce z moimi, a mnie przeszły ciarki.

– I są dobrzy – dodała, przekrzykując hałas.

– Dobrzy? Są świetni! To największy dzień w życiu Linka.

To wszystko razem wyglądało na szaleństwo. Holy Rollers, Link, cała ta impreza. Ssąca lizaka Ridley, kiwająca się na brzegu sceny w takt muzyki. Nie była to najbardziej zwariowana rzecz, jaką dziś widziałem, ale jednak.

Nieco później tańczyliśmy z Leną i mijały kolejne minuty – pięć, dwadzieścia pięć, pięćdziesiąt pięć – żadne z nas tego nie zauważyło ani się tym nie przejęło. Czas stanął w miejscu. Tak mi się przynajmniej zdawało. Zatańczyliśmy jeden taniec, ale staraliśmy się go jak najbardziej przedłużyć, na wypadek gdyby to był nasz ostatni.

Larkin się nie śpieszył. Stał z Emily owiniętą wokół niego z boku przy ognisku, gdzie ktoś ustawił stare pojemniki na śmieci. Emily miała na sobie marynarkę Larkina, a on lizał jej szyję albo jeszcze gorzej. Rzeczywiście przypominał węża.

– Larkin! Ona ma szesnaście lat – zawołała Lena z miejsca, gdzie tańczyliśmy. Larkin wywalił język, który zaczął się wydłużać, aż sięgnął ziemi.

Emily chyba tego nie zauważyła. Wyplątała się z objęć Larkina, machając ręką do Savannah, która tańczyła z Charlotte i Eden.

– Chodźcie, dziewczyny, wręczymy Lenie prezent.

Savannah sięgnęła do srebrnej torebki i wyjęła z niej maleńką srebrną paczuszkę, przewiązaną srebrną wstążką.

– To taka drobnostka – powiedziała, podając ją Lenie.

– Każda dziewczyna powinna mieć coś takiego – bełkotała Emily.

– Metal pasuje do wszystkiego. – Eden z trudem hamowała się, żeby nie zedrzeć papieru z pudełeczka.

– Wystarczy, żeby zmieścił się telefon i błyszczyk do warg.

– Rozpakuj – zadysponowała Charlotte.

Lena wzięła zawiniątko i uśmiechnęła się do nich.

– Savannah, Emily, Eden, Charlotte... Nawet nie wiecie, ile to dla mnie znaczy. – Nie dotarł do nich sarkazm. Doskonale wiedziałem, co było w paczuszce i ile to dla niej znaczyło.

Głupota do głupoty.

Lena nie mogła spojrzeć mi w oczy, bo oboje wybuchnęlibyśmy śmiechem. Gdy przecisnęliśmy się z powrotem przez tłum tańczących, Lena wrzuciła paczuszkę do ognia. Żółte i pomarańczowe płomienie zamieniły całość w dym i popiół.

Zespół Holy Rollers przerwał na chwilę występ, a Link podszedł do nas, pławiąc się w glorii swojego muzycznego debiutu.

– Mówiłem ci, że jesteśmy dobrzy. Tylko krok dzieli nas od kontraktu. – Stuknął mnie w żebro jak dawniej.

– Miałeś rację, człowieku. Byliście świetni. – Musiałem mu to powiedzieć, chociaż wiedziałem, że miał po swojej stronie lizak.

Savannah Snow powoli podeszła do Linka.

– Hej, Link. – Zatrzepotała zalotnie rzęsami.

– Hej, Savannah.

– Masz wolny taniec? – Niewiarygodne. Stała tam, gapiąc się na niego jak na jakąś gwiazdę rocka. – Nie wiem, co zrobię, jeśli mi odmówisz – rzuciła z uśmiechem Królowej Śniegu.

Miałem wrażenie, że znalazłem się w którymś ze snów Linka, a może raczej Ridley.

O diable mowa.

– Zabieraj łapy, królowo szkolnego balu. To mój Hot Rod. – Ridley oparła ramię i parę innych ważnych szczegółów anatomicznych o Linka, posyłając konkurentce wyraźny przekaz.

– Wybacz, Savannah. Może następnym razem.

Link wsadził pałeczki do tylnej kieszeni spodni i ruszył z Ridley ku tańczącym, a ona szła, kołysząc biodrami, pewna siebie. To musiał być najwspanialszy moment w życiu Linka. Można by pomyśleć, że to jego urodziny.

Gdy utwór dobiegł końca, wskoczył na scenę.

– Została nam jeszcze jedna piosenka, którą napisał ktoś mi bliski. Posłuchajcie, to o was.

Światła zgasły. Link rozpiął bluzę i światła rozbłysły z brzękiem strun gitary. Miał teraz na sobie koszulkę Aniołów z Jackson z wyrwanymi rękawami. Wyglądał tak groteskowo, jak sobie to zaplanował. Szkoda, że jego matka tego nie widziała.

Wtulił się w mikrofon i zaczął swoje własne małe przedstawienie.

Anioły spadają wokół mnie
Cierpienie rodzi cierpienie
Złamane strzały zabijają mnie
Nie widzisz tego? Nie?
To, czego nienawidzisz, twym losem staje się
I przeznaczeniem, upadły aniele.

Piosenka Leny. Ta, którą napisała dla Linka.

Muzyka brzmiała coraz głośniej, a każdy członek klubu Aniołów kołysał się w takt hymnu skierowanego przeciw sobie. Może to była Ridley, a może nie. Zanim piosenka dobiegła końca, Link wrzucił koszulkę ze skrzydłami do ogniska. Można było odnieść wrażenie, że razem z nią spłonęło jeszcze kilka innych rzeczy. Wszystko, co wydawało się takie trudne, od dawna nie do pokonania, poszło z dymem.

Długo po tym, jak zespół skończył grać, Ridley i Link gdzieś zniknęli, Savannah i Emily ciągle były miłe dla Leny, a cała drużyna koszykarska nagle zaczęła ze mną rozmawiać. Rozejrzałem się za jakimś drobnym znakiem, za lizakiem, za jakąś pojedynczą nitką, która pozwoliłaby rozwikłać tę tajemnicę.

Ale nie było nic. Tylko księżyc, gwiazdy, muzyka, światła i tłum. Już nie tańczyliśmy z Leną, ale ciągle staliśmy przytuleni do siebie. Kołysaliśmy się w przód i w tył, strumień ciepła, zimna, elektryczności i strachu pulsował w moich żyłach. Dopóki grała muzyka, byliśmy z Leną w naszym własnym świecie. Nie pod kocem w ciemnościach, ale i tak było fantastycznie.

Lena odsunęła się, jak zwykle gdy coś ją nurtowało, i popatrzyła na mnie, jakby widziała mnie po raz pierwszy.

– Co się stało?

– Nic. Ja... – Nerwowo zagryzała dolną wargę i wzięła głęboki oddech. – Chcę ci coś powiedzieć.

Usiłowałem czytać jej w myślach, w twarzy. Miałem wrażenie, że za tydzień będzie Boże Narodzenie, a my stoimy w hallu w Jackson, a nie na polu w Greenbrier. Ciągle trzymałem ręce na jej talii i musiałem oprzeć się pokusie, żeby nie przytulić jej mocniej. Najchętniej nigdy już bym jej nie wypuścił.

– Co się stało? Możesz mi wszystko powiedzieć.

Oparła ręce na mojej piersi.

– Jeżeli coś się wydarzy dzisiejszej nocy, chcę, żebyś wiedział...

Spojrzała mi w oczy i usłyszałem to tak wyraźnie, jakby wyszeptała mi te słowa do ucha. Ale dla mnie znaczyło to więcej, niż gdyby wymówiła je na głos. Wypowiedziała je w sposób zarezerwowany tylko dla nas. Sposób, który pozwolił nam się odnaleźć. Który zawsze potem pozwalał nam się odszukać.

Kocham cię, Ethanie.

Przez sekundę nie wiedziałem, co powiedzieć, bo samo „kocham cię" po prostu nie wystarczyło. Nie powiedziałem wszystkiego, co chciałbym powiedzieć, nie powiedziałem, że uratowała mnie przed tym miasteczkiem, przed samym sobą, przed tatą. Jak dwa słowa mogą to wszystko wyrazić? Nie mogą, ale wypowiedziałem je z głębi serca:

Kocham cię, Leno. Myślę, że zawsze cię kochałem.

Wtuliła się we mnie, kładąc głowę na moim ramieniu, a ja poczułem pod brodą ciepło jej włosów. Poczułem coś jeszcze. Tę jej cząstkę, której, jak sądziłem, nigdy nie uda mi się dosięgnąć. Tę, którą trzymała w ukryciu przed światem. Poczułem, że uchyliła na moment drzwi duszy na tyle, żeby wpuścić mnie do wnętrza. Dawała mi cząstkę siebie, cząstkę czegoś, co było tylko jej. Pragnąłem zapamiętać to uczucie. Jak zdjęcie, do którego będę mógł wracać, gdy tylko zapragnę.

Chciałem, żeby to trwało całe wieki.

Ale mieliśmy tylko pięć minut.

Jedenasty lutego

Dziewczyna z lizakiem

Ciągle kołysaliśmy się z Leną w takt muzyki, gdy Link, rozpychając się łokciami, przebił się przez tłum.

– Człowieku, wszędzie cię szukałem. – Link się zgiął, opierając ręce na kolanach i z trudem łapiąc oddech.

– Pali się?

Wyglądał na zaniepokojonego, co było niezwykłe jak na faceta, którego jedynym problemem było, jak ukryć się przed mamą.

– Twój tata. Stoi w piżamie na balkonie Poległych Żołnierzy.

Według przewodnika po Karolinie Południowej, Muzeum Poległych Żołnierzy to miejsce pamięci poświęcone wojnie domowej. Ale tak naprawdę to stary dom Gaylona Evansa, pełen pamiątek z wojny secesyjnej. Gaylon zostawił dom i zbiory swojej córce, Verze, której tak bardzo zależało na tym, żeby zostać członkinią CAR, że pozwoliła pani Lincoln i jej przyjaciółkom odnowić budynek i zamienić go w jedyne w Gatlin muzeum.

– Wspaniale. – Nie wystarczyło, że kompromitował mnie w domu. Tata postanowił wyjść na zewnątrz.

Link wyglądał na zmieszanego. Pewnie się spodziewał, że będę zaskoczony wiadomością o ojcu paradującym w piżamie. Nie miał pojęcia, że dla mnie to codzienność. Uświadomiłem sobie, jak mało Link wiedział ostatnio o moim życiu, biorąc pod uwagę fakt, że był moim najlepszym przyjacielem. Moim jedynym przyjacielem.

– Ethanie, on stoi na balkonie i ma zamiar skoczyć.

Zamarłem. Usłyszałem, co mówi, ale nie mogłem wykonać żadnego ruchu. Ostatnio wstydziłem się taty, ale nadal go kochałem. Wariat czy nie, nie mogłem go stracić. Był jedynym rodzicem, jaki mi pozostał.

Ethanie, dobrze się czujesz?

Popatrzyłem na Lenę, w jej wielkie, zielone oczy pełne troski. Dzisiaj i ją mogę stracić. Mogę stracić ich oboje.

– Słyszysz, co mówię? – denerwował się Link.

Ethanie, musisz iść, wszystko będzie dobrze.

– Hej! Rusz się, człowieku! – Link zaczął mnie szarpać. Nie było już gwiazdy rocka. Przede mną stał mój najlepszy przyjaciel i usiłował ratować mojego ojca. Ale nie mogłem zostawić Leny.

Nie zostawię cię tu samej.

Kątem oka dostrzegłem zbliżającego się do nas Larkina. Wyplątał się na moment z objęć Emily.

– Larkinie!

– Co jest? – Zdawał się wyczuwać, że coś się dzieje, i jak na faceta, który generalnie jest obojętny na wszystko, wyglądał na zmartwionego.

– Musisz zabrać Lenę do domu.

– Dlaczego?

– Po prostu obiecaj, że ją odprowadzisz.

– Nie martw się o mnie, wszystko będzie dobrze. Idź już! – Lena popchnęła mnie w stronę Linka. Była przerażona. Ja też się bałem. Nie poruszyłem się jednak.

– Dobrze, stary. Zabiorę ją zaraz do domu – obiecał Larkin.

Link mnie szturchnął i zaczęliśmy się przedzierać przez tłum. Obaj wiedzieliśmy, że za chwilę mogę zostać sierotą.

Pobiegliśmy przez zarośnięte pola Ravenwood w stronę drogi i Muzeum Poległych Żołnierzy. Powietrze było gęste od dymu z moździerzy – wyrazy uznania dla rekonstrukcji bitwy pod Honey Hill – a co kilka sekund słychać było wystrzały z karabinów. Nocna kampania toczyła się z całym rozmachem. Zbliżaliśmy się do granic plantacji Ravenwood, do miejsca, gdzie zaczynało się Greenbrier. Widać już było żółte, odblaskowe taśmy, które wyznaczały strefę bezpieczeństwa wokół miejsca rekonstrukcji bitwy.

A jeśli przybyliśmy za późno?

Muzeum było ciemne. Link i ja wbiegaliśmy po dwa schodki naraz, usiłując przebiec cztery piętra najszybciej, jak było to możliwe. Byliśmy już na trzecim podeście, gdy instynktownie się zatrzymałem. Link to wyczuł. Tak samo wyczuwał, gdy zamierzałem podać mu piłkę i przystawał obok.

– On tam jest – powiedział. Ale nie mogłem zrobić kroku. Link widział po mojej twarzy, co się ze mną dzieje. Wiedział, czego się boję. Stał przy mnie na pogrzebie mamy, przyjmując białe goździki od ludzi i kładąc je na trumnę, podczas gdy my z ojcem gapiliśmy się na grób, jakbyśmy sami też byli nieżywi.

– A co jeśli... Co jeśli on już skoczył?

– Nie ma mowy. Zostawiłem przy nim Rid. Ona nigdy by do tego nie dopuściła.

Miałem wrażenie, że podłoga usuwa mi się spod nóg.

„Gdyby kazała ci skoczyć z urwiska, tobyś to zrobił".

Odepchnąłem Linka, pognałem po schodach i omiotłem wzrokiem korytarz. Wszystkie drzwi z wyjątkiem jednych były zamknięte. Światło księżyca zalewało doskonale zabejcowane sosnowe deski podłogi.

– Jest tam – rzucił Link, a ja już wiedziałem.

Gdy wszedłem do pokoju, miałem wrażenie, że cofam się w czasie. Panie z CAR wykonały kawał dobrej roboty, planując remont. W jednym końcu pomieszczenia był ogromny kominek z długim drewnianym gzymsem, na którym stały woskowe świece. Gdy się paliły, skapywał z nich wosk. Z portretów wiszących na ścianie spoglądały oczy poległych konfederatów, a na wprost kominka ustawione było olbrzymie łoże z baldachimem. W tym wszystkim była jednak jakaś nutka fałszu, która zakłócała wystrój. Zapach. Piżma i czegoś słodkiego, mdląco słodkiego. Mieszanina niebezpieczeństwa i niewinności, chociaż właśnie Ridley była wszystkim, tylko nie niewinnością.

Stała w otwartych drzwiach balkonowych. Jej jasne włosy rozwiewał wiatr. Drzwi były szeroko otwarte, a zakurzone zasłony wydymały się w stronę pokoju pod silnym naporem powietrza. Jakby tata już skoczył.

– Znalazłem go – zawołał Link do Ridley, z trudem łapiąc oddech.

– Widzę. Jak leci, Krótka Zapałko? – Ridley uśmiechnęła się tym swoim chorym uśmieszkiem, od którego mnie zemdliło. Miałem ochotę zwymiotować.

Podszedłem powoli do drzwi, bojąc się, że już go nie ma. Ale był. Stał we flanelowej piżamie, na bosaka, po drugiej stronie barierki.

– Tato! Nie ruszaj się.

Kaczki. Kaczki krzyżówki wyglądały po prostu groteskowo na jego piżamie, gdy tak stał, zastanawiając się, czy nie zrobić kroku w dół.

– Nie podchodź, Ethanie, bo skoczę – powiedział zdecydowanym, przytomnym tonem, którego nie słyszałem od miesięcy. Takim, jaki znałem z dawnych czasów. Jakim zawsze kiedyś mówił. Dlatego wiedziałem, że nie jest sobą. To Ridley i jej moc perswazji.

– Tato, nie chcesz tego. Pozwól mi sobie pomóc.

Podszedłem kilka kroków w jego stronę.

– Zatrzymaj się, Ethanie, natychmiast! – krzyknął, wyciągając rękę, jakby chciał mnie powstrzymać.

– Nie potrzebujesz jego pomocy, prawda, Mitchell? Potrzebujesz spokoju. Znów chcesz zobaczyć Lilę.

Ridley opierała się o mur z lizakiem w ręku.

– Nie wymawiaj imienia mojej matki, wiedźmo!

– Rid, co robisz? – Link pojawił się w drzwiach.

– Trzymaj się od tego z dala, Skurczaku. To nie twoja liga.

Stanąłem przed Ridley, odgradzając ją od taty, jakby moje ciało mogło w jakiś sposób pozbawić ją mocy.

– Ridley, dlaczego to robisz? On nie ma nic wspólnego z Leną ani ze mną. Jeśli chcesz kogoś skrzywdzić, wyżyj się na mnie. Nie mieszaj do tego mojego ojca.

Odrzuciła głowę do tyłu i roześmiała się nikczemnym i równocześnie zmysłowym śmiechem.

– Nie obchodzi mnie krzywdzenie ciebie, Krótka Zapałko. Wykonuję swoją robotę. Osobiście nic do ciebie nie mam.

Zrobiło mi się zimno.

Swoją robotę.

– Robisz to dla Sarafine.

– Daj spokój, Krótka Zapałko. A czego się spodziewałeś? Widziałeś, jak mnie traktuje mój rodzony wuj. Teraz wszystko, co dotyczy rodziny, jest dla mnie bez znaczenia.

– Rid, o czym ty w ogóle mówisz? Kim jest Sarafine? – Link podszedł do niej tak blisko, że musiała na niego spojrzeć. Przez mgnienie oka dostrzegłem w jej twarzy coś autentycznego. Coś, co przypominało prawdziwe uczucie.

Ale minęło tak szybko, jak się pojawiło.

– Wracaj na przyjęcie, Skurczaku! Zespół właśnie przygotowuje się do drugiej części występu. Przecież nagrywaliśmy to wszystko do twojego nowego demo. Sama pójdę do kilku wytwórni w Nowym Jorku – powiedziała miękko, patrząc na niego uważnie. Link spoglądał niepewnie, jakby chciał wrócić na przyjęcie, ale nie był pewien, co ma robić.

– Tato, posłuchaj mnie. Nie chcesz tego zrobić. Ona tobą manipuluje. Może nakłonić ludzi do czego tylko chce. Mama nigdy by nie chciała, żebyś to zrobił.

Obserwowałem go, mając nadzieję, że zobaczę jakiś znak, że mnie rozumie, że słucha. Ale niczego takiego nie dostrzegłem. Spoglądał w ciemność. Z oddali słychać było szczęk bagnetów i odgłosy walczących mężczyzn.

– Mitchell, nie masz po co żyć. Straciłeś żonę, nie potrafisz już pisać, a Ethan za kilka lat wyjedzie na uniwersytet. Sam go spytaj o broszurki, które trzyma w pudle po butach pod łóżkiem. Zostaniesz zupełnie sam.

– Zamknij się!

Ridley zwróciła się twarzą w moją stronę, odwijając wiśniowego lizaka.

– Przykro mi, Krótka Zapałko. Naprawdę mi przykro. Ale każdy ma swoją rolę do odegrania, a ja teraz gram swoją. Twój tata będzie miał mały wypadek dzisiejszej nocy. Podobnie jak twoja mama.

– Coś ty powiedziała? – Wiedziałem, że Link coś mówi, ale nie słyszałem jego głosu. Nie słyszałem nic, tylko tych kilka słów. Odtwarzałem je na nowo w swojej głowie.

Podobnie jak twoja mama.

– To ty zabiłaś mamę? – zapytałem, idąc w jej stronę. Nie obchodziło mnie, jaką miała moc. Jeżeli zabiła moją mamę...

– Uspokój się, skarbie. To nie byłam ja. To się stało nieco przede mną.

– Ethanie, co się tu, u diabła, dzieje? – Link znalazł się przy mnie.

– Rid nie jest tym, za kogo się podaje. Ona jest... – Nie wiedziałem, jak to wyjaśnić, żeby Link zrozumiał. – Ona jest syreną. To coś w rodzaju czarownicy. Manipulowała tobą, tak jak teraz tatą.

Link zaczął się śmiać.

– Czarownicą? Chyba postradałeś zmysły, człowieku.

Nie spuszczałem Ridley z oczu. Uśmiechnęła się i przejechała palcami po włosach Linka.

– Wiesz przecież, że kochasz niegrzeczną dziewczynkę.

Nie wiedziałem, do czego jest zdolna, ale po tej małej demonstracji, którą urządziła w Ravenwood, zdawałem sobie sprawę, że z łatwością może nas wszystkich zabić. Nigdy nie powinienem był jej traktować jak jakiejś nieszkodliwej dziewczyny, która chce się tylko pobawić. Znalazłem się w niezłych tarapatach. Zastanawiałem się, co z tego wyniknie.

Link spoglądał to na nią, to na mnie. Nie wiedział, w co wierzyć.

– Nie żartuję, Link. Powinienem był ci to wcześniej powiedzieć, ale przysięgam, że mówię prawdę. Dlaczego chciałaby zabić mojego tatę?

Link zaczął chodzić tam i z powrotem. Nie wierzył mi. Pewnie myślał, że zaczynam wariować. Dla mnie samego to, co mówiłem, brzmiało nonsensownie.

– Ridley, czy to prawda? Wykorzystywałaś mnie? I masz jakąś tam moc?

– Skoro chcesz dzielić włos na czworo.

Tata puścił poręcz jedną ręką. Wyciągnął ją, jakby miał zamiar iść po linie.

– Tato, nie! Nie rób tego!

– Rid, nie rób tego! – Link zbliżał się do niej powoli. Słyszałem pobrzękiwanie łańcuszka przy jego portfelu.

– Skurczaku, nie słyszałeś, co mówi twój kumpel? Jestem wiedźmą. Złą wiedźmą.

Zdjęła ciemne okulary, odsłaniając złote kocie oczy. Usłyszałem, jak oddech uwiązł Linkowi w gardle, jakby ją zobaczył po raz pierwszy. Ale tylko przez sekundę.

– Może jesteś wiedźmą, ale nie jesteś taka całkiem zła. Tyle wiem. Spędziliśmy razem mnóstwo czasu. Tyle nas łączyło.

– To było częścią planu, Hot Rodzie. Musiałam mieć kogoś, dzięki komu zbliżę się do Leny.

Link po prostu zdębiał. Bez względu na to, co Ridley mu zrobiła, bez względu na wszystkie jej zaklęcia, jego uczucie do niej było silniejsze.

– Więc to wszystko była jedna wielka lipa? Nie wierzę.

– Możesz wierzyć lub nie. To prawda. W każdym razie jesteśmy tak blisko prawdy, jak to możliwe, jeśli o mnie chodzi.

Obserwowałem, jak tata przenosi ciężar z nogi na nogę. Jedną rękę nadal miał wyciągniętą. Huśtał nią w górę i w dół. Wyglądało to tak, jakby chciał wypróbować skrzydła, żeby sprawdzić, czy może latać. Kilka kroków dalej pociski armatnie padały na ziemię, rozpryskując błoto w powietrzu.

– A to wszystko, co mi opowiadałaś? O tym, jak dorastałyście razem z Leną jak dwie siostry? Dlaczego chcesz ją skrzywdzić?

Coś przemknęło po jej twarzy. Nie byłem pewien, ale coś jakby żal. Czy to możliwe?

– To nie zależy ode mnie. Nie ja noszę kule. Już mówiłam, takie mam zadanie. Odciągnąć Ethana od Leny. Nic nie mam przeciwko temu staruszkowi, ale jego umysł słabo pracuje. No wiesz, ma nierówno pod sufitem.

Polizała lizaka.

„Odciągnąć Ethana od Leny".

Więc cały ten teatrzyk miał po prostu nas rozłączyć. I nagle usłyszałem głos Arelii tak wyraźnie, jakby była tuż przy mnie:

„To nie dom ją chroni. Żaden Obdarzony nie może wejść między nich".

Jak mogłem być taki głupi? Nie chodziło o to, czy mam jakąś moc, czy nie. Nigdy nie chodziło o mnie. Chodziło o nas.

Moc miało to, co było między nami, co od zawsze istniało. Odnalezienie jej w deszczu na drodze numer 9. Skręt w tę samą stronę na rozwidleniu. Nie potrzeba było żadnego wiążącego zaklęcia, żeby nas połączyć. A teraz udało im się nas rozdzielić. Byłem bezradny. A Lena tej nocy, kiedy najbardziej mnie potrzebowała, została sama.

Nie mogłem się skupić. Czas uciekał, a ja nie zamierzałem stracić kolejnej osoby, którą kochałem. Podbiegłem do taty i chociaż było to zaledwie kilka kroków, miałem wrażenie, że moje nogi zapadają się w bagnie.

Zobaczyłem, że Ridley zrobiła krok do przodu. Jej włosy zaczęły falować na wietrze, skręcały się i przypominała Meduzę z głową całą w wężach.

Link podszedł do niej i chwycił ją za ramię.

– Nie rób tego, Rid.

Przez ułamek sekundy nie wiedziałem, co się stanie. Wszystko działo się jak na zwolnionym filmie.

Tata obrócił się i spojrzał na mnie.

Zobaczyłem, że puszcza poręcz.

Zobaczyłem różowe i jasne pasma włosów skręcające się wokół głowy Ridley.

I zobaczyłem Linka stojącego przed nią, patrzącego w jej złote oczy, szepczącego coś, czego nie mogłem usłyszeć. Spojrzała na Linka i jej lizak poleciał przez poręcz w dół. Spadł na ziemię, wybuchając jak szrapnel. Skończyło się.

Ojciec błyskawicznie odwrócił się do mnie. Złapałem go za ramiona i zacząłem ciągnąć przez poręcz na balkon. Upadł na stertę szmat i leżał przerażony jak małe dziecko.

– Dziękuję, Ridley. Cokolwiek to było, dziękuję.

– Nie chcę twoich podziękowań. – Z szyderczym uśmieszkiem odsunęła się od Linka, poprawiając ramiączko bluzki. – Nie zrobiłam uprzejmości żadnemu z was. Po prostu nie miałam ochoty go dzisiaj zabijać. Jeszcze nie.

Starała się, żeby zabrzmiało to groźnie, ale w efekcie wyszło dziecinnie. Zakręciła różowe pasmo włosów na palcu.

– Nie wszyscy będą z tego powodu zachwyceni.

Nie musiała dodawać, o kogo chodzi, w jej oczach ujrzałem strach. Przez ułamek sekundy dostrzegłem, ile gry było w jej zachowaniu.

Pomogłem ojcu wstać i nagle mimo wszystko zrobiło mi się jej żal. Ridley mogła mieć każdego faceta, jakiego tylko chciała, a przecież była bardzo samotna. Nie była tak silna psychicznie jak Lena.

Lena.

Leno, wszystko w porządku?

Wszystko dobrze. Co się stało?

Popatrzyłem na ojca. Nie mógł otworzyć oczu i miał problem z utrzymaniem się na nogach.

Nic. Larkin jest z tobą?

Tak, idziemy do Ravenwood. Z tatą wszystko dobrze?

Tak, później ci opowiem.

Wsunąłem rękę pod ramię taty, a Link złapał go z drugiej strony.

Nie odchodź od Larkina i wracaj do domu, do rodziny. Sama nie jesteś bezpieczna.

Zanim zdołaliśmy się ruszyć, Ridley przeszła obok nas. Jej długie nogi przekroczyły próg otwartych drzwi na balkon.

– Cześć, chłopcy. Mam samolot. Może wrócę do Nowego Jorku na trochę? Trzymajcie się. – Wzruszyła ramionami.

Link nie mógł od niej oderwać oczu, chociaż była potworem.

– Rid?

Zatrzymała się i popatrzyła na niego prawie z żalem. Jakby nic nie mogła poradzić na to, że jest tym, kim jest, że rekin jest rekinem. Ale gdyby mogła...

– Co tam, Skurczaku?

– Nie jesteś wcale taka zła.

Spojrzała mu prosto w oczy i prawie się uśmiechnęła.

– Wiesz, jak to się mówi, taką mnie stworzono.

Jedenasty lutego

Zjazd rodzinny

Tata był bezpieczny pod opieką lekarzy czuwających na wszelki wypadek przy rekonstrukcji bitwy. Wróciłem na przyjęcie najszybciej, jak tylko mogłem. Przepchnąłem się przez tłum dziewczyn z Jackson, które zdążyły zrzucić kurtki i teraz wyglądały wyzywająco w koszulkach bez rękawków lub na ramiączkach, wirując w takt muzyki granej przez zespół Holy Rollers. Bez Linka, który – trzeba mu przyznać – ani na chwilę mnie nie opuścił. Było głośno. Zespół grał na żywo i podkręcił na full wzmacniacze, a na dodatek wszystko zagłuszały strzały z armat. Nie słyszałem, co mówi Larkin.

– Ethanie, tutaj! – Larkin stał wśród drzew tuż za świecącą taśmą, oddzielającą bezpieczną strefę od Jeśli Nie Chcesz Dostać w Tyłek, to Nie Przechodź przez Tę Linię. Co on tutaj robi, poza bezpieczną strefą? Dlaczego nie wrócił do domu? Pomachałem do niego, a on skinął mi ręką, znikając za wzniesieniem. Normalnie przeskoczyłbym przez taśmę bez wahania, ale nie dziś. Tyle że nie miałem wyboru, musiałem za nim iść.

Link, potykając się, szedł tuż za mną.

– Ethanie!

– Co?

– Jeśli chodzi o Rid, powinienem był cię słuchać.

– Nie ma sprawy. Nic nie mogłeś zrobić. Moja wina, że nie powiedziałem ci o wszystkim.

– Nie przejmuj się. I tak bym nie uwierzył.

Nad naszymi głowami rozległ się echem huk strzałów armatnich. Obaj instynktownie się pochyliliśmy.

– Mam nadzieję, że to ślepa amunicja – zauważył podenerwowany Link. – Byłoby głupio, gdyby mnie zastrzelił własny ojciec.

– Biorąc pod uwagę mój fart ostatnio, nie zdziwiłoby mnie, gdyby zastrzelił nas obu.

Wspięliśmy się z Linkiem na sam szczyt. Widziałem gęste zarośla, dęby i dym z dział.

– Tu jesteśmy! – zawołał Larkin z drugiej strony zarośli. Powiedział „my", więc domyśliłem się, że chodzi o niego i Lenę. Pognałem najszybciej, jak tylko mogłem. Jakby od tego zależało życie Leny. A obawiałem się, że mogło tak być.

I wtedy uświadomiłem sobie, gdzie jesteśmy. Rozpoznałem łuk, pod którym przechodziło się do ogrodu w Greenbrier. Larkin i Lena stali na polanie, tuż obok ogrodu, w tym samym miejscu, gdzie kilka tygodni temu rozkopaliśmy grób Genevieve. Kilka kroków za nimi wynurzyła się z cienia jakaś postać i stanęła w świetle księżyca. Było ciemno, ale księżyc świecił tuż nad nami.

Zamrugałem. To była... była...

– Mamo, co ty tutaj robisz, u licha? – Link był całkowicie zdezorientowany.

Bo przed nami stała jego mama, pani Lincoln, najgorsza zmora mojego życia, a przynajmniej znajdująca się w pierwszej dziesiątce. Wyglądała dziwnie nie na miejscu. Miała na sobie mnóstwo sutych halek i idiotyczną perkalową sukienkę, zbyt mocno zaciśniętą wokół talii. Stała na grobie Genevieve.

– No, no, młody człowieku, wiesz, co sądzę o wulgaryzmach.

Link poskrobał się w głowę. To wszystko nie miało sensu.

Leno, co się dzieje?

Leno?!

Żadnej reakcji. Coś było nie tak.

– Pani Lincoln, dobrze się pani czuje?

– Wspaniale, Ethanie. Czy to nie cudowna bitwa? I urodziny Leny. Powiedziała mi o nich. Czekaliśmy na was. Przynajmniej na jedno z was.

Link podszedł bliżej.

– No więc jestem. Chodźmy do domu, mamo. Nie powinnaś tu być, poza bezpieczną strefą. Mogą ci odstrzelić głowę. Przecież wiesz, jak tata źle strzela.

Złapałem Linka za ramię i go przytrzymałem. Coś było nie tak, coś w jej uśmiechu. Coś w przerażonym wyglądzie Leny.

Co się dzieje, Leno?

Dlaczego mi nie odpowiada? Przyglądałem się, jak wyciąga zza bluzy pierścionek mamy i chwyta go za łańcuszek. Widziałem, jak w ciemności poruszają się jej wargi. Ledwie ją słyszałem. Cichy szept gdzieś w zakamarkach mojego mózgu:

Ethanie, idź stąd! Idź po wujka Macona! Uciekaj!

Ale ja nie byłem w stanie się ruszyć. Nie mogłem jej zostawić samej.

– Link, skarbie, jesteś takim troskliwym chłopcem.

Link? To nie pani Lincoln stała przed nami. To nie mogła być ona.

Pani Lincoln nigdy nie zwracała się do Linka inaczej niż „Wesleyu Jeffersonie", podobnie jak nigdy nie wyszłaby na ulicę w bieliźnie. „Nie rozumiem, po co używasz tego idiotycznego przezwiska, skoro masz takie piękne dystyngowane imię", mówiła za każdym razem, gdy któryś z nas dzwonił i prosił Linka do telefonu.

Link poczuł dotyk mojej ręki na ramieniu i się zatrzymał. On też zrozumiał, widziałem to po jego twarzy.

– Mama?

– Ethanie, uciekaj stąd! Larkin, Link, niech ktoś idzie po wujka Macona! – Lena rozpaczliwie krzyczała. Jeszcze nigdy nie widziałem jej tak przerażonej. Podbiegłem do niej.

Usłyszałem huk pocisku wystrzelonego z działa, a po chwili przewrócił mnie podmuch powietrza.

Wpadłem plecami na coś twardego. Poczułem silne uderzenie w głowę i przez moment nie wiedziałem, co się ze mną dzieje.

– Ethanie! – Usłyszałem głos Leny, ale nie byłem w stanie się ruszyć. Postrzelono mnie. Byłem tego pewien. Próbowałem zachować przytomność.

Po chwili odzyskałem ostrość widzenia. Siedziałem na ziemi oparty plecami o potężny dąb. Wystrzał rzucił mną do tyłu. Łupnąłem w drzewo. Obejrzałem miejsce, gdzie zostałem trafiony, ale nigdzie nie dostrzegłem krwi. Nie mogłem też znaleźć śladu po kuli. Link stał kilka kroków ode mnie, dziwnie oparty o inne drzewo. Wyglądał tak, jakby nie wiedział, co się dzieje. Podniosłem się i z trudem ruszyłem w stronę Leny, ale uderzyłem o coś twarzą i znów znalazłem się na ziemi. Poczułem się tak jak wtedy, gdy usiłowałem wejść przez zamknięte szklane drzwi do domu Sióstr.

Nie postrzelono mnie. To było coś innego. Zostałem trafiony innym rodzajem broni.

– Ethanie! – usłyszałem krzyk Leny.

Znów się podniosłem i powoli ruszyłem naprzód. To było jak rozsuwane szklane drzwi, tyle że wokół drzewa i mnie był jakiś niewidzialny mur. Uderzyłem w niego pięścią, ale nie wydobył się żaden dźwięk. Waliłem dłonią. Cóż innego mogłem zrobić? Wtedy zauważyłem, że Link też wali w swoją niewidzialną klatkę.

Pani Lincoln uśmiechnęła się do mnie tak jadowicie, że Ridley, nawet w swojej najlepszej formie, nie byłaby w stanie jej dorównać.

– Wypuść ich! – krzyknęła Lena.

I nagle, nie wiadomo jak, niebo się otworzyło i deszcz dosłownie chlusnął z chmur, jakby ktoś wylał kubeł wody. Lena. Jej włosy falowały jak szalone. Deszcz zamienił się w deszcz ze śniegiem i padał ukosem, atakując ze wszystkich stron panią Lincoln. W ciągu paru sekund byliśmy przemoczeni do suchej nitki.

Pani Lincoln, czy ktokolwiek to był, uśmiechnęła się. W jej minie było coś dziwnego. Można powiedzieć, że duma malowała się na jej twarzy.

– Nic im nie zrobię. Chcę tylko porozmawiać. – Piorun zadudnił nad jej głową. – Miałam nadzieję, że będę miała okazję zapoznać się z twoimi umiejętnościami. Bardzo żałuję, że nie było mnie przy tobie i nie mogłam pomóc ci ich doskonalić.

– Zamknij się, wiedźmo – powiedziała Lena z zaciekłością. Nigdy nie widziałem jeszcze u niej takich oczu. Stalowy wzrok, twardy jak kamień, skierowała na panią Lincoln. Stanowczy, pełen nienawiści i złości. Wyglądała, jakby chciała urwać pani Lincoln głowę i jakby mogła to zrobić.

Wreszcie zrozumiałem, dlaczego Lena tak bardzo się martwiła przez ten rok. Władała mocą niszczenia. Ja dostrzegałem w niej tylko miłość. Gdy się odkryje, że obie te potęgi drzemią w jednej istocie, kto wie, co może z tego wyniknąć.

Pani Lincoln obróciła się w stronę Leny.

– Docenisz swój dar, gdy się zorientujesz, co naprawdę potrafisz. Jak możesz manipulować siłami przyrody. To moc, którą otrzymują Istoty Naturalne. Coś, co nas łączy.

Coś, co je łączy?

Pani Lincoln spojrzała w niebo. Deszcz padał obok niej, jakby trzymała nad głową parasol.

– Teraz to tylko niewielka ulewa, ale niedługo nauczysz się kontrolować ogień. Pokażę ci. Uwielbiam bawić się ogniem.

Niewielka ulewa? O czym ona mówiła? Byliśmy w środku monsunowego deszczu.

488

Pani Lincoln uniosła dłoń i błyskawica przecięła chmury, elektryzując niebo. Podniosła trzy palce. Błyskawice pojawiały się po pstryknięciu każdym wymanikiurowanym palcem. Pierwsze pstryknięcie. Piorun uderzył w ziemię, wzbijając błoto pół metra od miejsca, gdzie był uwięziony Link. Drugie. Piorun spalił dąb za mną, przecinając równiutko pień drzewa na pół. Za trzecim razem piorun uderzył Lenę, która tylko wyciągnęła rękę. Błysk elektrycznego wyładowania odbił się od niej rykoszetem i omal nie dosięgnął stóp pani Lincoln. Trawa wokół zaczęła się tlić.

Pani Lincoln roześmiała się i pomachała ręką. Płomienie w trawie zgasły. Popatrzyła na Lenę z dumą.

– Nieźle. Cieszę się, że jabłko pada niedaleko od jabłoni.

Niemożliwe.

Lena spojrzała na nią i uniosła dłonie, jakby chciała ją odepchnąć.

– Tak? A co mówią o zepsutych jabłkach?

– Nic. Nikomu nie udało się przeżyć, żeby coś powiedzieć. – Pani Lincoln w swojej perkalowej sukni i licznych halkach, z zaplecionymi włosami opadającymi na plecy obróciła się do mnie i do Linka. Spojrzała prosto na nas płonącymi złotymi oczyma. – Przykro mi, Ethanie. Miałam nadzieję, że spotkamy się w zupełnie innych okolicznościach. Nie codziennie w końcu poznaje się pierwszego chłopaka własnej córki. – Odwróciła się do Leny. – Albo własną córkę.

Miałem rację. Wiedziałem, kim jest.

Sarafine.

Chwilę później twarz pani Lincoln, jej suknia i całe ciało dosłownie zaczęło pękać od środka. Skóra odpadała jak papierek z odwijanego batonika. Pod spodem był ktoś inny.

– Nie mam matki! – wrzasnęła Lena.

Sarafine się skrzywiła, usiłując wyglądać na zranioną, ponieważ była matką Leny. Była to niezaprzeczalna prawda, widoczna na pierwszy rzut oka. Sarafine miała takie same czarne, długie, kręcone włosy jak Lena. Tylko że Lena była niewiarygodnie piękna, a Sarafine przerażająca.

Podobnie jak Lena Sarafine miała piękne rysy, ale w przeciwieństwie do zielonych oczu Leny, jej oczy były lśniące i żółte, jak oczy Ridley i Genevieve. A to stanowiło olbrzymią różnicę.

Sarafine miała na sobie ciemnozieloną aksamitną suknię z gorsetem z końca wieku oraz wysokie czarne buty, jakie noszą motocykliści. Dosłownie wyszła z ciała pani Lincoln, które w ciągu kilku sekund zlało się w całość, jakby ktoś je zszył. Zostawiła panią Lincoln leżącą na trawie we wzdętej, zadartej do kolan spódnicy i halkach.

Link był w szoku.

Sarafine, wyprostowana i szczupła, aż się wzdrygnęła.

– Śmiertelnicy! To ciało było po prostu nie do zniesienia, niezgrabne i niewygodne. Co pięć minut pakujące coś do ust. Obrzydliwe istoty.

– Mamo! Mamo, obudź się! – Link walił pięściami w coś, co było jakimś... polem siłowym. Bez względu na to, jaką jędzą była pani Lincoln, była jednak jego matką i przykro było patrzeć na porzucone na trawie ciało, jak jakiś niepotrzebny ludzki śmieć.

Sarafine machnęła ręką. Usta Linka ciągle się poruszały, ale nie wydobywał się z nich żaden dźwięk.

– Tak lepiej. Masz szczęście, że w ciągu ostatnich kilku miesięcy nie musiałam spędzać całego czasu w ciele twojej matki. Gdyby tak było, już byś nie żył. Nawet nie wiesz, ile razy omal cię nie zabiłam z nudów przy obiedzie, gdy paplałeś bez ustanku o tym swoim głupim zespole.

Teraz wszystko nabierało sensu. Cała krucjata przeciw Lenie, posiedzenie Komisji Dyscyplinarnej, kłamstwa o poprzedniej szkole Leny, nawet te dziwne ciasteczka przywiezione w noc Halloween. Jak długo Sarafine była przebrana za panią Lincoln?

W pani Lincoln.

Do tej pory nie rozumiałem, o co w tym wszystkim chodzi. Aż do teraz. „Najbardziej niebezpieczna z żyjących Istot Ciemności". Ridley wydawała się zupełnie nieszkodliwa w porównaniu z Sarafine. Nic dziwnego, że Lena tak panicznie się bała dzisiejszego dnia.

Sarafine popatrzyła na córkę.

– Mogłaś sądzić, że nie masz matki, Leno. Ale to dlatego że babka i wuj zabrali cię ode mnie. Zawsze cię kochałam.

To było niepokojące, jak łatwo Sarafine potrafiła przechodzić z jednej skrajności w drugą, od szczerości do żalu, obrzydzenia czy pogardy. A wszystkie emocje były równie płytkie.

Oczy Leny wyrażały gorycz.

– To dlatego próbowałaś mnie zabić, matko?

Sarafine usiłowała wyglądać na zatroskaną, a może zdziwioną. Trudno to było rozstrzygnąć, ponieważ wyraz jej twarzy za każdym razem był nienaturalny i wymuszony.

– Tak ci powiedzieli? Usiłowałam nawiązać z tobą kontakt, przemówić do ciebie. Gdyby nie te wszystkie oznaczenia, moje wysiłki nigdy nie naraziłyby cię na niebezpieczeństwo. Dobrze o tym wiedzieli. Oczywiście rozumiem ich troskę. Ja jestem Istotą Ciemności, kataklistą. Ale ty, Leno, dobrze wiesz, że nie miałam wyboru. To zostało postanowione za mnie. Co nie zmienia moich uczuć do ciebie, do mojej córki.

– Nie wierzę ci! – rzuciła Lena z wściekłością. Nie wyglądała jednak na pewną siebie, nawet gdy wymawiała te słowa. Jakby nie bardzo wiedziała, w co ma wierzyć.

Sprawdziłem moją komórkę. 21.59. Dwie godziny do północy.

Link siedział oparty bezwładnie o drzewo. Objął głowę rękami. Nie mogłem oderwać spojrzenia od pani Lincoln leżącej bez życia w trawie. Lena również na nią patrzyła.

– Ona nie...? No wiesz. – Musiałem o to spytać ze względu na Linka.

Sarafine usiłowała udawać współczucie. Ale wiedziałem, że Link i ja jej nie obchodzimy. Żadnemu z nas nie wróżyło to nic dobrego.

– Niedługo wróci do swojego odrażającego stanu. Obrzydliwa kobieta. Nic mnie nie obchodzi jej ciało ani jej syn. Próbowałam tylko pokazać swojej córce prawdziwą naturę śmiertelników. Jak łatwo można nimi manipulować, jacy są mściwi.

Zwróciła się do Leny.

– Parę słów z ust pani Lincoln i tylko spójrz, całe miasto zwróciło się przeciw tobie. Ty nie należysz do ich świata. Należysz do mojego. – Sarafine zerknęła na Larkina. – Skoro mowa o odrażającym stanie, Larkinie, to pokażesz nam swoją przemianę?

Larkin uśmiechnął się i zamknął oczy, wyciągając ręce nad głowę, jakby przeciągał się po długiej drzemce. Gdy znów je otworzył, coś się zmieniło. Zamrugał gwałtownie i z każdym mrugnięciem jego oczy ulegały metamorfozie. Niemal można było zaobserwować, jak coś się w nich przelewa. Larkin uległ transformacji i teraz na jego miejscu pojawiło się kłębowisko węży. Zaczęły się wić i wspinać jeden na drugiego, aż z tej plątaniny ponownie wyłonił się Larkin. Wyciągnął przed siebie oba ramiona. Miały kształt grzechotników, które z sykiem wpełzły w rękawy skórzanej marynarki, a wtedy jego ręce znów stały się rękami. Po chwili otworzył oczy. Ale zamiast zielonych, które do tej pory widziałem, ujrzałem złote, takie jak oczy Sarafine i Ridley.

– Zielony nigdy nie był moim ulubionym kolorem. Ale to jedna z korzyści bycia iluzjonistą.

– Larkin? – Moje serce się skurczyło. Był jednym z nich, Istotą Ciemności. Wszystko wyglądało gorzej, niż sądziłem.

– Larkinie, kim jesteś? – Lena wyglądała na zdezorientowaną, ale tylko przez chwilę. – Dlaczego?

Odpowiedź tkwiła w jego złotych oczach, patrzących wprost na nas.

– Dlaczego nie?

– Dlaczego nie? Nie wiem. Być może z powodu rodzinnej lojalności?

Larkin obrócił głowę, a gruby złoty łańcuch wokół jego szyi skręcił się w węża. Ruchliwy język trzepotał o policzki.

– Lojalność mnie nie bawi.

– Zdradziłeś własną matkę. Jak możesz z tym żyć?

Wysunął język. Wąż wpełzł mu do ust i zniknął. Larkin przełknął.

– Wiesz, to znacznie zabawniejsze być Istotą Ciemności niż Istotą

Światła, kuzyneczko. Zobaczysz. Jesteśmy, jacy jesteśmy. Takie było moje przeznaczenie. Nie ma sensu z tym walczyć.

Jego język zatrzepotał i rozdwoił się jak widelec, jakby miał w sobie węża.

– Nie rozumiem, dlaczego tak się tym denerwujesz. Spójrz na Ridley. Świetnie się tym wszystkim bawi.

– Jesteś zdrajcą! – Lena zaczęła tracić panowanie. Grzmot przetoczył się nad jej głową, a deszcz się wzmógł.

– On nie jest jedynym zdrajcą, Leno. – Sarafine podeszła kilka kroków w stronę Leny.

– O czym ty mówisz?

– Twój ukochany wuj Macon... – Jej głos był pełen goryczy. Sarafine nie mogła zapomnieć Maconowi tego, że ukradł jej córkę.

– Kłamiesz.

– To on okłamywał cię przez cały czas. Sprawił, że zdołałaś uwierzyć, że twój los jest z góry przesądzony. Że nie masz wyboru, bo dziś, w dniu swoich szesnastych urodzin, zostaniesz naznaczona.

Lena uparcie potrząsała głową. Podniosła obie dłonie. Usłyszałem grzmot i deszcz zaczął się lać grubymi strugami.

– To się stanie – krzyknęła, żeby było ją słychać. – To się stało z Ridley, Reece i Larkinem.

– To prawda, ale ty jesteś inna. Dzisiejszej nocy nie będziesz naznaczona. Sama musisz siebie naznaczyć.

Słowa zawisły w powietrzu. Naznacz się sama. Jakby słowa same w sobie miały moc zatrzymania czasu.

Twarz Leny nagle zrobiła się szara jak popiół. Przez sekundę myślałem, że zemdleje.

– Coś ty powiedziała? – szepnęła.

– Masz wybór. Widzę, że wuj ci tego nie powiedział.

– To jest niemożliwe. – Ledwie usłyszałem głos Leny wśród wyjącego wichru.

– Wybór, który ci ofiarowano, ponieważ jesteś moją córką, drugą Istotą Naturalną zrodzoną w rodzinie Duchannes'ów. Teraz jestem kataklistą, ale przyszłam na świat jako pierwsza Istota Naturalna w naszej rodzinie. – Sarafine przerwała, a następnie powtórzyła fragment wiersza:

– „Pierwsze będzie Istotą Zła, lecz drugie może wybrać powrót do Światła".

– Nie rozumiem. – Nogi Leny odmówiły posłuszeństwa. Padła na kolana w błoto i w wysoką trawę. Z jej czarnych włosów kapała woda.

– Zawsze miałaś. Twój wuj o tym wiedział.

– Nie wierzę ci! – Lena wyrzuciła ramiona w górę. Grudki ziemi rozprysły się wokół, kłębiąc się w nawałnicy. Zasłoniłem oczy, gdy kawałki błota i skał zaczęły na nas spadać ze wszystkich stron.

Próbowałem przekrzyczeć ten okropny hałas, ale Lena z trudem mnie słyszała.

– Leno, nie wierz jej. Ona jest Istotą Ciemności. Nikt jej nie obchodzi. Sama mi mówiłaś.

– Dlaczego wuj Macon miałby ukrywać przede mną prawdę? – Lena patrzyła wprost na mnie, jakbym to ja był jedyną osobą, która zna odpowiedź. Ale nie wiedziałem. Nie mogłem jej odpowiedzieć.

Uderzyła stopą w ziemię. Grunt zadrżał i zaczął się przesuwać pod moimi stopami. Po raz pierwszy trzęsienie ziemi nawiedziło Gatlin. Sarafine się uśmiechnęła. Widziała, że Lena traci panowanie nad sobą, a ona wygrywa. Niebo nad naszymi głowami rozjaśniały błyskawice.

– Wystarczy, Sarafine! – Głos Macona odbił się echem. Wuj Leny pojawił się znikąd. – Zostaw w spokoju moją siostrzenicę.

Dziś, w świetle księżyca, wyglądał inaczej. Mniej przypominał człowieka, a bardziej istotę, którą rzeczywiście był. Czymś więcej. Jego twarz wyglądała na młodszą i szczuplejszą. Był gotowy do walki.

– Mówisz o mojej córce? Córce, którą mi ukradłeś? – Sarafine się wyprostowała i zaczęła kręcić palcami jak żołnierz sprawdzający broń przed bitwą.

– Myślałby kto, że kiedykolwiek coś dla ciebie znaczyła – zauważył spokojnie Macon. Wygładził marynarkę, jak zwykle nieskazitelną. Boo wyskoczył za nim z krzaków. Wyglądał tak, jakby biegł, żeby go dogonić. Dzisiaj Boo przypominał ogromnego wilka.

– Maconie, czuję się zaszczycona, ale słyszę, że ominęło mnie przyjęcie. Szesnaste urodziny mojej córki. Dobrze, dziś jest noc naznaczenia. Mamy jeszcze kilka godzin, a ja za żadne skarby świata tego sobie nie odpuszczę.

– Obawiam się zatem, moja droga, że będziesz rozczarowana, ponieważ nie jesteś zaproszona.

– Szkoda. Zwłaszcza że sama kogoś zaprosiłam i ten ktoś nie może się doczekać, żeby cię zobaczyć – powiedziała z uśmiechem i szybko poruszyła palcami. Nagle, równie niespodziewanie jak Macon, pojawił się inny mężczyzna. Opierał się o pień wierzby w miejscu, gdzie jeszcze przed chwilą nie było nikogo.

– Hunting? A gdzie go znalazłaś?

Wyglądał jak Macon, ale był wyższy i trochę młodszy, z gładko uczesanymi kruczoczarnymi włosami i taką samą bladą cerą. Ale o ile Macon sprawiał wrażenie wytwornego dżentelmena z Południa z innej epoki, o tyle ten człowiek wyglądał współcześnie. Ubrany w czarny golf, czarne dżinsy i czarną skórzaną kurtkę, przypominał gwiazdora filmowego z okładki jakiegoś szmatławca. Nie był to styl Cary'ego Granta. Ale jedna rzecz nie pozostawiała wątpliwości. On też był inkubem. Tyle że nie z gatunku tych dobrych, jeśli w ogóle można tak powiedzieć. Kimkolwiek był Macon, Hunting był czymś zupełnie innym.

Przybysz z trudem przywołał na usta grymas, który miał uchodzić za uśmiech. Zaczął krążyć wokół wuja Leny.

– Kawał czasu, braciszku.

Macon nie odwzajemnił uśmiechu.

– Za krótko. Nie dziwi mnie, że zadajesz się z kimś takim jak ona.

Hunting roześmiał się złowrogo i głośno.

– A z kim, według ciebie, miałbym się zadawać? Z bandą Istot Światła, jak ty? To śmieszny pomysł, żeby się odciąć od własnych korzeni.

– Dokonałem wyboru.

– Wyboru? Więc tak to nazywasz? – Hunting znowu się roześmiał, a kręgi, które zataczał wokół Maćona, się zacieśniły. – Śmieszna mrzonka. Nie jest ci dane dokonywać wyboru, braciszku. Jesteś inkubem. I bez względu na to, czy na swój pokarm wybierasz krew czy cokolwiek innego, nadal jesteś Istotą Ciemności.

– Wujku Maconie, czy to prawda, co powiedziała Sarafine? – Lena nie była zainteresowana pojednaniem Macona z Huntingiem.

Sarafine roześmiała się piskliwie.

– Przynajmniej raz w życiu powiedz dziewczynie prawdę.

Macon spojrzał na nią smutno.

– Leno, to nie takie proste.

– Ale czy to prawda? Mam wybór? – Z jej ciemnych, pozwijanych w pierścionki włosów kapał deszcz. Na Macona i Huntinga nie spadła, oczywiście, ani kropla. Hunting uśmiechnął się i zapalił papierosa. Wyraźnie dobrze się bawił.

– Wujku Maconie, czy to prawda? – spytała błagalnie Lena.

Macon popatrzył na Lenę z rozpaczą i odwrócił głowę.

– Masz wybór, Leno. Trudny wybór, z tragicznymi konsekwencjami.

I nagle deszcz przestał padać. Powietrze się uspokoiło. Była to cisza przed burzą. Leną targały gwałtowne emocje. Wiedziałem, co teraz czuła, nawet nie słysząc w głowie jej głosu. Była szczęśliwa, bo wreszcie miała to, czego zawsze tak bardzo pragnęła – wybór. Mogła decydować o swoim losie. Ogarnął ją gniew, ponieważ zawiodła się na jedynej osobie, której ufała.

Lena patrzyła na Macona innymi oczami. Widziałem, jak jej twarz staje się mroczna.

– Dlaczego mi nie powiedziałeś? Przez całe życie bałam się, że zostanę Istotą Ciemności.

Rozległo się kolejne uderzenie pioruna i deszcz popłynął niczym łzy. Ale Lena nie płakała. Była wściekła.

– Masz wybór, Leno. Ale istnieją też konsekwencje tego wyboru. Konsekwencje, których jako dziecko nie mogłabyś pojąć. Nawet teraz nie możemy ich całkowicie zrozumieć. Chociaż rozważam je co dzień, każdego dnia, od chwili twoich narodzin. Niestety, jak twoja droga matka wie, warunki tej umowy zostały ustalone dawno temu.

– Jakie konsekwencje? – Lena sceptycznie, z rezerwą, przyjrzała się Sarafine. Jakby jej umysł otwierał się na nowe możliwości. Wiedziałem, o czym myśli. Jeśli nie może ufać Maconowi, jeśli ukrywał to przed nią przez cały czas, to może jednak matka mówiła prawdę?

Musiałem ją ostrzec.

Nie słuchaj jej! Leno! Nie możesz jej ufać.

Ale odpowiedzi nie było. W obecności Sarafine komunikacja między nami została przerwana. Tak jakby przecięto linię telefoniczną.

– Leno, nie jesteś w stanie zrozumieć wyboru, a musisz go dokonać i to pod nie lada presją.

Deszcz ze strugi łez zmienił się w straszliwą ulewę.

– Chyba nie sądzisz, że można mu wierzyć. Po tym steku kłamstw, którymi cię raczył?

Sarafine spojrzała na Macona i zwróciła się do Leny.

– Szkoda, że nie ma czasu na dłuższą rozmowę, Leno. Ale musisz dokonać wyboru, a ja jestem zobowiązana ci wyjaśnić, o jaką stawkę chodzi. Są konsekwencje tego wyboru, tym razem twój wuj nie kłamał. – Zrobiła krótką pauzę. – Jeżeli postanowisz zostać Istotą Ciemności, wszystkie Istoty Światła w naszej rodzinie będą musiały umrzeć.

Lena zbladła.

– Dlaczego miałabym się na to zgodzić?

– Ponieważ jeśli staniesz się Istotą Światła, umrą wszystkie Istoty Ciemności oraz lilum w naszej rodzinie. – Sarafine obróciła się w stronę Macona. – Wszyscy. Twój wuj, człowiek, który był dla ciebie jak ojciec, przestanie istnieć. Unicestwisz go.

Nie minęła nawet sekunda, gdy Macon zniknął i ponownie się zmaterializował przed Leną.

– Leno, posłuchaj. Jestem gotów się poświęcić. To dlatego ci nie mówiłem. Nie chciałem, żebyś czuła się winna, poświęcając mnie. Zawsze wiedziałem, jaki będzie twój wybór. Dokonaj go. Pozwól mi odejść.

Lena się zachwiała. Czy rzeczywiście mogłaby unicestwić Macona, jeżeli to, co mówiła Sarafine, było prawdą? Ale jeżeli to była prawda, jaki wybór jej pozostał? Macon był jeden, nawet jeśli go kochała.

– Tyle że ja mogę ci ofiarować coś jeszcze – dodała Sarafine.

– Co takiego możesz mi ofiarować? Co sprawiłoby, że zechcę zabić babcię, ciocię Del, Reece, Ryan?

Sarafine ostrożnie zrobiła kilka kroków w stronę Leny.

– Dostaniesz Ethana. Znamy sposób, żebyście mogli być razem.

– O czym ty mówisz? Jesteśmy razem.

Sarafine przekrzywiła lekko głowę, a jej oczy się zwęziły. W złotych tęczówkach coś mignęło. Zrozumienie.

– Nie wiesz, prawda? – Sarafine zwróciła się do Macona i się roześmiała. – Nie powiedziałeś jej? Nieładnie.

– Czego nie wiem? – rzuciła ze złością Lena.

– Tego, że ty i Ethan nigdy nie będziecie tak naprawdę razem. Obdarzeni i lilum nie mogą się łączyć ze śmiertelnikami – oświadczyła z uśmiechem, rozkoszując się tą chwilą. – Bo to by ich zabiło.

Jedenasty lutego

Naznaczenie

Obdarzeni nie mogą się łączyć ze śmiertelnikami.

Teraz wszystko nabrało sensu. Żywiołowa komunikacja między nami. Prąd, brak oddechu, gdy tylko zaczynaliśmy się całować, atak serca, który omal mnie nie zabił. Nie mogliśmy być razem fizycznie.

Wiedziałem, że to prawda. Pamiętałem, co mówił Macon tej nocy, gdy spotkał się z Ammą na bagnach, i potem w moim pokoju.

Nie ma wspólnej przyszłości dla tych dwojga.

Są pewne sprawy, których teraz nie dostrzegasz, sprawy, na które nic nie możemy poradzić, one są poza naszą kontrolą.

Lena dygotała. Ona też wiedziała, że to prawda.

– Co ty mówisz? – szepnęła.

– Że ty i Ethan nigdy nie będziecie naprawdę razem. Nie możesz przecież wyjść za mąż, ani mieć z nim dzieci. Nie ma dla was wspólnej przyszłości. Zdumiewające, że ci o tym nie powiedzieli. Naprawdę chowali ciebie i Ridley pod kloszem.

Lena zwróciła się do Macona.

– Dlaczego mi nie powiedziałeś? Wiedziałeś, że go kocham.

– Nigdy nie miałaś chłopaka, a już na pewno nie śmiertelnika. Nikt z nas nie sądził, że stanie się to problemem. Nie mieliśmy pojęcia, jak silny jest twój związek z Ethanem do czasu, gdy się okazało, że sprawy zaszły już za daleko.

Słyszałem ich głosy, ale ich nie słuchałem. Nigdy nie będziemy mogli być razem. Nigdy nie będę mógł być z nią aż tak blisko.

Wiatr zaczął się wzmagać, deszcz uderzał z ogromną siłą. Błyskawica przecięła niebo. Pioruny waliły tak głośno, że ziemia zadrżała. Już nie byliśmy w spokojnej przystani. Wiedziałem, że Lena nie zdoła dłużej nad sobą panować.

– Kiedy zamierzałeś mi o tym powiedzieć? – Usiłowała przekrzyczeć wiatr.

– Po tym, jak się sama naznaczysz.

Sarafine dostrzegła dla siebie kolejną sprzyjającą okoliczność i szybko z niej skorzystała.

– Leno, nie rozumiesz? Mamy na to sposób. Sposób, który pozwoli tobie i Ethanowi spędzić resztę życia razem, pobrać się, mieć dzieci. Czego tylko zapragniesz.

– Nigdy na to nie pozwoli, Leno – warknął Macon. – Nawet gdyby to było możliwe. Istoty Ciemności nie znoszą śmiertelników. Nigdy nie pozwolą, żeby ich krew została zbrukana krwią kogoś, kogo uważają za gorszy gatunek. To jedna z największych różnic między nami.

– To prawda, ale w tym przypadku, Leno, chętnie uczynimy wyjątek, mając na uwadze alternatywę, która nas czeka. I znaleźliśmy sposób, żeby to stało się możliwe. – Wzruszyła ramionami. – To lepsze niż śmierć.

Macon popatrzył na Lenę i odparował:

– Czy mogłabyś zabić prawie całą swoją rodzinę tylko po to, żeby być z Ethanem? Ciocię Del? Reece? Ryan? Własną babcię?

Sarafine rozpostarła ręce, napawając się swoim zwycięstwem.

– Gdy przejdziesz transformację, ci wszyscy ludzie przestaną cię obchodzić. Za to będziesz miała mnie, swoją matkę, wujka i Ethana. Czyż on nie jest najważniejszą osobą w twoim życiu?

Oczy Leny zasnuła chmura. Deszcz i mgła wirowały wokół niej, tworząc szum tak głośny, że zagłuszał odgłosy wystrzałów z Honey Hill. Zapomniałem, że możemy stracić życie w którejś z bitew rozgrywających się dzisiejszej nocy.

Macon chwycił Lenę za ramiona.

– Ona ma rację. Jeżeli na to przystaniesz, nie będziesz mieć wyrzutów sumienia, ponieważ nie będziesz już sobą. Osoba, którą jesteś w chwili obecnej, przestanie istnieć. Nie powiedziała ci również, że nie zachowasz swoich uczuć do Ethana. W ciągu kilku miesięcy twoje serce stanie się czymś tak mrocznym, że nic nie będzie dla ciebie znaczył. Naznaczenie działa na Istotę Naturalną z niewyobrażalną potęgą. Może nawet dojść do tego, że go zabijesz własnymi rękami. Będziesz zdolna do każdego zła. Nie mam racji, Sarafine? Powiedz Lenie, co się stało z jej ojcem, skoro już chcesz wyjawić wszystkim prawdę.

– Twój ojciec mi cię ukradł, Leno. To, co się stało, to był nieszczęśliwy wypadek.

Lena była przerażona. Dowiedzieć się od zwariowanej pani Lincoln podczas posiedzenia Komisji Dyscyplinarnej, że własna matka zamordowała ojca to jedno, ale odkryć, że to prawda, to coś zupełnie innego.

Macon próbował odwrócić sytuację na swoją korzyść.

– Powiedz jej, Sarafine. Opowiedz, jak jej ojciec spłonął we własnym domu, podpalonym przez ciebie. Wszyscy wiemy, że uwielbiasz bawić się ogniem.

Oczy Sarafine ciskały błyskawice.

– Wtrącałeś się przez szesnaście lat. Chyba pora, żebyś sobie teraz odpuścił.

Nagle, znikąd, tuż przy Maconie pojawił się Hunting. Teraz dużo mniej przypominał człowieka, a bardziej stworzenie, którym był. Demona. Jego gładko zaczesane czarne włosy uniosły się z tyłu, upodabniając się do futra na grzbiecie wilka zjeżonego przed atakiem, uszy się zaostrzyły na końcach, a otwarte usta wyglądały jak pysk zwierzęcia. Nagle zniknął, zdematerializował się.

Znienacka pojawił się na Maconie, już we własnej postaci, tak błyskawicznie, że nawet nie byłem pewien, czy na pewno to widziałem. Macon chwycił Huntinga za kurtkę i cisnął nim o drzewo. Nigdy nie zdawałem sobie sprawy z tego, że jest tak silny. Hunting przefrunął, ale zamiast uderzyć o drzewo, przeleciał przez nie, upadając na ziemię z drugiej strony. W tym samym momencie Macon zniknął i pojawił się na nim. Teraz cisnął Huntinga na ziemię. Pod wpływem uderzenia powstało w niej pęknięcie. Hunting leżał pokonany. Macon się odwrócił, żeby spojrzeć na Lenę, lecz w jednej chwili Hunting podniósł się za nim z uśmiechem. Krzyknąłem, próbując go ostrzec, ale nikt mnie nie słyszał przez wzmagający się huragan. Hunting zawarczał wściekle i zatopił zęby w karku Macona jak pies podczas walki.

Macon krzyknął gardłowo i się zdematerializował. Hunting musiał do niego przywrzeć, ponieważ po chwili pojawili się obaj na skraju łąki. Hunting nadal był wczepiony w szyję Macona.

Co on robił? Pożywiał się? Nie wiedziałem, jak i czy to było w ogóle możliwe. Ale cokolwiek Hunting robił, wyglądało na to, że spijał krew Macona. Lena krzyknęła chrapliwym głosem, mrożącym krew w żyłach.

Hunting odsunął się od ciała Ravenwooda. Macon leżał bezwładnie w błocie, siekany strugami deszczu. Rozległa się kolejna seria z kartaczy. Wzdrygnąłem się, zdenerwowany tym, że strzelają ostrą amunicją. Rekonstrukcja zbliżała się w naszą stronę, w stronę Greenbrier. Konfederaci zajęli ostatnią linię obrony.

Hałas z pola bitwy przytłumiło znajome warczenie. Boo Radley. Zawył i skoczył w stronę Huntinga, broniąc pana. Ale ledwie to zrobił, ciało Larkina zaczęło się skręcać, tworząc kłębowisko żmij tuż przed Boo. Żmije syczały, pełzając jedna po drugiej.

Pies nie zdawał sobie sprawy, że żmije i węże to złudzenie, że może po nich przebiec. Cofnął się ze szczekaniem. Hunting wykorzystał sytuację. Zdematerializował się i pojawił za Boo, dusząc psa z nadprzyrodzoną siłą. Boo poderwał się, próbując walczyć z Huntingiem, ale bez skutku. Przeciwnik był zbyt silny. Cisnął bezwładne ciało psa tuż obok Macona. Boo leżał teraz nieruchomo.

Pies i jego pan spoczywali obok siebie w błocie. Bez ruchu.

– Wujku Maconie! – krzyknęła Lena.

Hunting przygładził swe gładko zaczesane włosy i potrząsnął głową, pokrzepiony. Larkin przez chwilę wił się, po czym wynurzył się w znajomej ludzkiej postaci. Obaj wyglądali jak para narkomanów, którzy właśnie wzięli kolejną działkę.

Larkin popatrzył na księżyc, a potem na zegarek.

– Północ się zbliża.

Sarafine rozpostarła ramiona, jakby próbując objąć niebo.

– Szesnasty księżyc, szesnasty rok.

Hunting uśmiechnął się do Leny. Krew i błoto rozmazały się na jego twarzy.

– Witaj w rodzinie.

Lena nie miała najmniejszego zamiaru przyłączyć się do rodziny. Wyraźnie to widziałem. Podniosła się, przemoczona przez deszcz, pokryta błotem, które powstało w wyniku ulewy wywołanej przez nią samą. Czarne włosy falowały jej wokół ramion. Z trudem stawiała opór wiatrowi, jakby w każdej chwili mogła zostać porwana w górę i zniknąć w czarnych chmurach. A gdyby rzeczywiście się tak stało, nic by mnie już chyba nie zdziwiło.

Larkin i Hunting poruszali się bezgłośnie w cieniu, aż stanęli za Sarafine. Matka Leny wysunęła się do przodu.

Lena podniosła dłoń.

– Zatrzymaj się. Natychmiast.

Lecz Sarafine szła dalej. Lena zamknęła dłoń. Linia ognia strzeliła do góry, wzbijając się ponad wysoką trawę. Ryczące płomienie oddzieliły matkę od córki. Sarafine znieruchomiała. Nie spodziewała się, że Lena potrafi znacznie więcej niż wywołanie słabego, w jej mniemaniu, wiatru i deszczu. Córka zupełnie ją zaskoczyła.

– Nigdy nie ukrywałam przed tobą niczego jak inni w naszej rodzinie. Przedstawiłam ci możliwości i powiedziałam prawdę. Możesz mnie nienawidzić, ale nadal jestem twoją matką. I mogę ofiarować ci coś, czego oni nie mogą. Przyszłość ze śmiertelnikiem.

Płomienie wystrzeliły jeszcze wyżej. Ogień się rozprzestrzeniał, jakby miał własną wolę, aż otoczył Sarafine, Larkina i Huntinga. Lena się roześmiała. Złym śmiechem, podobnym do śmiechu matki. Ciarki przeszły mi po plecach.

– Nie musisz udawać, że cię cokolwiek obchodzę. Wszyscy wiemy, jaka z ciebie żmija, matko. Myślę, że w tej sprawie się zgadzamy.

Sarafine ściągnęła usta i dmuchnęła tak, jak posyła się pocałunek. Tylko że razem z nim wystrzelił obłok ognia, zmieniając kierunek, przeleciał przez zarośla i zbliżył się do Leny.

– Powiedz to na głos, droga matko. Wbij swoje zęby – zachęciła ją Lena z uśmiechem. – Palenie czarownicy? To takie banalne.

– Gdybym chciała cię spalić, Leno, już byś nie żyła. Pamiętaj, nie jesteś jedyną Istotą Naturalną.

Powoli Lena przesunęła się do przodu i wsadziła rękę w płomienie. Nie skrzywiła się z bólu. Jej twarz była całkowicie pozbawiona wyrazu. Nagle gwałtownie wsunęła drugą rękę w ogień. Uniosła obie ręce nad głowę i trzymała ogień jak piłkę. Po chwili cisnęła płomienie z całej siły w moją stronę.

Ogień trafił w dąb za mną, zapalając gałęzie szybciej niż sucha podpałka. Płomienie objęły cały pień. Próbowałem się wydostać. Szedłem z trudem naprzód, aż dotarłem do ściany mojego niewidzialnego więzienia. Ale tym razem ściany tam nie było. Ruszyłem przez pole, powłócząc nogami w błocie. Obejrzałem się i zobaczyłem, że Link z trudem idzie obok mnie. Dąb z tyłu za nim palił się mocniej niż mój. Płomienie strzelały wysoko w ciemne niebo i zaczynały się rozprzestrzeniać na otaczające pole. Podbiegłem do Leny. Nie umiałem myśleć o czymkolwiek innym. Link kuśtykał do swojej mamy. Od Sarafine dzieliła nas tylko Lena i linia ognia. Przez moment wydawało się, że to wystarczy.

Dotknąłem jej ramienia. W ciemnościach powinna podskoczyć, ale wiedziała, że to ja. Nawet na mnie nie spojrzała.

Kocham cię, Leno.

Nie mów nic, Ethanie. Ona wszystko słyszy. Nie jestem pewna, ale myślę, że zawsze słyszała.

Spojrzałem na pole, lecz nie widziałem Sarafine, Huntinga ani Larkina. Byłem pewny, że tam są i planują teraz, jak nas wszystkich zabić. Ale byłem z Leną i tylko to się teraz dla mnie liczyło.

– Ethanie! Idź po Ryan. Wuj Macon potrzebuje pomocy. Nie dam rady jej dłużej powstrzymywać.

Zacząłem biec, zanim Lena zdążyła coś jeszcze powiedzieć. Nie miało znaczenia, co zrobiła Sarafine, żeby przerwać między nami komunikację. Lena znów była w moim sercu i w mojej głowie. To była jedyna rzecz, która miała znaczenie, gdy pędziłem do Ravenwood, potykając się o nierówności na polu.

Znaczenie miał też fakt, że była już prawie północ. Biegłem więc ile sił w nogach.

Też cię kocham. Śpiesz się.

Spojrzałem na komórkę. 23.25. Waliłem w drzwi rezydencji i gorączkowo wciskałem półksiężyc nad nadprożem. Nic się nie działo. Larkin musiał coś zepsuć, chociaż nie miałem pojęcia jak.

– Ryan! Ciociu Del! Babciu! – Musiałem znaleźć Ryan. Macon był ranny. Lena mogła być następna. Trudno było przewidzieć, co teraz zrobi

Sarafine, gdy Lena jej odmówi. Link, potykając się, podążał za mną.

– Nie ma Ryan.

– Czy Ryan jest lekarzem? – dopytywał się Link. – Musimy pomóc mojej mamie.

– Nie. Ona jest... wyjaśnię ci to później.

Link chodził niecierpliwie po werandzie.

– Czy to wszystko dzieje się naprawdę?

Myśl! Musiałem myśleć. Byłem tu sam. Posiadłość Ravenwood zamieniła się dziś w fortecę. Nikt nie mógł się włamać, w każdym razie nie śmiertelnik. Ale przecież nie mogłem zawieść Leny.

Złapałem komórkę i wystukałem numer do jedynej osoby, która – czego byłem absolutnie pewien – nie weźmie mnie za wariata, gdy opowiem jej o problemach z dwiema Istotami Ciemności i inkubem krwi w samym środku nadprzyrodzonego huraganu. Osoby, która sama w sobie była czymś w rodzaju cylkonu. Ammy.

Słyszałem sygnał w telefonie. Nikt nie odpowiadał. Amma była pewnie ciągle z moim tatą.

23.30. Znałem jeszcze jedną osobą, która mogła mi pomóc. Wybrałem numer biblioteki.

– Marian też nie odbiera – rzuciłem Linkowi wyjaśniająco. – Ona wiedziałaby, co robić. Co, u diabła? Przecież nigdy nie wychodzi, nawet po godzinach otwarcia.

Link gorączkowo spacerował w tę i z powrotem.

– Nic nie jest otwarte. To cholerne święto. Bitwa pod Honey Hill, zapomniałeś? Może powinniśmy pójść do bezpiecznej strefy i poszukać sanitariuszy.

Spojrzałem na niego, czułem się, jakby strzelił we mnie piorun.

– Nic nie jest otwarte, to cholerne święto – powtórzyłem za Linkiem.

– No, właśnie mówię. To co robimy? – Wyglądał żałośnie.

– Link, jesteś genialny. Jesteś diablo genialny.

– Wiem, człowieku, ale co to ma wspólnego z tym wszystkim?

506

– Masz Rzęcha? – Skinął głową. – Musimy się stąd wydostać.

Link uruchomił silnik, który prychnął i zacharczał, jak zwykle. Zespół mojego przyjaciela grzmiał przez głośniki. Tym razem grali beznadziejnie. Ridley, jako syrena, musiała włożyć wiele wysiłku w koncert. Link przedarł się przez żwirową ścieżkę i spojrzał na mnie kątem.

– Gdzie znów jedziemy?

– Do biblioteki.

– Mówiłeś, że jest zamknięta.

– Do innej biblioteki.

Link skinął głową, jakby zrozumiał, chociaż nie mógł zrozumieć. Ale przyjął do wiadomości to, co powiedziałem. Jak zawsze. Rzęch, charcząc, tłukł się żwirową ścieżką, jakby to był poniedziałek i jakbyśmy byli spóźnieni na pierwszą lekcję. Tyle że okoliczności nieco się zmieniły.

Była 23.40.

Gdy zahamowaliśmy przed Towarzystwem Historycznym, Link nawet nie próbował zrozumieć. Wyskoczyłem z samochodu, zanim wyłączył odtwarzacz. Dogonił mnie w ciemnościach za rogiem prawie najstarszego budynku w mieście.

– To nie jest biblioteka.

– Nie.

– To CAR.

– Tak.

– Którego nienawidzisz.

– Tak.

– Mama przychodzi tu codziennie.

– Wiem.

– Pyszczuniu, co my tu robimy?

Zbliżyłem się do kraty i spróbowałem pchnąć ją ręką. Przeszła przez metal, a w każdym razie przez to, co wyglądało jak metal. Moja ręka wyglądała jak amputowana przy nadgarstku.

Link złapał mnie.

– Rany! Ridley musiała coś wsypać do mojego mountain dew. Twoje ramię, widziałem twoje ramię, jak... zresztą nieważne. Mam halucynacje.

Wyciągnąłem ramię z powrotem i poruszałem mu palcami przed nosem.

– Człowieku, po tym wszystkim, co dzisiaj widziałeś, teraz myślisz, że masz halucynacje? Teraz?

Sprawdziłem godzinę. 23.45.

– Nie mam czasu na wyjaśnienia, ale od tej chwili będzie coraz dziwniej. Schodzimy do biblioteki, ale to nie wygląda jak biblioteka. A ty nie myśl, że świrujesz. Więc jeśli wolisz zaczekać w samochodzie, nie ma sprawy.

Link usiłował nadążyć za tym, co mówiłem, chociaż moje wyjaśnienia miały bardzo skrócony charakter.

– Wchodzisz w to czy nie?

Link popatrzył na kratę. Bez słowa wsadził w nią rękę. Zniknęła.

Był ze mną.

Przeszedłem przez drzwi i zacząłem schodzić po starych kamiennych schodach.

– Idziemy po książkę.

Link zaśmiał się nerwowo, podążając niepewnie za mną.

– Rozumiesz? Książka? Biblioteka?

Gdy schodziliśmy w ciemność, pochodnie same się zapalały. Wyjąłem jedną z metalowego uchwytu w kształcie półksiężyca i rzuciłem Linkowi. Złapałem drugą i przeskoczyłem ostatnich kilka schodków do krypty. Kiedy weszliśmy do środka, także i tu pochodnie na ścianie zapalały się jedna po drugiej. W migoczącym świetle kolumny rzucały ogromne cienie. Słowa DOMUS LUNAE LIBRI pojawiły się w cieniu przy wejściu, tam, gdzie widziałem je ostatnio.

– Ciociu Marian! Jesteś tu?

Postukała mnie w ramię od tyłu, a ja omal nie wyskoczyłem ze skóry, wpadając na Linka.

Link wrzasnął, upuszczając pochodnię. Wdepnąłem w płomienie.

– O matko, doktor Ashcroft! Ależ mnie pani przeraziła.

– Przepraszam, Wesleyu. Ethanie, zdaje się, że zupełnie zwariowałeś. Nie wiesz, kim jest jego matka?

– Pani Lincoln jest nieprzytomna, Lena ma kłopoty, Macon jest ranny. Nie mogę znaleźć Ammy, muszę się dostać do Ravenwood i nie mogę wejść do środka. Muszę przejść tunelami.

Znów byłem małym chłopcem i to wszystko zabrzmiało bardzo chaotycznie. Rozmowa z Marian przypominała rozmowę z moją mamą albo z kimś, kto wiedział, jak to było rozmawiać z moją mamą.

– Nie mogę nic zrobić. Nie mogę ci pomóc. Naznaczenie ma się odbyć o północy. Nie mogę zatrzymać zegara. Nie mogę uratować Macona ani matki Wesleya, ani w ogóle kogokolwiek. Nie wolno mi się mieszać.

Popatrzyła na Linka.

– Bardzo mi przykro z powodu twojej matki, Wesleyu. To nie jest nieuprzejmość z mojej strony.

– Tak, proszę pani. – Link wyglądał na pokonanego.

Pokręciłem przecząco głową i wręczyłem Marian najbliższą pochodnię ze ściany.

– Nie rozumiesz. Nie chcę, żebyś robiła cokolwiek innego niż to, co powinna zrobić bibliotekarka Obdarzonych.

– Co?

Popatrzyłem na nią znacząco.

– Muszę dostarczyć książkę do Ravenwood. – Schyliłem się i sięgnąłem do najbliższego regału, wyciągając pierwszy z brzegu tom i parząc się natychmiast w opuszki palców. – *Kompletny przewodnik po zielarstwie i zaklęciach.*

Marian była nastawiona sceptycznie.

– Jeszcze dziś?

– Tak, natychmiast. Macon prosił mnie, by dostarczyć ją osobiście. Przed północą.

– Bibliotekarka Obdarzonych jest jedyną śmiertelniczką, która ma dostęp do tuneli Lunae Libri. – Marian przyglądała mi się znacząco i zabrała książkę z moich rąk. – Świetnie się składa, że nią jestem.

Szliśmy z Linkiem za Marian przez kręte tunele Lunae Libri. Do pewnego momentu liczyłem dębowe drzwi, przez które przechodziliśmy, ale przerwałem, kiedy minęliśmy szesnaste. Tunele były jak labirynt, a każdy z nich był inny. Znajdowały się tam przejścia o tak niskim sklepieniu, że musieliśmy z Linkiem się pochylać, żeby przejść, i korytarze tak wysokie, jakby nad naszymi głowami nie było dachu. To był dosłownie inny świat. Niektóre przejścia miały proste kamienne ściany, inne przypominały korytarze w zamku czy muzeum – pełne gobelinów, oprawionych starych map i olejnych obrazów na ścianach. W innych okolicznościach zatrzymałbym się, żeby poczytać napisy na mosiężnych tabliczkach pod portretami. Może byli to znani Obdarzeni, kto wie. Jedyną rzeczą wspólną dla wszystkich przejść był zapach ziemi i czasu. No i *lunae*, czyli klucz w kształcie półksiężyca, zawieszony na żelaznym kółku przy talii, który Marian musiała wysupłać za każdym razem, kiedy przed nami pojawiały się kolejne drzwi.

Po tym, co zdawało mi się wiecznością, w końcu znaleźliśmy się pod ostatnimi drzwiami. Nasze pochodnie się dopalały, a ja trzymałem moją wysoko, żeby móc odczytać napis „Rayvenwoode” wyryty na pionowych balach drzewa. Marian przekręciła klucz w kształcie półksiężyca w ostatnim zamku i drzwi otworzyły się na oścież. Rzeźbione stopnie prowadziły do domu, a widok kawałka sufitu powiedział mi, że jesteśmy na parterze.

Odwróciłem się do Marian.

– Dziękuję, ciociu Marian. – I wyciągnąłem rękę po książkę. – Przekażę ją Maconowi.

– Nie tak szybko. Muszę jeszcze zobaczyć kartę biblioteczną wystawioną na ciebie, Ethanie. – Mrugnęła do mnie. – Sama ją dostarczę.

Sprawdziłem godzinę. Była ciągle 23.45. Niemożliwe.

– Jak może być wciąż ta sama godzina, o której przybyliśmy do Lunae Libri?

– To czas księżycowy. Wy, młodzi, nigdy nie słuchacie, co się do was mówi. Tam, na dole, sprawy biegną zupełnie innym torem, niż mogłoby się wydawać.

Link i Marian poszli za mną na górę po schodach prowadzących do frontowego hallu. W środku wszystko zdawało się być takie samo jak wtedy, kiedy stamtąd wychodziłem – ciasto na talerzach, zastawa z herbatą oraz stos nierozpakowanych prezentów.

– Ciociu Del! Reece! Babciu! Wróciłem. Gdzie są wszyscy? – zawołałem i po chwili domownicy wynurzyli się z różnych zakamarków. Del była przy schodach, trzymając lampę nad głową, jakby miała zamiar uderzyć nią Marian w głowę. Babcia stała w drzwiach, osłaniając Ryan ramieniem. Reece schowała się pod schodami, wymachując wielkim nożem do ciasta.

Wszyscy naraz zaczęli mówić.

– Marian! Ethanie! Tak się martwiliśmy. Lena zniknęła i słyszeliśmy dzwon w tunelach, myśleliśmy, że to...

– Widzieliście ją? Jest tam?

– Widzieliście Lenę? Gdy Macon nie wracał, zaczęliśmy się martwić.

– A Larkin? Nie zrobiła mu nic złego?

Patrzyłem na nich wszystkich, nie wierząc własnym uszom. Wyjąłem cioci Del lampę z rąk i wręczyłem ją Linkowi.

– Lampa? Naprawdę myśleliście, że lampa was uratuje?

Ciocia Del wzruszyła ramionami.

– Barclay poszedł na strych po metalowe karnisze i stare ozdoby na święto przesilenia. Tylko to mamy.

Ukląkłem przed Ryan. Nie było zbyt dużo czasu. Dokładnie mówiąc, mieliśmy czternaście minut.

– Ryan, pamiętasz, jak mi wtedy pomogłaś, gdy zostałem zraniony? Musisz ze mną natychmiast pójść do Greenbrier. Wujek Macon przewrócił się i jest ranny. Boo też.

Ryan wyglądała tak, jakby się miała rozpłakać.

– Boo jest ranny?

Link chrząknął, stojąc z tyłu.

– I moja mama. Teraz wszystko ją boli, czy Ryan mogłaby... czy mogłaby jakoś pomóc mojej mamie?

– I mama Linka też tam leży – dodałem.

Babcia przesunęła Ryan do tyłu, za siebie, klepiąc ją po policzku. Poprawiła sweter i wygładziła spódnicę.

– Idziemy. Del pójdzie ze mną. Reece, zostań z siostrą. Powiedz ojcu, że poszłyśmy.

– Babciu, potrzebujemy Ryan.

– Dzisiejszej nocy to ja jestem Ryan, Ethanie – oznajmiła, biorąc torebkę.

– Nie idę bez Ryan – powiedziałem z uporem. Miałem zbyt dużo do stracenia.

– Nie możemy zabrać ze sobą dziecka nienaznaczonego w szesnastym księżycu. Może zginąć.

Reece spojrzała na mnie jak na idiotę. Znów nie wiedziałem, o co może chodzić.

Del wzięła mnie uspokajająco za ramię.

– Mama jest empatką. Jest bardzo wrażliwa na moc innych i może ją na krótko pożyczyć. Właśnie pożyczyła moc od Ryan. Teraz umie zrobić to wszystko, co Ryan. A babcia, rzecz jasna, już była naznaczona dość dawno. Pójdziemy z tobą.

Sprawdziłem godzinę. 23.49.

– A jeśli nie zdążycie?

Marian uśmiechnęła się i uniosła książkę.

– Muszę to dostarczyć do Greenbrier, a zresztą wszystko jedno gdzie. Del, jak sądzisz, znajdziesz drogę?

Ciocia Del skinęła głową i włożyła okulary.

– Palimpsest zawsze znajdzie stare drzwi. To z nowymi mamy kłopoty – oznajmiła, znikając w tunelach. Za nią szła Marian i babcia. Link i ja usiłowaliśmy dotrzymać im kroku.

– Jak na starsze panie – wysapał Link – trzeba przyznać, że potrafią się ruszać.

Tym razem tunel był ciasny, rozpadający się, porośnięty czarnym i zielonym mchem. Mech pokrywał pewnie też podłogi, ale w mroku nie mogłem tego widzieć. Wyglądaliśmy jak pięć pochodni ruszających się w całkowitych ciemnościach. Ponieważ szliśmy razem z Linkiem z tyłu, dym gryzł mnie w oczy. Zaczęły łzawić i piec.

Wiedziałem, że zbliżyliśmy się do Greenbrier, ponieważ poczułem dym, który wnikał do tuneli z otwartych wyjść, prowadzących do świata zewnętrznego.

– Jesteśmy. – Ciocia Del kaszlnęła, macając brzeg prostokątnego wycięcia w kamiennym murze. Ciocia Marian usunęła z niego mech i odsłoniła drzwi. Klucz *lunae* idealnie pasował, jakby otwierał te drzwi niedawno, a nie setki tysięcy dni temu. Tym razem drzwi nie były dębowe, lecz kamienne. Nie wierzyłem własnym oczom, widząc, z jaką łatwością ciocia Del je otwiera.

Zatrzymała się na schodach i machnęła na mnie, żebym przeszedł. Wiedziała, że mamy coraz mniej czasu. Schyliłem głowę pod zwisającym mchem. Gdy wchodziłem po schodach, poczułem zatęchłe powietrze. Kiedy wreszcie wyłoniłem się z tunelu i znalazłem się na samej górze, zamarłem. Byliśmy w krypcie z kamiennym stołem, na którym leżała *Księga księżyców* w wizji zesłanej przez Genevieve.

Wiedziałem, że to ten sam stół, ponieważ znów tam leżała księga.

Ta sama księga, której dziś rano nie znalazłem w szafie. Nie miałem pojęcia, skąd się tu wzięła, ale nie było czasu na pytania. Zanim ją zobaczyłem, usłyszałem huk ognia – głośny, pełen pasji, chaosu i zniszczenia. Pożar ogarnął chyba wszystko na zewnątrz. Dym w powietrzu był tak gęsty, że omal się nie udławiłem. Żar przypalił mi włoski na rękach. Przypominało to wizję z medalionu, albo jeszcze gorzej, mój ostatni koszmar senny. Ten, w którym Lenę pochłania ogień.

Uczucie, że ją tracę. To właśnie się działo.

Leno, gdzie jesteś?

Pomóż wujkowi Maconowi.

Jej głos był coraz słabszy. Machnąłem ręką, by rozgonić dym i sprawdzić godzinę na komórce.

23.53. Siedem minut do północy. Byliśmy spóźnieni.

Babcia chwyciła mnie za rękę.

– Nie stój tak. Potrzebny nam jest Macon.

Wbiegliśmy z babcią w ogień, trzymając się za ręce. Płonął długi rząd wierzb, które otaczały sklepienie prowadzące na cmentarz i do ogrodów. Krzewy, skarłowaciałe dęby, karłowate palmy, rozmaryn, drzewa cytrynowe – wszystko stało w ogniu. Z oddali słychać było ostatnie kartacze. Bitwa pod Honey Hill dobiegała końca, a ja wiedziałem, że osoby biorące udział w rekonstrukcji wkrótce będą puszczać fajerwerki, jakby fajerwerki w bezpiecznej strefie mogły w jakimkolwiek stopniu równać się z tymi tutaj. Cały ogród i łąka, otaczające kryptę, płonęły.

Z trudem przebijaliśmy się z babcią przez dym, aż w końcu dotarliśmy do płonących dębów, gdzie znalazłem Macona. Leżał tam, gdzie upadł. Babcia pochyliła się nad nim i dotknęła jego policzka.

– Jest słaby, ale wyjdzie z tego.

W tym samym momencie Boo Radley przeturlał się, skoczył na cztery łapy i upadł na brzuch obok swojego pana.

Macon próbował odwrócić głowę do babci.

– Gdzie Lena? – spytał ledwie słyszalnym szeptem.

– Ethan jej poszuka. Ty też. Pójdę pomóc pani Lincoln.

Link był już przy swojej mamie, a babcia, bez słowa, szybko ruszyła w ich stronę. Ja stałem, rozglądając się za Leną. Nigdzie ich nie widziałem. Ani Huntinga, ani Larkina, ani Sarafine – nikogo.

Tu, na szczycie krypty. Ale jestem uwięziona.

Wytrzymaj, Leno. Idę do ciebie.

Ruszyłem przez płomienie, usiłując trzymać się blisko dróżki, którą zapamiętałem, gdy bywaliśmy z Leną w Greenbrier. Im bardziej zbliżałem się do krypty, tym gorętsze były płomienie. Byłem tak poparzony, że miałem wrażenie, że schodzi ze mnie skóra.

Wspiąłem się na szczyt nieoznakowanego grobu, znalazłem zagłębienie w rozwalającym się murze, gdzie mogłem postawić stopę i podciągnąłem się tak wysoko, jak tylko mogłem. Na szczycie krypty stała figurka częściowo stłuczona, przypominająca anioła. Chwyciłem za coś, co chyba było kostką u nogi i podciągnąłem się nad krawędź.

Pospiesz się, Ethanie! Potrzebuję cię.

Stanąłem twarzą w twarz z Sarafine.

A ona wbiła mi nóż w brzuch.

Prawdziwy nóż.

Zakończenie snu, którego nigdy nie było dane nam zobaczyć. Tylko że ta część z pewnością nie była snem. Wiem to na pewno, ponieważ to był mój brzuch, a ja czułem każdy centymetr wbitego weń ostrza.

Zdziwiony? Myślałeś, że Lena jest jedynym Obdarzonym, który nadaje na tym kanale?

Głos Sarafine zaczął zanikać.

Teraz możesz pozwolić jej stać się Istotą Światła.

Gdy odpływałem, pomyślałem, że gdybym włożył mundur konfederatów, stałbym się Ethanem Carterem Wate'em. Z tą samą raną w brzuchu, z tym samym medalionem w kieszeni. Tylko że ja zdezerterowałem z drużyny koszykarskiej w szkole Jackson, a nie z armii generała Lee.

Śniłem o dziewczynie, która była Obdarzona i którą zawsze będę kochał. Tak jak tamten Ethan.

Ethanie! Nie!

Nie! Nie! Nie!

Krzyczałam tak i krzyczałam, ale po chwili głos uwiązł mi w gardle.

Pamiętałam padającego Ethana. Pamiętałam też uśmiechającą się matkę. Błysk noża i krew.

Krew Ethana.

To nie mogło się dziać naprawdę.

Nic się nie poruszyło. Wszystko wokoło zamarło jak scena w muzeum figur woskowych. Kłęby dymu były nieruchome. Puszyste i szare, nie płynęły w górę ani w dół. Zawisły w powietrzu, jakby były tylko fragmentem scenerii, częścią tła w jakiejś sztuce. Języki ognia, ciągle przezroczyste i ciągle gorące, nie pochłaniały niczego i nie wydawały dźwięku. Nawet powietrze zdawało się być nieruchome. Wszystko było takie jak chwilę wcześniej.

Babcia pochylała się nad panią Lincoln, zamierzając dotknąć jej policzka. Stała z wyciągniętą ręką, nieruchomo zastygłą w powietrzu. Link trzymał matkę za rękę, klęcząc w błocie, jak wystraszony mały chłopiec. Ciocia Del i Marian kucały na stopniach przejścia do krypty, osłaniając twarze przed dymem.

Wuj Macon leżał na ziemi, Boo obok niego. A Hunting opierał się o drzewo kilka kroków dalej, podziwiając swoje dzieło. Skórzana marynarka Larkina była cała w ogniu, a on stał w połowie drogi do Ravenwood. Prawdopodobnie raczej uciekał, niż zamierzał cokolwiek zrobić.

I Sarafine. Moja matka trzymała wysoko nad głową rzeźbiony, stary sztylet, należący do świata Istot Ciemności. Jej twarz płonęła furią, og-

niem, nienawiścią. *Z ostrza kapała krew na Ethana leżącego bez życia. Nawet krople krwi znieruchomiały w powietrzu.*

Ramię Ethana, wyciągnięte nad krawędzią dachu krypty, zwisało bez-władnie.

Tak, jak w naszym śnie, tyle że odwrotnie.

Nie wysuwałam się z jego rąk. Byliśmy rozdzieleni.

Sięgnęłam ręką, odsuwając płomienie i dym, aż nasze palce splotły się ze sobą.

Ethanie, kocham cię. Nie zostawiaj mnie. Nie potrafię bez ciebie żyć.

Gdyby świecił księżyc, zobaczyłabym jego twarz. Ale księżyca nie było, nie w tej chwili, a jedynym światłem był blask ognia otaczającego mnie ze wszystkich stron i też znieruchomiałego. Niebo było całkowicie czarne. Nie było już nic. Dzisiejszej nocy straciłam wszystko.

Szlochałam tak długo, aż w końcu zabrakło mi tchu, a moje palce wy-sunęły się z jego dłoni, których już nigdy więcej nie poczuję we włosach.

Ethan!

Chciałam wołać jego imię, chociaż nikt by tego nie usłyszał, ale nie było już we mnie nawet krzyku. Nie było nic, tylko te słowa. Pamiętałam je z wizji. Pamiętałam każde z nich.

Krew z serca mojego.
Życie mojego życia.
Ciało mojego ciała.
Duszo mojej duszy.

– Nie rób tego, Leno Duchannes. Nie mieszaj do tego Księgi księżyców i nie zaczynaj całego zła od nowa.

Otworzyłam oczy. Amma stała obok mnie, w ogniu. Świat wokół nas nadal był znieruchomiały.

Popatrzyłam na Ammę.

– Czy to Wielcy zrobili?

– Nie, dziecko. To ty. Wielcy pomogli mi tu przyjść.

– Jak mogłam to zrobić?

Usiadła obok mnie, w błocie.

– Ciągle nie znasz swojej potęgi, prawda? Melchizedek nie mylił się co do tego.

– Ammo, o czym ty mówisz?

– Zawsze powtarzałam Ethanowi, że któregoś dnia wydłubie dziurę w niebie, ale wygląda na to, że ty to zrobiłaś.

Usiłowałam zetrzeć łzy z twarzy, ale cały czas płynęły ciurkiem. Gdy sięgały moich warg, czułam w ustach smak sadzy.

– Czy ja... Czy jestem Istotą Ciemności?

– Jeszcze nie.

– A czy jestem Istotą Światła?

– Nie, tym też nie jesteś.

Popatrzyłam w górę. Dym pokrył wszystko – drzewa, niebo, a tam, gdzie powinien być księżyc i gwiazdy, była gruba powłoka niczego. Popiół i ogień. I nic.

– Ammo?

– Tak?

– Gdzie jest księżyc?

– Dziecko, jeśli ty nie wiesz, to ja tym bardziej. Przez chwilę spoglądałam na twój szesnasty księżyc. Stałaś pod nim, patrząc na gwiazdy, jakby tylko Bóg na niebie mógł ci pomóc, dłonie uniesione ku niebu, jakbyś je podtrzymywała. I nic. Po prostu nic.

– A naznaczenie?

Umilkła, zastanawiając się.

– Nie wiem, co się może stać, gdy nie ma księżyca na urodziny w szesnastym roku o północy. O ile wiem, nigdy wcześniej się to nie zdarzyło. Według mnie, jeśli nie ma szesnastego księżyca, naznaczenie nie może się odbyć.

Powinnam czuć ulgę, radość, ale w środku był jedynie ból.

– A więc to koniec?

– Nie wiem. – Wyciągnęła rękę, przyciągnęła mnie i tak stałyśmy razem. Jej ręka była ciepła i silna. Poczułam jasność umysłu. Tak jakbyśmy obie wiedziały, co zrobię. Tak jak kiedyś Ivy wiedziała, co zrobi Genevieve w tym samym miejscu sto pięćdziesiąt lat temu.

Gdy wzięłam do ręki popękaną okładkę, wiedziałam od razu, na której stronie powinnam otworzyć księgę, tak jakbym to zawsze wiedziała.

– Zdajesz sobie sprawę, że to nie jest naturalne i że trzeba będzie ponieść konsekwencje.

– Tak.

– I wiesz, że nie ma gwarancji, że to zadziała. Ostatnim razem nie poszło dobrze. Ale jedno ci powiem. Moja stryjeczna praprababka Ivy jest razem z Wielkimi, a oni, jeśli będą mogli nam pomóc, to pomogą.

– Proszę, Ammo. Nie mam wyboru.

Spojrzała mi w oczy i w końcu skinęła głową. – Wiem, że nie ma nic, co mogłoby cię powstrzymać przed zrobieniem tego, ponieważ kochasz mojego chłopca. A ponieważ ja go też kocham, pomogę ci w tym.

Popatrzyłam na nią i zrozumiałam.

– To dlatego przyniosłaś tu dziś ze sobą Księgę księżyców.

Amma powoli skinęła głową. Sięgnęła ręką do mojej szyi i wyjęła naszyjnik z pierścionkiem spod bluzy Ethana, którą ciągle miałam na sobie.

– To był pierścionek Lili. Musiał cię bardzo kochać, skoro ci go dał.

Ethanie, kocham cię.

– Miłość jest czymś potężnym, Leno Duchannes. Z miłości matki nie można stroić sobie żartów. Wygląda na to, że Lila próbowała pomóc. Najlepiej, jak potrafiła. – Amma zdjęła naszyjnik z mojej szyi. Gdy łańcuszek pękł, poczułam przecięcie na skórze. Włożyła pierścionek na mój środkowy palec. – Lila polubiłaby cię. Masz coś, czego Genevieve nie miała, gdy korzystała z księgi. Miłość obu rodzin.

Zamknęłam oczy, czując chłód metalu na skórze.

– Mam nadzieję, że się nie mylisz.

– Zaczekaj. – Amma sięgnęła do kieszeni Ethana i wyjęła medalion Genevieve, ciągle owinięty w jej chusteczkę. – Dla przypomnienia, że już zostałaś przeklęta – westchnęła z zakłopotaniem. – Żeby nie być sądzoną dwa razy za tę samą zbrodnię. – Położyła medalion na księdze. – Tym razem zrobimy to, jak należy. – Zdjęła ze swojej szyi zniszczony talizman i umieściła go na księdze obok medalionu. Mały złoty krążek wyglądający jak moneta, czas zatarł obraz. – Żeby uświadomić każdemu, że jeśli zadzierają z moim chłopcem, zadzierają ze mną.

Zamknęła oczy, a ja poszłam w jej ślady. Dotknęłam stron rękami i zaczęłam wypowiadać zaklęcie. Najpierw powoli, spokojnie, a następnie coraz głośniej i głośniej.

CRUOR PECTORIS MEI, TUTELA TUA EST.
VITA VITAE MEAE, CORRIPIENS TUAM, CORRIPIENS MEAM.

Wymawiałam słowa z ufnością. Z ufnością, która pochodzi z głębi serca tylko wtedy, gdy naprawdę kochamy i nie dbamy, co się z nami dalej stanie.

CORPUS CORPORIS MEI, MEDULLA MENSQUE,
ANIMA ANIMAE MEAE, ANIMAM NOSTRAM CONECTE.

Zawołałam głośno, a wszystko wokół nadal było znieruchomiałe, i tylko Amma mogła mnie usłyszeć.

CRUOR PECTORIS MEI, LUNA MEA, AESTUS MEUS.
CRUOR PECTORIS MEI. FATUM MEUM, MEA SALUS.

Amma wzięła moje drżące dłonie w swoje silne ręce i razem wymówiłyśmy zaklęcie. Tym razem mówiłyśmy językiem Ethana i jego matki Lili, wujka Macona i cioci Del oraz Ammy i Linka, i małej Ryan, i każdego, kto kochał Ethana i kto kochał nas. Tym razem to, co mówiłyśmy, zabrzmiało jak pieśń.

Pieśń miłosna dla Ethana Lawsona Wate'a od dwóch osób, które kochały go najbardziej na świecie. I które będą za nim zawsze tęsknić, jeśli zaklęcie się nie powiedzie.

KREW Z SERCA MOJEGO, TWOJĄ JEST OCHRONĄ.
ŻYCIE MOJEGO ŻYCIA, KTÓRE BIERZE TWOJE, BIERZE MOJE.
CIAŁO MOJEGO CIAŁA, ISTOTY I UMYSŁU,
DUSZA MOJEJ DUSZY, DO NASZEGO DUCHA PRZYWIĄZANA.
KREW Z SERCA MOJEGO, MÓJ LOS, MÓJ KSIĘŻYC.
KREW Z SERCA MOJEGO. MOJE OCALENIE, MOJE PRZEZNACZENIE.

Piorun uderzył we mnie, w księgę i Ammę. Tak mi się przynajmniej zdawało. Ale nagle przypomniałam sobie to uczucie z wizji. Ammę rzuciło o mur w krypcie, jej głowa uderzyła o kamień.

Poczułam prąd przebiegający przez całe ciało i spokój. Jeśli umrę, to będę z Ethanem. Czułam go, czułam jego bliskość i moją miłość do niego. Czułam pierścionek, który palił mój palec, i jego miłość do mnie.

Oczy mnie piekły i wszędzie, gdzie spojrzałam, widziałam smugę złotego światła, jakby płynęło z mojego wnętrza.

Usłyszałam szept Ammy.

– Mój chłopiec.

Spojrzałam w stronę Ethana. Był cały skąpany w złotym świetle, tak jak wszystko wokół. Ciągle leżał bez ruchu. Spojrzałam pełna przerażenia na Ammę.

– To nie działa.

Opierała się o kamienny ołtarz z zamkniętymi oczyma.

– To nie działa! – krzyknęłam.

Oddaliłam się od księgi, brnąc przez błoto. Spojrzałam w górę. Na niebie pojawił się księżyc. Uniosłam ramiona nad głowę, w stronę nieba. Żar płonął w moich żyłach, w których powinna płynąć krew. Gniew narastał wewnątrz mnie i nie znajdował ujścia. Czułam, jak trawi moje wnętrzności. Wiedziałam, że jeśli nie znajdę sposobu, żeby go uwolnić, zniszczy mnie.

Hunting. Larkin. Sarafine.

Drapieżnik, tchórz i moja zbrodnicza matka, która żyła, żeby unicestwić swoje jedyne dziecko. Sękate gałęzie drzewa genealogicznego rodziny Obdarzonych.

Jak mogę się sama naznaczyć, skoro sięgnęli po jedyną rzecz, która miała dla mnie znaczenie? Żar przenikał moje ręce, jakby miał swoją własną moc. Błyskawice przecinały niebo. Wiedziałam, gdzie uderzy piorun, zanim jeszcze zdążył uderzyć.

Trzy punkty na kompasie bez zaznaczonej północy. Nie wiadomo, w którą stronę należy się kierować.

Błyskawica eksplodowała płomieniami, uderzając w trzy cele równocześnie – tych, którzy zabrali mi wszystko dzisiejszej nocy. Chciałam się odwrócić, ale nie zrobiłam tego. Postać, która przed chwilą była moją matką, dziwnie piękna, stała ogarnięta płomieniami w świetle księżyca.

Opuściłam ramiona, ocierając z oczu popiół i ból, ale gdy się odwróciłam, już ich nie było.

Żadnego z nich.

Zaczął padać deszcz i odzyskałam ostrość widzenia. Strugi deszczu uderzały w dymiące dęby, pola, krzaki. Od dawna nie widziałam wszystkiego tak wyraźnie, może nawet nigdy. Ruszyłam ku krypcie, do Ethana.

Ale Ethana nie było.

Tam, gdzie wcześniej leżało ciało Ethana, leżał ktoś inny. Wuj Macon.

Nie rozumiałam, co się stało. Odwróciłam się do Ammy, żeby mi to wyjaśniła, co się stało. Jej oczy były pełne trwogi.

522

– Ammo, gdzie jest Ethan?

Milczała. Po raz pierwszy w życiu zabrakło jej słów. Patrzyła osłupiała na ciało wujka Macona.

– Nigdy nie sądziłam, że to się tak właśnie skończy, Melchizedeku. Po tych wszystkich latach, gdy razem dźwigaliśmy ciężar świata na swoich barkach – mówiła do niego, jakby mógł ją usłyszeć, a jej głos nigdy jeszcze nie był tak cichy. – Jak mam sama dźwigać teraz wszystko?

Chwyciłam ją za ramiona.

– Ammo, co się dzieje?

Podniosła na mnie oczy, jej głos zabrzmiał cicho jak szept.

– Nie możesz dostać czegoś od księgi, nie dając nic w zamian.

Łza potoczyła się po jej pomarszczonym policzku.

To nie może być prawda. Uklękłam obok wujka Macona i powoli dotknęłam jego gładko ogolonej twarzy. Na ogół czułam złudne ciepło, kojarzące się z ludzką istotą, karmione energią nadziei i marzeń śmiertelników, ale nie dziś. Dziś jego skóra była zimna jak lód. Jak skóra Ridley. Jak skóra zmarłego.

Nie dając nic w zamian...

– Nie... proszę, nie. Zabiłam wujka Macona, a jeszcze nawet nie naznaczyłam siebie. Nie dokonałam wyboru, że przechodzę do Istot Światła, a już go zabiłam.

Wściekłość znów zaczęła we mnie narastać, wiatr wył wokół nas, wirując i kłębiąc się jak moje emocje. To wszystko było takie znajome jak stary przyjaciel. Księga dokonała jakiejś straszliwej zamiany, o którą nie prosiłam. I wtedy zrozumiałam.

Zamiana.

Jeśli wuj Macon leżał tutaj, gdzie wcześniej leżał martwy Ethan, czy to znaczyło, że Ethan jest wśród żywych?

Zerwałam się na równe nogi i pobiegłam do krypty. Znieruchomiały krajobraz był skąpany w złotym blasku. Ujrzałam Ethana leżącego na trawie obok Boo, tam, gdzie niedawno leżał wuj Macon. Podeszłam do niego i chwyciłam jego rękę. Była zimna. Ethan był martwy, a teraz odszedł też wuj Macon.

Co ja zrobiłam? Straciłam ich obu. Klęcząc w błocie, ukryłam głowę na piersi Ethana i płakałam. Przytuliłam jego dłoń do mojego policzka. Myślałam o tym, jak nie chciał pogodzić się z moim przeznaczeniem, nie chciał się poddać, pożegnać.

Teraz przyszła moja kolej.

– Nie powiem „żegnaj". Nie powiem. – I wtedy to się stało. Nikły szept wśród traw i ziół.

I wtedy to poczułam. Palce Ethana zaczęły się rozprostowywać, szukając mojej dłoni.

Leno?

Z trudem go usłyszałam. Uśmiechnęłam się przez łzy i pocałowałam wnętrze jego dłoni.

Czy jesteś tu, Leno Fasolko?

Splotłam swoje palce z jego palcami i przysięgłam, że nigdy nie pozwolę im odejść. Uniosłam twarz i pozwoliłam, żeby deszcz zmył z niej sadzę.

Jestem tutaj.

Nie odchodź.

Nigdzie nie idę. Ty też nie.

Dwunasty lutego

A po nocy przychodzi dzień...

Sprawdziłem komórkę. Była zepsuta.

Ciągle 23.59.

Ale wiedziałem, że musi być dobrze po północy, ponieważ rozpoczął się już pokaz sztucznych ogni. Nadal padało. W tym roku bitwa pod Honey Hill została zakończona.

Leżałem w błocie pośrodku pola. Spływał po mnie deszcz. Przyglądałem się, jak kiepskie sztuczne ognie nie chciały wybuchać na ciemnym niebie, z którego siąpiła mżawka. Wszystko było zamglone. Nie mogłem zebrać myśli. Padając, uderzyłem się w głowę i kilka innych miejsc. Biodro, brzuch, cała lewa strona – wszystko bolało. Pomyślałem, że Amma mnie zabije, gdy wrócę do domu w takim stanie.

Pamiętałem, że w pewnym momencie trzymałem się jakiejś głupiej figurki anioła, a chwilę później leżałem płasko na plecach w błocie. Myślałem, że kawałek tej figurki się ułamał, gdy usiłowałem wspiąć się na szczyt krypty, ale nie byłem pewny. Link musiał mnie stamtąd przenieść, gdy jak idiota spadłem na ziemię. Poza tym miałem totalną pustkę w głowie, jakby ktoś w niej pozamiatał.

Nie mogłem zrozumieć, dlaczego babcia, ciocia Marian i ciocia Del stały zbite w kupkę blisko krypty i płakały. Nie spodziewałem się, że ujrzę to, co zobaczyłem.

Macon Ravenwood nie żył.

Może nigdy tak naprawdę nie żył, nie wiem, ale teraz odszedł na dobre. Tyle mogłem zrozumieć. Lena rzuciła się na jego ciało, a deszcz padał na nich oboje.

Macon był po raz pierwszy mokry od deszczu.

Następnego ranka ułożyłem w całość kilka szczegółów minionej nocy, szesnastych urodzin Leny. Jedyną ofiarą był Macon. Prawdopodobnie Hunting pokonał go po tym, jak straciłem przytomność. Babcia wyjaśniła, że pokarm, jakim są sny, jest mniej treściwy niż krew. Myślę, że nigdy nie miał szansy w starciu z Huntingiem. Ale próbował.

Macon zawsze mówił, że zrobiłby wszystko dla Leny. I okazał się człowiekiem honoru, dotrzymał słowa.

Poza tym wszyscy byli w dobrej formie, przynajmniej w sensie fizycznym. Ciocia Del, babcia i Marian dowlokły się z powrotem do Ravenwood. Boo szedł za nimi, skomląc jak małe zagubione szczenię. Ciocia Del nie mogła zrozumieć, co się stało z Larkinem. Nikt nie chciał jej powiedzieć prawdy, że nie jedno, ale dwa złe nasiona były w jej rodzinie. Wszyscy więc solidarnie milczeli.

Pani Lincoln niczego nie pamiętała, a Link miał niezły problem, usiłując jej wyjaśnić, co robiła na środku pola w samej halce i rajstopach. Była zbulwersowana widokiem rodziny Macona Ravenwooda wokół siebie, ale zachowała się uprzejmie, gdy Link pomógł jej wsiąść do Rzęcha. Link miał mnóstwo pytań. Ale z odpowiedziami możemy zaczekać do zajęć z algebry. Gdy wszystko wróci do normy, będziemy obaj mieli co robić, bez względu na to, kiedy to się stanie.

A Sarafine.

Sarafine, Hunting i Larkin zniknęli. Ruszyliśmy z Leną opartą na moim ramieniu, w stronę Ravenwood. Ciągle jeszcze nie mogłem sobie przypomnieć wszystkich szczegółów, ale okazało się, że Lena i Macon... Że my wszyscy nie doceniliśmy możliwości Leny jako Istoty Naturalnej. Jakoś udało jej się zablokować księżyc i uratować się przed naznaczeniem. Wyglądało też na to, że bez naznaczenia Sarafine, Hunting i Larkin zniknęli. Przynajmniej na razie.

Lena nie chciała o tym mówić. W ogóle niewiele mówiła.

Zasnąłem na podłodze w jej sypialni obok niej, nasze ręce były splecione. Gdy się obudziłem, byłem w pokoju sam. Ściany pokoju Leny, te same, których każdy centymetr pokrywało pismo, były czyste. Z wyjątkiem jednej – cała ściana naprzeciwko okien, z góry na dół, była zapisana. Tylko to nie było pismo Leny. Dziewczęce myśli wypisane na ścianach zniknęły. Dotknąłem ściany, jakbym mógł poczuć słowa. Wiedziałem, że nie spała całą noc i pisała.

macon ethan
położyłam głowę na jego piersi i płakałam, ponieważ on żył
ponieważ on zmarł
suchy ocean, pustynia uczuć
szczęśliwasmutna ciemnośćświatło smutekradość ogarniały mnie całą, słyszałam dźwięk, ale nie rozumiałam słów
i wtedy uświadomiłam sobie, że ten dźwięk to ja, załamuję się
w jednej i tej samej chwili czułam wszystko i nie czułam nic, byłam zdruzgotana, byłam uratowana, straciłam wszystko, co otrzymałam

wszystko inne
coś we mnie umarło, coś się narodziło, wiedziałam tylko
ta dziewczyna odeszła
kimkolwiek byłam teraz, nigdy nie będę nią znów
i tak się właśnie kończy świat
nie hukiem, ale skomleniem
naznacz siebie sama, naznacz siebie sama, naznacz siebie sama
wdzięczność wściekłość miłość rozpacz nadzieja nienawiść
pierwsza zieleń jest złota, ale zieleń krótko trwa
nie
próbuj
nic
zieleń
krótko
trwa

T.S. Eliot, Robert Frost, Bukowski... Poznałem niektórych poetów z jej półki i ścian. Z wyjątkiem Frosta, niektóre fragmenty Lena napisała błędnie, co było do niej niepodobne. „Wszystko, co złote, krótko trwa", tak jest w wierszu.

Nie, zielone.

Może dla niej wszystko wyglądało teraz tak samo.

Poszedłem niepewnym krokiem do kuchni, gdzie ciocia Del i babcia cicho rozmawiały o przygotowaniach. Pamiętałem, że podobne rozmowy prowadzono, gdy zginęła mama. Naprawdę tego nienawidziłem. Tak bardzo bolało, że życie nadal się toczy, ciotki i babcie robią plany, dzwonią do krewnych, porządkują sprawy. A ja wtedy pragnąłem jedynie wejść do trumny albo zasadzić drzewko cytrynowe, smażyć pomidory lub własnymi rękami zbudować pomnik.

– Gdzie jest Lena? – spytałem trochę za głośno. Ciocia Del się wzdrygnęła. Nic natomiast nie było w stanie zaskoczyć babci.

– A nie ma jej w pokoju? – Del się zdenerwowała.

Babcia spokojnie nalała sobie kolejną filiżankę herbaty.

– Myślę, że wiesz, gdzie ona jest, Ethanie.

Wiedziałem.

Lena leżała na krypcie, tam, gdzie znaleźliśmy Macona i spoglądała w szare poranne niebo. Miała na sobie zabłocone, mokre ubranie z poprzedniego dnia. Nie wiem, dokąd zabrali jego ciało, ale rozumiałem jej potrzebę przebywania tutaj. Potrzebę bycia z nim, chociaż go tu nie było.

Nie patrzyła na mnie, ale wiedziała, że tu jestem.

– Już nigdy nie będę mogła odwołać tych okropnych rzeczy, które powiedziałam. Nigdy się nie dowie, jak bardzo go kochałam.

Położyłem się obok niej w błocie, moje obolałe ciało jęknęło. Przyglądałem się jej czarnym, kręconym włosom i brudnym, mokrym policzkom. Łzy spływały jej po twarzy, ale nie próbowała ich ścierać. Ja też tego nie zrobiłem.

– Zginął z mojego powodu.

Spoglądała niewidzącym wzrokiem w szare niebo. Chciałbym móc coś jej powiedzieć, pocieszyć, ale wiedziałem, że nie było takich słów. Nie powiedziałem więc nic. Zacząłem natomiast całować jej palce. I nagle poczułem w ustach smak metalu. Lena nosiła na prawym ręku pierścionek mojej mamy.

Przytrzymałem jej dłoń.

– Nie chciałam go zgubić. Łańcuszek zerwał się ubiegłej nocy.

Nad naszymi głowami przepływały ciemne chmury. Wiedziałem, że te burze nigdy się nie skończą. Oplotłem ręką jej dłonie.

– Nigdy nie kochałem cię bardziej niż teraz. I nigdy nie przestanę cię kochać.

Szary bezmiar stał się przez chwilę ciszą bez słońca, ciszą między burzą, która zmieniła na zawsze nasze życie, a tą, która kiedyś nadejdzie.

– Obiecujesz?

Ścisnąłem jej dłoń.

Nie puszczaj jej.

Nigdy.

Nasze ręce splotły się w jedną. Obróciła głowę, a gdy spojrzałem w jej oczy, po raz pierwszy zauważyłem, że jedno było zielone, a drugie orzechowe, a właściwie złotawe.

Było już prawie południe, gdy ruszyłem w drogę do domu. Błękitne niebo było poprzecinane pasmami szarości i złota. Ciśnienie rosło, ale czuło się, że za kilka godzin znowu rozpęta się burza. Byłem na nią gotowy. A kiedy nadeszła, była tak gwałtowna, że przy niej huragany, jakie co roku mamy w Gatlin, przypominały wiosenny deszczyk.

Ciocia Del zaproponowała, że odwiezie mnie do domu, ale chciałem się przejść. Chociaż bolały mnie wszystkie kości, musiałem przewietrzyć głowę. Wsadziłem ręce do kieszeni dżinsów i poczułem znajomy kształt. Medalion. Będziemy musieli z Leną znaleźć sposób, żeby go oddać tamtemu Ethanowi Wate'owi, temu, który spoczywał w grobie. Tak jak życzyła sobie Genevieve. Może Ethan Carter Wate odzyska wtedy spokój. Chociaż tyle byliśmy winni obojgu.

Szedłem stromą ścieżką prowadzącą do Ravenwood i znów znalazłem się na rozstajach, tych samych, które były dla mnie tak przerażające, zanim poznałem Lenę. Zanim dowiedziałem się, dokąd mam pójść. Zanim poznałem prawdziwy strach i prawdziwą miłość.

Minąłem pola i szedłem w kierunku drogi numer 9, myśląc o szybkiej jeździe pierwszej nocy podczas burzy. Myślałem o wszystkim. O tym, jak straciliśmy Macona, że omal nie straciłem taty i Leny. A jak otworzyłem oczy i ujrzałem Lenę, pomyślałem, że mam dużo szczęścia.

Myślałem o Maconie, jego książkach zawiniętych w papier i przewiązanych sznurkiem, perfekcyjnie wyprasowanych koszulach i jego opanowaniu. Myślałem o tym, jak trudno będzie Lenie żyć bez niego, jak bardzo będzie za nim tęsknić i jak bardzo będzie chciała jeszcze raz usłyszeć jego głos. Ale będę przy niej. Tak jak ja pragnąłem, żeby ktoś był przy mnie, gdy straciłem mamę. Po kilku miesiącach mama przysłała nam wiadomość, więc wierzę, że Macon nie odszedł tak naprawdę. Może gdzieś tam jest i spogląda na nas. Poświęcił się dla Leny.

To, co słuszne, i to, co łatwe, to dwie różne rzeczy. Macon wiedział to najlepiej.

Spojrzałem w niebo. Kłęby szarości przecinały płaski błękit, taki jak w moim pokoju na suficie. Zastanawiałem się, czy rzeczywiście ten odcień błękitu odstrasza pszczoły od zagnieżdżenia się w drewnie, jeśli wezmą błękitny sufit za niebo.

Nie do wiary, co się widzi, gdy się na to tak naprawdę nie patrzy.

Wyjąłem iPoda z kieszeni. Na mojej playliście była nowa piosenka.

Patrzyłem na nią przez dłuższą chwilę.

Siedemnaście księżyców.

Kliknąłem iPoda.

Siedemnaście księżyców, siedemnaście lat
Ciemność lub Światło ogarnia świat
Złoto dla tak i zieleń dla nie
Siedemnasty rok już zaczął się.

Podziękowania

Zaledwie trzy miesiące trwało pisanie pierwszego szkicu *Pięknych istot*. W tym wszystkim najłatwiejsze było pisanie. Znacznie trudniejszym zadaniem było nadanie książce właściwego kształtu. Żeby to osiągnąć, potrzebna była pomoc wielu osób. A tak wygląda drzewo genealogiczne rodziny *Pięknych istot*:

RAPHAEL SIMON I HILARY REYL

Którzy zobaczyli ją, zanim jeszcze było cokolwiek do zobaczenia.

SARAH BURNES, GERNERT COMPANY

NIEZWYKŁA AGENTKA

Która przeczytała i od początku zaakceptowała.

COURTNEY GATEWOOD

GERNERT COMPANY, AGENT 007

Który przesłał Piękne istoty *dalej, na drugą stronę Atlantyku.*

JENNIFER HUNT I JULIE SCHEINA LITTLE,

GENIALNY WYDAWNICZY ZESPÓŁ BROWNA

Który wycisnął z nas ostatnie poty, żeby wszystko było tak, jak należy.

DAVE CAPLAN, NASZ UTALENTOWANY PROJEKTANT

O NIEZWYKŁYCH ZDOLNOŚCIACH

Który stworzył drogę do Ravenwood tak, jak to sobie wyobraziliśmy.

MATTHEW CHUPACK

Który przełożył nasz wymyślony język na prawdziwą łacinę.

ALEX HOERNER, FOTOGRAF GWIAZD (I NAS)

Który sprawił, że wyglądałyśmy dobrze bez żadnych prób.

NASI KREWNI Z PÓŁNOCNEJ KAROLINY, ZWŁASZCZA
HAYWOOD AINSLEY EARLY, GENEALOG
Który pomógł nam zasadzić nasze rodzinne drzewo.
I ANNA GATLIN HARMON
NASZA ULUBIONA CÓRA KONFEDERATÓW
Która użyczyła nam swojego panieńskiego nazwiska, i dzięki której
wszystko prawidłowo przekazałyśmy.

I NASI CZYTELNICY:
HANNAH, ALEX C., TORI, YVETTE, SAMANTHA, MARTINE,
JOYCE, OSCAR, DAVID, ASH, VIRGINIA, JEAN x 2, KERRI,
DAVE, MADELINE, PHILLIP, DEREK, ERIN, RUBY,
AMANDA I MARCOS
Którzy chcąc wiedzieć, co będzie dalej, zmienili to, co było dalej.
ASHLY, ZNANA RÓWNIEŻ JAKO NASTOLETNIA KRÓLOWA
WAMPIRÓW
SUSAN I JOHN, ROBERT I CELESTE, BURTON I MARE
Którzy jak zwykle nas słuchali i zagrzewali do pracy.
MAY I EMMA
Które dwa razy opuściły szkołę, żeby zrobić korektę
i wymyślić brakujące zakończenie tak, jak tylko 13 i 15-latki potrafią.
KATE P. ORAZ NICK I STELLA G.
Która zasypiała co noc przy odgłosie laptopa.

I OCZYWIŚCIE
ALEX I LEWIS
Którzy znaleźli wszystkie luki i upewnili się, że wszechświat przez nie
nie wypadnie i którzy musieli znosić wiele, a nawet więcej.

O autorkach

Podobnie jak Amma, Kami Garcia jest osobą bardzo przesądną i jak każda szanująca się dziewczyna z Południa wszystkie ciasta piecze sama. Ma krewnych w Córach Amerykańskiej Rewolucji i czasem bierze udział w rekonstrukcjach bitew. Kami ukończyła Uniwersytet imienia Jerzego Waszyngtona i ma tytuł magistra pedagogiki. Jest nauczycielką i specjalistką od czytania. Prowadzi zajęcia z dziećmi i nastolatkami.

Podobnie jak Lena, Margaret Stohl, odkąd skończyła piętnaście lat, wpadała w kłopoty z powodu pisania i wychodziła z nich na przemian. Napisała i zaprojektowała wiele popularnych gier wideo, dlatego jej dwa niegrzeczne beagle noszą imiona Zelda i Kirby – bohaterów popularnej gry. Margaret zakochała się w amerykańskiej literaturze w Amherst i Yale, zdobyła tytuł magistra języka angielskiego w Stanford i studiowała kreatywne pisanie po kierunkiem poety George'a MacBetha na uniwersytecie East Anglia, Norwich.

KAMI i MARGARET mieszkają w Los Angeles w Kalifornii ze swoimi rodzinami. Powieść *Piękne istoty* jest ich debiutem literackim. Autorki zapraszają na swoją stronę internetową:

www.kamigarciamargaretstohl.com

Zdjęcie na skrzydełku
Alex Hoerner

Redaktor prowadzący
Monika Kiersnowska

Redakcja
Anna Książek
Elżbieta Goławska

Korekta
Dagmara Powolny
Monika Nowicka

Przygotowanie okładki
oraz opracowanie i skład
NOMAD Jarosław Wasilewski

Nadzór nad drukiem i oprawą
FOGRA sp. z o.o.

Wydawnictwo Łyński Kamień
al. KEN 83/114
02-777 Warszawa

Wyłączny dystrybutor:
Firma Księgarska Jacek Olesiejuk sp z o.o.
ul. Poznańska 91
05-850 Ożarów Mazowiecki